Robert Dugoni

Das außergewöhnliche Leben des Sam Hell

TINTE & FEDER

Das Buch

»Wir glauben, dass wir unseren Lebensweg selbst wählen. Aber da täuschen wir uns.« – Eine packende und rührende Geschichte über Mut und die Suche nach sich selbst von Bestsellerautor Robert Dugoni.

Aufgrund eines Gendefekts hat Sam rote Pupillen. Für seine Mutter ist das Gottes Wille, die anderen verhöhnen ihn als »Teufelsjungen«. Erst als Sam die rebellische Mickie und den afroamerikanischen Ernie kennenlernt, ist er nicht länger einsam, und die drei Außenseiter werden Freunde.

Jahre später blickt Sam auf seine Kindheit und die schwierigen Momente seines Lebens zurück, die ihn zu dem gemacht haben, der er heute ist. Doch um endlich das zu tun, worauf es im Leben ankommt, muss Sam die Vergangenheit akzeptieren, seine innere Stärke finden und beginnen, die Welt mit anderen Augen zu sehen.

Der Autor

Robert Dugoni ist der *New York Times*-Bestsellerautor der Tracy-Crosswhite-Serie, von der mehr als zwei Millionen Exemplare verkauft wurden und die es auf Platz 1 des *Wall Street Journal* und auf Platz 1 bei Amazon geschafft hat. »Das Grab meiner Schwester« wird derzeit für eine TV-Serie adaptiert. Dugoni ist auch der Autor der David-Sloane-Serie und der Romane »The 7th Canon« und »The Cynide Canary«, das von der *Washington Post* zum besten Buch des Jahres gewählt wurde. Er war mehrfach Finalist für den International Thriller Writers Award sowie für den Mystery Writers of America Award in der Kategorie Bester Roman. Seine David-Sloane-Reihe wurde zweimal für den Harper Lee Award nominiert. Dugonis Bücher sind in über 20 Sprachen übersetzt worden. Mehr über Robert Dugoni können Sie auf seiner Website unter www.robertdugoni.com oder unter www.facebook.com/AuthorRobertDugoni erfahren.

ROBERT DUGONI

DAS AUSSERGEWÖHNLICHE LEBEN DES SAM HELL

ROMAN

Aus dem Amerikanischen von Dorothee Danzmann

TINTE & FEDER

Die amerikanische Ausgabe erschien 2018 unter dem Titel
»The Extraordinary Life of Sam Hell« bei Lake Union, Seattle.

Deutsche Erstveröffentlichung bei
Tinte & Feder, Amazon Media EU S.à r.l.
38, avenue John F. Kennedy, L-1855 Luxembourg
Januar 2020

Die Übersetzung dieses Buches wurde durch Amazon Crossing ermöglicht.

Umschlaggestaltung: semper smile, München, www.sempersmile.de
Schriftillustration: semper smile, München, www.sempersmile.de
Umschlagmotiv: © Frans Lanting Studio / Alamy Stock Photo; anytka / Getty
Lektorat: Rainer Schöttle
Korrektorat: Manuela Tiller / Herwig Frenzel
Satz: Dr. Rainer Schöttle Verlagsservice (DRSVS)
Gedruckt durch:
Amazon Distribution GmbH, Amazonstraße 1, 04347 Leipzig /
Canon Deutschland Business Services GmbH, Ferdinand-Jühlke-Straße 7,
99095 Erfurt /
CPI books GmbH, Birkstraße 10, 25917 Leck

ISBN: 978-2-49670-317-7

www.tinte-feder.de

Für meine Mutter Patty Branick Dugoni, der ich meine Liebe zur Literatur und meine Leidenschaft für das Schreiben verdanke. Ohne deine bedingungslose Liebe, deinen Glauben an mich und deine Unterstützung wäre nichts von dem, was ich erreicht habe, möglich gewesen. Ich hätte mir keine bessere Kindheit oder besseren Eltern wünschen können. Danke, dass du mein Leben zu einem außergewöhnlichen hast werden lassen.

»Im Leben eines jeden Menschen kommt der Tag, an dem er aufhört, nach vorn zu sehen, und stattdessen zurückschaut.«

Maxwell Hill

Vorwort

Für meine Mutter war es »Gottes Wille«, wenn es in meinem Leben wieder einmal nicht so lief, wie ich erhofft oder geplant hatte, und das war oft der Fall. »Das ist Gottes Wille, Samuel«, erklärte sie dann jedes Mal, nicht sehr tröstlich für einen kleinen Jungen, selbst wenn der schon mit sechs Jahren mit mehr Durchblick »gesegnet« war als die meisten Kinder in diesem Alter.

Ich verstand nie, wieso meine Mutter eigentlich genau wissen konnte, was Gott wollte, und ich fragte sie oft danach. Auch für solche Fragen hatte sie unweigerlich eine Antwort im Repertoire: »Du musst glauben, Samuel.« Inzwischen weiß ich, dass es sich hier um einen Zirkelschluss handelte, gegen den kein Ankommen war. Genauso gut hätte meine Mutter auf meine Fragen mit jenem anderen unanfechtbaren Elternspruch antworten können: »Weil ich es sage.«

Jetzt, mit all der Erfahrung eines Erwachsenen, erkenne ich langsam, dass meine Mutter recht hatte. Sie hatte so oft recht, was mich betraf. Wir glauben gern, Kontrolle über unser Leben zu haben, besonders wenn wir noch jung und unserem Gefühl nach unverwundbar sind. Man sagt uns, wir könnten alles erreichen, was wir uns vornehmen, die Welt gehöre uns, als wäre sie eine Auster. Wir brauchen lediglich die harte Schale aufzuknacken, dann können wir das zarte Innere genießen. Jetzt weiß ich, dass die Schale viel härter ist, als ich gedacht hatte, und dass ich all das, was in meinem Leben passiert ist, nie hätte unter Kontrolle haben oder gar vorhersagen können. Wir glauben gern, dass wir entscheiden, welchen Weg unser Leben einschlägt, wenn wir an eine Weggabelung kommen – dass wir entscheiden, wer unsere Freunde sind, welchen Beruf wir wählen, wen wir heiraten.

Aber das tun wir nicht.

Das Leben ist entweder eine Zusammenballung zufälliger Ereignisse, wie Billardkugeln, die in alle Richtungen schießen und aneinander abprallen, oder vorbestimmtes Schicksal – was meine Mutter immer Gottes Wille nannte, weil sie das tröstete.

Ich wollte so gern glauben, dass meine Mutter recht hatte.

Ich wollte glauben, dass der Gummiball, den David Bateman mir auf dem Schulhof mit voller Absicht ins Gesicht warf – womit eine verheerende Entwicklung ihren Anfang nahm, die letztlich zu seinem Tod führte –, Teil von Gottes Plan war. Ich wollte glauben, dass Gott persönlich mir Ernie Cantwell aus Detroit geschickt hatte, das einzige afroamerikanische Kind an unserer Schule, damit er der Freund sei, den ich so dringend brauchte und nach dem ich mich so verzweifelt sehnte. Ich wollte glauben, dass es Gottes Wille war, damals in der sechsten Klasse Mickie Kennedy wie einen Tornado aus dem mittleren Westen in mein Leben fegen zu lassen. Diese Mickie, die alles zerpflückte, was ich zur Rolle von Jungen und Mädchen im Kopf hatte, und mich vieles von dem infrage stellen ließ, was die katholische Denkart meiner Mutter und die Lektionen der Nonnen an der zur Kirche Our Lady of Mercy gehörenden Grundschule mir als Medizin gegen alle persönlichen und gesellschaftlichen Leiden eingeflößt hatten. Am meisten jedoch wollte ich glauben, dass ich wirklich vom Schicksal dazu bestimmt war, ein außergewöhnliches Leben zu führen, ein Leben, um das meine Mutter jeden Abend pflichtbewusst und voller Inbrunst betete, wenn sie auf unserem geblümten Wohnzimmersofa saß und die Perlen ihres Rosenkranzes langsam durch ihre Finger glitten.

War es Gottes Wille, dass ich inzwischen nur zwei Blocks entfernt von dem schindelverkleideten Haus lebte, in dem ich aufgewachsen war? Hatte Gottes Plan mich in die Stadt zurückkehren lassen, der ich einst verzweifelt zu entkommen versuchte? Eigentlich sollte mein Haus nur eine gute Geldanlage sein, ich hatte es sinnvoll gefunden, mir in einer Gegend ein Stück Land zu erwerben, deren Immobilienmarkt sich auf einem aufsteigenden Ast befand. Meine Eltern hatten da anders gedacht, nicht so pragmatisch. Für meine Mutter war beim Hauskauf im Grunde nur wichtig gewesen, vom neuen Heim aus zu Fuß eine katholische Kirche mit angeschlossener Grundschule erreichen zu können. Unter dem Strich waren dabei zwei einander sehr ähnliche Immobilien herausgekommen und so habe ich mit Ausnahme der zehn Jahre meiner Flucht eigentlich immer in Hörweite der Glocken von Our Lady of Mercy gelebt. Wobei ich mich genau genommen nur an eine Handvoll Gelegenheiten erinnere, an denen ich diesen Glockenklang bewusst wahrnahm. Heute zum Beispiel. Und aus irgendeinem Grund – sei es nun Schicksal, Bestimmung oder »Gottes Wille« – haben mich die Glocken dazu gebracht, mich an den Schreibtisch zu setzen und über meinen Vater und meine Mutter zu schreiben, über David Bateman, über Daniela und Trina Crouch und natürlich auch über Ernie und Mickie. Die Glocken bescherten mir sogar einen logischen Einstieg in die Geschichte, indem sie mich an einen anderen Tag erinnerten, an dem ich sie hörte oder doch wenigstens glaubte, sie gehört zu haben.

Teil eins

Ein Fleck auf dem Teppich

I

1989

Burlingame, Kalifornien

Die Glocken klangen so laut und deutlich, dass ich mich unwillkürlich aufsetzte, obwohl ich doch wusste, dass sie in diesem sterilen, vollgestopften Behandlungszimmer eigentlich gar nicht zu hören sein dürften.

»Alles in Ordnung?« Dr. Kenji Fukomara warf mir über seine Brille hinweg einen neugierigen Blick zu.

Die Frage war nicht abwegig, wenn man bedachte, wo ich mich gerade befand, nämlich auf einer schmalen Behandlungsliege, unter mir ein dünnes, knisterndes Papierlaken. Ein zweites Laken bedeckte meinen nackten Unterleib. Ich hatte mir am Morgen mit äußerster Sorgfalt die Leistengegend rasiert, weil ich eine Vasektomie vornehmen lassen wollte und Dr. Fukomara mir bei einer unserer Vorbesprechungen von einem extrem behaarten Patienten erzählt hatte, dessen Haarpracht bei der Kauterisation Feuer gefangen hatte. Nur durch beherzte Schläge auf die betroffenen Stellen hätte der behandelnde Arzt den Brand löschen können. Obwohl es sich bei dieser Geschichte wahrscheinlich um eine der neuen urbanen Mythen handelte, hatte mich das Bild von einem heftig mit den Fäusten auf meine Leistengegend einprügelnden Dr. Fukomara zur Entfernung auch noch des letzten Härchens angespornt.

»Können wir noch einen Moment warten?«, bat ich ihn jetzt. Ich hatte fragen wollen, ob auch er die Glocken gehört hatte, aber das ließ ich lieber.

»Es ist völlig normal, dass Sie nervös sind«, versicherte mir der Arzt, der sich gerade in der Zimmerecke am Waschbecken aus rostfreiem Stahl unter einem heißen Wasserstrahl mit desinfizierender Seife die Hände wusch.

»Ich brauche einfach noch einen Augenblick«, erklärte ich. Das dünne Papier unter meinem Hintern knisterte protestierend.

Die Glocken, die ich eben gehört hatte, hatten genauso geklungen wie die im Turm von Our Lady of Mercy, der nur wenige Blocks vom Zuhause meiner Kindheit entfernten katholischen Kirche. Sie hatten mich an meine Mutter denken lassen, die mir in Fragen der katholischen Lehre nach wie vor versierter als der Papst zu sein schien. Ich selbst lebte schon lange nicht mehr als praktizierender Katholik, aber manche Lehrsätze meiner Mutter hallten wie eben die Glocken immer noch in mir nach und meldeten sich dann von Zeit zu Zeit in Form von etwas, was ich als katholische Schuldgefühle bezeichnete. Hier saß ich nun, kurz davor, an mir eine Vasektomie vornehmen zu lassen. Meine Mutter hätte das nicht gebilligt. Mit einer Vasektomie verstieß ich gegen Glaubensgrundsätze ihrer Kirche.

»Beschäftigt Sie etwas Bestimmtes?« Dr. Fukomara trocknete sich die Hände an einem braunen Papierhandtuch ab. »Gibt es noch offene Fragen?«

»Ich wünschte, das wäre so.« Ich seufzte. »Ich wünschte, es wäre etwas Bestimmtes, meine ich.«

»In den sexuellen Funktionen werden Sie keine Veränderung feststellen.« Das hatte er mir auch schon bei der Beratung versprochen. »Und Sie werden nach wie vor pinkeln können wie ein Rennpferd.« Auch diesen Witz kannte ich bereits. Dr. Fukomara machte gern Witze, das war seine Art, die Patienten zu beruhigen. Und das war auch nötig, schließlich hatte er sich auf Einschnitte in die Hodensäcke anderer Männer spezialisiert. Zu meiner fünfzehnminütigen Beratung in der Woche zuvor war er mit einer Machete bewaffnet erschienen, auf der Nase eine dicke, große Brille aus dem Zauberladen, um mir mit ausdrucksloser Miene mitzuteilen, es werde ganz bestimmt nicht wehtun.

»Geht es um Ihre Frau?«, fragte er nun. »Hat sie es sich anders überlegt?«

»Oh nein, sie ist sich da ganz sicher.« Eva war nicht meine Frau. Eva und ich lebten ohne Trauschein gemeinsam in dem Haus, das ich nur zwei Blocks von der Kirche entfernt gekauft hatte, in die ich nicht mehr ging, in Hörweite der Glocken, die ich nicht mehr hörte, es sei denn in seltsamen Momenten wie diesem hier.

Ich hatte mich gefreut, als Eva bei mir einzog, es schien mir eine gute Idee zu sein. Inzwischen waren Monate ins Land gezogen und was uns verband, fühlte sich nicht mehr richtig wie Liebe an, sondern eher wie ein praktisches Arrangement. Ironischerweise hatte ich ihr die Idee mit dem Zusammenziehen genau so verkauft: »Du sparst dir die Miete, wir teilen uns die Kosten für Wasser, Strom und Einkäufe und wirtschaften ganz allgemein zu zweit viel günstiger als jeder für sich.« Alles ganz praktisch.

»Und was ist mit deiner Mutter?«, hatte Eva wissen wollen.

Aus Sicht meiner Mutter lebten Eva und ich in Sünde. Das hatte sie zwar nie so direkt gesagt, aber sie betrat mein Haus seit Evas Einzug nicht mehr, und wenn wir zu dritt zusammenkamen, selten genug und meistens in einem Restaurant zum Abendessen, war sie höflich, erkundigte sich aber nie nach Einzelheiten unserer Beziehung. Das Thema »Heirat« sprach ich im Übrigen auch nicht mehr an. Eva und ich hatten anfangs über die Ehe gesprochen, aber immer nur sehr vage, und jedes Mal hatte das Gespräch unweigerlich zu Verweisen auf meine Mutter geführt.

»Auf keinen Fall heirate ich, um sie zufriedenzustellen«, war Evas Haltung in dieser Frage. »Und falls doch, dann auf keinen Fall in einer katholischen Kirche.«

»Ich« hatte sie gesagt, nicht »wir«, was mir nicht entgangen war. Ebenso wenig war mir entgangen, dass es Eva immer um meine Mutter zu gehen schien, wenn das Thema Ehe zur Sprache kam, nie um uns als Paar.

Dr. Fukomara lächelte. »Und Sie?«

»Wie bitte?«, fragte ich, weil ich seine Frage nicht ganz einordnen konnte.

»Haben Sie Bedenken?«

»Haben Sie Kinder?«, fragte ich zurück.

»Drei Jungen«, sagte er. »Unseren Jüngsten haben wir im Herbst im College abgeliefert, leben jetzt also ganz offiziell wieder im leeren Nest. Wir können nackt durchs Haus laufen und in jedem Zimmer miteinander schlafen.«

»Und? Tun Sie das?«

Sein Lächeln verblasste. »Wie alt sind Ihre Kinder?«

»Ich habe keine.« Das schien ihm zu denken zu geben

und er musterte mich erneut mit interessiertem Blick. Ich war zweiunddreißig Jahre alt, drei Jahre jünger als Eva, die als Pilotin für die Alaska Airlines arbeitete. Eva ging ganz in ihrer Arbeit auf und war sich in der Kinderfrage nicht sicher, schien aber genau zu wissen, dass sie von mir keine wollte. Weswegen ich hier mit rasierter Leiste auf der Liege hockte, entschlossen, die Chancen auf eine eventuelle Vaterschaft ad acta zu legen.

»Und jetzt glauben Sie, Sie könnten vielleicht doch noch welche haben wollen?«, hakte Dr. Fukomara vorsichtig nach.

»Ich weiß es nicht!« Wahrscheinlich nicht, oder? Ich war mir den größten Teil meines Erwachsenenlebens in dieser Frage sicher gewesen, aber jetzt, wo der Moment der Wahrheit gekommen war, tauchten Zweifel auf.

Dr. Fukomara nickte. »Wissen Sie, was? Ich lege mir diese Eingriffe immer ans Ende des Arbeitstages. Es sitzt noch ein Patient im Nebenzimmer. Denken Sie in Ruhe nach. Ich komme in einer Dreiviertelstunde wieder.«

Leider konnte ich nicht richtig nachdenken, auch nicht, als Dr. Fukomara gegangen war und ich allein zurückblieb. Zu sehr drängte sich die Vergangenheit in meine Gegenwart, erst nur tröpfchenweise, dann, als ich versuchte, die Gedanken zu verscheuchen, als Rinnsal. Sie wollten sich nicht aufhalten lassen, sie fanden ihren Weg wie Wasser, das immer einen Durchlass selbst durch Beton findet, egal, wie oft man die Löcher stopft. Ich erinnerte mich an ein ganz spezielles Gespräch mit meinem Vater an einem besonders heißen Sommertag im Schatten einer uralten Eiche. Wir saßen gern dort unter den knorrigen Ästen mit den großen Blättern. Meistens redete ich und mein Vater in seinem Rollstuhl hörte mir zu. Von der Unterhaltung an jenem Tag ist mir nicht viel im Gedächtnis geblieben, nicht einmal das Thema, aber an einen Satz meines Vaters erinnere ich mich noch ganz genau.

»Im Leben eines jeden Menschen«, hatte er langsam mit der leicht geisterhaften Stimme geflüstert, die ihm der Schlaganfall gelassen hatte, »kommt der Tag, an dem er aufhört, nach vorn zu sehen, und stattdessen zurückschaut.«

Ich weiß noch, dass ich damals fand, mein Vater sei trotz seiner Invalidität zu jung für Weisheiten dieser Art und ich zu jung, um solchen Rat zu empfangen. Im Behandlungsraum von Dr. Fukomara musste ich mich jetzt fragen, ob ich an dem Punkt angekommen war, den mein Vater gemeint hatte. Der Gedanke machte mir Angst. Ich hatte der Welt noch so wenig gegeben. Was hinterließ ich denn? Wenn ich starb, gab es kaum mehr als einen Grabstein mit meinen Daten, um die Menschheit wissen zu lassen, dass ich existiert hatte.

Ich bin der einzige Sohn eines einzigen Sohnes. Die Linie meines Vaters endet mit mir.

Der einzige Sohn eines einzigen Sohnes ... Der Gedanke ließ mich nicht los und plötzlich hasste ich ohne rationalen Grund diesen Raum mit seinen senfgelben Wänden und den aus billigem Sperrholz gefertigten Schränken. Ich rutschte von der Liege, ging auf dem orangefarbenen Linoleum auf und ab und versuchte mir Evas Reaktion vorzustellen, wenn sie bei ihrer Rückkehr von ihrem Flug an die Ostküste feststellen musste, dass ich meine Meinung geändert hatte.

»Wir haben doch ausführlich darüber gesprochen«, würde sie sagen. »Wir waren uns doch einig.«

Aber zu behaupten, wir seien uns einig gewesen, war ungefähr so, als behaupte man, England und Frankreich wären sich damals auf der Münchner Konferenz mit Deutschland einig gewesen, dass ein Großteil der Tschechoslowakei dem Deutschen Reich zugeschlagen werden sollte. Ich hatte eingewilligt, weil ich Evas Klagen über die ihr angeblich das Vergnügen schmälernden Kondome nicht mehr hören mochte und weil sie so eindringlich für eine Vasektomie als die ihrer Meinung nach effektivste und am wenigsten invasive Art der Geburtenkontrolle plädiert hatte. Für sie galt das bestimmt, sie sollte ja auch nicht unter das Messer kommen und schlimmstenfalls noch dazu bei brennendem Unterleib von Dr. Fukomara mit Fäusten traktiert werden.

Meine Blicke wanderten zum Metallständer aus rostfreiem Stahl, auf dem der Doktor sich seine glitzernden Zangen, Pinzetten und Skalpelle zurechtgelegt hatte. Die zwei recht hohen Berge Verbandszeug daneben schienen mir für einen im Grunde recht kleinen Eingriff ein wenig übertrieben. Wieder kam mir mein Vater in den Kopf. Der hatte sich nie mit einer solchen Entscheidung herumplagen müssen und ich wusste genau, wie er reagiert hätte, wenn ich mich ihm in Bezug auf meine ganz speziellen Arztbesuche hätte anvertrauen wollen. Er hatte einen bestimmten Spruch für sämtliche Gelegenheiten, bei denen er mein Verhalten verblüffend fand und wenig damit anfangen konnte. Dieser Spruch war ihm auch herausgerutscht, als er mich das erste Mal zu Gesicht bekam, und er hatte mir damit, ohne es zu wollen, meinen Namen gegeben.

»*What the Sam Hell?*«, hätte mein Vater gesagt, was im übertragenen Sinn so viel heißt wie »Was zum Henker?«. Nur bedeutet das Wort *Hell* eben »Hölle« und man kann Sam Hell auch mit »Sam aus der Hölle« übersetzen.

2

Burlingame

Ich hatte die Geschichte meiner Geburt so oft gehört, dass ich sie wiedergeben konnte, als erinnerte ich mich wirklich an dieses Ereignis. Wenn meine Mutter sie erzählte, fing sie jedes Mal beim Wetter an.

»Der fünfzehnte März neunzehnhundertsiebenundfünfzig war ein kalter, klarer Wintertag, ein ganz gewöhnlicher Tag eigentlich …« An dieser Stelle pflegte sie sich bedeutungsvoll nach vorn zu neigen und die Handflächen aneinanderzulegen, ganz die Schauspielerin, die sie während ihrer Collegezeit gewesen war. »Bis ich einen Tritt verspürte.«

Den Annalen zufolge hatte mein Vater es sich da gerade in seinem Lieblingssessel gemütlich gemacht, um die Zeitung zu lesen und den einen Manhattan zu genießen, den er sich abends gönnte.

»Und was hast du da gemacht?«, fragte ich vom Teppich aus, wo ich als Kind gern bäuchlings lag.

»Ich habe dich ignoriert.« An dieser Stelle pflegte meine Mutter nach einer dramatischen Pause mit einer lässigen Handbewegung souveräne Gelassenheit zu mimen. »Wir rechneten schließlich erst in fünf Wochen mit dir.«

Anschließend spielte sie uns vor, wie sie sich zwei der Sofakissen in den Rücken geschoben und weiterhin ruhig ihren Rosenkranz gebetet hatte. »Als der Schmerz wiederkam, opferte ich ihn für irgendeine arme im Fegefeuer schmorende Seele.«

Ich wusste schon früh, was das Fegefeuer war: ein nebulöser Ort zwischen Himmel und Erde, an dem die Toten sich durch Gebete von ihren Sünden reinigen mussten, bevor Petrus sie durch die Himmelspforte treten ließ. Meine Mutter riet mir bei jedem Leid, das ich als Kind erdulden musste, meinen Schmerz für eine arme Seele im Fegefeuer zu opfern, wobei ich mich an kein Ereignis erinnern kann, an dem dies sich als effektiv erwiesen hätte. An jenem kalten Abend befreite ihr Opfer meine Mutter auf jeden Fall ganz sicher nicht von ihren Schmerzen. Dass sie trotzdem weiterhin den Rosenkranz betete, dürfte niemanden wundern, der sie gekannt hat. Meine Mutter steckte fast immer in einer Novene, mit der sie die Muttergottes um Hilfe in der einen oder anderen Angelegenheit bat, wobei es auch um ganz profane Dinge wie den kaputten Heißwasserboiler gehen konnte. Einen neuen konnten wir uns nicht leisten, also betete meine Mutter. Ich habe sie nie gefragt, ob sie der Muttergottes wirklich zutraute, einen neuen Boiler aus dem Himmel zu werfen, denn eine solche Frage hätte meine Mutter als Sakrileg abgetan und scharf getadelt. Sie glaubte fest und mit Hingabe. Jahre später, nach ihrem Tod, fand ich in ihrem Nachttisch das kleine blaue Buch, in dem sie mit unzähligen Bleistiftstrichen jede einzelne ihrer vierundfünfzig Tage dauernden Novenen festgehalten hatte.

»Vergiss nicht zu erwähnen, wie du gestöhnt hast«, warf mein Vater aus dem Schutz seiner Zeitung ein.

»Ich habe nicht gestöhnt!«, widersprach meine Mutter. »So wie du das sagst, glaubt man doch, ich hätte mich angehört wie eine Kuh!«

An dieser Stelle pflegte mein Vater hinter seiner Zeitung hervorzulugen und mir zuzulächeln.

Meine Mutter war stolz darauf, von zähen, unerschütterlichen Iren abzustammen, musste sich dann aber doch eingestehen, dass man mich nicht mehr ignorieren konnte, als mitten im dritten freudenreichen Geheimnis ihre Fruchtblase platzte.

»Du hast also schon vor deiner Geburt einen Fleck in den Teppich gemacht.« Dieser Fleck, eine amöbenförmige Verfärbung, die kein den Menschen bekanntes Reinigungsmittel zu entfernen vermochte, diente jahrelang als Erinnerung an meine unpassende Ankunft.

Wäre die Fruchtblase meiner Mutter nicht geplatzt, wäre mein Vater an diesem Abend nicht so schnell aus dem geliebten Sessel neben dem Kamin aufgestanden, den wir nur einmal im Jahr benutzten, um darin nach Weihnachten das Geschenkpapier zu verbrennen.

»Dein Vater kam aus diesem Sessel geschossen wie die Kugel aus dem Rohr!«

»Da übertreibst du aber ein bisschen.« Mein Vater war inzwischen beim Sportteil seiner Zeitung angekommen.

»Samuel, dein Vater ist die Treppe da hochgerannt …« Meine Mutter deutete über die Schulter auf die Treppe, die zu den Schlafzimmern führte. »Oben hat er meine Sachen in einen Koffer gestopft, ist wieder runtergerannt, hat die Haustür aufgerissen und ist hinausgestürmt.« Hier kam wieder eine dramatische Einlage, wenn Mom mit weit ausholenden Armbewegungen unsere Haustür darstellte, wie sie aufging und wieder zufiel. Das liebte ich besonders. »Er warf den Koffer in den Kofferraum, sprang hinter das Steuer – und erst da fiel ihm auf, dass ich fehlte. Leider hatte ich mich bis dahin noch nicht aus dem Sofa hieven können.«

»Genau!« An diesem Punkt pflegte mein Vater die Zeitung sinken zu lassen. »Aber bis ich wieder im Haus war, hatte deine Mutter nicht nur aufstehen können, sondern sich auch schon Mantel und Handtasche aus dem Schrank geholt. Und sie hatte die Geistesgegenwart besessen, bei sämtlichen Elektrogeräten im Haus die Stecker zu ziehen.«

An dieser Stelle musste ich immer schallend lachen: Meine Mutter befürchtete am Anfang jeder noch so kleinen Fahrt unweigerlich, nicht alle Elektrogeräte im Haus ausgeschaltet zu haben, weswegen unser Haus nun ganz sicher einem verheerenden Feuer zum Opfer fallen würde.

»Die Fahrt zum Mercy Medical Center dauert acht Minuten, Samuel. Ich hab es in genau fünf geschafft.«

»Weil du schneller gefahren bist als eine Fledermaus aus der Hölle!«

Mein Vater zwinkerte mir zu. »Ich hatte mir eine Strecke ausgeguckt, die nur über Nebenstraßen ging.«

»Du hast an keinem Stoppschild gehalten. Du hattest Glück, dass du dir keinen Strafzettel eingefangen hast.«

»Mit einer Hochschwangeren im Auto? Sie hätten mir eine Polizeieskorte gestellt.«

Wie sich im Krankenhaus herausstellte, hätte sich mein Vater gar nicht so zu beeilen brauchen. Der Kommentar meiner Mutter dazu lautete: »Du warst früh dran, hast dir aber ganz schön viel Zeit gelassen.«

Sie lag zweiunddreißig Stunden lang in den Wehen, was ich nie vergessen werde, weil meine Mutter mir diese Zahl immer wieder vorhielt, sobald ich ein Widerwort wagte. Letztendlich war das lange Warten dann aber nichts im Vergleich zu dem Aufruhr, den meine Ankunft verursachte. »Du bist mit fest geschlossenen Augen auf die Welt gekommen.« An dieser Stelle pflegte meine Mutter die Stimme bis zu einem geheimnisvollen Flüsterton zu senken, der mich jedes Mal unweigerlich in seinen Bann zog. Inzwischen frage ich mich, ob nicht ein genetisch bedingter Instinkt mich dazu gebracht hatte, die Welt mit zusammengekniffenen Augen zu betreten.

Jetzt war wieder mein Vater dran, der es vorgezogen hatte, im Wartezimmer am anderen Ende des Krankenhausflurs auf meine Ankunft zu warten. Er berichtete von dem jungen Arzt, der zu ihm gekommen war und auf ihn einen eher verwirrten als erschöpften Eindruck gemacht hatte.

»Es ist ein Junge«, erklärte der Arzt, im Grunde eine nüchterne Aussage, die aber Dads väterliche Instinkte ganz und gar nicht beruhigte. Er wusste sofort, dass etwas nicht stimmte.

»Ich rannte ins Zimmer, in dem deine Mutter lag, und als ich dort ankam, drängten sich jede Menge Krankenschwestern und Ärzte um ihr Bett. Als wäre sie Marilyn Monroe!«

Aber nicht meine Mutter war das Objekt des allgemeinen Interesses, sondern ich. Als nämlich der Arzt mich meiner Mutter auf den Bauch gelegt hatte, um die Nabelschnur zu durchtrennen, hatte ich endlich die Augen aufgeschlagen, und aus der Euphorie, die sich nach einer Geburt unweigerlich bei allen Anwesenden einstellt, war Verwirrung geworden. Der Doktor erstarrte und bekam den Mund nicht mehr zu, eine der Schwestern stieß einen leisen Schrei aus, den sie sofort als Husten zu tarnen versuchte. Danach herrschte Schweigen.

»Gebt mir meinen Sohn!«, hatte meine Mutter gesagt, als alle nur noch starrten. Daraufhin hatte die Schwester mich in eine Decke gewickelt und ihr gereicht.

So fand uns mein Vater, nachdem er sich einen Weg durch die Menge gebahnt hatte, mir zum ersten Mal in die Augen sah und seine berühmten Worte flüsterte: »*What the Sam Hell?*«

3

Dad wandte sich an den Arzt, der die Entbindung geleitet und nun erneut seine Position am Fußende des Bettes meiner Mutter eingenommen hatte. »Seine Augen sind rot. Warum sind seine Augen rot?«

»Das weiß ich nicht«, antwortete der Doktor.

»Bleiben sie so?«

Aber auch das wusste der Arzt damals nicht und an Informationen zu dieser Frage kam er so leicht nicht heran. Er konnte lediglich mit den Achseln zucken. Wieder herrschte Schweigen im Raum, als würden alle kollektiv die Luft anhalten, unsicher, was sie sagen oder von mir halten sollten. An diesem Punkt übernahm meine Mutter die Regie.

»Raus!«, befahl sie. »Ich möchte alle Anwesenden bitten, jetzt den Raum zu verlassen.«

»Das war unser erster Augenblick ganz allein als Familie«, erklärte sie später, wenn sie die Geschichte erzählte. »Nur du, ich und dein Vater.«

Endlich allein, wollte mein Vater mit ihr die entscheidende Frage erörtern: »Warum sind seine …«

Aber meine Mutter interessierte sich nicht dafür, warum

meine Augen rot waren, und so hob sie die Hand, um Dad am Weiterreden zu hindern. »Das ist mir egal.«

Mehrere Minuten vergingen, bis mein durch und durch pragmatischer Vater die nächste wichtige Frage stellte: »Und wie sollen wir ihn nennen? Wir haben noch keinen Namen für ihn.«

Aufgrund meines verfrühten Eintreffens hatten sie sich in dieser Frage noch nicht einigen können. Meine Mutter schlug Maxwell vor, aber mein Vater hatte sich noch nie viel aus seinem Namen gemacht und plädierte für William.

»Eigentlich haben wir durchaus schon einen Namen«, meinte meine Mutter schließlich. »Einen sehr schönen Namen. Einen, den sein Vater ihm gegeben hat. Wir nennen ihn Samuel.«

Und da mein Vater Maxwell James Hill hieß, wurde aus mir Samuel James Hill.

Sam Hill. Von da war es nicht weit zu dem Namen, unter dem ich bald bekannt sein würde: Sam Hell.

4

Meine Mutter vergeudete keine Zeit und fing sofort an, mich abgöttisch zu lieben und jedes Detail meiner Entwicklung festzuhalten. Davon zeugen Dutzende von Fotoalben und Einklebebüchern, die sie in den Mahagoni-Bücherregalen in unserem Wohnzimmer aufbewahrte. Meine Mutter dokumentierte mein Leben, als gelte es, das Werden eines zukünftigen Präsidenten zu protokollieren, damit die Nachwelt es später nach seinem Ableben in der ihm gewidmeten Bibliothek bewundern konnte. Da es damals noch keine automatisch das Datum registrierenden Digitalkameras gab, beschriftete sie sorgsam die weißen Ränder der Farbfotos mit Tag, Monat und Jahr ihrer Entstehung, und so weiß ich genau, wann ich mein erstes Bad nahm, meine erste Mahlzeit im Hochsitz verzehrte und die obligatorische erste Sitzung auf dem Klo absolvierte. Umwerfend wichtige Ereignisse, die meine Mutter sich nicht entgehen ließ. Ich besitze außerdem das Mützchen, das man mir im Krankenhaus aufsetzte, und das Knöchelband, das ich trug, als ich nach Hause kam, sämtliche Zeugnisse und jeden einzelnen Artikel, den ich je für die Schülerzeitung meiner Highschool verfasst habe. Ob die Sorgfalt meiner Mutter aus ihrer festen Überzeugung stammte, das Schicksal habe für mich ein außergewöhnliches

Leben vorgesehen, das auf jeden Fall dokumentiert werden musste, oder ob sie einfach zu viel freie Zeit hatte, kann ich nicht sagen. Ich weiß nur, dass ich dank ihrer minutiösen Aufzeichnungen und dank der vielen Stunden, die ich später mit meinem Vater im Schatten der alten Eiche des Seniorenheims verbrachte, ziemlich genau sagen kann, wie meine ersten Jahre verliefen.

Natürlich manifestierte sich in meinen roten Augen für meine Mutter »Gottes Wille«. Weswegen sie das Ansinnen diverser Vertreter der Krankenhausverwaltung, mich vor meiner Entlassung nach Hause unbedingt von einem Spezialisten untersuchen zu lassen, rundweg ablehnte. Sie verdächtigte das Krankenhaus, weniger wegen meiner Gesundheit als wegen möglicher rechtlicher Konsequenzen besorgt zu sein. »Ich unterschreibe eine Verzichtserklärung und Sie sind uns los«, hatte sie den Herren versichert.

Der Verdacht meiner Mutter war wohl nur zum Teil berechtigt. Die Kunde von der Geburt eines Kindes mit roten Augen hatte nicht nur im Krankenhaus, sondern auch in den Medizinerkreisen der Umgebung in Windeseile die Runde gemacht, und es gab wohl keinen Mangel an Ärzten, die mich nur zu gern untersucht hätten. Meine Mutter lehnte sie alle ab und bezeichnete sie als Scharlatane. »Die waren doch nur auf eine Veröffentlichung im *New England Journal of Medicine* scharf«, erklärte sie mir.

Mein Vater, von Haus aus ein friedliebender Mensch, hatte einen Kompromiss vorgeschlagen. »Vielleicht können wir es einem einzigen Arzt erlauben, Samuel zu untersuchen. Nur damit wir ganz sicher wissen, woran wir sind.«

Damit hatte sich meine Mutter schließlich widerstrebend einverstanden erklärt, woraufhin sich beide Seiten auf

Doktor Charles Pridemore geeinigt hatten, einen Facharzt für Augenheilkunde am Stanford University Medical Center in Palo Alto.

Ich weiß nicht, wie gründlich Dr. Pridemore meine Eltern am Tag der Untersuchung oder bei folgenden Besuchen informierte, aber ich persönlich kannte mich bald ziemlich gut aus mit meinem »Zustand«, das einzige Wort, das meine Mutter je in den Mund nahm, um meine Augen zu beschreiben. Dr. Pridemore, ein Mann mit sanfter Stimme, der ruhige Würde ausstrahlte, sollte zu meinem lebenslangen Freund und Mentor werden. In meiner Jugend nahm ich ihn allerdings von seinem Verhalten und Erscheinungsbild her eher als Prototyp des immer leicht zerstreuten Wissenschaftlers wahr, mit seinen karierten Hemden und zerknitterten Hosen, dem ungekämmten Bart, den in alle Richtungen abstehenden Haaren und der Brille voller Staub und Fingerabdrücke.

»Okulärer Albinismus«, erklärte er mir bei einer seiner häufigen Konsultationen. »Was das bedeutet, kann man am ehesten verstehen, wenn man die Komponenten betrachtet, aus denen sich ein Auge zusammensetzt.« Anhand eines Diagramms an der Wand seines Sprechzimmers zeigte er mir die beiden Lagen Pigmente in der Iris. »Das da ist vorn, also das, was wir sehen. Das da ist hinten. Das sehen wir zwar nicht, aber es verhindert, dass Licht übertragen wird. Ohne Pigmente ist die Iris weiß.« Er legte eine Pause ein, um kurz auf seinem Pfefferminzkaugummi herumzukauen, ohne das ich ihn gar nicht kannte. »Und das Vorhandensein oder Fehlen von Melanin in der Iris ist verantwortlich für die Farbe der Augen. Eine Menge Melanin vorn führt zu braunen Augen, kein Melanin vorn ergibt blaue Augen. Etwas

Melanin und die Augen können grün, haselnussfarben und alle Schattierungen dazwischen zeigen, das hängt ganz von der Menge und Verteilung ab.«

»Und was ist mit Rot?«, hatte ich gefragt.

»Rein theoretisch gibt es so etwas wie rotes Pigment nicht.«

»Aber meine Augen sind rot!« Und das waren sie auch, wobei ich dies wohl näher erläutern muss. Ich spreche hier nicht von feuerrot, von Augen, die im Dunkeln leuchten oder so rot sind wie ein reifer Apfel. Die Farbe war subtiler, fast schon rosa. Dabei bin ich kein Albino. Ich kam zwar als Flachskopf zur Welt, aber meine Haare dunkelten im Laufe der Jahre nach, bis sie das unauffällige helle Braun aufwiesen, das sie heute noch haben, und auch wenn ich ohne Sonnencreme leicht einen Sonnenbrand bekomme, ist die Pigmentierung meiner Haut ansonsten total normal. Normal war ich für meine Mutter sowieso, schon vom Tag meiner Geburt an. Und als Dr. Pridemore zu ihr ins Krankenhaus kam, um mich vor der Entlassung zu untersuchen, stellte sie ihm nur eine einzige Frage, alles andere schien ihr unwichtig: »Wird es seine Sehkraft beeinträchtigen?«

Diese Frage konnte ihr Dr. Pridemore im Jahr neunzehnhundertsiebenundfünfzig leider noch nicht beantworten, denn es gab nur wenig Material zu dem Thema. »Ich kann Ihnen nur sagen, dass Augen wie die von Samuel sehr selten sind.«

»Nicht selten«, korrigierte ihn meine Mutter. »Außergewöhnlich.«

5

Mein Vater hatte pflichtbewusst die wenigen Verwandten, die ich besaß, angerufen und über meine Geburt in Kenntnis gesetzt. Er war als Einzelkind in Chicago aufgewachsen und hatte seinen Vater zwei Jahre vor meiner Geburt an eine Krebserkrankung verloren. Seine deutschstämmige Mutter, die ich Oma Hill nannte, unternahm die Reise nach Burlingame nur einmal im Jahr, zu Weihnachten. Entweder war meine Geburt ihr keinen eigenen Besuch wert oder mein Vater lenkte sie höflich vom Kommen ab, um uns allen die von ihr zu erwartenden Litaneien über das schwere Schicksal zu ersparen, mit dem ein rotäugiges Kind unweigerlich zu rechnen hatte.

Grandma O'Malley dagegen packte umgehend einen Koffer und bestieg den nächsten Bus, der von San Francisco nach Burlingame fuhr. Auch sie war Witwe, besaß keinen Führerschein und sah wenig Sinn darin, jetzt noch einen zu erwerben. Sie hatte meine Mutter und meine Tante Bonnie in einem viktorianischen Haus im Mission District von San Francisco großgezogen, wo jede Menge Buslinien verliefen, es unzählige Läden gab, in denen man einfach alles zu kaufen bekam, und von wo aus sie zu Fuß die Morgenmesse in der Saint James Catholic Church besuchen konnte. Anders als für Oma Hill gab es für Grandma O'Malley im Grunde weder Gebrechen noch Neurosen, Erkrankungen oder irgendwelche Zipperlein, ein Charakterzug, den ich inzwischen ihrer irischen Herkunft zuschreibe. Dem Vernehmen nach war sie bei ihrer Ankunft schnurstracks ins Zimmer meiner Eltern marschiert, hatte mich aus meinem Körbchen genommen, aus dem Kokon gewickelt und verkündet: »Zwei Augen, zwei Ohren, zehn Finger, zehn Zehen und eine Nase. Alles dran. Perfekt.«

Das blieb ihr einziger Kommentar zu dem Thema.

6

Am Sonntag, drei Tage nachdem wir aus dem Krankenhaus nach Hause gekommen waren, kleidete meine Mutter mich für meinen ersten Besuch bei Our Lady of Mercy an, denn um meine Mutter vom Besuch der Sonntagsmesse abzuhalten, musste schon etwas Gravierenderes vorfallen als eine Geburt. Meine Eltern trafen früh in der Kirche ein und gingen wie immer den langen Mittelgang entlang bis zur dritten Bankreihe links, eine Bankreihe, in der wir saßen, solange ich denken kann. Meine Mutter erklärte mir das später mit dem Wunsch, unsere Anwesenheit möge von Gott zur Kenntnis genommen werden, aber man könnte jetzt auch skeptisch werden und behaupten, ihr sei es dabei um die Aufmerksamkeit weit weniger göttlicher Wesen gegangen und sie habe doch eigentlich nur Wert darauf gelegt, von unserem Pfarrer, Pater Brogan, gesehen zu werden. Der regelmäßige Kirchbesuch und die Spenden, die man wöchentlich in einen Umschlag zu stecken bereit war, halfen eine Menge, wenn es darum ging, sein Kind in der überfüllten Grundschule unterzubringen, die Our Lady of Mercy, kurz OLM, angeschlossen war.

Bevor meine Mutter an diesem ersten Sonntag in die Bankreihe rutschte, trug sie mich zu einer Nische gleich vorn rechts neben dem Altar, um mich der Muttergottes dort zu zeigen. Maria stand in einen blau-weißen Schal gehüllt auf einem Globus, hielt einen Rosenkranz in der Hand und zerdrückte unter den nackten Füßen eine Schlange. Das war der erste von vielen Besuchen, die ich dieser Nische abstatten sollte.

Dass meine Eltern ihre erste Begegnung mit Intoleranz ausgerechnet in ihrer Kirche erleben mussten, sagt mehr über die Häufigkeit ihrer Kirchenbesuche aus als über die Geisteshaltung gläubiger Katholiken. Meine Eltern waren treue Kirchgänger und jeden Sonntag in der Messe zu finden. Sie waren keine »Feiertagskatholiken«, wie mein Vater die Leute nannte, die nur an Weihnachten oder Ostern den Weg in die Kirche fanden. Hätten sich meine Eltern ebenso glühend für irgendeine Sportart begeistert, dann hätten sie die erste unangemessene Bemerkung über die Farbe meiner Augen vielleicht von einem Kind mit Baseballmütze und einem Hotdog in der Hand zu hören bekommen. Aber sie waren Kirchgänger, und so saß der Schuldige, ein kleiner Junge in kurzer blauer Hose, in der Bankreihe hinter ihnen und wartete wie sie auf den Beginn der Messe.

»Mom!«, soll der kleine Kerl laut gerufen haben. »Was hat das Baby denn mit den Augen?«

»Und was hast du zu ihm gesagt?«, wollte ich immer wissen, wenn meine Mutter mit ihrer Geschichte bis zu dieser Stelle gekommen war.

»Ich habe mich umgedreht und dem Jungen ganz fest ins Gesicht geschaut. Und dann habe ich zu ihm gesagt: ›Das Baby hat gar nichts mit den Augen. Das sind die Augen, die Gott ihm gegeben hat. Sie sind außergewöhnlich.‹«

Meine Mutter hatte auch keine Probleme damit, mich im Anschluss an die Messe Pater Brogan zu präsentieren.

Der Pfarrer, ein zierlicher Mann mit weißem Bart und unüberhörbarem irischem Akzent, kaschierte geschickt seinen Schock – natürlich war ihm meine Augenfarbe aufgefallen, wie denn auch nicht? –, nahm mich in die Arme, hob mich hoch über seinen Kopf und erklärte, ich sei ein wirklich feiner Junge.

7

Mit zwölf Monaten tat ich meinen ersten Schritt, ein monumentales Ereignis, das allerdings mit keinem Foto im Ordner für das Jahr 1958 dokumentiert ist. Ich weiß, dass ich diesen Schritt an einem Wochentag tagsüber zu Hause machte, weswegen meine Mutter eine Nachstellung inszenieren musste, damit mein Vater alles mit der Kamera festhalten konnte.

Einige Monate nach dem Tod meiner Mutter fand ich bei ihr auf dem Dachboden einen Pappkarton voller Blechdosen mit Filmaufnahmen. In der körnigen Stummfilm-Dokumentation dieses Tages stehe ich in meiner Windel auf wackligen Beinen neben unserem Couchtisch, an dessen einer Ecke ich mich krampfhaft festhalte. Auch meine Mutter ist zu sehen, wie sie in die Hände klatscht und ohne Ton auf mich einredet, um mich zum Loslassen zu bewegen. Vergeblich. Ihr Rosenkranz scheint mich abzulenken, den ich irgendwie ergattert hatte und mit dem ich nun auf den Tisch schlug, wenn ich nicht gerade sabbernd an den Perlen lutschte. Meine Mutter ergriff die erstbeste Gelegenheit, ihn mir aus der Hand zu winden, und ließ das Kreuz verführerisch so gerade eben außerhalb meiner Reichweite baumeln.

»Lauf, Samuel, tu es für Maria!«, lese ich jetzt von ihren Lippen ab, wenn ich mir den Film ansehe. »Lauf für Maria, Samuel!«

Und das war der Moment, in dem ich reagierte, wenn auch nicht mit meinem ersten Schritt. Die schwarz-weißen Bilder zeigen, wie meine Mutter aufhört zu klatschen. Ihr Blick gleitet von mir zur Kamera – eine Sekunde bevor mein Vater sie fallen ließ. Als er sie wieder ausgerichtet hatte, lief ich schon, die Hand nach dem baumelnden Kruzifix ausgestreckt, eine Leistung, die komplett von einer anderen überschattet wurde: von meinem ersten Wort.

»Maria«, hatte ich gesagt.

Für meine Mutter war das natürlich der absolute Beweis dafür, dass Gott mit mir und meinen roten Augen Großes vorhatte. Hätte ihr jemand prophezeit, eines Tages werde über dem Vatikan weißer Rauch aufsteigen und anschließend am Fenster mein Name verkündet, sie hätte nicht mit der Wimper gezuckt. Sie machte sich umgehend an die Arbeit, dafür zu sorgen, dass ich sie nicht beschämte, wenn mein großer Augenblick kam, und es ihr nicht erging wie beim gemeinsamen Schuhkauf, bei dem ich es jedes Mal schaffte, löchrige Socken zu tragen.

Im Alter von fünf Jahren rezitierte ich bereits fehlerfrei das Vaterunser, das Gegrüßet seist du, Maria, und das Gloria, also im Grunde den Rosenkranz. Mom unterrichtete mich oft abends. Ich hielt dann meinen eigenen Rosenkranz in der Hand und ahmte die Hingabe meiner Mutter nach. Wir unternahmen aber auch Ausflüge zur Statue der Muttergottes in ihrer Nische unweit des Altars in unserer Kirche, wo wir niederknieten und beteten.

»Gebete sind wie Münzen, die man in ein Sparschwein

steckt«, erklärte mir meine Mutter. »Sammle sie und spare, bis du sie für etwas Wichtiges brauchst.«

Und so betete ich leise den Rosenkranz, steckte ein Gebet nach dem anderen in mein Gebetssparschwein, zufrieden und getröstet in dem Wissen, dass sie dort liegen und auf mich warten würden, bis ich sie brauchte. Was früher geschah, als ich gedacht hätte.

8

Ich erinnere mich nicht mehr direkt an den Tag meiner Anmeldung in der OLM, habe aber die Geschichte, wie die meiner Geburt, oft genug gehört, dass ich versprechen kann, sie in allen Einzelheiten getreu den Fakten wiederzugeben. Gegen eventuelle Erinnerungslücken hilft ein Zeitungsartikel im Einklebebuch mit der Aufschrift *1963,* und was hier nicht dokumentiert ist, kann ich aus meinem Wissen um die unerschütterliche Entschlossenheit meiner Mutter rekonstruieren, ihrem Sohn eine katholische Erziehung zukommen zu lassen. Und Gott helfe jedem, der sich ihr dabei in den Weg stellte!

Eine Woche vor Beginn des Schuljahrs landete der Brief vom Schulbüro der OLM in unserem Briefkasten. Sowohl der Briefumschlag als auch das Schreiben darin finden sich als Erinnerungsstücke im Einklebebuch meiner Mutter. Jetzt ist das Papier vergilbt und die getippten Buchstaben darauf sind verblasst, aber ich weiß noch genau, wie leuchtend weiß der Umschlag war, als meine Mutter ihn aus dem Briefkasten zog, fast so strahlend wie das Lächeln meiner Mutter an jenem Nachmittag.

»Ist das nicht aufregend, Samuel?«

Ihr Lächeln verblasste rasch, nachdem sie den Brief gelesen hatte.

»Mit Bedauern teilen wir Ihnen auf Ihre Bewerbung hin mit, dass wir Ihren Sohn nicht in die erste Klasse der Our Lady of Mercy aufnehmen können.« Es gebe leider zu viele Bewerber und zu wenige freie Plätze.

Nachdem wir an diesem Abend gegessen hatten, servierte meine Mutter das Schreiben der Schulverwaltung meinem Vater zusammen mit der Tasse Kaffee, die er nach dem Essen gern trank. Dad las den Brief, legte ihn mit der Vorderseite nach unten auf den Küchentisch und schien einen Moment lang mit seinem Latein am Ende zu sein. »Die öffentliche Schule ist sehr gut«, wagte er nach einer Weile einen vorsichtigen Vorstoß. »Bei Samuels … Zustand sollten wir vielleicht nicht allzu viel Wind um die Angelegenheit machen. Er kann den externen Religionsunterricht besuchen, und sowieso gibt es keine bessere Religionslehrerin als dich.«

Meine Mutter gab zwei Stück Zucker in seinen Kaffee und goss ihm die Sahne in den Schoß. Man muss es meinem Vater zugutehalten, dass er kaum zusammenzuckte, sondern lediglich aufstand, nach oben ging und sich umzog. Ich, der Sohn von Madeline Hill, dessen erstes gesprochenes Wort der Name der Mutter Jesu gewesen war, würde keine öffentliche Schule besuchen. Da war sich meine Mutter ganz sicher.

9

Am Montag darauf, es war ein strahlender, sonniger Tag, zog mir meine Mutter die Schuluniform an, die sie mir in Erwartung des großen Tages gekauft hatte: ein kurzärmliges weißes Hemd, eine dunkelblaue Hose und einen roten Pullover. Erst gingen wir in die Kirche, wo wir umgehend die Nische der Muttergottes ansteuerten und vor ihrer Statue niederknieten.

»Jetzt wäre es vielleicht angesagt, deine Gebetsbüchse zu leeren«, schlug meine Mutter vor. Aber nachdem ich jahrelang so oft an diese Möglichkeit gedacht hatte, brachte ich es jetzt nicht übers Herz. Statt die ganze Büchse zu opfern, entfernte ich lediglich im Geiste den Gummipfropfen unten am Sparschwein und schüttelte ein, zwei Gebete heraus.

»Worum bete ich?«, flüsterte ich.

Meine Mutter hob weder den Kopf noch öffnete sie die Augen. »Gerechtigkeit«, flüsterte sie.

Nach unserem Besuch in der Kirche parkte meine Mutter an der Cortez Avenue und marschierte mit mir die steile rote Treppe hoch zum Eisentor, das man passieren musste, wollte man das Schulgelände der OLM betreten. Das hier war der ältere Teil der Schule, der aus dem Jahr 1932 stammte und wie viele Häuser der Umgebung den Einfluss spanischer

Architektur zeigte, der sich besonders in lachsfarben verputzten Wänden, runden Torbögen und roten Ziegeldächern ausdrückte. Von einem Innenhof mit roten Betonplatten und einer erhöht stehenden Statue der Muttergottes im Zentrum führten acht Türen aus Mahagoniholz ins Innere des Gebäudes. Ich spürte den Blick jedes einzelnen Schülers im Rücken, als wir die Treppen hochstürmten, den Innenhof passierten und über den asphaltierten Spielplatz marschierten. Unser Ziel war das Schulbüro im modernen Teil der Schule. Später lernte ich, dass man dieses Büro auch einfacher erreichen konnte, nämlich durch den an der Cabrillo Avenue gelegenen Bereich der Schule, aber das hätte meiner Mutter den großen Auftritt verdorben. Sie war nicht hier, um das Boot ein bisschen schwanken zu lassen. Sie wollte es umkippen.

Im schmucklosen Foyer kam uns die Schulleiterin Schwester Beatrice entgegen. Sie trug ein schwarzes Habit, das ihr in tiefen Falten vom Hals bis zu den Schienbeinen fiel, in der Taille von einem gewebten Gürtel aus Wolle zusammengehalten, an dem ein Rosenkranz aus schwarzen Perlen sowie ein Kreuz aus Ebenholz hingen. Ergänzt wurde das Ganze noch durch die schwarze Haube, eine Brille mit dicken Gläsern und schwarzem Gestell, eine vorspringende Nase und zwei markante Schneidezähne. Ich war entsetzt: Das konnte niemand anderes sein als die böse Hexe des Westens.

»Wie kann ich Ihnen helfen, Mrs Hill?«, erkundigte sich Schwester Beatrice einigermaßen freundlich.

»Ich bin hier, um meinen Sohn Samuel für die erste Klasse anzumelden«, erwiderte meine Mutter ebenso höflich.

»Haben Sie meinen Brief erhalten?«, wollte Schwester Beatrice wissen.

Meine Mutter hielt den Umschlag hoch. »In der Tat.«

»Dann wissen Sie doch bereits, dass Sie hier heute niemanden anmelden werden.«

»Oh, ganz im Gegenteil. Ich möchte das auf jeden Fall heute erledigen, deswegen bin ich gekommen. Samuel soll nicht einen Tag Schule versäumen.«

Schwester Beatrice kräuselte die Lippen, was die schwarzen Haare auf ihrer Oberlippe zucken ließ. »Ich leite diese Schule, Mrs Hill. Und als Leiterin dieser Schule habe ich die Pflicht, meine Entscheidungen so zu treffen, dass sie dem Wohl des jeweiligen Kindes dienen.«

»Und von welchem Kind sprechen Sie in diesem Fall?« Beide Frauen bemühten sich an diesem Punkt immer noch um Höflichkeit.

Schwester Beatrice runzelte die Stirn. »Von Ihrem Kind natürlich.«

»Ach ja? Sie wollen also eine Entscheidung treffen, die in Samuels Interesse liegt? Bevor Sie das tun, Schwester, sagen Sie mir doch bitte, was Sie alles über Samuel wissen.«

»Wie bitte?«

»Außer der Sache mit seiner Augenfarbe, denn von der werden Sie ganz bestimmt gehört haben.«

Bis zu diesem Augenblick hatte Schwester Beatrice mich nicht ein einziges Mal angesehen, und als ihr Blick nun zu meinem Gesicht wanderte, verspürte ich sofort einen dicken Kloß im Hals. Sie verschränkte die Arme vor der Brust und ihre Hände verschwanden in den weiten Ärmeln ihres Habits. »Wie bitte?«

»Ich möchte, dass Sie mir alles erzählen, was Sie über Samuel wissen, Schwester.«

»Ich sehe den Jungen heute zum ersten Mal.«

»Genau. Also verstehe ich nicht, wie Sie eine Entscheidung treffen können, die in Samuels Interesse liegen soll.«

Bei diesen Worten hörten die beiden Frauen, die bisher hinter ihrem holzvertäfelten Tresen anscheinend eifrig beschäftigt gewesen waren, auf, so zu tun, als arbeiteten sie. Offensichtlich sah sich Schwester Beatrice nur selten, wenn überhaupt je, mit Widerspruch konfrontiert.

»Vielleicht sollten wir diese Unterhaltung im meinem Büro fortsetzen«, meinte sie frostig.

»Vielleicht sollten wir das tun«, fand auch meine Mutter.

Schwester Beatrice machte mit raschelnden schwarzen Gewändern kehrt, um in ihr Büro zu marschieren. Dabei drehte sie sich noch einmal um und wollte mit hocherhobener Hand verhindern, dass ich den beiden Frauen folgte. »Der Junge wird hier in der Halle warten.«

»Samuel wird nicht in der Halle warten. Es geht um etwas, das ihn ganz direkt betrifft, er wird also dabei sein müssen. Sicher kann er heute viel über katholische Barmherzigkeit und Mitgefühl lernen.«

Schwester Beatrice ging weiter in ihr Büro, wo sie mit missbilligender Miene auf zwei mit Leinen bespannte Stühle vor einem Metalltisch deutete. Ich war meiner Mutter gefolgt und wir setzten uns. Wenn ich die Eingangshalle schon schmucklos gefunden hatte, so konnte man das Büro der Schulleiterin nur als spartanisch bezeichnen. An der Wand hing je ein Foto von Papst Paul VI. und Pater Brogan, unserem Gemeindepfarrer, und auf dem fast leeren Schreibtisch hockte ein zehn Zentimeter hoher Kaktus, der aussah, als brauche er dringend einen Schluck Wasser.

Schwester Beatrice' Haltung war tadellos. Sie hielt den Rücken gerade und die Hände lagen sauber gefaltet auf der Schreibunterlage. Auch die Wirbelsäule meiner Mutter berührte an keiner Stelle die Rücklehne ihres Stuhls und doch schaffte sie es, die Beine übereinanderzuschlagen. Ich wagte es nicht, mich bequem hinzusetzen.

»Wir sind eine private Schule, Mrs Hill. Pater Brogan hat mich zu deren Leiterin bestimmt. Als solche verfüge ich über die Autorität, jedem Kind die Aufnahme hier zu verweigern, wenn ich es für richtig halte. Unsere Schule unterliegt nicht den Zulassungsbestimmungen, die die Aufnahme an einer öffentlichen Institution regeln.«

»Mit anderen Worten gesagt haben Sie das Recht, im Namen Gottes zu diskriminieren.«

Schwester Beatrice lief rot an. »Das ist keine Diskriminierung. Es handelt sich um eine auf der Basis einer … einer sorgfältigen Analyse getroffene Entscheidung.«

Meine Mutter lächelte und ich konnte nicht anders, ich fand sie schön in ihrem schwarz-weiß karierten Wollrock mit passendem Jackett und der schlichten Perlenkette um den Hals. Sie war blond und hatte blaue Augen, machte einen jugendlichen Eindruck und besaß, wie ich zu meinem Entsetzen später lernen würde, eine Figur, die ihr bis in ihre Vierziger hinein anerkennende Pfiffe eintrug. Mein Vater nannte sie eine »Hinguckerin«, was sich in der Sprache meiner Generation wohl am besten mit »heißer Feger« übersetzen lässt.

»Sagen Sie, Schwester, hätten Sie Samuel die Aufnahme verweigert, wenn er schwarz wäre?«

Schwester Beatrice schnaubte empört. »Natürlich nicht.«

»Ein Chinese?«

»Nein.«

»Russe?«

Sie zögerte, immerhin hatten wir den Kalten Krieg. »Nein.«

»Mein Sohn ist deutsch-irischer Abstammung. Er ist katholisch getauft, in der Kirche, die gleich hier am Rande des Schulhofs steht. Mein Mann und ich sind immer treue und auch großzügige Mitglieder der Gemeinde gewesen, Samuel kann das Vaterunser aufsagen, das Gelobt seist du, Maria, und das Bußgebet. Er weiß, wie man sich bekreuzigt und wie man einen Rosenkranz betet. Also erklären Sie mir bitte, wenn Sie so freundlich sein würden, aus welchen Gründen Sie entschieden haben, ihm den Schulbesuch hier zu verweigern.«

»Ich glaube, dass aufgrund bestimmter Attribute die Anwesenheit Ihres Sohnes in einem Klassenzimmer das Lernklima für die anderen Kinder ungünstig beeinflusst.«

»Sie verweigern Samuel den Schulbesuch, weil er mit roten Augen zur Welt kam, ein Zustand, für den er nichts kann und über den er keine Kontrolle hat.«

»Ich glaube, dass es für Ihren Sohn schwierig sein wird, sich einzufügen, Freunde zu gewinnen.« Meine Mutter wollte etwas sagen, aber Schwester Beatrice war noch nicht fertig. »Die Kinder nennen ihn jetzt schon Sam Hell, wenn sie von ihm sprechen.«

»Jesus, Maria und Josef, und was hat das mit …«

»Sie nennen ihn den ›Teufelsjungen‹«.

Diesmal zuckte meine Mutter sichtlich zusammen. Ich auch. Wer der Teufel war, das wusste ich.

»Ich glaube von daher, dass Ihr Sohn im Klassenzimmer einen Störfaktor darstellen würde. Dessen müssen wir alle uns bewusst sein.« Schwester Beatrice schwieg. Sie war fertig.

»Samuel nicht«, konterte meine Mutter, die ihre Fassung rasch wiedererlangt hatte.

»Bitte?«

»Sie halten es für richtig, sich der Möglichkeit bewusst zu sein, dass andere Kinder sich unsensibel, unkatholisch, unchristlich, nicht Christus gemäß verhalten könnten, finden es aber nicht richtig, sich einem sechsjährigen Jungen gegenüber sensibel zu zeigen, den Gott erschuf und dem Gott rote Augen gab?«

»Wie dem auch sei. Ich habe in meiner Klasse dreiundzwanzig Schüler, an die ich denken muss.«

»Dann sollten Sie vielleicht bedenken, dass Samuels Anwesenheit sehr gut für diese Kinder sein könnte. Die perfekte Möglichkeit, ein paar der Prinzipien in die Tat umzusetzen, denen sich diese Schule und diese Gemeinde verpflichtet fühlen. Einander zu lieben und Barmherzigkeit für die zu zeigen, die anders sind.«

»Ich kann Ihnen versichern, Mrs Hill, dass an dieser Schule christliche Ideale mit Entschiedenheit durchgesetzt werden.« Man darf nicht vergessen, dass wir über die Fünfzigerjahre sprechen, eine Zeit der hölzernen Lineale, als die Zeigestöcke noch Metallspitzen hatten. Schwester Beatrice hatte das Wort »durchsetzen« bestimmt nicht einfach so gewählt.

»Sie werden bestimmt nachvollziehen können, dass Ihre Worte in meinen Ohren in diesem Moment ein wenig hohl klingen, Schwester. Und nun, da es keinen nachvollziehbaren Grund gibt, Samuel nicht hier anzumelden, sagen Sie mir bitte, auf wen ich den Scheck für die Schulgebühren ausstellen soll und in welchem Klassenzimmer er sitzen wird.«

Die beiden Frauen starrten einander nieder. Es entstand ein unheilschwangerer Moment des Schweigens, eine Pattsituation, die Schwester Beatrice auflöste, indem sie verkündete: »In keinem Klassenzimmer, Mrs Hill. Wie ich schon sagte, wird eine Anmeldung Ihres Sohnes nicht stattfinden. Ich habe meine Entscheidung getroffen.«

Meine Mutter stand auf. »Dann werde ich auch meine treffen müssen. Steh auf, Samuel.«

Erleichtert nahm ich das Stichwort auf und rutschte von meinem Stuhl. Meine Mutter öffnete die Bürotür und sagte so laut, dass man sie auch im äußeren Büro hören musste, obwohl sie sich noch einmal zu der Schulleiterin umwandte: »Ich werde für Sie beten, Schwester.« Mit diesem Versprechen rauschte sie hinaus.

Ich trottete brav hinter ihr her und wäre fast gegen ihre Beine gestoßen, als sie bei den beiden Frauen am Tresen stehen blieb. »Halten Sie sich bereit, meine Damen«, sagte sie. »Es wird bald viel für Sie zu tun geben.«

10

»Vergiss alles, was diese Frau gerade von sich gegeben hat«, sagte meine Mutter, während sie mich vor sich her über den Schulhof schob, diesmal ohne neugieriges Publikum, da die Schüler bereits in den Klassenräumen saßen. »Sie ist eine Schande für die Tracht, die sie trägt.«

Ohne weitere Worte stiegen wir in unser Falcon Cabrio und fuhren los, wenn auch nicht nach Hause. Erst dachte ich, meine Mutter steuere auf direktem Weg das Geschäft meines Vaters an, aber wir fuhren an der Broadway Avenue vorbei, ohne langsamer zu werden.

»Wo fahren wir hin?«, wollte ich wissen.

»Einen Freund aus meiner Collegezeit besuchen.«

Wir fuhren auf der El Camino Real bis zu einem unscheinbaren Hochhaus, wo wir auf einem Parkplatz zwischen lauter Kleintransportern parkten, die alle seitlich mit der Zahl vier verziert waren. Im Foyer des Hauses ließ mich meine Mutter auf einem Stuhl Platz nehmen, während sie mit der Frau hinter dem Empfangstresen sprach. Wenig später tauchte ein Mann in Hemd und Krawatte auf, dessen Begrüßungslächeln perfekte Zähne aufblitzen ließ und dessen Frisur den Eindruck machte, als könne sie auch einer Autofahrt bei hundert Stundenkilometern und offenem

Verdeck standhalten. Ich staunte nicht schlecht, als er meine Mutter umarmte und ihr einen Kuss auf die Wange gab.

Meine Mutter winkte mich zu sich. »Samuel, das hier ist Dan, ein alter Studienfreund.«

Dan beugte sich vor, um mir die Hand zu schütteln. »Hallo, Sam. Wie wäre es mit einem kleinen Imbiss?«

Ich sah meine Mutter an, die mit einem Nicken ihr Einverständnis gab.

»Emily?«, wandte sich Dan an die Frau hinter dem Tresen. »Könnten Sie Sam in die Cafeteria bringen und zusehen, dass er einen Happen zu essen und ein Glas Saft bekommt?«

Ganz recht war es mir nicht, meine Mutter bei einem Mann zu lassen, der sie einfach so geküsst hatte, aber da mir am Morgen nicht richtig nach Frühstücken gewesen war, hatte ich jetzt Hunger.

»Kein Problem.« Emily kam hinter dem Tresen hervor. Ich sah sie an, sie sah mich an – blieb stehen und starrte.

»Und besorgen Sie bitte auch Papier und ein paar farbige Markierstifte, damit Sam sich nicht langweilt«, fuhr Dan fort, aber Emily schien ihn gar nicht zu hören. »Emily?«

»Bitte?« Endlich schaffte sie es, den Blickkontakt mit mir abzubrechen.

»Ich sagte, besorgen Sie Sam bitte Papier und ein paar bunte Markierstifte.«

Emily sah zu meiner Mutter hinüber, deren Augenbrauen in die Höhe geschossen waren. »Okay, Markierstifte. Kein Problem.«

Während ich zeichnete, meinen Saft trank und meinen kleinen Imbiss verzehrte, kamen ziemlich viele Leute in die Cafeteria. Wahrscheinlich hatten sie alle gerade Pause, dachte ich damals. Als Dan und meine Mutter endlich zurückkamen, hatte ich drei Blatt Papier mit Bildern verziert. Dan trug inzwischen ein kariertes Sakko.

»Mach dir keine Sorgen«, sagte er, indem er meine Mutter noch einmal umarmte, ohne sie allerdings auch noch zu küssen, wofür ich dankbar war. »Wir kümmern uns drum.«

II

An diesem Abend wartete ich mit einer gewissen inneren Unruhe in meinem Zimmer auf den Ruf zum Abendessen, wobei ich mir sicher bin, dass ich nicht genau verstanden hatte, was am Morgen alles passiert war und was es zu bedeuten hatte. Als meine Mutter mich rief, schlug ich das Buch zu, in dem ich eigentlich hatte lesen sollen, wusch mir im Bad auf der anderen Seite des Flurs flüchtig die Hände, trocknete sie an der Hose ab und spritzte für den Fall, dass meine Mutter nachsehen kam, ein bisschen Wasser auf die Seifenschale. Danach stand ich am Waschbecken und starrte auf die beiden roten Kreise im Spiegel. Die starrten zurück. Das ist meine erste Erinnerung daran, mein Spiegelbild betrachtet und mich gefragt zu haben, warum ich so anders war.

»Teufelsjunge«, sagte ich laut, obwohl mir meine Mutter doch befohlen hatte, alles zu vergessen, was Schwester Beatrice gesagt hatte. Aber wie hätte ich dieses Wort vergessen können? Ich hatte direkt vor ihr gestanden, als sie es sagte.

»Teufelsjunge!« Ich beugte mich dichter zu meinem Spiegelbild vor. »Teufelsjunge!«

»Samuel! Ich rufe dich nicht noch einmal!«

Ich schaltete das Licht im Bad aus und lief die Treppe hinunter. Mein Vater saß in seinem geliebten Ohrensessel und winkte mich zu sich. »Du hattest einen spannenden Tag, hab ich mir sagen lassen«, flüsterte er mir zu. »Jefferson Elementary ist eine gute Schule. Ich habe mit dem Direktor gesprochen. Er würde sich sehr freuen, wenn du dort weitermachst.« Ich hatte die Vorschule der Jefferson Elementary besucht.

»Ich weiß nicht«, murmelte ich.

»Diese Sachen regeln sich oft von ganz allein, Sam.« Mein Vater zwinkerte mir zu. »Warum für Wirbel sorgen? Dadurch wird alles nur noch schlimmer.«

In diesem Moment verkündete meine Mutter, das Essen stehe auf dem Tisch, und mein Vater und ich gingen in die Küche.

Meiner Mutter war das gemeinsame Abendessen fast so heilig wie unsere Besuche der heiligen Messe, weswegen sie auch hier feste Rituale eingeführt hatte: Die Abendmahlzeit begann, sobald mein Vater seinen Manhattan ausgetrunken hatte, genau wie in der Kirche hatten wir auch am Küchentisch jeder unseren festen Platz, und bevor wir das Essen herumreichten, fassten wir uns bei den Händen und sprachen ein Tischgebet. Sobald das »Amen« gefallen war, sollte ich mir meine Serviette über den Schoß breiten, während meine Mutter anfing, das Essen zu verteilen. Ich durfte nicht kleckern oder mich mit den Ellbogen aufstützen und es wurde von mir erwartet, mit »bitte« und »danke« nicht zu geizen. »Kann ich …« war verpönt, es musste »darf ich …« heißen. Auch die Unterhaltung bei Tisch unterlag gewissen Regeln. Wir sollten jeder von unserem Tag berichten, ohne dabei die Dinge anzusprechen, die beunruhigend sein könnten. Meine Mutter fand, das sei nicht gut für die Verdauung.

Trotz dieser Regeln denke ich gern an unsere gemeinsamen Abendessen zurück. Es machte mir Spaß, meinen Vater von seiner Arbeit in der Apotheke reden zu hören, und ich hatte fest vor, eines Tages in seine Fußstapfen zu treten.

An diesem Abend war alles anders. Mein Vater blieb gleich in der Küchentür stehen und starrte entgeistert auf den kleinen tragbaren Schwarz-Weiß-Fernseher mit der an Hasenohren erinnernden wackligen Zimmerantenne, der mit einem Mal den Küchentresen zierte. Ich hatte diesen Apparat nicht mehr gesehen, seit mein Vater ihn im Flurschrank verstaut hatte, weil er im Wohnzimmer durch eine Fernsehtruhe ersetzt worden war. Wäre ein Bär ins Haus gekommen, um sich zu uns an den Tisch zu setzen, ich hätte es weniger seltsam gefunden. Meinem Vater schien es genauso zu gehen.

»Wir essen bei laufendem Fernseher?«, erkundigte er sich vorsichtig.

»Ich möchte die Nachrichten sehen.« Ohne einen weiteren Kommentar zu diesem eklatanten Verstoß gegen das Protokoll stellte meine Mutter eine Schüssel mit grünen Bohnen auf den Tisch. »Hast du dir die Hände gewaschen, Samuel?«

»Ja.«

»Mit Seife?«

Ich sah meinen Vater an, aber der hatte den Anblick des Fernsehers noch nicht verdaut und blieb sprachlos.

»Geh ins Bad und wasch sie dir mit Seife«, befahl meine Mutter.

Diesmal ging ich ins Gästeklo gleich unter der Treppe, wo ich noch einmal im Spiegel meine Augen betrachtete. Sie sahen noch genauso aus wie am Morgen, aber irgendwie fühlte ich mich nicht mehr wie derselbe Mensch. All diese Verstöße gegen unser Ritual bereiteten mir Magenschmerzen.

In der Küche fand ich meinen Vater an seinem angestammten Platz am Tisch, musste bei meiner Mutter jedoch einen weiteren Regelverstoß konstatieren: Um den Fernseher besser im Blick zu haben, saß sie dort, wo eigentlich mein Platz war.

Sie deutete auf ihren Stuhl, der frei geblieben war. »Heute kannst du dich dort hinsetzen, Samuel.«

Wenigstens das Tischgebet sprachen wir wie sonst immer und wir hielten uns dabei auch bei den Händen. Danach reichte meine Mutter die Platte mit dem Brathähnchen herum und ich nahm mir eine Keule, während ich gleichzeitig über die Schulter hinweg den Fernseher anstarrte. »Denk an deine Serviette«, mahnte meine Mutter.

»Kommt denn etwas Besonderes in den Nachrichten?«, erkundigte sich mein Vater.

Meine Mutter reichte ihm gerade die grünen Bohnen, als im Fernsehen ein etwas verschwommen wirkender Walter Cronkite in die Kamera sah und seinen berühmten Schlusssatz sprach: »So ist es eben. Vierter September neunzehnhundertdreiundsechzig.«

Dann folgte wohl ein Werbespot, denn ich erinnere mich daran, wie ich fragte: »Kann ich die Kartoffeln haben?«

»Reich mir bitte die Kartoffeln«, stellte meine Mutter richtig.

»Reich mir bitte die Kartoffeln«, wiederholte ich brav.

Mein Vater konnte gerade noch die Schüssel vom Tisch nehmen, als die Lokalnachrichten anfingen.

»Heute erfuhren wir, dass eine katholische Schule in Burlingame einem Erstklässler die Aufnahme verweigerte, weil der kleine Junge mit einer genetischen Besonderheit zur Welt kam, die die Iris seiner Augen rot wirken lässt.«

Mein Vater ließ die Schüssel mit den Kartoffeln fallen. Das körnige Fernsehbild zeigte meine Mutter mit dem Brief von Schwester Beatrice in der Hand, neben sich Dan, der ihr ein Mikrofon hinhielt.

»Was katholische Werte betrifft, die scheint man bei Our Lady of Mercy eher zu predigen als zu praktizieren«, sagte meine Mutter. »Mein Sohn ist nicht anders als andere Kinder, mit Ausnahme seiner Augenfarbe, für die er nichts kann.«

Jetzt tauchte das Schulgelände von Our Lady of Mercy auf, vom unteren Parkplatz aus gefilmt, ein Blick hoch zum Schulgelände. Gleich darauf wechselte die Kamera zur lachsfarbenen Tür des Schulbüros. Die Vorhänge vor den schmalen Fenstern rechts und links davon waren geschlossen. Dan blickte in die Kamera. »Um ein Gespräch mit der Schulleiterin Schwester Beatrice haben wir uns leider vergeblich bemüht«, erklärte er mit ernster Stimme.

Die Kamera kehrte zurück zu meiner Mutter auf dem Parkplatz. Wieder stand Dan neben ihr und hielt ihr das Mikro hin. »Die Schulleiterin sagte mir, sie sei befugt, solche Entscheidungen allein zu treffen. Ich muss also annehmen, dass sie im Namen der gesamten Gemeinde spricht.«

»Aber genau das scheint nicht der Fall zu sein«, kommentierte der Moderator im Hintergrund, während auf dem Bildschirm nun Pater Brogan in der dunkelbraunen Robe der Franziskaner zu sehen war.

»Es handelt sich hier eindeutig um ein Missverständnis.« Pater Brogan war anzusehen, wie peinlich ihm dieses Interview war. »Wir tun hier in der OLM weit mehr, als katholische Ideale nur zu predigen. Ich kann Ihnen versichern, dass diese Ideale von uns in erheblichem Maße in die Praxis umgesetzt werden.«

»Dann stimmt es also nicht, dass der Junge aufgrund seiner Augenfarbe abgelehnt wurde?«, wollte Dan wissen.

Selbst auf dem verwaschenen Schwarz-Weiß-Bild des Fernsehers konnte man erkennen, wie blass Pater Brogan war. »Wir hatten mehr Bewerber als Plätze«, antwortete er. »Die OLM diskriminiert auf gar keinen Fall.«

Nach dieser Ankündigung sah man erneut meine Mutter neben Dan auf dem Bildschirm. Sie klang um einiges versöhnlicher. »Wir hoffen sehr, dass sich das Missverständnis rasch aufklärt und eine Richtigstellung vorgenommen wird.«

Der Nachrichtensprecher ging zur nächsten Geschichte weiter, während mein Vater und ich wie erstarrt dasaßen.

»Samuel, schalte den Fernseher aus.« Meine Mutter spießte gelassen eine grüne Bohne auf ihre Gabel und steckte sie sich in den Mund.

Nach dem Klacken, mit dem der Fernseher ausging, war es still in unserer Küche. Bis wir das Telefon im Flur läuten hörten. Meine Mutter legte ruhig und ohne Hast die Gabel aus der Hand, nahm ihre Serviette vom Schoß und deponierte sie auf dem Tisch, ehe sie aufstand, um den Anruf entgegenzunehmen. »Familie Hill, Mrs Hill am Apparat.« Pause. »Wie schön, dass Sie anrufen, Pater Brogan.« Eine weitere Pause. »Nein, wir sind gerade fertig.« Eine längere Pause. »Ich verstehe, natürlich. So etwas kann passieren. Sam freut sich sehr darauf.«

Ich sah meinen Vater an, der zur Salzsäule erstarrt schien, allerdings mit hochrotem Gesicht.

Meine Mutter war noch am Telefon. »Wir würden Sie gern einmal zu uns zum Abendessen einladen, Pater. Ja, genau. Das machen wir.«

Ich hörte, wie sie den Hörer zurück auf die Gabel legte. Kurz darauf saß sie wieder bei uns am Tisch, hatte ihre Serviette auf dem Schoß und zog sie zurecht. »Heute Nacht musst du gut schlafen, Sam«, sagte sie. »Ab morgen gehst du in die erste Klasse der Our Lady of Mercy.«

12

Der Rest des Abends verlief in eisigem Schweigen. Ich gab vor, fernzusehen, bis es endlich halb acht war, meine Schlafenszeit. Der große Zeiger war gerade auf die sechs gerutscht, als mein Vater und meine Mutter wie aus einem Munde sagten, es sei nun Zeit für mich, zu Bett zu gehen. Das brauchten sie an diesem Abend nicht zu wiederholen.

Ich rannte nach oben, putzte mir die Zähne, wusch mir das Gesicht und zog meinen Schlafanzug an. Dann schlüpfte ich unter das Bett und robbte mich bis zur Klappe der Warmluftheizung vor. Normalerweise musste ich mein Ohr an den Boden legen, wenn ich der Unterhaltung meiner Eltern im Wohnzimmer unter mir folgen wollte, aber an diesem Tag verstand ich sie problemlos auch so.

»Warum um alles in der Welt hast du das getan, Madeline?«

»Ich lasse nicht zu, dass man ihn diskriminiert.«

»Du hast mehr Aufmerksamkeit erregt und auf ihn gelenkt, als wenn du dich mit einem Signalhorn oben an die Kirchentreppe gestellt hättest.«

»Nun übertreib mal nicht. Ich habe mich für meinen Sohn eingesetzt. Und wenn mich das zu einer schlechten Mutter macht …«

»Und du lass die Märtyrernummer. Es geht hier nicht um dich, Maddy. Es geht um Sam. Er muss morgen in diese Schule gehen und sich in das Bett legen, das du ihm bereitet hast.«

»Es wird ihn stärker machen.«

»Er ist sechs!«

»Und was soll das heißen? Glaubst du, es wird einfacher für ihn, wenn er älter ist?«

»Genau das will ich damit sagen! Die Grausamkeiten werden noch früh genug auf ihn einprasseln.«

Grausamkeiten? Was für eine Schule war diese OLM eigentlich? Die Jefferson Elementary schien mir immer verlockender.

»Grausam war bereits die Begegnung mit dieser Dominikaner-Nonne, die die Unverschämtheit hatte, meinen Sohn, unseren Sohn …«

»Die Nonne, die seine Schulleiterin sein wird.«

»… einen Teufelsjungen zu nennen.«

»Grundgütiger Gott!«, rief mein Vater. »Und da willst du ihn hinschicken?«

»Wenn es nach mir geht, wird sie nicht lange seine Schulleiterin bleiben.«

»Ich bitte dich! Willst du alle Lehrer feuern lassen, die Sam unfreundlich behandeln? Und was ist mit den Kindern, die gemein zu ihm sind? Willst du sie alle der Schule verweisen lassen?«

Unfreundlich? Gemein? Was kam da auf mich zu?

»Jetzt wirst du albern, Maxwell.« Meine Mutter nannte meinen Vater selten Maxwell.

»Ich albern? Ich bin nicht derjenige, der sich im Fernsehen öffentlich zum Affen gemacht hat.«

»Ich habe mich ganz sicher nicht zum Affen gemacht.«

»Du hast die gesamte Gemeinde angeklagt. Die Gemeinde, zu der wir gehören.« Unten schien in der Auseinandersetzung eine gewisse Ruhepause einzutreten, bevor mein Vater fortfuhr: »Sam ist anders. Daran lässt sich nichts ändern.«

»Und ob er das ist.«

»Warum also noch mehr Aufmerksamkeit auf ihn lenken? Warum dafür sorgen, dass er noch stärker auffällt als ohnehin schon? Warum kann er nicht einfach …« Mein Vater schwieg.

»Was? In der Masse untergehen? Sich anpassen?«

»Ja. Zumindest, soweit ihm das möglich ist.«

»Weil er sich nicht anpassen kann, und je früher Samuel das begreift, desto schneller kann er lernen, mit seiner Situation umzugehen.«

Wieder schwiegen die beiden. Dann sagte mein Vater. »Teufelsjunge?«

Später lag ich im Bett und lauschte der Stimme meiner Mutter, die in rhythmischem Fluss ihre Gebete hersagte. Das Auf und Ab der Vater unser und Gelobt seist du, Marias, halfen mir normalerweise gut beim Einschlafen. Nicht so an diesem Abend.

Fast hätte ich mein Sparschwein geopfert und sämtliche Gebete für eine anständige Grippe eingesetzt, aber die würde ja nicht ewig dauern und irgendwann musste ich dann doch in der OLM auftauchen und mich der Grausamkeit und den Gemeinheiten dort stellen, was immer das bedeuten mochte.

Ich hörte meine Mutter die Treppe hinaufkommen und tat so, als würde ich schlafen. Aber ich war schon damals ein schlechter Schauspieler, und so fragte sie mich, während sie mich zudeckte, ob ich geweint hätte.

»Warum bin ich anders?«, wollte ich wissen.

Sie setzte sich zu mir auf die Bettkante. »Du bist nicht anders.«

»Niemand sonst hat rote Augen. Niemand.«

»Und wer hat dir diese Augen gegeben?«

Ich musste schlucken. »Gott.«

»Gott hat dir außergewöhnliche Augen gegeben, Samuel, weil er möchte, dass du ein außergewöhnliches Leben führst.«

»Und wenn ich das nicht möchte? Wenn ich einfach nur so sein will wie die anderen Kinder?«

Sie strich mir das Haar aus der Stirn. Dann tippte sie mir mit der Fingerspitze auf die Brust. »Da drin, wo es zählt, bist du genauso wie jeder andere Junge. Unsere Haut, unser Haar und unsere Augen sind nur die Hülle, die unsere Seele umgibt, und unsere Seele, das ist das, was wir sind. Was zählt, ist das, was in uns ist.«

»Über das, was innen ist, machen sich die Leute nicht lustig«, sagte ich.

Sie seufzte. »Die Leute machen sich oft lustig über Sachen, die sie nicht verstehen.«

»Warum nennen sie mich so, wenn sie mich noch nicht einmal kennen?«

»Sobald sie dich kennen, werden sie dich mögen.«

»Sie nicht. Schwester Beatrice. Sie hasst mich.«

»Sie hasst dich nicht.«

»Sie hat mich Teufelsjunge genannt.«

»Wir wissen nicht immer, was Gottes Wille ist, Sam.«

»Ist es sein Wille, dass sie mich hasst?«

Darüber schien meine Mutter nachdenken zu müssen, und als ihre Antwort dann kam, überraschte sie mich. »Das könnte sein«, sagte sie. »Niemand weiß es.«

»Woher weißt du es dann?«

Sie stand auf. »Du musst glauben, Sam. Kannst du das für mich tun?«

Da war ich mir nicht sicher. Ich war in diesem Augenblick nicht besonders zufrieden mit Gott. Immerhin hatte ich ein paar Gebete aus meiner Sparbüchse eingesetzt und es hatte so gut wie nichts gebracht. »Wahrscheinlich schon«, sagte ich.

»Jetzt mach deine wunderschönen Augen zu und schlaf ein. Morgen ist ein wichtiger Tag.« Sie beugte sich über mich und küsste mich auf die Stirn.

Aber ich schlief nicht ein, jedenfalls nicht gleich. Ich lag wach und fragte mich, welche Grausamkeiten mich, den Teufelsjungen, wohl erwarten mochten. Nach einer Weile hatte ich eine ziemlich genaue Vorstellung davon, schloss die Augen, zerschlug im Geist meine Sparbüchse und opferte jedes einzelne Gebet.

13

In dieser Nacht träumte ich von einer schwarzen Krähe, die mit ihrem spitzen, scharfen Schnabel auf meine Augen einhackte. Dieser Traum wurde zu einem während meiner ganzen Jugend wiederkehrenden Albtraum. Als ich aufwachte, war ich so müde und mein Magen derart in Aufruhr, dass ich einen Moment lang hoffte, Gott hätte meine Gebete erhört und mir wirklich eine Grippe geschickt. Aber nein, so viel Glück war mir nicht vergönnt. Rückblickend weiß ich jetzt, dass meine Mutter Stellung bezogen hatte, dass sie eine Linie gezogen hatte, hinter der es kein Zurück mehr gab. Obwohl ich das damals ganz sicher nicht vollständig verstand, spürte ich doch selbst in meinem zarten Alter, dass es bei meinem Schulbesuch an diesem Tag um weit mehr ging als nur um den Beginn meiner katholischen Erziehung. Es ging um das, was meine Mutter mir am Morgen zuvor ins Ohr geflüstert hatte, als wir vor der Muttergottes knieten.

Gerechtigkeit.

Ich weiß nicht genau, was ich erhofft hatte, als ich an diesem Morgen in den Badezimmerspiegel schaute, aber bestimmt nicht, dass mich unverändert zwei rote Kreise anstarrten. Da hatte ich all meine Gebete eingesetzt und die

Muttergottes hatte nichts an meiner Augenfarbe geändert. Ich hatte mich das erste Mal mit dieser Bitte an sie gewandt, hatte alle meine Gebete geopfert und war enttäuscht worden. Es sollte nicht das letzte Mal gewesen sein.

Meine Mutter und mein Vater standen unten an der Treppe, als ich herunterkam, damit mein Vater das große Ereignis in Schwarz-Weiß festhalten konnte. Meine Sorgen und bösen Vorahnungen manifestierten sich als tiefe Falte auf meiner Stirn, und als ich mir den Film später als Erwachsener ansah, fiel mir auf, dass meine Mutter den Morgen davor nicht hatte festhalten lassen. Ein eindeutiger Beweis, dass sie nicht davon ausgegangen war, mich gleich im ersten Anlauf in der OLM anmelden zu können.

»Erster Tag, wichtiger Tag!«, verkündete mein Vater hinter der Kamera.

»Lächeln, Samuel!«, befahl meine Mutter. »Heute beginnt ein Abenteuer.«

»Ich lächele ja!«, habe ich gesagt, das weiß ich noch genau. Aber in diesem Film sehe ich nicht aus wie ein Kind auf dem Weg in ein neues, aufregendes Abenteuer. Ich sehe aus wie ein Kind, das sich gleich übergeben muss.

Mein Vater ließ die Kamera sinken. »Was hältst du davon, wenn wir diesen Tag feiern und heute Abend bei Santoro essen?«

»Ich habe einen Rinderbraten aus dem Eisfach genommen«, protestierte meine Mutter.

»Den essen wir dann morgen. Was sagst du, Samuel?«

Normalerweise hätte die Aussicht auf eine Pizza bei Santoro meine Laune umgehend in die Höhe schnellen lassen, aber an diesem Morgen wurde mir beim Gedanken an geschmolzenen Käse und ölige Peperoni nur noch schlechter.

»Mir egal«, sagte ich, weil ich das für die unverfänglichste Antwort hielt.

»Nun, mir ist es nicht egal«, sagte mein Vater. »Dann bleibt es also dabei: Wir essen bei Santoro.«

Ich jagte einzelne Cheerios durch meine Schüssel, bis es für meinen Vater Zeit wurde, zur Arbeit aufzubrechen. Zum Abschied umarmte er mich lange und fest. »Ich hab dich lieb, mein Sohn«, versicherte er mir. Da hatte ich schon gesehen, wie ihm eine Träne die Wange hinunterlief.

Meine Mutter tat ihr Bestes, um mich zu beruhigen, indem sie meine Aufmerksamkeit auf die Einzelheiten richtete, die sie über die OLM aufzuzählen wusste. In der Schule gab es zwei erste Klassen, 1A und 1B, jede mit dreiundzwanzig Schülern. Wobei es die 1B mit mir jetzt auf vierundzwanzig Schüler brachte. »Zwei glatte Dutzend!«, freute sich Mom. »Das muss doch Glück bringen.«

Mir war unklar, weswegen.

»Pater Brogan sagt, die 1B ist die Klasse von Schwester Kathleen. Sie soll eine sehr gute Lehrerin sein, habe ich gehört. Iss deine Cheerios, Sam. Wir möchten doch nicht, dass du an deinem ersten Schultag zu spät kommst.«

14

Meine Mutter fuhr die Cortez Avenue hinunter und hielt auf der Straße vor den roten Stufen, die zum Eingangstor des Schulgeländes führten. Mir fiel sofort auf, wie viele Mütter mit Kindern in Schuluniform sich auf dem Bürgersteig drängten. War das normal? Ich konnte es nicht beurteilen, schließlich war heute mein erster Tag. Beim zweiten Hinsehen entdeckte ich in der Menge Dan und einen Mann mit einer Kamera an der Schulter, daneben einen weiteren Mann, der sich mit Bleistift und Notizblock bewaffnet hatte. Dass die drei hier waren, konnte meinem Gefühl nach keineswegs normal sein.

»Da sind wir, Samuel.« Meine Mutter öffnete die Wagentür. »Mit Pünktlichkeit zeigst du Respekt für deine Lehrerin.«

Beim Aussteigen spürte ich, wie sich die Blicke sämtlicher Anwesender auf mich richteten. Alle starrten mich an und viele der Mütter hielten ihre Kinder fest an der Hand, als müssten sie verhindern, dass die einem streunenden Hund zu nahe kamen. Der Mann mit der Kamera deutete in meine Richtung und Dan schien ihm zu sagen, was er filmen sollte. Dankbar registrierte ich, dass einige Kinder schon die Treppe hochstiegen, doch dann entdeckte ich

Schwester Beatrice in ihrem schwarzen Habit, die gerade das Tor aufschloss. Meine Mutter stieg zusammen mit mir und den anderen Schülern die Treppe hinauf, und das ist das Bild, das ich später im entsprechenden Einklebebuch fand. Sie hatte es aus der Lokalzeitung ausgeschnitten, wo es zusammen mit einem kurzen Artikel über meine Aufnahme an der OLM am Tag nach meiner Einschulung die Titelseite geziert hatte. Ob ich auch in den Abendnachrichten zu sehen war, wie ich das erste Mal das Schultor ansteuerte, weiß ich nicht, wir haben nie wieder in der Küche ferngesehen. Irgendeine Art Folgebericht wird es aber wohl gegeben haben.

Reglos wie die Statue der Muttergottes im Hof hinter ihr stand Schwester Beatrice am Schultor und hielt Wache.

»Schwester.« Meine Mutter nickte ihr zu.

Schwester Beatrice sah nur mich an. »Willkommen bei Our Lady of Mercy, Samuel. Du bist in der Klasse von Schwester Kathleen.« Sie deutete nach rechts und schob sich dann resolut vor meine Mutter, als die mit mir weitergehen wollte. »Tut mir leid, Mrs Hill, Erwachsene haben nur mit Besucherausweis Zutritt. Den gibt es im Schulbüro. So sind nun mal die Regeln, sie dienen ausschließlich dem Schutz der Kinder. Ich bin sicher, das verstehen Sie.«

Meine Mutter lächelte mit geschlossenen Lippen, ohne Zähne zu zeigen. Dieses Lächeln kannte ich schon von ihr. Sie beugte sich zu mir herunter und zupfte meinen Hemdkragen zurecht. »Ich wünsche dir einen wunderschönen ersten Schultag, Samuel. Sei brav, tu, was Schwester Kathleen dir sagt, und pünktlich um drei bin ich wieder da und hole dich ab.« Sie richtete sich auf und einen Moment lang trafen sich die Blicke der beiden Frauen. »Ich bin sicher, du wirst den schönsten ersten Schultag haben, den ein Kind an dieser Schule je erlebt hat.«

Während ich noch zusah, wie meine Mutter die Treppe hinunterging, setzte im Innenhof das ohrenbetäubend scheppernde Läuten der Schulglocke ein. Sofort stoben die Schüler auseinander, um sich auf ihre Klassenräume zu verteilen. Auch Schwester Beatrice schritt mit großen Schritten davon und als sie sich kurz zu mir umwandte, nahm ich das als Hinweis, ihr zu folgen. Sie wurde keinen Deut langsamer und ließ sich auch sonst nicht anmerken, dass sie meine Anwesenheit zur Kenntnis nahm, aber ich hörte sie laut und deutlich über den Lärm der Glocke hinweg sagen: »Arroganz ist eine Sünde, Mr Hill. Wer arrogant ist, den bestraft der Herrgott. Bei uns lernt man Bescheidenheit. Für manchen eine harte Lektion.«

15

Ich verbrachte den größten Teil dieses ersten Tages damit, mich vor Grausamkeiten und Gemeinheiten zu fürchten, aber nicht ein einziger Schüler näherte sich mir. Alle starrten mich an – im Laufe des Tages erwischte ich sämtliche Kinder in der Klasse dabei –, aber niemand sprach mit mir und auch ich sagte kein einziges Wort, da ich nie die Hand hob, um eine von Schwester Kathleens Fragen zu beantworten. Der Schwester schien es recht zu sein; sie ließ mich in Ruhe.

In den Pausen und beim Mittagessen saß ich allein auf den blutrot gestrichenen Sitzbänken der Tribüne, die den oberen Spielplatz vom unteren trennten, auf dem die älteren Schüler spielten. Eine Gruppe von Müttern, »Essensdamen« genannt, bewachte uns, um gegebenenfalls jeglichen Unfug gleich zu unterbinden. Wir durften die Sitzreihen erst verlassen, wenn sie unsere Brotbüchsen inspiziert und sichergestellt hatten, dass wir nichts von dem Essen verschwendeten, um das die hungernden Kinder in Afrika uns beneidet hätten. Ich hätte gern die ganze große Pause auf der Tribüne verbracht, aber anscheinend gab es eine Regel, die dagegensprach, denn sobald meine Brotbüchse leer war, forderte mich eine der Essensdamen auf, mir Bewegung zu verschaffen.

Ziellos streifte ich auf dem Schulhof umher. Wenn ich den Mut aufbrachte, mich Klassenkameraden zu nähern, die Kickball oder Ballprobe spielten, taten die, als wäre ich unsichtbar, oder sie nahmen den Ball und verzogen sich damit in eine andere Ecke des Schulhofs. Ein- oder zweimal hörte ich, wie hinter mir jemand »Teufelsjunge« flüsterte.

Die ganze Woche verlief mehr oder weniger wie dieser erste Tag, was sich als problematisch erwies, weil meine Eltern jeden Abend beim Essen einen detaillierten Bericht über meine Erlebnisse erwarteten. Da man ihnen anmerkte, wie wichtig es ihnen war, und da ich sie nicht enttäuschen wollte, tat ich, was wohl jeder Sechsjährige in meiner Lage getan hätte: Ich log.

»Ich habe jetzt noch einen neuen Freund«, verkündete ich am Freitagabend auf die Frage meines Vaters, wie mein Tag gelaufen sei.

»Noch einen?« Mein Vater ließ seine Gabel sinken. »Ich muss schon sagen, du bist wohl sehr beliebt.«

»Beim Kickball wollen mich alle in ihrem Team haben. Sie haben sich richtig um mich gestritten.«

»Doch nicht mit Fäusten, hoffe ich!« Meine Mutter reichte die Schüssel mit den Erbsen herum.

»Nein, sie haben nur ein bisschen herumgeschrien.«

»Kein Wunder bei all den Toren, die du schießt. Maddy, ich glaube, wir haben hier einen Fußballstar.«

»Ach, ich weiß nicht«, wehrte ich ab, weil ich schon fürchtete, übertrieben zu haben.

Ich hatte mir eingeredet, dass meine Geschichten keine richtigen Lügen waren, jedenfalls keine, für die man in der Hölle schmoren musste. Meine Mutter hatte mir erklärt, Lügen seien dann in Ordnung, wenn man sie vorbrachte, um die Gefühle anderer Menschen nicht zu verletzen, und ich fand, in diese Kategorie passten meine Geschichten ganz genau. Meine Mutter und mein Vater sehnten sich danach, dass ich in der Schule dazugehörte, und das Lächeln, das auf ihren Gesichtern auftauchte, wenn wir am Tisch saßen und ich berichtete, war es wert, täglich den Schmerz der Einsamkeit zu ertragen. Ich fand mein Vorgehen perfekt.

»Du solltest ein paar von deinen Freunden nach der Schule hierher zu uns einladen, zum Spielen«, schlug meine Mutter vor, woraufhin ich fast an einem Stück Steak erstickt wäre.

»Aber wo sollten die denn hier alle hinpassen?«, meinte mein Vater vergnügt. »Wir haben einen veritablen Bobby Kennedy im Haus. Gibt es bei euch an der Schule eigentlich eine Schülervertretung? Vielleicht könntest du dich als Klassensprecher aufstellen lassen.«

»Ich weiß nicht«, meinte ich. »Ich glaube, bis die einen so was alles machen lassen, muss man älter sein.«

»Irgendwelche Probleme?«, wollte meine Mutter wissen.

»Nein«, beteuerte ich rasch.

Die Sorge meines Vaters, meine Mitschüler könnten grausam und gemein zu mir sein, schien genauso weit von der Realität entfernt wie die Welt, die ich jeden Abend an unserem Küchentisch erschuf.

Das sollte sich allerdings schon bald ändern.

16

Am folgenden Montag steuerte ich in der Pause wieder einmal die inzwischen zu meinem Stammplatz gewordene Ecke der Tribüne an, wo eine angrenzende Mauer aus Betonsteinen ein wenig Schatten spendete und wo ich mich immer mal wieder eine Weile vor den Essensdamen verstecken konnte. Ich hatte nie Probleme damit, mir meinen angestammten Platz zu sichern, denn sobald ich die Sitzbänke hochkletterte, wichen die anderen Schüler entweder auf eine andere Bank aus oder rutschten ein gutes Stück zur Seite. Die zwischen ihnen und mir klaffende Lücke wurde im Verlauf der Pause rasch größer, weil alle möglichst schnell aufaßen, um dann mehr Zeit zum Spielen zu haben, das eigentlich Wichtige an der Pausenzeit.

Ich hatte es nicht eilig, im Gegenteil: In nur fünf Tagen hatte ich mir die Kunstfertigkeit angeeignet, so langsam zu essen, dass die gesamte fünfunddreißig Minuten dauernde große Pause dabei draufgehen konnte. Sehr zum Ärger der Essensdamen, die, wie ich inzwischen mitbekommen hatte, von einigen Kindern als Essensnazis bezeichnet wurden. Je länger ich aß, desto länger durfte ich auf den Bänken verbleiben. Ich glaube nicht, dass ich mit sechs Jahren schon verstand, was genau mein Dilemma war, aber ich erinnere mich noch an ein starkes Gefühl, anders zu sein als meine Mitschüler, allerdings nicht auf irgendeine außergewöhnliche Art, wie meine Mutter mich so gern glauben lassen wollte.

Mein Mittagessen fing mit dem Sandwich an, bei dem ich erst einmal sorgsam rundum die Kruste abknabberte, um mich dann langsam zum inneren Teil mit dem Käse und der Mayonnaise vorzuarbeiten, wobei ich von Zeit zu Zeit einen winzigen Schluck aus der kleinen Milchtüte trank, die wir für fünf Cent jeden Tag in der Schule kaufen konnten. War das Sandwich aufgegessen, machte ich mich an die Apfelstückchen, von denen ich jeweils erst die Schale, dann ganz langsam den Rest aß. Nach den Äpfeln packte ich mein Hostess Twinkie aus, die von einem Schokoladenmantel umhüllte Süßigkeit aus Creme und Biskuit. Ich aß diesen Nachtisch wie einen Maiskolben, mit dem Ziel, mir das Innere, den Kern aus Vanillecreme, bis zum Schluss aufzusparen.

Am Montag meiner zweiten Schulwoche war ich gerade bei diesem höchst delikaten Teil meiner Mittagsmahlzeit angekommen, als ich zwei Bänke unter mir einen dunkelhäutigen Jungen entdeckte, der mit gerunzelter Stirn zu mir hochschaute. Wie ich wusste, war dies sein erster Tag an der OLM, obwohl das Schuljahr schon vor einer Woche begonnen hatte. Er war der einzige schwarze Schüler an dieser Schule. Schwester Kathleen hatte ihn uns am Morgen als Ernie Cantwell vorgestellt und er ging in Schwester Reagans Klasse, um die Anzahl der Schüler in beiden Klassen anzugleichen.

Außer im Fernsehen hatte ich nie zuvor einen schwarzen Menschen gesehen. Meines Wissens war dieser Ernie nicht nur der einzige schwarze Schüler an der OLM, er war das einzige schwarze Kind in Burlingame, wobei man allerdings sagen muss, dass ich Letzteres damals nur eingeschränkt beurteilen konnte. Ernie hatte aufgegessen und hielt seine braune Papiertüre oben zusammengefasst. Als ich ihn ansah, blies er in die Tüte und ließ sie mit einem Schlag laut knallen. Glücklicherweise unterhielten sich alle Essensdamen gerade miteinander und sie hörten auch nicht damit auf, um ihn zu tadeln oder mich zu bemerken.

Ernie kletterte die Bänke hoch und setzte sich neben mich. »Isst du das immer so?«

Ich nickte.

Er rutschte näher. »Warum?«

Ich zuckte die Achseln.

Er saß neben mir und ließ mein Twinkie nicht aus den Augen. »Ich pule immer die Schokolade von meinem Cupcake. Aber dann esse ich den Kuchen zusammen mit der Creme.«

Ich schwieg in der Hoffnung, er würde dann gehen.

»Was ist mit deinen Augen los?«, fragte er. Ich wandte den Kopf ab. Er kam auf meine andere Seite. »Die sind rot.«

»Was du nicht sagst.«

»Ich hab noch nie wen mit roten Augen gesehen.«

»Und ich habe noch nie jemanden mit schwarzer Haut gesehen.«

Er zuckte die Achseln. »Wo ich herkomme, haben die meisten Kinder schwarze Haut. Und braune Augen.«

Inzwischen hatte ich das Äußere von meinem kleinen Kuchen aufgegessen. »Wo kommst du denn her?«

»Detroit. Das ist echt weit weg, wie in einem anderen Land. Mein Vater hat da Autos gebaut, aber jetzt arbeitet er meistens in der Werkstatt.«

»Wir mussten unser Auto in eine Werkstatt bringen, als es kaputt war.«

»Nein, er arbeitet in seiner eigenen Werkstatt, bei uns in der Garage. Er baut da was.«

»Mein Vater hat eine Drogerie«, sagte ich.

»Er verkauft Drogen? Von denen hatten wir in Detroit eine Menge, deswegen sind wir umgezogen. Ich heiße Ernie.«

»Ich heiße Sam.«

»Du brauchst echt ganz schön lange für ein Twinkie. Kommst du spielen?«

Die Einladung kam für mich völlig überraschend, und da ich sie gern sofort annehmen wollte, drehte ich schnell den röhrenförmigen Kern aus Creme, um ihn mir in den Mund zu schieben. Da tauchte plötzlich vor mir eine rote Kugel auf und traf mich voll ins Gesicht. Der Pudding explodierte, ich kippte unter der Wucht des Aufpralls nach hinten und mein Kopf schlug mit einem grässlich dumpfen Knall gegen die Bank hinter mir. Als ich mich noch ganz benommen aufrappelte, fühlte sich meine eine Gesichtshälfte an, als stünde sie in Flammen.

»Guck mal, der Teufelsjunge hat ein rotes Gesicht! Passt ganz zu seinen Augen!«

»Hallo! Das ist ja Sam Hell!«

Von den drei Jungen, die die Sitzbänke hochgeklettert kamen, war der in der Mitte bei Weitem der Größte. Ich kannte David Bateman nicht persönlich, hatte aber von ihm gehört und wusste, dass er sitzen geblieben war. Bateman war gut einen Kopf größer als die beiden Jungen, die ihn begleiteten, und überragte mich um einiges.

»Teufelsjunge und Negerjunge!«, rief Bateman. »Was machst du mit meinem Ball, Darkie? Gib ihn sofort her.«

Da erst fiel mir auf, dass Ernie einen Gummiball von der Größe eines Fußballs festhielt. Er erzählte mir später, wie der Ball, nachdem er an meinem Gesicht abgeprallt war, die Sitzreihe unter uns getroffen hatte, dort ebenfalls abgeprallt und auf ihn zugeflogen war. Er hatte ihn sich aus der Luft gegriffen, eine beachtliche Leistung, wenn man bedachte, dass er gerade erst von einer Ladung explodierendem Pudding getroffen worden war.

»Was ist? Bist du taub oder bloß dämlich?«

Ernies Augen wurden schmal. Er wirkte kein Stück verängstigt.

»Ich glaube, dieser Junge hatte heute zu Mittag nicht genug zu essen«, fuhr Bateman fort, als Ernie nicht reagierte. Er ballte die Rechte zur Faust. »Was sagst du, Darkie? Willst du mal meine Fäuste probieren?«

Ernie sah mich an.

»Letzte Chance. Gib ihn her.«

Ernie hielt den Ball hoch. »Du willst den Ball hier?«

»Nein, den anderen, Dämelsack!«

»Du hast ihn weggeworfen.«

»Ich hab ihn nach dem Teufelsjungen geworfen. Er gehört mir, gib ihn zurück.«

Ernie schüttelte den Kopf. Mein Herz klopfte zum Zerspringen.

»Bei drei wirfst du ihn … Nigger.«

Ernie starrte ihn an.

»Eins … zwei …«

Ernie sprang blitzschnell auf und hüpfte von den Bankreihen hinunter auf den Asphalt des Spielplatzes. Das ging so schnell, dass David Bateman und seine beiden Freunde ihm nur verdattert hinterherstarren konnten.

»Ihm nach!«, schrie Bateman, nur war das schneller gesagt als getan. Ernie bewegte sich mit der Geschmeidigkeit eines Vogels, der in seinem Schwarm unterwegs ist, nie lange in dieselbe Richtung. Wenn sich ihm jemand in den Weg stellte, machte er kehrt oder er duckte sich zur Seite oder tauchte weg, wobei er jedes Mal noch einen Zahn zulegte. Anfangs gelang ihm das sogar, ohne andere Schüler beim Hinkelkasten oder Seilspringen zu stören, aber bald spielte auf dem ganzen Schulhof niemand mehr, weil alle gebannt die Ereignisse verfolgten.

»Lauft auf die andere Seite«, schrie Bateman seinen Kumpeln zu. »Wir müssen ihm den Weg abschneiden.«

Ein- oder zweimal hätten sie Ernie fast erwischt, aber er konnte sich immer wieder der Situation entwinden und war verschwunden, während seine Verfolger nach vorn gebeugt keuchend wieder zu Atem kommen mussten. Als es so aussah, als hätten sie aufgegeben, sprang Ernie auf die Bankreihe unter mir, warf den Ball in die Luft, und als er wieder herunterkam, trat er nach ihm, bis er höher und weiter flog, als ich je einen Ball hatte fliegen sehen.

Sämtlichen Schülern blieb der Mund offen stehen.

»Ich hab doch gesagt, die wollten ihn gar nicht.« Ernie warf mir von unten her ein Lächeln zu.

»Pass auf!«, schrie ich, aber die Warnung kam zu spät. Genau in diesem Moment war von hinten David Bateman aufgetaucht und rammte Ernie die Faust in die Rippen, bis er sich vor Schmerz krümmte. Dann holte Bateman mit einem zur Maske aus Wut und Hass erstarrten Gesicht zu einem tödlichen Aufwärtshaken aus, der ohne Zweifel Ernie den Kopf abreißen musste. Das war der Moment, in dem bei mir irgendetwas riss. Ich sprang von der obersten Bank auf Batemans Rücken, Bateman verlor das Gleichgewicht, schwankte, konnte sich aber noch aufrecht halten – und ich saß in der Falle. Ich hing einem wütenden Bullen am Hals und würde nicht wieder auf den Boden kommen, ohne ihm in die Finger zu geraten. In meiner Panik klammerte ich mich an seinem Hals fest und ließ nicht locker, während er sich drehte und wendete und wild um sich schlagend versuchte, mich loszuwerden. Inzwischen hatten sich etliche Schüler um uns geschart und feuerten uns an. »Kämpfen! Kämpfen!«

Ein richtiger Kampf war das nicht und wenn es nach mir ging, sollte das auch so bleiben. David Bateman ging in die Knie und sackte vornüber, keuchte und rang nach Luft. Mir war nach wie vor gar nicht klar, dass das an mir lag, dass ich derjenige war, der ihn da würgte. Plötzlich wurde es um uns herum still und unsere eben noch so eifrigen Zuschauer stoben auseinander, als hätten sie eine stumme Glocke gehört.

Über uns ragte Schwester Beatrice auf und starrte mit dem drohenden, schwarzen Blick auf mich herunter, den die Krähe in meinem Albtraum gehabt hatte, bevor ihr spitzer, scharfer Schnabel auf mich einhämmerte.

17

Schwester Beatrice packte mich mit eisernem Griff beim Ohr und drehte es, bis sich mein Würgegriff lockerte. Ohne mein Ohr loszulassen, zerrte sie mich über den Spielplatz in ihr Büro, so auf Vergeltung bedacht, dass sie sich noch nicht einmal nach David Batemans Verfassung erkundigte. Mein letzter Blick auf David zeigte ihn, wie er sich hustend und keuchend auf dem Boden wälzte.

Vor ihrer Bürotür ließ mich Schwester Beatrice auf einen der dort stehenden Stühle fallen und sagte zu einer der Frauen hinter dem Tresen: »Ich glaube, Sie kennen die Telefonnummer von Mrs Hill. Sorgen Sie dafür, dass sie umgehend herkommt.«

Meine Mutter arbeitete nicht außerhalb des eigenen Haushalts (meiner Erinnerung nach hatte außer Ernies Mutter keine der Mütter meiner Klassenkameraden einen Job), also war sie zu Hause, als der Anruf kam. Trotzdem hatte ich das Gefühl, stundenlang auf diesem Stuhl ausharren zu müssen, während mein Ohr immer heißer wurde und pochte, meine eine Gesichtshälfte feuerrot leuchtete und mir der Kopf dort, wo ich beim Fallen gegen die Bankreihe hinter mir gefallen war, ziemlich wehtat. Endlich kam meine Mutter, knallrot im Gesicht und für ihre Verhältnisse sehr leger, in Jeans und Bluse, ohne sich das Haar zurechtgemacht oder Make-up aufgetragen zu haben.

»Was hast du da im Gesicht und in den Haaren?«, wollte sie als Erstes wissen.

Richtig, den explodierten Twinkie hatte ich ganz vergessen. Ich griff mir ins Haar und zupfte einen Klacks hart gewordene Creme von einer Haarsträhne. »Twinkie.«

Mom packte mich beim Kinn und drehte mein Gesicht zu sich. »Dein Gesicht ist geschwollen und rot und dein Ohr sieht aus, als hätte es jemand in Brand gesteckt.«

Eine der Frauen hinter dem Tresen mischte sich ein: »Mrs Hill? Schwester Beatrice möchte Sie und Samuel jetzt sofort sehen.«

Meine Mutter wirbelte herum und marschierte schnurstracks auf die geschlossene Tür zu, die sie öffnete, ohne anzuklopfen oder abzuwarten, bis man sie zum Eintreten aufforderte. Widerstrebend trottete ich hinter ihr her. Schwester Beatrice deutete mit dem Kinn auf die beiden Stühle vor ihrem Schreibtisch, die ich ja nun schon kannte. Wir setzten uns, meine Mutter vielleicht noch aufrechter als sonst auf der Stuhlkante, die Beine übereinandergeschlagen und unter den Stuhl geschoben.

»Sehen Sie, genau das hatte ich befürchtet«, sagte Schwester Beatrice.

»Was ist denn überhaupt passiert?« Meine Mutter klang ganz ruhig.

»Ihr Sohn hat einen Mitschüler fast erdrosselt. Das Kind wird in diesem Moment im Krankenzimmer behandelt.«

»Stimmt das, Samuel?« Meine Mutter sah auf mich herunter.

Ich nickte.

»Was um Himmels willen hat dich denn da geritten?«

Ehe ich antworten konnte, kam mir Schwester Beatrice zuvor. »Ich glaube nicht, dass der Himmel etwas damit zu tun hat, Mrs Hill.«

Meine Mutter warf ihr einen scharfen Blick zu. »Was soll das heißen?«

»Das heißt, Ihr Sohn ist vom Unterricht suspendiert, Mrs Hill. Das heißt, ich habe vor, die Sache Pater Brogan und dem Gemeinderat vorzulegen.« Sie richtete ihren gekrümmten Zeigefinger auf mich. »Es heißt, dass meine Einschätzung dieser Situation korrekt war.«

»Haben Sie sich überhaupt die Mühe gemacht, Sam zu befragen, was los war?«

»Ich habe gesehen, was los war. Ihr Sohn hat einen anderen Schüler angegriffen. Ich habe es mit eigenen Augen gesehen.«

»Er hat Twinkie im Haar und seine eine Gesichtshälfte ist rot und geschwollen.« Meine Mutter packte mein Kinn und drehte meinen Kopf zur Seite. »Wie ist es dazu gekommen?«

»Irrelevant, was das Problem betrifft, über das wir hier reden. Eine Prügelei ist Grund genug für einen Schulverweis.«

»Ich würde Sam gern die Möglichkeit geben, sich zu verteidigen.«

»Das können Sie zu Hause tun, Mrs Hill. Ich muss hier eine Schule mit über vierhundert Schülern leiten.«

»Sie wollen ihn ohne eine Untersuchung der Vorfälle suspendieren?«

»Ich leite diese Schule und ich allein entscheide über angemessene Bestrafungen. Und lassen Sie mich Ihnen noch eins sagen: Sollte es irgendwelche Nachfragen seitens Ihrer

Freunde von der Presse geben, so werde ich diesmal nicht zögern, in allen Details zu schildern, was passiert ist.«

»Wie lange ist er vom Unterricht suspendiert?«

»Das ist noch nicht entschieden. Ich bin nach wie vor der Meinung, Sie hätten ihn hier gar nicht erst anmelden dürfen.«

»Dann verweisen Sie ihn der Schule?«

Aus einem schwarzen Kästchen auf dem Schreibtisch drang eine Stimme: »Schwester Beatrice, Mrs Bateman ist …«

Ich kann nicht sagen, ob dieser Satz je beendet wurde, ich jedenfalls habe es nicht gehört. Denn als Nächstes ertönte aus der Gegensprechanlage ein schriller Schrei, den wir alle auch ohne Hilfe der Technik durch die geschlossene Tür hindurch prima gehört hätten: »Ich will sie sofort sprechen!«

Die Frau, die ins Büro stürmte, füllte mühelos den gesamten Türrahmen aus. Sie trug ein ärmelloses blaues Hemd, das den schwabbeligen Bizeps von Oberarmen zur Schau stellte, die in etwa so dick waren wie die Beine meiner Mutter. Mit weit aufgerissenen Augen, vor Empörung schäumend und zeternd wie Foghorn Leghorn, der riesige Hahn aus den Zeichentrickfilmen, die ich mir samstagmorgens anschauen durfte, schleppte sie hinter sich David Bateman ins Büro. »Sehen … sehen Sie sich den Hals meines Sohnes an!« Sie packte David bei den Haaren und zerrte seinen Kopf herum, um Schwester Beatrice einen roten Kratzer zu zeigen. Dann entdeckte sie mich. »Ist das der kleine Stinker, der meinen David angegriffen hat?«

Bei dem Wort »Stinker« schien meine Mutter, die aufgestanden war, um mindestens vier Zentimeter zu wachsen, reichte Mrs Bateman aber trotzdem noch nicht einmal bis ans Kinn. »Wagen Sie es nicht, meinen Sohn einen Stinker zu nennen.«

»Sehen Sie sich den Hals meines Sohnes an!« Sie zerrte David nach vorn, als wäre er eine Stoffpuppe. »Er hat Kratzer.«

Meine Mutter, die sich so schnell nicht überbieten lassen wollte, zog mich hinter sich hervor. »Und sehen Sie sich das Gesicht meines Sohnes an!« Sie drehte meinen Kopf so, dass die rote Beule gut zu sehen war. »Sehen Sie sich seine Haare und seine Kleidung an.«

»Ihr Sohn hat meinen Sohn gewürgt.«

»Ja, das hat er!«, mischte sich Schwester Beatrice ein. »Ich habe es gesehen.«

»Eine Prügelei ist Grund für einen Schulverweis!«, rief Mrs Bateman.

»Mein Sohn hatte noch keine Gelegenheit, sich zu verteidigen«, widersprach meine Mutter.

Mrs Bateman beachtete sie gar nicht. »Ich erwarte, dass dieser Verweis durchgesetzt wird! Das sehen die anderen Mitglieder im Kirchenvorstand ganz sicher genauso. Sie werden sich daran erinnern, dass ich total dagegen war, diesen … diesen Jungen an unserer Schule aufzunehmen. Wir brauchen wohl keine weiteren Beweise dafür, dass ich mit meiner Einschätzung aus dem Bauch heraus richtiglag.«

»Ich habe fest vor, die Sache mit Pater Brogan zu besprechen und vor den Kirchenvorstand zu bringen«, erklärte Schwester Beatrice. »Ich kann Ihnen versichern, Mrs Bateman, Gewalt wird bei uns nicht toleriert.«

»Sie haben Samuel noch nicht die Gelegenheit gegeben, sich zu verteidigen.« So schnell gab meine Mutter nicht auf. »Glauben Sie, er hat sich diese Beule selbst zugefügt?«

»Das zu entscheiden wird Sache des Kirchenvorstands sein. Ihr Sohn hat zugegeben, einen Mitschüler gewürgt zu haben.«

»Aber Sie haben ihn nie gefragt, warum.«

»Warum ist irrelevant. Auf Wiedersehen, Mrs Hill.«

»So ein Verhalten sieht ihm nicht ähnlich.«

»Ich sagte auf Wiedersehen, Mrs Hill.«

Meine Mutter hatte sich gerade nach ihrer Handtasche umgedreht, als es klopfte und gleich darauf Schwester Kathleen in der Tür stand.

»Warum sind Sie nicht bei Ihrer Klasse, Schwester Kathleen?«, erkundigte sich Schwester Beatrice ungehalten.

»Ich habe Schwester Reagan gebeten, einen Moment lang die Aufsicht zu führen.«

»Schwester Reagan hat ihre eigene Klasse und Schüler, um die sie sich kümmern muss.«

»Ja, Schwester, aber ich fand es wichtig, dass Sie erfahren, was auf dem Schulhof passiert ist.«

»Ich habe mit eigenen Augen gesehen, was auf dem Schulhof passiert ist.«

»Ich bitte um Verzeihung, Schwester, aber ich glaube, Sie haben nicht alles gesehen.«

»Was ich sah, reichte, Schwester.«

»Ich glaube, es liegen mildernde Umstände vor.« Schwester Kathleen ließ nicht locker.

»Ich werde mich nicht auf eine Debatte zwischen zwei Erstklässlern einlassen, wer womit angefangen hat. Ich bin mir sicher, Mr Hill hätte eine gute Geschichte zu erzählen, wenn ich es ihm erlauben würde.«

»Wollen Sie damit andeuten, dass mein Sohn lügt?«, brauste meine Mutter auf. »Samuel lügt nicht.«

»Und er prügelt sich auch nicht und er sorgt auch nicht für Störungen, nehme ich mal an?«, erkundigte sich Mrs Bateman mit sarkastischem Unterton.

»Das stimmt, er tut so etwas nicht«, sagte Schwester Kathleen. Alle sahen sie an.

»Die Umstände sprechen da eine andere Sprache«, meinte Schwester Beatrice.

»Sam verhält sich in meinem Klassenzimmer als musterhafter Schüler. Er ist zurückhaltend und stört keinen der anderen Schüler. Eigentlich sagt er kaum je etwas.«

Das war meiner Mutter neu. Sie warf mir einen Blick zu.

»Wie dem auch sein mag!« Schwester Beatrice war inzwischen deutlich aufgebracht. »Wir reden hier nicht von seinem Benehmen im Klassenzimmer.«

»Genau!«, fand auch Mrs Bateman.

»Wir sprechen von seinem Verhalten auf dem Schulhof, Schwester Kathleen. Waren Sie denn auf dem Schulhof?«, wollte Schwester Beatrice wissen.

»Nicht zur fraglichen Zeit, Schwester.«

»Bitte!« Mrs Bateman machte eine wegwerfende Handbewegung. »Dann kann sie wohl kaum gesehen haben, was passiert ist.«

»Es stimmt, ich habe es nicht gesehen.«

Mrs Bateman sah Schwester Beatrice an: »Dann wären wir wohl so ziemlich …«

»Aber es gibt jemanden, der zu der fraglichen Zeit auf dem Spielplatz war und gesehen hat, was passiert ist«, fuhr Schwester Kathleen fort.

Ohne darum gebeten worden zu sein, winkte sie eine Person ins Zimmer, die wohl im Flur auf ihr Zeichen gewartet hatte, und ich sah verwundert zu, wie Ernie Cantwell vor

Schwester Beatrice' Schreibtisch trat, die Haare immer noch voller winziger Twinkie-Sprenkel. »Ernie Cantwell«, stellte Schwester Kathleen ihn vor.

»Ich habe alles gesehen«, erklärte Ernie und zeigte auf Bateman. »Der Junge hat angefangen. Sam hat versucht zu verhindern, dass er mich umbringt.«

Mrs Bateman richtete sich empört auf. »So dürfte es wohl kaum gewesen sein. Diese beiden Jungen sind eindeutig Freunde und verschwören sich gegen meinen David.«

Schwester Kathleen blieb ruhig und gelassen. »Auch das halte ich nicht für wahrscheinlich. Heute ist Ernies erster Tag in der Schule hier. Er ist spät aus Detroit gekommen. Er und Sam haben sich vorher nicht gekannt.«

»Ich finde, wir sollten die Diskussion jetzt beenden«, erklärte Schwester Beatrice.

»Ich finde, wir sollten uns anhören, was Ernie zu sagen hat«, widersprach meine Mutter. »Ernie, kannst du uns sagen, wie alles angefangen hat?«

»Sam hat sein Twinkie gegessen und der Junge da hat ihm seinen Ball ins Gesicht geworfen.«

»Eindeutig aus Versehen«, rief Mrs Bateman.

»Nein, nicht aus Versehen«, erklärte Ernie. »Er hat selbst gesagt, er hat es mit Absicht gemacht. Er hat gesagt, er hat es getan, damit der Teufelsjunge zu seinen roten Augen auch noch ein rotes Gesicht kriegt.«

Danach durfte Ernie in allen Einzelheiten erzählen, was passiert war. Er berichtete vom roten Ball, der auf meiner Wange gelandet war und den Twinkie zur Explosion gebracht hatte, von Davids Versicherung, das sei kein Unfall gewesen, vom Schlag in die Niere, der Ernie zu Fall gebracht hatte, und vom zweiten Schlag, zu dem Bateman gerade ausgeholt hatte und den er auch gelandet hätte, hätte ich mich nicht auf seinen Rücken geschwungen. Schwester Beatrice hörte sich die Geschichte mit dem verkniffenen Gesichtsausdruck eines Menschen an, der gerade einen unangenehmen Geruch wahrgenommen hat. Bald sollte es noch schlimmer riechen.

»Er hat mich Darkie genannt«, sagte Ernie.

Schwester Beatrice zuckte zusammen. Eine fast greifbare Stille senkte sich über den Raum. Ernie nutzte sie, um eine dramatische Pause einzulegen.

»Und dann hat er mich Nigger genannt.«

Schwester Beatrice riss die Augen auf. Mrs Bateman fing an zu stottern. »Ich … Das kann ich mir nicht vorstellen. Ich weiß nicht, woher er ein solches Wort kennen sollte. Bei uns zu Hause benutzen wir es nicht. Nie! Wahrscheinlich hat er es aus dem Fernsehen! So was hören die Jungs im Fernsehen.« Sie zerrte David am Handgelenk nach vorn, bis er neben Ernie stand. »Hast du diesen Jungen einen Nigger genannt?«

»Nein«, heulte David.

Sie schüttelte ihn, was ihre Unterarme in heftige Wallungen versetzte. »Hast du diesen Jungen einen Nigger genannt?«

Jedes Mal, wenn dieses Wort fiel, schien es wie ein heißes Messer durch die Stimmung im Raum zu schneiden. Sie sprach es mit einer solchen Selbstverständlichkeit aus – allen war klar, woher David es kannte.

»Du tust mir weh.«

»Was habe ich dir gesagt? Was habe ich dir zu diesem Wort gesagt?«

»Dad sagt es!«, weinte Bateman.

Mrs Bateman lief rot an. »Nie!«, wandte sie sich an die übrigen Anwesenden. »Was habe ich dir zum Thema Lügen gesagt?« Sie versetzte David einen so heftigen Schlag an den Hinterkopf, dass er bestimmt nach vorn gekippt wäre, hätte sie ihn nicht weiter am Handgelenk festgehalten.

»Ich habe nicht gelogen!«, schrie er mit krebsrotem Gesicht. Tränen strömten ihm die Wangen hinunter. »Nicht schlagen!«

Mrs Bateman hob die Hand. »Hast du diesen Jungen Nigger genannt?«

»Ja. Ja! Okay, ich habe den Ball geworfen und ich habe ihn Teufelsjunge genannt.«

Seine Mutter schüttelte ihn noch einmal. »Und …?«

»Und ich habe ihn einen Nigger genannt.«

Mrs Bateman wirbelte herum und schleppte ihren Sohn am Arm hinter sich her aus dem Büro. Schwester Kathleen und Ernie hatten kaum Zeit, sich vor ihr in Sicherheit zu bringen und die Tür zu räumen. Noch nachdem die äußere Tür zum Schulbüro zugegangen war, hörten wir Davids Schreie.

Im Raum herrschte eine Stimmung wie nach einem schweren Gewitter: absolute Stille, niemand sagte etwas. Und Schwester Beatrice hatte nur noch Augen für ihre Schreibtischplatte.

Endlich brach Schwester Kathleens sanfte Stimme das Schweigen. »Sam, zeig Ernie bitte, wo die Waschräume sind. Ihr beiden macht euch sauber und kehrt dann sofort in eure Klassenzimmer zurück.«

Ich sah meine Mutter an, die mir mit einem stummen Nicken ihre Erlaubnis erteilte. Schwester Beatrice räusperte sich, als wolle sie etwas sagen, aber meine Mutter warf ihr sogleich denselben vernichtenden Blick zu, den sie mir zukommen ließ, wenn ich mich in der Kirche mal danebenbenommen hatte.

Was Schwester Beatrice in diesem Moment auch immer hatte sagen wollen, der Blick meiner Mutter zwang sie, die Worte runterzuschlucken.

18

Ich musste mich vor dem weißen Porzellanbecken auf die Zehenspitzen stellen, um mir die Hände waschen zu können. Ernie stand am Nachbarbecken. Meine linke Gesichtshälfte blieb nach wie vor rot und brannte, und als ich versuchte, der verklebten Puddingmasse in meinem Haar mit einem feuchten Papierhandtuch Herr zu werden, war ich nur mäßig erfolgreich. Am Ende standen mir zwei Büschel Haare zusammengeklebt vom Kopf ab. Ein Paar Hörner, genau was der Teufelsjunge brauchte.

»Wo hast du so rennen gelernt?«, fragte ich.

Ernie zuckte die Achseln. »Wo hast du so ringen gelernt?«

Ringen? Seine Frage verwirrte mich. Ich hatte mich doch nur auf dem Rücken von David Bateman festgeklammert, Ringen war das bestimmt nicht. »Weiß nicht«, sagte ich.

Auf dem Weg vom Waschraum den Flur hinunter zu unseren Klassenzimmern fragte Ernie: »Wollen wir Freunde sein?«

Fast hätte ich nicht reagiert, so unerwartet kam diese Einladung. »Klar.« Ich sah Ernie nach, wie er den Flur hinunter in seine Klasse rannte. Als er die Tür aufriss, empfing ihn ein lauter Jubelruf, der genauso schnell wieder verstummte. Wahrscheinlich hatte Schwester Reagan die

Beifallsbekundungen sofort unterbunden. Heimlich hoffte ich auf ein ähnliches Erlebnis in meiner Klasse, immerhin war ich das Kind, das David Bateman verhauen hatte. Aber ich hatte die Mahagonitür noch nicht ganz erreicht, als meine Hoffnung dumpfen Befürchtungen wich. Wenn die anderen Kinder schon meiner Augenfarbe wegen Angst vor mir gehabt hatten, was hielten sie dann wohl von dem wirbelnden Derwisch, der nicht nur einen x-beliebigen Mitschüler angegriffen hatte, sondern gleich das Monster persönlich? Wahrscheinlich sahen sie jetzt einen durchgeknallten Irren oder ein wildes Tier in mir und hatten noch mehr Angst. Fast erwartete ich schon, sie bei meinem Anblick erschrocken zurückweichen zu sehen, aber als ich mein Klassenzimmer betrat, rührte sich niemand und man hörte nicht einen Laut. Still setzte ich mich an meinen Platz. Die Zeit der Anonymität mochte vorbei sein, aber nicht die der Ausgrenzung.

19

Meine Eltern redeten beim Abendessen nicht über den Vorfall, denn solche Themen gehörten zu denen, die laut meiner Mutter nicht gut für unsere Verdauung waren. Wir sprachen über die Arbeit meines Vaters und darüber, dass es in seinem Geschäft, einem Drogeriemarkt mit angeschlossener Apotheke, immer besser lief. Das Abendessen näherte sich langsam dem Ende, ohne dass meine »Eskapade« erwähnt worden wäre, und bei mir ließ das Gefühl nach, auf einer scharf gemachten Handgranate zu sitzen. Wahrscheinlich hatten meine Eltern schon über den Vorfall gesprochen und wollten ihn in meiner Gegenwart nicht noch einmal erörtern. Das war bestimmt gut für meinen Verdauungsapparat, half aber kaum, meine Neugier zu befriedigen.

Nach dem Essen zogen wir uns ins Wohnzimmer zurück, wo meine Mutter ihren Rosenkranz betete, mein Vater in seinem Sessel hinter der Zeitung saß und ich eifrig so tat, als sei ich völlig in den sechsten Band der Buchreihe um die Hardy Boys vertieft. Sobald klar war, dass meine Eltern auch nach dem Essen in meiner Gegenwart nicht über die Auseinandersetzung auf dem Schulhof sprechen würden, behauptete ich, müde zu sein, und brachte sogar ein ziemlich überzeugendes Gähnen zustande. Oben in meinem

Zimmer kroch ich sofort unters Bett und legte das Ohr auf die Dielenbretter neben der Heizungsklappe.

»Sie wollte ihn der Schule verweisen?« Mein Vater klang ungläubig. »Die Frau hast du ja gründlich gegen dich und Sam aufgebracht! Sie ist sauer, weil du dich an diesen Fernsehmenschen gewandt hast, und sie sucht bestimmt auch weiterhin nach Mitteln und Wegen, um sich zu rächen.«

»Sie wäre damit sogar durchgekommen, wenn sich dieser Ernie nicht für Samuel geradegemacht hätte. Schwester Kathleen sagt, der Vater hat in Detroit in einer Autofabrik gearbeitet. Die Familie ist gerade erst hergezogen.«

»Genau zur richtigen Zeit, was?« Ich hörte Dads Zeitung rascheln. »Was ist denn mit Sams anderen Freunden? Warum hat sich von denen keiner gemeldet?«

Meine Mutter senkte die Stimme, weshalb ich mein Ohr direkt an den Luftschacht pressen musste. »Das konnte ich dir heute Nachmittag noch nicht erzählen. Ich habe Schwester Kathleen angesprochen, weil sie beim Treffen im Schulbüro sagte, Sam würde im Unterricht nie den Mund aufmachen.«

»Nicht den Mund aufmachen? Ich hatte den Eindruck gewonnen, er hört nie auf zu reden.«

»Kein Wort«, sagte meine Mutter. »Und er hat keine Freunde. Außer vielleicht jetzt diesen Ernie.«

»Was ist mit den Jungs, über die er ständig beim Abendessen redet? Dillon und Barry?«

»Es gibt keinen Dillon in seiner Klasse und auch keinen Barry.«

»Er hat sie erfunden?«

»Und anscheinend auch all seine Bewunderer auf dem Schulhof.«

»Er hat sie erfunden«, wiederholte mein Vater.

Mit ihren nächsten Worten hatte meine Mutter hörbar Mühe, sie schienen ihr fast im Hals stecken bleiben zu wollen. »Schwester Kathleen sagt, in den Pausen und auch mittags sitzt er allein auf einer der Bänke, bis es zum Unterrichtsbeginn läutet.«

»Wie beurteilt sie die Situation?«, wollte mein Vater wissen.

»Sie ist auf jeden Fall sehr mitfühlend, aber …«

»Aber was?«

»Kommt es dir nicht auch merkwürdig vor, dass sie Ernie mit ins Büro brachte, um aufzuklären, was auf dem Schulhof geschah?«

»Seltsam? Wieso?«

»Ich weiß auch nicht genau. Da ist noch mehr dran, Max. Ich hatte das Gefühl, Schwester Kathleen wollte mir etwas erzählen, die Situation genauer erklären, konnte aber nicht. Sie schien mehr zu wissen, als sie sagen wollte.«

»Was ist mit dem Jungen, der den Streit angefangen hat?«

»David Bateman? Er ist doppelt so groß wie die anderen Jungen. Und ich glaube nicht, dass sie ihn der Schule verweisen. Seine Mutter sitzt im Kirchenvorstand, eine ausgesprochen widerliche Person.«

»Vielleicht sollte ich mal den Vater anrufen.«

»Wenn der auch nur halb so widerlich ist wie seine Frau, kannst du dir das sparen.«

Mein Vater schwieg kurz. »Glaubst du, dieser Junge ist zu weiterer Gewalt fähig?«, fragte er dann. »Ist Sam irgendwie in Gefahr?«

Diese Möglichkeit hatte ich bis zu dem Moment noch gar nicht bedacht, was ich nun umgehend nachholte. David

Bateman kam mir nicht vor wie einer, der seine Niederlagen einfach so wegsteckte, und ich würde ihn bestimmt nicht noch einmal hinterrücks überraschen können. Bei der nächsten Konfrontation würde er mich fertigmachen. Mir wurde so übel, dass ich schon unter dem Bett hervorkriechen wollte, als das Gespräch unten wieder interessant wurde.

»Schwester Kathleen sagte, sie hätte Sam anfangs für ein bisschen langsam im Kopf gehalten«, erzählte meine Mutter.

»Langsam?«

Ich blieb liegen, das Ohr am Boden. Als »langsam« hatte ich meine Mutter einmal einen Jungen beschreiben hören, der geistig zurückgeblieben war.

»Was sollte sie denn sonst glauben, wenn er eine Woche lang im Unterricht kein einziges Wort sagt?«

»Samuel ist bestimmt nicht langsam!«

»Natürlich nicht. Ich möchte dir etwas zeigen, was Schwester Kathleen mir gegeben hat.«

Es folgte eine Pause, in der ich die Schritte meiner Mutter hörte, die erst leiser, dann wieder lauter wurden. Sie hatte das Zimmer verlassen, um etwas zu holen, und kam nun zurück.

»Was hast du da?«, wollte mein Vater wissen.

»Sie lassen die Schüler zu Schulbeginn einen Test machen, um zu sehen, wie weit die Einzelnen in den jeweiligen Fächern sind.«

Ich erinnerte mich an den Test, mit dem ich früh fertig gewesen war. Schwester Kathleen hatte mir geraten, den Kopf auf den Tisch zu legen und ein Nickerchen zu machen, solange die anderen Schüler noch arbeiteten.

»Was bedeuten diese Zahlen? Sechsundneunzig, achtundneunzig, siebenundneunzig?«

»Samuels Leistungen sprengen in allen Punkten die Bewertungsmaßstäbe. Sam ist nicht langsam, Max, er ist hochbegabt.«

20

Am nächsten Morgen fuhr mich meine Mutter in ihrem Falcon Cabriolet mit heruntergelassenem Verdeck zur Schule. Sie hielt am Bordstein und wollte aussteigen, aber ich hielt sie zurück. »Ich kann allein gehen.« Mir war aufgefallen, dass nach dem ersten Tag keiner meiner Mitschüler mehr von seiner Mutter die Treppe hinaufbegleitet wurde.

»Schaffst du es denn noch, mir zum Abschied ein Küsschen zu geben?«

Ich küsste sie rasch auf die Wange und rief ihr, schon halb vom Sitz gerutscht, auf Wiedersehen zu.

»Samuel?« Ich drehte mich noch einmal um. Meine Mutter warf mir ein etwas trauriges Lächeln zu, das allerdings schnell strahlender wurde. »Ich wünsche dir einen wunderschönen Tag!«

In genau diesem Moment knallte Ernie die Tür eines alten Volkswagens zu, der ein Stück weiter hinter uns parkte, und kam auf mich zugerannt.

»Cooles Auto!«, rief er.

»Hat mein Dad gebaut«, behauptete ich, was allerdings nicht ganz der Wahrheit entsprach.

Mein Vater hatte den Ford Falcon gebraucht gekauft, eine Anschaffung, von der meine Mutter anfangs wegen der Rostflecke auf Kühlerhaube und Stoßstangen nicht gerade begeistert gewesen war. Ursprünglich wollte sie noch nicht einmal, dass er bei uns in der Einfahrt stand, wo die Nachbarn ihn sehen konnten, wobei ihr schon gefiel, dass er ein Cabrio und metallicblau war, ihre Lieblingsfarbe. Sie nannte den Falcon verächtlich einen Angeberschlitten. Ich glaube, mein Vater hatte das Auto im Grunde gar nicht für meine Mutter gekauft und gehofft, sie werde es nicht fahren wollen und sich für unseren soliden Plymouth Kombi entscheiden. Er beging dann allerdings einen entscheidenden Fehler: Er lud Mom und mich zu einer Spritztour bei offenem Verdeck ein. Als meine Mutter im Anschluss mit einem strahlenden Lächeln aus dem Wagen stieg, lag ihre Entscheidung für mich klar auf der Hand. Also fuhr mein Vater mit dem Plymouth zur Arbeit, bis auf die Samstage, wo ihm Mom großzügig den Falcon überließ.

Ernie und ich liefen mit klappernden Brotdosen die Treppe zum Schultor hoch. Oben trennten sich unsere Wege. Ich verabschiedete mich, drehte mich um und wollte mit Schwung mein Klassenzimmer ansteuern – als ich gegen eine weiche Mauer prallte. So fühlte es sich wenigstens an. Der Zusammenstoß riss mir die Brotdose aus der Hand, deren Deckel aufsprang, woraufhin sich der Inhalt über den Boden verteilte. Ich sah hoch: Über mir ragte David Bateman auf und schlug sich langsam und genussvoll mit der rechten Faust in die linke, offene Handfläche. Dann hob er, ebenso langsam, den Fuß, zerquetschte mein Brot mit Erdnussbutter und Marmelade, drehte sich wortlos um und ging.

Teil zwei

Der Fahrradunfall

I

1989

Burlingame

Dr. Fukomara bekam große Augen, als er mich voll bekleidet auf dem Untersuchungstisch sitzen sah, womit klar war, dass ich mich gegen die Vasektomie entschieden hatte.

»Ich weiß, ich mache Ihnen unnötige Umstände, und natürlich zahle ich für den Termin und die Untersuchung«, versicherte ich ihm. Selbst Arzt, wusste ich natürlich, dass Dr. Fukomara Einnahmen entgingen, wenn ich einen Termin blockierte, den er sonst anderweitig hätte vergeben können.

Fukomara schüttelte den Kopf. »Auf keinen Fall. Ein bisschen Kulanz unter Kollegen kann schon mal sein.«

»Es tut mir wirklich leid …«

»Muss es nicht«, winkte er ab. »Sie haben die richtige Entscheidung getroffen.«

»Ach ja?«

»Natürlich! Es ist Ihre Entscheidung, also ist sie absolut richtig. Niemand hat es hier eilig, denken Sie noch einmal in aller Ruhe nach.« Er mimte mit Zeige- und Mittelfinger eine

Schere. »Dr. Schnippschnapp rennt uns schon nicht weg.« Lachend klopfte er mir auf die Schulter.

Ja, es war wirklich meine Entscheidung gewesen. Eva ahnte nichts davon, sie schwebte immer noch hoch über den Wolken, unterwegs Richtung Boston, wenn ich das richtig behalten hatte. Als Pilotin schwebte Eva fast immer hoch in der Luft, unterwegs nach irgendwohin. Am Anfang unserer Beziehung hatte ich ihre Flugpläne besser im Kopf gehabt als jetzt, das hatte im Laufe der Zeit nachgelassen. Für sie war das Cockpit ein ganz normaler Arbeitsplatz, nur zufällig einer, der sich abends an einem ganz anderen Punkt der USA befinden konnte als noch am Morgen. In den ersten Monaten unserer Beziehung war ich auch schon mal auf ein Wochenende nach Boston oder New York geflogen, um bei ihr sein zu können, oder sie überraschte mich nach einem unerwarteten Rückflug spätnachts, indem sie zu mir unter die Decke kroch und sich an mich schmiegte. Beides, die kleinen Ausflüge und die Überraschungen mitten in der Nacht, kam so gut wie gar nicht mehr vor. Ich hatte zunehmend in meiner Praxis zu tun und wenn Eva spät nach Hause kam, schlief sie jetzt meistens im Gästezimmer, um mich nicht zu stören.

Auf dem El Camino Real unterwegs gen Norden fragte ich mich, ob Eva wohl ebenso verständnisvoll reagieren würde wie Dr. Schnippschnapp. Immerhin rechnete sie bei ihrer Rückkehr fest mit einem Mann, der ihre Eier nicht mehr würde befruchten können, sobald er seine Kanone noch fünfundzwanzig Mal abgefeuert hatte. So viele Ejakulationen waren laut Dr. Fukomara noch nötig, um die eine Milliarde oder so aktiver Spermien loszuwerden, die auch nach einer Vasektomie noch aktiv auf der Jagd unterwegs waren.

»Hinterher sind Sie erst mal noch voll geladen«, hatte er mir kichernd erklärt. »Das ändern Sie nur mit jeder Menge Sex. Ist das nicht schön?«

Am Anfang unserer Beziehung hätten Eva und ich für diese fünfundzwanzig Mal keinen Monat gebraucht. Jetzt, hatte ich am Morgen im Scherz zu ihr gesagt, als ich sie am Flughafen absetzte, würden wir bestimmt sechs Monate brauchen, bis keine scharfe Munition mehr in der Kammer war. Eva hatte über meinen Witz nicht lachen können. Sie hatte mich nur kurz geküsst und war aus dem Wagen gestiegen.

»Wenn es nach der Landung nicht zu spät wird, rufe ich noch an«, hatte sie gesagt.

Ich parkte auf einem der drei reservierten Plätze hinter dem Haus an der Broadway Avenue, das inzwischen mir gehörte, und stieg über die Hintertreppe hoch zu meiner Praxis im ersten Stock. Meine Mutter hatte das Haus, in dem sich die Apotheke meines Vaters befand und das er zusammen mit dem Geschäft gekauft hatte, nach dem Schlaganfall meines Vaters nicht verkaufen mögen. Geld hatte in ihren Überlegungen dabei keine Rolle gespielt.

»Dein Vater hat Blut, Schweiß und Tränen in diese Apotheke gesteckt.« Für sie war das Grund genug, an dem Geschäft festzuhalten.

Jahre später, als meine beste Freundin Mickie und ich den Entschluss fassten, eine gemeinsame Augenarztpraxis zu eröffnen, hatte ich meiner Mutter das Gebäude abgekauft und Broadway Pharmacy als Mieter im Erdgeschoss beibehalten. Meine Mutter hatte mir das Haus als Vorschuss auf mein Erbe schenken wollen, ein großzügiger Vorschlag, auf den ich nicht eingehen konnte.

»Du kriegst es doch sowieso, wenn ich sterbe!«, hatte sie gesagt, als das Thema bei einem gemeinsamen Essen zur Sprache kam. Ich versuchte, mindestens einmal in der Woche zusammen mit meiner Mutter zu essen, meistens an einem Abend, an dem Eva unterwegs war.

»Das ist noch Jahrzehnte hin und vielleicht brauchst du das Geld irgendwann für deine Versorgung. Sonst muss ich dich womöglich noch mit einem Schild um den Hals an die Straße stellen und an den Erstbesten verhökern.«

»Jahrzehnte? Das will ich nicht hoffen. Ehe ich neunzig werde, schmeiße ich mich doch lieber vor einen Bus.«

»Ich schubs dich vor einen Bus, wenn du mir weiterhin Widerworte gibst.«

»Werd nicht frech, Samuel.« Sie hatte meinen Teller abgeräumt, ihr Signal, dass ich ihrer Meinung nach mit Essen fertig war. »Okay, mach mir ein faires Angebot.«

»Ich rufe gleich morgen früh Jerry Conman an.« Jerry Conman war ein ehemaliger Klassenkamerad von mir, der es trotz seines unpassenden Nachnamens – ein Conman ist immerhin ein Betrüger – im Laufe der Jahre zu einigem Erfolg in der Immobilienbranche gebracht hatte. Eine Woche später trafen wir uns in einem irischen Pub an der Broadway Avenue, wo er mir bei einem Glas Guinness erklärte, was ich mir eigentlich auch schon gedacht hatte. »Als laufendes Geschäft haben Drogerie und Apotheke deines Vaters wenig Firmenwert. Die großen Ketten locken die Kundschaft weg. Es wäre besser, du würdest den Laden verkaufen.«

Mein Vater, ausgebildeter Apotheker, hatte fast zwei Jahrzehnte lang nur kraft seiner Persönlichkeit ein erfolgreiches Geschäft geführt. Mit einem sehr guten Personengedächtnis gesegnet, konnte er sich von jedem

Kunden den Vornamen und irgendeine Geschichte aus dessen Leben merken, wodurch ein Besuch in der Broadway Pharmacy nie nur dem reinen Einkauf diente, sondern immer auch ein Erlebnis war. Leider besaß Frank, der Apotheker, den ich nach der Erkrankung meines Vaters eingestellt hatte, dieses Talent nicht. In der Geschäftswelt hat Treue ihren Preis, und als mehr und mehr Drogerieketten mit niedrigen Preisen warben, wuchs unter unseren Kunden die Zahl der Überläufer.

»Die beste Lösung wäre eigentlich, wenn Frank die Kundenkartei und den Warenbestand an eine der Ketten verkaufen würde. Dann könntest du die Ladenräume an ein lukrativeres Unternehmen vermieten. Zum Beispiel an einen Friseursalon. Sonst wird es ein langsamer, teurer Tod, fürchte ich.«

Um den Wünschen meiner Mutter gerecht zu werden, ließ ich mir eine andere Lösung einfallen, die darin bestand, in den bis dahin als Wohnung genutzten fünf Zimmern über dem Laden eine Augenarztpraxis einzurichten. Ich musste einen kleinen Geschäftskredit aufnehmen, um entsprechend umbauen und meinen eigenen Betrieb gründen zu können, ein durchaus riskantes Unterfangen. Ich hätte mir auch vorstellen können, mich in eine bestehende Praxis einzukaufen, aber Mickie richtete sich ungern nach anderen und wollte ganz ihr eigener Chef sein können. Außerdem hätte ich es nicht ertragen, wenn meine Mutter irgendwann etwas, das ihr so viel bedeutete, an einen Fremden hätte verkaufen müssen. Mickie und ich zahlten einen happigen Preis für unsere Selbstständigkeit und unverschämt hohe Zinsen für unseren Kredit. Als mein eigener Chef war ich jetzt ärmer, als ich vorher gewesen war. Das soll nun einer verstehen.

Nachdem wir das »Burlingame Zentrum für Augenheilkunde« eröffnet hatten, verdoppelte sich die Anzahl der in der Broadway Pharmacy abgegebenen Rezepte innerhalb eines Monats, und der Laden verkaufte mehr Brillen und Augenpflegeprodukte als sonst jemand in der Gegend. Was wieder einmal die alte Regel des Immobiliengeschäfts bestätigt, dass die Lage nun einmal alles ist.

»Dr. Hill?« Meine Sprechstundenhilfe wunderte sich sehr, mich zu sehen. Ich hatte meinen Angestellten erklärt, ich würde das Wochenende in Tahoe verbringen, wo ich ein kleines Wochenendhaus besaß.

»Ich musste umplanen, das Haus ist an diesem Wochenende vermietet.«

»Wie schade für Sie.«

Im Wartebereich saß eine untersetzte Frau mit einem kleinen Mädchen, die ich mit einem Lächeln begrüßte, bevor ich weiter den Flur hinuntereilte. Beinahe wäre ich mit Mickie zusammengestoßen, die aus ihrem Sprechzimmer geschossen kam und eins der Behandlungszimmer ansteuerte.

»Was machst du denn hier?« Sie schien nicht sehr erfreut, mich zu sehen. Überhaupt war Mickie in letzter Zeit nicht gut drauf gewesen, was ihr eigentlich gar nicht ähnlich sah.

»Die Agentur hatte das Haus vermietet, ich kann dies Wochenende nicht hin.«

Sie schnaubte verächtlich. »Und das konnte dir unser Conman nicht sagen, bevor du deine Pläne gemacht hast?«

Jerry Conman verwaltete das Wochenendhaus in Lake Tahoe. Mickie mochte ihn nicht, seit ich versucht hatte, die beiden zusammenzubringen. Er hatte ihr unter dem Tisch eines Fünf-Sterne-Restaurants in San Francisco die Hand auf den Oberschenkel gelegt, woraufhin sie ihm fast die Finger gebrochen hätte. Dabei konnte er noch von Glück sagen, dass sie ihm nicht ihre Gabel ins Auge gerammt hatte.

»Mein Fehler«, erklärte ich. »Ich habe Jerry gesagt, er soll das Haus so oft wie möglich vermieten.«

»Und?« Sie verschränkte die Arme vor der Brust. »Wie geht es dem Arschloch?«

»Er liebt dich immer noch und wünscht sich dich als Mutter seiner Kinder.«

»Da ziehe ich mir doch lieber mit dem Kleiderbügel den Uterus durchs Nasenloch raus.«

»Danke, nettes Bild, Mickie.«

Ich hatte keine Termine, weil ich eigentlich gar nicht hatte hier sein wollen, aber da Eva den Abend in Boston verbringen würde, bot ich Mickie meine Unterstützung an. »Wie viele Patienten hast du noch?«

»Zwei, aber einer ist ein Notfall. Die Mutter, Trina Crouch, hat eigentlich auch nach dir gefragt, aber da du nicht da warst, habe ich ihr einen Termin gegeben.«

»Welches ist der Notfall?«

Mickie reichte mir eine der beiden Patientenakten, die sie in der Hand hielt. »Ein siebenjähriges Mädchen, das auf einem Auge blind wird.« Während Mickie berichtete, blätterte ich mich durch die Unterlagen. »Drei Wochen nach einem Fahrradunfall konnte sie in der Schule plötzlich kaum noch etwas an der Tafel erkennen. Die Mutter ließ daraufhin ihre Augen untersuchen und es stellte sich heraus, dass sie auf ihrem linken Auge einen erheblichen Teil ihrer Sehkraft verloren hatte. Ein neurologisches Defizit wurde nicht festgestellt. Lichtwahrnehmung bei geringer Lichtabgabe in beiden Augen. Keine anderen neurologischen Ausfälle durch ein Schädeltrauma.«

Laut einer Notiz im Ordner war das Mädchen bei seinem Vater gewesen, als der Unfall passierte. »Die Eltern sind geschieden?«

»Wer ist das nicht? Mutter und Tochter warten vorne.«

»Ich mach das.«

»Dann schaffe ich meinen Yoga-Kurs um sechs! Du bist mein Held.« Mickies schlanke, durchtrainierte Figur zeugte vom Stoffwechsel eines Kaninchens, gepaart mit einem strengen Sportprogramm: Morgens schwamm sie ihre Bahnen, abends machte sie Yoga.

»Ich freue mich, zu deiner ausgezeichneten körperlichen Verfassung beitragen zu können.«

»Das freut dich nicht so sehr wie mein Date.«

»Der Golfprofi?«

»Ich muss doch sehr bitten – der ist total letzte Woche.«

»Ich dachte, du magst ihn.«

»Dachte ich auch, bis er sein Kurzspiel mit ins Bett brachte.«

»Kein Drive?«

»Überhaupt kein Eisen.«

»Dann freu dich, dass du deine Energie wenigstens beim Hot Yoga verbrennen kannst.«

»Mach dich nur über mich lustig, aber so schnell kommst du auch nicht zum Kalorienverbrauch auf angenehmere Art. Schon gar nicht, wenn du weiterhin auf Dates mit deiner Mitbewohnerin bestehst.«

»Wie nett und diskret du doch immer bist.«

Ich hatte Mickie in den achtzehn Jahren unserer Freundschaft nie in einer festen Beziehung erlebt. Zu viel Arbeit, fand sie. Gesellschaft leisteten ihr ihre drei Pitbulls und sie unterhielt einen Stall glühender Bewunderer, die nur zu gern enger mit ihr befreundet gewesen wären und die sie jederzeit anrufen konnte, damit sie ihre Bedürfnisse befriedigten. In ihrer Freizeit kritisierte sie mein Liebesleben.

Auch jetzt wieder sah sie so aus, als wollte sie etwas sagen – Mickie hatte immer noch etwas zu sagen –, aber dann entschied sie sich wohl doch für ihren Yoga-Kurs. Sie zuckte die Achseln und verschwand. Sie hatte Eva von Anfang an nicht leiden können, mir aber bisher nicht erklärt, weswegen. Stattdessen hagelte es jede Menge spitzer Bemerkungen und sie bestand darauf, Eva als meine »Mitbewohnerin« zu bezeichnen: »Na? Und wo ist deine Mitbewohnerin dieses Wochenende?« Oder: »Wann habt ihr es denn das letzte Mal miteinander getrieben, deine Mitbewohnerin und du?«

Da meine Sprechstundenhilfe inzwischen gegangen war, holte ich Trina Crouch und ihre Tochter selbst aus dem Wartebereich ab. Die Mutter schien geweint zu haben oder sie litt unter Allergien, jedenfalls waren ihre Augen rot und verquollen. Sie war fast so groß wie ich mit meinen etwas über ein Meter achtzig, als sie jetzt aufstand, und kräftig gebaut, wie ich den Anweisungen meiner Mutter zufolge höflicherweise übergewichtige Menschen bezeichnen sollte. Die breite Stirn wurde noch durch den Pferdeschwanz betont, zu dem sie ihre schmutzig-blonden Haare zusammengebunden hatte.

»Mir wurde gesagt, Sie seien nicht hier«, sagte sie, nachdem ich mich vorgestellt hatte.

»Ich musste meine persönlichen Pläne für diesen Nachmittag ändern.« Als ich der Tochter meine Hand hinstreckte, mochte sie die nicht nehmen, weswegen ich mich vor sie hinhockte. »Du musst Daniela sein. Guten Tag, Daniela, ich bin Doktor Sam.« Da ich seit Jahren braune

Kontaktlinsen trug, brauchte ich mir in Bezug auf meine roten Augen keine Gedanken zu machen. Mit roten Augen jagt man Kinder schnell einmal Angst ein. »Wir werden uns heute deine Augen anschauen. Ist das in Ordnung für dich?«

Auch Daniela war groß für ihr Alter, hatte dieselbe Haarfarbe wie ihre Mutter und denselben verängstigten Ausdruck im Gesicht, aber da hörte die Ähnlichkeit auch schon auf. Die Kleine war dünn, eigentlich viel zu dünn für ihr Alter, und sichtlich nervös. Außerdem kam sie mir irgendwie bekannt vor, wobei ich weder sie noch ihre Mutter irgendwo einordnen konnte.

»Kennen wir uns?«, erkundigte ich mich bei Mrs Crouch.

»Ich glaube nicht.«

Wir gingen in mein Sprechzimmer, wo ich Daniela bat, sich auf die Liege zu setzen. Ihre Mutter stand neben ihr, ich saß am Schreibtisch, las in den Patientenunterlagen und stellte Fragen.

»Es fing vor drei Wochen an«, erklärte Trina Crouch. »Sie war mit dem Fahrrad gestürzt und hatte sich den Kopf angeschlagen.«

»Wie schwer war der Fahrradunfall?«

»Das hat ihr Vater nicht genau gesehen, sie lag schon auf dem Bürgersteig, als er aus dem Haus dazukam. Er wohnt am Fuß eines ziemlich steilen Hügels. Er glaubt, sie ist mit dem Rad hochgefahren und hat auf dem Weg nach unten die Kontrolle über das Rad verloren. Dabei ist sie dann wohl über den Lenker geflogen und mit der Stirn aufgeschlagen.«

»Wie lange war sie im Krankenhaus?«

»Nur zur Beobachtung, ein paar Stunden, mehr nicht.«

Ich las mir den Bericht der behandelnden Ärztin in der Notaufnahme durch und wunderte mich, dass es außer aufgeschlagenen Knien weiter keine schwerwiegenden Verletzungen gegeben zu haben schien. Endlich wurde mir auch klar, wieso mir das runde, grobknochige Gesicht so bekannt vorgekommen war: Daniela trug den Nachnamen ihres Vaters und den kannte ich sehr gut, auch wenn ich ihn seit Jahren nicht mehr gehört oder ausgesprochen hatte.

Bateman.

2

1964

Burlingame

Trotz der Drohung, mich seine Fäuste schmecken zu lassen, besaß David Bateman entweder genügend gesunden Menschenverstand, um mich zumindest nach außen hin in Ruhe zu lassen, oder man hatte ihm mit Nachdruck dazu geraten. Unterricht hatte er in einem anderen Klassenzimmer als ich und in den Pausen wusste ich die Nonnen und Essensdamen in meiner Nähe. Aber immer, wenn ich mich gerade etwas entspannt hatte und mir einredete, er könnte unseren Zusammenstoß und seinen Racheschwur vergessen haben, warf er mich wieder aus der Bahn. Er machte mit einer geballten Faust auf sich aufmerksam, die leise in eine offene Handfläche geschlagen wurde, mit einem bedrohlichen Zischen dicht an meinem Ohr oder mit einem scharfen Ellbogen, den er mir in die Seite rammte, wenn wir auf dem Flur aneinander vorbeikamen. So hatte ich ständig das Gefühl, in einem mit Haien verseuchten Gewässer zu schwimmen. Es konnte nur eine Frage der Zeit sein, bis Bateman zuschlug.

Auf dem Schulhof durfte ich jetzt beim Kickball und auch bei der Ballprobe mitmachen, weil ich entweder Ernies Partner war oder mein neuer Freund nur mitspielte, wenn auch ich in eine Mannschaft gewählt wurde. Leider hatte Ernies Einfluss deutliche Grenzen. Immer wieder bekam ich mit, wie sich meine Klassenkameraden gegenseitig nach Hause einluden, einer beim anderen zu Hause übernachtete oder wie sie sich fürs Wochenende zum Spielen verabredeten. An mich ergingen solche Einladungen nie, was besonders auffiel und herzlos war, wenn jemand Geburtstag hatte und die Einladungen zur Party in der Pause ganz öffentlich auf dem Schulhof verteilte. Dann scharten sich sämtliche Mitschüler um das Geburtstagskind und warteten auf ihren Umschlag wie Soldaten im Krieg bei der Postausgabe, wo jeder auf einen Brief seiner Lieben hofft. Einige von uns gingen dabei unweigerlich leer aus, was anfangs unglaublich wehtat. Aber ich lernte schnell, nicht zu viel zu erwarten und das traurige Prozedere zu umgehen, indem ich es ignorierte und stattdessen mit Ernie spielte, der trotz seiner Erfolge auf dem Schulhof und aus Gründen, die ich nicht verstand, ebenfalls oft ohne Einladung blieb.

Vor dem Valentinstag, bei dem ja auch in den Schulen Kärtchen und kleine Geschenke ausgetauscht werden, fürchtete ich mich allerdings angesichts der konsequenten Ausgrenzung durch meine Mitschüler sehr. In meiner Verzweiflung griff ich sogar wieder zur Notlüge, als meine Mutter mich fragte, ob ich für einige meiner Klassenkameraden Valentinskarten kaufen wollte, und behauptete, an unserer Schule sei das nicht erlaubt. Natürlich stimmte das nicht. Ich wollte keine Karten verteilen, weil ich Angst hatte, die von mir Beschenkten könnten sie zerreißen oder wegwerfen.

Schwester Kathleen hatte zum Herumreichen der Karten eine bestimmte Zeit kurz vor der Pause festgesetzt, damit wir nicht den ganzen Tag damit beschäftigt waren und an nichts anderes mehr denken konnten. Als diese zehn Minuten vor der großen Pause gekommen waren und alle nach draußen an ihre Spinde rannten, um ihre Kartenstapel zu holen, blieb ich sitzen. Die zehn Minuten bis zum Läuten kamen mir dann vor wie die längsten meines Lebens. Ich ließ die große Wanduhr nicht aus den Augen, um sofort flüchten zu können, sobald es möglich war, als plötzlich Valerie Johnson vor meinem Pult stand und mir einen weißen Umschlag reichte.

»Schönen Valentinstag, Sam!«, zwitscherte sie fröhlich, um dann schnell weiterzueilen.

Das kam unerwartet. Valerie Johnson war das beliebteste Mädchen in unserer Klasse, von deren großem Haus mit Swimmingpool ich die anderen Mädchen praktisch ununterbrochen schwärmen hörte. Allem Anschein nach hatte sie die beste Geburtstagsparty des Jahres geschmissen. Während rings um mich massenweise Karten bewundert und Süßigkeiten ausgepackt wurden, öffnete ich mit klopfendem Herzen den einzigen Umschlag, den ich bekommen hatte.

Er war leer. Im Umschlag steckte keine Karte und als ich ihn umgedreht hochhielt, fiel eine tote Fliege auf mein Pult. Gleich darauf läutete es und Valerie Johnson tobte mit ihrem Gefolge laut lachend an mir vorbei auf den Schulhof.

3

In der Mittagspause spielte ich Kickball und vergaß dabei sogar, aufs Klo zu gehen. Als das erste Läuten das Ende der Pause ankündigte, wonach uns bis zum Unterrichtsbeginn nur noch fünf Minuten blieben, meldete sich meine Blase dann allerdings eindringlich und ich wusste, ich konnte es nicht länger aufschieben. »Ich muss aufs Klo«, sagte ich zu Ernie, als wir die von unserem Spielplatz zum eigentlichen Schulgelände führende Treppe ansteuerten.

»Dann kommst du zu spät«, warnte Ernie.

Aber es half alles nichts, ich musste wirklich superdringend pinkeln. Während mein Freund sich also den anderen Schülern anschloss, die die Treppe hochstiefelten, und der Klang ihrer Stimmen von den rau verputzten Wänden widerhallte, schlüpfte ich schnell in den Waschraum und kämpfte mit meinem Hosenknopf, der wie immer einen Tick zu groß für das Knopfloch zu sein schien. Ich stellte mich an das Urinal, zog den Reißverschluss herunter und wollte mich gerade erleichtern, als ich draußen im Flur eine wohlbekannte unangenehme Stimme hörte, gefolgt von einem ebenso vertrauten Kichern. Ich erstarrte zur Salzsäule. Das klang ganz so, als wollten David Bateman und seine beiden brutalen Kumpane gerade den Waschraum betreten.

In letzter Sekunde riss ich mich aus der Erstarrung, schoss wie von der Tarantel gestochen in die erstbeste Kabine und konnte gerade noch deren Tür hinter mir schließen, als draußen mit Karacho die Tür zum Waschraum aufgestoßen wurde und mit lautem Knall gegen die Wand schlug.

Da die altmodische Porzellanschüssel in der Kabine keinen Deckel hatte, balancierte ich mit je einem Fuß rechts und links auf dem Rand des Klos, hockte mich hin und lehnte mich an die Wand dahinter. So über der Kloschüssel schwebend, widmete ich mich mit Inbrunst dem, was meine Mutter mich gelehrt hatte. »Gegrüßet seist du, Maria, voller Gnaden, der Herr sei mit dir … bitte lass sie mich nicht finden … bitte, sie dürfen mich nicht finden … Du bist gebenedeit unter den Frauen und gebenedeit ist die Frucht deines Leibes, Jesus … bitte, mach, dass sie mich nicht finden …«

Vorsichtig lugte ich durch den Spalt zwischen Kabinentür und Türrahmen. Die drei Jungen standen Schulter an Schulter am Urinal und kehrten mir den Rücken zu. Ich kannte inzwischen auch die Namen von Batemans Kumpanen, die beide in die zweite Klasse gingen: Patrick O'Reilly und Tommy Leftkowitz. Bateman stieß O'Reilly mit der Schulter an, damit der danebenpinkelte. Dann drehte er sich selbst langsam wie ein Sprinkler auf dem Rasen einmal um die eigene Achse und verteilte seinen Urin unter dem Beifallsgeheul seiner Kumpel über den ganzen Waschraum.

»Mein Dad sagt, Batman ist eine Schwuchtel.« Bateman zog seinen Reißverschluss hoch. »Deswegen trägt er die Strumpfhose.«

»Was ist eine Schwuchtel?«, wollte Leftkowitz wissen.

»Das sind Weicheier«, erklärte O'Reilly. »So nennt mein Dad die.«

»Was ist mit Superman, der hat auch eine Strumpfhose an?«, fragte Leftkowitz.

»Mein Dad sagt, der ist okay, weil er Lois Lane mag.«

Bateman kurbelte inzwischen am Handtuchspender, riss sich ein, wie ich fand, übertrieben langes Stück Papier ab, hielt es unter den Wasserhahn und knüllte es zu einem nassen, braunen Ball zusammen. Solche Bälle waren mir schon vorher aufgefallen, es hingen einige davon an der Waschraumdecke. Während ich weiterhin gebannt durch den Spalt beobachtete, was draußen geschah, fiel mir plötzlich ein, dass ich in der Hektik völlig vergessen hatte, in meiner Kabine den Riegel vorzuschieben. Ich hatte gerade die Hand danach ausgestreckt, als Bateman herumfuhr und die nasse Masse in seiner Hand zielgerichtet genau gegen die Tür meiner Kabine schleuderte, die daraufhin natürlich aufsprang.

Batemans Augen wurden riesig. Dann gingen seine Mundwinkel nach oben. »Wen haben wir denn da?«, höhnte er. »Wenn das nicht der Teufelsjunge ist!« Er rückte näher. »Behältst du etwa beim Scheißen die Hose an?«

»Nein«, sagte O'Reilly. »Ich glaube, der Teufelsjunge pinkelt im Sitzen, wie ein Mädchen.«

In der Hektik hatte ich nicht nur vergessen, die Tür zuzuriegeln, ich hatte auch vergessen, mich wieder zu verpacken, und nun lugte mein Penis mit dem Kopf aus meinem offenen Hosenstall.

»Dann sollten wir ihn vielleicht Teufelsmädchen nennen.« Bateman schlug Leftkowitz auf die Schulter. »Steh draußen Schmiere, ich glaube, Teufelsmädchen braucht einen Schluck Wasser.«

Die Angst in diesem Moment ließ mich völlig erstarren. Wäre meine Hose nicht bereits offen gewesen, ich hätte mich mit einer weiteren Schmach abfinden müssen. So aber traf mein heißer Strahl aus leicht erhöhter Warte Bateman direkt ins Gesicht.

Der schrie auf, als wäre er von einem Schwall Säure getroffen worden. »Das brennt in meinen Augen, es brennt, es brennt!«

O'Reilly versuchte, sich der Dusche zu entziehen, rutschte jedoch auf Batemans Urinpfütze aus. Einen Moment lang schwankte er unsicher, dann versuchte er, sich bei seinem Kumpel an der Schulter festzuhalten, aber der tanzte inzwischen selbst auf dem nassen Boden herum wie auf einer glatten Eisfläche. Einen Moment lang sah es fast so aus, als könnten sich die beiden wieder fangen, aber dann ging O'Reilly endgültig zu Boden und riss Bateman mit sich, der wie ein Müllkutscher fluchend auf dem Boden landete. »Ich bring dich um!«, drohte er. »Du bist so gut wie tot.«

Es läutete zum Unterricht.

Leftkowitz, der draußen Schmiere gestanden hatte, riss die Tür auf und schrie irgendwas, wahrscheinlich: »Es klingelt!«, wobei ich mich allerdings seltsamerweise nur an einen lautlosen Schrei erinnere und sowieso andere Prioritäten hatte. Ich schoss aus der Kabine, spürte eine Hand nach meinem Knöchel greifen, schaffte es, sie abzuschütteln, und rannte weiter, an einem völlig verdatterten Leftkowitz vorbei, der vor Schreck prompt in einen Papierkorb fiel. Während ich die steile Treppe hochstürmte, rechnete ich jede Sekunde fest damit, dass sich Bateman und Konsorten von hinten auf mich stürzen würden, aber ich kam unversehrt oben an und rannte zur Tür meines Klassenzimmers, wo Schwester

Kathleen Wache stand und zusah, wie sich ihre Schüler sauber in einer Reihe hintereinander aufstellten. Wir durften nämlich erst in die Klasse, wenn Ruhe und Ordnung herrschten. Irgendwer, ich weiß nicht, wer, hatte an dem Tag gegen diese Regel verstoßen, weswegen mir eine Gnadenfrist vergönnt war. Trotzdem blieb ich nicht stehen, um mich ordentlich einzureihen, wie denn auch? David Bateman war hinter mir her, das Monster wollte mich umbringen! Also raste ich eklatant gegen Etikette und Protokoll verstoßend an meinen verdutzten Mitschülern vorbei und blieb erst stehen, als ich den Anfang der Reihe erreicht hatte.

»Samuel Hill!«, fuhr Schwester Kathleen mich an. »Du weißt, auf dem Flur wird nicht gerannt.«

»Tut mir leid, Schwester, ich wollte nicht zu spät kommen.«

»Deine Liebe zur Pünktlichkeit in allen Ehren, aber vielleicht kannst du dir das nächste Mal ein bisschen mehr Zeit nehmen und rechtzeitig vom Schulhof zurückkommen?«

»Ja, Schwester. Tut mir leid, Schwester.« *Machen Sie die Tür auf, Schwester! Hier läuft ein Monster frei rum!*

»Jetzt stell dich hinten an«, befahl sie. »Samuel? Hast du mich nicht gehört? Ich sagte, stell dich ans Ende der Reihe.«

Ich trottete ganz nach hinten, stellte mich hinter Mary Beth Potts auf und ließ ängstliche Blicke über den Hof schweifen. Ernie und seine braven Klassenkameraden hatten ihren geordneten Einmarsch ins Klassenzimmer fast abgeschlossen, als mit hochrotem Kopf David Bateman um die Ecke gerannt kam und sich mit Schwester Reagans ausgestrecktem Arm konfrontiert sah.

»Wer zu spät kommt, darf nur nach einer schriftlichen Ermahnung wieder in meine Klasse!«

»Aber …«

»Kein Aber. Bitte geh ins Büro der Direktorin und erkläre dort, warum es dir nicht möglich war, in der dafür vorgesehenen Zeit vom Spielplatz in dein Klassenzimmer zu gelangen.«

Das Letzte, was ich sah, ehe ich in die rettende Zuflucht von Schwester Kathleens Klassenzimmer schlüpfen konnte, war Batemans drohender Blick und seine geballte Faust, die in die offene Handfläche traf.

4

Als die Glocke das Ende des Schultages verkündete, sorgte ich dafür, dass ich als Erster in der Reihe vorn an der Tür stand, und flehte meine Mitschüler im Geiste an, sich doch bitte ganz schnell und leise aufzustellen. Sobald Schwester Kathleen die Tür geöffnet hatte, rannte ich auch schon los. Gerade ging auch drüben bei Schwester Reagan die Tür auf und ich war mir total sicher, dass Bateman genauso wie ich direkt dahintergestanden hatte, um endlich seine Drohungen in die Tat umzusetzen. Schon war ich an der Treppe, schon sah ich, dass die Rettung nicht mehr weit war: Unten am Bordstein parkte mit heruntergelassenem Verdeck der blaue Falcon, darin meine Mutter, die mich auch gerade entdeckt hatte und lächelnd zu mir hochsah. Sie trug eine große weiße Sonnenbrille, hatte sich ein weißes Tuch über die Haare gelegt und unter dem Kinn zusammengeknotet und sah aus wie ein Filmstar aus Hollywood.

Ich riss die Beifahrertür auf, stieg ein und schnallte mich an, ohne daran erinnert werden zu müssen. »Hi, Mom. Fertig, wir können los.«

»Wie war es in der Schule?«

»Prima. Können wir los?«

»Hast du dein Mittagessen aufgegessen?« Sie klappte

meine Brotdose auf, während ich weiterhin angestrengt die Treppe im Auge behielt. Noch war Bateman nicht aufgetaucht. »Du hast schon wieder deine Apfelstücke übrig gelassen!«

Ich beugte mich vor und warf ebenfalls einen Blick in die Brotdose. »Hab ich wohl vergessen.« Als ich mich wieder aufrichtete, stand Bateman oben an der Treppe und sah sich suchend um.

»Du musst dein Obst essen, sonst packe ich dir keinen Nachtisch mehr ein.«

»Verstanden, Mom, wird gemacht.«

Meine Mutter öffnete ihre Handtasche, was mir Gelegenheit gab, Bateman anzusehen. Diesmal stellten wir Blickkontakt her und der Himmel weiß, was mich da ritt und warum ich mich neben meiner Mutter im Falcon derart sicher fühlte: Ich streckte David Bateman die Zunge raus.

»Sam, du musst diese Bescheinigung hoch zu Schwester Kathleen bringen.« Meine Mutter hatte gefunden, wonach sie gesucht hatte, und hielt mir einen Zettel hin. »Es geht um euren Zoobesuch nächste Woche, die Schule braucht noch meine schriftliche Erlaubnis. Ich habe vergessen, sie dir heute Morgen in die Brotdose zu packen. – Sam?«

Ich hatte mich nicht gerührt, starrte nur fassungslos auf die mit der schönen, flüssigen Unterschrift meiner Mutter versehene Einverständniserklärung. »Ich kann nicht!«

»Warum nicht?«

»Ich glaube … ich glaube, mir ist schlecht.«

»Schlecht?«

Eine direkte Lüge war das nicht, ich hatte in diesem Moment sehr das Gefühl, mich gleich erbrechen zu müssen. »Mir geht es schon seit dem Mittagessen nicht gut. Ich glaube, ich muss kotzen.«

»Nicht kotzen, Sam, sag übergeben.«

»Ich glaube, ich muss mich übergeben«, stotterte ich hastig.

»Hast du deswegen deine Äpfel nicht gegessen?«

»Genau.«

»Warum hast du das denn nicht gleich gesagt?«

»Ich … ich habe es vergessen.«

Meine Mutter legte mir die Hand auf die Stirn. »Ein bisschen warm fühlst du dich schon an.« Ihre Hand glitt weiter zu den Drüsen unter meinem Kinn und hinten im Nacken. »Und dein Nacken ist feucht.«

»Ich kann den Zettel noch nächste Woche abgeben. Lass uns nach Hause fahren.«

Meine Mutter seufzte. »Ich mach es lieber gleich, sonst vergesse ich es wieder.« Sie drehte sich um und legte die Hand auf den Türgriff.

»Nein!«

»Es dauert nur eine Minute.«

»Ich glaube, ich muss mich übergeben.«

»So schlimm?«

Ich lehnte stöhnend den Kopf an die Rücklehne.

»Aber wenn ich das heute nicht abgebe, darfst du nicht mit in den Zoo.«

Jetzt steckte ich in einem Dilemma. Ich wollte sehr gern in den Zoo gehen, aber ebenso gern wollte ich vermeiden, von David Bateman umgebracht zu werden. Ich warf einen Blick zur Treppe. Bateman schien verschwunden zu sein. Ich suchte mit den Augen die Straße ab, ohne ihn zu entdecken.

»Mir geht es schon besser«, erklärte ich. »Ich glaube, es geht mir wieder gut.«

Meine Mutter zog die Brauen zusammen. Sie nahm die Sonnenbrille ab. »Sicher?«

»Vielleicht war es nur Luft.« Ich rülpste lang und laut. Das konnte ich von jetzt auf gleich, wenn ich genug Luft schluckte.

»Samuel Hill!«, sagte meine Mutter.

»Tut mir leid, Mom. Aber jetzt geht es mir viel besser.«

»Gewöhn dir das bloß nicht an!« Sie stieg aus und eilte um das Heck des Wagens herum. Ich ließ sie nicht aus den Augen, bis sie im Schulgebäude verschwunden war. Als ich mich wieder auf meine unmittelbare Umgebung besann, musste ich feststellen, dass David Bateman sein Gesicht an das Autofenster an meiner Seite gepresst hatte. Mit einem lauten Schrei rutschte ich weg vom Fenster, kam aber nicht weit, weil sich der Sicherheitsgurt sofort eng über meinen Schoß spannte. So blieb mir nichts anderes übrig, als mich platt hinzulegen, während Bateman über das Fenster langte und in der Luft nach mir tastete.

»Ich bring dich um, Teufelsjunge«, fauchte er. »Ich spül deinen Kopf im Klo runter und dann bringe ich dich um.« Nach einem hastigen Blick Richtung Treppe warf er mir ein letztes höhnisches Grinsen zu und verschwand um die Ecke.

Meine Mutter rutschte wieder hinter das Steuer, sah mich an – und stutzte. Ihre Sonnenbrille thronte inzwischen oben auf dem Schal, den sie sich um den Kopf gebunden hatte. »Geht es dir wirklich besser? Du bist bleich wie ein Gespenst.«

»Mir ist auch wieder schlecht.«

»Wie dumm.« Sie verzog das Gesicht. »Eigentlich wollte ich den Wagen zu Eddy in die Werkstatt bringen. Er braucht dringend einen Ölwechsel. Ich bin schon fünfhundert

Meilen überfällig und dein Vater liegt mir ständig in den Ohren damit.«

Zu Eddy in die Werkstatt? Das munterte mich umgehend auf. »Mir geht es schon wieder prima«, versicherte ich mit einem abschließenden Rülpsen. »Entschuldigung, Mom!«

5

So gern wie bei Fast Eddys Chevron-Tankstelle an der Broadway Avenue war ich sonst nur in der Apotheke meines Vaters. Der flotte Eddy, wie ihn bis auf meine Mutter, die den Namen unhöflich fand, alle nannten, ließ mich in den Werkstattbereich, wo ich zusehen durfte, wie die Automechaniker die Autos auf den hydraulischen Hebebühnen hoch- und runterfuhren, und erklärte mir die Einzelteile eines Motors. Ich lernte schnell, fand er, und er sagte oft, wie sehr er sich freuen würde, wenn ich eines Tages bei ihm arbeitete. Am besten gefiel mir, dass Eddy mich am Schluss immer aufforderte, mir aus dem Behälter vorn auf dem Tresen des Büros einen Lutscher zu angeln. Dass ich den auf Anweisung meiner Mutter nicht gleich essen durfte, sondern ihn mir bis nach dem Abendessen aufsparen musste, verlieh der Süßigkeit noch eine zusätzliche Bedeutung.

Eddy begrüßte uns in seinem ölverschmierten blauen Overall. »Was darf es denn diesmal sein, Mrs H?«

»Bei mir ist ein Ölwechsel überfällig, Eddy. Max liegt mir damit seit zwei Wochen in den Ohren und ich hatte gehofft, Sie könnten mich heute kurz dazwischenschieben.«

»Für Sie finde ich immer einen Termin, Mrs H. Das wissen Sie doch. Sie sind eine meiner besten Kundinnen.« Er sah sich um. »Fahren Sie ihn dort auf die zweite Bühne, Ron kümmert sich dann darum.«

Meine Mutter fuhr den Wagen auf die Bühne und wir gingen zum Warten ins Büro. »Ich muss aufs Klo«, sagte ich.

Meine Mutter runzelte missbilligend die Stirn.

»Dürfte ich wohl bitte Ihre Toilette benutzen?«, wandte ich mich an Fast Eddy.

Eddy reichte mir das lange Holzstück mit dem Schlüssel zum Waschraum daran. »Du schaust nach, ob da drin alles tipptopp ist, Sportsfreund, ja?«, bat er. »Sagst Bescheid, falls ein Service fällig ist?«

Auf dem Weg zum Waschraum an der Rückseite der Werkstatt stemmte ich mir das Holz gegen die Schulter und zielte auf unsichtbare Nazis. Drinnen inspizierte ich wie versprochen wie bei einer offiziellen Inspektion die Kacheln von Wänden und Fußboden. Ich hatte sie schon sauberer gesehen, fand aber, sie könnten noch durchgehen. Nachdem ich das Urinal benutzt hatte, wusch ich mir die Hände, weil meine Mutter bestimmt danach fragen würde, und ging zurück ins Büro. Fast Eddy stand nicht hinter seinem Tresen und meine Mutter saß nicht mehr auf der roten Lederbank im Wartebereich, also ging ich in die Werkstatt, wo sich Fast Eddy gerade bei den Hebebühnen mit Gary, einem seiner Mechaniker, unterhielt. Sie standen mit dem Rücken zu mir und sahen sich den Falcon oben auf seiner Bühne an.

»Solche Frontscheinwerfer gibt es in Burlingame nicht noch einmal«, sagte Eddy.

»Das Heckteil ist auch nicht schlecht.« Gary lachte und ich wäre vor Stolz fast geplatzt.

»Die würde ich auch gern mal über den Kotflügel legen und mit meinem Peilstab ihren Ölstand prüfen«, fuhr Eddy fort. »Ich würde sie schmieren, bis ihr Hören und Sehen vergeht.«

Ohne genau zu wissen, was die beiden meinten, dämmerte mir, dass es nicht mehr um den Falcon ging. Wovon gerade die Rede gewesen war, wurde deutlich, als sie jetzt beiseitetraten: Es ging um meine Mutter. Sie stand in ihrem weißen Pullover neben Ron, dem Mechaniker, der den Ölwechsel machen sollte, und hatte sich vorgebeugt, um sich ansehen zu können, was er ihr gerade am Falcon gezeigt hatte.

Das Holzstück mit dem Kloschlüssel daran landete mit lautem Klappern auf dem Boden.

Eddy drehte sich um. »Hallo, Sportsfreund. Alles blitzblank da hinten?«

Kommentarlos hob ich den Schlüssel wieder auf und reichte ihn Eddy.

»Sieht so aus, als könnte der Falcon einen neuen Kühlerschlauch gebrauchen«, fuhr der unbeeindruckt fort. »Dauert bloß ein paar Minuten. Bist du so nett und hängst den Schlüssel selbst wieder zurück?«

Gary zerzauste mir das Haar, als ich auf dem Weg ins Büro an ihm vorbeimusste. »Hallo, Sammy.«

Ich hängte den Schlüssel an seinem Lederband an den dafür vorgesehenen Haken. Wenig später kam meine Mutter aus der Werkstatt und setzte sich wieder auf die Ledercouch. Sie blätterte in einer Zeitung, und als sie die Beine übereinanderschlug, rutschte ihr der Rock bis über die Knie hoch. Ich warf einen misstrauischen Blick Richtung Gary, der uns nicht weiter zu beachten schien. Trotzdem verrückte ich meinen Stuhl so, dass ich ihm die Sicht versperrte.

Dreißig Minuten später fuhr Eddy den Falcon aus der Werkstatt, wischte mit einem weichen roten Lappen die

Türgriffe ab und hielt meiner Mutter die Wagentür auf. »Sie können ihn jederzeit bringen, Mrs H. Die Jungs und ich freuen uns immer, wenn wir den Falcon zu Gesicht bekommen. Und du, Sam?« Er grinste mir freundlich zu. »Du hast ja ganz vergessen, dir deinen Lutscher zu holen. Gary?«, rief er über seine Schulter. »Bringst du schnell noch den Lutscher für Sam?«

»Nicht nötig«, wehrte ich ab. »Ich will keinen.«

»Samuel!«, fuhr meine Mutter mich an. »Das ist unhöflich! Wie wäre es mit ›Nein danke‹?«

Eddy lächelte nicht mehr. Er hatte die Augen zusammengekniffen und betrachtete mich nachdenklich. Gary trabte herbei, einen lila Lutscher in der Hand, den er mir über mein Fenster hinweg reichte. »Das ist doch deine Lieblingsfarbe, richtig?«

Inzwischen wollte ich einfach nur noch weg. »Samuel?«, sagte meine Mutter. »Hast du noch etwas zu sagen?«

»Danke«, sagte ich leise und nahm die Süßigkeit.

6

Zu Hause behauptete ich weiterhin, mir sei nicht gut, und wieder war das keine richtige Lüge. Ich ging nach oben in mein Zimmer, nicht ohne allerdings vorher in der Küche den Lutscher in den Mülleimer zu werfen. Ich hatte es mir kaum auf meinem Bett gemütlich gemacht, als auch schon meine Mutter auftauchte, um Fieber zu messen. Während sie an meinem Bett saß, den zweiten Zeiger der Uhr im Auge behielt und darauf achtete, dass mir das Thermometer unter der Zunge nicht verrutschte, wurde mir langsam klar, dass meine Mutter etwas Besonderes war und Männer sie gern ansahen. Ich glaube, Kinder haben einen angeborenen Sinn für so etwas, denken aber lieber nicht darüber nach.

»Fieber hast du nicht«, befand meine Mutter mit Blick auf das Thermometer. Zur Bestätigung legte sie mir noch einmal die Hand auf Stirn und Wangen. »War heute in der Schule alles okay?«

»Alles prima.« Ich rollte mich auf die Seite und schloss die Augen.

Nachdem sie mein Zimmer verlassen hatte, lag ich auf der Bettdecke und starrte das Modellflugzeug an, das mein Vater und ich am Wochenende zusammengebaut und mit Angelschnur an der Decke befestigt hatten. Ich dachte an den Fernsehmenschen, der gelächelt und meine Mutter auf die Wange geküsst hatte, und daran, wie oft sich an der Ampel Wagen neben uns schoben, wenn wir mit heruntergelassenem Verdeck unterwegs waren, und wie die Männer darin dann gern ihre Motoren aufheulen ließen. Bisher hatte ich gedacht, sie bewunderten den Falcon.

»Ignoriere sie einfach, Samuel«, riet meine Mutter in solchen Fällen, aber ich hatte trotzdem oft kurze Blicke riskiert und mitbekommen, wie die Männer lächelten und zwinkerten, um die Aufmerksamkeit meiner Mutter auf sich zu lenken.

»Ich glaube, der kennt dich«, hatte ich anfangs ein-, zweimal gesagt.

»Ganz bestimmt nicht«, hatte meine Mutter jedes Mal erwidert.

»Warum winkt er dir denn dann zu?«

»Er möchte ein Wettrennen.«

»Au ja, dürfen wir das machen?« Ein Wettrennen hätte ich toll gefunden.

»Auf gar keinen Fall. Wettrennen sind gesetzwidrig und gefährlich. Ein Auto ist kein Spielzeug, Samuel.«

Trotzdem war mir mehr als einmal aufgefallen, wie schnell der Falcon nach solchen Begegnungen über die Kreuzung schoss, sobald die Ampel umgesprungen war.

Ich dachte über Eddy und Gary nach und über das, was sie gesagt hatten. Das mit dem Ölpeilstab verstand ich damals bestimmt noch nicht, nur dass an den Bemerkungen der beiden Männer etwas falsch war. Leute, die mir mit hässlichen Bemerkungen über meine Mutter das Leben schwer machten, konnte ich gerade überhaupt nicht gebrauchen, ich hatte mit Schwester Beatrice und David Bateman genug um die Ohren. Wenn es nach mir ging, sollte meine Mutter nie wieder einen Fuß in Fast Eddys Werkstatt setzen.

Als mein Vater nach Hause kam, hörte ich meine Eltern unten miteinander sprechen, machte mir aber nicht die Mühe, aufzustehen und am Luftschacht zu lauschen. Ich konnte mir auch so denken, was meine Mutter meinem Vater berichtete: Ich lag oben und fühlte mich nicht gut, sie glaubte aber nicht, dass ich krank sei. Und ja, sie hatte den Wagen in die Werkstatt gebracht, was teurer geworden war als erwartet, weil auch noch ein Schlauch ersetzt werden musste. Solche Sachen ärgerten meinen Vater immer, bestimmt fand er, sie hätte warten und ihn das machen lassen sollen, um den Arbeitslohn zu sparen.

Wenig später hörte ich schwere Schritte auf der Treppe. Leise ging die Tür meines Zimmers auf und mein Vater trat in die durch die Holzläden am Fenster hinter meinem Bett entstandenen Streifen aus Schatten und Licht. Er legte mir die Hand an die Stirn. »Deine Mutter sagt, du fühlst dich nicht gut.«

»Ist schon okay.«

»Das hoffe ich doch. Wer guckt denn sonst heute Abend mit mir Bonanza?«

»Das schaff ich schon, glaube ich.«

»War irgendetwas in der Schule heute? Irgendetwas, worüber du reden möchtest?«

»Nein, nichts.«

»Weißt du, was? Wenn ich wetten würde, was ich ja nicht tue, würde ich wetten, dass dir irgendetwas auf der Seele liegt.« Er hielt den immer noch makellos verpackten Lutscher aus Eddys Werkstatt hoch.

Ich setzte mich auf. »Dad, was heißt das, wenn jemand

sagt, sie würden jemand anderen gern über die Kühlerhaube legen und mit ihrem Ölpeilstab deren Ölstand prüfen?«

Mein Vater richtete sich auf. »Wo um alles in der Welt … Oh!« Er sah den Lutscher an.

»Was bedeutet es?«

Mein Vater schürzte die Lippen. »Dass es Zeit wird, uns eine neue Autowerkstatt zu suchen.«

7

David Bateman lauerte inzwischen überall. Er versteckte sich hinter Säulen, er umkreiste den Spielplatz, wenn ich mein Mittagsbrot aß. Jeden Morgen ging ich vorm Verlassen des Hauses schnell noch mal aufs Klo, jeden Nachmittag beim Nachhausekommen führte mich mein erster Weg wieder dorthin. Auf keinen Fall wollte ich mich noch einmal auf der Schultoilette erwischen lassen. Eigentlich ging ich nur noch freitags gern in die Schule, weil dann nach dem letzten Läuten am Nachmittag zweieinhalb wundervoll freie Tage vor mir lagen. Zweieinhalb Tage, in denen ich mich nicht in von Bateman verseuchten Gewässern bewegen musste. Es war an einem dieser Freitagnachmittage, als ich nach Schulschluss unten an der Treppe meine Mutter im Gespräch mit einer großen, dunkelhäutigen Frau antraf.

»Samuel, das hier ist Mrs Cantwell, Ernies Mom«, stellte meine Mutter uns vor.

Mrs Cantwell stand das Haar um den Kopf wie ein Heiligenschein. Wie man es mir beigebracht hatte, streckte ich ihr die Hand hin. »Guten Tag.«

»Was für ein höflicher junger Mann! Mein Ernie hat mir viel von dir erzählt, Sam. Er redet praktisch ununterbrochen von dir. Sam dies, Sam das, Sam, Sam, Sam.«

»Ach ja?«, fragte ich.

Sie nickte. »Ich wollte mich bei dir bedanken. Du bist meinem Sohn ein sehr guter Freund. Danke.«

»Gern geschehen«, antwortete ich höflich, auch wenn mich dieser Dank verwirrte.

Ernies Freund zu sein fiel mir leichter als irgendetwas anderes hier in der Schule und wenn überhaupt, dann hätte ich mich bei ihm bedanken müssen und nicht umgekehrt. Ohne ihn würde ich immer noch jede Pause einsam auf der überdachten Tribüne hocken.

Gerade kam Ernie auf uns zugerannt. »Hast du gefragt? Was hat sie gesagt?«

Mrs Cantwells dünne schwarze Brauen zuckten in die Höhe. »Wie bitte?«

»Entschuldigung«, sagte Ernie. »Hast du gefragt?«

»Wir sprachen gerade darüber«, sagte Mrs Cantwell.

Meine Mutter legte mir lächelnd die Hand auf die Schulter. »Du bist für morgen Nachmittag zu Ernie nach Hause eingeladen.«

»Ernie bittet mich schon die ganze Woche darum«, sagte Ernies Mutter.

Ich war einen Moment lang sprachlos – noch nie hatte mich jemand nach Hause eingeladen. »Kann ich, Mom? Bitte?«

Das Lächeln meiner Mutter wurde breiter. »Natürlich kannst du.«

»Bringen Sie ihn doch kurz vor dem Mittagessen zu uns«, schlug Mrs Cantwell vor.

»Können wir Rad fahren?«, fragte Ernie.

»Hat Samuel ein Fahrrad?«, wollte Ernies Mutter wissen.

»Ja. Wir bringen es mit.«

»Dann sehen wir dich also morgen«, verabschiedete sich Mrs Cantwell von mir.

Ernie drehte sich noch ein paarmal um, als er neben seiner Mutter zu ihrem Volkswagen ging, aber meine Begeisterung hatte sich schnell gelegt. Mein Rad war immer noch das, auf dem ich als kleiner Junge Rad fahren gelernt hatte. Mit Stützrädern. Ernie würde einen Blick darauf werfen, sich totlachen und mich nie wieder zu sich einladen, davon war ich fest überzeugt.

8

Mit meinem Vater konnte ich mein Fahrraddilemma am Freitagabend nicht erörtern, er musste an einem Treffen seines Berufsverbandes teilnehmen und kam erst spät. Im Nachhinein könnte ich nicht mehr genau sagen, warum ich meine Mutter nicht ansprechen mochte, die allerdings dazu neigte, manche meiner Bedenken nicht richtig ernst zu nehmen. Geld war bei uns zu Hause zu der Zeit etwas knapp. Das Geschäft meines Vaters lief zwar gut, aber er musste die Kredite zurückzahlen, mit denen er die Betriebseröffnung und den Erwerb der Immobilie finanziert hatte, in der sich die Broadway Pharmacy befand, und so gehörte ein neues Fahrrad zu den Extravaganzen, die wir uns nicht leisten konnten.

Am nächsten Morgen stand ich früh auf, ohne dass mich jemand wecken musste. Mein Vater musste lachen, als er mich fertig angezogen am Küchentisch sitzen sah.

»Aufgeregt?«

»Ich gehe heute zu Ernie nach Hause!«

»Ich hörte davon! Keine Zeichentrickfilme heute Morgen?« Ich hatte ganz vergessen, dass heute Samstag war und die Trickfilme liefen, die ich mir ansehen durfte. »Ein bisschen Zeit hast du schon noch. Wollen wir zusammen frühstücken?«

Ohne allzu sehr auf Tischmanieren zu achten, aßen wir ziemlich geräuschvoll unsere Frühstücksflocken, während ich mich mit der Subtilität eines Büffels meinem eigentlichen Thema näherte. »Ernie möchte Rad fahren.«

Der Löffel meines Vaters stoppte auf halbem Weg zu seinem Mund. »Ach ja? Rad fahren?«

Ich zog die Brauen hoch. Anscheinend kapierte Dad nicht, worauf ich hinauswollte. Und er schien es mit einem Mal eilig zu haben. Nach einem raschen Blick auf die Küchenuhr stand er auf und trug seine Schüssel zur Spüle. »Deine Mutter ist noch unter der Dusche. Sag ihr bitte, ich musste früher los.« Und so verschwand er, ohne dass ich die Fahrradfrage weiter hatte vertiefen können.

Wenig später kam meine Mutter in die Küche, die frisch gewaschenen Haare in ein Handtuch gewickelt. »Wo ist dein Vater?«

»Er musste früher weg als sonst, soll ich dir ausrichten.«

Sie warf einen Blick auf die Uhr. »Ach ja?«

Um halb zwölf, die Zeit, die meine Mutter festgesetzt hatte, um mich zu Ernie zu bringen, holte ich mein Rad aus der Garage. Kurz dachte ich daran, ihm einen Schubs zu geben, damit es auf die Straße rollte und dort hoffentlich von einem Auto überfahren wurde, aber dann würde mich meine Mutter womöglich noch für verantwortungslos halten und ihre Meinung in Bezug auf Besuche bei Ernie ändern. Das Rad war so klein, dass ich über dem Sattel stehen konnte, und wenn ich saß, musste ich aufpassen, mir nicht mit den Knien Nasenstüber zu verpassen. Inzwischen hatte ich mich damit abgefunden, dass mir diese Demütigung nicht erspart bleiben würde, und hoffte, meine Mutter würde mir wenigstens erlauben, die Stützräder abzumontieren.

Mom trug Shorts und ein T-Shirt, als sie jetzt aus dem Haus kam, und hatte sich die Sonnenbrille ins Haar geschoben.

»Weißt du, warum dein Vater nicht mit dem Falcon gefahren ist?«, wollte sie wissen.

Darauf hatte ich bei all meinem Kummer bisher gar nicht geachtet, aber Mom hatte recht, der Falcon stand in der Einfahrt. In die Garage fuhren wir ihn nicht, die war für den Kombi reserviert.

»Mom, meinst du, du könnest vielleicht die Stützräder abnehmen?«

In diesem Moment hörte ich eine vertraute Hupe, und als ich mich umdrehte, sah ich, wie unser Kombi langsam die baumbestandene Straße entlangfuhr und schließlich in unsere Einfahrt einbog. Die Fahrertür ging auf und heraus sprang mein Vater im weißen Apothekerkittel. Meine Mutter starrte ihn an, als könne er unmöglich ganz bei Trost sein. »Was machst du denn hier? Und wer ist im Laden?«

»Ich musste heute Morgen noch schnell was erledigen.«

»Warum hast du nichts davon gesagt? Ich hätte es dir doch abnehmen können.«

Mein Vater öffnete die Heckklappe des Kombis. »Ich musste etwas für Sam erledigen.« Mit großer Geste hob er das wunderschönste feuerrote Rad der Marke Schwinn aus dem Kofferraum, das ich je gesehen hatte. Er schob es auf mich zu, klappte den Ständer herunter und trat beiseite.

Langsam ging ich einmal um das Rad herum, unsicher, ob ich wirklich glauben sollte, was ich da sah: Spritzschutz über beiden Rädern, Reflektoren an den Speichen und, was das Beste war, keine Stützräder!

»Sieh dir das Nummernschild an«, rief mein Vater.

Richtig, hinten unter dem Sattel baumelte eine kleine weiße Metallplatte, auf der in roten Lettern mein Name eingestanzt war: SAM. »Und sobald du trittst, geht das Licht vorn am Lenker an. Automatisch! Gefällt es dir?«

Ob es mir gefiel? Ich war sprachlos. Dann rannte ich zu meinem Vater und barg meinen Kopf an seinem Bauch. »Danke, Dad!«

»Bei deiner Mutter musst du dich auch noch bedanken.«

Ich umarmte sie stürmisch. »Danke, Mom.«

»Es könnte ein vorgezogenes Geburtstagsgeschenk sein …«, meinte meine Mutter nachdenklich.

»Oder Santa und seine Helfer müssen ein Geschenk weniger zusammenbauen«, meinte Dad.

Was für ein Geschenk mein Rad sein sollte, war mir total egal. Selbst wenn es das letzte Geburtstagsgeschenk meines Lebens sein sollte.

»Kannst du denn darauf fahren?«, wollte mein Vater wissen.

Ich kletterte auf den Sattel, trat den Ständer beiseite und fuhr ein paar Runden in unserer Einfahrt. Das ging wunderbar, die fehlenden Stützräder fielen mir gar nicht auf.

»Sattel zu hoch?«, rief Dad

»Genau richtig!«, rief ich zurück.

»Brems mal.« Gehorsam bremste ich, woraufhin das Rad sofort stehen blieb. »Alles richtig eingestellt?«, wollte Dad wissen. »Stottern die Bremsen auch nicht?«

»Kein bisschen! Was ist das denn?« Ich drückte auf einen kleinen Hebel, woraufhin eine Klingel ertönte. »Cool!«

»Du fährst mal lieber wieder in den Laden«, mahnte meine Mutter Dad. »Damit wir uns das neue Rad auch leisten können.«

Mein Vater drückte ihr einen Abschiedskuss auf die Wange und zerzauste mir die Haare. »Viel Spaß mit Ernie! Wenn ich nach Hause komme, will ich alles über deinen großen Tag hören.«

Auf dem Weg zu Ernie musste ich auf dem Bürgersteig fahren, weil meine Mutter die Straße zu gefährlich fand, und Mom lief oder ging die ganze Strecke neben mir her. Ich fand, richtig kritisch wurde es eigentlich nur an einer Stelle, als wir die große Straße mit dem Namen El Camino Real überqueren mussten, die West Burlingame von East Burlingame trennte. Der El Camino war eine vierspurige Achterbahn mit unzähligen Buckeln und Löchern in der Asphaltdecke, für die die Wurzeln der rechts und links der Fahrbahn wachsenden großen Eukalyptusbäume verantwortlich waren. Bisher hatte es für mich nie einen Grund gegeben, diese Straße zu überqueren, zu Fuß nicht und schon gar nicht mit dem Fahrrad. Eine Premiere also, aber dank der Ampel an der Ecke, zu der meine Mutter mich führte, eigentlich kein Problem. Wir warteten einfach, bis die Fußgängerampel auf Grün sprang, und gingen dann auf die andere Seite.

Mehrere Abzweigungen und einige Blocks später entdeckte ich hinten in einer kleinen Sackgasse Ernie, der auf der Straße und in einer Auffahrt mit dem Rad Runden drehte. Das Rad ließ er einfach auf die Straße fallen, als er uns kommen sah, und rannte uns entgegen. »Ernie!« Mrs Cantwell lief aufgebracht hinter ihm her. »Du sollst dein Rad nicht auf die Straße schmeißen! Wie oft soll ich das noch sagen?«

»Cooles Rad«, sagte Ernie, kaum hatte er uns erreicht. Ich wurde vor Stolz glatt einen Zentimeter größer.

Die beiden Mütter plauderten ein bisschen miteinander. Als Mrs Cantwell fragte, ob meine Mutter nicht auch zum Mittagessen bleiben wolle, warf ich Mom einen besorgten Blick zu. Ich wollte sie nicht dabeihaben, dieser Tag gehörte Ernie und mir allein.

Mom lehnte die Einladung höflich ab, zu Hause warte noch zu viel Arbeit auf sie. Mrs Cantwell sollte bitte anrufen, wenn es Zeit war, mich abzuholen.

Unser Lunch bestand aus Hotdogs, Chips und Traubensaft. Ernie und ich aßen allein an einem Picknicktisch im Garten und Ernie brachte mich einmal so zum Lachen, dass mir der Saft aus der Nase schoss und sich als breiter Fleck auf mein Hemd ergoss. Davon ließ ich mir nicht die Laune verderben, es war mir einfach egal. Nach dem Lunch wollte Ernie Baseball spielen. Ich hatte schon ein paarmal mit meinem Dad gespielt, konnte aber weder gut werfen noch besonders gut fangen. Also sagte ich, ich hätte meinen Handschuh nicht dabei.

»Macht nichts, ich habe zwei!« Ehe ich mir eine andere Entschuldigung einfallen lassen konnte, war Ernie bereits in die Garage des Hauses gerannt und kam mit zwei Handschuhen zurück, denen man ansah, wie oft sie schon im Einsatz gewesen waren. Außerdem hatte er noch einen Schläger dabei, einen Ball und zwei Baseballkappen der Giants in den Vereinsfarben Schwarz und Orange. Eine der Kappen drückte er mir gleich auf den Kopf. Aber wo sollten wir spielen? Ich sah mich auf dem kleinen Rasenstück neben der Veranda um. »So nah am Haus können wir aber nicht bleiben, sonst machen wir noch ein Fenster kaputt.«

»Wir gehen in den Park unten an der Straße«, erklärte Ernie und rannte auch gleich nach vorn vors Haus, wo wir unsere Räder abgestellt hatten.

»Müssen wir nicht erst deiner Mom Bescheid sagen?«, rief ich ihm hinterher.

»Ist schon okay, ich kenne den Weg.«

Ich lief ebenfalls zu meinem Rad und hängte meinen Handschuh an den Lenker, genau wie Ernie es getan hatte. »Wie weit ist es denn?«

»Ganz in der Nähe!« Und schon fuhr er los, die Straße hinunter.

Bis zum Village Park war es tatsächlich nicht weit, aber um dorthin zu kommen, mussten wir mehrmals abbiegen, und die Straßen verliefen nicht gerade, sondern schlängelten sich durch das Wohngebiet. Beim Park angekommen ließ Ernie sein Rad gleich hinter einem Loch im Maschendrahtzaun einfach so fallen, während ich bei meinem ordentlich den Ständer herunterklappte, denn das gute Stück sollte auf keinen Fall jetzt schon Kratzer abbekommen. Bis auf einen Mann, der seinem Hund hinterherlief, und einem Pärchen, das lesend auf einer Decke lag, schienen wir den Park für uns zu haben. Wir suchten uns eine Ecke mit Blick auf den Zaun am südlichen Parkende, der fast so hoch aufragte wie das zweistöckige Haus dahinter, weil Ernie hier auch schon andere Jungen hatte spielen sehen. Wenn man den Ball zu weit schlug, prallte er einfach am Zaun ab.

»Ich bin Erster«, verkündete Ernie.

Dagegen hatte ich nichts einzuwenden, schließlich wusste ich doch noch gar nicht richtig, was genau von mir erwartet wurde. Ich baute mich in Zaunnähe auf, während Ernie sich etwa fünfzehn Meter weit zurückzog und seinen Handschuh fallen ließ. »Okay?«, brüllte er.

»Okay«, brüllte ich zurück, weil man das beim Baseball wohl so machte.

Ernie warf den Ball in die Höhe, holte aus, während dieser wieder herunterkam, und schlug. Ein sauberer Treffer! Bewundernd sah ich zu, wie der Ball in hohem Bogen auf mich zugeflogen kam, um ganz in meiner Nähe zu landen.

»Du sollst ihn fangen!«, schrie Ernie.

»Ich dachte, der erste Schlag wäre bloß zur Übung«, konterte ich, blitzschnell schaltend.

»Wirf!«

Ich nahm den Ball und warf ihn, wie mein Dad es mir beigebracht hatte. Er schlug ziemlich weit von Ernie entfernt auf, der ihm nachrannte und das Ganze mit dem Hochwerfen und Schlagen noch einmal wiederholte. Diesmal war ich bereit, hielt meinen Handschuh hoch und rannte auf den Ball zu. Der jedoch zischte über meinen Kopf hinweg, landete und rollte bis zum Zaun. Mir glühte das Gesicht vor Scham, aber Ernie schien meine Unbeholfenheit nichts auszumachen. »Netter Versuch!«, rief er mir zu.

Nachdem er mir noch ein gutes Dutzend Bälle zugespielt hatte, von denen ich nicht einen fing, tat ich Ernie leid und er schlug einen Seitenwechsel vor. Würde ich mich jetzt noch stärker blamieren? Ich legte meinen Handschuh ab, ließ mir Schläger und Ball reichen und versuchte, alles genau so zu machen, wie mein Freund es mir vorexerziert hatte. Aber mein Schläger wirbelte lediglich Luft auf und der Ball landete direkt vor meinen Füßen.

Tapfer hob ich ihn auf und versuchte es noch einmal. Diesmal bekam mein Schläger wenigstens Ballkontakt, aber weit kam ich damit auch nicht. Der Ball hüpfte irgendwie über den Rasen, um knapp drei Meter entfernt von mir liegen zu bleiben. »Ich hol ihn!«, rief ich und lief sofort los.

»Schlag ihn von dort, wo er liegt, und wirf ihn höher«,

rief Ernie. Wir standen jetzt keine sechs Meter voneinander entfernt.

Ich folgte seinem Rat und merkte sofort, wie viel mehr Zeit ich zum Ausholen hatte, wenn ich den Ball höher warf. Diesmal kam alles prima zusammen. Ich holte Schwung, der Ball kam runter, wurde vom Schläger mit lautem Knall getroffen und segelte los, weiter als einer von Ernies Bällen zuvor. Schockiert und bewundernd sah ich ihn auf den Zaun zusegeln, wo er keine Anstalten machte, wieder herunterzukommen. Immer weiter flog er, bis man das unmissverständliche Klirren einer zerberstenden Scheibe hören konnte.

Ernie ergriff umgehend die Flucht.

Ich dagegen blieb wie gelähmt stehen, immer noch voller Ehrfurcht für meinen genialen Treffer, und bekam erst gar nicht mit, dass sich mit einem Mal alles zum Schlechten gewandelt hatte. Als ich mich endlich umdrehte, war Ernie längst bei seinem Rad, hatte sich in den Sattel geschwungen und strampelte gerade los. So schnell wie er war ich nicht, schon gar nicht mit Schläger und Ball, und Ernie war schon ein ganzes Stück die Straße hinunter verschwunden, als ich endlich bei meinem Rad ankam. In meiner Hektik schaffte ich erst nicht, den Handschuh an den Lenker zu hängen, dann wusste ich nicht, wohin mit dem Schläger, dann kriegte ich den Ständer nicht hochgeklappt. Als ich endlich im Sattel saß, rutschte mein Fuß vom Pedal, ich stolperte und wäre fast gefallen. Im zweiten Versuch gelang es mir schließlich aufzusteigen, indem ich das Rad erst ein paar Meter weit schob und dann das Bein über die Sitzstange schwang. Sobald ich mich halbwegs ausbalanciert fühlte, legte ich den Schläger auf den Lenker und konnte mich nun ganz aufs Fahren konzentrieren, wobei ich allerdings nicht mehr wusste, wie ich zum Haus von Ernies Familie zurückkommen sollte. Dass ich irgendwo falsch abgebogen sein musste, wurde mir spätestens dann klar, als ich am El Camino stand, und zwar leider nicht an der Stelle, wo ich zusammen mit meiner Mutter die breite Straße überquert hatte. Hier, wo ich gelandet war, gab es keine Ampel.

Balboa, meine Straße, lag irgendwo auf der anderen Seite dieser Wasserscheide und wenn ich es erst einmal über die Straße geschafft hatte, war ich mir ziemlich sicher, meinen Weg nach Hause finden zu können. Ich stieg vom Rad, wartete eine Lücke im Verkehr ab und wollte schon losgehen, als mir klar wurde, dass ich ja die aus beiden Richtungen kommenden Autos zu berücksichtigen hatte. Wenig später schien es eine passende Lücke zu geben und ich schob, ständig nach links und rechts schauend, los. Auf halber Strecke zum rettenden Ufer sah ich von Weitem ein Auto näher kommen, ging schneller – und prompt rutschte mir der Handschuh vom Lenker. Was tun? Um ihn aufzuheben, hätte ich den Ständer runterklappen oder mein Rad einfach hinwerfen müssen, beides mochte ich angesichts des schnell herankommenden Wagens nicht tun. Aber ich konnte Ernies Handschuh doch auch nicht einfach so hier liegen lassen – mein Rad wollte ich aber auch nicht opfern. In letzter Sekunde kam mir die rettende Idee. Ich schob den Handschuh mit dem Fuß vor mir her, beförderte ihn gerade mit einem letzten Tritt in den Rinnstein voller Eukalyptusblätter und abgefallener Rinde und hob das Rad mit einem erleichterten Seufzer über die Bordsteinkante, als das Auto auch schon laut hupend an mir vorbeifuhr.

Ich hatte es geschafft. Ich hatte ganz allein den El Camino überquert. Nachdem ich mir einen Moment Zeit gegönnt hatte, um mich an meiner Leistung zu erfreuen und wieder zu Atem zu kommen, hängte ich Ernies Handschuh zurück an den Lenker und fuhr auf dem Bürgersteig weiter. Bald sah ich vor mir die vertrauten grünen Auffangnetze und Baseballfelder des Ray Park und erkannte dankbar, dass ich nur zwei Blocks von meinem Zuhause entfernt war. Bestimmt hatte ich an diesem Tag gegen jede Menge Regeln verstoßen, auch wenn mir nicht klar war, gegen welche genau, aber ich hatte es geschafft, nach Hause zu kommen, und das dürfte doch wohl allerhand aufwiegen. Ich atmete leichter. Alles würde gut werden. In diesem Moment hörte ich die Stimme.

»Hey, da ist ja der Teufelsjunge!«

9

David Bateman und seine beiden Schlägerkumpane knieten auf dem Spielfeld beim Schlagmal, wo sie, wie ich später erfuhr, mit einem Vergrößerungsglas trockene Blätter in Brand gesetzt hatten, um Ameisen und Käfer zu verbrennen. Mein Pech wollte es, dass ich gerade in dem Moment am Park vorbeiradelte, als Tommy Leftkowitz, der wieder mal Wache schieben sollte, den Kopf hob. Mich quälen zu dürfen war natürlich viel vergnüglicher als der Feuertod von ein paar Insekten, weswegen die drei auf der Stelle zu ihren Rädern eilten.

Mein Überlebensinstinkt schaltete sofort in den höchsten Gang. Ich trampelte, was das Zeug hielt, während meine Verfolger auf der anderen Seite des Maschendrahtzauns versuchten, mich einzuholen. Bis zum Parkende fuhren sie auf Gras, ich auf Beton, was mir einen deutlichen Vorteil verschaffte. So hätte ich es wohl auch bis zu unserer Einfahrt geschafft, wäre ich nicht aus dem Takt geraten, als mein Überlebensinstinkt sich erneut einmischte und mir riet, mich nach Bateman und Co. umzudrehen. Dabei rutschte mir der Fuß vom Pedal, mein Turnschuh stieß mit der Spitze auf den Boden, fungierte als ungewollte Bremse, und ich flog kopfüber in den Kies am Rande des Bürgersteigs. Mein Rad landete auf mir. Ich hatte mich noch nicht wieder befreien können, als David Bateman neben mir auftauchte und eine Vollbremsung hinlegte, bis sein Hinterrad zur Seite rutschte und Kies und Steinchen auf mich regnen ließ.

Er schleuderte sein Rad beiseite, packte mich beim Hemdkragen und schubste mich zurück in den Park, während sich Leftkowitz um mein Rad und den Baseballschläger kümmerte. Als Bateman das aus Betonschalsteinen errichtete Toilettenhaus ansteuerte, war ich mir sicher, er würde sein Versprechen wahrmachen und mich in einer der Kloschüsseln dort ertränken. Dann jedoch stieß er mich nicht in das Haus, sondern um die Ecke zur Rückseite des Gebäudes, sodass man uns vom Spielplatz aus nicht sehen konnte, auf dem sich um diese Zeit am Samstagnachmittag durchaus Eltern befinden konnten.

»Haltet ihn fest.«

O'Reilly und Leftkowitz packten mich bei den Armen und hielten mich fest, während Bateman sich mit dem Baseballschläger bewaffnet mein armes Fahrrad vornahm.

»Nettes Rad, Teufelsjunge.«

Der erste Schlag zerschmetterte die vorn am Lenker befestigte Lampe, der zweite entfernte das Nummernschild. Während O'Reilly und Leftkowitz lachend zusahen, holte Bateman immer wieder aus, bis die Kette absprang und Reflektoren und Speichen zerbrochen waren. Den letzten Schlag sparte er sich für die Klingel auf. Sie starb mit einem letzten, traurigen Läuten.

Schwer atmend ließ Bateman den Schläger sinken. Schweißtropfen standen ihm auf der Stirn. Er sah aus wie ein schwer gestörter, wütend knurrender Hund, kein schöner Anblick, und doch erinnere ich mich daran, wie mich in diesem Moment ein seltsames Gefühl der Ruhe überkam.

Vielleicht akzeptierte ich in diesem Augenblick mein Schicksal, fand mich mit der Tatsache ab, dass ich gleich nach Strich und Faden verprügelt werden würde und daran absolut nichts ändern konnte. Vielleicht erkannte ich, dass ich gar nichts anderes hätte erwarten dürfen, nachdem ich David Bateman erst ins Gesicht gepinkelt und ihm dann auch noch die Zunge herausgestreckt hatte. Vielleicht hatte mich aber auch das Schicksal meines armen Fahrrads so erschüttert, dass mir alles egal war. Wie dem auch sei, ich hatte plötzlich keine Angst mehr, was rein theoretisch jedem der eben genannten drei Gründe hätte geschuldet sein können oder allen zusammen – nur glaube ich das inzwischen nicht mehr. Wenn ich jetzt an diese Episode in meinem Leben zurückdenke, erinnere ich mich daran, wie ich dachte, genau die Schläge verdient zu haben, die ich gleich einstecken würde. Weil ich anders war, ich, der Teufelsjunge mit den roten Augen. Mein Vater hatte es gewusst, er hatte vorausgesagt, dass es lediglich eine Frage der Zeit war, bis ich die Grausamkeiten der Welt zu spüren bekam. Ich konnte ihnen sowieso nicht entgehen, David Bateman war lediglich für den ersten Schlag zuständig.

Als dieser erste Schlag dann kam, traf er mich voll in die Magengrube und ließ mich nach Luft schnappen. Die Beine gaben unter mir nach, ohne Leftkowitz und O'Reilly wäre ich hingefallen. Und doch war der Schmerz fast eine Erleichterung. Fast – denn wenn ich ehrlich sein will, tat es höllisch weh. Ich kriegte keine Luft und kam gar nicht erst wieder zu Atem, denn so lange wartete David Bateman nicht. Er ballte die Hände zu Fäusten und machte sich daran, auf mein Gesicht und meinen Bauch ebenso systematisch einzudreschen wie vorher auf mein Fahrrad.

10

Ich weiß nicht, wie lange die Schläge andauerten, auch nicht, wann sie aufhörten oder warum. Wahrscheinlich wurde Bateman müde, oder O'Reilly und Leftkowitz bekamen es mit der Angst zu tun. Anfangs hatten sie begeistert ausgesehen, aber ich erinnere mich daran, dass mit jedem Schlag ihres Kumpels ein bisschen vom Strahlen aus ihren Gesichtern wich, bis sie eher besorgt und verunsichert wirkten. Ein Rad kaputt zu machen war eine Sache. Ebenso brutal auf ein anderes Kind einzuschlagen – um das zu tun, brauchte es eine ganz bestimmte genetische Veranlagung, musste man emotional zurückgeblieben sein, impulsiv, ohne jegliches Gefühl für Reue, ohne Schuldgefühle, ohne die Möglichkeit, mit anderen zu fühlen.

»Ich glaube, er hat genug«, sagte einer der beiden, ich weiß nicht mehr, welcher.

»Halt weiter fest oder ich hau gleich dich!«, drohte Bateman.

»Er blutet. Du kriegst Blut auf dein Hemd.«

Das muss der Grund gewesen sein, weswegen Bateman aufhörte. Vielleicht besaß er schon als Junge den Instinkt eines Kriminellen, der ihn belastende Beweise nach Möglichkeit vermeiden ließ.

Sie ließen mich los. Unfähig, den Kopf oben zu behalten, sackte ich zu Boden und lauschte den Schritten der drei, als sie zu ihren Rädern liefen, hörte sie davonfahren. Dort hinter dem Toilettenhäuschen versteckt spürte ich, wie mein linkes Auge dick wurde und zuging. In meinem Mund breitete sich der Metallgeschmack von Blut aus und meine Unterlippe wurde langsam taub. Als ich mit der Zunge darüberfuhr, spürte ich einen kleinen Riss und es gab einen scharfen, stechenden Schmerz. Irgendwann schaffte ich es, auf die Beine zu kommen und zu meinem armen niedergestreckten Rad zu humpeln. Wie es mir gelang, es aufzuheben und zum Rollen zu bringen, weiß ich nicht mehr. Woran ich mich allerdings ganz deutlich erinnere, das sind die Mütter, die auf dem nahe gelegenen Spielplatz ihre Kinder auf den Schaukeln anstießen und ihnen von den Bänken am Spielplatzrand aus zuschauten. Ich erinnere mich, wie ein Mann und eine Frau, die sich auf ihren Handtüchern gesonnt hatten, sich aufrichteten und mir zusahen, als ich zurück zur Straße schlich. Ich erinnere mich an einen Mann mit seinem Hund an der Leine, der kommentarlos an mir vorbeiging.

Meine Mutter und mein Vater mochten meine roten Augen meinen »Zustand« nennen, aber ich erkannte jetzt, dass es mehr war. Ich war wirklich anders. Man sah es mir an den Augen an und die konnte ich nicht verstecken.

Mein Fahrrad und ich wankten den Bürgersteig entlang und wenn es auch bis zu meinem Haus nur zwei Blocks waren, erinnere ich mich daran, dass mir die Strecke unendlich lang vorkam, eine Reise, die ich kaum zu überleben hoffte. Ich hatte den Park verlassen und ungefähr die Hälfte des ersten Blocks hinter mir, als ich den blauen

Falcon langsam auf mich zukommen sah. Meine Mutter schien ihn im Stehen zu lenken, denn ihr Kopf ragte über die Windschutzscheibe hinaus und bewegte sich praktisch ununterbrochen von rechts nach links. Mrs Cantwell kniete auf dem Beifahrersitz und hielt ebenfalls Ausschau. Hinten auf dem Rücksitz konnte ich den Scheitel von Ernies Kopf erkennen.

Als meine Mutter mich sah, kam es mir so vor, als bliebe eine Sekunde lang die Zeit stehen. Mein Anblick schien sie erstarren zu lassen. Ich erinnere mich daran, wie sie mich mit zusammengezogenen Brauen ansah, als erkenne sie mich nicht. Dann gingen ihre Augen zu, was mir auch wieder sehr lange vorkam, aber nur einen kurzen Moment gedauert haben kann, denn schon flog ihre Wagentür auf und meine Mutter kam zwischen den parkenden Autos hindurch auf mich zugelaufen. Sie presste sich die Hand vor den Mund und die Tränen liefen ihr in Strömen über beide Wangen. Ich erinnere mich daran, wie sich ihre Lippen bewegten, wie ihre Hände mich abtasteten. »Was ist passiert? Oh mein Gott, was ist mit dir passiert?«

Ich hätte es ihr sagen können, spürte jedoch genau, dass sie eigentlich gar nicht nach Einzelheiten des Geschehenen fragte. Meine Mutter konnte sehen, was passiert war. Ihre Fragen richteten sich auch gar nicht an mich. Sie richteten sich an Gott. Sie rief Gott an, in den sie so viel Glauben und Vertrauen investiert hatte und von dem sie jetzt wissen wollte, nicht was, sondern warum es passiert war. In ihrer Trauer, in ihrem Schmerz wollte meine Mutter einfach nur wissen, warum. »Lieber Gott, warum?«

Diese Frage konnte ich ihr nicht beantworten.

11

Ich weiß nicht, wer mein Rad hinten in den Falcon lud. Wahrscheinlich Mrs Cantwell, denn meine Mutter ließ mich erst los, als sie mich in den Wagen verfrachtet und auf den Rücksitz gesetzt hatte. Ernie war ganz auf die andere Seite gerutscht, wo er sich gegen die Armlehne drückte. Er hielt sein Kinn gesenkt, aber ich erinnere mich an Tränen auf seinen Wangen. Später erfuhr ich, dass er, wie ich von Anfang an vermutet hatte, gar nicht allein mit dem Rad in den Village Park fahren durfte. Ich hatte seine kleine Lüge nicht hinterfragt, weil ich so gern endlich ein normales Kind sein und mit meinem Freund Abenteuer erleben und ganz normale Dinge tun wollte.

Irgendwann auf der Fahrt zu mir nach Hause spürte ich seine Fingerspitzen auf meiner Schulter, eine vorsichtige Kontaktaufnahme, die ich ignorierte. Sofort zog Ernie seine Finger zurück. Ich war nicht wütend auf ihn, weil er mich verlassen hatte, und ich machte ihn auch nicht für das verantwortlich, was mir zugestoßen war. Ich mochte ihn nicht ansehen, weil ich mich so schämte, weil es mir so jämmerlich peinlich war, dass mein Freund, mein einziger Freund, mich so schwach und hilflos erleben musste.

Meine Mutter fuhr uns sofort zur Notaufnahme des

Krankenhauses Our Lady of Mercy. Ohne anständig zu parken oder auch nur den Motor auszustellen, sprang sie aus dem Wagen und zog ihren Sitz nach vorn. »Komm, Sam«, flüsterte sie, indem sie mich auf den Arm nahm und mich durch die Glasschiebetüren trug. »Mein Sohn ist verletzt«, rief sie. »Mein Sohn ist verletzt.«

Eine Krankenschwester half ihr, mich auf eine Trage zu legen, und zusammen schoben sie mich einen von Neonlampen beleuchteten Flur entlang zu einem mit einem Vorhang abgeteilten Raum. »Können Sie mir sagen, was passiert ist?«, fragte die Schwester.

»Ich weiß es nicht«, herrschte meine Mutter sie an. »Ich glaube, er ist vom Fahrrad gefallen. Vielleicht hat ein Auto ihn angefahren. Er war bei einem Freund zu Besuch. Er sagt nichts, er redet nicht. Mein Baby. Sehen Sie sich mein Baby an!«

»Wie heißt er?«, fragte die Schwester und half mir auf das Bett hinter dem Vorhang.

»Sam. Samuel.«

Ganz kurz tauchte in den Augen der Schwester das vertraute erstaunte Blinzeln auf, als sie mich genauer ansah, dann blickte sie rasch beiseite. »Wie alt bist du, Samuel?«

»Sechs.« Das Sprechen fiel mir mit der dicken Lippe schwer.

»Wo gehst du zur Schule?«

»OLM«, nuschelte ich.

»Wo tut es weh, Sam? Kannst du mir zeigen, wo es wehtut?«

Einfacher wäre gewesen zu sagen, was mir nicht wehtat, aber ich deutete brav auf alle betroffenen Stellen, während die Schwester sie benannte. »Das Auge. Die Lippe. Der

Magen. Der Ellbogen. Und das Knie. Beide Knie? Wie kam es zu diesen Verletzungen, Sam?«

Ich antwortete nicht.

»Sam?«, wiederholte die Schwester mit sanfter Stimme. »Wie bist du verletzt worden?«

Meine Mutter starrte uns an, das Gesicht vor Sorge verzerrt. Ich wünschte, ich könnte meine Antwort als heroischen Akt werten, der ihr weiteres Leid ersparen sollte, nur wäre das leider eine Lüge. Meine Antwort war ein Produkt meiner Feigheit, war aus einem Verlangen nach Selbsterhaltung geboren, das wiederum seinen Ursprung in der knallharten Erkenntnis hatte, die mir durch David Batemans brutale Schläge vermittelt worden war: Meine Mutter und mein Vater konnten nicht immer da sein, um mich zu beschützen. Wie sehr meine Mutter mich auch liebte und wie stürmisch sie mich umarmte, sie konnte mich nicht vor dem Bösen in der Welt bewahren und ihre Novenen ja offensichtlich auch nicht. Selbst da schon setzten bei mir erste Zweifel an meinem Glauben ein, und ich mochte nicht mehr ganz so wie meine Mutter auf Gottes Willen bauen. Was für ein Gott erlaubt denn, dass einem Kind derart Schlimmes widerfährt?

»Ich bin vom Fahrrad gefallen«, sagte ich.

12

Mithilfe einer Schere entfernte die Schwester, was von meinem Hemd und den Shorts noch übrig geblieben war. Dann desinfizierte sie die Risse und Kratzer in meiner Haut, was wehtat, aber lange nicht so wie David Batemans Fäuste. Als der Arzt auftauchte, ein Mann mit silberner Brille und dazu passendem Haar, legte er mir das kalte Stethoskop an die Brust und horchte mich ab.

»Tief einatmen!« Sorgfältig nahm er sich jeden Zentimeter meiner Brust und meines Rückens vor, bewegte meine Arme und Beine, bat mich, mit Zehen und Fingern zu wackeln. Das Abtasten des Unterleibs und Brustkorbs tat sehr weh.

»Hier tut es weh? Ist es ein scharfer Schmerz?« Der Arzt hatte mitbekommen, wie ich zusammenzuckte.

»Nein, es tut einfach nur so weh.«

Er drückte mir einen Mundspatel auf die Zunge, leuchtete mir mit einer Taschenlampe in die Augen und forderte mich auf, seinem hochgereckten Finger nachzuschauen. »Gebrochen scheint mir meiner Meinung nach nichts, aber wir machen zur Sicherheit noch ein paar Röntgenaufnahmen. Ich glaube aber, zum großen Teil haben wir es hier mit Schürfwunden und Prellungen zu tun. Tut dir der Kopf weh? Hast du Kopfschmerzen?«

»Irgendwie schon«, flüsterte ich.

»Ich glaube nicht, dass er eine Gehirnerschütterung hat«, wandte sich der Arzt an meine Mutter. »Aber wenn ihm schlecht wird, er sich übergibt, kommen Sie bitte sofort wieder hierher. Und heute Nacht wecken Sie ihn bitte ein-, zweimal auf und stellen ihm ein paar Fragen.« Er sah mich an. »Du bist ein tapferer Junge. Der Sturz muss ja wirklich übel gewesen sein.«

Ich nickte.

»Wie kam es denn dazu? Bist du mit irgendetwas zusammengeprallt?«

»Ich glaube nicht. Ich glaube, ich bin ins Schlingern geraten.«

»Ins Schlingern?«

»Ich glaube, da lag ein Ast auf der Straße und ich habe irgendwie das Gleichgewicht verloren.«

»Aber du bist nicht gegen etwas gefahren?«

Von diesem Moment an hegte ich den Verdacht, dass mir der Arzt die Geschichte mit dem Fahrradunfall nicht mehr abnahm. Durfte ich mich ihm anvertrauen? Priester, das wusste ich von meiner Mutter, waren zur Verschwiegenheit verpflichtet. Sie hatten feierlich geschworen, sämtliche Geheimnisse zu wahren, auch die allerschlimmsten. Aber Ärzte?

»Nein, ich glaube nicht.« Ich schüttelte den Kopf.

»Okay. Was hältst du von einem Lutscher? Geht das schon wieder mit deiner Lippe?« Er zog einen roten Lutscher aus der Tasche seines weißen Kittels.

»Ja, vielleicht.« In diesem Fall forderte meine Mutter mich nicht auf, mir die Süßigkeit als Nachtisch aufzusparen.

Der Arzt nahm Mom mit hinaus in den Flur, er wollte

noch kurz mit ihr sprechen. Inzwischen verband die Schwester meine Wunden: die an beiden Knien, an den Ellbogen und am Kopf. Den Verband um den Kopf verdankte ich dem Riss über meinem linken Auge. »Das muss ja ein hässlicher Sturz gewesen sein«, fand auch sie.

»Ziemlich schlimm.«

»Bist du mit dem Mund auf dem Lenker aufgeschlagen?«

»Daran erinnere ich mich nicht mehr.«

»Setz dich hin.«

Im Raum hing ein Spiegel, in dem ich mich jetzt, wo ich saß, betrachten konnte. Ich sah aus wie ein verwundeter Soldat und irgendwie fühlte ich mich auch wie einer. Mein zerschnittenes, blutgetränktes Hemd war im Müll gelandet und wurde von der Schwester durch ein großes, sackartiges, blaues ersetzt. Solche Hemden trugen die Ärzte bei Operationen, erklärte mir dir Schwester, während sie mir half, es über den Kopf zu ziehen. »Hab keine Angst davor, den Menschen, die dich lieben, die Wahrheit zu sagen, Sam«, flüsterte sie mir zum Schluss ins Ohr.

»Alles klar?« Gerade waren auch der Arzt und meine Mutter zurückgekommen.

»Alles bestens.« Die Schwester zwinkerte mir zu. »Du bist ein tapferer kleiner Soldat, Sam.«

Meine Mutter fragte mich, ob ich laufen könnte oder lieber im Rollstuhl gefahren werden wollte. Ich entschied mich für den Rollstuhl, inzwischen gefiel mir all die Aufmerksamkeit nämlich ziemlich gut.

Im Auto herrschte Schweigen. Weder Ernie noch seine Mutter sagten etwas, bis wir vor ihrem Haus hielten und Mrs Cantwell Anstalten machte, sich zu entschuldigen. »Ernie weiß es eigentlich besser, wir lassen ihn nicht unbeaufsichtigt auf der Straße Rad fahren. Es tut mir unendlich leid. Ich …«

Meine Mutter winkte ab, ganz die liebenswürdige Nachbarin. »So etwas kann schon mal passieren.« Aber sie stieg nicht aus dem Auto, um sich zu verabschieden. Ernie und ich trennten uns, ohne noch einmal etwas gesagt zu haben. Mom und ich fuhren los und als ich mich noch einmal umwandte, stand Ernie neben seiner Mutter an der Straße. Beide sahen uns nach und Ernie hob zögernd die Hand, um mir hinterherzuwinken. Ich konnte nicht zurückwinken, das ließen meine Verbände nicht zu.

13

Zu Hause brachte meine Mutter mich nach oben in mein Zimmer und half mir beim Anziehen der Schlafanzughose. Das blaue Arzthemd wollte ich gern noch ein bisschen anbehalten. Während ich ins Bett kletterte, holte mir meine Mutter eine große Schale Eis aus der Küche, ein Luxus, der bei ihr sonst nie vorkam und den sie mit dem Zustand meiner Lippe und der Zunge rechtfertigte, die mit anderem Essen wohl noch nicht zurechtkommen würden. Solchen Argumenten war schwer zu widersprechen! Mom setzte sich an mein Bett, während ich mein Eis löffelte, und strich mir über das Haar, wobei sie ein wenig verloren wirkte. »Kannst du mir ein bisschen mehr über den Unfall erzählen, Sam? Wie es dazu gekommen ist?«

Ich zögerte die Antwort hinaus, indem ich meinen Löffel länger als notwendig im Mund behielt. »Ich weiß wirklich nicht mehr viel.«

»Der Doktor im Krankenhaus scheint nicht recht an einen einfachen Fahrradunfall zu glauben.«

Womit eine Frage geklärt war: Anders als Priester waren Ärzte nicht zur Verschwiegenheit verpflichtet.

»Hat dir das jemand angetan, Sam? Hat dich jemand geschlagen?« Ich ließ das Eis erst im Mund ganz schmelzen, ehe ich es die Kehle hinuntergleiten ließ. »Du kannst es mir ruhig sagen, Sam, ich lasse nicht zu, dass dir noch einmal jemand wehtut.«

Wie gern hätte ich ihr geglaubt! Wie gern wollte ich an den Schutz ihrer Gebete und ein mögliches Ende von David Batemans Schreckensherrschaft glauben, wollte glauben, dass es für mich wirklich Sicherheit gab. Aber irgendwann würde ich wieder zur Schule gehen müssen und David Bateman würde dann auch da sein.

»Es war ein Unfall.«

Meine Mutter tätschelte meinen Arm und ließ mich allein, um nach unten zu gehen. Sie ließ die Zimmertür offen, damit ich jederzeit nach ihr rufen konnte, falls ich etwas brauchte. Das durfte ich sonst nie, einfach nach ihr rufen.

Auf meinem Nachttisch lag das Buch, das ich gerade las, *Der Graf von Monte Christo.* Kein einfaches Buch, viel komplizierter als die Texte in meinen Schulbüchern, und ich hatte anfangs viele Wörter darin noch nicht einmal aussprechen können, aber inzwischen hatte ich mich in den Text eingelesen und den Roman schon zur Hälfte durch. Ich nahm es mir vor, stellte mein Eis beiseite und dachte über Edmund Dantès und die Leiden nach, die er hatte ertragen müssen. Ich dachte auch über seine Art der Rache nach und wünschte mir sehr, wie er einen Schatz finden und mit einer neuen Identität nach Hause zurückkehren zu können, reich und mächtig genug, um mich an Bateman und seinen Freunden zu rächen. Aber wie sollte ich mit meinen Augen je die Identität wechseln können? Die würden mich doch immer verraten.

Da fiel mir meine Gebetssparbüchse ein und ich wollte

es noch ein letztes Mal versuchen, obwohl ich inzwischen so meine Zweifel hatte. »Bitte, lieber Gott!«, flehte ich und zog mental den Stöpsel. »Lass mich braune Augen haben wie alle anderen.«

Noch während ich betete, drang durch den Luftschacht ein schwaches, unterdrücktes Keuchen an meine Ohren. Ich setzte mich auf. Da! Da war es wieder. Ich kletterte aus dem Bett, schlich auf Zehenspitzen bis an die Treppe und blieb stehen, als ich den unvertrauten Laut ein drittes Mal hörte. Ganz vorsichtig ging ich zwei Stufen weit die Treppe hinunter und spähte mit meinem nicht zugeschwollenen Auge durch das Treppengeländer, wie ich es auch sonst schon mal tat, wenn ich eigentlich im Bett liegen sollte, aber noch ein bisschen fernsehen wollte. Aus dem Fernseher kamen die seltsamen Laute nicht, der lief gar nicht. Nein, meine Mutter machte die Geräusche. In sich zusammengekrümmt hockte sie auf der Couch, wiegte sich vor und zurück, als hätte sie Bauchschmerzen, und betete unter unterdrücktem Schluchzen: »Gegrüßet seist du, Maria, voller Gnaden …«

Irgendwann hörte ich dann auch den Kombi, unverwechselbar, da der Motor im Leerlauf tickte und spuckte. Mein Dad kam nach Hause. Sofort fiel mir siedend heiß mein Fahrrad ein, an das ich gar nicht mehr gedacht hatte. Ich hatte allen erzählt, ich hätte einen Sturz hingelegt. Was würde mein Vater dazu sagen? Langsam, weil alles so wehtat, stand ich auf und schlich so schnell es mir möglich war in mein Zimmer zurück, wo ich mich aufs Bett kniete, um durch die Jalousie am Fenster hinter dem Kopfteil schauen zu können. So wurde ich Zeuge, wie mein Vater aus dem Auto stieg und erst einmal entgeistert die beiden Wäschesäcke voll getragener weißer Kittel fallen ließ, die er jeden Samstag mit nach Hause brachte. Mit offenem Mund starrte er das Wrack an, das am Morgen noch ein neues und den Kommentaren meiner Mutter nach zu urteilen auch teures Fahrrad gewesen war, hob es hoch, schleuderte es mit einer einzigen, glatten Bewegung über das Blumenbeet meiner Mutter hinweg auf den Rasen des Vorgartens und schüttelte anschließend knallrot im Gesicht wütend die Fäuste. So aufgebracht hatte ich meinen Vater noch nie erlebt und ich hatte auch noch nie so viel Angst gehabt.

Sobald ich ihn auf das Haus zukommen sah, ließ ich mich rasch ins Bett fallen und kroch unter die Decke. Aber da war doch noch die Schale mit dem Eis, das inzwischen bestimmt geschmolzen war und von dem mein Vater auf keinen Fall etwas wissen durfte! Ich hatte mein Rad zu Schrott gefahren und meine Mutter hatte mich dafür mit Eis belohnt? Nein, das durfte Dad nicht erfahren. Hastig schob ich die Schale unters Bett.

Die Haustür schlug mit solcher Kraft zu, dass bei mir im Zimmer die Fensterscheiben klirrten. »Hast du sein Rad gesehen?«, schrie mein Vater.

»Natürlich.« Meine Mutter klang ganz ruhig.

»Das ist total hinüber.«

»Ich habe beim Fahrradladen angerufen. Ich soll es vorbeibringen, sie sehen es sich an und sagen, was die Reparatur kostet.«

»Das reicht nicht, Madeline. Diesmal nicht. Das war ein neues Rad.«

»Hier geht es nicht um das Fahrrad.«

»Du hast verdammt recht, es geht nicht um das Fahrrad! Es geht um Verantwortung.«

»Fluch nicht, Samuel kann dich hören.«

»Diesmal bezahlt jemand dafür!«

Sofort überschlug ich im Kopf, wie viel Geld in meiner Sparbüchse steckte – der richtigen, nicht der mit den Gebeten. Es reichte auf keinen Fall.

»Ist er oben? Hast du nach ihm gesehen?«

»Ich habe ihm gerade ein bisschen Eis gebracht.« Mist! Ich tauchte schleunigst unters Bett und fischte die Schale hervor. »Der Arzt sagt, es kommt alles wieder in Ordnung.«

»Aber er könnte eine Gehirnerschütterung haben.«

»Ja, könnte er. Ich soll ihn heute Nacht beobachten. Geh doch hoch und schau mal nach ihm.«

Nein. Das war eine ganz schlechte Idee. Was hatte sich meine Mutter dabei gedacht? Mein Vater sollte unten bleiben, seine Zeitung lesen, seinen Manhattan trinken, zu Abend essen – Brathühnchen, sein Lieblingsessen. Bis das alles erledigt war, schlief ich längst tief und fest.

Schlafen. Genau, das war es. Die letzte Zuflucht eines jeden Kindes, das hofft, schlimmem Ärger entgehen zu können.

Während ich also meinen Vater die Treppe heraufkommen hörte, schloss ich die Augen und versuchte, meine Atmung in den Griff zu bekommen. Ich hörte ihn vor meiner Tür stehen bleiben, spürte, wie er hereinkam und neben meinem Bett stand. Ich hielt die Augen fest geschlossen.

»Sam? Sam?« Er rüttelte mich leicht an der Schulter. Ich hielt die Augen weiterhin fest zusammengekniffen. »Maddy?« Als ich mich überhaupt nicht rühren wollte, wurde mein Vater nervös. »Maddy! Hier stimmt was nicht!«

Ich setzte mich auf, aber da war Dad schon aus dem Zimmer gestürzt. »Maddy! Komm doch! Ruf das Krankenhaus an!«

»Nein, Dad, mir geht es gut«, rief ich. »Wirklich, mir geht es gut!«

Als meine Mutter die Treppe hinaufgerannt kam, fand sie meinen Vater in sich zusammengesackt am Fußende meines Bettes vor. Die Erleichterung hatte ihn mehr oder weniger zusammenklappen lassen.

»Was ist denn los?« Meine Mutter setzte sich an mein Bett, barg meinen Kopf in ihren Armen und feuerte jede Menge Fragen auf mich ab: »Wie alt bist du, Sam? Auf welche Schule gehst du? Weißt du, wer ich bin? Lieber Gott, hilf, sein Hirn hat etwas abbekommen!«

»Nein, Mom, echt nicht. Mir geht es gut. Ich bin sechs. Ich gehe auf die OLM.«

Woraufhin meine Mutter meinem Vater einen wütenden Schlag auf die Schulter verpasste. »Jesus, Maria und Josef! Was hast du dir dabei gedacht?«

Dad rieb sich mit den Handballen die Augen. »Er hat nicht reagiert und hatte die Augen zu.« Er sah mich an. »Sam, warum hast du nichts gesagt, als ich dich angesprochen habe?«

Als ich anfing zu weinen, waren das echte Tränen, heiß und dick. »Ich wollte nicht, dass du mich anschreist.«

»Dich anschreien?« Dad stand auf, um sich neben meine Mutter zu stellen. »Warum sollte ich dich anschreien?«

»Weil ich mein Fahrrad kaputt gemacht habe.«

»Oh, Sam!«, sagten meine Mutter und mein Vater wie aus einem Mund.

»Sam, das Fahrrad ist mir egal.« Mein Vater setzte sich wieder. »Wir können dir ein neues kaufen. Aber *du* bist mir nicht egal. Es gibt nur einen Sam. Wir können nicht einfach in den Laden gehen und *dich* ersetzen.«

»Aber ich habe gesehen, wie du das Rad auf den Rasen geworfen hast, und dein Gesicht war ganz rot. Und unten im Hausflur hast du geflucht.«

Meine Mutter verschränkte die Arme vor der Brust und musterte Dad mit hochgezogenen Brauen.

»Ich bin doch nicht auf dich wütend, Sam! Ich bin wütend auf … die Situation. Ja, ich bin einfach wütend auf die ganze Situation.«

»Wütend zu sein ist keine Entschuldigung für fluchen«, fand meine Mutter.

»Nein, ist es nicht«, stimmte mein Vater ihr zu.

Meine Mutter stieß einen Seufzer der Erleichterung aus. »Ich mach dann mal das Abendessen fertig.«

Mein Vater setzte sich an mein Bett, nach vorn gebeugt, die Ellbogen auf den Schenkeln ruhend. »In der Plaza gibt es diese Karateschule. Da trainieren Kinder in deinem Alter, manche sogar noch jünger. Vielleicht sollten wir uns die mal anschauen.« Er sah mich an. »Hättest du Lust?«

Ich zuckte die Achseln. »Vielleicht.«

»Und weißt du eigentlich, dass ich auf dem College geboxt habe?«

Ich schüttelte den Kopf. Mein Vater und ich sahen uns freitagabends die Boxkämpfe im Fernsehen an, aber er hatte nie erwähnt, dass er selbst Boxer gewesen war. Ich war beeindruckt. »Warst du gut?«

»Ich konnte mich behaupten. Soll ich dir ein paar Sachen beibringen? Wie man einen Schlag abwehrt und kontert?«

Eigentlich wollte ich überhaupt nichts mehr mit Schlägen zu tun haben, sah aber, welche Antwort mein Vater erhoffte. »Klar.«

Das Telefon klingelte. Meine Mutter rief die Treppe

hoch. »Gehst du dran? Ich hole gerade die Lasagne aus dem Ofen.«

Das hob meine Laune beträchtlich. Die Lasagne meiner Mutter war ihre Spezialität, ein wahrer Leckerbissen, den es nur selten und wenn, dann am Wochenende gab. Rasch prüfte ich mit der Zunge, ob die Risse in meinem Mund noch wehtaten und mich daran hindern könnten, sie zu genießen. Mein Vater klopfte mir zum Abschied kurz auf die Bettdecke und stand auf, um den Anruf im Flur vor meinem Zimmer entgegenzunehmen.

»Hallo.« Es folgte eine kurze Pause. »Pater Brogan! Schön, dass Sie anrufen.«

Ich setzte mich auf: Pater Brogan war der Priester der OLM.

»Ja, das stimmt.« Mein Vater hörte zu. »Es geht ihm schon besser. Danke der Nachfrage. Darf ich fragen, woher Sie es wissen?« Noch eine Pause. »Verstehe. Heute Abend? Ja, wir können kommen. Samuel?« Mein Vater warf einen Blick in mein Schlafzimmer. »Ja, ich glaube, das schafft er. Und ich fände es gut, ihn dabeizuhaben.«

Und so, im Handumdrehen, hatte ich noch nicht einmal mehr Appetit auf die Lasagne meiner Mutter.

14

Meiner Mutter schien es ähnlich zu gehen, auch sie schob am Abendbrottisch eigentlich nur das Essen auf ihrem Teller herum, wobei sie seltsam gelangweilt wirkte und so, als sei sie eigentlich gar nicht richtig bei uns. Weder tadelte sie meine Haltung noch forderte sie mich auf, die Ellbogen vom Tisch zu nehmen und mit geschlossenem Mund zu kauen – was meine geschwollenen Lippen allerdings auch gar nicht erlaubt hätten. Wir sprachen weder über meinen Tag noch über den meines Vaters und mich machte das ungewohnte Schweigen bei Tisch so nervös, dass ich am liebsten gefragt hätte, worum es beim Treffen mit Pater Brogan eigentlich gehen sollte. Letztendlich entschied ich mich dann aber doch gegen diese Frage und als klar war, dass eigentlich niemand von uns essen mochte, räumte meine Mutter schweigend den Tisch ab und stellte die schmutzigen Teller einfach so in die Spüle.

»Möchtest du Sam anziehen?«, fragte sie meinen Vater. Der musterte mich schweigend. »Max?« Mom wandte sich von der Spüle ab und ihm zu.

»Nein.« Dad schüttelte den Kopf. »Ich finde, Sam sieht genau richtig aus.«

Richtig? Ich sah aus wie ein Kämpfer aus den Tagen des

Unabhängigkeitskrieges, der humpelnd und mit bandagiertem Kopf die Flagge vom Schlachtfeld trägt. So ging man nicht zu seinem Gemeindepfarrer. Aber wenn meine Mutter dies nicht zur Sprache brachte, sollte ich das wohl besser auch nicht tun.

Wir parkten den Falcon vor dem Pfarrhaus und ich schlurfte im blauen OP-Kittel und meiner zu langen, über den Boden schleifenden Schlafanzughose in Hausschuhen den mit Ziegelsteinen gepflasterten Weg hoch. Beim Pfarrhaus angekommen wurden wir von einer Dame ins Haus gebeten, die uns einen Flur mit Buntglasfenstern und einem weinroten Teppich entlangführte. Es roch ein bisschen wie bei uns im Keller und das Licht war ähnlich schwach. Auf halber Strecke diesen Flur hinunter blieb die Dame stehen, wandte sich zu uns um und deutete mit einladender Handbewegung auf eine offen stehende Tür.

Wir folgten ihrer Aufforderung – und ich erstarrte.

Vor mir saß am hinteren Ende eines langen Tisches David Bateman, in weißem Hemd mit Kragen und rotem Pullunder, sauber wie ein Chorknabe. Mein Auftauchen ließ ihn kaum merklich die Augen zusammenkneifen, was ich als klare Warnung auffasste. Neben ihm entdeckte ich seine Mutter, die kräftige Frau mit den wabbligen Oberarmen, deren Bekanntschaft zu machen ich bereits beim Treffen im Büro von Schwester Beatrice das zweifelhafte Vergnügen gehabt hatte, und auf Davids anderer Seite saß ein Mann mit dem größten Quadratschädel, der mir je untergekommen war. Im Grunde ähnelte er einem Betonklotz mit Brille, obenauf ein paar Haare, und er riss die Augen weit auf, als er mich sah. Pater Brogan nahm das obere Tischende ein, links von sich eine geisterhaft bleiche Schwester Beatrice.

Pater Brogan stand auf, um uns zu begrüßen. Er trug die Franziskanerrobe mit dem geknüpften weißen Gürtel, an dem der Rosenkranz hing, und seine Augenbrauen, silbern und schwarz, sahen aus wie ein umgekehrtes V. Er dankte meinen Eltern für ihr Kommen, ehe er sich mir zuwandte.

»Und hier haben wir auch Samuel. Danke, dass du mitgekommen bist. Du fühlst dich doch hoffentlich gut genug für diesen Ausflug?« Sein irischer Akzent klang so dickflüssig wie Sirup und als ich bestätigte, mich gut genug zu fühlen, berührte er kurz meinen Scheitel. »Bravo, guter Mann.«

Nachdem er wieder ans Kopfende des Tisches zurückgekehrt war, bat er meine Eltern und mich, Platz zu nehmen. Meine Mutter sah Schwester Beatrice an. »Guten Abend, Schwester Beatrice.«

Schwester Beatrice schreckte auf. Ihre Augen wirkten glasig und sie hatte deutlich nicht damit gerechnet, angesprochen zu werden. »Guten Abend«, sagte sie leise.

Mein Vater begrüßte sie nicht. Ich wollte mich nach ihm richten und zog mir ebenfalls grußlos einen der Stühle mit den hohen Rücklehnen zurecht, wurde aber von meiner Mutter sanft zurechtgewiesen.

»Sei bitte ein Gentleman und begrüße Schwester Beatrice, Samuel.«

Am liebsten hätte ich nun protestiert und angeführt, dass ja auch mein Vater nicht Guten Abend gesagt hatte, aber so tapfer war ich dann doch nicht und so ging ich brav hinüber, stellte mich hinter Pater Brogans Stuhl und streckte Schwester Beatrice die Hand hin. Dabei stieg mir ein durchdringender Geruch in die Nase, Pater Brogan schien mit seinem Rasierwasser ein bisschen zu großzügig umgegangen zu sein. Seltsam nur, dass mir das bei der Begrüßung eben gar nicht aufgefallen war.

»Hallo, Schwester Beatrice.«

Schwester Beatrice nahm meine Hand und nickte mir knapp zu. »Guten Abend, Samuel.«

Pater Brogan hatte sich kaum gesetzt, als sich auch schon mit quäkender Stimme Mrs Bateman zu Wort meldete: »Ich weiß nicht, was für Lügen dieser Junge über meinen David verbreitet, aber mein Sohn ist auf keinen Fall für seine Verletzungen verantwortlich, das kann ich Ihnen allen versichern. Ich habe mit meinem David gesprochen und er weiß wirklich nicht, worum es hier geht.«

Pater Brogan strich sich einen Bausch schwarzer Haare aus der Stirn und wartete, bis ich mich gesetzt hatte. Auf dem großen Stuhl kam ich mir vor wie ein Zwerg.

»Samuel, weißt du, warum ich dich heute Abend hierhergebeten habe?«

»Nein, Pater.«

»Deine Eltern haben nichts zu dir gesagt?«

»Nein, Pater.«

»Du siehst so aus, als hättest du dir ziemlich wehgetan.«

»Ja, Pater.«

»Und ich möchte dich jetzt fragen, Samuel: Wie kam es zu deinen Verletzungen?«

Ich konnte nicht anders, mein Blick glitt hinüber zu David Bateman, der die Augen inzwischen fast zusammengekniffen hatte. Eine mehr als subtile Warnung. Sofort hatte ich einen Kloß im Hals.

»Du kannst ganz offen reden, Samuel. Ich verspreche dir, hier wird dir nichts passieren.«

Bateman runzelte die Stirn.

»Ich … ich bin vom Fahrrad gefallen«, sagte ich.

Schwester Beatrice und Mrs Bateman atmeten hörbar aus – es klang wie ein einziger Atemzug. Pater Brogan dagegen verzog das Gesicht.

»Bist du ganz sicher, Samuel?«

Jetzt steckte ich echt in der Klemme, wusste ich doch genau, wie falsch es war zu lügen. Mit einer Lüge einem Priester gegenüber verschaffte man sich wahrscheinlich einen Freifahrtschein direkt in die Hölle, wo ich wirklich nicht ewig schmoren wollte. Genauso wenig mochte ich mich noch einmal von David Bateman verprügeln lassen, und so quälte ich mich, bis ich ganz am Ende des Tunnels ein kleines Licht zu entdecken meinte: Ich war doch wirklich vom Rad gefallen und hatte mir dabei Knie und Handflächen aufgeschürft. Mehr wollte Pater Brogan im Grunde gar nicht wissen, oder?

»Ich hatte einen Fahrradunfall«, bestätigte ich noch einmal.

»Was uns allen auch wirklich leidtut«, versicherte Mrs Bateman. Sie klang allerdings gar nicht so, als täte ihr irgendetwas leid.

»Schweig, Frau«, befahl Pater Brogan.

Mrs Bateman zuckte zusammen. Die Temperatur im Raum schien um gute fünf Grad zu sinken.

»David.« Pater Brogan sah Bateman an. »Jetzt frage ich dich und ich möchte, dass du über deine Antwort ganz genau nachdenkst. Bist du bereit?«

Bateman nickte.

»Hast du irgendetwas mit Samuels Verletzungen zu tun?«

Das war eine ganz andere, viel direktere Frage und ich war froh, sie nicht beantworten zu müssen. Neugierig beugte ich mich vor, meine Mutter genauso. Mom hatte die Hände auf dem Schoß gefaltet, die Finger waren an den Knöcheln weiß geworden. In der Luft zwischen den beiden Tischseiten knisterte es förmlich.

David Bateman zögerte nicht eine Sekunde. »Nein.«

Damit stand fest: Dieser David Bateman war für die Hölle bestimmt, egal, was jetzt noch kommen mochte.

Pater Brogan kniff die Lippen zusammen. »Das ist deine Antwort? Bist du dir ganz sicher?«

»Ich habe ihn nicht angefasst. Ist doch nicht meine Schuld, wenn er nicht Rad fahren kann.«

Pater Brogan studierte beiläufig ein Blatt Papier, das vor ihm auf dem Tisch lag und das er nun mit beiden Händen glatt strich, ehe er aufsah, mir direkt in die Augen. »Ich bin in Dublin aufgewachsen, in einer sehr großen Familie. Meine Mutter konnte nicht für uns alle da sein, jedenfalls nicht rund um die Uhr. Und mein Vater arbeitete schwer, jeden Tag. Ich erinnere mich noch sehr genau an den Tag, an dem ich zum ersten Mal verstand, was das bedeutete. Mein Bruder Favian und ich hatten friedlich auf der Straße gespielt, als wir von drei Jungen angegriffen wurden, gegen die wir keine echte Chance hatten. Wir waren keine Feiglinge, das nicht, aber die anderen waren größer und stärker als wir, sie wurden leicht mit uns fertig und verprügelten uns nach Strich und Faden. Als wir nach Hause kamen, wurde meine Mutter wütend, weil wir unsere Schulhosen an den Knien aufgerissen hatten und es kein Geld für neue Hosen gab. Wir wollten ihr die Situation erklären, aber sie meinte, wir hätten nach Hause kommen und uns umziehen müssen, ehe wir draußen spielen gingen, wie sie es uns schon hundert Mal gesagt hatte. Dann mussten wir ihr unsere Hosen geben und sie machte sich auf die Suche nach Nadel und Faden, ohne sich auch nur einmal für den Zustand unserer Körper und Gesichter zu interessieren. Dabei sahen wir beide in etwa so aus wie du jetzt, Samuel.«

Wenn ich heute daran denke, erinnere ich mich daran, ziemlich schnell geahnt zu haben, worauf Pater Brogan mit seiner Geschichte hinauswollte. Ich hörte ihm vollkommen konzentriert zu.

Pater Brogan seufzte. »Ich fühlte mich damals von meiner Mutter im Stich gelassen. Heute weiß ich, das war nicht der Fall, aber an jenem Abend ging ich verletzt und wütend zu Bett, wütend auf sie und auf meinen Vater. Je älter und erwachsener ich wurde, desto stärker wuchs die Einsicht, dass sie in der Frage keine andere Wahl gehabt hatte. Sie musste elf Kinder großziehen. Sie aß jede Mahlzeit mit einem Kind auf den Knien und einem in der Wiege. Sie konnte nicht auf die Straße laufen und unsere Kämpfe für uns austragen, das mussten wir schon selbst tun. Wir mussten uns selbst verteidigen, uns selbst um uns kümmern, auch bei Auseinandersetzungen, die wir nicht gewinnen konnten. Du musst also wissen, dass ich viel tolerieren kann und weiß, wie Jungs sind und was Jungs tun. Man braucht Mumm, um es mit einem Schläger aufzunehmen, und noch mehr Mumm braucht man, die Konsequenzen einzustecken.«

Ich spürte so etwas wie Stolz, war gleichzeitig aber auch zunehmend besorgt. Pater Brogan machte mir gerade ein Kompliment, was gleichzeitig bedeutete, dass er um meine Lüge wusste. Die Flammen der Hölle leckten sozusagen schon an meinen Fußsohlen.

»Jeder kann die Fäuste heben und kämpfen. Aber wer Schläge einsteckt, ohne zu murren, und nicht bereit ist, jemanden zu verpetzen, um die eigene Haut zu retten, muss schon aus besonderem Holz geschnitzt sein.« Pater Brogan sah David an. »Was ich nicht vertragen kann, wen ich gar nicht mag, das sind Lügner.«

»Ich kann Ihnen versichern, Pater Brogan …«, warf Mrs Bateman ein.

»Und ich kann Ihnen versichern, Mrs Bateman, dass Ihr Sohn ein Lügner ist.« Pater Brogan war rot angelaufen, seine Augen blitzten. Ich konnte mir keinen Jungen vorstellen, der in der Lage gewesen wäre, ihn zusammenzuschlagen. Unser Pfarrer wusste sich unter Garantie in jeder Lebenslage zu verteidigen und dem Gegner einen richtig guten Kampf zu liefern.

»Er ist nichts dergleichen!«, empörte sich Mrs Bateman.

Diesmal sprang ihr Mann ihr bei. »Unerhört!«, murmelte er.

»Unerhört?« Pater Brogan schlug mit der flachen Hand auf den Tisch. »Ich sage Ihnen, was unerhört ist, Sir. Unerhört ist, wenn drei Jungen einen anderen, der halb so groß ist wie jeder Einzelne von ihnen, so zusammenschlagen, dass er nicht mehr stehen kann. Du bist ein Feigling, David Bateman. Ein Feigling. Und das Einzige, was ich noch weniger leiden kann als einen Lügner, ist ein Feigling.«

»Moment mal, Pater …«, sagte Mr Bateman.

»Ich bin Vorsitzende des Kirchenvorstands!«, kreischte Mrs Bateman.

»Ab sofort nicht mehr. Von diesem Moment an sind Sie von Ihren Pflichten entbunden. Und von diesem Moment an bist du, David Bateman, der Our Lady of Mercy Grundschule verwiesen.«

Die Worte saßen wie Messerstiche. Mrs Bateman legte

sich die Hand aufs Herz und Mr Bateman wäre fast von seinem Stuhl aufgesprungen. David jedoch zuckte nicht einmal mit der Wimper.

»Verwiesen?«, schnaufte Mrs Bateman, indem sie mit dem Finger auf mich deutete und das Fleisch an ihrem Oberarm zitterte. »Aber er hat gesagt, er ist vom Rad gefallen. Dass David nichts damit zu tun hatte.«

»Er klagt Ihren Sohn auch nicht an. Er nicht! Ich wurde heute Abend sowohl von Mrs O'Reilly als auch von Mrs Leftkowitz angerufen, deren Söhne wohl beteiligt waren, als dieses arme Kind zusammengeschlagen wurde. Sie haben ihn festgehalten, während Ihr Sohn mit solcher Wut auf ihn eindrosch, dass sie Angst hatten, er könnte Samuel umgebracht haben. Und anders als Ihr Sohn hatten sie genügend Gewissen, das ihren Eltern zu beichten.«

»Sie lügen«, sagte Mrs Bateman.

Pater Brogan legte beide Hände flach auf den Tisch und stand auf. »Ich habe mit beiden Kindern gesprochen, hier in diesem Zimmer, vor noch nicht einmal zwei Stunden.« Er hielt zwei Blatt Papier hoch. »Sie haben mir beide einen sehr anschaulichen Bericht der Schläge gegeben, die Ihr Sohn verteilt hat, und sie haben diese Aussagen hier unterschrieben. Ich kann Ihnen versichern, der einzige Lügner in diesem Raum sitzt zwischen Ihnen beiden.«

Jetzt hielt es Mr Bateman nicht mehr in seinem Stuhl. Er stand auf, und das war ein furchterregender Anblick, denn er überragte Pater Brogan um einiges und war so rund wie ein Fass. Pater Brogan rührte sich nicht einen Millimeter. »Ihr Sohn ist der Schule verwiesen und alles, was ich sagen kann, ist: Danken Sie Ihrem Glücksstern, wenn das alles ist, was ihm passiert. Wenn Samuel mein Sohn wäre, dann würde ich diesen Vorfall den Behörden melden, und dann findet sich David am nächsten Morgen vielleicht nicht auf der öffentlichen Schule wieder, sondern im Jungendarrest.«

Mrs Bateman raffte ihre große Handtasche zusammen. »Ich werde hier nicht sitzen und zuhören, wie mein Sohn beleidigt wird.«

David stand auf und wollte seiner Mutter folgen, kam aber nur einen Schritt weit, dann packte ihn sein Vater mit einer Hand von der Größe eines Baseballhandschuhs von hinten am Hemdkragen. »Ist das wahr?« Er schüttelte seinen Sohn wie eine Stoffpuppe. »Ich will wissen, ob das stimmt. Hast du deinen Vater und deine Mutter angelogen? Hast du diesen Jungen verprügelt?«

Über Batemans knallrote Wangen liefen die Tränen. »Nein«, schrie er, »nein, Dad, nein! Ich schwöre, ich habe nichts getan. Nicht schlagen! Bitte, bitte, nicht schlagen. Er lügt. Er ist ein Lügner.«

Alles Betteln half nichts. Mr Bateman versetzte seinem Sohn einen Schlag ins Gesicht, der hallte wie ein Peitschenknall. »Lüg mich nicht an!«

Bateman heulte laut. »Du tust mir weh, Dad. Du tust mir schon wieder weh.«

Mr Bateman riss David am Hemdkragen hoch, bis seine Füße kaum noch den Teppich berührten. Er sah aus wie ein Mann, der ein wildes Tier am Nacken gepackt hält, um es durch die Gegend zu schleifen. »Warte, bis wir zu Hause sind. Dafür kannst du dich auf den Gürtel gefasst machen. Du hast deine Mutter und mich bis auf die Knochen blamiert.«

Wir hörten David Batemans verängstigtes Heulen den ganzen Flur entlang und auch noch, nachdem die Tür des Pfarrhauses hinter ihm zugefallen war. Am Tisch herrschte

Stille. Meine Mutter hatte den Kopf gesenkt und weinte. Und mir wurde mit einem Schlag klar, dass David Bateman nicht mehr auf meine Schule ging, dass ich ihn dort nicht mehr zu sehen brauchte, nicht mehr an jeder Ecke Angst haben musste, er könnte dahinter lauern, nicht bei jedem in meine Richtung fliegenden Ball zu fürchten brauchte, er könnte mich voll ins Gesicht treffen. Eigentlich hätte ich vor Freude auf und ab hüpfen, dem Himmel laut für meine neu gewonnene Freiheit danken müssen. Stattdessen war ich traurig – ein bisschen jedenfalls. David Bateman würde an diesem Abend von seinem Vater die Tracht Prügel seines Lebens beziehen, aber das würde an seinem Verhalten kaum etwas ändern. Da war ich mir ziemlich sicher. Ich hatte erlebt, wie er einem Priester ins Gesicht gelogen hatte, nicht nur einmal, sondern gleich zweimal. Wenn Pater Brogans Fragen ihn nicht dazu gebracht hatten, die Wahrheit zu sagen, dann würden das die Schläge seines Vaters auf keinen Fall schaffen.

»Mr und Mrs Hill, ich möchte mich bei Ihnen entschuldigen.« Pater Brogan war immer noch sehr rot im Gesicht. »Und besonders bei dir, Samuel. Wir haben versagt, was dich betrifft, wir haben dich im Stich gelassen. Mr O'Reilly und Mr Leftkowitz haben mir nicht nur von der heutigen Prügelei erzählt, ich weiß auch, welche Schikanen du jeden Tag ertragen musstest. Kein Kind sollte so einem Verhalten durch seine Mitschüler ausgesetzt sein, schon gar nicht hier, an einer katholischen Schule. Ich kann Ihnen, ich kann dir versichern, dass es nicht wieder geschehen wird. Nicht, solange ich hier Pfarrer bin.« Er wandte sich an Schwester Beatrice und einen Moment lang glaubte ich wirklich, er würde auch sie der Schule verweisen. Die Schulleiterin saß da, stumm und blass, als hätte sie ihre ganz eigene Tracht Prügel bereits bezogen.

Als wir aufstanden, um zu gehen, langte Pater Brogan in die Tasche seiner Robe – in seinen Kängurubeutel, wie wir es nannten. Er zog das Bild eines grün gekleideten Mannes heraus, der einen hohen weißen Hut trug, drehte es um und zeigte mir den Text auf der Rückseite. »Ich möchte dir diesen irischen Segen schenken, Samuel, von Mann zu Mann. Er soll dir Stärke geben.« Er legte mir die Hand auf den Kopf und sprach die Worte, während ich sie von der Karte ablas.

»Himmlischer Vater, segne dieses Kind und diesen Tag des Neubeginns. Schenk diesem Kind dein Lächeln, o Herr, und hülle es in den weichen Mantel deiner Liebe. Lehre es, deinem Weg zu folgen und sein Leben in Glauben, Liebe, Hoffnung und Mitgefühl zu führen.«

Seine Finger zeichneten ein Kreuz auf meinem Kopf.

Zu Hause klemmte ich die Karte mit dem irischen Segen unter den Rahmen des Spiegels meiner Kommode, wo sie blieb, bis ich auszog. Auch in meinem neuen Zuhause fand der Segen seinen Platz im Schlafzimmer, eine Ecke unter den Rahmen des Spiegels geklemmt.

Mein Vater legte mir den Arm um die Schulter, als wir uns an jenem Abend anschickten, das Pfarrhaus zu verlassen. Aber ich konnte noch nicht gehen, ich musste noch eine Sache klären. »Ich habe noch eine Frage an Pater Brogan«, erklärte ich meinen Eltern.

»Was möchtest du ihn denn fragen?«, wollte meine Mutter wissen.

»Nur eine Frage.«

»Okay, dann lass uns zurückgehen.«

»Nein, das kann ich allein.«

Ich musste herausfinden, ob meine Notlüge in Ordnung gewesen war. Ich wollte nicht in die Hölle kommen, schon gar nicht jetzt, wo ich mir sicher war, dass David Bateman zu ewigen Qualen dort verdammt war. Ich ging zurück ins Zimmer, in dem wir uns getroffen hatten, aber Pater Brogan war bereits gegangen. Schwester Beatrice stand mit dem Rücken zur Tür und ich konnte beobachten, wie sie eine kleine, flache Metallflasche aus ihrem Habit zog, deren Verschluss abschraubte und sich einen kräftigen Schluck genehmigte. Dann, als hätte sie meine Gegenwart gespürt, drehte sie sich um und sah mich an. Wenn sie sich schämte oder von dem, was ich mitbekommen hatte, auch nur im Geringsten peinlich berührt war, dann ließ sie es sich nicht anmerken. Sie zuckte nicht überrascht zusammen oder rief etwas oder versuchte, das Fläschchen zu verbergen oder irgendeine Entschuldigung in der Richtung zu erfinden, sie habe einen Schluck Wasser gebraucht oder sei erkältet und der Flascheninhalt Medizin. Im Gegenteil: Sie hob den Flachmann an die Lippen und trank fast trotzig noch einen Schluck. Als sie die Flasche senkte, begegneten sich unsere Blicke und ihre Augen wurden schmal, wie die von David Bateman schmal geworden waren. Das war eine Warnung und ich erkannte, dass mich zwar David Bateman nicht mehr durch die Schultage verfolgen würde, Schwester Beatrice dafür aber umso mehr.

Teil drei

Mickie

I

1989

Burlingame, Kalifornien

Trina Crouch stand stocksteif in meinem Behandlungszimmer. Ihre Tochter, die noch auf der Behandlungscouch saß, drängte sich Schutz suchend an sie. Als ich den Namen ihres Ex-Mannes erwähnte, war Trina bleich geworden und ihre Schultern hatten sich versteift. David Bateman – sie war überrascht, den Namen zu hören, er weckte in ihr aber deutlich auch Furcht.

»Woher kennen Sie ihn?«, wollte sie wissen.

»Wir sind eine Weile auf dieselbe Schule gegangen.«

Crouch blinzelte und sah mich genauer an. »Aber Sie sind doch ganz bestimmt nicht dieser Junge. Nein!«

»Doch, der bin ich.« Ich spürte einen Anflug von Angst, denn wenn Crouch die Geschichte von ihrem Mann und mir kannte, hieß das, auch David Bateman hatte sie nicht vergessen.

Sie schüttelte den Kopf. »Sie können es gar nicht sein.«

»Doch, ich bin der Junge mit den roten Augen, ich trage nur inzwischen braune Kontaktlinsen.«

Diese Kontaktlinsen trug ich praktisch seitdem mein Vater seinen Schlaganfall gehabt und ich mir geschworen hatte, nie wieder einen Fuß in eine Kirche zu setzen und auch nie mehr zu beten. An den Willen Gottes glaubte ich nicht mehr, nachdem mich dieser ewige Refrain die ganze Jugend über begleitet und alles hatte erklären sollen, was mir an Schikanen und generellem Mangel an Mitgefühl im Alltag begegnet war. Den Refrain, den ich so gern hatte glauben wollen, solange ich noch hoffen konnte, die feste Überzeugung meiner Mutter, Gott habe mich zu einem außergewöhnlichen Leben bestimmt, könne einen Funken Wahrheit enthalten. Aber wenn es Gottes Wille war, wenn es irgendeinen Sinn haben sollte, meinen doch noch so jungen Vater mit einem Schlaganfall niederzustrecken, dann war diese Sache mit Gottes Willen etwas, was ich nicht mehr zu akzeptieren bereit war. Meinen Vater in der Blüte seiner Jahre auf ein lebenslanges Krankenlager zu schicken war einfach nur grausam, und alle Erklärungen der Ärzte, die eine schlechte genetische Disposition für diesen Schicksalsschlag verantwortlich machen wollten, konnten an dieser meiner Haltung nichts ändern.

»War Daniela bei ihrem Vater, als sie vom Fahrrad fiel?«, fragte ich.

Trina Crouch wandte den Blick ab.

Daniela schmiegte sich an ihre Mutter, schüchtern wie eine kleine Maus. Lange blonde Haarsträhnen verdeckten einen Teil ihres Gesichts. »Daniela, würde es dir etwas ausmachen, wenn deine Mutter und ich kurz mal rausgingen, um uns zu unterhalten?«

Danielas weit aufgerissene Augen erklärten deutlich, dass sie ihre Mutter nicht eine Sekunde lang außer Sichtweite wissen wollte. Ich rollte mit meinem Stuhl durch das Zimmer zu einem Glas mit Süßigkeiten, das ich dem Mädchen hinhielt, damit es sich etwas aussuchen konnte. Sie sah ihre Mutter an und als diese nickte, steckte Daniela die schmale Hand hinein und wählte einen roten Lutscher. Ich fragte mich, ob das ein Hinweis sein könnte.

»Rot«, sagte ich. »Meine Lieblingsfarbe ist Lila.«

Daniela senkte den Blick.

Draußen im Flur verkündete Trina Crouch als Erstes, dass sie eigentlich nicht viel Zeit habe.

»Ich werde Sie auch nicht lange aufhalten«, versicherte ich. »Hatte Daniela früher schon einmal Unfälle, wenn sie bei ihrem Vater war?«

Crouch verschränkte die Arme vor der Brust und hob das Kinn. »Wieso fragen Sie mich so etwas?«

Was sollte ich darauf antworten? Dass ihr Ex-Mann mich einmal nach Strich und Faden verprügelt und ich damals auch behauptet hatte, von meinem Fahrrad gefallen zu sein? Oder dass ich vermutete, ihr Mann sei als Kind schwer geschlagen worden? Dass in entsprechenden Fachzeitschriften inzwischen von einem Zusammenhang zwischen misshandelten Kindern und Erwachsenen, die Kinder misshandelten, ausgegangen wurde? »Der Bericht aus der Notaufnahme – die Verletzungen Ihrer Tochter von dem Fahrradunfall scheinen recht harmlos zu sein.«

Crouch betrachtete den Druck, der ihr gegenüber an der Wand hing. »Was wollen Sie damit sagen?«

»Ich will gar nichts sagen, Mrs Crouch. Lediglich, dass ich nach der Beschreibung des Unfalls – und wenn ich mir ansehe, mit welcher Wucht der Schlag gegen den Kopf erfolgt sein muss – weitere, schwerere Verletzungen erwartet hätte. Es passt alles nicht zusammen.«

Crouch blickte sich im Flur um, ehe sie mich mit flammendem Blick musterte: »Was für eine Mutter bin ich in Ihren Augen eigentlich? Für wen halten Sie mich?«

»Sie sind ganz bestimmt eine sehr gute Mutter, Mrs Crouch.«

»Was sollen dann diese Fragen?«

»Ihre Tochter droht auf einem Auge zu erblinden. Vielleicht kann ich ihr Augenlicht retten, aber wenn es zu weiteren Unfällen kommt, zu weiteren Schlägen gegen den Kopf …«

Trina Crouch ließ die Arme sinken. Tränen traten ihr in die Augen. »Sie ist vom Rad gefallen«, flüsterte sie. »Ich habe Ihnen doch gesagt, sie ist vom Rad gefallen! So steht es auch im Polizeibericht, oder etwa nicht?«

»Ja, so steht es im Polizeibericht.«

»Dann gibt es dazu nichts mehr zu sagen.«

Ich nickte. »Aber falls Sie den Verdacht haben, dass Ihrer Tochter zu viele Unfälle passieren, wenn sie bei ihrem Vater ist, dann sollen Sie wissen …«

»Sie haben doch keine Ahnung, wovon Sie reden! Sie ist vom Rad gefallen, es war ein Unfall. Ich bin hier, weil ich gehört hatte, Sie könnten Daniela helfen.«

»Ich hoffe, das kann ich auch.«

Sie schob sich an mir vorbei ins Behandlungszimmer und als sie zurückkam, zog sie ihre Tochter am Handgelenk hinter sich her. Sie nahm der Kleinen den Lutscher aus dem Mund und drückte ihn mir im Vorbeigehen in die Hand, bevor die beiden meine Praxis verließen.

2

Ich verzog mich in mein Büro, wo ich die Tür hinter mir schloss und das gerahmte Foto der drei Stooges betrachtete, das ich mir an die Wand gehängt hatte. Moe stand in der Mitte, ein Büschel von Larrys Haaren in der einen Hand, zwei Finger seiner anderen in Curleys Nasenlöchern. Ich hatte als Kind viele vergnügte Stunden mit dieser Slapstick-Serie verbracht, da ich nie zu Geburtstagsfeiern eingeladen wurde und außer Ernie niemand nachmittags mit mir spielen wollte. Das Foto hatte Ernie entdeckt, rahmen lassen und mir zur Praxiseröffnung geschenkt.

Mein Schreibtisch stand einem Fenster mit Blick nach Osten gegenüber und bot mir Aussicht über die Dächer der anderen Geschäftshäuser am Broadway, die mich irgendwie immer an diese nachgebauten Westernstädte in den Themenparks für Touristen denken ließen. Auch hier schienen herausgeputzte Fassaden über die flachen, mit Teer und Kies gedeckten Dächer hinwegtäuschen zu wollen, über die sich im Fall des Broadway jede Menge Leitungen zogen, mit deren Hilfe die Gebäude darunter beheizt beziehungsweise gekühlt wurden. Ein Foto von Eva zierte den Schreibtisch. Sie lag auf der Seite, den Kopf auf den angewinkelten Arm gestützt, die Haare wie ein Wasserfall fast bis auf den Boden fließend. Ihre grünen Augen strahlten, desgleichen das Stückchen nackter Haut an der Schulter, wo der weiße Pulli verrutscht war. Der Pulli enthüllte außerdem einen flachen, muskulösen Bauch, in den Eva eine Menge harter Arbeit investierte und den sie gern stolz vorzeigte.

Ich warf einen Blick auf meine Uhr. Eva war bestimmt noch nicht in ihrem Hotel in Boston eingetroffen, denn die Crew aß nach dem Flug gern noch zusammen zu Abend und genehmigte sich anschließend den einen oder anderen Cocktail. Sie würde wohl auch kaum über meine Probleme bei der Arbeit reden wollen. Als Nächstes fiel mir Mickie ein, die furchtloseste Person, die ich je kennengelernt hatte, aber die dehnte sich gerade durch ihr Hot Yoga und war nicht zu erreichen. Wäre Mickie eben an meiner Stelle gewesen, sie hätte nicht eine Sekunde gezögert, sich umgehend mit dem Jugendamt in Verbindung gesetzt und die Zuständigen dort wissen lassen, dass Daniela Crouch ihrer Meinung nach wahrscheinlich von ihrem Vater misshandelt wurde. Mir fiel das nicht so leicht. Trina Crouch hatte ja recht, mir fehlten richtige Beweise und laut Polizeibericht war das kleine Mädchen bei einem Fahrradunfall verletzt worden. Dagegen konnte ich nur mit dem Bericht der Notaufnahme des Krankenhauses argumentieren, demzufolge Danielas Verletzungen nicht zu denen eines Fahrradunfalls passten, der sie das Augenlicht kosten könnte – und mit meinen persönlichen Erfahrungen mit David Bateman als brutalem Schläger. Wenn Trina und Daniela nicht mitmachten, konnte ich ihnen kaum helfen, und jeder Fehler führte womöglich zu noch größeren Misshandlungen.

Ich beschloss, Pat LeBaron anzurufen, den Arzt, der den Unfallbericht verfasst hatte. Um diese Uhrzeit rechnete ich fest damit, auf seinem Anrufbeantworter eine Nachricht hinterlassen zu müssen, und war daher überrascht, als Dr. LeBaron schon nach dem dritten Klingeln persönlich an den Apparat ging und kein Er, sondern eine Sie war.

Ich stellte mich als den Augenarzt vor, an den sie Daniela Crouch überwiesen hatte, und erzählte, das Mädchen sei gerade mit seiner Mutter bei mir in der Praxis gewesen.

»Nettes Kind«, meinte LeBaron. »Aber unglaublich schüchtern. Hat keine zwei Worte von sich gegeben. Das Reden hat die Mutter übernommen.«

»Ich habe Ihren Bericht gelesen und wollte mich nach Danielas weiteren Verletzungen erkundigen. Außer der am Auge.« War das zu diskret? Hätte ich LeBaron meinen Verdacht wie einen Vorschlaghammer vor den Kopf knallen sollen, wie die Stooges das so gern getan hatten?

»Sie meinen andere Verletzungen, die man bei einem Fahrradunfall erwarten würde, der zu einem derartigen Schädeltrauma führte?«, fragte LeBaron. »Kratzer und Schürfwunden?« Nein, bei dieser Ärztin brauchte ich keinen Vorschlaghammer. Sie war lange nicht so schwer von Begriff wie die drei Stooges. »Solche Verletzungen habe ich nicht feststellen können«, erklärte sie nach einem tiefen Seufzer.

»Ich lese in Ihrem Bericht zwischen den Zeilen, dass Sie das seltsam fanden. Liege ich da richtig?«

Sie wählte ihre Worte sorgfältig. »Es kam mir … ungewöhnlich vor.«

»Ich habe die Mutter gefragt.«

»Ach ja? Und wie lief das?«

»Wahrscheinlich so gut wie bei Ihnen auch.«

»Sie streitet ab, dass irgendetwas passiert sein könnte. Ich habe direkt gefragt, ob sie glaubt, dass ihr Ex-Mann die

Tochter schlägt, woraufhin sie mich gründlich zusammengestaucht hat. Wie ich es wagen könnte, es gebe schließlich einen Polizeibericht. Woher ich mir das Recht zu solchen Beschuldigungen nähme und für was für eine Mutter ich sie eigentlich hielte.«

»Mir hat sie einen angelutschten Lutscher in die Hand gedrückt.«

»Bitte?«

»Ich habe denselben Vortrag zu hören bekommen wie Sie. Ich nehme an, Sie haben es nicht dem Jugendamt gemeldet?«

»Was denn? Sie streitet alles ab und laut Polizeibericht war es ein Fahrradunfall. Soll ich behaupten, es sei keiner gewesen? Auf welcher Grundlage? Haben Sie denn mehr in der Hand?«

»Nein.« Bis auf meine Geschichte mit Danielas Vater.

»Glauben Sie, Sie können dem Mädchen helfen?«

»Falls sie noch mal wiederkommt, werde ich ein paar Untersuchungen machen. Ich tippe auf eine Netzhautablösung.«

»Ich hoffe jedenfalls sehr, dass Sie der Kleinen helfen können.« LeBaron verabschiedete sich und wir beendeten das Gespräch.

Danach starrte ich aus dem Fenster. Nicht weit entfernt ragte über den Kronen der Eukalyptusbäume entlang dem El Camino Real der Kirchturm der OLM auf. Nach Hause wollte ich noch nicht, zu Hause war niemand, also wählte ich die nächste Nummer, die mir in den Sinn kam. Ernie Cantwell nahm sofort ab, wie er es auf dieser direkten Leitung immer tat, deren Nummer nur ich, seine Frau und seine Eltern kannten.

»Ich bin in einer halben Stunde zu Hause!«, meldete er sich, ohne abzuwarten, wer dran war.

»Ich hoffe, du erwartest jetzt keinen fetten Schmatzer.«

»Hell!«

Auf der Highschool hatten meine Mitschüler eigentlich von Anfang an meinen Namen verhunzt und aus Hill Hell gemacht. Manchmal verfiel Ernie wieder in die alten Gewohnheiten.

»Was liegt an, Hell?«

»Eigentlich wollte ich wissen, ob du noch mit auf ein Bier ins Moons kommst, das Spiel der Forty-Niner gucken. Aber wenn du in einer halben Stunde zu Hause sein musst, können wir uns das wohl schenken. Wer am Rockzipfel hängt, darf eben nicht mehr so oft auf der Straße spielen.«

»Du kannst mich nicht beleidigen, du rotäugiger Sohn des Teufels, das prallt alles an mir ab!«, röhrte Ernie in bester Muhammad-Ali-Manier. »Ich weiß und du weißt, wer bei mir zu Hause die Hosen anhat, wenn ich welche tragen will. Ich bin der Herrscher in meinem Reich, ich kann machen, was ich will!«

»Dann rufst du zurück, sobald du Erlaubnis eingeholt hast?«

»Ich sehe, du verstehst mich, Bruder.«

3

In Moon McShanes Bar gingen jede Menge Stammgäste aus Burlingame, und wenn die Forty-Niner spielten, zog die Kneipe zusätzlich noch jede Menge treuer Fans an. Von daher waren Parkplätze an solchen Abenden in der Umgebung rar.

Bei meinem Eintreffen waren viele der Tische im Raum bereits besetzt. Ich hockte mich an den Tresen, bestellte ein Bier, von dem ich die eine Hälfte sofort austrank. David Bateman schaffte es auch nach all den Jahren noch, mich nervös zu machen, und wenn ich mir vorstellte, er könnte sein Kind misshandeln, wurde mir schlecht.

Ernie traf etwa zehn Minuten nach mir ein und brauchte gefühlt weitere zehn Minuten, bis er sich zu dem von mir für ihn frei gehaltenen Barhocker durchgearbeitet hatte. So war er nun mal, die Leute fühlten sich zu ihm hingezogen wie Metallsplitter zu einem Magneten. Das hatte ich schon auf der OLM miterlebt, später an der Highschool und dann in Stanford, wo ich ein Jahr nach ihm mit dem Studium angefangen hatte. Ernie hatte in Stanford Football gespielt und Computerwissenschaften studiert, war frisch vom College weg von den Pittsburgh Steelers rekrutiert worden, dort geblieben, bis er ein ansehnliches Guthaben zusammenhatte, und auf dem Höhepunkt seiner Karriere aus dem aktiven Sport ausgestiegen. Sein Ziel war von Kindheit an der Einstieg in die Computerfirma gewesen, die sein Vater gegründet und lange von der Garage seines Hauses in Burlingame aus betrieben hatte. Cantwell Computers war seitdem erheblich größer geworden, wobei die Firma laut Ernie eigentlich bisher an der Fülle der Möglichkeiten nur gekratzt hatte. Eines Tages, prophezeite er, würde auf jedem Schreibtisch, ob im Büro oder zu Hause, ein Computer stehen. Für mich klang das alles noch ziemlich nach Star Trek, wobei ich allerdings stark hoffte, Ernie möge recht behalten, hatte er mich doch praktisch mit vorgehaltener Pistole gezwungen, einen Teil der mir verfrüht zugeteilten Erbschaft in Cantwell Computers zu investieren.

Ernie begrüßte mich mit Handschlag, bestellte ein Bier von derselben Sorte, die ich trank, und stieß mit mir an, nachdem auch ich ein frisches Glas vor mir stehen hatte. »Prost!« Er musterte mich mit leicht angewidertem Blick. »Du trägst immer noch diese dämlichen Kontaktlinsen.«

»Wie oft willst du das eigentlich noch feststellen?«

»Bis du sie rausnimmst.«

»Ich möchte meine Patienten nicht verschrecken.«

»Dann solltest du gleich eine Maske tragen.« Er deutete mit dem Kinn auf den Fernseher über unseren Köpfen. »Ich habe es gerade im Radio gehört. Die Niners scheinen sich ganz gut zu machen.«

Ach ja? Ich hatte keine Ahnung, wie der Spielstand war. »Wie lange darfst du wegbleiben?«

»Ich habe ihr versprochen, in der Halbzeit zu gehen.« Ernie und seine Frau hatten in Pittsburgh geheiratet und waren danach wieder nach Kalifornien gezogen. Sie besaßen ein Haus im Süden von Burlingame und zwei kleine Söhne, die mich Onkel Sam nannten. »Ich möchte auch pünktlich sein, ich habe nämlich Großes im Sinn.«

»Größeres als ein Niner-Spiel am Montagabend? Blasphemie!«

Ernie langte in seine Jackentasche und zog zwei Eintrittskarten heraus. Ich wusste sofort, was das war, jeder Sportfan in der Bay Area wusste, was das war. »Du willst mich verarschen! Du hast ein Ticket für die World Series geschossen?«

»Zwei, mein Freund, zwei. Also wollte ich fragen …«

»Das ist unglaublich!«

»Würdest du auf die Jungs aufpassen, damit Michelle und ich zum Spiel gehen können?« Ernie lachte so herzlich, dass ich mich wunderte, warum ihm kein Bier aus der Nase kam wie früher, als wir noch klein waren, der Traubensaft. Michelle hasste Sportereignisse, ob nun im Fernsehen oder live. Wie die beiden es geschafft hatten, sich kennenzulernen und zu heiraten, wird mir ewig ein Rätsel bleiben.

»Arschloch!«, fauchte ich.

»Sei nett zu mir, sonst nehme ich dich nicht mit.«

»Wie bist du da drangekommen?«

Da die San Francisco Giants gegen die Oakland Athletics antreten sollten, ein Spiel, das die Medien »Die Schlacht in der Bay« getauft hatten, kam man schon ewig nicht mehr an Karten für das Ereignis. »Ein Kunde meines Vaters schafft es nicht, zum Spiel zu gehen, und hat mir die Tickets angeboten. Ich wollte eigentlich wen anders mitnehmen, weil ich dachte, du bist noch in Tahoe. Wieso bist du eigentlich doch hier?«

Ernie wusste nichts von der geplanten Vasektomie und ich wollte ihm auch jetzt nichts davon sagen. Er hätte mich zusammengefaltet, bis meine Ohren ebenso rot wären wie meine Augen.

»Es gab eine Planänderung, Conman hatte das Haus für dieses Wochenende vermietet. Also war ich in der Praxis, als heute Nachmittag eine Mutter ihre Tochter zu uns brachte, die aufgrund eines Schädeltraumas auf einem Auge blind zu werden droht.«

»Traurig.« Ernies Blick glitt zwischen mir und dem Fernseher hin und her.

»Die Mutter heißt Trina Crouch.«

Kurzes Kopfschütteln – Ernie hatte den Namen noch nie gehört –, dann konzentrierte er sich wieder auf das Spiel.

»Mutter und Vater des Kindes sind geschieden. Die Tochter heißt Daniela Bateman.«

Ernie stellte sein Bierglas ab.

Ich nickte. »Kein Scheiß.«

»Seine Tochter?«

»Seine Tochter.«

Danach tranken wir erst einmal schweigend. Bateman war nach seinem Rausschmiss aus der OLM für uns eher Mythos als real gewesen. Er war an die öffentliche Grundschule gewechselt, von der er dann allerdings auch wieder verwiesen wurde, nachdem er einen Lehrer geschlagen hatte. So hörten wir es jedenfalls. Danach hatten ihn seine Eltern gerüchteweise an eine Militärschule im Osten des Landes geschickt und nach dem Schulabschluss hatte er sich bei den Marines verpflichtet.

»Er ist wieder da?«

»Scheint so. Seine Tochter hat den heftigen Schlag an den Kopf angeblich bei einem Sturz vom Fahrrad abbekommen.« Ernie sah mich an und ich wusste genau, was er dachte.

Mein »Fahrradunfall« war in seinem Gedächtnis ebenso fest verankert wie in meinem. »Auch der Polizeibericht geht von einem Fahrradunfall aus, aber der Bericht der Ärztin in der Notaufnahme passt nicht dazu. Die anderen Verletzungen – je eine kleine Schürfwunde an einem Knie und einem Ellbogen – sind nicht schwerwiegend genug, wenn man bedenkt, welche Wucht ein Schlag haben muss, damit jemand davon blind wird.«

»Könnte es die Mutter gewesen sein?«

Ich schüttelte den Kopf. »Daniela war bei ihm, als der Unfall passierte. Ich habe mit der Ärztin aus der Notaufnahme gesprochen. Sie vermutet dasselbe wie ich.«

»Was hast du jetzt vor?«

»Noch gar nichts. Ich bin mir unsicher. Ich kann meinen Verdacht mit nichts untermauern, solange die Mutter die Vermutungen der Ärztin in der Notaufnahme nicht bestätigen will.«

Ernie warf einen kurzen Blick hoch zum Fernseher. »Hör mal, Sam, dein Job ist es, die Sehkraft der Kleinen zu reparieren.«

»Und wenn ich dann mitten in der Nacht einen Anruf kriege, dass das Kind tot ist?«

Ernie musterte beiläufig den Tresen. »Mein Dad ist mit dem Bezirksstaatsanwalt befreundet. Ich rede morgen mit ihm und finde raus, ob es irgendetwas gibt, was du tun kannst. Ich nenne keine Namen.«

»Danke.«

Ernie warf einen kurzen Blick auf seine Uhr und dann noch einmal auf den Bildschirm. »Ich mach mal lieber, dass ich nach Hause komme.« Ihm war das Interesse am Spiel vergangen, ich hatte nach meiner Begegnung mit Trina

Crouch ohnehin keins mehr gehabt. »Zum Spiel hole ich dich dann um drei ab, ich möchte möglichst früh da sein.«

Nachdem Ernie gegangen war, dachte ich kurz daran, mir einen Moon Burger mit Pommes zu bestellen, aber bei den vielen Gästen in der Kneipe würde das Spiel zu Ende sein, bis mein Essen kam. Also ernährte ich mich flüssig und trank noch drei Bier, mehr, als ich seit Langem getrunken hatte. Als ich die Rechnung verlangte, stand Ernies Bier wie immer nicht mit darauf.

4

Draußen war es weiterhin warm. Ein später Altweibersommer hatte die Temperaturen tagsüber steigen lassen und noch waren sie nicht gefallen. Ich hatte nichts dagegen. Was konnte schöner sein, als im Oktober im kurzärmligen Hemd zum Baseball zu gehen? Ganz kurz dachte ich daran, ein Taxi zu rufen, aber ich hatte es ja nicht weit, musste nur kurz zwei Meilen den Camino Real hinunterfahren und schon war ich zu Hause.

Ich suchte gerade im Radio nach dem Sender, der die Post-Game Show der Niners übertrug, als ich eine Sirene aufheulen hörte und in meinem Rückspiegel wirbelnde rote und blaue Lichter erschienen.

»Verdammt.« Das Polizeiauto war aus dem Nichts aufgetaucht. Ein rascher Blick zum Tacho: Ich fuhr nicht schneller als erlaubt, ganz bestimmt keine Schlangenlinien und hatte auch keine rote Ampel passiert, ohne anzuhalten. Was war mit dem Bier? Wie viel hatte ich getrunken und wie lange hatte ich dazu gebraucht? Wenn sie meine Nüchternheit testen wollten, würde ich Probleme bekommen, weil ich seit dem Frühstück nichts mehr gegessen hatte, aber eigentlich rechnete ich nicht mit einem Test. Polizisten stellten Ärzten nur ungern einen Strafzettel aus, weswegen mein Ärzteausweis in der Brieftasche gleich gegenüber vom Führerschein steckte, beides auf einen Blick zu erfassen. Auf dem Ausweis stand nicht, dass ich Augenarzt war. Ich hätte genauso gut Notfallmediziner sein können, einer, der Leben rettet und auf den man im Ernstfall angewiesen ist.

Mit heruntergelassenem Fenster und immer schön tief Luft holend bog ich vom El Camino auf den Parkplatz der presbyterianischen Kirche ein, wo ich hinter einer hohen Hecke hielt. Der Streifenwagen blieb mit weiterhin blitzenden Lichtern hinter mir. Bald leuchtete ein heller Strahler das Innere meines Autos aus und ich musste meinen Rückspiegel richten, um nicht geblendet zu werden. Der Beamte blieb in seinem Wagen sitzen, wo er wahrscheinlich gerade per Funk mein Kennzeichen durchgab und abwartete, bis geklärt war, ob gegen mich irgendwo Haftbefehle vorlagen. Immer wieder einen Blick in den Seitenspiegel werfend klappte ich das Handschuhfach mit den Fahrzeugpapieren auf und zog die Brieftasche aus der Hosentasche. Es schien mir ungewöhnlich lange zu dauern, bis die Tür des Streifenwagens aufging und der Beamte auftauchte. Er setzte sich seine Mütze auf, rückte sich den Gurt mit Pistole, Handschellen etc. zurecht, schob den Schlagstock in die dafür vorgesehene Halterung und kam, von hinten grell beleuchtet, näher. Ich hielt meine Brieftasche hoch, sodass mein Führerschein und mein Arztausweis nicht zu übersehen waren, aber das schien den Mann erst einmal nicht zu interessieren. Als ich aufsah, hatte er sich so weit vorgebeugt, dass sich sein Gesicht auf einer Höhe mit meinem Fenster befand. Ich spürte, wie mir das Blut aus den Wangen wich.

Das runde Gesicht hatte sich verändert, die Augen jedoch nicht.

»Wen haben wir denn da!«, sagte David Bateman. »Wenn das nicht der Teufelsjunge persönlich ist.«

5

Juli 1969

Burlingame

Später bezeichneten Ernie und ich die Jahre nach David Batemans Verweis von der OLM als die Jahre NB, nach Bateman. Unser Tyrann und Schläger war allem Anschein nach aus der Welt gefallen, ein wenig wie Neil Armstrong an jenem dramatischen 20. Juli 1969, als er die letzte Stufe der Leiter hinter sich ließ, auf den Lippen den unvergessenen Spruch: »Ein kleiner Schritt für einen Menschen, aber ein gewaltiger Sprung für die Menschheit.« Wir spekulierten gern im Scherz darüber, ob Armstrong Bateman vielleicht auf dem Mond zurückgelassen haben könnte, denn wo sollte er sonst sein? Ich sah ihn weder im Park noch bei Spielen der Little League und seine Eltern waren aus unserer Kirchengemeinde ausgetreten. Manchmal wollte ihn jemand gesehen haben, wobei ich nie jemanden traf, der das beschworen hätte. Mit der Zeit dachten wir kaum noch an ihn.

Patrick O'Reilly und Tommy Leftkowitz hielten sich in der Schule von mir fern. Wahrscheinlich hatte Pater Brogan ihnen und ihren Eltern ordentlich die Leviten gelesen. Er schien sich auch Schwester Beatrice vorgeknöpft zu haben, die mich ebenfalls größtenteils in Ruhe ließ, wobei ich allerdings manchmal mitbekam, wie sie mich auf dem Spielplatz beobachtete. Ich nahm das als Warnung, auch weiterhin Stillschweigen über den silbernen Flachmann zu bewahren, den sie in ihrem Habit mit sich herumtrug.

Ich habe nie jemandem davon erzählt.

6

Da Ernies Mutter arbeitete, während sein Vater in der Garage der Familie seiner geheimnisvollen Tätigkeit nachging, nahm meine Mutter Ernie mit, wenn sie an den Wochenenden und in den Sommerferien mit mir die Museen von San Francisco, das Kindertheater oder Konzerte im Stern Grove besuchte. Wir waren auch oft zusammen in der Bücherei von Easton, wo ich mir Bücher auslieh. Im Nachhinein kommt es mir so vor, als hätte meine Mutter jede Woche ein neues Buch für mich ausgesucht: *Huckleberry Finn, Der schwarze Hengst, Sein Freund Jello, Die Mausfrau, Das Dschungelbuch* und viele andere. An Samstagnachmittagen sollte ich in der Regel vor dem Abendessen oben in meinem Zimmer lesen, und so lag ich auch an einem Samstag kurz nachdem die Schule wieder angefangen hatte auf meinem Bett, ganz in *Die Abenteuer des Tom Sawyer* vertieft, als ich in unserer Einfahrt ein Auto hörte. Rasch legte ich das Buch beiseite, kniete mich aufs Kopfende des Bettes und spähte neugierig durch die Spalten der Jalousie des Fensters hinter dem Kopfbrett. Unten hielt gerade der Käfer der Cantwells. Für mich gab es jetzt kein Halten mehr. »Ernie ist da!« Ich stürzte die Treppe hinunter. »Ernie ist gekommen! Ernie ist hier!«

»Samuel!« Meine Mutter kam gerade aus der Küche. »Du machst mehr Lärm als eine Horde Büffel.«

»Ernie ist hier!«

»Das war nicht zu überhören.«

Aber als es eine Sekunde später an der Tür klopfte und ich aufmachte, stand Mrs Cantwell allein davor, ein zusammengeknülltes Taschentuch in der Hand.

»Geh wieder nach oben, Sam«, befahl meine Mutter.

»Ist Ernie auch da?«, wollte ich wissen.

»Nein, Schatz.« Mrs Cantwell putzte sich die Nase.

»Sam!« Meine Mutter warf mir ihren *Blick* zu. »Nach oben!«

Ich eilte nach oben, warf mich vor dem Bett auf den Boden und robbte bis zum Luftschacht vor. Unten setzte meine Mutter gerade Teewasser auf, ich kannte die Geräusche: ein leises »Ping«, wenn der Deckel des blauen Wasserkessels abgenommen wurde, dann plätscherte das Wasser in den Kessel und zum Schluss wurde mit einem weiteren »Ping« der Deckel wieder aufgesetzt und der Kessel landete auf dem Herd. Meine Mutter und Mrs Cantwell setzten sich an den Küchentisch – ich konnte hören, wie die Stühle auf dem Linoleumboden zurechtgezogen wurden. Mrs Cantwell erzählte, was sie auf dem Herzen hatte. Leider konnte ich sie kaum verstehen, weil sie so leise sprach, begriff aber schon, dass sie gerade von einem Arztbesuch kam, bei dem es um Ernie gegangen war.

Ein Mädchen aus meiner Klasse hatte einer schweren Krankheit wegen lange nicht am Unterricht teilnehmen können und war nach ihrer Rückkehr kahl gewesen, mit schweren, dunklen Rändern unter den Augen. Meine Mutter hatte mir erklärt, irgendetwas stimme nicht mit ihrem Blut. Als Mrs Cantwell erzählte, Ernie tue sich beim Lesen so schwer, weil sein Gehirn nach Aussage des Arztes die Buchstaben ihre Plätze tauschen ließ, weswegen er dann alles durcheinanderbrachte, atmete ich erst einmal ungeheuer erleichtert auf. Leider war das noch nicht alles. »Er sagt, wir sollen Ernie von der OLM nehmen«, fuhr Mrs Cantwell fort. »An der öffentlichen Schule gebe es speziell ausgebildete Lehrer, die sich um ihn kümmern könnten.«

Das war schlimm! Das ging gar nicht! Ernie war mein einziger Freund, ohne ihn war ich verloren. Und auf der öffentlichen Schule lauerte das Monster. Wenn sie Ernie auf die öffentliche Schule schickten, fiel er David Bateman in die Hände.

»Samuel ist Ernie so ein guter Freund gewesen«, fuhr unten Mrs Cantwell fort. »Es war nicht leicht für meinen Sohn, das einzige schwarze Kind an der Schule zu sein, und Sam hat ihn als Einziger von Anfang an willkommen geheißen. Sie alle haben uns immer so freundlich aufgenommen, Ihre ganze Familie. Wir haben uns bei Ihnen immer wohlgefühlt.«

Das alles war neu für mich, hatte ich doch bisher gedacht, Ernie sei der Held gewesen, nicht ich. Er hatte mich gerettet, ich war der Teufelsjunge, nicht er. Schwarz zu sein schien mir im Vergleich keine große Sache, aber dann war Ernie für mich auch nie schwarz gewesen, sondern einfach mein bester Freund. Und jetzt saß seine Mutter da unten in unserer Küche und sagte, Ernie brauche mich.

Der blaue Kessel pfiff.

Ich kroch unter dem Bett hervor, legte mich auf die Bettdecke und starrte die Modellflugzeuge aus meiner Sammlung an, die an Angelschnüren von der Decke baumelten.

Den ganzen Nachmittag dachte ich über das Problem nach und als mein Vater nach Hause kam, stürmte ich nicht wie sonst die Treppe hinunter, um ihn zu begrüßen. Er kam hoch, um nach mir zu sehen, und blieb in meiner Zimmertür stehen. »Hallo! Alles in Ordnung mit dir?«

»Alles okay, ich lese.«

Mein Dad nahm sich meinen Tom Sawyer vom Nachttisch. »Mark Twain. Mein Liebling unter den amerikanischen Schriftstellern. Weißt du, dass er eigentlich Samuel hieß? Samuel Clemens.«

So sehr mich das unter anderen Umständen vielleicht interessiert hätte, an diesem Tag war ich mit den Gedanken ganz woanders. »Dad, kann ich dich mal was fragen?«

Er legte das Buch zurück. »Natürlich, das weißt du doch.«

Da Dad nicht erfahren durfte, dass ich meine Mutter und Mrs Cantwell belauscht hatte, musste ich meine Frage etwas abstrakt und ohne Nennung von Namen formulieren. »Was, wenn man einen Freund hat und der ist – sagen wir mal – nicht gut in der Schule. Und man will ihm helfen, aber er soll das nicht mitbekommen.«

»Könnte es sich bei diesem Freund um jemanden handeln, den ich kenne?«

»Nein.« Ich schüttelte energisch den Kopf. »Ich frage das nur so allgemein.«

»Warum meinst du, dass dieser Freund keine Hilfe annehmen mag?«

Ernie verstaute Klassenarbeiten nach dem Zurückgeben immer in seinem Pult und verriet mir nie seine Noten. »Vielleicht ist es ihm peinlich. Vielleicht möchte er nicht, dass die Leute ihn für doof halten oder so.«

Mein Vater legte die Hände zusammen wie beim Gebet und rieb nachdenklich die Handflächen aneinander. »Du möchtest nicht, dass er sich dumm vorkommt. Verstehe.« Er dachte weiter nach, bis plötzlich ein Lächeln auf seinem Gesicht auftauchte. »Ich habe eine Idee!« Er nahm den Tom Sawyer zur Hand und blätterte darin herum. »Warst du schon da, wo Tom den Zaun anstreichen soll?«

»Wo er Ben Rogers mit einem Trick dazu bringt, es für ihn zu machen?«

»Genau. Siehst du, Tom kannte Ben gut und hat sich seine Eigenheiten zunutze gemacht, seine Charaktereigenschaften. Er wusste nämlich, Ben würde ihn aufziehen, weil er arbeiten musste, während die anderen baden gingen. Doch ehe Ben damit anfangen konnte, hat Tom den Spieß umgedreht und seine Arbeit so interessant aussehen lassen, dass sie einfach mehr Spaß machen musste als baden. Deswegen wollte Ben dann selbst den Zaun streichen. Kannst du mir folgen?«

»Nicht so richtig.«

»Was du tun musst, ist die Eigenart deines Freundes herausfinden, seine Einstellung. Du musst wissen, was ihn bewegt. Kennst du ihn ziemlich gut?«

»Ziemlich.« Ich nickte.

»Dann musst du herausfinden, wie du diesen Freund dazu kriegst, deine Hilfe anzunehmen, ohne dass er weiß, dass du ihm hilfst.«

»Du meinst ihn reinlegen, wie Tom Sawyer Ben Rogers reingelegt hat?«

»Solange der Trick nicht gemein ist, darf man das.«

Darüber dachte ich noch ein wenig nach, dann bedankte ich mich bei Dad. Er war schon fast an der Tür, als ich hinzufügte: »Könnten wir Mom nichts von diesem Freund verraten?«

»Du weißt, deine Mutter und ich haben keine Geheimnisse voreinander.« Dad zwinkerte mir zu. »Aber vielleicht bringe ich das Thema einfach gar nicht erst zur Sprache.«

Und ich lag weiter grübelnd auf dem Bett. Ernie – wie war mein Freund, was waren seine Eigenarten, seine Haltung? Dazu fiel mir eigentlich nur ein, wie sehr er es hasste zu verlieren, egal, wobei. Seine Eltern hatten ihn einmal in die Notaufnahme bringen müssen, weil sein Cousin und er gewettet hatten, wer von ihnen sich mehr Erdnüsse in die Nase schieben könnte. Ich musste wie Tom Sawyer sein. Ich musste Ernie dazu bringen, den Zaun anzustreichen.

7

Am nächsten Montag setzte ich meinen Plan in die Tat um und traf mich in der großen Pause mit Ernie im Leseraum am Regal mit dem Lesestoff, den wir uns selbstständig erarbeiten sollten. Die meisten in meiner Klasse lagen eine Stufe hinter mir und waren noch bei den Büchern aus dem roten Paket, aber Ernie hatte noch nicht einmal das gelbe geschafft.

»Ich wette, du bist nicht so schnell mit dem gelben Paket fertig wie ich mit dem lilanen«, sagte ich.

Ernie kniff die Augen zusammen. »Das ist nicht fair. Du kannst besser lesen als ich.«

»Und? Du spielst besser Kickball und Basketball und ich spiele trotzdem.«

»Das ist was anderes.«

»Wieso?«

»Ist einfach so.« Ich zuckte die Achseln und wandte mich meinem Platz zu. Ernie folgte mir auf dem Fuße. »Du bist mit dem lila Paket schon fast durch und ich habe mit dem gelben gerade erst angefangen.«

Schwester Joan vorn am Pult blickte auf. »Ernie, hast du Probleme, einen Platz zu finden?«

»Nein, Schwester.«

»Dann schlage ich vor, du setzt dich und liest still.«

Ernie setzte sich in die Reihe neben meiner. Ich schlug mein Buch auf und tat so, als würde ich die Seiten unglaublich schnell umblättern. »Das ist doof!«, flüsterte er.

Ich schlug die Seiten noch schneller um. Schwester Joan ging hinaus in den Hof, wobei sie die Tür offen ließ, weil das Wetter so schön war. In der Ferne fuhr ein Zug vorbei und ließ die Fensterblenden klappern. Es hörte sich an wie Fahrradspeichen, in die man Baseballkarten geklemmt hat. »Wenn es um Kickball oder Ballprobe geht, ist es nicht doof!«, wandte ich mich leise an Ernie. »Weil du dann weißt, du gewinnst.« Ich behielt die Tür im Auge, aber Schwester Joan blieb verschwunden. »Wenn ich irgendwo gut bin, kneifst du.«

Einige Leute im Raum hatten die Herausforderung mitbekommen und kommentierten sie mit leisem »Oh!«.

»Okay«, sagte Ernie. »Aber du musst mit dem lila Paket durch sein und mit dem ganzen blauen.«

»Das schaffe ich bis Freitag.«

Donnerstag hatte Ernie das gelbe Paket geschafft.

Irgendwann später im Jahr hatte Mrs Cantwell einen selbst gebackenen Schokoladenkuchen dabei, als sie auf ihrem Nachhauseweg von der Arbeit Ernie bei uns abholte, und ich hörte, wie sie meiner Mutter von Ernies dramatischen Fortschritten beim Lesen berichtete. Nachdem sie und ihr Sohn aufgebrochen waren, rief mich meine Mutter zu sich in die Küche, wo sie mir, obwohl doch fast schon Abendbrotzeit war, ein riesiges Stück Kuchen abschnitt und zusammen mit einem großen Glas Milch vor mich hinstellte. Ich hielt das für eine Art Test, aber meine Mutter hielt mir auch noch eine Kuchengabel hin und fuhr mir durchs Haar. »Mit dir als Freund hat Ernie wirklich großes Glück gehabt.«

8

Ich werde mich immer an die Mittelstufe erinnern, weil da eine neue Schülerin an die OLM kam, die einen großen Einfluss auf mein Leben haben sollte.

Michaela Kennedy landete kurz nach Weihnachten an unserer Schule, die zweite Hälfte der sechsten Klasse hatte gerade angefangen. Ich hatte vorher schon von ihr gehört, ein paar der Mädchen schienen sie oder zumindest Geschichten über sie zu kennen und wussten, dass sie allgemein Mickie gerufen wurde. Gerüchten zufolge hatte sie an der öffentlichen Schule irgendwelchen Ärger gehabt und ihre Eltern hofften nun, an der OLM könnten die Nonnen sie wieder auf Linie bringen. Mickie war anders als die anderen Mädchen in der Klasse, das spürte ich vom ersten Tag an. Sie hatte keine langen Haare, weder offen noch als Pferdeschwanz noch zu Zöpfen geflochten – ihr Haar war kurz und berührte gerade mal die Ohren, die im Übrigen nicht durchstochen waren. Die Schule verlangte bei den Mädchen eine Rocklänge von höchstens zwei Zentimetern über dem Knie, aber Mickies Rock schien jeden Tag ein Stück höher zu rutschen und ich hörte, wie eine der Essensdamen sie tadelte, sie würde »zu viel Bein« zeigen.

»Wenn die mich hier Hosen tragen lassen würden wie die Jungs, würde ich gar kein Bein zeigen!«, konterte Mickie, womit sie sich einen Tadel einfing und den Rest der Pause Müll einsammeln durfte.

Mickie schloss sich eher den Jungen an und hatte mit den Mädchen kaum noch etwas zu tun, nachdem klar war, dass sie weder Seilspringen noch sich als Cheerleaderin versuchen wollte. Nein, Mickie spielte Kickball und Basketball, wenn auch nicht von Anfang an. Die Jungs versuchten eine Weile, ihr den Zutritt zu unserer exklusiven Domäne zu verweigern, aber wir alle lernten schnell, dass sich Mickie von kaum jemandem etwas verbieten ließ.

»Hast du Angst, ein Mädchen könnte besser sein als du?« Eine solche Herausforderung durfte natürlich kein Junge mit einem Hauch Selbstachtung ausschlagen. Und dann ging dieses Mädchen hin und besiegte ihre Gegner so gründlich, dass es fast schon an Demütigung grenzte. Nur Ernie akzeptierte Mickie ziemlich schnell und ohne Wenn und Aber, was allerdings nichts mit einer erhöhten Sensibilität Diskriminierungen gegenüber zu tun hatte. Ernie siegte nun mal gern und hatte Mickies Talente für ziemlich viele Sportarten rasch erkannt. Bald war ich meinen Job als Ernies Partner los, was ich Mickie sehr übel nahm. Einen ganzen Monat lang kochte ich stumm vor mich hin, während Ernie und sie sämtliche sportlichen Herausforderungen annahmen und aus jedem Match als strahlende Sieger hervorgingen, während ich so tat, als interessiere mich das alles nicht die Bohne. Aber einfach so ignorieren ließ sich Mickie auch nicht, das war nicht ihr Stil.

9

Ende Januar sollte in der Kirche eine feierliche Messe stattfinden und diesmal war unsere Klassenstufe für die Ausrichtung verantwortlich. Das war eine große Sache, denn nicht nur unsere Schule nahm an dieser Messe teil, auch die Eltern und generell die Gemeinde waren eingeladen. Meine Mutter zum Beispiel ließ diese Messen nie aus. Als verantwortliche Klasse sollten wir die Texte der Lesungen und die von der Gemeinde zu sprechenden Gebete auswählen und den Bibeltext auch vortragen. Wir sollten die Träger und Messdiener stellen und im Chor singen. Die wichtigste Rolle spielte dabei der Lektor und für diesen Job ausgewählt zu werden bedeutete eine große Ehre, war man in dieser Position doch am exponiertesten und trug von daher das höchste Risiko. Natürlich lebten auch die Messdiener nicht ungefährlich, immerhin konnte es passieren, dass eine Robe Feuer fing oder man mit dem Weihwasser stolperte und Leute nass spritzte, aber das war dann doch recht unwahrscheinlich und ich persönlich hatte so etwas noch nie miterlebt. Aber wir alle waren schon mal dabei gewesen, als bei einer Schulmesse der Lektor die Lesung verpatzte.

Vor ziemlich genau einem Jahr war Anna Louise Gretsky die Stufen der Kanzel emporgestiegen, hatte sich vor dem

Lesepult aufgebaut, den Blick über die Menge schweifen lassen und kein einziges Wort herausgebracht. Erst hatten wir noch an eine absichtlich gleich zu Anfang eingebaute dramatische Pause geglaubt, aber als die sich immer mehr ausdehnte und Pater Kilian, unser neuer Pastor, mit deutlichen Gesten Richtung Kanzel zu verstehen gab, es möge doch langsam weitergehen, war klar geworden, dass Anna Louise Gretsky da oben zur Salzsäule erstarrt war. Nach ein paar weiteren Minuten voll peinlicher Spannung hatte sich eine der Nonnen erbarmt und die arme Anna Louise von der Kanzel geholt, um sie in unsere Reihen zurückzuführen. Für die Ärmste erst der Anfang der Demütigungen, sie war das ganze Schuljahr über mit Hohn und Spott überhäuft worden.

Das Bild der verstummten Anna Louise stand allen deutlich vor Augen, als wir uns an einem Montagmorgen an die Verteilung der anstehenden Aufgaben machten. Der Job des Lektors war eindeutig nichts für Leute mit schwachen Nerven. Nun war es so, dass man sich für alle Aufgaben selbst melden konnte, nur für die Rolle des Lektors nicht, dazu musste jemand einen nominieren und danach wurde per Handzeichen abgestimmt. Meistens wurde einer der beliebteren Schüler ausgewählt, was in unserem Fall entweder Ernie sein konnte oder Valerie Johnson, die die Cheerleaderinnen anführte.

»Fangen wir mit den Ministranten an«, sagte Schwester Mary Williams, die uns in dieser Klassenstufe unterrichtete. Die ältliche Nonne wurde allgemein Schwester Muffin genannt, weil ihr Gesicht unter der Haube so zusammengequetscht und zerknittert aussah. Außerdem trug sie eine Brille mit schwarzem Rand und extrem dicken Gläsern, die an die Böden von Colaflaschen erinnerten und ihre Augen vergrößerten, bis sie aussahen wie zwei blaue Murmeln unter Wasser. Sie hatte eine wunderschöne Handschrift, mit der sie jetzt die Namen der ersten vier Freiwilligen auf der Tafel festhielt. Die Stellen für die Platzanweiser waren ebenfalls schnell besetzt. »Wer möchte Träger sein?«, kam die nächste Frage.

Ich wollte gerade die Hand heben, als Ernie sich meldete, womit er aus dem Rennen um den Job des Lektors ausstieg. Was ich auch nachvollziehen konnte, wusste ich doch, wie ungern er in der Öffentlichkeit vorlas. Ich saß noch da und dachte über seine Entscheidung nach, als sich in rascher Folge zwei weitere Mitschüler als Träger meldeten. Blieb für den Rest von uns nur der Chor, was ein bisschen so war wie Kulissenschieber im Theater: viel Arbeit für kein bisschen Ruhm.

Ohne weiteres Brimborium ging Schwester Mary Williams zum letzten Punkt der Tagesordnung über: »Und jetzt nehme ich Nominierungen für das Amt des Lektors entgegen.«

Die Uhr über der Tür zum Raum, in dem wir unsere Mäntel und Taschen abstellten, summte, als der große Zeiger auf die Zehn sprang. Da Ernie aus dem Rennen war, bestand kein Zweifel daran, wer Lektor werden würde: Valerie Johnson, das Mädchen, das mir in der ersten Klasse am Valentinstag eine tote Fliege im Umschlag geschenkt hatte. Die ganze Sache mit den Nominierungen war reine Zeitverschwendung.

»Ich schlage Sam Hill vor.«

Bitte? Im Raum fuhren Köpfe herum, als wäre gerade in einer Fremdsprache gesprochen worden. Die Nominierung war von Mary Beth Potts gekommen, Cheerleaderin und beste Freundin von Valerie Johnson. Potts hatte in all den Jahren höchstens zwei Worte mit mir gewechselt, ich hatte keinen blassen Schimmer, wie sie dazu kam, mich vorzuschlagen. Selbst Schwester Mary Williams zögerte kurz, bevor sie meinen Namen an die Tafel schrieb. Um mich herum wurde laut gemurmelt, ein paar Leute kicherten auch. Da hörte ich, wie Ernie eindringlich meinen Namen flüsterte.

»Sam! Sam!«

Ernie saß in der Reihe rechts von mir und zwei Sitze weiter hinten als ich. Als ich mich zu ihm umdrehte, schüttelte er mit ernstem Gesicht den Kopf. »Sag Nein!«, formten seine Lippen. »Sag Nein!«

Ablehnen? War der Typ nicht ganz dicht im Kopf? Höchstens noch die Ankündigung, ich hätte mich entschieden, katholischer Priester zu werden, hätte meine Mutter glücklicher machen können, als mich dort vor der ganzen Schule und Gemeinde am Pult stehen zu sehen. Und ich, ich bekam vielleicht endlich die Chance, meinen Mitschülern und ihren Eltern zu zeigen, dass ich ein ganz normales Kind war. Das alles schoss mir durch den Kopf, während Ernie weiterhin verzweifelt versuchte, meine Aufmerksamkeit zu erregen, und im Klassenzimmer eine zweite Hand hochging.

Mickie Kennedy, na klar! Erst hatte mir dieser Neuankömmling Ernie geklaut, jetzt wollte sie mir auch noch Ruhm und Ehre abspenstig machen. In mir brodelte es heftig.

Aber zu meiner Überraschung sagte Mickie: »Ich unterstütze den Vorschlag.«

Eine Nominierung brauchte nicht durch eine zweite Stimme unterstützt zu werden, weswegen Mickies Vorstoß ein klarer Verstoß gegen die Regeln war. Dann setzte sie noch einen drauf. »Ich schlage vor, wir stimmen ab!«

Valerie Johnsons Hand fuhr hoch und ihre getreue Gefolgschaft hatte es ihr bald nachgetan. Auch die Jungen meldeten sich einer nach dem anderen, Ernie als Letzter und deutlich ungern.

»Gratuliere, Sam«, sagte Schwester Mary Williams.

Neben dem Tag, an dem mein Vater das rote Fahrrad aus dem Wagen geladen hatte, war dies vielleicht der glücklichste Augenblick meines kurzen Lebens. Ich konnte nur hoffen, dass es diesmal besser ausging.

10

In der Pause hatte Ernie mich schnell gefunden. »Sam. Sam!«

»Was ist? Und warum wolltest du nicht für mich stimmen?«

Ernie zögerte kurz. »Weil sie wollen, dass du versagst, Sam. Ich habe gehört, wie Valerie Johnson Mary Beth zugeflüstert hat, sie soll dich nominieren. Ich glaube, sie wollen, dass du kein Wort rauskriegst, wie Anna Louise Gretsky. Damit sie sich dann über dich lustig machen können.«

»Woher weißt du das? Hast du es direkt gehört?«

Ernie schüttelte den Kopf. »Aber Valerie Johnson, Sam? Warum sollte sie dich nominieren wollen?«

»Hat sie ja auch gar nicht. Das war Mary Beth.«

»Weil Valerie es ihr befohlen hat.«

Ernies Überlegungen hatten Hand und Fuß. Trotzdem ignorierte ich sie, so sehr wollte ich dort auf der Kanzel stehen und es allen zeigen. »Warum soll ich nicht Lektor sein? Ich bin Klassenbester!«

»Lehn es ab, Sam. Sag der Schwester einfach, du kannst das nicht.«

»Nein!«

»Und wenn dann was passiert?«

»Was soll denn passieren?«

»Ich weiß nicht. Wenn sie irgendwas machen und du die Sache in den Sand setzt?«

»Ich setze die Sache ganz bestimmt nicht in den Sand.«

Gegen Ende der Pause, auf dem Rückweg ins Klassenzimmer, fand ich mich neben Mickie wieder und da mir Ernies Warnung noch frisch im Ohr war, wollte ich von ihr wissen, warum sie meine Nominierung unterstützt hatte.

»Bild dir da bloß nichts drauf ein, Hill!« Sie warf den Kopf in den Nacken. »Du bist nun mal das Hirn hier, es ist gut, wenn du der Lektor bist. Ist mir auf jeden Fall lieber, als wenn die hohlköpfige Valerie Johnson oder eine ihrer dämlichen Freundinnen den Job macht.« Damit boxte sie mich auf den Arm und rannte ins Klassenzimmer, weil die Glocke geläutet hatte.

II

Nach der Schule radelte ich so schnell ich konnte nach Hause, warf mein Rad vorn auf den Rasen und fing schon auf der Veranda an, laut nach meiner Mutter zu rufen, während ich ins Haus lief.

»Samuel Hill!« Mom kam aus der Küche, wobei sie sich die Hände an einem Geschirrtuch abtrocknete. »Ich habe dir schon tausendmal gesagt, du sollst meinen Namen nicht kreischen wie die Todesfee!«

»Ich hab ihn gekriegt!«, erklärte ich atemlos. »Ein Mädchen aus meiner Klasse hat mich vorgeschlagen und dann hat Mickie die Nominierung unterstützt und bei der Abstimmung haben alle für mich gestimmt. Es war einstimmig, sie haben alle für mich gestimmt!«

»Immer schön langsam«, bat meine Mutter. »Und jetzt das Ganze noch einmal. Was hast du gekriegt?«

»Den Lektor. Bei der Messe am Freitag, für die ganze Schule. Ich bin der Lektor.«

Aber anders als erwartet jubelte meine Mutter nicht vor Freude, und sie umarmte mich auch nicht stürmisch. »Sie haben dich gewählt?«

»Jawohl. Einstimmig.«

»Samuel …« Meine Mutter blieb verhalten.

»Was denn? Ich dachte, du freust dich für mich.«

»Tu ich doch auch.« Mom rang sich ein Lächeln ab und umarmte mich nun doch noch. »Oh, Samuel, ich bin so glücklich und so stolz auf dich. Das ist eine große Ehre. Dein Vater wird auch unglaublich stolz sein.«

»Zwei Lesungen und der Antwortpsalm!« Ich löste mich aus ihrer Umarmung. »Das ist, wenn man die Hand hebt.« Ich hob die rechte Hand. »Damit alle wissen, jetzt sind sie dran. Ich muss sofort anfangen.«

»Ich kann dir helfen. Weißt du, dass ich auf dem College Theater gespielt habe?«

»Echt?« Dass meine Mutter je irgendetwas anderes gewesen sein sollte als eben meine Mutter, war mir immer schon seltsam genug vorgekommen, aber das mit dem Theater war die absolute Überraschung. Ich hätte gedacht, sie würde jede Art der Schauspielerei als eitel abtun.

»Ich war die Elizabeth in *Stolz und Vorurteil.*«

War das eine große Sache? Ich hatte keine Ahnung, aber dem glücklichen Lächeln meiner Mutter nach zu urteilen, hatte es zumindest ihr viel bedeutet. »Wunderbar, Mom! Und du hilfst mir?«

12

Von da an arbeiteten wir jeden Tag nach der Schule an meiner Lesung. Meine Mutter half mir mit der Aussprache schwieriger Wörter und erklärte mir einiges über Haltung und Vortrag.

»Immer schön den Kopf hochhalten«, befahl sie. »Und stell Blickkontakt zum Publikum her, bevor du etwas sagst. Langsamer! Du bist viel zu schnell!«

Nach Haltung und Präsentation arbeitete sie an meiner Vortragstechnik und brachte mir bei, welche Worte ich betonen sollte. Daraus ergaben sich diverse Auseinandersetzungen zwischen meinen Eltern.

»Nein! Betone lieber ›Nicht‹ und nicht ›Straße‹«, sagte zum Beispiel mein Vater.

»Nein, du musst ›Straße‹ betonen«, beharrte meine Mutter.

Mom sorgte mit mehreren übereinandergestapelten Bänden der voluminösen *Encyclopedia Britannica* für ein improvisiertes Pult, an dem ich nach dem Essen meine Lesungen vortrug. Bestimmt hatten meine Eltern die abendliche Vorstellung irgendwann ziemlich über, sie beschwerten sich jedoch nie.

»Wir haben hier einen richtigen Schauspieler«, sagte

mein Vater eines Abends am Tisch bei Hackbraten mit Kartoffelbrei und Soße.

»Das hat er von mir«, erklärte meine Mutter mit Bestimmtheit. »Du weißt, dass ich auf dem College die Elizabeth in *Stolz und Vorurteil* gespielt habe.«

»Wie könnte ich das je vergessen?« Mein Vater bediente sich beim Hackbraten und hielt mir die Platte hin. »Immerhin hast du auf der Bühne vor Gott und den Menschen Bill Mahler geküsst.«

Um ein Haar wäre mir der Hackbraten aus der Hand gefallen. »Du hast einen anderen Mann geküsst? Dem hast du doch hoffentlich ordentlich eine reingehauen, Dad!«

»Ich habe niemanden geküsst«, protestierte meine Mutter. »Ich war in meiner Rolle. Das war Elizabeth.«

Mein Vater verdrehte die Augen. »Bill Mahler fand es jedenfalls überzeugend. Er hat dich noch zweieinhalb Jahre nach dem Kuss gebeten, mit ihm auszugehen. Und ich hätte ihm gern eine reingehauen, Sam, aber er war leider auch der Captain des Basketballteams.«

Meine Mutter lächelte. »Ich kann dir versichern, Samuel Hill, dass ich in meinem Leben nur Augen für einen Mann hatte, und der sitzt hier mit uns am Tisch.«

Grinsend schob ich mir eine grüne Bohne zwischen Zunge und Gaumen.

»Ich wünschte, ich könnte persönlich dabei sein.« Mein Vater seufzte. »Aber im Geiste bin ich bei euch.«

Mein Vater arbeitete nach wie vor sechs Tage die Woche, verließ früh am Morgen das Haus und verpasste manchmal sogar das Abendessen. Der Tisch kam mir leer vor, wenn er nicht da war.

»Wir müssen unsere Gürtel enger schnallen«, erklärte

meine Mutter bei einer dieser Mahlzeiten ohne ihn. »In der Burlingame Avenue hat gerade einer von diesen Kettenläden aufgemacht und es geben nicht mehr so viele Kunden bei deinem Vater ihre Rezepte ab.«

Natürlich war ich enttäuscht, dass Dad meinen großen Auftritt verpassen würde, ich hatte aber Verständnis dafür, weil er doch so schwer für uns arbeitete.

13

Am Freitagmorgen war ich nervös, im Wesentlichen, weil Ernie die ganze Woche nicht aufgehört hatte mir aufzuzählen, was alles schiefgehen konnte, und weiterhin fand, ich sollte eine Krankheit oder doch wenigstens Kehlkopfentzündung vortäuschen. Ich dagegen konzentrierte mich die ganze Zeit auf einen einzigen, ganz anderen Gedanken: Meine Mitschüler und ihre Eltern sahen in mir immer noch den Teufelsjungen, und diese Möglichkeit, mich anders darzustellen, war ganz sicher Gottes Wille. Ich konnte ihnen zeigen, dass ich wie alle anderen Kinder war, wenn auch vielleicht ein wenig außergewöhnlich, wie meine Mutter gern erklärte, die in diesem Punkt vielleicht sogar recht haben könnte. Wer war ich, einer Dame zu widersprechen, die einmal als Elizabeth in *Stolz und Vorurteil* auf der Bühne gestanden hatte?

Ich fuhr zur Schule, wo ich mein Rad in den Fahrradständer stellte und abschloss. Ernie hielt neben mir. »Bist du gut vorbereitet?«

»Ich glaube schon.«

Gemeinsam gingen wir hoch zum überdachten Übergang. Bestimmt sah die ganze Schülerschaft zu mir her, dachte ich und wusste, dies würde der beste Tag meines Lebens werden.

Aber als ich die Tür zu unserem Klassenzimmer öffnete, erstarrte ich erst einmal. Das Gesicht, das sich Ernie und mir zuwandte, um uns zu begrüßen, trug nicht die weichen und tröstenden Züge von Schwester Mary Williams, im Gegenteil: Ich sah mich völlig unerwartet mit dem laserscharfen Blick von Schwester Beatrice konfrontiert.

14

Ernie, der noch nichts mitbekommen hatte und einfach nur in die Klasse wollte, stieß von hinten gegen mich. »Sam! Was zum Teufel …«

Die Augen unserer Direktorin schossen Giftpfeile in seine Richtung.

»Nachsitzen, Mr Cantwell. Profanität dulde ich nicht.«

Mit hängenden Schultern drängte sich Ernie an mir vorbei und eilte zu seinem Pult.

»Wissen Sie nicht, wo Sie sitzen, Mr Hill?«

»Nein, Schwester. Ich meine: doch, Schwester.«

»Dann schlage ich vor, Sie setzen sich.«

Ich setzte mich zwischen meine Klassenkameraden, die genauso deprimiert wirkten, wie ich mich fühlte.

»Schwester Mary Williams fühlt sich heute nicht wohl. Ich übernehme ihre Vertretung. Wenn die Glocke läutet, werden Sie alle aufstehen und gesittet und ordentlich hinüber in die Kirche gehen.«

Ernie hob die Hand. »Schwester, die Messdiener müssen früher los, um die …«

»Erlaubt Schwester Mary Williams Ihnen, ohne Erlaubnis zu sprechen, Mr Cantwell?«

»Nein, Schwester.«

»Dann schlage ich vor, Sie warten, bis Sie aufgerufen werden.«

Ernie setzte sich wieder.

»Wollten Sie etwas fragen, Mr Cantwell?«

»Nein, Schwester.«

»Ging es nicht um die Messdiener? Die früher als die anderen in der Kirche sein müssen?«

Ernie antwortete immer noch nicht.

»Und, Mr Cantwell?«

»Ist auch egal.«

Wenn es im Raum vorher schon ruhig gewesen war, erlebten wir jetzt einen dieser seltenen Momente, in denen man wirklich eine Nadel hätte fallen hören.

»Sie haben sich gerade wieder einmal eine weitere Runde Nachsitzen eingehandelt, Mr Cantwell. Ich werde Ihnen auch einen Brief an Ihre Mutter mitgeben. Sie soll mich aufsuchen, damit wir Ihre Insolenz erörtern können.«

»Bist du zuckerkrank?«, wollte Peter Hammonds wissen.

Eine durch und durch unschuldige Frage, da bin ich mir jetzt noch sicher, denn Hammonds war nicht die hellste Birne in unserer Lampe und sein Vokabular alles andere als umfangreich. Aber Schwester Beatrice interpretierte seinen Einwurf als einen weiteren Angriff auf ihre Autorität. »Sie werden zusammen mit Mr Cantwell nachsitzen, Mr Hammonds. Möchte noch jemand meine Geduld auf die Probe stellen?«

Das wollte niemand.

»Und jetzt: Wer sind die Messdiener?« Ernie, Mattie Montoya und Billy Fealey hoben mit schlaffen Armen die Hand. Begeisterung sah anders aus. »Die Messdiener dürfen jetzt schon gehen.«

Auch Valerie Johnson meldete sich, wartete brav, bis ihr das Wort erteilt wurde, und sagte: »Schwester, auch die Leute, die den Altar herrichten, müssen früher gehen, um die Kirche vorzubereiten.«

Schwester Beatrice entließ auch diese Schüler und richtete, während sie gingen, ihre Aufmerksamkeit auf mich. »Sie glauben wahrscheinlich, auch Sie sollten die Erlaubnis erhalten, vor Ihren Mitschülern die Klasse verlassen zu dürfen, Mr Hill?«

»Nein, Schwester, nur die Messdiener und die, die den Altar herrichten, müssen jetzt schon los.«

»Eitelkeit ist eine Sünde«, erklärte Schwester Beatrice, wobei sie das S von Sünde nicht ganz scharf hinbekam. »Kann mir jemand sagen, was Eitelkeit ist?« Inzwischen mochte sich nicht einmal Peter Hammonds mehr an eine Interpretation wagen. »Niemand? Eitelkeit ist der übertriebene Glaube an die eigenen Fähigkeiten oder die eigene Attraktivität. Halten Sie sich für etwas Besseres als Ihre Klassenkameraden, Mr Hill?« Ihre Worte zischten mich an wie eine aus dem Schlaf geschreckte Schlange und mir fiel auf, dass ihre Augen glasig waren.

Ich schüttelte den Kopf. »Nein, Schwester.«

»Klüger? Wichtiger?«

»Nein, Schwester.«

»Gut. Dann werden Sie Ihre Bescheidenheit demonstrieren, indem Sie sich auf dem Weg in die Kirche als Letzter in die Reihe stellen.«

Als endlich die gnädige Glocke klingelte, stellten meine Mitschüler und ich uns schweigend an der Wand auf. Niemand wagte zu schwatzen, da brauchte Schwester Beatrice sich keine Sorgen zu machen. Wir zogen über den

Spielplatz wie Gefangene auf einem Todesmarsch und nicht einmal die klare Winterluft vermochte uns aufzumuntern.

Vor der großen Eingangstür der Kathedrale warteten wir darauf, dass die jüngeren Schüler den Mittelgang hinuntergingen und ihre Sitze einnahmen. Als wir dann loszogen und ich an ihr vorbeigehen wollte, streckte die Schwester ihre Hand aus und hielt mich mit ausgestrecktem Arm fest, wie meine Mutter es tat, wenn sie plötzlich bremsen musste. Sie richtete ihren durchdringenden Blick auf mich und ich roch den Alkohol in ihrem Atem.

»Deine Klassenkameraden haben dich gewählt, weil sie zusehen möchten, wie du versagst«, zischte sie.

15

Beim Einzug in die Kirche wurde mir erst richtig bewusst, wie groß mein Publikum sein würde, all die Schüler in ihren Uniformen, dazu viele Eltern und eine Menge normaler Gemeindemitglieder. Die für uns Schüler vorgesehenen Sitzreihen waren von Valerie Johnson und ihren fleißigen Helferinnen mit weißen Schildern markiert worden, auf denen »RESERVIERT« stand, und die Nonnen sorgten jetzt dafür, dass sich Mädchen und Jungen beim Hinsetzen jeweils abwechselten, was eine Weile dauerte. Währenddessen sah ich mich um und hatte schon bald meine Mutter entdeckt, die neben Mrs Cantwell stand. Sie lächelte mir zu, bis sie Schwester Beatrice entdeckt hatte und ihr das Lächeln verging. Sie senkte den Kopf, ihre Brust hob und senkte sich hastig, und sie muss wohl auch irgendeinen Laut von sich gegeben haben, denn Ernies Mutter legte ihr mit besorgtem Blick die Hand auf den Arm, wie man es macht, wenn es jemandem nicht gut geht. Meine Mutter schüttelte nur den Kopf und schloss die Augen.

Wir setzten uns in die für uns vorgesehenen Reihen. Da ich der Letzte war und am Ende der Reihe in der Nähe des Mittelgangs saß, war das Mädchen links von mir Schwester Beatrice. Nicht lange und mir war übel geworden, unter anderem wohl auch durch den Alkohol, den sie ausdünstete. Wir standen zum ersten Lied auf und wenig später führte Ernie als Kreuzträger die Prozession den Mittelgang hinunter. Hinter ihm schlurfte laut singend Pater Kilian in seinem weiß-goldenen Talar. Er ging nach vorn bis zu seinem Pult und als das Lied zu Ende war, begrüßte er die hier in Christi Namen versammelten Schüler, Eltern und Gemeindemitglieder, wir sprachen zusammen das Glaubensbekenntnis und der Priester setzte sich.

Das war mein Stichwort.

Valerie und ihre Freundinnen steckten kichernd die Köpfe zusammen, als ich aufstand, um meine Sitzreihe zu verlassen. Am liebsten hätte ich mich laut geohrfeigt – wieso hatte ich nicht auf Ernie gehört? Natürlich warteten meine Mitschüler darauf, mein Versagen mitansehen zu dürfen. Und mit ihnen wartete ganz sicher auch Schwester Beatrice.

Ich sollte vor dem Altar die Knie beugen und mich bekreuzigen, ehe ich die Kanzel bestieg, fragte mich aber gerade, was wohl aus unserer sorgsam einstudierten Choreografie werden würde, wenn ich mich gleich hier und jetzt im Mittelgang übergab. Ich wollte sonst wo sein, nur nicht in dieser Kirche. Gottes Wille, schien mir, war, mich zu demütigen.

Ernie kniete seitlich vom Altar, sah mich aber nicht an, sondern hatte irgendetwas hinter mir im Auge. Als ich seinem Blick folgte, beugte sich Valerie Johnson gerade zu der in der Reihe vor ihr sitzenden Schülerin hinüber und flüsterte ihr etwas ins Ohr. Ich bekreuzigte mich und kletterte auf die Kanzel, wo ich mir als Erstes, wie man es mir beigebracht hatte, das Mikrofon zurechtrückte. Dann zog ich mir den Text der Lesung aus dem Regal unter dem Lesepult, den mir die für die Herrichtung der Kirche Zuständigen dort zurechtgelegt hatten. Beim Anblick der Seiten wurde mir allerdings kurz schwarz vor Augen: Valerie Johnson hatte mir einen Text untergeschoben, den ich gar nicht kannte. Das vor mir, das waren nicht die vertrauten Zeilen mit den Bleistiftmarkierungen in der Handschrift meiner Mutter, dieser Text war voller mir unbekannter Wörter aus dem Hebräischen, die ich noch nicht einmal aussprechen konnte. Mir wurde zunehmend schlechter und ich spürte, wie ich rot anlief, bis ich wie im Fieber glühte. Was tun? Was tun?

Da hörte ich die Glöckchen.

Zuerst begriff ich echt nicht, was da los war. Niemand verstand es. Erst als ich mich dem Altar zuwandte, entdeckte ich den goldenen Handgriff mit den vier Altarglöckchen in Ernies Hand und sah meinen Freund diese Glöckchen so laut und begeistert läuten, wie man es in dieser Kirche noch nie erlebt hatte. Pater Kilian schreckte auf, hob den Arm zu einer hilflosen, verärgerten Geste Richtung Ernie, als wolle er eine lästige Fliege verscheuchen, und erwischte dabei das ihm von den Altarbeauftragten auf einem kleinen Tischchen bereitgestellte Wasserglas, das daraufhin munter durch die Luft segelte.

Wer mit dem Lachen anfing, kann ich nicht genau sagen, weiß aber noch, dass ich von meiner erhöhten Warte aus gut beobachten konnte, wie meine Mitschüler sich verzweifelt Mund und Nase zuhielten und mit allen Mitteln versuchten, sich nicht anstecken zu lassen. Den meisten gelang das nicht und sie brachen trotzdem in hysterisches Gelächter aus. So ging es gefühlt eine volle Minute lang, dann legte Ernie mit der Miene dessen, der in aller Unschuld einen

Fehler gemacht hat, die Glöckchen ab. Ich kannte meinen Freund, ich wusste es besser. Noch bevor er es dann auf dem Nachhauseweg mir gegenüber zugab, war mir klar, dass Ernie in voller Absicht geläutet hatte, um mir zu helfen. Er hatte mich beobachtet, meine Verzweiflung erkannt und, weil er ja wusste, dass Valerie Johnson und Co. Böses im Schilde führten, ganz richtig vermutet, dass die Mädchen die Seiten für die Lesung vertauscht hatten. Ernie hatte mit Absicht Mist gebaut, wohl wissend, dass ihn nicht nur Hohn und Spott, sondern noch dazu Schwester Beatrice' drakonische Strafmaßnahmen erwarteten. Sich all dem bewusst auszusetzen – dazu brauchte man Mumm und Selbstvertrauen in einem Maß, wie ich es nur von Ernie kannte.

Und er hatte mit seiner Nummer Erfolg: Als sich alles beruhigt hatte und ich mich wieder meiner Aufgabe zuwandte, war alle Nervosität verschwunden. Mir konnte nichts mehr passieren. Egal, über wie viele Worte ich stolperte, wie viele ich sogar wegließ, ich war nicht mehr wichtig, denn alle würden nur von Ernie und dem Bock reden, den er geschossen hatte. Und noch etwas war mir in dieser entscheidenden Minute klar geworden: Ich brauchte gar nichts Schriftliches mehr, ich hatte meinen Eltern die Lesung so oft vorgeführt, dass ich fast jedes Wort auswendig kannte und den Text einschließlich der Markierungen meiner Mutter praktisch vor mir sah.

Wie mit meiner Mutter eingeübt, wartete ich einen Moment und ließ meinen Blick über das Meer roter Pullover gleiten, das die vorderen Sitzreihen füllte. Weiter hinten, bei den Eltern, strahlte mich das Gesicht meiner Mutter an, während Mrs Cantwell einen ähnlich niedergeschlagenen Eindruck machte wie an dem Tag, an dem sie Mom in unserer Küche von Ernies Lernproblemen berichtet hatte. Da erst wurde mir vollends klar, welch großes Opfer mein Freund mir gebracht hatte. Ich wagte einen kurzen Blick hinüber zu Schwester Beatrice. Unsere Schulleiterin hatte die Arme vor der Brust verschränkt und ihre Augen funkelten vor Wut. Ja, Ernie würde seine Tat teuer zu stehen kommen.

Zum Schluss sah ich Valerie Johnson an. Mein Blick wischte ihr das erwartungsvolle Grinsen aus dem Gesicht und sie riss erschrocken die Augen auf.

»Ich lese aus dem Buch Daniel.« Meine Ankündigung ließ Valeries Augen kreisrund werden. Sie sah Mary Beth Potts an, die ebenso verdattert wirkte.

Meine Mitschüler hatten die Lesungen ausgewählt und erwarteten die allen vertraute Geschichte von Daniel in der Löwengrube. Das weiß ich auch deswegen so genau, weil meine Mutter die Textseiten, auf denen sie handschriftlich in kurzen Notizen und Kringeln den von mir eingeübten Vortragsstil einschließlich aller Betonungen festgehalten hatte, natürlich in das entsprechende Buch geklebt hatte. Ich erzählte nun also von Daniel, der auch in einer Grube voller Löwen nicht von seinem Glauben gelassen hatte und von Gott als Lohn für seine Treue einen Engel gesandt bekam, der über ihn wachte. Mein Engel war Ernie. Seit unserem ersten gemeinsamen Abenteuer auf dem Spielplatz hatte er über mich gewacht.

Ich beendete meine Lesung in dem beruhigenden Wissen, dass ich vielleicht nicht alle Worte getroffen hatte, aber doch auf jeden Fall genug, um damit durchzukommen. Jedenfalls schien niemand etwas mitbekommen zu haben. Jetzt kam der Antwortpsalm und wieder schloss ich die

Augen, sah den Text im Geiste vor mir. Als ich die Augen wieder öffnete, fiel mein Blick zuerst auf die immer noch sichtlich wütende Schwester Beatrice.

»Der Herr ist mein Hirte, mir wird nichts mangeln.« Ich hob die Hand, damit die Gemeinde den Satz wiederholte.

Der Herr ist mein Hirte – ein Psalm Davids. »Auch wenn ich gehe im finsteren Tal, fürchte ich kein Unheil, denn Du bist bei mir. Dein Stecken und Stab trösten mich.«

Nein, ich durfte Ernie nicht im finsteren Tal alleinlassen, wo es Hohn und Strafe hageln würde. Ich wollte an seiner Seite sein, was immer auch auf uns zukommen mochte.

Die zweite Lesung war ein kurzer Brief von Paulus an die Korinther.

»Brüder und Schwestern«, setzte ich an. »Paulus war aufgerufen, ein Apostel zu sein, durch den Willen Gottes.«

Auch diese Lesung wusste ich auswendig. Der letzte Satz lautete: … *euch zu bringen die gute Botschaft von Jesus Christus, seiner jungfräulichen Geburt, seinem Tod am Kreuz und seiner Auferstehung von den Toten.*

»Um euch zu bringen die gute Botschaft von Jesus Christus«, verkündete ich mit fester, durch die Lautsprecher noch verstärkter Stimme, »… vom Jungfernhäutchen seiner Geburt …«

Hätte ich diese Lesung bei einer gewöhnlichen Messe so vorgetragen, hätte wohl niemand meinen Fehler richtig mitbekommen oder sich groß etwas daraus gemacht, aber dies hier war keine gewöhnliche Messe und die anwesende Gemeinde bestand in großen Teilen nicht aus Erwachsenen. Das hier war eine Messe für Schulkinder, von denen die meisten immer noch nichts so witzig fanden wie die Namen der weiblichen und männlichen Sexualorgane und alles, was damit zusammenhing. So etwas in der Kirche laut auszusprechen war ein massiver Fauxpas und noch viel schlimmer als das Läuten der Glöckchen im falschen Moment.

Die Gemeinde schnappte kollektiv nach Luft und hielt kollektiv den Atem an, aber genau wie Ernie hatte ich nicht vor, meinen Fehler unbemerkt stehen zu lassen.

»Entschuldigung!« Ich räusperte mich. »Um euch zu bringen die gute Botschaft von Jesus Christus, vom Jungfernhäutchen …« Ich schüttelte den Kopf. »Von seiner jungfräulichen Geburt …«

Das langte. Wohl kaum etwas steckt so an wie ein unterdrücktes Kichern in der Kirche und dank Ernie hatte sich die Gemeinde bereits warmgelaufen. Das erste Kichern wurde laut und breitete sich sofort wie eine Welle im gesamten Kirchenraum aus, um bald in einem handfesten Gelächter zu enden. Fasziniert sah ich zu, wie David Butterfield, ein Siebtklässler, der am Rande seiner Reihe saß, sich vor Lachen krümmte, bis er das Gleichgewicht verlor und in den Mittelgang fiel. Dieser Anblick übertraf selbst meinen Fauxpas noch und führte insgesamt zu regelrechter Hysterie. Die Nonnen schossen von ihren Sitzen, patrouillierten wie aufgescheuchte Pinguine an den Reihen entlang und versuchten erfolglos, die Ordnung wiederherzustellen.

Ich sah meine Mutter an. Ich wollte es nicht, aber mein Blick wanderte einfach zu ihr. Wir hatten so hart auf diesen Augenblick hingearbeitet, sie war so stolz gewesen. Ich erwartete, in ihrem Gesicht Kummer und Enttäuschung zu entdecken, aber davon war nicht das Geringste zu sehen. Sie lächelte und hatte sich die Hand vor den Mund gelegt, um nicht laut loszuprusten.

16

Schweigend marschierten meine Klassenkameraden und ich nach der Messe aus dem Kirchenvorbau auf den Schulhof. Die Nonnen waren immer noch wütend. Schwester Beatrice wartete, bis sich die Tür unseres Klassenzimmers mit einem Knall hinter dem letzten Schüler geschlossen hatte, um dann umgehend ihren ersten verbalen Angriff zu starten. Der hatte es in sich. »Ernie Cantwell, du bist dumm, ein Clown und ein Hampelmann. Und du, Sam Hill, du bist eine Schande für deine Klasse, diese Schule und die ganze Gemeinde. Glaubt bloß nicht, ich wüsste nicht, was da eben in der Kirche los war. Glaubt bloß nicht, nicht eine Sekunde lang, ich falle auf euch rein und halte euch für unschuldige Kinder. Glaubt ihr wirklich, die Kirche ist eine Bühne für eure Lachnummern? Glaubt ihr, das war irgendwie witzig?«

»Ich fand es lustig.«

Eine Sekunde lang reagierte niemand. Genau wie vorhin der Klang der Glöckchen am Altar war auch dieser Kommentar so surreal, dass niemand richtig an ihn glauben mochte. Von mir stammte er jedenfalls nicht, auch nicht von Ernie. Das war eine höhere Stimme gewesen, die eines Mädchens. Wie ein Mann wandte sich die Klasse Mickie Kennedy zu, die am letzten Tisch der ersten Reihe saß. »Ich fand es zum Schreien komisch. Wer noch? Stimmen wir doch ab.« Und sie hob die Hand, eine Provokation von solcher Tragweite, dass die meisten meiner Klassenkameraden anscheinend vergaßen, wie ernst die Lage war. Die Hälfte von ihnen hob ebenfalls die Hand.

»Hände runter!« Schwester Beatrice wirbelte zu Mickie herum, fand dann aber in ihrem Zorn kein weiteres Wort mehr, stand einfach nur da und ihr Gesicht rötete sich immer mehr, wie bei einem Kind, das die Luft anhält. Einen Moment lang fürchtete ich ernsthaft, sie könnte gleich explodieren. »Wie kannst du es wagen …« Sie sah aus wie einer von diesen Robotern, die in einer Ecke feststecken und sich verzweifelt auf der Stelle drehen und wenden, drehen und wenden … Endlich schnappte sie sich unseren Sitzplan von Schwester Marys Tisch. »Wie können Sie es wagen, Miss, Miss …«

»Kennedy«, half Mickie nach. »Wie der Präsident. Aber wir sind nicht verwandt.«

»Michaela Kennedy«, blubberte Schwester Beatrice.

»Mein Name ist Mickie«, stellte Mickie klar. »Warum sind Sie so wütend? Die Messe war doch wirklich nicht so langweilig wie sonst.«

Jetzt wich Schwester Beatrice sämtliche Farbe aus dem Gesicht, bis man eine Ohnmacht befürchten musste. »An dieser Schule benutzen wir keine Spitznamen«, krächzte sie aus irgendwelchen unerfindlichen Gründen.

»Und warum heißen Sie dann bei allen Schwester Biber?«

Das war wirklich der Spitzname unserer Schulleiterin. Ich kann nicht sagen, wann ich ihn zum ersten Mal gehört hatte, er stammte wohl von älteren Schülern und hatte seinen Ursprung in den beiden auffallend großen, vorstehenden

Schneidezähnen der Schwester. Wem »Schwester Biber« zu lang war, sagte einfach nur »Biber«.

Schwester Beatrice packte Mickie beim Arm, riss sie hoch und zerrte sie aus dem Klassenzimmer. Die Tür knallte zu. Ernie und ich sahen uns an, wohl wissend, was da gerade passiert war. Genau wie wir zwei eben in der Kirche hatte auch Mickie ihre Aktion gestartet, um uns zu helfen. Nur war sie dann ein, zwei Schritte weiter gegangen, als wir es gewagt hätten. Das sollte im Laufe unserer lebenslangen Freundschaft noch öfter vorkommen. Wir verstanden nur nicht, warum Mickie das getan hatte. Sie schuldete uns nichts. Ich hatte sie bisher immer ignoriert, war sauer auf sie, weil sie auf dem Spielplatz meinen Part als Kumpel an Ernies Seite übernommen hatte.

Schwester Beatrice war gute fünf Minuten verschwunden, als eine der beiden Frauen aus dem Schulbüro in die Klasse kam. Sie wirkte verwirrt und besorgt. »Ihr sollt eure Lesebücher vornehmen und euch still beschäftigen. Wer den Mund aufmacht, den soll ich ins Büro der Direktorin schicken.«

Daraufhin wagte niemand mehr einen Ton zu sagen.

Mickie tauchte zur Essenszeit nicht auf dem Spielplatz auf und kehrte auch am Nachmittag nicht in die Klasse zurück. Schwester Beatrice blieb ebenfalls fort. Vielleicht hatte sie vergessen, dass Ernie und ich nachsitzen sollten. Mary Beth Potts und Valerie Johnson glichen Statuen, gelähmt von der Angst, ich könnte sie verraten. Ich tat es nicht, nie. Nach der Schule rannten Ernie und ich mit den anderen aus dem Klassenzimmer wie Häftlinge bei einem Gefängnisausbruch und radelten so schnell wir konnten, bis wir unseren Vorgarten erreicht hatten. Im Haus duftete es verführerisch nach frisch gebackenen Schokoladenkeksen, meine Mutter hatte gerade ein Blech aus dem Ofen gezogen. Sie stellte einen Teller mit den noch warmen Keksen auf den Tisch und goss uns beiden Milch in große Gläser. Mit einem kaum merklichen Grinsen im Gesicht sah sie uns an.

»Samuel Hill, du hast das Schauspieltalent deiner Mutter geerbt.«

17

Am nächsten Morgen erschien Mickie wieder zum Unterricht. Ebenso Schwester Mary William. Die Messe für die gesamte Schule, die eigentlich keine Messe gewesen war, wurde nie wieder erwähnt. Irgendwann am späten Vormittag hieß uns Schwester Mary die Mathebücher herausholen und bat mich, sie kurz auf den Flur zu begleiten. Okay, jetzt würde ich für meinen Auftritt bezahlen müssen.

Wir setzten uns auf die roten Sitzbänke, auf denen wir sonst unsere Mittagsbrote verzehrten. Dort schützte uns eine Mauer vor begierigen Blicken aus der Klasse.

»Ich habe gehört, was passiert ist«, sagte Schwester Mary Williams.

»Es tut mir leid, Schwester.«

Ihre wässrigen Augen sahen mich gütig und liebevoll an. »Ich glaube, wir beide wissen genau, was ihr getan habt, Ernie und du, Sam.«

Ich schwieg.

Sie seufzte. »Schwester Beatrice hat einige … Probleme. Sie meint die Dinge, die sie tut und sagt, nicht so. Verstehst du, was ich meine?«

Ich verstand auf jeden Fall, dass es etwas mit dem silbernen Flachmann zu tun hatte. »Ich glaube schon.«

»Du bist ein guter Junge, Sam. Gott gab dir ein Kreuz zu tragen, genau wie mir.«

»Wie Ihnen, Schwester?«

Sie setzte die dicke Brille ab, deren Gläser, seit wir nach draußen gekommen waren, eine dunklere Schattierung angenommen hatten. Ohne Brille waren ihre Augen ziemlich klein, eher wie blanke Knöpfe.

»Streng genommen bin ich blind, Sam. Diese Brille korrigiert mein Sehvermögen nur zum Teil. Je älter ich werde, desto mehr lässt meine Sehkraft nach, und eines Tages werde ich ganz blind sein.«

»Wann, Schwester?«

»Das weiß nur Gott.«

Ich spürte, wie ich wütend wurde. Wie konnte Gott einer so warmherzigen, liebevollen Person das Augenlicht rauben und jemandem so niederträchtigen wie Schwester Beatrice den Adlerblick lassen?

»Alles geschieht aus gutem Grund«, erklärte Schwester Mary Williams, wobei sie sich anhörte wie meine Mutter. »Wenn das mit meinen Augen nicht gewesen wäre, wäre ich vielleicht nicht Nonne geworden und auch nicht Lehrerin. Meine Augen sind so lichtempfindlich, dass ich immer eine Sonnenbrille tragen musste, schon als junges Mädchen. Die anderen Kinder nannten mich Bat Eye, weil ich so blind wie eine Fledermaus war. Der einzige Ort, an dem ich außer zu Hause Trost fand, war die Kirche. Da konnte ich meine Brille abnehmen und mich normal fühlen. Gott tut nichts ohne guten Grund, Sam, und jedes Kreuz, das wir tragen, ist auch eine Chance. Verstehst du das?«

»Ich glaube schon«, antwortete ich. Allerdings war ich mir nicht mehr so sicher, ob ich es wirklich verstehen wollte.

Sie setzte ihre Brille wieder auf. »Ernie und du, ihr bleibt heute nach dem Unterricht fünfzehn Minuten länger, wischt die Tafeln sauber und reinigt die Schwämme.«

»Ja, Schwester.«

Als wir aufgestanden waren, spürte ich einen Drang, der zu stark war, um unterdrückt zu werden, und der sowohl mich als auch meine Lehrerin überraschte: Ich streckte die Arme nach Schwester Mary Williams aus und umarmte sie stürmisch. Sie zögerte kurz, dann spürte ich ihre warme Hand auf meinem Kopf.

»Ich bin froh, dass Sie Lehrerin geworden sind«, sagte ich.

In der Pause suchten Ernie und ich Mickie auf, die gerade Schlange stand, bis sie bei der Ballprobe an der Reihe war.

»Hast du mächtigen Ärger gekriegt?«, fragte ich.

»Meine Eltern haben mir einen Monat Hausarrest aufgebrummt und ich darf nicht fernsehen.«

»Das tut mir leid.«

»Ich habe das nicht gemacht, weil ich dich mag oder so«, erklärte sie.

»Das habe ich auch nicht gedacht, ich wollte nur …«

»Vergiss es, Hill.« Mickie schoss los, schnappte sich den Ball, beförderte ihn hoch über die Köpfe aller Umstehenden hinweg und rannte, rannte von mir fort. Das sollte ihr zur Angewohnheit werden.

18

Zwei Jahre später, 1971, lieferten meine Eltern mich mit Hut und Talar in der Schule ab. Beides war rot, was meine Augen noch zusätzlich betonte. In der Klasse summte es vor Aufregung. Das war unser großer Tag. Wir sollten in der Kirche unsere Abschlusszeugnisse bekommen und danach über den Spielplatz in die Sporthalle gehen, zu unserem ersten großen Ball.

Ernie begrüßte mich stürmisch gleich hinter der Klassenzimmertür. »Wir haben es geschafft, Hill, wir kommen raus aus diesem Knast. Ich kann es kaum erwarten!«

Ich lächelte, hätte allerdings nicht genau sagen können, ob ich seine Gefühle teilte. Meine Zeit auf der OLM war alles andere als glatt verlaufen, obwohl sich die Lage für mich seit dem Rausschmiss von David Bateman erheblich verbessert hatte und dann noch besser geworden war, nachdem wir zu Beginn der siebten Klasse nach den Sommerferien eine neue Schulleiterin vorfanden, Schwester Marie Francis. Niemand teilte uns mit, was aus Schwester Beatrice geworden war. Genau wie David Bateman war sie einfach verschwunden, wie ein Geist, und so verliefen die siebte und die achte Klasse für mich relativ schmerzfrei. Aber auch wenn ich bestimmt auf keine ungetrübt schöne Grundschulzeit voll rührender Erinnerungen zurückblicken konnte, schreckte mich doch auch der Gedanke an den Neuanfang an der St. Josephs School, einer katholischen Highschool nur für Jungen, die Ernie und ich ab dem Herbst besuchen sollten. Alles würde von vorn anfangen und ich musste eine Gruppe Jugendlicher für mich gewinnen, die nichts von mir wussten. Außer natürlich, dass ich rote Augen hatte.

Ich setzte mich auf meinen Platz, während unsere Klassenlehrerin Ms Timball, die erste »zivile« Lehrerin meiner Schulzeit, noch einmal mit uns den Ablauf der Abschlussfeier durchging. Trotz meines peinlichen Patzers bei der Schulmesse gehörte ich zu den Schülern, die Ms Timball ausgewählt hatte, um bei der Feier eine »Reflexion« vorzutragen. Die Texte sollten auf der Kanzel auf uns warten, aber ich hatte mir sicherheitshalber eine Kopie angefertigt, die ich in meinem Pult aufbewahrte. Als ich die Seiten herausholen wollte, um sie mir in die Hosentasche zu stecken, entdeckte ich daneben ein in Geschenkpapier gewickeltes Päckchen. Ich sah mich um. Bestimmt hatten die anderen Schüler auch solche Geschenke erhalten, oder? Niemand sonst schien in seinem Pult etwas gefunden zu haben, weswegen ich erst einmal einen misstrauischen Blick Richtung Valerie Johnson warf. Sah sie zu mir herüber? Kicherten sie und ihre Freundinnen? Musste ich mit einer Stinkbombe oder Schlimmerem rechnen, wenn ich mein Geschenk auspackte? Die Mädchen hatten keinen Blick für mich übrig, sie waren viel zu sehr in angeregte Diskussionen über Kleider, Frisuren und den großen Ball vertieft, also wagte ich es und packte mein Päckchen aus. Es enthielt eine Bibel. Verwundert schlug ich sie auf und las die in wunderschöner Schreibschrift verfasste Widmung auf dem Vorblatt:

Samuel,
möge Gott dich segnen und begleiten
und bei deinem neuen Abenteuer auf der Highschool
immer über dich wachen.
Schwester Beatrice.

Hastig schlug ich das Buch zu, als gelte es, eine Klapperschlange zu erschlagen. Mein Puls raste, unter dem Talar war mir plötzlich sehr heiß geworden. Es dauerte eine Weile, bis ich mich traute, die Bibel noch einmal aufzuschlagen. Vielleicht hatte ich mich ja geirrt. Nein, die Widmung stand nach wie vor da. Schnell klappte ich das Buch wieder zu.

»Sam?« Ernie, der rechts neben mir in der nächsten Reihe saß, sah mich besorgt an. »Alles in Ordnung? Du siehst aus, als hättest du ein Gespenst gesehen.«

Genauso fühlte ich mich auch.

»Alles in Ordnung«, murmelte ich leise.

Nach der Abschlussfeier drückte ich das Geschenk meiner Mutter in die Hand, damit sie es mit nach Hause nahm, hatte aber keine Zeit mehr, ihr irgendetwas zu erklären, denn es sollte ja sofort weitergehen, mit dem Ball. Auch der hatte mir im Vorfeld schon Bauchschmerzen bereitet, weil ich mir sicher war, mutterseelenallein in irgendeiner Ecke Punsch trinken und Kekse knabbern zu müssen, bis alles vorbei war. Da allerdings hatte ich die Rechnung ohne Mickie Kennedy gemacht, die mich bei der Hand packte und auf die Tanzfläche schleppte, kaum hatte ich den Fuß in die Turnhalle gesetzt. Während sie munter hüpfte und sich wand, trat ich zu »Brown Sugar« von den Stones ziemlich unbeholfen von einem Fuß auf den anderen.

»Ich kann nicht tanzen, ich weiß nicht, was ich tun soll!«, rief ich ihr über die Musik hinweg zu.

»Beweg dich einfach, Hill!«

»Wie denn?«

»Wie du willst, egal.«

Das tat ich dann brav und wenn ich wohl auch aussah wie ein Junge, dessen Hose Feuer gefangen hat, gab ich doch mein Bestes, Mickie nachzumachen und mit ihr mitzuhalten. Bald war es auf der Tanzfläche so voll, dass man sich sowieso nicht mehr groß bewegen konnte, und die Musik wechselte zu Rod Stewarts »Maggie May«.

Sofort wollte ich weg und mich hinsetzen, aber auch das ließ Mickie nicht zu. »Ich beiße nicht, Hill. Außerdem sollen die Tanzdamen schlimmer sein als die Essensnazis, sie passen auf wie die Schießhunde, damit wir uns bloß nicht zu nah kommen. Zwischen uns beiden muss immer zehn Zentimeter breit Luft sein, damit der Heilige Geist auch noch Platz hat. Kriegst du das hin?«

Na, und ob ich das hinkriegte. Und während wir so tanzten, ich mit einer verschwitzten Hand auf Mickies Taille, während die andere ihre Hand hielt, wurde mir klar, was ich bis dahin noch gar nicht richtig registriert hatte: Ich mochte diese Mickie Kennedy. Ich mochte sie, wie ein Achtklässler jemanden vom anderen Geschlecht eben gernhaben kann.

Ich mochte sie sogar sehr.

Meine Mutter hatte die Bibel auf den Küchentresen gelegt und wir sahen sie uns am Abend gemeinsam an. Mein Vater reagierte auf die Widmung ebenso verdattert wie ich, während meine Mutter nur still vor sich hin lächelte. »Was für eine wunderbare Geste!«

»Aber warum? Warum hat sie das gemacht?« Ich verstand es wirklich nicht.

»Um dich wissen zu lassen, dass sie weiterhin für dich betet.«

»Warum? Die Frau hasst mich.«

»Sie hasst dich nicht, Samuel.«

»Aber ist das nicht irgendwie heuchlerisch?«

»Frag nicht nach ihren Motiven, Samuel. Nimm das Geschenk einfach an und sei dankbar dafür.«

Ich steckte die Bibel in die Schublade meines Nachtschranks und hatte fest vor, nie wieder einen Blick hineinzuwerfen. Ich hätte sie auch weggeworfen, fürchtete aber, es könne eine Regel gegen das Wegwerfen von Bibeln und Rosenkränzen geben, und wollte nicht deswegen noch im Fegefeuer landen. Also blieb die Bibel, wo sie war, während ich zur Highschool ging und auch später während meiner Collegezeit noch. Als ich nach dem Tod meiner Mutter ihr Haus verkaufte und ausräumte, befand sie sich immer noch in der Schublade. Sie war noch nicht einmal verstaubt.

Jetzt liegt sie auf einem Regal in meinem Wohnzimmer.

Wir alle gingen auf die Highschool, ich mit meinen roten Augen, Ernie, das einzige schwarze Kind, und Mickie, die dritte im Bunde derer, die nicht ganz dazu passten. Ihre Eltern hatten sie an der katholischen Mädchenschule von Burlingame angemeldet, wo Mickie nicht einmal das erste Jahr durchhielt. Offiziell, so stand es jedenfalls später in ihren College-Bewerbungen, »wechselte« sie auf die öffentliche Schule, inoffiziell hieß es, sie sei der Schule verwiesen worden, weil sie auf einem Schulball geraucht hätte. Beides stimmte so nicht. Mickie hatte ihren Rausschmiss inszeniert, so wie damals in der sechsten Klasse das Nachsitzen, weil sie ganz einfach die Nonnen satthatte und eine katholische Erziehung insgesamt als erstickend empfand. Auf dem Ball, um den es dann ging, hatte sie sich einen Jungen aus der Abschlussklasse geangelt, von dem die ganze Schule wusste, dass er auf Gras stand und auch immer welches dabeihatte, und die Nonnen hatten sie wirklich beim Rauchen erwischt. Nur war es nicht um Nikotin gegangen und die Freveltat hatte auch nicht während des Balls selbst stattgefunden. Man hatte Mickie auf dem Rücksitz des Autos dieses älteren Schülers gefunden, wo sie sich von ihm in inniger Umarmung Marihuana in den Mund pusten ließ.

Teil vier

Albträume und Hirngespinste

I

1989

David Bateman öffnete meine Wagentür, ganz professionell und geschäftsmäßig. »Steigen Sie bitte aus.«

Ich hatte Bateman aus unseren Kindertagen als gut einen Kopf größer als ich in Erinnerung. Als ich jetzt neben ihm stand, kam mir der Unterschied noch größer vor. Bei den Marines war Batemans Fett geschmolzen und seine Muskeln wirkten wie aus Stein gemeißelt, wobei der Bizeps die Ärmel des Uniformhemds zu sprengen drohte und die Muskeln geflochtenen Seilen glichen, auf denen als Tattoo das Symbol des Marine Corps prangte, ein auf der Weltkugel hockender Adler.

»David.« Ich schaffte es knapp, halbwegs wie ein Erwachsener und nicht wie ein verängstigter kleiner Junge zu klingen.

Bateman richtete den grellen Lichtstrahl seiner langen metallenen Taschenlampe auf die goldene Dienstmarke an der Brusttasche seines Hemdes. »Officer Bateman.«

Ich schwieg.

»Sag es.«

»Was soll ich sagen?«

»Sag ›Officer Bateman‹.«

Ich zögerte, bis mir meine fünf Bier einfielen. Kein guter Ausgangspunkt, um ihn zu verärgern. »Officer Bateman.«

Der Lichtstrahl wanderte zu meiner Brieftasche mit den beiden Ausweisen. »Aus dem Teufelsjungen ist also Dr. Teufelsjunge geworden? Was für ein Arzt bist du denn? Lass mich raten. Du bist Augenarzt!«

»Ophthalmologe«, sagte ich.

Er sah auf. »Was soll das heißen? Dass ich blöd bin?«

»Nein, ich wollte nur …«

»Ich weiß, was ein Augenarzt ist, das brauchst du mir nicht zu sagen.«

Ich biss mir auf die Zunge.

»Hast du heute Abend getrunken, Doktor?«

»Ich hatte ein, zwei Bier, während ich mir das Spiel ansah.«

»Ich hatte ein, zwei Bier, während ich mir das Spiel ansah, Officer Bateman!« Er hielt sich die Hand hinter das Ohr wie ein Ausbilder bei der Armee, der einen Rekruten korrigiert.

»Ich hatte ein, zwei Bier, während ich mir das Spiel ansah, Officer Bateman.«

Als der Lichtstrahl jetzt direkt in meine Augen schien, musste ich blinzelnd den Blick abwenden. »Seltsam – ich hätte schwören können, deine Augen waren früher mal rot. Läuft das so, wenn man von oben bis unten voll Scheiße ist? Färbt das die Augen braun?«

Langsam reichte es mir. »Was willst du, David?«

»Was ich will?« Darüber schien er nachdenken zu müssen. »Ich sag dir, was ich will. Ich will, dass du dich umdrehst und die Hände auf dein Autodach legst, das will ich.«

»Weswegen?«

Er packte mich am Hemdkragen, wirbelte mich herum und trat mir die Beine auseinander, wobei die Eisenkappe an seinem einen Stiefel meinen Knöchel rammte. Der Schmerz zwang mich in die Knie.

»Aufstehen!«, brüllte er mich an, riss mich am Hemdkragen hoch und stellte mich wieder auf die Beine. »Ich hab nicht gesagt, du sollst mir einen blasen. Ich hab gesagt, Hände aufs Autodach und Beine breit.«

Mein Knöchel stand in Flammen, aber irgendwie schaffte ich es doch, mich hinzustellen. Bateman packte mein rechtes Handgelenk, riss es nach hinten und ließ die eine Hälfte einer Handschelle zuschnappen, wobei er mich absichtlich kniff. Linker Arm und linke Hand folgten. Dann drückte er meinen Kopf mit dem Schlagstock gegen das Autodach.

»Ich will, dass du ganz genau zuhörst. Bereit?«

»Ja.« Er stieß meinen Kopf gegen das Autodach. »Ja, Officer Bateman«, keuchte ich.

»Kleiner Tipp am Rande: Du bringst die Augen von meiner Tochter wieder in Ordnung und damit hat es sich. Wenn ich mitkriege, dass du mit meiner Ex-Frau oder sonst wem darüber redest, was deiner Meinung nach passiert ist oder passiert sein könnte, dann komm ich und hol dich und dann bleibt es nicht bei einer Verwarnung. Haben wir uns verstanden?« Er stieß meinen Kopf erneut gegen das Autodach. »Antworte. Nicht antworten ist unhöflich.«

»Ja«, sagte ich.

»Ich habe dich nicht verstanden!« Das war die Stimme eines Drillsergeanten.

»Ja, Officer Bateman.«

»Gut.« Er wartete noch einen Moment, bis er die

Handschellen löste. »Ich bin heute Abend guter Laune und du hast es ja nicht weit nach Hause, also lass ich das mit dem Alkoholtest mal sein.« Ich hörte, wie er zurücktrat, und wollte schon aufatmen, als mich sein Schlagstock voll auf die Oberschenkel traf. Wieder ließ mich der Schmerz in die Knie gehen und ich konnte mich gerade noch am Türgriff meines Wagens festhalten, sonst wäre ich auf dem Asphalt zusammengebrochen. Ich blieb, wo ich war, rang mit dem Schmerz und der Demütigung, erinnerte mich daran, wie ich als kleiner Junge auf dem Boden des Spielplatzes im Ray Park gelegen hatte, bis ich Bateman und seine beiden Schläger nicht mehr hören konnte. Endlich zog ich mich mit brennenden Schenkeln hoch. David Bateman saß hinter dem Steuer seines Streifenwagens. Und als er dann wegfuhr, lächelte er.

2

Bis ich zu Hause war, taten mir der Knöchel und die beiden Oberschenkel so weh, dass ich kaum noch humpeln konnte. Irgendwie schaffte ich es nach oben ins Bad, wo ich mich mühsam aus meiner Hose schälte, um mir den Schaden mithilfe von Evas Handspiegel anzusehen. Der Schlagstock hatte auf der Rückseite der Oberschenkel jeweils einen knallroten, etwa zwei Zentimeter breiten und zwölf Zentimeter langen Striemen hinterlassen, was ungefähr so aussah, als hätten sich zwei überdimensionale Bandwürmer unter meine Haut gebohrt. Um diese geschwollenen Stellen herum waren die Kapillargefäße geplatzt, was knallrote Flecke verursacht hatte, aber dem Handspiegel nach brauchte ich ein Hämatom nicht zu befürchten, auch wenn sich wohl auf beiden Schenkelrückseiten üble blaue Flecke bilden würden.

Vorsichtig kletterte ich die Treppe hinunter und füllte am Kühlschrank zwei Küchenhandtücher mit Eiswürfeln. Dabei fiel mir der Block mit der Magnetrückseite ins Auge, auf dem Eva und ich uns Nachrichten hinterließen. Ich nahm ihn vom Kühlschrank und mit ins Wohnzimmer, wo ich mich aufs Sofa legte und vorsichtig jeweils einen der improvisierten Eisbeutel unter die Schenkel schob. Das tat zwar ziemlich weh, weil sich der Stoff der Handtücher an den Striemen rieb, aber ich zwang mich durchzuhalten und lehnte mich in die Kissen zurück.

Ich fühlte mich, als wäre ich wieder sieben Jahre alt, gerade verprügelt worden und müsste nun lügen und behaupten, ich hätte einen Fahrradunfall gehabt. Damals hatte ich, jung, wie ich war, doch bereits erkannt, dass mich am Ende niemand beschützen konnte, egal, wie oft und wie leidenschaftlich meine Erwachsenen dies beteuerten. Ich schreckte auf – anscheinend hatte ich recht gehabt: Bateman hatte seine Tochter gegen den Kopf geschlagen und dabei so schwer verletzt, dass sie auf einem Auge blind zu werden drohte. Eine entsetzliche Vorstellung, so furchtbar, dass ich mich auf der Stelle kerzengerade hinsetzte. Denn da war noch mehr: Bateman wusste, dass ich Augenarzt war, er wusste, wo ich praktizierte, wo ich wohnte und dass seine Frau mich aufgesucht hatte. Er stalkte seine Frau und damit auch mich. Deswegen hatte Trina Crouch jede Diskussion über die Verletzungen ihrer Tochter so strikt abgelehnt, deswegen hatte sie so vehement abgestritten, dass irgendetwas nicht stimmen könnte. Trina Crouch war zu derselben Erkenntnis gekommen wie ich damals als kleiner, verprügelter Junge. Sie und ihre Tochter waren auf sich gestellt. Auf das Gesetz zu bauen ging nicht, ihr Mann verkörperte das Gesetz. Wen sollte Trina Crouch um Hilfe bitten, zu wem konnte sie sich flüchten, bei wem protestieren? Deswegen hatte sie auch nur verächtlich gelacht, als ich andeutete, ich könnte ihr irgendwie helfen. Wie denn? Was wollte ich denn machen? Die Polizei rufen?

Ohne auch nur einen Moment lang an den dreistündigen Zeitunterschied zu denken, rief ich die Nummer des Hotels in Boston an, die Eva mir dagelassen hatte, bat darum, mit dem Zimmer von Eva Pryor verbunden zu werden, und holte tief Luft, um nicht wie ein Kind loszuheulen, wenn sie an den Apparat ging.

Es klingelte zweimal, dann hörte ich, wie am anderen Ende der Hörer abgenommen wurde.

»Hallo?«

Die Stimme klang groggy und gedämpft, klang nach jemandem, der sich gerade aus dem Tiefschlaf kämpft, das Gesicht vielleicht noch im Kissen vergraben, der Verstand noch nicht ganz wach.

Aber eindeutig männlich.

»Hallo?« Das klang schon kräftiger.

Und als ich mich gerade entschuldigen wollte, weil man mich wohl mit dem falschen Zimmer verbunden hatte, hörte ich Stoff rascheln und Evas panische Stimme.

»Scheiße!«

3

1971

Saint Joe's Highschool
San Mateo

Mein Wechsel zur Highschool verlief nicht ganz so stürmisch wie mein Einstieg in die Grundschule, von einer weichen Landung kann trotzdem nicht die Rede sein. Wahrscheinlich waren meine neuen Lehrer vorgewarnt worden und wussten von dem Jungen mit den roten Augen. Meine Klassenkameraden begegneten mir zwar anfangs mit einer gewissen Zurückhaltung, ich wurde verstohlen angestarrt und bekam mit, wie in den Fluren geflüstert wurde, aber meine Freundschaft mit Ernie trug viel dazu bei, das Eis zu brechen. Sport wurde an dieser Schule ganz großgeschrieben und gute Sportler wie Helden verehrt. Ernie stieg sofort zum Rockstar auf und mich akzeptierte man, wie man einen Roadie akzeptieren würde. Solange Ernie Cantwell an meiner Seite ging, wagte es niemand, mich zu beleidigen, und mit der Zeit gelang es mir, mich ins Leben dieser erheblich größeren Schule einzufügen, soweit mir das überhaupt möglich war.

An der St. Joe's bewegten sich die Schüler in klar umrissenen Gruppen: Es gab die Sportler, die Streber, die Trottel und die Kiffer. Ich schwebte irgendwie im dreifachen Spagat zwischen den Sportlern, Strebern und Trotteln, wobei das Band zur Gruppe Sportler das dünnste war. Obwohl ich weder den Körperbau noch das Talent zum richtig guten Athleten hatte, gelang mir im ersten Jahr durch schiere Entschlossenheit und konstantes Drängeln die Aufnahme ins Basketballteam. Der Trainer hatte irgendwann einfach nachgegeben, mit dem nicht besonders ermutigenden Kommentar: »Wie kann ich jemanden abweisen, der sich so anstrengt und dabei so wenig bringt?« Mir war egal, was er von mir hielt. Die Mitgliedschaft im Team gab mir die Möglichkeit, meinen Mitschülern zu zeigen, wie normal ich trotz meines »Zustands« war.

Sie ließen mich nicht oft bei Spielen aufs Spielfeld, aber wenn es dann doch mal geschah – meistens, weil wir entweder ganz vorn oder meilenweit zurücklagen –, schwirrte ich wie ein wirbelnder Derwisch um meinen jeweiligen Gegenspieler herum, und die Kombination aus roten Augen und nervtötender Hartnäckigkeit in der Abwehr veranlasste den Gegner oft zu Fehlern. Meine Teamkameraden und die paar Fans, die regelmäßig zu den Spielen kamen, liebten meinen Stil und feuerten mich entsprechend an: »Give them Hell, mach ihnen die Hölle heiß!« lautete dabei der Schlachtruf. Der Spitzname blieb hängen und so hieß ich die vier Jahre bis zu meinem Schulabschluss bei allen nur noch Hell. Meine Mutter fand das schrecklich, ich nicht. Anders als damals beim »Teufelsjungen« fand ich an diesem Namen nichts herabsetzend oder negativ. An einer reinen Jungenschule bekommt jeder einen Spitznamen verpasst, und meiner war im Vergleich zu manchen anderen geradezu harmlos.

4

Seit meinem sechsten Lebensjahr feierte meine Familie meinen Geburtstag mit einem feierlichen Abendessen im Sixteen Mile House Restaurant. Dort sah es derart nach Wildem Westen aus, dass ich meinem Vater lange glaubte, es könne wirklich jederzeit Wyatt Erp oder einer der anderen Revolverhelden der alten Zeit die Schwingtür aufstoßen und sporenklirrend zum Tresen aus Holz und Kupfer schlendern oder sich an einen der runden Tische setzen, um eins der über offenem Feuer gebratenen Steaks zu bestellen. Ich liebte alles hier, den mit Sägespänen ausgestreuten Fußboden aus breiten Dielen, den Mann in gestreiftem Hemd und Bowlerhut am Klavier und besonders natürlich das Essen. Jedes Jahr bestellte ich das Steak mit gebackener Kartoffel und Salat und genoss jeden Bissen in der festen Überzeugung, ganz bestimmt im besten Restaurant der Welt zu sitzen. Nur an diesem Geburtstag, meinem sechzehnten, war ich nicht richtig bei der Sache.

»Iss langsamer, Sam!«, mahnte meine Mutter, als ich mir hektisch das nächste große Stück Fleisch in den Mund schob. »Du erstickst mir noch, wenn du nicht richtig kaust.«

Mein Vater war gleich am Morgen wie versprochen mit mir zur Führerscheinstelle gefahren, damit ich die

Fahrprüfung ablegen konnte, die ich mit vierundneunzig von einhundert Punkten bestand. Prüfungsbogen und Ergebnis sind im Einklebebuch mit der Aufschrift 1973 zu bewundern. Der ein Monat ältere Ernie hatte die Prüfung ebenfalls gleich an seinem sechzehnten Geburtstag bestanden und war von seinen Eltern mit einem tomatenroten VW Käfer belohnt worden. Ähnliches erhoffte auch ich, obwohl ich wusste, wie knapp das Geld bei uns immer noch war.

»Ich glaube, er kaut gar nicht«, meinte mein Vater. »Er inhaliert.«

»Ich habe Hunger!«, protestierte ich.

»Auch hungrige Menschen haben Tischmanieren«, sagte meine Mutter. »Sprich nicht mit vollem Mund.«

Bereits eine halbe Stunde nach Beginn der Mahlzeit schob ich meinen Teller beiseite. »Das war lecker, aber jetzt bin ich satt.«

»Du hast ja deine gebackene Kartoffel gar nicht gegessen«, sagte mein Vater. »Das sieht dir nicht ähnlich.«

Nein, das sah mir wirklich nicht ähnlich. Meine Mutter erzählte den Leuten damals gerne, ich würde ihr noch die Haare vom Kopf fressen. Ich war zwar nicht so groß wie Ernie, der inzwischen auf ein Meter neunzig geschossen war und schlanke, muskulöse neunzig Kilo auf die Waage brachte, kam aber auch fast auf ein Meter fünfundsiebzig, bei dreiundsechzig Kilo und dem Stoffwechsel eines Feldhasen.

»Ich lasse noch Platz für den Kuchen«, erklärte ich. Der wartete zu Hause auf uns, zusammen, so hoffte ich, mit meinem Auto.

5

Meine Hoffnungen schwanden, als mein Vater den Falcon problemlos in unsere Einfahrt lenken konnte, weil kein anderes Fahrzeug sie blockierte. Eigentlich hatte ich es mir selbst zuzuschreiben, wenn ich jetzt enttäuscht war. Ich hatte Hoffnungen gehegt, obgleich ich doch besser als jeder andere wusste, wie unrealistisch sie waren. Mein Vater arbeitete zurzeit womöglich noch mehr als sonst und ein neues Auto lag einfach nicht drin. Das alles war mir durchaus bewusst, aber ich war sechzehn Jahre alt und ein funkelnagelneuer Führerschein brannte mir ein Loch in die Brieftasche.

Ich stieg aus und trottete langsam den Pfad zum Haus hoch.

»Den ganzen Abend hetzt du uns und jetzt, wo wir endlich zu Hause sind, bist du langsamer als eine Fliege, die aus dem Essen kriecht.« Meine Mutter schüttelte den Kopf.

Mein Vater schloss die Haustür auf. »Mist, ich glaube, ich habe meine Lesebrille im Auto liegen lassen, ich muss noch mal zurück.« Er tat so, als wolle er sich an mir vorbeidrängen, machte dann aber kehrt und schob mich sanft ins Haus.

»Überraschung!«

Im Haus ging das Licht an. Zusammen mit Mr und Mrs Cantwell drängten sich Ernie, Mickie und ein halbes Dutzend meiner Klassenkameraden von der Highschool im Flur.

»Jetzt weißt du auch, warum ich so langsam gegessen habe!«, rief meine Mutter. »Du hättest um ein Haar die Überraschung verdorben.«

Die Überraschungsparty war Mickies Idee gewesen, wie ich später erfuhr. Sie hatte Ernie ziemlich unter Druck gesetzt, damit der ein paar Jungen aus unserer Klasse zum Kommen bewegte.

Am Esstisch wurde es kurz peinlich, als Mickie und meine Mutter darauf bestanden, mir ein albernes Partyhütchen aufzusetzen und dabei von meinen Freunden auch noch unterstützt wurden. Beweisfotos, auf denen dank des Blitzlichts witzigerweise alle rote Augen haben, finden sich ebenfalls im entsprechenden Einklebebuch. Nachdem ich die Kerzen ausgeblasen hatte, schnitt meine Mutter den Kuchen an und verteilte Teller, während ich die Geschenke aufmachte.

Ernie reichte mir eine Karte. »Die ist von uns allen.«

»Sieben Typen – eine Karte, perfekt!«, fand ich. Drinnen klebte eine kleine braune Papiertüte mit sechs Fünf-Dollar-Scheinen.

»Jensen muss noch bezahlen«, erklärte Ernie. Rich Jensen, Center in unserem Basketballteam, war ein notorischer Geizkragen. Mit seinem Geld rechnete ich lieber nicht.

Die Cantwells überreichten mir ein Geschenk, was meine Mutter sehr nett, aber nun wirklich nicht notwendig fand. Ich packte es aus und entdeckte einen vom großen Willie Mays signierten Baseball. Er war in durchsichtiges Plastik eingeschweißt und sah aus wie ein unbezahlbarer Edelstein.

»Unglaublich!« Ich drehte den Baseball hin und her, bis ich ihn aus allen Blickrichtungen betrachtet hatte. »Wie sind Sie denn an den gekommen?«

Mr Cantwell zuckte wortlos die Achseln. Sein Geschäft lief gut, er hatte die Garage gegen ein Büro in einem Hochhaus eintauschen können. Und natürlich hatte es auch für Ernies Auto gereicht.

Meine Mutter schickte uns runter in den inzwischen zu einem Freizeitraum für Teenager umgebauten Keller. Wir hatten einen Fernseher, Billardtisch, eine Dartscheibe und einen Flipper, alles Sachen, die Dad vom Besitzer einer Bar am Broadway bekommen hatte, als die schließen musste. Mickie spielte Billard wie ein Profi und war von niemandem zu schlagen. Wenn meine Freunde es trotzdem versuchten, dann nur, weil sie ihr so gern zusahen und das aus gutem Grund. Im Sommer zuvor hatte ich Mickie zum ersten Mal im Bikini gesehen, als sie Mom, Dad und mich zum Schwimmen im Russian River begleitet hatte. Sie hatte eine wunderbare Figur, schlank, mit schmaler Taille, stahlharten Bauchmuskeln und einem Hinterteil, das laut spöttischen Kommentaren vonseiten meiner Mitschüler straff genug war, um damit eine Bierflasche zu öffnen. Sie genossen es, ihr zuzusehen, wenn sie die Spitze ihres Billardstocks mit Kreide einrieb und sich dann vorbeugte, bis man nicht umhinkam, ihr Hinterteil zu bewundern. Mickie strahlte pure, unverstellte Sexualität aus. Ich fand, man konnte nicht übersehen, wie sehr sie die Aufmerksamkeit genoss.

»Findest du nicht, du solltest auch mal jemand anderem eine Chance lassen?«, flüsterte ich ihr zu.

»Würde ich ja, wenn mal jemand käme und mich besiegte. Ich dachte, eure Schule ist was für Sportler.«

Das konnte niemand auf sich sitzen lassen, es hagelte Herausforderungen und Mickie war in ihrem Element.

Kurz nach Mitternacht gingen meine Klassenkameraden. Drei von ihnen boten an, Mickie nach Hause zu fahren, aber sie saß lieber noch ein bisschen zwischen Ernie und mir auf dem Sofa, wo sie ihren Kopf an meine Schulter lehnte, während wir uns einen Spätfilm ansahen.

Irgendwann kam mein Vater die Treppe hinunter und meinte, er würde Mickie jetzt gern nach Hause fahren. Dann schlug er sich an die Stirn. »Was sage ich denn da! Du hast doch deinen Führerschein, Sam. Warum bringst du sie nicht nach Hause?«

Oben war meine Mutter gerade mit dem Abwasch fertig. Ich umarmte sie. »Vielen Dank für den wunderbaren Geburtstag, Mom.« Mich plagten inzwischen Gewissensbisse, weil ich mir so sehr ein Auto gewünscht hatte, obwohl ich doch wusste, wie schwer mein Vater arbeitete, damit wir als Familie überhaupt über die Runden kamen.

»Hast du alles bekommen, was du dir gewünscht hast?«, wollte meine Mutter wissen.

»Mehr als das!«, versicherte ich ihr.

»Autofahren ist eine große Verantwortung. Sei vorsichtig und komm gleich wieder nach Hause.«

Ich versprach es ihr.

»Und hockt nicht noch lange im Auto rum!« Sie warf mir einen bedeutungsvollen Blick zu.

»Mom …«

»Keine Sorge, Mrs H!« Mickie war hinter mir in die Küche gekommen. »Ich sorge schon dafür, dass er sich benimmt.«

»Das weiß ich, Michaela, denn du bist eine junge Dame.«

Meine Mutter war die Einzige, die Mickie bei ihrem vollen Namen nennen durfte.

»Okay.« Ich spürte, wie ich knallrot wurde. »Wir sind dann mal weg.«

Mein Vater gab mir die Schlüssel des Falcon und ich öffnete die Haustür, um Mickie den Vortritt zu lassen. Daraufhin wäre ich fast mit ihr zusammengestoßen, als sie auf der Schwelle abrupt stehen blieb.

»Das kann nicht angehen!« Danach schien es ihr die Sprache verschlagen zu haben. Neugierig geworden drängte ich mich an ihr vorbei.

Der Falcon stand nach wie vor in unserer Einfahrt – nur zierte ihn jetzt eine riesige rote Schleife. Ich drehte mich um. In der Haustür standen strahlend meine Eltern.

»Überraschung!«, riefen beide wie aus einem Munde.

»Kann nicht angehen!« Bewundernd umkreiste Mickie das blaue Cabrio. »Kann nicht angehen! Sie haben dir echt den Falcon geschenkt?«

»Verdammt!«, murmelte Ernie leise.

Ich hatte vielleicht einen Junker erwartet, irgendetwas Langsames, Sicheres. Der Falcon war an sich schon cool, noch dazu aber ein Cabrio und ziemlich schnell. »Ist das wahr?«, fragte ich.

Mein Dad zuckte die Achseln. »Deine Mutter will ein neues Auto.«

Aber ich wusste, wie sehr meine Mutter den Falcon immer noch liebte, selbst wenn er schon ein paar Jährchen auf dem Buckel hatte und zu leichtem Ölverlust neigte. »Er gehört mir?« Ich mochte es immer noch nicht richtig glauben.

»Wenn du deinen eigenen Sprit und die Wartung bezahlen kannst«, sagte mein Vater.

Seit ich denken konnte, hatten mein Vater und ich sonntagnachmittags unsere beiden Autos gewartet, auch den Ölwechsel machten wir selbst. Ob Dad das tat, um auf weitere Besuche bei Fast Eddy verzichten zu können, oder ob er Geld sparen wollte oder beides, war mir nicht klar, doch ich hatte in diesen Stunden eine Menge gelernt. Auf jeden Fall genug, um mich gut um den Falcon kümmern zu können. Das mit dem Spritgeld gestaltete sich nicht ganz so einfach. Die Gallone Benzin kostete sechsunddreißig Cent, da kam ich mit den dreißig Dollar meiner Freunde nicht weit.

»In dem Auto umschwärmen dich die Mädchen wie die Motten das Licht, Hell«, meinte Ernie. »Erst recht, wenn ich neben dir sitze.«

»Du hast selbst ein Auto«, protestierte Mickie, die sich über meine zweite Überraschung des Abends nicht richtig zu freuen schien.

»Ich rede von Freitag- und Samstagabend«, sagte Ernie. »Cruising auf dem El Camino Real!«

»Damit hat es wohl noch ein bisschen Zeit.« Mom hatte besorgt die Brauen hochgezogen. »Samuel hat gerade erst den Führerschein gemacht.«

»Ich pass auf ihn auf«, versprach Mickie. »Ich sorge auch dafür, dass sich kein Mädchen am Falcon verbrennt.«

6

Auf dem El Camino rutschte Mickie über die Sitzbank und schmiegte sich an mich. Von diesem Moment an war das ihr angestammter Platz. »Du bist so verwöhnt«, sagte sie.

»Das stimmt doch gar nicht.« Aber ich konnte nicht verhindern, dass sich auf meinem Gesicht ein breites Grinsen ausbreitete.

»Sie haben dir ein Auto geschenkt!«

»Das nicht gerade neu ist, und ich muss für den Sprit und die Wartung selbst aufkommen. Du hast meinen Dad ja gehört.«

»Armes Kerlchen.«

»Wenn einer verwöhnt wird, dann ja wohl Ernie. Er hat ein neues Auto gekriegt.«

»Bitte? Einen Käfer! Für ein Auto wie deinen Falcon würden eine Menge Leute in unserem Alter morden. Vielleicht legt dich hier drin sogar mal eine flach, wenn du Glück hast.«

Wieder spürte ich meine Wangen heiß werden.

Mickie lehnte sich ein wenig zurück und sah mich prüfend an. Dann lächelte sie. »Erzähl mir nicht, du bist immer noch Jungfrau, Hill.«

»Natürlich nicht.« Leider war ich kein guter Lügner, schon gar nicht Mickie gegenüber.

»Bist du wohl! Du bist noch Jungfrau.«

»Okay, und wenn? Was ist dabei? Das sind eine Menge Jungs in meinem Alter.«

»Das liegt daran, dass du in eine Schule ohne Mädchen gehst und ihr alle schwul seid.« Sie wollte mich aufziehen, das war mir schon klar, nur war mir nicht danach.

»Nein. Das liegt daran, dass die Mädchen sich nicht gerade nach Jungen mit roten Augen verzehren.«

Das hatte gesessen, danach herrschte Schweigen. Bei den Tanzveranstaltungen der Highschools gab es immer genügend Mädchen, die mit dem großen Ernie Cantwell tanzen wollten, und Mickie war umschwärmt wie Scarlett O'Hara in *Vom Winde verweht*. Ich dagegen betätigte mich gewöhnlich eine Weile als Wandpfeiler und suchte mir dann einen Grund zum Gehen. Dass sich die Jungs zu Mickie hingezogen fühlten wie Fliegen zu rohem Fleisch, mochte ihrer neu entwickelten Figur geschuldet sein, hatte meiner Meinung nach aber auch viel mit dem Ruf zu tun, den sie sich nach dem Rauswurf aus der katholischen Mädchenschule eingehandelt hatte. Ernie und mir waren einige unschöne Gerüchte zu Ohren gekommen und wir hätten unsere Freundin gern gewarnt, nur fehlte uns leider der Mut zu der Auseinandersetzung, die unweigerlich daraus entstanden wäre. Aus irgendeinem Grund, vielleicht, weil ich verletzt war, brachte ich an diesem Abend den entsprechenden Mut auf.

»Tut mir leid, Sam«, sagte Mickie leise. »Ich wollte dich nur aufziehen.«

»Du solltest lieber vorsichtig sein, Mickie.«

Sie warf mir einen Seitenblick zu. »In welcher Beziehung?«

»Jungen reden eine Menge.«

»Und was reden sie dann so? Dass katholische Mädchen aufs Bumsen so scharf sind wie die Karnickel? Den Scheiß kenn ich.«

Ich hatte solche Sprüche auch schon gehört, konnte allerdings aufgrund mangelnder Erfahrung nichts über den Wahrheitsgehalt aussagen. »Sie reden über dich.«

Sie wandte mir die Schulter zu. »Es interessiert mich einen Dreck, was sie sagen.«

»Es sollte dich aber interessieren.«

»Warum?« Sie sah mich trotzig an.

»Weil sie Sachen über dich sagen. Dass du Jungs an dich ranlässt … und so.«

»Diese Arschlöcher können sagen, was sie wollen. Sie wissen absolut nichts.«

»Warum hast du heute Abend niemand anderen Billard spielen lassen?«

»Was soll das denn nun wieder heißen?«

»Ich weiß nicht. Hast du nicht mitgekriegt, wie sie dich ansehen?«

»Und? Soll ich sie gewinnen lassen, weil du es nicht magst, wenn sie mir auf den Arsch starren?«

»Das habe ich nicht gesagt.«

»Was denn dann?«

»Egal. Beenden wir das Thema einfach.«

»Warum hast du nichts zu ihnen gesagt, wenn es dich stört?«

»Weil ich nicht dein fester Freund bin.«

»Das wenigstens siehst du richtig.«

Schweigend, die Blicke nach vorn gerichtet, fuhren wir den El Camino hinunter. Erst nachdem ich vor ihrem Haus gehalten hatte, drehte sich Mickie wieder zu mir um. »Tut mir leid. Ich wollte nicht, dass du dich blöd fühlst, weil du noch Jungfrau bist. Eigentlich ist es nämlich irgendwie niedlich.«

»Schon in Ordnung.« Ich kam mir vor wie ein Hündchen. »Und mir tut es leid, dass ich gesagt habe, du hättest auch mal jemand anderen an den Billardtisch lassen sollen.«

Ihr Lächeln hatte etwas Trauriges. »Ich sag dir was: Wenn du mit achtzehn immer noch Jungfrau bist, schlafe ich mit dir, bevor du aufs College gehst.«

Ich versuchte zu lachen, was allerdings eher nach einem Erstickungsanfall klang. »Echt jetzt? Das würdest du tun? Und damit die wunderbare Sache zwischen uns zerstören?«

»Was läuft denn da zwischen uns?«

Ich spürte, wie die Temperatur im Wagen wieder in den Keller sackte. »Was soll die Frage? Wir sind Freunde.«

»Ja.« Sie nickte. »Wir sind Freunde.«

»Was ist denn? Was habe ich gesagt?«

»Egal. Lass gut sein.« Mickie rutschte über den Sitz und drückte ihre Tür auf.

Ich lehnte mich über das rote Leder, während sie die Tür schloss. »Hallo! Was ist denn los mit dir?«

Die kleine Schachtel traf mich im Gesicht und landete auf dem Sitz. »Herzlichen Glückwunsch!« Und damit rannte Mickie die Einfahrt hoch.

Verdattert öffnete ich ihr Geschenk. Drinnen lag, sauber in Watte eingewickelt, eine Kette mit dem heiligen Christophorus daran, Schutzheiliger aller Reisenden. Ich drehte das kleine Medaillon um und konnte, auch ohne die Innenbeleuchtung einzuschalten, lesen, was Mickie hatte eingravieren lassen.

Er soll dich beschützen
M

7

Im Frühling meines zweiten Schuljahrs an der Highschool schaffte ich es ins Baseballteam. Zwar bewies ich anfangs mit gleich drei Fly-ups eine ziemliche Unfähigkeit, aber nachdem meine Mutter sich bereit erklärt hatte, ihre Samstage zu opfern, um mit mir zu üben und Ground Balls für mich zu werfen, entwickelte ich mich zu einem ganz anständigen Spieler im Feld und auch in der Verteidigung. Bis ich ab ungefähr Mitte der Saison immer öfter danebenschlug.

»Woran könnte es deiner Meinung nach liegen?«, erkundigte sich mein Vater eines Abends beim Essen.

Ich war inzwischen ziemlich frustriert. »Keine Ahnung. Es ist fast so, als würde ich den Ball nicht sehen.«

Gleich am nächsten Tag saß ich in der Praxis von Dr. Pridemore, wofür meine Mutter umgehend gesorgt hatte.

Nach eingehender Untersuchung lieferte mir der Arzt seine Diagnose: »Du siehst den Ball wirklich nicht. Wenn ich ehrlich sein soll, kann ich mir nicht erklären, warum du in der Schule noch die Sachen auf der Tafel erkennen kannst. Hast du in letzter Zeit öfter Kopfschmerzen?«

Ja, hatte ich. Und das mit der Tafel hatte ich kompensiert, indem ich mich eine Reihe weiter nach vorn gesetzt hatte.

»Deine Sehkraft lässt nach.« Meine Mutter geriet natürlich sofort in Panik.

»Wie schlimm steht es?«, wollte sie wissen. »Könnte er blind werden?«

Das nicht, versicherte Dr. Pridemore, aber ich würde eine Brille tragen müssen.

Ich entschied mich für ein solides schwarzes Gestell wie Clark Kent, das leider bei meinem Aussehen keine Wunder wirkte. Das war und blieb bestenfalls Durchschnitt. Mein Haar war zu einem dunkleren Braunton nachgedunkelt, mein Kiefer quadratischer geworden und meine Stirn breiter. Die Leute sagten, ich sähe aus wie mein Vater, und ich erkannte die Ähnlichkeit in Bildern von ihm als jungem Mann. Eins fiel mir allerdings auf, sobald ich die Brille trug: Sie schien mein hervorstechendstes Merkmal ein wenig in den Hintergrund rücken zu lassen. Mickie, die mich nach meinem Termin beim Optiker zu Hause empfing, verkniff sich spitze Kommentare und fand mich mit Brille »auf nerdige Art sexy«.

Da war Ernie am nächsten Morgen in der Schule schon ehrlicher: »Du siehst aus wie Jerry Lewis in *Der verrückte Professor*.«

8

Als Junior, in meinem vorletzten Schuljahr also, musste ich wie alle anderen Basketballspieler das gnadenlose Auswahlverfahren durchstehen, mit dem Coach Moran sein Varsety Team, die erste Schulmannschaft, zusammenstellte. Die erste Runde hatte ich überlebt, mein Name stand als vorletzter auf der Liste der Spieler, die noch im Team waren. An ein Korkbrett neben seiner Bürotür hatte Moran ein Blatt geheftet, auf dem die potenziellen Spieler eingetragen waren. Lange konnte das nicht mehr gut gehen, befanden sich doch immer noch dreizehn Namen auf der Liste, während es nur zwölf Plätze gab. Die letzte Streichung, hatte der Trainer versprochen, würde er im persönlichen Gespräch vornehmen, weswegen ich schon ahnte, was auf mich zukam, als ein Junge mit einem rosa Zettel in der Hand in meine Mathestunde platzte und der Lehrer in meine Richtung sah, sobald er diesen Zettel studiert hatte.

»Hell?« Inzwischen hatte sich mein Spitzname auch bei den Lehrern durchgesetzt. »Coach Moran möchte dich nach dem Unterricht in seinem Büro sehen.«

Coach Moran verschickte keine rosa Zettel, weil er sich näher mit einem anfreunden wollte. Ich stand kurz davor, zum reinen Streber zu mutieren, mit vielleicht noch einem

Touch Trottel dabei. Zu den Sportlern durfte ich mich wohl nicht länger zählen.

Zu sagen, der Umkleideraum unserer Schule hätte damals gern mal renoviert werden dürfen, war ungefähr so, als würde man den Watergate-Skandal einen kleinen Einbruchdiebstahl nennen. Der Raum hatte seit der Schulgründung in den Vierzigerjahren keine Veränderung mehr erlebt. Er hatte Betonwände, schmale, mit einem Drahtgitter geschützte Fenster und von der Beleuchtung, Belüftung und generellen Atmosphäre her viel Ähnlichkeit mit einem türkischen Gefängnis. In den Metallspinden roch es nach verfaultem Obst. Coach Moran hatte sein enges, vollgestelltes Büro ganz hinten in einer Ecke und ich fragte mich oft, ob die muffige Atmosphäre hier unten nicht auch für die allgemeine Muffigkeit des Trainers verantwortlich sein konnte.

Ich rückte mir die Brille auf der Nase zurecht und klopfte. »Herein!«, brüllte Coach Moran. Ich steckte die Nase durch die Tür.

»Sie wollten mich sprechen, Coach?«

Moran, der gerade telefonierte, legte die Hand über die Sprechmuschel des Hörers. »Komm rein und setz dich, Hell«, sagte er leise. Ich setzte mich auf einen Klappstuhl zwischen Schreibtischen, von denen einer in Doppelfunktion auch als Tisch des Trainers diente, und hörte zu. Coach Moran schien wohl mit seiner Frau zu sprechen, so höflich hatte ich ihn jedenfalls noch nie erlebt. In der gesamten etwa zwei Minuten dauernden Unterhaltung entfuhr ihm nicht ein einziges Schimpfwort.

»Er ist der beste Sportler, den ich je gesehen habe«, hörte ich ihn sagen. »Dabei ist er erst Junior.« Er machte eine Pause. »Das liegt daran, dass die *Times* im letzten Jahr nicht oft über uns berichtet hat, aber glauben Sie mir, diesen Jungen wollen Sie spielen sehen.«

Dieser Junge musste Ernie sein. Mein Freund hatte es bereits in seinem zweiten Jahr an dieser Schule in zwei Varsety Teams geschafft, Football und Basketball, und war in beiden der beste Spieler.

»Deswegen rufe ich ja an. Ich dachte, Sie hätten vielleicht gern schon einen Fuß in der Tür, wenn die Meute hier einfällt. Um diesen Jungen werden sich alle reißen, das können Sie gern schriftlich haben. Momentan ahnt noch keiner etwas von ihm, aber das wird sich schnell ändern.«

Coach Moran beendete sein Gespräch und lehnte sich in seinem Stuhl zurück. Er war einst selbst wie jetzt Ernie der wertvollste Spieler seiner Highschool gewesen, im Football, Basketball und Baseball, und sein Name prangte in goldenen Lettern auf gleich drei dunkelblauen Bannern, die in unserer Turnhalle von den Deckenbalken hingen. Der Trainer war schlank, muskulös und sah so aus, als könnte er immer noch in jeder seiner alten Sportarten Triumphe feiern.

»Was soll ich mit dir machen, Sam Hell?« Er hatte die Angewohnheit, seine Spieler mit vollem Namen anzureden, wenn er Instruktionen oder Kritik loswerden wollte.

»So geht das nicht, Sam Hell. Das geht nicht! Du musst das so machen, wie ich dir gesagt habe, sonst sind wir gefickt. Hast du mich verstanden, Sam Hell?«

»Jawohl, Coach.«

»Dann geh verdammt noch mal hin und mach das, Sam Hell.«

Natürlich hatte der Coach die Frage eben lediglich rhetorisch gemeint, aber ich durfte wohl trotzdem ein bisschen

Werbung für mich machen, fand ich. »Mich ins Team nehmen?«

Er lachte leise. »Hell, du hast das Herz eines Löwen, das muss man dir lassen. So fest entschlossen hat noch nie jemand für mich gespielt. Dir fehlen zum guten Basketballspieler bloß Größe, Schnelligkeit und Treffsicherheit. Du bist zu kurz, zu langsam und werfen kannst du auch nicht.«

»Werfen kann ich lernen.«

Morans Lächeln verblasste und er setzte sich gerade hin. »Ich muss hier eine harte Entscheidung treffen, Hell. Ich muss mich zwischen dir und Chuck Bennett entscheiden, denn ich habe nur zwölf Uniformen. Ich will ganz offen mit dir sein. Du wärst im Team der zwölfte Mann, was heißt, du trainierst zwar, darfst aber kaum mal spielen. Ich weiß, du würdest hart arbeiten, dir im Training echt den Arsch aufreißen, aber …« Er legte eine Pause ein, um seine im Schoß gefalteten Hände zu betrachten. »Hier ist mein Problem, Hell. Mr Shubb sagt, du hast eine verdammt gute Schreibe, du wärst ein echtes Talent.«

Ich sah da keinen Zusammenhang. Dick Shubb war als Lehrer für den *Saint Joe's Friar,* die Schulzeitung, zuständig.

»Er will dich in seinem Stab, aber die Redaktion trifft sich nach der Schule und auch ein Großteil der Produktion der Zeitung findet dann statt.« Langsam erkannte ich Zusammenhänge. »Beides kannst du nicht machen, Hell.« Der Coach fuhr sich mit der Hand über das Kinn, als müsse er prüfen, wann die nächste Rasur fällig war. »Und Bennett ist ehrlich gesagt ein Versager, wie er im Buche steht. Wenn ich den von der Liste streiche, endet er in der Gosse und raucht bloß noch mit den Kiffern. Verstehst du mein Problem, Hell?«

Klar verstand ich sein Problem. Nur sollte ich hier einen meiner Träume aufgeben, da standen Güte und Mitgefühl nicht gerade ganz oben auf meiner Prioritätenliste. »Was willst du eigentlich mal werden, Hell?«, wollte der Coach plötzlich wissen. »Schon irgendeine Idee?«

»Ich dachte, vielleicht Arzt. Ophthalmologe.« Die Idee ging mir immer mal wieder durch den Kopf, wenn Dr. Pridemore mich untersuchte und sich jedes Mal die Zeit nahm, mir nicht nur meinen »Zustand« zu erklären, sondern auch generell Aufbau und Funktionsweise des Auges. Der Beruf schien wie für mich geschaffen.

»Was meinst du, was macht sich besser in einer zukünftigen Bewerbung? Das Talent zum Schreiben oder die Fähigkeit, einen Freiwurf zu versenken?«

Der Coach hatte ja recht, das wussten wir beide. Wenn ich ehrlich sein will, war sein Rat der ehrlichste, den ich seit Langem erhalten hatte, wenn auch aus unerwarteter Quelle, und er veränderte mein Leben auf vielfältige Art, aber verdammt, ich wollte Basketball spielen. Ich wollte wenigstens dem Namen nach zu den Sportlern gehören. Dann hatte ich einen Geistesblitz. Ja, so konnte es gehen, so kamen Ernie und ich beide auf unsere Kosten. Ich schrieb ja wirklich gern und natürlich machte sich die Mitarbeit an der Schulzeitung gut im Lebenslauf. Und wenn das, was ich mir gerade überlegt hatte, hinhaute, dann konnte ich sogar noch ein bisschen Geld fürs College zurücklegen. Was Ernie anging, der war zwar im Sport ein Ass, aber seine schulischen Leistungen ließen immer noch zu wünschen übrig, obwohl ich ihm half. Wenn er so weitermachte, nahm ihn lange nicht jedes College – es sei denn auf Grundlage eines Sportstipendiums. Um da dranzukommen, musste man bekannt sein, und die örtliche Zeitung riss sich, wie der Coach eben am Telefon bemerkt hatte, mit der Berichterstattung über den Highschool-Sport nicht gerade ein Bein aus.

»Coach, wenn es Ihnen nichts ausmacht, gehe ich zur Zeitung«, erklärte ich nun. »Ich bin Ihnen dankbar für das Angebot auf einen Platz in Ihrem Team, aber mein Vater braucht jetzt auch noch im Drugstore nachmittags jemanden zum Ausliefern und ich weiß nicht, wie ich das alles schaffen soll.«

Wir standen auf und schüttelten uns die Hände. »Dein Name steht heute Nachmittag auf der Liste an meinem Brett, Hell. Darauf kannst du deinen Arsch verwetten. Was du den anderen erzählst, überlasse ich dir.«

Ich war schon an der Tür, als er noch einmal nach mir rief.

»Hell?«

»Ja, Coach?«

»Herz, das zählt im Leben. Und deines ist nicht kleiner als das aller anderen Jungs, die ich in meinem Leben trainiert habe. Vergiss das nie.«

»Versprochen, Coach.« Ich verließ das Büro um einen Traum ärmer, aber mit dem Gefühl, mindestens zwei Meter groß zu sein.

9

»Was war denn?« Ernie hatte im Flur auf mich gewartet und bestürmte mich mit Fragen, kaum dass sich die Tür der Umkleide hinter mir geschlossen hatte.

»Ich bin im Team.«

Er reckte die Faust und so drängten wir uns zwischen den Schülern hindurch, die gerade vom Mittagessen zurück in die Klassen eilten. »Ich wusste es! So wie du strengt sich sonst keiner an.«

»Ich habe abgelehnt.«

Ernie blieb stehen. »Was hast du gemacht?«

»Mr Shubb sucht für die Zeitung jemanden für die Sportberichterstattung, der nächstes Jahr dann auch noch den Posten des Chefredakteurs übernimmt.«

»Und?«

Die erste Glocke läutete. »Davon habe ich mehr, als wenn ich selbst spiele, finde ich. Es bedeutet allerdings viel Arbeit und beides schaffe ich nicht. Mein Dad braucht mich jetzt nachmittags im Laden.«

»Du willst Basketball aufgeben?«

»Langfristig gesehen ist das besser für mich.« Es läutete zum zweiten Mal. Um uns herum wurden Spindtüren zugeschlagen.

»Du darfst das nicht aufgeben, Sam.«

»Ich gebe nicht auf. Ich entscheide mich einfach für etwas anderes. Denk doch an all die tollen Berichte, die ich dann über dich schreiben kann.« Das ließ ihn aufhorchen. »Ich rufe auch noch bei der *Times* an und besorge mir da einen Job. Der Coach sagt, sie haben niemanden für die Spiele an den Highschools. Ich mache dich berühmt. Wenn ich mit dir durch bin, bist du 'ne Legende.«

Die Idee mit der *Times* verdankte ich Morans Unterhaltung am Telefon. Wenn man mir Artikel für die Schulzeitung zutraute, konnte ich doch genauso gut versuchen, mich fürs Schreiben bezahlen zu lassen.

Nach der Schule rief ich den Sportredakteur der *Times* an, stellte ihm meine Idee vor und wurde gleich für den nächsten Tag zum Vorstellungsgespräch eingeladen. Der Mann wollte Arbeitsproben sehen, und weil ich für die Zeitung ja noch nichts geschrieben hatte, nahm ich ein paar Essays aus dem normalen Englischunterricht mit. Die *Times* musste in diesem Fall wohl nach der Maxime handeln, dass man als Bettler nicht wählerisch sein darf, und so heuerten sie mich tatsächlich an. Ich sollte für meine Kolumne ein Zeilenhonorar von fünf Cent erhalten, plus Spritgeld für die Fahrten zu den jeweiligen Spielen, und sie gaben mir einen Presseausweis.

In den nächsten anderthalb Jahren berichtete ich mindestens einmal die Woche in der *Times* von Ernies sportlichen Leistungen und in unserem Abschlussjahr kannte nicht nur die ganze Schule den Namen meines Freundes, er war im gesamten County zur Legende geworden. Alle möglichen Colleges schickten ihre Werber zu seinen Spielen sowie zum Training und bald trafen die ersten Angebote ein, erst tröpfelnd, dann in Massen. Ganze Lawinen verstopften den Briefkasten seiner Eltern und die Briefumschläge trugen die Insignien der Universitäten von South und North Carolina, Kalifornien, Syracuse, Georgia, Florida und Arizona. Sie boten ihm Stipendien für Basketball, Football und Leichtathletik, wobei schnell klar war, dass beim Football Ernies Allroundtalent am effektivsten genutzt war und diese Sportart ihm die größten Chancen zum Aufstieg in die Profilaufbahn bot.

Basketball aufzugeben und mich stattdessen dem Journalismus zuzuwenden, hatte zwei ungeahnte Konsequenzen: Nachdem ich mit einem längeren Artikel über Ernie bei einem Wettbewerb ein Stipendium von fünfhundert Dollar gewonnen hatte, reichte Mr Shubb meine Arbeiten auch bei anderen Wettbewerben ein, und so hatte ich am Ende meines letzten Schuljahres fast zweitausendfünfhundert Dollar an Stipendiengeldern zusammen, was nicht gerade nichts war, wie meine Mutter sagte. Aber damit greife ich meiner Geschichte schon vor. Nicht mehr als Mitglied eines Sportteams trainieren zu müssen, ließ mir außerdem Zeit zur Mitarbeit im Geschäft meines Vaters, was zur zweiten unerwarteten Konsequenz meiner Entscheidung führte.

Auf Mickies Angebot in Bezug auf meinen achtzehnten Geburtstag musste ich jedenfalls nicht zurückkommen.

10

Mein Vater bedauerte, dass ich nun nicht mehr aktiv am Wettkampfleben eines Sportteams teilnehmen würde, freute sich aber, als ich bei einem unserer Abendessen erklärte, mir bei ihm im Geschäft Geld fürs College verdienen zu wollen. Meine Eltern machten sich durchaus Gedanken über die Kosten, die da auf sie zukamen, und meine Mutter hatte mehrfach angedeutet, das örtliche Community College sei doch eigentlich eine feine Sache, um erst einmal meine Allgemeinbildung zu vervollständigen. Das war bestimmt so und ich wollte den Geldbeutel meiner Eltern auch wirklich nicht noch stärker belasten, als ich es ohnehin schon tat, hätte andererseits aber sehr gern ein richtiges College besucht.

»Dann bist du ab morgen offiziell in Teilzeit bei der Broadway Pharmacy eingestellt«, erklärte mein Vater, »als Botenjunge und für das Bestücken der Regale. Alex geht nächstes Jahr aufs College, dann kannst du weitere Tage übernehmen.«

»Nur wenn seine Noten nicht schlechter werden!« Meine Mutter zeigte sich nicht enttäuscht über das Ende meiner Sportlerkarriere. »Vielleicht wirst du ja der nächste Woodward oder Bernstein. Oder Walter Cronkite. Das wäre doch was.«

Da hatte sie recht, obgleich wohl kaum jemand einen Nachrichtensprecher mit roten Augen einstellen würde. Zwar konnte ich mein Erscheinungsbild inzwischen ganz gut akzeptieren, war aber nicht so naiv zu glauben, dass das auch anderen Menschen so ging. Jedenfalls nicht so ohne Weiteres. Es gab immer mal wieder jemanden, der mich daran erinnerte, und zwar meistens dann, wenn ich mich in meiner Haut besonders wohlfühlte.

II

Unsere Schulzeitung kam alle zwei Wochen heraus. Redaktionssitzungen und Produktion fanden jeweils gleich nach dem Unterricht statt, weshalb ich rechtzeitig im Laden meines Vaters sein konnte, um den Boden zu fegen und zu wischen, die Regale aufzufüllen und Kundenbestellungen auszuliefern. Kurz nach den Osterferien traf ich bei Arbeitsantritt vorn an der ersten Kasse auf ein mir unbekanntes Mädchen, das dort gerade von Betty, der langjährigen Assistentin meines Vaters, angelernt wurde. Betty wollte ihre Stundenzahl reduzieren, hatte Dad uns beim Abendbrot erzählt. Ihr Mann war krank geworden. Mom hatte vorgeschlagen, ein Mädchen von der örtlichen Highschool zum Mindestlohn als Teilzeitkraft einzustellen.

Das Mädchen hinter dem Tresen sah auf, als ich hereinkam, und strahlte mich ohne zu stutzen oder zu zögern an. »Du bist bestimmt Sam.« Sie streckte mir über den Tresen hinweg die Hand hin. »Ich bin Donna.«

Meine Mutter hätte Donna als kräftig bezeichnet. Der blaue Kittel hing nicht an ihr herunter wie an Betty, bei Donna staute er sich über der Brust. Sie schien ziemlich viel Busen zu haben.

»Hi.« Mehr brachte ich nicht heraus.

Als ich mich an die Arbeit machte, fand ich die Fußbodenreinigung schwieriger als sonst. Egal, in welchem Gang zwischen den Regalen ich auch fegte, Donna schien immer ausgerechnet dort Staub wischen zu müssen und sie unterhielt sich mit mir, wenn gerade keine Kunden zu bedienen waren.

»Dein Vater sagt, du gehst auf die Saint Joe's.« Sie fegte sich mit einer Kopfbewegung die Haare von der Schulter und strich sie sich hinter das Ohr, sodass zwei silberne Creolen zum Vorschein kamen. Sie trug blauen Lidschatten.

»Ja, ich bin Junior.«

»Ich bin Senior in Burlingame. Wie ist das so auf einer Schule ohne Mädchen?«

»Ganz okay. Man gewöhnt sich dran.«

»Ich glaube, eine reine Mädchenschule wäre mir zu langweilig. Ich kann mir jedenfalls nicht vorstellen, auf eine zu gehen. Meine besten Freunde sind fast ausschließlich Jungs. Dein Dad sagt, du spielst Baseball. Ich spiele First Base in unserem Softballteam.«

»Ich spiele nicht mehr, ich musste das aufgeben, weil ich jetzt für die Zeitung schreibe.« Eine direkte Lüge war das nicht, um die Aufnahme ins Baseballteam hatte ich mich ja gar nicht beworben.

»Ich weiß, ich habe deine Artikel im Fenster gesehen.« Mein Vater hängte all meine Artikel aus der Schulzeitung und der *Times* voller Stolz im Ladenfenster auf. »Der über Ernie Cantwells Treffer in letzter Sekunde hat mir besonders gut gefallen. Richtig spannend.«

»Du liest meine Artikel?«

»Nicht alle, aber die, die ich gelesen habe, waren wirklich gut.«

Sie wollte nur nett sein. Die *Times* bearbeitete meine Geschichten so stark, dass eigentlich nur die nackten Fakten übrig blieben. Trotzdem war es cool, wenn ein Mädchen vorgab, meine Artikel zu mögen.

»Vielleicht komme ich mal zu einem eurer Softballspiele«, bot ich an. »Vielleicht könnte ich einen Artikel für die *Times* darüber schreiben.« Das war reine Angabe, denn an Berichten über Mädchen-Softball war die *Times* ganz bestimmt nicht interessiert.

»Das wäre klasse! Obwohl es da wahrscheinlich nicht viel gibt, worüber man schreiben könnte.«

Ich hatte mich noch nie unbefangen mit Mädchen unterhalten können, außer mit Mickie natürlich, die jetzt noch häufiger bei mir zu Hause zu Besuch war als damals zu unserer Grundschulzeit. Meine Mutter und sie verstanden sich gut und verbrachten auch ohne mich viel Zeit miteinander, gingen zusammen einkaufen und manchmal auch ins Kino. Von Zeit zu Zeit erwischte ich die beiden allein in der Küche und Mickie sah aus, als hätte sie geweint, aber wenn ich fragte, winkte meine Mutter immer nur ab: »Mädchenkram, das würde dich nicht interessieren.« Von Mickie bekam ich dieselbe Antwort, es schien ihr gemeinsames Mantra zu sein.

Mit Donna plauderte es sich leicht, es gab irgendwie keinen Grund, ihr gegenüber befangen zu sein. Sie war achtzehn, sie ging in die letzte Klasse. Sie hatte bestimmt kein Interesse an jemandem, der gerade erst siebzehn geworden war.

An diesem Nachmittag lagen besonders viele Auslieferungen an, weswegen ich es erst fünfzehn Minuten vor Ladenschluss wieder zurück in die Apotheke schaffte.

Nachdem ich die Barverkäufe mit der Kasse abgerechnet hatte, eilte ich ins Hinterzimmer, um meinen Mantel zu holen. Dort stand Donna gerade auf den Zehenspitzen und versuchte, ihren Kittel an den dafür vorgesehenen Haken zu hängen. Ich hatte richtig geraten mit meiner Einschätzung der Größe ihrer Brüste. Der weiße Strickpullover, den sie trug, tat nichts, um sie zu tarnen. Sie wandte den Kopf und erwischte mich beim Glotzen.

»Brauchst du Hilfe?«, versuchte ich mich rauszureden.

»Ich bin klein, aber so klein nun auch wieder nicht. Aber danke. Wow! Nicht nur niedlich, höflich ist er auch noch.«

Ich spürte, wie ich rot wurde, und drehte mich hastig nach meinem Mantel um, der am Haken hinter der Tür hing. »Dann bis morgen.«

»Mittwoch. Meine Eltern erlauben mir nicht, jeden Tag zu arbeiten. Ich muss mit meinen Noten auf Stand bleiben und darf auf keinen Fall schlechter werden. Ich habe dieses Halbjahr ziemlich viel um die Ohren und im letzten Halbjahr hab ich ein bisschen viel gefeiert.«

»Okay, bis Mittwoch dann.«

Ich wusste, Donna war nur nett gewesen, als sie mich niedlich nannte. Immerhin war ich der Sohn des Chefs und als niedlich bezeichnete eher eine ältere Schwester ihren kleinen Bruder, mehr nicht. Trotzdem musste ich an diesem Abend oben in meinem Zimmer bei den Hausaufgaben und an den nächsten beiden Tagen immer wieder an sie denken.

12

Mittwoch kam ich später als sonst in den Laden, weil die Redaktionssitzung länger gedauert hatte, und konnte gerade noch Donna Guten Tag sagen, bevor ich mich hinten in der eigentlichen Apotheke bei meinem Vater melden musste. Dad stand am Tresen und hämmerte mit seinem Zwei-Finger-Suchsystem auf die Schreibmaschine ein.

»Tut mir leid, dass ich zu spät komme, Dad.«

»Die Schule ist wichtiger.« Er riss den Aufkleber ab, den er gerade beschriftet hatte, und reichte ihn an seine Assistentin weiter.

»Ich fang dann mal an.« Mit Handfeger und Besen bewaffnet machte ich mich auf in die Gänge zwischen den Regalreihen. Diesmal ließ Donna sich nicht blicken, sie blieb hinter dem Tresen und unterhielt sich mit Leo Tomaro, der als Schüler auf der örtlichen Highschool ein relativ bekannter Footballer gewesen war, allerdings gerüchteweise so dumm wie Bohnenstroh. Tomaro kam gern in den Laden, um sich mit meinem Vater über Sport zu unterhalten, und ich hatte ihn sagen hören, er »pausiere« gerade ein wenig mit dem College.

Während ich abstaubte, unterhielt sich Tomaro die ganze Zeit mit Donna. Er blieb auch vorn am Tresen stehen, als ich den Papierkorb dort leeren wollte.

»Hallo, Sportsfreund«, begrüßte er mich, als wäre ich ungefähr zehn. »Dein Dad erzählt, du machst jetzt den großen Reporter? Du kennst doch das Sprichwort, oder? ›Wer was kann, der macht es, wer nichts kann, schreibt über die, die können.‹« Er warf Donna ein breites Grinsen zu.

»Ich glaubte, das heißt: ›Wer es kann, tut es, wer es nicht kann, nicht‹«, konterte ich.

»Egal.«

»Wie läuft es denn so auf dem Community College?«, wollte ich wissen.

»Ich lege eine kleine Pause ein. Es hat sich da für mich eine Geschäftsmöglichkeit ergeben, die ich nicht ablehnen mochte.« Er deutete auf einen roten Camaro älteren Baujahrs, der vor dem Laden parkte. »Sieh dir meine neue Karre an. Hat mich fast einen Tausender gekostet.«

»Hübsch«, sagte ich. Und dann, weil ich einfach nicht anders konnte: »Tomaros Camaro.«

Donna schnaubte, was sie als Niesen zu tarnen suchte.

»Genau!« Tomaro strahlte. »Ich hab schon dran gedacht, mir eins von diesen personalisierten Nummernschildern zu besorgen.«

Donna schürzte die Lippen, als müsste sie die Luft anhalten. Ich biss mir auf die Zunge, um nicht laut loszuprusten, und deutete wortlos auf den Papierkorb hinter dem Tresen. Donna trat einen Schritt zurück, damit ich mich hinhocken und den kleinen Container voller gebrauchter Taschentücher – Betty war praktisch ununterbrochen erkältet –, Kassenbons und Einwickelpapier unter dem Tisch vorziehen zu können. Ich hatte gerade die Hand ausgestreckt, um nachzusehen, ob Betty wieder einmal nicht getroffen hatte und eins von ihren Taschentüchern neben dem Papierkorb gelandet war, als Donna sich zur Kasse beugte und der blaue Kittel, dessen Reißverschluss sie nicht ganz zugezogen hatte, vorn aufklaffte. Zum Vorschein kamen eine silberne Kette mit Anhänger und jede Menge mit Sommersprossen übersätes Dekolleté. Ich versuchte wirklich, mich ganz auf den Müll zu konzentrieren, als Donna sich noch tiefer bückte und mir ein zusammengeknülltes Stück Papier reichte. »Hier ist noch was, Sam.«

Als sie dann auch noch so tat, als würde sie sich den Finger in den Hals stecken, ging nichts mehr und ich musste laut lachen. An diesem Punkt begriff wohl sogar Tomaro, dass mein Spruch eben ein Witz auf seine Kosten gewesen war, und erkundigte sich bei meinem Auftauchen spöttisch: »Und gehst du schon auf die Highschool, Kumpel?«

»In die vorletzte Klasse.«

»Beim heiligen Joe«, piepste er mit hoher Frauenstimme und wedelte dabei mit affektiert abgeknicktem Handgelenk. »Ich persönlich käme ja auf einer Schule ohne Ladys nicht klar. Das Problem kennst du wohl nicht, oder?« Er spitzte die Lippen und wedelte erneut mit der Hand. Von hinten meldete sich mein Vater, Tomaros Bestellung war fertig. »Holst du mir das, Sportsfreund? Wo du doch hier der Botenjunge bist.« Er zwinkerte Donna zu.

»Wird gemacht!«, sagte ich.

Eifrig wie ein gehorsamer Apportierhund trabte ich nach hinten, griff mir die entsprechende weiße Papiertüte, trug sie zurück und reichte Donna die Rechnung, damit sie die Summe in ihre Barkasse eintippen konnte. Mit stolzgeschwellter Brust knallte Tomaro eine Kreditkarte auf den Tresen. »Streng dich an, Kleiner, dann kriegst vielleicht auch du mal Plastik.«

»Mein Dad lässt dir ausrichten, du sollst die Salbe zweimal täglich auftragen«, sagte ich. »Dann bist du den Ausschlag im Nu los.« Natürlich hatte mein Vater nichts dergleichen gesagt, er hätte einen Kunden nie bloßgestellt, aber durch meine Arbeit im Laden hatte ich auch das eine oder andere über Medikamente mitbekommen. Ehe Tomaro reagieren konnte, machte ich ihn auf die Politesse aufmerksam, die gerade vor unserer Ladentür ihr dickes Buch mit den Strafzetteln aufklappte. »Die Parkuhr nimmt wohl kein Plastik?«

Hastig schnappte sich Tomaro seine Tüte, bekam aber noch mit, wie Donna anfing, laut zu lachen.

13

Ich kam vom Ausliefern, als mein Vater gerade abschließen und das Schild in der Tür auf *Geschlossen* drehen wollte. Donna war noch geblieben, um mir bei der Abrechnung zu helfen und die Bareinnahmen in die Kasse zu tippen. Eine halbe Stunde später verließen wir alle drei zusammen den Laden.

»Bis später zu Hause!« Mein Vater steuerte sein Auto an.

»Der Typ vorhin – hält man denn so was für möglich?«, wollte Donna wissen, als wir Seite an Seite den Bürgersteig hinuntergingen.

»Er macht alle Mädchen an, die bei meinem Dad arbeiten«, erklärte ich. Dabei hatte vor Donna noch gar kein Mädchen im Laden gearbeitet.

»Das kann ich mir lebhaft vorstellen. Er macht auch sämtliche Mädchen aus meiner Schule an. Alle wissen, dass er nur eins im Kopf hat.«

»Anregende Unterhaltungen?«, erkundigte ich mich in aller Unschuld.

Donna lachte. »Du bist witzig.« Inzwischen waren wir beim Falcon angekommen, wo ich stehen blieb. »Und das ist ja mal ein niedlicher Schlitten!«

»Wo steht denn deine Karre, Sportsfreund?« Ich ahmte Tomaros Tonfall nach.

»Gibt keine, Sportsfreund, ich habe Hausarrest. Hat mein Dad mir aufgebrummt. Lange Geschichte.«

»Dann holt dich jemand ab?«

»Das wäre schön, was? Nee, wenn ich Hausarrest habe, gehe ich zu Fuß. Das gehört zu meiner Strafe, sagt mein Vater. Die Bewegung soll mir zu mehr Klarheit im Kopf verhelfen.«

»Wo wohnst du denn?«

»Nicht weit, in Hillsborough, das sind gerade mal zwei Meilen.«

Ohne nachzudenken bot ich an, sie hinzubringen.

»Bist du sicher, dass es kein Umweg für dich ist?«

Es war ein ziemlicher Umweg, Hillsborough lag in der genau entgegengesetzten Richtung. »Überhaupt kein Problem.«

Donna berührte mich am Arm. Prompt fuhr mir ein elektrischer Schlag durch den Körper. »Wie ich schon sagte: Niedlich, und höflich ist er auch noch.«

Sie fragte, ob wir mit heruntergelassenem Verdeck fahren könnten, eine Bitte, der ich nur zu gern nachkam. Abgesehen von meiner Mutter und Mickie hatte noch nie ein weibliches Wesen allein bei mir im Falcon gesessen und ich hoffte sehr, gesehen zu werden. Der Teufelsjunge mit einem Mädchen aus der Abschlussklasse!

Hillsborough war ein Stadtteil für Reiche, mit großen Häusern, langen, gewundenen Auffahrten und ausufernden Rasenflächen. Auf dem Weg zum Haus von Donnas Familie bogen wir so oft ab, dass ich mich auf dem Rückweg unter Garantie hoffnungslos verfahren würde.

»Hier ist es, bieg rechts ein.« Donna deutete auf eine von zwei roten Säulen markierte Einfahrt, die durch eine gepflegte Gartenanlage mit englischem Rasen, sauber gestutzten Hecken, Rosensträuchern und vielen mir unbekannten Pflanzen bis zu einem zweistöckigen Haus mit beeindruckendem Vorbau führte.

»Was macht dein Vater?«, erkundigte ich mich neugierig.

»Außer mich mit Hausarrest nerven? Er ist ein ziemlich bekannter Anwalt.«

»Und deine Mom?«

»Die spielt im Country Club Golf und Karten und nachts trinkt sie.«

Die Aussage traf mich wie eine Ohrfeige. Ich wusste nicht, wie ich reagieren sollte.

Donna strich sich das Haar hinter die Ohren. »Wie hältst du es mit dem Alkohol, Sam? Lässt du es gern mal krachen?«

Ich ließ es nie krachen, ich hatte in meinem ganzen Leben noch nicht ein einziges Bier getrunken. »Wenn sich die Gelegenheit ergibt …«, stotterte ich.

»Meine Mutter ist den halben Tag betrunken und wenn ich mal feiere, verpasst mir mein Vater Hausarrest. Verdammte Doppelmoral! Was soll daran fair sein?« Eine eindeutig rhetorische Frage, die ich lieber nicht beantwortete. »Danke fürs Bringen.« Donna stieg aus dem Auto, lief aber nicht gleich die Stufen zum Haus hoch, sondern kam an meine Wagenseite und stützte sich mit den Unterarmen auf die Fahrertür. Dabei klaffte ihre Bluse auf und das Dekolleté schluckte Kette und Anhänger.

»Weißt du, wie man hier wieder rauskommt?« Mühsam riss ich den Blick los und sah auf. Donna grinste. »Unten am Fuß der Einfahrt rechts, an der ersten Ampel links, an der nächsten Kreuzung noch einmal links und schon bist du auf der Straße, die dich zum El Camino Real führt.«

Obwohl ich bestimmt kein Wort behalten würde, nickte ich, woraufhin sich Donna noch ein wenig weiter nach vorn beugte und mich küsste, voll auf den Mund und mit Zungeneinsatz, der meine Lippen auseinanderzwang. Ehe ich reagieren konnte, hatte sie sich auch schon lächelnd zurückgezogen und zwinkerte mir zu. »Bis bald, Sportsfreund.«

Völlig verdattert sah ich sie die Treppe hochhüpfen und im Haus verschwinden.

Zu Hause hatte meine Mutter gerade den Abendbrottisch fertig gedeckt. Sie wartete damit jetzt immer, bis Dad und ich beide mit der Arbeit fertig waren, damit wir zusammen essen konnten.

»Du kommst spät. Was hat dich aufgehalten?«, fragte sie.

»Ich habe Donna nach Hause gebracht. Sie war ohne Auto da und wollte zu Fuß gehen, aber es wurde doch schon dunkel.«

»Wie lieb von dir.« Mom holte die Milch aus dem Kühlschrank. »Wasch dir die Hände.«

Während ich mir im Bad die Hände wusch, wanderten meine Gedanken zurück zu Donnas Dekolleté und zu ihren warmen, feuchten Lippen auf meinem Mund, zur Entdeckungstour ihrer Zunge.

»Sam, das Essen steht auf dem Tisch!«

Rasch spritzte ich mir ein wenig Wasser ins Gesicht. War ich rot angelaufen?

»Sam?«

»Komme sofort!« Ich trocknete mir mit dem Händehandtuch das Gesicht ab. Hoffentlich war das mit dem »Sofort« nicht zu viel versprochen. Es hatte fast die ganze Nachhausefahrt gedauert, meine Erektion loszuwerden.

14

Donna arbeitete weder donnerstags noch freitags. Sollte ich meinen Vater vielleicht um ihre Telefonnummer bitten, ihm vorschwindeln, sie hätte irgendetwas bei mir im Auto liegen lassen? Das traute ich mich nicht, und je länger ich wartete, desto unglaubwürdiger wurde die Ausrede, und außerdem wusste ich gar nicht, ob ich es überhaupt wagen würde, sie anzurufen oder mich am Telefon länger mit ihr zu unterhalten.

Endlich wurde es Samstag. Ich lag zu Hause auf der Couch, gab vor, mich für ein Baseballspiel im Fernsehen zu interessieren, obwohl ich eigentlich nur darauf wartete, dass es Mittag wurde und Donnas Schicht anfing, als es kurz vor zwölf an der Haustür klingelte. Ich ging die Tür aufmachen und Mickie drängte sich an mir vorbei ins Wohnzimmer.

»Hey, wo warst du denn?«, beschwerte sie sich. »Ich habe dich gestern Abend noch angerufen.«

»Ich war für die *Times* unterwegs und hinterher war es für einen Rückruf zu spät.«

»Wieso das denn?«

Mickie und ich telefonierten oft noch spät in der Nacht und unterhielten uns manchmal bis in die frühen Morgenstunden hinein. Ab elf Uhr abends ging das allerdings nur, wenn ich sie anrief, damit meine Mutter nichts mitbekam.

»Ich war müde.«

Mickie setzte sich und legte ihre Füße auf die Ottomane. »Westworld läuft.« Mickie liebte Gruselfilme, je schrecklicher, desto besser. »Und wieso guckst du UCLA?«, erkundigte sie sich nach einem Blick Richtung Fernseher. »Spielt Stanford nicht?«

»Deren Spiel übertragen sie nicht und ich glaube, ich kann nicht mit ins Kino.«

»Warum nicht?«

»Ich habe zu tun.«

Sie schnappte sich die Zeitung und blätterte vor bis zu den Seiten mit dem Kinoprogramm. »Was denn?«

»Ich muss lernen.«

»Mach halblang, Hill, es ist Wochenende! Besser als Eins mit Sternchen kannst du nicht werden.«

Dazu konnte ich nichts mehr sagen, weil meine Mutter ins Zimmer kam, die sich über Mickies Besuch sichtlich freute. Sie hatte Mickie sehr gern, was mich immer wieder erstaunte, war ich mir doch, auch ohne Einzelheiten zu kennen, ziemlich sicher, dass meine Mutter vom nicht gerade keuschen Leben meiner Freundin wusste. Bei mir ging meine Mutter von einem solchen Leben aus. Herauszufinden, dass ich keine Jungfrau mehr war, hätte sie schwer enttäuscht, wobei sie sich in der Hinsicht ja keine Sorgen zu machen brauchte. Natürlich war ich noch Jungfrau.

»Hallo, Mrs H! Ich bin hier, um Sam ins Kino zu entführen.«

»Das ist schön. Er hockt seit zwei Tagen hier im Haus und bläst Trübsal, er muss mal an die Luft.«

»Ich habe nicht …«

»Waren wir etwa schlecht gelaunt?« Mickie kniff mich in die Wange.

»Lass das!«

»Und ob hier jemand mies drauf ist! Keine Sorge, Mrs H, ich muntere ihn schon wieder auf, notfalls mit roher Gewalt. Auf, Hill, du hast deine Mutter gehört. Hol deine Jacke und die Autoschlüssel. Du darfst mich einladen, schließlich bist du in Lohn und Brot.«

15

Wie immer rutschte Mickie auf der Sitzbank dicht an mich heran, als wir den El Camino hinunterfuhren. Ich bog in den Broadway ein.

»Der Film läuft im Century Cinema«, protestierte Mickie.

»Ich fahre auf dem Freeway dahin, weil ich vorher noch in die Apotheke muss, meinen Dad was fragen.«

Samstags war auf dem Broadway immer viel los. Die Leute erledigten Einkäufe, zu denen sie in der Woche nicht gekommen waren, oder gönnten sich in einem der Diner ein ausgiebiges Frühstück. Mit einigem Glück fand ich direkt vor dem Laden meines Vaters einen Parkplatz und suchte gerade im Wagenaschenbecher nach Kleingeld für die Parkuhr, als ich aufsah und hinter dem Ladentresen Donna entdeckte. Sie starrte durch das Schaufenster auf den Falcon mit mir und der an mich gekuschelten Mickie. Hastig öffnete ich meine Tür und stieg aus. »Bin gleich wieder da.«

Um ein Haar hätte ich Mickie die Tür ans Bein geknallt. »Moment!« Sie glitt hinter mir aus dem Auto. »Was soll die Hektik, Hill? Ich will mit, mir was zum Knabbern holen und deinem Dad guten Tag sagen.«

Donna lächelte, als wir den Laden betraten.

Auch mein Vater hatte uns entdeckt und kam nach vorn, um uns zu begrüßen. Mickie umarmte ihn. »Hallo, Mr H.«

»Was habt ihr zwei vor?«, fragte Dad. »Oder will ich das lieber nicht wissen?«

»Wir gehen ins Kino und würden gern Süßigkeiten einschmuggeln«, erklärte Mickie.

»Kein Wunder bei den Preisen, die die nehmen. Sam, hast du Mickie schon Donna vorgestellt?«

Ich drehte mich um, aber ehe ich irgendetwas sagen konnte, war Donna hinter ihrem Tresen hervorgekommen. »Welchen Film wollt ihr euch denn ansehen?«

»*Westworld*«, sagte Mickie.

»Der soll ja echt gruselig sein.«

»Weswegen ich Sam mitnehme. Der hat nichts dagegen, wenn ich ihm auf den Schoß krieche.«

»Du kriechst mir doch ...«

»Bei *Poseidon Adventure* hab ich praktisch die ganze Zeit mit auf seinem Platz gesessen.«

»Das ist doch ewig her!«, protestierte ich. »Wir sind bloß Freunde.« Das kam ungefähr so gut an wie ein Ballon aus Blei. Mein Vater und Mickie wirkten verdutzt, Donna lächelte nur.

»Donna, Mickie kriegt bei uns Familienrabatt«, erklärte mein Vater, bevor das Schweigen im Raum zu peinlich werden konnte. »Viel Spaß, ihr zwei.« Und er verzog sich wieder nach hinten.

Donna tippte die Süßigkeiten ein, die Mickie sich ausgesucht hatte. »Kommt noch etwas dazu?«

»Mich brauchst du nicht anzusehen!«, erklärte Mickie. »Mein *Freund* hier ist der mit dem Geld.«

Ich bezahlte und Donna steckte die Süßigkeiten in eine

braune Papiertüte. »Ich will genau hören, wie der Film war«, rief sie uns nach und einen Moment lang hoffte ich, alles sei gut gegangen. Bis sie hinzufügte: »Sportsfreund.«

Beim Falcon wollte Mickie wie immer auf meiner Seite einsteigen, nachdem ich die Tür geöffnet hatte. »Geh lieber außen rum«, bat ich. »Hier ist nicht so viel Platz.«

Mickie sah mich an, als wäre ich verrückt geworden. »Seit wann das denn? Es ist reichlich Platz.« Sie zwängte sich an mir vorbei, glitt auf ihren Sitz und ich konnte nicht anders, ich musste einen raschen Blick durch das Ladenfenster werfen. Donna bediente gerade einen Kunden. Als ich mich hinter das Steuer setzte, schien Mickie noch dichter an mir zu kleben als sonst. »Rückst du mal ein Stück?«, bat ich.

»Was ist denn mit dir los?«

»Gar nichts. Ich will bloß keinen Unfall bauen.«

»Deine Mutter hat recht, du bist echt mies gelaunt.«

»Weil ich keinen Unfall bauen will? Du fährst dieses Auto ja praktisch.«

»Schön, wenn du es so willst.« Sie rutschte bis hinüber zur Beifahrertür. »Ist es so recht?«

Beim Zurücksetzen wagte ich noch einen Blick durchs Ladenfenster. Donna stand nicht mehr am Tresen.

»Aha!« Mickie grinste. »Jetzt raff ich es. Du stehst auf das Mädel mit den dicken Titten!«

»Was? Auf wen? Auf Donna? Ich bitte dich, sie ist achtzehn!«

»Und ob du auf sie stehst. Diese Bemerkung eben, wir wären bloß Freunde. Du bist verknallt in die Busenbetty.«

»Ich bin überhaupt nicht verknallt!« Ich trat zu hart aufs Gaspedal. Der Falcon schoss zurück. Jemand hupte laut, Reifen quietschten und ich stieg auf die Bremse, bis wir mit einem Ruck zum Stehen kamen. Dabei rutschte die Tüte mit den Süßigkeiten vom Sitz und landete auf dem Boden.

Mickie lachte. »Was bist du doch nervös.«

»Ich bin überhaupt nicht …« Leise fluchend winkte ich dem Fahrer, dessen Wagen ich gerade fast gerammt hätte, um Entschuldigung bittend zu. Sobald er vorbeigefahren war, setzte ich vorsichtig zurück.

»Vielleicht bist du in Gedanken ganz woanders.«

»Lässt du es einfach mal gut sein?« Ich wurde langsam immer wütender.

»Ich hätte nicht gedacht, dass du auf fette Bräute stehst.«

»Ich stehe nicht … sie ist nicht …«

»Du bist ein Tittenmann!«

»Könnten wir bitte einfach das Thema wechseln?«

»Was denn, hast du Angst, sie denkt, ich bin deine *Freundin*?«

»Ich habe vor gar nichts Angst und du bist nicht meine Freundin.«

»Worauf du deinen Arsch verwetten kannst. Von meinen Freunden erwarte ich echt eine bessere Behandlung.«

Inzwischen verstand ich überhaupt nicht mehr, worum es ging. »Was denn? Ich soll dir also die Bluse aufknöpfen, dir an die Titten langen und mich dann nicht mehr bei dir melden?« Diese Worte bereute ich sofort und hätte sie zu gern zurückgenommen, aber dafür war es natürlich zu spät.

»Halt an.«

»Mickie, ich hab das nicht so gemeint.«

Sie versetzte mir einen heftigen Schlag auf den Arm. »Halt verdammt noch mal an oder ich schwöre bei Gott, ich springe aus dem Auto.« Sie machte Anstalten, auf die Sitzbank zu klettern.

»Okay! Okay!« Ich bog um die Ecke und lenkte den Falcon an den Straßenrand. Mickie sprang aus dem Wagen, knallte die Tür hinter sich zu und stürmte mit großen Schritten davon. Ich stieg auf der Fahrerseite aus und rannte ihr hinterher. Als ich sie erreicht hatte, packte ich sie am Arm, aber sie riss sich los und versetzte mir einen Stoß gegen die Brust.

»Fass mich verdammt noch mal nicht an!« Sie eilte weiter. Auf dem Bürgersteig waren Leute stehen geblieben und beobachteten uns.

Noch einmal rannte ich ihr nach. »Hörst du bitte einfach nur auf, ja?«, zischte ich leise. »Es tut mir leid, ja? Es tut mir leid.«

Nach wie vor schmollend, aber immerhin etwas weniger stürmisch ging Mickie weiter.

»Es tut mir leid«, wiederholte ich nun schon zum ungefähr fünften Mal.

Sie fuhr zu mir herum. »Woher soll ich denn wissen, dass dir gerade ein fettes Mädchen feuchte Träume beschert!«

Ein Pärchen mit einem Kinderwagen wurde langsamer und blickte betreten zur Seite.

»Hörst du jetzt auf zu schreien und lässt mich auch mal zu Wort kommen?«

»Okay.« Sie verschränkte die Arme vor der Brust. »Was?«

Ich wartete, bis das Paar weitergegangen war. »Es tut mir leid.«

»Das hörte ich bereits.«

Mickie ging weiter. Ich stürzte hinter ihr her.

»Warte! Es tut mir leid, dass ich es dir nicht gesagt habe!« Endlich blieb sie stehen und stemmte die Hände in die Hüften. »Okay. Vielleicht bin ich in sie verknallt.«

»Warum hast du das denn dann nicht einfach zugegeben?«

»Weil sie achtzehn ist! Sie ist Senior! Du … du hättest mich doch nur ausgelacht.«

Mickie schüttelte den Kopf. »Ich bin nicht wie diese Affen, mit denen du sonst so befreundet bist, Sam. Ich würde dich bei so was nicht auslachen. Aber was du da eben gesagt hast, hat mich wirklich verletzt. Solche Sprüche erwarte ich von dir nicht.«

»Weiß ich doch und es tut mir auch wirklich, wirklich leid. Ich bin ein Trottel.«

»Du bist kein Trottel, du benimmst dich bloß manchmal wie einer. Ist das wirklich deine Meinung von mir?«

»Was?«

»Dass ich mich von jedem Typen befummeln lasse? Du glaubst diesen Affen doch nicht, oder?«

»Nein, Mickie, ich glaube gar nichts. Ich denke auch nicht … – das ist mein Problem, ich denke nicht nach.«

Sie rieb sich die Augen. Mir wurde klar, dass sie nur mühsam die Tränen zurückhielt. »Weil das nämlich nicht so ist, weißt du? Ich lass mich nicht befummeln. Ich weiß, was die Leute über mich sagen, aber ich bin nicht so. Manchmal ist mir nur einfach danach …« Sie wandte den Kopf ab, aber da hatte ich die Träne schon gesehen, die entkommen war und ihr die Wange hinunterrollte. »Bei mir zu Hause … läuft es nicht so toll, Sam. Mein Vater arbeitet die ganze Zeit und wenn er mal zu Hause ist, streiten meine Mom und er sich ständig. Meistens muss ich mit Joanna weggehen.« Joanna war ihre acht Jahre jüngere Schwester. »Und dann schaff ich meine Hausaufgaben nicht.« Ihre Brust hob und senkte sich. »Ich falle in zwei Fächern durch. Es ist alles einfach die komplette Scheiße.«

»Das wusste ich nicht.«

»Natürlich hast du das nicht gewusst. Du lebst in der reinen Bilderbuchfamilie. Warum bin ich wohl ständig bei euch? Weil es einfach schön ist, irgendwo zu sein, wo sich die Leute nicht ständig anbrüllen.«

»Wie lange geht das schon so?«

»Schon immer. Aber anscheinend nicht mehr lange, wie sie uns neulich feierlich mitgeteilt haben. Mein Dad zieht aus. Sie lassen sich scheiden.«

»Das tut mir so leid!« Als ich die Arme ausbreitete, ließ sich Mickie von mir umarmen. Sie weinte jetzt richtig. So sollte ich sie nicht oft weinen sehen.

»Hey!«, sagte ich irgendwann leise. »Wir verpassen die ganzen Vorfilme.« Ich legte ihr den Arm um die Schultern und wir gingen zurück zum Falcon.

Mickie wischte sich die Tränen von den Wangen, während ich ihr die Beifahrertür öffnete und wartete, bis sie eingestiegen war.

»Sie mag dich, Sam«, erklärte sie, sobald ich wieder hinter dem Steuer saß.

»Woher willst du das wissen? Du hast doch kaum mit ihr gesprochen.«

»Ich krieg so was mit. Sei vorsichtig.«

»Womit?«

»Sei einfach vorsichtig.«

Im Nachhinein weiß ich jetzt, wie sie das meinte. Es ging nicht um Eifersucht, sie sorgte sich nicht um ihrer selbst willen darum, dass Donna ein Auge auf mich geworfen haben könnte. Was Mickie nachdenklich stimmte, ohne dass sie es sagen mochte, und was auch ich selbst, ohne es zur Kenntnis nehmen zu wollen, instinktiv spürte, war die

Frage nach dem Warum. Warum sollte jemand wie Donna jemanden wie mich mögen? Ich hatte mich in meinem ganzen Leben noch nie mit einem Mädchen verabredet, war noch nie auf einem Date gewesen, und jetzt steckte mir diese Achtzehnjährige ihre Zunge in den Hals. Eigentlich hätten da bei mir aufgrund meiner Geschichte die Alarmglocken schrillen müssen, aber so seltsam es auch klingen mag und obwohl ich es doch wirklich hätte besser wissen müssen, war ich von der Hoffnung geblendet, Donna könne mich trotz meiner Augenfarbe gernhaben. Schließlich hatte sie mich geküsst, das tat man doch nicht einfach so, das musste doch etwas bedeuten. Und sprach denn wirklich so viel dagegen, mich zu mögen? Bis auf die Sache mit den Augen sah ich gar nicht mal so schlecht aus, ich war klug, und wenn ich wollte, konnte ich witzig sein.

Außerdem war ich naiv. Was ich da noch nicht wusste, mir aber schon bald klar werden würde.

Mickie hatte sich ordentlich auf ihre Seite der Sitzbank gesetzt, gleich neben der Beifahrertür. »Rutsch rüber«, bat ich. »Es ist komisch, wenn du so weit weg bist.«

Sofort hob sie die Tüte mit den Süßigkeiten vom Boden auf und schmiegte sich so eng an mich, dass sich mir der Türgriff in die Seite bohrte. Im Kino saß sie fast den ganzen Film über mehr oder weniger auf meinem Schoß, aber statt mich dadurch stören zu lassen, genoss ich es. Mickie war wie Ernie. Sie war immer für mich da gewesen, wenn ich sie brauchte, und es war schön, zur Abwechslung auch mal für sie da sein zu können. Wir waren Außenseiter, wir alle drei passten nicht richtig dazu. Damals habe ich das so noch nicht gesehen, aber heute weiß ich, dass wir uns deswegen zueinander hingezogen fühlten.

Nach dem Kino fuhr ich Mickie nach Hause, wo ich unter der riesigen, uralten Eiche im Vorgarten hielt. Ohne gleich auszusteigen, musterte sie nachdenklich ihr zweistöckiges, stuckverziertes Heim. »Glaubst du, es geht?«, fragte ich leise.

Sie nickte. »Ich komm schon klar.«

»Ich bin nach dem Ausliefern zu Hause. Falls du reden willst.«

»Ich habe ein Date.«

»Rufst du mich später noch an?«

Sie nickte. Dann tat sie etwas, was sie noch nie getan hatte. Sie beugte sich zu mir und küsste mich auf die Wange. »Ich hab dich lieb, Hill.«

Mickie war aus dem Wagen geklettert und zum Haus gelaufen, ehe ich reagieren konnte. Ich sah ihr nach, bis sie durch die Haustür verschwunden war. »Ich liebe dich auch.«

16

Donna klang fröhlich und freundlich wie immer, als ich nach dem Kino in den Laden kam. »Wie war der Film?«

»Gut.« Mir ging immer noch Mickies Familiensituation durch den Kopf.

»Hat sich Mickie gefürchtet?«

»Sie ist zäher, als sie nach außen hin tut.«

Während mein Vater die auszuliefernden Bestellungen fertig machte, wischte ich Staub, füllte die Regale auf und fragte mich, ob ich Dad erzählen sollte, dass Mickies Eltern die Scheidung planten. Ich entschied mich dagegen. Mickie hatte sich mir anvertraut, nicht meinen Eltern, es wäre ein Vertrauensbruch, Dad ohne ihr Wissen einzubeziehen. Ob es diese Situation bei ihr zu Hause sein konnte, worüber meine Mutter und Mickie sich unterhielten, wenn ich nicht dabei war? Für Mickie und ihre Schwester, die praktisch noch ein Kind war, wurde das Leben durch die Scheidung bestimmt nicht leichter, das tat mir sehr leid. Ihre Brüder waren älter und nach allem, was ich so mitbekam, nicht besonders auf Draht. Je länger ich über die ganze Situation nachdachte, desto klarer wurde mir das ganze Ausmaß meiner eigenen Naivität. Natürlich waren auch meine Eltern nicht perfekt. Auch sie stritten manchmal und es gab Zeiten, da herrschte bei uns zu Hause eine fast greifbare Kälte. Meine Mutter fand, mein Vater hinge ein bisschen zu sehr an seinem abendlichen Manhattan und gäbe damit ein schlechtes Beispiel für mich ab, und ich hatte ihn zu ihr sagen hören, sie sei ihm ein wenig zu eifrig, was die Religion betraf. Trotzdem war mir nie auch nur in den Sinn gekommen, meine Eltern könnten sich scheiden lassen, und ich konnte mir nicht vorstellen, wie es wäre, wenn einer von ihnen nicht mehr zu Hause wohnte.

Als ich den Müll einsammeln ging, reichte mir Donna den Papierkorb unter ihrem Tresen, damit ich mich nicht danach bücken musste. »Danke«, sagte ich.

»Wie lange seid ihr schon befreundet?«

»Wer? Mickie und ich? Seit der sechsten oder siebten Klasse. Sie ist wie eine Schwester für mich.«

Donna grinste. »Ach ja?«

»Nein, wirklich. Sie hängt andauernd bei mir zu Hause rum, weil sie sich so gern mit meiner Mutter unterhält.«

»Natürlich tut sie das.«

Es wurde immer komplizierter. Mir tat der Kopf weh. »Ich muss dann mal los, ausliefern.« Ich holte mir von hinten den Karton mit den Bestellungen. »Bis bald«, grüßte ich im Vorbeigehen an der vorderen Kasse.

»Ich hab immer noch Hausarrest.« Donna strahlte mich an. »Fährst du mich nachher heim?«

17

Unterwegs zu den Kunden spielte ich mindestens hundertmal durch, was wohl diesmal geschehen würde, wenn ich Donna zu Hause ablieferte. In manchen Szenarien war ich derjenige, von dem der Kuss ausging, in anderen übernahm sie auch diesmal die Führung, aber ich war bereit und konnte angemessen auf ihre Avancen reagieren. Ich hielt mir die Hand vor den Mund und pustete – wie roch mein Atem? Reichte die Zeit noch, mir in der Apotheke Kaugummi zu holen?

Gleich nach Ladenschluss verließen wir gemeinsam den Laden, wobei Donna mich diesmal bat, beim Falcon das Verdeck hochzuklappen. Ihr sei kalt.

Natürlich kam ich ihrer Bitte nach, obwohl es wärmer war als an dem Abend, an dem ich sie zum ersten Mal nach Hause gefahren hatte.

Auf dem Camino Real meinte Donna dann, sie müsse noch einmal in die Schule, sie habe dort ihr Mathebuch vergessen. »Wir schreiben Montag eine Arbeit und mein Vater darf nicht wissen, dass ich das Buch nicht habe. Er wirft mir sonst wieder mangelndes Verantwortungsbewusstsein vor.«

»Aber kommst du an einem Samstag überhaupt in die Schule? Saint Joe verrammeln sie an den Wochenenden wie einen Knast.«

Donna lächelte. »Ich glaube, das wird kein Problem sein.«

Die Burlingame Highschool sah aus wie ein College-Campus irgendwo an der Ostküste, mit einem gepflegten Rasen und einem kleinen Wäldchen aus Koniferen und Redwood. Das weiße dreistöckige Gebäude mit der breiten, zu hohen Türen führenden Außentreppe erinnerte mich an die Herrschaftshäuser unten im Süden aus dem Film *Vom Winde verweht.* Ich hatte jahrelang auf einem Feld neben der Schule Baseball gespielt, das man über eine Ausfahrt am Ende des Campus erreichte. Donna ließ mich auf den Parkplatz der Schule fahren und wies mich dann an, die Tribünen des Baseballfeldes anzusteuern.

»Die Schule ist in der anderen Richtung«, gab ich zu bedenken.

»Park hinter dem Auffangnetz«, befahl sie.

Leicht verwirrt, aber brav stellte ich den Falcon hinter dem Auffangnetz ab und hatte kaum den Parkgang eingelegt, als Donna auch schon über die Sitzbank gerutscht war und meinen Mund erobert hatte. Ich brauchte noch nicht einmal den Motor abzustellen, das erledigte sie für mich, und zwar ohne meine Lippen eine einzige Sekunde lang freizugeben. Aus ihrer Kehle klangen leise Klagelaute, während ihre Zunge meinen Mund erforschte. Ich fühlte mich fürchterlich unvorbereitet, ungeschickt und unsicher, was zum Teufel ich tun sollte. Donna nahm meine linke Hand und legte sie fest auf ihre rechte Brust. »Massieren«, befahlt sie. »So.«

Während sie meine Hand bewegte und mir zeigte, was sie wollte, spürte ich die Polsterung und die Drähte des BHs unter ihrem Pullover und versuchte immer noch, bloß alles richtig zu machen, als sie erneut meine Hand nahm und sie unter den Pullover schob. Nichts hatte sich je so schön angefühlt wie die Wärme ihrer Haut.

Das dachte ich – aber ich sollte mich irren. Donna hörte auf, mich zu küssen, und rückte ein Stück von mir ab. »Warte.« Mit einer schnellen Bewegung hatte sie sich den Pullover ausgezogen und auf den Sitz geworfen, und dann schüttelte sie die Haare zurecht, die ihr in dichten Locken bis auf die Schultern fielen. Ihr hellblauer BH war viel größer und anscheinend auch solider gebaut als die, die ich schon mal bei uns auf der Wäscheleine gesehen hatte. Als Donna wie ein Verrenkungskünstler hinter sich langte, hüpften die beiden Körbchen, als stünden sie unter Druck. Sie lächelte mich an. »Möchtest du sie sehen?«

Kein Wort brachte ich heraus, ich konnte nicht einmal schlucken. Atmete ich überhaupt noch?

»Ich weiß, dass du mich ansiehst, Sam.«

Ihre Finger bewegten sich zögernd zu den Drähten unten an den beiden Körbchen, der längste Augenblick in meinem Leben. »Du musst darum bitten«, sagte sie.

Ich war mit Stummheit geschlagen.

»Zeig mir deine Titten, Donna. Komm, sag es.«

Krächzend und viel lauter als nötig stieß ich die Worte heraus. »Zeig mir deine Titten!« Worte, die wie eine Fremdsprache klangen.

Donnas Lächeln wurde zu einem breiten Grinsen. »Bitte …«

»Bitte.«

»Siehst du? Niedlich und höflich.« Sie hob die Körbchen und ihre Brüste fielen nach vorn, zwei Berge aus Haut und Fleisch, mit Brustwarzen, so groß und braun wie Pfannkuchen.

»Möchtest du sie anfassen? Du musst darum bitten.«

»Kann ich sie anfassen?«

»Bitte …«

»Bitte.«

Sie nahm meine Hand und zeigte mir, was ich tun sollte, bis Instinkt und Verlangen übernahmen und ich eigenständig rieb und drückte. Die Brustwarzen wurden härter.

»Du turnst mich so an«, stöhnte Donna, bestimmt die schönsten Worte, die je ein Mädchen zu mir sagen würde. Als sie meinen Kopf nahm und mein Gesicht zwischen ihre Brüste drückte, verlor ich mich ganz in die Wärme und Dunkelheit und wollte nie wieder auftauchen. Dann spürte ich ihre Hand an meinem Gürtel, wie sie zog, die Schnalle öffnete, den oberen Knopf meiner Jeans aufknöpfte. Langsam und vorsichtig zog sie den Reißverschluss herunter, dann spürte ich ihre Hand unter dem Gummi meiner Unterhose und ihre warmen Finger lagen auf meiner Haut, da explodierte ich auch schon.

18

Während sich Donna den Pullover überstreifte, sah ich aus dem Fenster. Es war mir unendlich peinlich. Bis warme Finger mein Kinn packten und Donna meinen Kopf zu sich herumdrehte. Sie lächelte.

»Tut mir leid«, sagte ich.

»Muss es nicht. Ich finde es schön zu wissen, wie sehr ich dich angeturnt habe.«

»Wir könnten es noch mal versuchen.« Das klang ein bisschen zu eifrig.

Sie warf einen Blick auf ihre Uhr. »Deine Eltern werden misstrauisch, wenn du zu lange wegbleibst. Aber wir können es Montag noch mal versuchen.«

Montag? Das war noch eine Ewigkeit hin.

»Du darfst es niemandem sagen, Sam. Schon gar nicht Mickie oder deinem Freund Ernie. Wenn ich herausfinde, dass du es jemandem gesagt hast, dass du damit angibst, dann lass ich es. Dann machen wir es nie wieder.«

»Ich sage es niemandem!« Womit sollte ich denn angeben? Ich hatte doch gar nichts getan?

Sie fegte sich mit einer Handbewegung die Haare von der Schulter. »Gut. Das Beste kommt nämlich erst noch.«

19

Am folgenden Montag verlor ich dort auf dem Parkplatz, auf der Sitzbank des Falcon, meine Unschuld. Donna ließ sich Zeit. Ich glaube, sie wollte sichergehen, dass so etwas wie beim letzten Mal nicht noch einmal passierte. Trotzdem war es vorbei, ehe ich richtig verstand, was Sache war, und ich war ein bisschen enttäuscht. Immerhin hatte ich mir das alles zwei Tage lang ausgemalt. »Du wirst schon besser werden«, tröstete mich Donna, während sie sich den BH anzog. »Ich helfe dir zu lernen, wie man länger durchhält.«

Ich wusste nicht, was ich von dieser Bemerkung halten sollte, fühlte mich jedoch wie Adam nach dem Biss in den verbotenen Apfel: ungeheuer nackt.

Während der verbleibenden Schulmonate brachte mir Donna in der Tat einiges bei, wobei ich ein eifriger und williger Schüler war. Wir hatten so oft Sex im Falcon, manchmal auch auf dem Rücksitz, dass ich mir sicher war, damit die Stoßdämpfer abzunutzen. Nach einer dieser Gelegenheiten nahm ich all meinen Mut zusammen und fragte: »Möchtest du Samstagabend mit mir ins Kino gehen?«

Donna hakte gerade ihren BH zu. Sie hielt inne. »Samstag kann ich nicht.«

»Freitag? Und Sonntag gibt es eine Matinee.«

»Ich bin das ganze Wochenende beschäftigt, ich muss lernen.«

»Das ganze Wochenende?«

»Ich hab dir doch gesagt, mein Vater ist ein Sklaventreiber.«

»Vielleicht könntest du zum Abendessen kurz mal eine Pause machen.«

»Da haben wir schon was vor, ein Verwandter von uns ist in der Stadt. Echt zum Kotzen.« Sie steckte sich die Finger in den Hals, als müsse sie sich übergeben. »Ich würde dich ja einladen, aber glaub mir, es wird todlangweilig.«

»Wann kommt er denn?«

»Ich soll so ziemlich das ganze Wochenende zu Hause bleiben. Und jetzt los, es wird spät, ich muss nach Hause.«

Manchmal hatte Donna beim Komitee für die Schulabschlussfeier zu tun, wenn ich sie bat, mit mir auszugehen, oder ihr Vater hatte sie wieder mal zu Hausarrest verdonnert und sie durfte nicht weg. Lange hoffte ich, sie werde mich zum Abschlussball ihrer Schule einladen, bis sie mir eröffnete, sie wolle mit ein paar Freundinnen ohne Dates hingehen, damit die sich nicht schlecht fühlten.

Verwirrt brach ich endlich mein Versprechen und vertraute mich auf einer Fahrt zu einem Leichtathletikwettkampf, an dem Ernie teilnehmen sollte, Mickie an, bei der ich auf brutale, unverblümte Ehrlichkeit zählen konnte.

»Sie benutzt dich als menschlichen Vibrator«, fasste sie zusammen, als ich mit meinen Fragen durch war.

»Nein, so ist das nicht!«

»Und ob das so ist. Mit dir zu vögeln spart Batterien.«

»Sie sagt nur, es wäre nicht so gut, wenn man uns in der Öffentlichkeit zusammen sähe.«

»Natürlich wäre es blöd. Für sie nämlich. Sie ist gerade neunzehn geworden und vögelt einen Siebzehnjährigen.«

»Ich habe nichts getan, was ich nicht tun wollte. Sie hat mich ja nun nicht gerade gezwungen.«

Mickie schüttelte den Kopf. »Du musst das beenden, Sam. Du musst ihr sagen, entweder bist du gut genug, um sich mit dir in der Öffentlichkeit zu zeigen, oder du machst Schluss. Wenn sie Nein sagt, weißt du, woran du bist. Ich hoffe, du hast immer ein Kondom getragen.«

»Habe ich. Und sie sagt, sie nimmt die Pille.«

»Scheiß drauf! Ob sie schwanger wird, ist mir egal. Ich habe Angst, du fängst dir eine Krankheit ein.«

»Krankheit? Nein! Sie sagt, ich bin der Einzige.«

Mickie verdrehte die Augen. »Bitte! Wenn sie mit dir vögelt, dann vögelt sie auch mit anderen.«

»Macht sie nicht, sagt sie.« Und ich hätte auch wirklich nicht gewusst, wie das hätte gehen sollen. Wir verbrachten so viel Zeit miteinander im Falcon, Donna blieb doch bestimmt kaum noch Zeit, sich mit irgendwem sonst zu treffen. Wobei – ganz sicher war ich da nicht. Tief im Innern ahnte ich schon, dass ich auch in dieser Frage naiv war und mir etwas vormachte, genauso wie ich wusste, dass Donna mit mir nicht in aller Öffentlichkeit ausgehen mochte, weil sie nicht mit einem Jungen mit roten Augen gesehen werden wollte. Nur gefielen mir unsere Treffen im Falcon wirklich gut – welchem Jungen hätten sie nicht gefallen?

»Das kann nicht gut gehen.« Mickie schüttelte traurig den Kopf. »Glaub mir, Sam, ich weiß, wovon ich rede. Mach Schluss.«

20

Mir fielen ziemlich viele Entschuldigungen ein, nicht Schluss zu machen. In gewissem Sinne war ich wohl ziemlich abhängig von unserem Sex und selbst die Anfälle katholischen Schuldgefühls, die ich von Zeit zu Zeit verspürte, brachten mich nicht dazu, Donna sozusagen im kalten Entzug Knall auf Fall aufzugeben. Irgendwann fragte Mickie nicht mehr, ob ich endlich mal Klartext geredet hätte, und beschränkte sich auf eindeutige Grimassen und Geräusche, um klarzustellen, wie sehr das Ganze sie anwiderte. Dann, der Sommer näherte sich gerade seinem Ende, überraschte mich Donna mit einer Einladung zu sich nach Hause. An einem Samstagabend. Es sollte eine verspätete Geburtstagsfeier werden.

»Siehst du!«, sagte ich zu Mickie, die mir half, ein Geschenk auszusuchen. »Sie hat nur auf den richtigen Moment gewartet.«

»Ja, ja«, sagte Mickie. »Klar doch!«

»Hat sie wohl!«, protestierte ich. »Komm schon, Mickie, betrachte es doch mal aus ihrer Perspektive.«

»Das brauche ich nicht, das macht Donna schon. Die kennt keine Perspektive als ihre eigene.«

Ich hatte lange und ausführlich über mögliche Gründe

nachgedacht, weswegen Donna sich nicht mit mir in der Öffentlichkeit zeigen wollte, und war inzwischen zu dem Schluss gekommen, dass der Altersunterschied wohl keine Rolle spielte. »Ich meinte damit, dass man seinen Eltern nicht einfach so einen Typen mit roten Augen vorsetzt.«

»Nein, den versteckt man lieber im Auto, wo man ihn ganz nach Lust und Laune vernaschen kann.«

Ich sah keinen Sinn darin, diese Unterhaltung noch weiterzuführen, kaufte silberne Kreolen und suchte einen Blumenstrauß aus. Donna hatte mich angewiesen, hinters Haus zu fahren und den Falcon neben dem Porsche ihres Vaters abzustellen. Sie begrüßte mich an der Hintertür, barfuß, in Jeans und einem knappen orangefarbenen Pulli über einem BH, der ihre Brüste nach oben schob, sodass die Sommersprossen auf dem Dekolleté prächtig zur Geltung kamen. Sie nahm mir die Blumen ab, küsste mich leidenschaftlich auf den Mund und führte mich ins Haus.

Die Aussicht, gleich ihre Familie zu treffen, machte mich nervös. Besonders der Vater schien ja das reinste Monster zu sein. Hoffentlich hatte Donna sämtliche Anwesenden von meinem »Zustand« in Kenntnis gesetzt, was die ersten Augenblicke einfacher machen würde. Aber als ich die Küche betrat, die mehr Marmor aufwies als so manches Mausoleum, beschlich mich langsam das Gefühl, mit Donna allein im Haus zu sein.

Da lag ich ganz richtig. »Meine Eltern sind nicht da«, erklärte Donna, indem sie die Blumen in eine Vase stellte und Wasser einlaufen ließ. »Sie sind übers Wochenende nach Tahoe gefahren. Überraschung!«

Ich war fassungslos. Gleichzeitig meinte ich Mickies warnende Stimme zu hören und konnte mich Donnas

Begeisterung nicht anschließen. »Ich dachte, wir feiern deinen Geburtstag.«

»Tun wir ja auch. Ist das nicht romantisch? Wir brauchen es nicht im Auto zu machen!« Wortlos legte ich mein Geschenk auf den langen Marmortresen. »Freust du dich denn gar nicht?«

»Du hast gesagt, deine Eltern gäben eine nachträgliche Geburtstagsparty für dich.«

Ihr Lächeln verblasste. »Ich weiß. Ich wollte dich überraschen. Was ist denn?«

»Ich weiß nicht. Es ist nur – ich kenne deine Eltern ja gar nicht.«

»Glaub mir, da habe ich dir allerhand erspart. Ich möchte es in ihrem Bett tun.«

»Ich weiß nicht …«

»Und im Jacuzzi!«

Wieder meinte ich Mickies Stimme zu hören und diesmal schaffte ich es, ihre Fragen nicht zu ignorieren, sondern laut zu stellen. »Wieso habe ich deine Eltern noch nicht kennengelernt? Und auch keinen von deinen Freunden? Wieso gehen wir nie zusammen aus?«

»Wie meinst du das? Ich sehe dich öfter als meine Freunde.«

»Wir sind immer in meinem Auto.«

Sie rückte dicht an mich heran und spielte mit meinem Hemdkragen. »Beschwerst du dich etwa? Ich dachte, du magst es.«

»Mag ich ja auch, aber …«

Sie packte mich bei der Hand und zog mich aus der Küche ins Wohnzimmer, ein großer Raum mit hoher, gewölbter Decke, dunkler Holzvertäfelung und Regalen voll alter Bücher. Sämtliche Möbel wirkten sehr teuer. »Heute wird es noch viel besser, Sam. Heute haben wir Platz und können alle möglichen Sachen machen. Sachen, die ich dir noch nie gezeigt habe.«

»Aber warum gehen wir nie zusammen essen oder ins Kino?«

Sie wirbelte herum. »Scheiße, Sam, ich wusste, du vergeigst es!«

»Was? Nein, ich …«

»Ich hab dir gleich von Anfang an gesagt, du darfst niemandem von uns erzählen. Wie würde es denn aussehen, wir zwei zusammen im Kino? Sag mir – wie würde das aussehen?«

»Ich weiß nicht. Als würden wir zusammen ins Kino gehen?«

»Ich bin neunzehn. Du bist sechzehn.«

»Siebzehn.«

»Ich bin keine von deinen ›kleinen Freundinnen‹. Die Leute wüssten sofort, dass du mich fickst.«

»Weil wir zusammen ins Kino gehen?«

»Komm schon, Sam – warum wäre ich denn sonst mit dir zusammen?«

Die Wucht ihrer Worte ließ mich einen Schritt zurückweichen. Diese verdammte Mickie! Dass sie auch immer recht haben musste.

Ich ging. Ich ließ das Geschenk auf dem Tresen liegen und fuhr den Falcon rückwärts aus der Einfahrt, trotz der Dinge, die Donna mir eben an den Kopf geworfen hatte, halb hoffend, sie käme gleich wie in einem Film aus der Tür gestürzt, um mir nachzurennen und mir zu erklären, sie wäre einfach nur wütend gewesen und hätte alles gar nicht so gemeint. Aber wir waren in keinem Film und ich war kein Filmstar, dem man nachrannte. Die Hintertür blieb geschlossen.

»Verdammte Mickie!«, knurrte ich mit einem wütenden Hieb auf das Lenkrad.

Ich fuhr den El Camino hinunter, an der Vorderseite der Burlingame High und an der Einfahrt vorbei, wo ich immer einbog, um zum Platz hinter dem Auffangnetz zu kommen, und mir wurde klar, wie wenig Donna und ich bei unseren Begegnungen gesprochen hatten. Eigentlich war es immer gleich abgelaufen. Donna hatte ziemlich schnell die Kleidung abgelegt und sich hinterher hastig wieder angezogen, damit ich sie sofort nach Hause fahren konnte. Ich hatte geglaubt, ein Mädchen gefunden zu haben, das mich trotz meiner Augen liebte, aber da hatte ich mich geirrt, und Mickie hatte wieder einmal richtiggelegen. Donna hatte mich als lebenden Vibrator benutzt. Im Weiterfahren wurde mir allerdings noch etwas bewusst.

Nach Hause konnte ich jetzt nicht.

Für meine Eltern war ich mit Freunden im Kino. Mickie mochte ich nicht anrufen, dazu war ich zu wütend auf sie, weil sie wieder einmal recht gehabt hatte. Also ging ich allein ins Kino und sah mir, ohne mit dem Herzen dabei zu sein, einen Film mit Burt Reynolds an. Ungefähr in der Hälfte kamen mir die ersten Zweifel. Warum regte ich mich eigentlich so auf? Donna war von Anfang an ehrlich zu mir gewesen und ich hatte ja wirklich versprochen, niemandem etwas von uns zu sagen. Dieses Versprechen hatte ich gebrochen, als ich mich Mickie anvertraute, ein klarer Fehler meinerseits, oder nicht? Eigentlich war es doch wunderbar gelaufen mit Donna und mir. Und sie hatte ja recht, es war unter diesen Umständen wirklich nicht gut, wenn man uns zusammen sah. Da war der Altersunterschied und außerdem arbeitete sie bei meinem Vater. Meine Eltern wären bestimmt nicht einverstanden gewesen! Und ich tat es ja wirklich gern. Was war daran denn auch falsch? Was war Mickie doch für eine Heuchlerin – sie durfte, aber ich nicht? Für sie war es okay, für mich nicht?

Es ist schon erstaunlich, was wir uns alles einreden können, wenn wir wollen, und ich redete mir an diesem Abend im Kino ein, dass Donna ihre Worte unmöglich so gemeint haben konnte und Mickie eben nicht immer richtiglag.

Als ich so weit war, verließ ich fluchtartig das Kino und musste mich zusammenreißen, um nicht die ganze Strecke bis zu Donnas Haus das Gaspedal voll durchzutreten. Ein bisschen mulmig war mir schon, als ich in ihre Straße einbog. Was sollte ich sagen, wenn ich sie sah? Was würde sie sagen? Am besten war es wohl, mich gleich anfangs zu entschuldigen und zu beteuern, wie leid mir alles tat und wie sehr ich hoffte, ihr nicht wehgetan zu haben. Natürlich machte sie sich etwas aus mir! Mickie hatte nicht immer recht. Sie hätte einfach mal ihre große Klappe halten sollen!

Auf der Auffahrt zu Donnas Haus schaltete ich die Scheinwerfer aus. Ich wollte sie überraschen. Im Haus schien alles dunkel und ich fürchtete schon, sie wäre mit Freunden unterwegs, als ich kurz vor der Garage scharf bremsen musste, um nicht mit der hinteren Stoßstange des Wagens zusammenzustoßen, der dort neben dem Porsche von Donnas Vater parkte.

Ein roter Camaro.

21

Den Rest des Wochenendes hing ich zu Hause rum, blies Trübsal und fürchtete den Montagnachmittag, wo ich Donna wieder unter die Augen treten musste. Sie sollte nur noch eine Woche bei uns arbeiten, weil dann das College anfing, aber das half mir wenig, denn wenn ich nicht gerade eine Krankheit geltend machen konnte, verließ sich mein Vater fest auf meine Mitarbeit bei den Auslieferungen und beim Auffüllen der Regale. Die Drogerieketten lieferten nicht frei Haus und er brauchte diesen Extra-Service, um seine Kunden bei der Stange zu halten, solange die Ketten weiterhin die Preise drückten.

»Ich habe mit ihr Schluss gemacht«, erklärte ich Mickie, als sie am Samstag vorbeikam. »Sie geht sowieso aufs College und ist dann weg, warum also zusammenbleiben?«

»Wie hat sie es aufgenommen?«, wollte Mickie wissen.

Ich zuckte die Achseln. »Sie wird sich wohl schnell wieder erholen.«

»Tut mir leid, Sam.« Mickie wollte mich umarmen, aber mir war nicht nach Trost, also kehrte ich ihr den Rücken zu, gab vor, noch Hausaufgaben machen zu müssen, und verschwand nach oben in mein Zimmer.

Später, auf dem Weg zum Laden, nahm ich mir fest vor,

mich nicht wie das Kleinkind aufzuführen, als das Donna mich ja deutlich sah. Ich hatte mir Dutzende von scharfzüngigen Bemerkungen zurechtgelegt, um durchblicken zu lassen, dass ich über sie und Tomaro Bescheid wusste und keineswegs der junge Naive war, für den sie mich hielt. Aber was machte ich mir da eigentlich vor? Ich hatte überhaupt nichts von Tomaro geahnt, ich war wirklich so jung und naiv, wie Donna mich sah. Deswegen hatte sie mich ja auch ausgesucht. Und meiner Augen wegen – inzwischen bin ich mir ziemlich sicher, dass die bei ihrer Entscheidung eine Rolle gespielt hatten. Sie konnte sich denken, wie sehr mein »Zustand« meinen Erfolg bei Frauen einschränkte beziehungsweise auf null reduzierte. Ich war ein Dummkopf gewesen, ein williges Opfer. Welchen Sinn konnte es haben, mir und anderen da etwas vorzumachen? Wen wollte ich beeindrucken? Was hatte ich zu erwarten, außer weiteren Demütigungen?

Außerdem war ich wütend – wütend auf Gott, weil er mir rote Augen verpasst hatte, wütend auf Mickie, weil sie recht gehabt hatte, und wütend auf meine Mutter, weil die immer noch an dem Unsinn festhielt, meine Augen seien außergewöhnlich und ein Vorbote des ebenfalls außergewöhnlichen Lebens, das das Schicksal für mich auserkoren hatte. Es würde für mich kein außergewöhnliches Leben geben. Einfach nur ein Leben mit allen Höhen und Tiefen.

Fest entschlossen, höflich und gelassen zu bleiben, als sei nichts weiter vorgefallen, auf den Lippen den Begrüßungssatz, den ich mir zurechtgelegt und im Auto ein paarmal eingeübt hatte, holte ich tief Luft und betrat den Laden. Aber Donna war gar nicht da. Hinter der Kasse stand eine mir unbekannte junge Frau, die gerade von Betty angelernt wurde und wahrscheinlich Donnas Nachfolgerin werden sollte. Betty stellte mich vor, die Frau sah mich an, stutzte und sah noch einmal hin.

»Sie fängt heute an«, erklärte Betty.

Ich eilte nach hinten. »Dad?«

Mein Vater hackte mit zwei Fingern auf der Schreibmaschine herum, schneller als manch einer im flüssigen Zehnfingerstil. Er riss den fertigen Aufkleber ab, löste das Papier von der beschichteten Rückseite und knallte den weißen Zettel auf das Fläschchen mit dem verschreibungspflichtigen Medikament. Wenn viel zu tun war, wurde mein Vater zur Abfüllmaschine und brachte es auf bis zu hundertvierzig Medikamente am Tag. »Hallo, Sam!« Ohne aufzusehen zählte er mit einem kleinen, einem Buttermesser ähnelnden Gerät auf einem Tablett winzige Kapseln ab, um sie in eine orangefarbene Plastikampulle zu füllen. »Hast du Sandra schon kennengelernt?«

»Was ist denn aus Donna geworden?«

»Freitag war ihr letzter Arbeitstag.« Er verschloss die Ampulle und machte gleich weiter mit dem nächsten Arbeitsschritt.

»Ich dachte, sie hätte noch eine Woche.«

»Sie will schon früher zum College aufbrechen.« Irgendetwas an Dads Tonfall deutete auf Ungesagtes hin, deutete an, dass er mir etwas verschweigen wollte. Außerdem schien er aufgebracht zu sein.

»Wieso? Was ist denn passiert, Dad?«

Dads Finger tippten, seine Augen konzentrierten sich ganz auf die klappernde Tastatur. »Ihre Eltern hielten es für besser, wenn sie schon eine Woche früher im College ist.«

»Wieso?«

Endlich hörte mein Vater auf zu tippen und sah mich an. Sofort spürte ich einen Kloß im Hals. Er deutete mit dem Kinn auf den Lagerraum hinter dem Apothekerzimmer. Ich folgte ihm dorthin, wobei ich wünschte, nur keine Fragen gestellt zu haben.

»Ich erzähle dir das nur ungern, Sam, weil ich weiß, dass du dich mit Donna angefreundet hattest.« Unter meinen Füßen schien sich ein Abgrund auftun zu wollen. »Mr und Mrs Ashby vermuteten schon seit einiger Zeit, dass sich Donna heimlich mit einem Jungen trifft«, fuhr Dad fort. »Mehr noch: Sie fürchteten, sie könnte leichtsinnig sein – und promiskuitiv.« Hier legte Dad eine Pause ein, für den Fall, dass ich das Wort nicht kannte und er es mir erklären musste, was er wohl lieber nicht getan hätte. »Mrs Ashby fand eine Packung Kondome in Donnas Handtasche.«

»Oh«, sagte ich.

»Ich glaube, wir alle wissen, woher sie die hatte.« Deswegen also war mein Vater wütend. Und ich? Ich schämte mich, wie ich mich noch nie geschämt hatte, wurde mir doch erst jetzt das ganze Ausmaß meines Verrats deutlich. Diesmal waren es keine katholischen Schuldgefühle, was da an meinem Gewissen nagte, diesmal hatte die Kirche nichts damit zu tun. Diesmal ging es um mich und meine Eltern, die mir vertraut und sich darauf verlassen hatten, dass ich mich jederzeit so benahm, wie sie es mir beigebracht hatten. So sehr hatten sie mir vertraut, dass sie nie auch nur auf die Idee gekommen wären, ich könnte der Junge gewesen sein, um den es bei Donnas Fehltritten ging. Oder? Moment – hatte ihnen vielleicht gar nicht Vertrauen den Blick auf die Wirklichkeit verstellt? Könnte es nicht auch Missachtung gewesen sein? Waren meine Eltern einfach nicht auf die Idee gekommen, ein Mädchen wie Donna könnte etwas von mir wollen? Von mir, dem Jungen mit den roten Augen? Das tat weh.

»Sie mochten ihre Tochter nicht direkt mit einer solchen Frage konfrontieren«, fuhr Dad fort, »weil sie Angst hatten, belogen zu werden. Also haben sie ihr erzählt, sie würden für das Wochenende nach Tahoe fahren, gingen aber in Wirklichkeit nur einen Freund in der Stadt besuchen. Anschließend schlichen sie sich zurück ins Haus, wo Donna mit Leo Tomaro im Bett lag.«

Mir schien die Zunge am Gaumen festzukleben.

»Es tut mir wirklich leid, Sam. Ich weiß, ihr hattet euch so nett angefreundet. Aber man kann eben nicht in einen Menschen hineinschauen.«

Danach wischte ich meinen Fußboden wie im Tran, immer vor Augen, wie leicht ich an Leo Tomaros Stelle hätte erwischt werden können. Meine Mutter hatte mir schon oft eine lebhafte Einbildungskraft bescheinigt und so konnte ich mir ziemlich genau ausmalen, was sich an jenem Abend im Elternschlafzimmer der Ashbys abgespielt hatte. Was bei uns zu Hause los gewesen wäre, hätte mich Mickie nicht immer wieder ermahnt, die Beziehung zu Donna zu beenden – nein, das konnte ich mir nicht vorstellen. Da versagte selbst meine blühende Fantasie.

Gut – die Sache war für mich nicht perfekt ausgegangen. Sie hätte aber noch viel, viel schlimmer enden können.

Verdammt, Mickie!

Teil fünf

Keiner kommt hier lebend raus

I

1989

Burlingame

Das grelle Licht blendete mich so stark, dass ich schon fürchtete, David Bateman sei in mein Heim eingedrungen und leuchte mir mit seiner Taschenlampe in die Augen. Dann jedoch spürte ich die kalte, feuchte Zunge, die mir hektisch das Gesicht ableckte, und hörte Bandits Hundemarken leise klingeln. Ich war zu Hause im Bett, und Mickie war auch da, selbst wenn ich sie nicht sehen konnte, denn sie hatte Bandit mitgebracht. Den großen, schwarz-weißen Hund freute mein Anblick so sehr, dass er zu mir aufs Bett gesprungen war und es mit seiner Begeisterung immer mehr in Aufruhr versetzte, bis ich mir vorkam wie in einem von diesen billigen Motels, wo man mit einem Vierteldollar die Matratze zum Vibrieren bringen kann.

»Nein, Bandit!«, wehrte ich mich schlaftrunken. »Runter. Runter!«

Vergeblich, der Hund achtete gar nicht auf mich.

»Du scheinst ja ziemlich gefeiert zu haben.« Mickie trat in den Lichtstrahl, der mir durch das Schlafzimmerfenster in die Augen fiel und ihr das Aussehen eines Engels mit Ganzkörper-Heiligenschein verlieh. Sie hielt die Flasche Dewars in der Hand, die ich vor dem Schlafengehen noch ausgetrunken hatte – unverdünnt, sämtliche Eiswürfel steckten ja in Handtüchern verpackt unter meinen Oberschenkeln.

»Runter!« Auf Mickies Befehl hin sprang der Hund sofort vom Bett. Er landete mit leichtem, klingelndem Aufprall. »Ich frage mich schon lange, wieso er sich immer so besonders freut, wenn er dich so vorfindet wie heute. Muss ich mir Sorgen machen? Willst du dich in Zukunft öfter mal mutterseelenallein ins Koma trinken? Oder ist die Dame, die du gestern Nacht beglückt hast, ohne einen Abschiedsgruß auf dem Kopfkissen gegangen? Verdenken könnte ich es ihr nicht.«

»Wie spät ist es?«

»Fast Mittag.«

Wie und wann ich nach oben ins Bett gekommen war, entzog sich meiner Kenntnis. Immerhin hatte mein Grips noch so weit gereicht, das war doch gut, oder? Mein Körper würde es ihm jedenfalls danken, er schlief nicht gern auf dem Sofa. Wann genau ich die Flasche geleert hatte, war mir auch nicht klar, sie war allerdings gnädigerweise nur noch zu einem Viertel voll gewesen. Ich hatte den Dewars genommen, weil das Evas Lieblingsgetränk war, das sie sich für besondere Anlässe aufsparte. Herauszufinden, dass mich die Frau betrog, für die ich mich fast hätte sterilisieren lassen, zählte für mich als besonderer Anlass.

»Wieso bist du hier?«, wollte ich von Mickie wissen.

»Du meinst wohl: Hey, Mickie, schön, dass du nach mir siehst, wo ich doch heute Morgen nicht zur Arbeit gekommen bin! Ich hätte an meiner Kotze ersticken können wie ein Rockstar auf dem absteigenden Ast. Und herzlichen Dank dafür, dass du meine Patienten übernommen hast.«

»Ich hatte keine Patienten, ich hatte mir den Tag freigenommen.«

»Ja, aber das war vor deinem vorzeitig abgebrochenen Besuch bei Dr. Schnippschnapp und deinem anschließenden unerwarteten Auftauchen in der Praxis.«

Inzwischen hatte ich es geschafft, mich aufzusetzen. Mickie trug ihre Arbeitskleidung: beige Hose, Bluse, flache Schuhe. Mir klebte das T-Shirt am Leib und ich spürte, wie mir der Schweiß den Nacken hinunterlief. Trotz des Ahorns im Vorgarten, der eigentlich einen schönen Schatten spendete, war es im Zimmer erdrückend heiß. Der Hitze würde ich heute nicht entkommen, Mickie anscheinend aber auch nicht. »Woher weißt du das mit meinem Arzttermin?«

»Es stand in deinem Kalender.« Sie riss das Fenster auf. Vögel zwitscherten, aber von einer kühlen Brise war nichts zu spüren. »Und ehe du dich aufregst: Ich habe nicht rumgeschnüffelt. Ich wollte nachschauen, ob du einen Termin hast. Was zur Hölle sollte das, Sam?«

»War der Spruch Absicht?«

Sie lachte nicht. Alle meine Mitschüler hatten mich damals Hell genannt, Mickie nie. »War das Evas Idee?«

Ich winkte ab. »Lass gut sein. Mein Kopf tut zu weh, um mit dir zu streiten. Außerdem hasse ich es, wenn du immer recht hast.«

»Was ist es dann? Willst du keine Kinder?«

»Dann sind wir uns ja einig. Ende der Debatte.«

»Es gibt sowieso keine Debatte. Das mit der Vasektomie war einfach durch und durch dämlich.«

»Ja, meine Liebe.«

»Ich hoffe bei Gott, dass du es nicht irgendwann doch noch durchziehst.«

»Kann nicht sagen, dass ich es vorhabe.«

Sie schnaubte. »Gut! Dann muss ich dich wenigstens nicht einliefern lassen, weil du total irre geworden bist.«

»Weißt du, was dein Problem ist, Mickie? Du bist einfach zu höflich für diese Welt, du redest um den heißen Brei rum. Du musst lernen, deine Meinung klar und deutlich zum Ausdruck zu bringen.«

Sie hockte sich auf meine Bettkante. »Jetzt mal ernsthaft, Sam. Warum?«

Ich atmete lautstark aus. »Eva glaubt, sie will keine Kinder.«

»Will keine Kinder oder will keine Kinder mit dir?«

»Weiß ich nicht.« Dabei wusste ich das irgendwie schon. Genau wie ich gewusst hatte, dass Donna mich als Vibrator missbrauchte.

Mickie schüttelte den Kopf. »Darf ich dich mal was fragen?« Ich musste lachen. Mickie, die um Erlaubnis bat? »Warum lässt du dir das gefallen?«

»Was lasse ich mir gefallen?«

»Die Scheiße, die sie abzieht. Wieso konnte sie dich überreden?«

»Ich liebe sie. Wenigstens dachte ich das. Ich weiß nicht. Vielleicht liebe ich sie auch nicht. Vielleicht war ich einfach nur glücklich, dass jemand wie sie … mich mag.«

Mickie sah aus, als hätte sie in eine Zitrone gebissen. Was immer sie hatte sagen wollen, sie verkniff es sich, allerdings nur mit erheblicher Mühe. Sie hielt die Flasche hoch. »Und worum geht es hier?«

»Ich hatte einen schlechten Traum, der sich dann als

Wirklichkeit entpuppte.« Wo sollte ich anfangen? Und überhaupt musste ich erst einmal so dringend pinkeln wie ein Rennpferd. »Moment!« Mit schmerzverzerrtem Gesicht schaffte ich es halbwegs aufzustehen und schlich mit brennenden Oberschenkeln Richtung Bad. Ich war noch nicht durch die Tür, als Mickie sich meldete.

»Ach, du Scheiße! Was ist denn mit deinen Beinen passiert?«

»Albtraum«, murmelte ich, ohne mich umzudrehen. »Ich muss unter die Dusche.«

2

Frisch geduscht lieferte ich Mickie eine verkürzte Version meiner Begegnung mit David Bateman und seinem Schlagstock, während sie mir half, meine Schenkel mit Vaseline einzureiben und zu verbinden.

»Was willst du unternehmen?«, fragte sie.

»Keine Ahnung.«

»Du musst das melden, Sam.«

»Wem denn?«

»Er muss doch Vorgesetzte haben. Das ist Gewaltanwendung im Amt und Körperverletzung.«

»Es ist mehr, es ist psychotisch. Und das macht mir Sorgen.«

»Genau deswegen musst du es melden.«

»Ich habe Angst, es wird dann für seine Frau und seine Tochter noch schlimmer.«

»Du willst gar nichts machen? Das kann nicht wahr sein!«

»Ich versuch hier gerade erst mal einfach nicht zu kotzen, ja? Es ist nicht wie damals, als wir Kinder waren. Ich habe keine Angst vor David Bateman.« Das stimmte nicht ganz, in gewissem Sinne hatte ich mehr Angst vor ihm als Erwachsenem, als ich vor dem Kind gehabt hatte. »Aber wenn ich die Sache melde, hilft das höchstens meinem Ego, und das eigentliche Problem wäre nicht gelöst. Hier geht es nicht um wunde Stellen hinten an meinen Schenkeln. Das heilt wieder.«

»Klar, aber eine Anzeige könnte helfen, ihn aus dem Polizeidienst zu entfernen, und damit würdest du verhindern, dass er anderen Ähnliches antut.«

»Aber seiner Ex-Frau und seiner Tochter hilft es nicht.«

Mickie setzte sich wieder hin.

»Ich würde dem Arschloch wirklich gern richtig wehtun, Mickie, nur geht es hier nicht um mich. Es wäre egoistisch, ihn anzuzeigen. Du weißt doch, wie so was läuft. Seine Ex hat zu viel Angst, sie will nichts unternehmen, sie streitet alles ab. Und falls ich sie durch irgendein Wunder umstimmen kann und sie meine Beschwerde unterstützt, wird Bateman alles abstreiten. Ich muss schlauer sein als er, ich muss ihn richtig bei den Eiern kriegen und seinen Gewaltexzessen ein Ende setzen, ein für alle Mal. Für seine Frau und seine Tochter, nicht für mich.«

»Ich will nicht, dass du zu Schaden kommst, Sam.«

»Noch mehr als jetzt, meinst du wohl. Wir retten jetzt erst mal das Auge des kleinen Mädchens und dann versuchen wir rauszukriegen, wie wir sie und die Mutter endgültig von dem Psychopathen wegkriegen.«

»Schon irgendwelche Ideen, wie du das bewerkstelligen willst?«

»Noch nicht.«

Mickie ließ mich allein, ich sollte mich anziehen. Ich fand ein paar Shorts, die weit genug waren, um nicht zu scheuern, und lang genug, um den Verband zu verdecken, schlüpfte in Sandalen und zog mir ein graues Stanfort-T-Shirt über den Kopf. Aus der Küche duftete es herrlich und der Geruch von Knoblauch, schmorenden Zwiebeln und Paprika ließ mir das Wasser im Munde zusammenlaufen.

Unten fand ich Mickie am Küchentresen, wo sie gerade noch weitere Zutaten in eine Pfanne gab, in der sich bereits Rühreier mit ungefähr allem befanden, was sie in meinem Kühlschrank hatte auftreiben können. Ich entdeckte Kartoffelstückchen, Tomaten, Zucchini, Zwiebeln und Hackfleisch. Bandit saß neben ihr und leckte sich die Lefzen.

»Ich kann nichts essen«, protestierte ich. Als Antwort reichte sie mir ein leuchtend rotes Gebräu in einem ziemlich großen Glas. »Was ist das?«

»Die weltbeste Medizin gegen Kater. Trink.«

»Was ist da drin?«

»Ich bin Ärztin, verdammt noch mal. Vertrau mir.«

»Wo habe ich das schon einmal gehört?«

»Trinken!«

Der erste vorsichtige Schluck schmeckte scheußlich. Stöhnend ließe ich das Glas sinken.

»Heul nicht. Das muss grauenhaft schmecken, als Strafe dafür, dass du deinen Körper misshandelt hast.« Mickie war im Laufe der Jahre zur Gesundheitsfanatikerin geworden. Sie trank nicht, sie rauchte nicht, sie nahm keine Drogen. »Austrinken, sonst haue ich dir den Pfannenwender hinten an die Schenkel.«

Daraufhin kippte ich den Rest natürlich runter, allerdings nicht ohne Murren. Als das Zeug nicht postwendend wieder hochkam, womit ich fest gerechnet hatte, ging es meinem Magen erstaunlich schnell besser und dem heftigen Trommeln in meinem Kopf setzten hoffentlich bald die Tabletten einen Dämpfer auf. »Das Zeug solltest du abfüllen«, lobte ich. »Wir könnten glatt reich werden.«

»Altes Familienrezept«, sagte sie, ohne auf meinen Spruch einzugehen.

Sie stellte einen vollen Teller vor mich hin und reichte mir eine Gabel. Mickie kannte sich in meiner Küche aus, fiel mir bei der Gelegenheit wieder einmal auf. Sie hatte darin bestimmt öfter gekocht als Eva. Während ich am Tresen saß und aß, wusch sie Töpfe und Pfannen ab. »Das ist lecker!«, sagte ich. »Mehr noch, es schmeckt fantastisch.«

Sie schenkte sich ein großes Glas Wasser ein, nahm sich eine Gabel und setzte sich zu mir, in der einen Hand eine ganze Handvoll Pillen, die sie abwechselnd mit dem Rührei schluckte. »Und?«, fragte sie mit vollem Mund. »Erzählst du mir jetzt auch noch den Rest vom Drama gestern?«

»Ich habe dir erzählt, was passiert ist.«

»Das mit Bateman hast du mir erzählt. Ich weiß immer noch nicht, warum du dich ins Koma saufen wolltest.«

Also schilderte ich ihr in allen Details den Verlauf meines gestrigen Abends. Bandit saß zwischen uns auf dem Boden und sein Kopf ging von rechts nach links, als verfolge er ein Tennismatch. An der Stelle, wo ich von meinem Anruf in Boston berichtete, warf Mickie ein: »Kann es sein, dass sie dich mit dem falschen Zimmer verbunden haben?«

»Ich habe Eva gehört. Sie war dort.«

Mickie nickte schweigend. Das sah ihr gar nicht ähnlich, sonst hatte sie immer einen Kommentar parat. Vielleicht ... so langsam kristallisierte sich aus dem Durcheinander in meinem Kopf eine Erkenntnis heraus. »Du wusstest es.«

Mickie zog die Brauen hoch.

»Wie lange weißt du es schon?«

Sie zuckte die Achseln. »Wie lange seid ihr jetzt zusammen?«

»Du glaubst, sie hat mich die ganze Zeit betrogen? Das glaube ich nicht!«

»Die Frage musst du ihr stellen, nicht mir. Aber ja, ich glaube, sie hat dich die ganze Zeit betrogen.«

»Wie kommst du darauf?«

»So wie sie mit dir umgeht, wie sie dich behandelt.«

»Wie behandelt sie mich denn? Was ist so schlimm daran?« Sofort fühlte ich mich mal wieder wie der letzte Idiot und war dankbar, als Mickie die Gelegenheit ungenutzt verstreichen ließ und mich nicht sofort mit ihrer Logik k. o. schlug.

»Sie behandelt dich wie einen Bruder, Sam, nicht wie einen Liebhaber. Ihr zwei seid eher Mitbewohner und nicht Seelenverwandte.«

»Nun übertreibst du aber.«

»Ach ja? Warum ist sie eingezogen?«

»Weil ich sie darum gebeten habe.«

»Ja, aber warum? Hast du nicht gesagt, so spart ihr beide bei der Miete und den Nebenkosten?«

»Tun wir ja auch!«

»Und sie hat gesagt, das leuchtet ihr ein, ja?«

»Es ist ja auch einleuchtend.«

»Ja, wenn ihr Geschäftspartner wärt. Aber nicht als Basis für eine lebenslange Beziehung.«

»Das heißt doch aber noch lange nicht, dass sie mich betrügt.«

Mickie verdrehte genervt die Augen. »Ihr schlaft in getrennten Zimmern.«

»Sie muss oft um vier Uhr früh aufstehen und will mich nicht wecken.«

»Wie rücksichtsvoll.«

»Heißt aber auch nicht gleich, dass sie mich betrügt.«

»Nein, aber der Typ, mit dem ich sie einen Monat nach ihrem Einzug in einem Club beim Tanzen gesehen habe, in inniger Umarmung, dürfte als ziemlich eindeutiger Hinweis zu werten sein.«

Ich wäre fast an meinem Rührei erstickt. »Und das hast du mir nicht gesagt? Du hast nichts gesagt?«

Mickie stand auf und holte sich ihre Handtasche. »Ich muss los.«

»Moment!« Ich sprang auf. »Wie kommst du dazu, das einfach zu sagen und dann abzuhauen?«

Sie ließ die Handtasche auf die Couch fallen. »Okay. Was hätte ich sagen sollen?«

»Was weiß denn ich? ›Hör mal, Sam, die Frau, für die du dir gleich die Eierchen abschneiden lassen wirst, betrügt dich‹ vielleicht? ›Sie betrügt dich schon die ganze Zeit‹?«

»Jetzt gib bloß dafür nicht auch noch mir die Schuld! Wie kann ich denn ahnen, dass du so blöd bist, eine Vasektomie zu erwägen? Das weiß ich doch erst, seit ich den Termin in deinem Kalender entdeckt habe.«

»Dann sag mir, dass sie mich betrügt. Dann streiche ich diese Möglichkeit vielleicht für immer.«

»Okay, nehmen wir an, ich sag es dir. Und dann? Gerade hast du erklärt, du glaubst mir nicht. Du sagst, ich irre mich. Du sagst, es stimmt nicht, ist alles Bockmist, was ich sage, Eva liebt dich und du liebst sie. Nehmen wir also an, ich teile dir mit, was mir so auffällt, und du gehst und fragst sie ganz direkt und sie streitet alles ab, erklärt, das war nur ein alter Freund und ich soll mich mal lieber um meinen eigenen Kram kümmern. Sie sagt, es ist ihr nicht recht, wenn ich hier ständig rumhänge. Was wird dann aus unserer

Freundschaft, Sam? Erzähl es mir. Du kommst jeden Tag zur Arbeit und wir beide tun so, als wäre nichts passiert? Was Eva treibt, geht mich nichts an. Was mich was angeht, das sind wir beide, du und ich. Als Geschäftspartner und als Freunde.«

»Hast du sie deswegen nie leiden können?«

»Ich habe sie nie leiden können, weil sie für dich nicht gut genug ist. Du hast dich mal wieder unter Wert verkauft. Das machst du immer so, schon seit der Highschool und dieser fetten Tussi mit den dicken Titten.«

»Donna Ashby.« Mickie fand, wenn es um Beziehungen ging, würde ich mich unter Wert verkaufen. Diese Debatte hatten wir schon öfter geführt. So an die fünfzig Mal, wenn ich ehrlich sein will. Ich hatte eine Geschichte gescheiterter Beziehungen mit Frauen hinter mir, die zwar weiter sehen konnten als bis zu meinen Augen, vielleicht noch bis zum erfolgreichen Arzt, aber nie weit genug, um sich ein Leben mit mir vorzustellen.

»Du suchst dir Frauen aus, die nicht gut genug sind, und dann suchst du dir irgendwelche Erklärungen für die Art, wie sie dich behandeln. Statt dir einfach mal einzugestehen, dass sie nicht gut genug sind.«

»Danke. Das hilft meinem Selbstbewusstsein ungemein. Hast du die Telefonnummer von Kim Basinger? Ich fühle mich gerade ungeheuer stark.«

»Soll ich lügen? Wäre dir das lieber?«

»Manchmal schon.«

»Okay, demnächst lüge ich also und du kannst denselben Fehler einfach immer weiter machen.«

»Moment! Wieso ist das bei mir anders als bei dir und den Typen, mit denen du so zusammen bist?«

Mickies Augen blitzten, woraufhin ich meine Frage sofort bereute. »Wieso? Ich werde dir sagen, wieso! Weil ich nicht mit einem von ihnen zusammenwohne und weil ich nicht daran denke, einen von ihnen zu heiraten.« Nach einem kurzen Blick auf die Küchenuhr schnappte sich Mickie ihre Handtasche und steuerte die Haustür an. »Du willst meinen Rat nicht? Bitte, das ist mir scheißegal! Aber wag ja nicht, meine Beziehungen mit deiner Beziehung zu deiner Mitbewohnerin zu vergleichen. Und ich muss mich nicht bei dir oder irgendwem sonst dafür entschuldigen, mit wem ich ausgehe oder mit wem ich schlafe, wobei ich nicht mit annähernd so vielen Kerlen schlafe, wie du anscheinend meinst und wie mir diese Idioten auf der Highschool schon unterstellt haben.«

»Ich habe doch nicht …« Aber Mickie war nicht mehr zu bremsen.

»Und ja, ich mag guten Sex. Ich mag die reine, unverfälschte Freude in ihren Gesichtern, wenn sie keuchen und mich so komplett entwaffnet ansehen. Und weißt du auch, warum ich das mag?«

Ich wagte nicht zu antworten.

»Weil sie in dem Moment alles, aber auch wirklich alles tun würden, worum ich sie bitte. Um dieses Gefühl noch einmal erleben zu dürfen. Aber ich bitte sie um gar nichts, ich verlange nichts von ihnen. Nicht eine gottverdammte Sache. Ich bin in keiner festen Beziehung, Sam, ich habe mich niemandem verpflichtet. Ich bin mit niemandem zusammengezogen. Ich habe niemandem gesagt, dass ich ihn liebe und dass er die Person ist, mit der ich den Rest meines Lebens verbringen möchte, denn wenn ich das tue, dann werde ich danach mit niemand anderem mehr schlafen, dann wird diese Person die einzige sein.« An der Tür wirbelte sie noch einmal zu mir herum. »Du verdienst etwas Besseres. Und du versteckst dich hinter deinen Augen, glaubst, etwas Besseres als das, was du hast, kannst du nicht kriegen. Mit deinen Augen entschuldigst du, dass du dich nicht gerademachst, warum du den Frauen nicht einfach sagst, sie sind nicht gut genug für dich. Du möchtest dich mit jemandem wie Eva zufriedengeben, mit einer Frau, die dich betrügt und schlecht behandelt? Schön, mach doch! Aber lass dir auf jeden Fall vorher einen Ehevertrag aufsetzen. Die Frau kriegt von mir kein Fitzelchen von unserer Praxis, bloß weil du blind bist!«

Bumm, die Tür war zu. Und ich wusste nicht, was da gerade passiert war, was Mickie derart zum Explodieren gebracht hatte. Dann dachte ich über ihre Worte nach und erkannte etwas, was mir bisher gar nicht bewusst gewesen war.

Eva hatte nie gesagt, dass sie mich liebt.

3

Nachmittags, kurz vor drei Uhr, hatte sich Eva immer noch nicht bei mir gemeldet. Natürlich gab es auch dafür eine Entschuldigung, wenn man so wollte, denn ihr Flug verließ Boston um sechs Uhr morgens Eastern Time, was bei uns im Westen drei Uhr morgens war. Vielleicht würde sie sagen, sie hätte mich nicht wecken wollen. Dann konnte ich kontern: »Ich euch beide auch nicht.«

Sechs Stunden Flugzeit, das reichte, um sich eine Geschichte auszudenken. Vielleicht würde sie sich dumm stellen, abstreiten, den Anruf überhaupt erhalten zu haben, behaupten, ich hätte bestimmt im falschen Zimmer angerufen. Und was dachte ich überhaupt von ihr, für wen hielt ich sie? Vielleicht ließ sie die Scharade aber auch gleich sein, tat uns beiden den Gefallen und gab zu, mich von Anfang an betrogen zu haben. Wenn ich Glück hatte, gestand sie bei der Gelegenheit auch gleich, mich nie geliebt zu haben, keine gemeinsame Zukunft zu sehen und ausziehen zu wollen, dann hatten wir das wenigstens hinter uns. Ich weiß, das klingt feige, aber so wäre es für mich am einfachsten gewesen. Warum? Weil ich zwar verbittert und wütend sein mochte, ein Teil von mir aber immer noch am Status quo hing, und zwar der Teil, der damals auch zu Donna Ashby zurückgegangen wäre, obwohl ich wusste, dass sie mich nur benutzt hatte. Der Teil von mir, der einfach nur Angst hatte, ich würde nie jemanden finden und müsste allein durchs Leben gehen.

Ich beschloss, Ernie Evas Untreue sowie die Begegnung mit David Bateman erst einmal zu verschweigen. Er freute sich so darauf, ein Spiel der World Series live sehen zu dürfen, das wollte ich ihm nicht kaputtmachen. Selbst das Wetter spielte ja mit, es blieb weiterhin ungewöhnlich warm für die Jahreszeit. Wenn der Rest der Nation die Fernseher einschaltete, durften sie die Fans der Giants in schwarz-orangenen T-Shirts erleben statt in Parkers und Wollmützen, was wir traditionell anzogen, um in dem Windkanal zu sitzen, der unter dem Namen Candlestick Park lief.

Ernie traf in voller Giants-Montur ein, in Spielerhemd und Mütze also. Mickie hatte einmal angedroht, mich zu erschießen, wenn sie mich je im Hemd eines Profiteams erwischte, es sei denn, hinten stünde »Loser« drauf, aber an diesem Tag zog ich mein Giants-Hemd an. Im Auto drückte mir Ernie dann auch noch die passende Mütze auf den Kopf, genau wie damals, als ich zum ersten Mal zum Spielen zu ihm nach Hause gekommen war. Allerdings war die Mütze diesmal brandneu, schwarz, mit dem Buchstaben SF in orange aufgestickt. »Mein Vater wollte sie dem Kunden schenken, von dem wir die Karten haben. Ich sehe nicht ein, warum man sie umkommen lassen sollte.«

»Da bin ich ganz deiner Meinung.« Ich stellte die Größe ein und zog mir die Mütze tief ins Gesicht. »Wir sehen aus wie zwei richtig große Little Leagers.«

4

Candlestick Park war in rot-weiß-blauen Fahnenstoff gehüllt, was sogar diesem Mausoleum aus Beton einen festlichen Anstrich verlieh. Das Gras auf dem Spielfeld leuchtete grün, der wolkenlose Himmel strahlend blau. Es roch nach Hotdogs, Popcorn und gerösteten Erdnüssen.

»Lass uns gleich ein Bier holen«, schlug Ernie vor, kaum hatten wir den Kasseneingang passiert. »Ich will bei den Eröffnungsfeierlichkeiten auf unseren Plätzen sein.«

Wir hüpften die Betontreppe hoch und suchten uns die kürzeste Schlange vorm Biertresen aus. Es dauerte nicht lange, und es kam die erste Frage: »Hey, sind Sie nicht Ernie Cantwell?«

»Heute nicht«, sagte Ernie. »Heute bin ich nur ein Giants-Fan, genau wie Sie.«

»Ich habe Sie so gern spielen sehen«, sagte der Mann. »Warum haben Sie bloß aufgehört?«

Solche Fragen bekam mein Freund andauernd gestellt. Er ließ es sich nicht anmerken, aber ich wusste, wie sehr es ihn wurmte, wenn die Leute in ihm einen abgehalfterten Sportler sahen, der sich einfach so vom Spielfeld geschlichen hatte und verschwunden war. »Ich bin in Rente gegangen und arbeite jetzt für ihn hier.« Er deutete auf mich.

»Und was machen Sie?«, wollte der Mann da natürlich wissen.

»Ich rehabilitiere ausgebrannte Ex-Sportler«, erklärte ich, womit die Unterhaltung wie immer beendet war.

Ich sah mich gerade um und beobachtete die letzten Autos, wie sie sich in langer Schlange auf den Parkplatz schoben, als plötzlich das Stadion wackelte. Ernie und ich blickten uns an, und später konnten wir uns daran erinnern, beide dasselbe gedacht zu haben: Im Stadion wurde gerade irgendetwas Monumentales geboten, etwas so Unglaubliches, dass sechzigtausend Menschen mit den Füßen trampelten, und wir waren nicht dabei. Das war allerdings, bevor wir stolperten und das Gleichgewicht zu verlieren drohten, weil es sich anfühlte, als rollten Wellen durch den Beton. Auf dem Parkplatz plärrten unisono Hunderte von Hupen los.

»Erdbeben!«, rief jemand.

Mein Instinkt befahl mir zu laufen. Wir waren nicht weit von einem Ausgang entfernt und ich dachte nur noch an die Tonnen Beton über unseren Köpfen, die uns jederzeit unter sich begraben konnten. Aber Ernie packte mich beim Arm und sah mich eindringlich an. »Nicht rennen!«

Um uns herum schwankten die Menschen wie an Deck eines Schiffes auf hoher See. Allen stand die nackte Angst ins Gesicht geschrieben. Als das Erdbeben vorbei war, gab es einen Moment absoluter, ungläubiger Stille, während alle fürchteten, es könnte gleich wieder losgehen. Die Leute sahen hoch zum Betonüberhang, sahen einander an – und aus der Menge erhob sich ein lauter, kollektiver Schrei, der ebenso Seufzer der Erleichterung war wie stolze Freude, weil wir gerade etwas mitgemacht hatten, was über ein normales Beben weit hinausging, und noch lebten, um davon zu berichten. Menschen, die noch Sekunden vor der Erschütterung Fremde gewesen waren, plauderten wie alte Freunde und klatschten sich ab. Die Fernseher über dem Imbissstand waren schwarz geworden und erwachten nun flackernd wieder zum Leben. Auf dem Spielfeld rückten verwirrt aussehende Ansager ihre Kopfhörer zurecht. Hinter ihnen liefen Spieler herum und suchten mit den Augen die Ränge ab, hielten Ausschau nach Familienangehörigen und Freunden. Die Fernseher zeigten inzwischen einen vertrauten Nachrichtensprecher aus San Francisco, der in seinem Studio hinter dem Tisch saß, aber ich verstand nicht, was er sagte, dazu summte es in der Menge zu sehr. Ein Mann vor uns hatte ein Transistorradio in der Hand und trug Kopfhörer. »Ach du Scheiße!« Er riss sich die Kopfhörer herunter und wirbelte zu uns herum. »Die Bay Bridge ist eingestürzt.«

»Die Bay Bridge ist eingestürzt!«, wiederholte jemand weiter vorn in der Schlange.

Das war der Punkt, an dem uns die Freude verging. Es wurde still und ich bin mir sicher, alle dachten dasselbe: Heute würde es kein Spiel geben. Und: Wie kamen wir am schnellsten raus aus diesem Betonmausoleum, das uns zu zerquetschen drohte? Die Fernseher blieben weiterhin ohne Ton, aber über der rechten Schulter des Nachrichtensprechers tauchten Bilder der Brücke auf. Vollständig zerstört schien sie nicht, aber im oberen Bereich war ein Stück ganz eingebrochen und gefährlich nah an der Abbruchkante baumelte ein Auto.

Der Typ mit den Kopfhörern wusste weitere Neuigkeiten beizusteuern. »Im Marina District brennt es. Es heißt, eine Menge Häuser seien eingestürzt und es gibt Lecks in den Gasleitungen. Sie evakuieren.«

Ich blickte nach Norden. Dort war schwarzer Rauch aufgestiegen und hing in der reglosen Luft. Der Typ mit dem Radio berichtete von weiteren Schäden im Stadion und in der ganzen Stadt. In den Imbissständen gingen die Metallgitter herunter. Es wurde kein Bier mehr verkauft.

Ernie sah mich an. »Ich muss nach Hause.«

Weil der Strom ausgefallen war, funktionierten die Rolltreppen nicht. Immer zwei Stufen auf einmal nehmend rannten wir die Treppe hinunter, wanden uns durch die Menge, hofften, irgendwie dem unvermeidlichen Stau am Ende des Parks zu entgehen, wenn wir nur schnell genug waren. Leider waren wir nicht die Einzigen, die solche Überlegungen angestellt hatten, weswegen es zu einem Wettrennen Richtung Parkplatz kam. Ich konnte schon unter normalen Bedingungen kaum mit Ernie mithalten und wurde jetzt zusätzlich noch durch die Verbände an meinen Schenkeln behindert, die sich bei jedem Schritt bewegten und empfindlich scheuerten. Trotzdem gab ich mein Bestes, spürte ich doch, wie unruhig Ernie war, wie sehr es ihn nach Hause zu Frau und Kindern zog, damit er sie beschützen konnte.

In Ernies Mercedes suchte ich nach einem Radiosender mit Nachrichten, während Ernie sich durch den Verkehr schlängelte. Der Bürgermeister hatte die Schließung sämtlicher Bars im Stadtgebiet verordnet, zusätzliche Polizeikräfte waren zum Dienst beordert worden und der Gouverneur hatte beantragt, die Nationalgarde rufen zu dürfen. Weite Teile der Stadt waren ohne Stromversorgung. Das Telefonnetz war entweder ebenfalls gestört oder so überlastet, dass keine Anrufe durchgingen. Im Norden waren die schwarzen Wolken größer und dunkler geworden. Sie sahen aus wie die berühmten Pilze nach einem Bombenabwurf. Die Stadt an der Bucht brannte.

Eine Stunde später durfte Ernie endlich in seine Auffahrt einbiegen. Michelle rannte aus der Tür, Tränen strömten ihr über beide Wangen. Ernie konnte kaum aussteigen, da hatte sie auch schon die Arme um ihn geschlungen und drückte ihn fest an sich. Die Jungs folgten, jeder packte eins der Beine seines Vaters und so hielten sie ihn fest. Sie sahen verängstigt aus.

Ich stand allein da.

5

1975

San Mateo

In meinem Senior-Jahr übertrug mir Mr Shubb die Leitung der Schülerzeitung *Friar.* Ich würde jetzt gern behaupten, das sei eine große Ehre gewesen, aber in Wahrheit wollte niemand außer mir den Job. Chefredakteur zu sein bedeutete eine Menge Arbeit, weswegen ich die allgemeine Sportberichterstattung aufgeben musste und als Zuschauer bei Ernies Spielen mit den anderen Schülern in den für uns vorgesehenen Bänken sitzen durfte, wo es meistens hoch herging. Viele meiner Klassenkameraden betranken sich bei diesen Spielen gnadenlos; mit einem brennenden Streichholz im richtigen Moment hätte man ganze Stadien hochgehen lassen können. An einem Freitagnachmittag verließ ich den Bungalow, in dem die Zeitungsredaktion untergebracht war, und lief praktisch in Michael Lark hinein, der Linebaker des Footballteams war.

»Wo willst du hin, Hell?«

Ich glaube nicht, dass Lark je mehr als zehn Worte mit mir gesprochen hatte, wenn ich nicht gerade Bleistift und

Notizblock in Händen hielt, aber das galt für die meisten der Sportler an unserer Schule. »Ich wollte mir gerade ein Sandwich holen und zum Spiel gehen«, sagte ich.

»Scheiß drauf«, verkündete Lark. »Du kommst mit mir zum Vista Point.«

Vista Point war ein Parkplatz am Freeway, der wunderbare Blicke über das Crystal Springs Reservoir bot und wo man vor neugierigen Blicken ziemlich sicher war. Viele Fans gingen vor so gut wie jeder Schulveranstaltung dorthin, um sich volllaufen zu lassen. Ernie nicht, der weigerte sich, auch nur einen Tropfen Alkohol in seinen wohlgeformten, durchtrainierten Körper zu lassen, und drei Jahre lang war ich seinem leuchtenden Beispiel gefolgt, wenn er mich auf Partys, Tanzveranstaltungen und Sportereignisse schleppte. Also war ich noch nie am Vista Point gewesen, wollte diesen berühmten Ort aber gern einmal mit eigenen Augen sehen, weswegen mich Larks Einladung freute. Ich interessierte mich noch nicht einmal für sein Motiv, das er mir allerdings gleich freimütig anvertraute: Seine Eltern hatten ihm den Führerschein abgenommen und er hatte zu allem Übel an diesem Tag auch noch nachsitzen müssen und so seine Mitfahrgelegenheit zum Vista Point verpasst. Von daher sollte ich sein Chauffeur und einen Abend lang auch sein bester Freund sein. Am Ziel angekommen konnte ich keinen Schritt tun, ohne dass er mir ein Bier reichte oder mich zu einem Schluck aus irgendeiner Flasche animierte, und ein Nein ließ er nicht gelten. Das erste Bier machte es einfacher, zum zweiten Ja zu sagen, und ehe ich mich's versah, hatten er und ich einen Trinkwettbewerb laufen und Lark rief so laut, dass alle es hören konnten, für einen rotäugigen kleinen Bastard wäre ich ganz okay.

Ich weiß nicht, wie sich Ernie an jenem Abend auf dem Feld machte. Ich schaffte es nicht zum Spiel. Es war das einzige von Ernies Spielen auf der Highschool, das ich verpasste. Ab einem bestimmten Punkt verbrachte ich viel Zeit am Falcon lehnend mit dem Versuch, mich aufrecht zu halten, aber dann neigte sich der Wagen wie von einer aufmüpfigen Welle getroffen zur Seite und ich landete auf dem Asphalt, und zwar mit dem Gesicht nach unten, was den Sturz etwas abfing. Danach erinnere ich mich an nichts mehr und erfuhr erst später, dass mich meine Trinkkumpane in mein Auto geworfen und nach einer längeren Diskussion beschlossen hatten, mich nach Hause zu bringen. Einer meiner nicht ganz so betrunkenen Klassenkameraden hatte den Falcon gefahren, ein zweites Auto war uns gefolgt, meine Adresse stand im Führerschein. Blieb also nur noch die Frage, wie sie mich abliefern sollten. Ich war immer noch weggetreten, hatte Blutflecke vorn auf dem Hemd und auf der Stirn eine Beule von der Größe eines Hühnereis. Angesichts der begrenzten Auswahlmöglichkeiten taten meine neuen Freunde, was wohl jeder Achtzehnjährige in solcher Lage getan hätte: Sie lehnten mich an die Haustür, klingelten Sturm und verschwanden.

Persönlich kann ich mich, wie gesagt, kaum noch an etwas erinnern, und es findet sich auch in den Einklebebüchern meiner Mutter aus meiner Highschool-Zeit kein Bericht über dieses Ereignis, aber ich bekam am folgenden Montag in der Schule eine detaillierte Zusammenfassung geliefert. So lange mochte mein Vater nicht warten, er brauchte auch keine Details. Er weckte mich am Samstagmorgen um sieben, indem er mir ein Glas kaltes Wasser ins Gesicht schüttete, und saß danach Zeitung lesend im Liegestuhl, während ich schweißgebadet den Rasenmäher durch den Garten schob und mich nach ungefähr jedem dritten Schritt übergab. Als ich fertig war, winkte er mich und meinen dröhnenden Schädel zu einem Gespräch an seine Seite. Meine Mutter wollte sich zu uns gesellen, wurde von Dad jedoch dazu überredet, lieber Frühstück zu machen, woraufhin sie sich ganz gegen ihre Gewohnheit kommentarlos zurückzog.

»Du hast einen ziemlichen Auftritt hingelegt«, erklärte mein Vater und erzählte mir, wie ich, nachdem er mir die Haustür geöffnet hatte, mit dem Gesicht nach vorn in den Flur stürzend das Treppengeländer um wenige Zentimeter verfehlt hatte und im Farn gelandet war, den meine Mutter als Topfpflanze am Treppenfuß stehen hatte. »Deine Mutter hat diesen Farn geliebt.«

»Ich kaufe ihr einen neuen.« Dabei ahnte ich schon: Hier ging es nicht um Pflanzen.

»Deine Mutter wollte sofort mit dir in die Notaufnahme und dir den Magen auspumpen lassen. Ich wollte dich einfach liegen lassen.« Mein Vater reichte mir ein Glas Eistee. »Ich war auf der Highschool, Sam. Und auf dem College. Einmal hat mir gereicht, das brauche ich nicht noch mal. Ich kann nicht im Auto neben dir sitzen oder nächstes Jahr mit dir im Studentenwohnheim wohnen. Du bist jetzt in dem Alter, wo du eigene Entscheidungen triffst. Ich hoffe, du triffst sie aus dem Gefühl heraus, das Richtige zu tun, und nicht, weil du dazugehören möchtest. Verstehst du, was ich sage?«

Ich nickte.

»Glaub nie, du wärst deiner Augen wegen weniger wert als andere, Sam. Du bist, wer du bist. Wenn du dich selbst geringschätzt, beuten die Leute dich aus und du tust Dinge, die du eigentlich gar nicht tun willst.«

»Ich verstehe. Aber warum musste ich den Rasen mähen?«

»Ein Mann zu sein bedeutet, mit den Konsequenzen einmal getroffener Entscheidungen zu leben. Dazu gehört auch, trotz Kater aufzustehen und zur Arbeit zu gehen. Das war deine Lektion für heute.«

Und meine Strafe? Hoffentlich fiel die nicht zu streng aus. Bestimmt entzog mir mein Vater die Fahrerlaubnis und womöglich bekam ich auch noch Hausarrest aufgebrummt.

»Geh jetzt duschen und versuche, etwas in den Magen zu bekommen.« Damit stand er auf und ließ mich im Garten sitzen.

Meine Mutter war mit Dads Vorgehen nicht einverstanden gewesen. Einfach nur an mein Verantwortungsgefühl appellieren? Wäre es nach ihr gegangen, sie hätte mich sofort bei den Anonymen Alkoholikern angemeldet und mir nie wieder erlaubt, das Haus zu verlassen. Aber für mich war dieser Augenblick im Garten, als mein Vater mich einen Mann genannt hatte, wie ein Initiationsritus gewesen. Ich musste nun meine eigenen Entscheidungen treffen, hatte Dad gesagt, musste selbst entscheiden, was für ein Mensch ich sein wollte. Unabhängig von dem, was andere von mir hielten.

6

Mein Vater verhängte zwar keinen Hausarrest, aber meine Schuldgefühle bewegten mich dennoch dazu, den Samstagabend freiwillig zu Hause zu verbringen. Ernie hatte ein Date, mit ihm etwas zu unternehmen konnte ich also sowieso vergessen.

Mickie hatte überraschenderweise kein Date und kam rüber, um mit mir im Keller Billard zu spielen. Wir waren noch nicht lange dabei, als ich oben die Türklingel und gleich darauf Stimmen hörte.

»Klingt wie Ernie«, fand Mickie.

»Kann nicht sein, der hat ein Date.«

Wenige Augenblicke später ging oben an der Kellertreppe die Tür auf und Ernie stieg zu uns herab, in Jeans, Stiefeln und Anzughemd.

»Was macht du denn hier?«, wollte ich wissen.

»Mit dir abhängen, falls du Lust hast.«

Ich warf einen Blick auf die Uhr. »Und dein Date?« Ernie hatte am Wochenende zuvor auf einer Party ein echt heißes Mädchen kennengelernt und die ganze Woche über kaum etwas anderes reden können.

Er funkelte mich wütend an. »Willst du nun abhängen oder nicht?«

»Klar.« Ich riskierte einen Blick Richtung Mickie. Die zog die Brauen hoch und zuckte die Achseln.

»Dann leg die Kugeln zurecht, wenn das nicht zu viel verlangt ist.«

Ich hatte Ernie noch nie so wütend erlebt. Seine Augen blitzten. Eine Sekunde lang fürchtete ich, er würde mir gleich eine knallen. Schweigend legte ich die Bälle zurecht, Mickie reichte mir ihren Billardstock und zog sich vom Tisch zurück, hockte sich auf einen Barhocker in der Nähe der holzgetäfelten Wand.

»Ich mach den Anstoß.« Ernie stieß den Ball so hart an, dass der vom Tisch hüpfte und eine Delle in der Wandvertäfelung hinterließ, keine dreißig Zentimeter von der Stelle entfernt, an der eben noch Mickie gesessen hatte. Danach hob er das Knie, zerbrach den Billardstock und wandte uns den Rücken zu.

Kurz herrschte Schweigen. »Das nennt man dann wohl den Anstoß übers Knie brechen«, sagte ich schließlich.

Mickie hielt sich mit leisem Schnauben die Hand vor den Mund. Ernie drehte sich nicht sofort zu uns um, ich konnte aber sehen, wie seine Schultern anfingen zu zucken, und als er sich endlich umdrehte, musste er sich anstrengen, um nicht laut zu lachen. »Du bist ein Trottel, weißt du das?«

»Darin scheinen sich an diesem Wochenende alle einig.«

Er legte den zerbrochenen Stock weg. »Tut mir leid, ich kauf dir einen neuen.«

»Lass man, ich mach das in einer Tour«, winkte ich ab und tat dann so, als versuche ich vergeblich, einen Billardstock über dem Knie zu zerbrechen.

Laut lachend hockte sich Ernie auf einen der Barhocker.

Ich legte meinen Stock auf den Tisch. »Was ist denn los?«

Er brauchte noch einen Augenblick, bis er sich gefangen hatte. »Ich bin zu ihr nach Hause, um sie abzuholen, und ihr Dad hat mich an der Tür abgefangen. Ich strecke ihm zur Begrüßung die Hand hin und er starrt die an, als hätte ich Scheiße dran kleben. Dann sagt er: ›Mit einem Affen aus dem Dschungel geht meine Tochter nicht aus.‹«

»Was?« Mickie sprang vom Barhocker. »Der elende Schwanzlutscher!«

»Dann hat er mir befohlen, meinen schwarzen Arsch von seiner Veranda zu schaffen, bevor er die Polizei holt und mich wegen Hausfriedensbruch einbuchten lässt.«

»Scheißkerl!«, sagte Mickie. »Lass uns losziehen und sein Haus mit Eiern bewerfen.«

Verstehen Sie mich nicht falsch, Burlingame war nicht Mississippi in den Sechzigerjahren, hier trug niemand Kapuzen und in den Vorgärten brannten auch keine Kreuze. Was nicht heißen soll, dass es keinen Rassismus gab. Ernie hatte das N-Wort mehr als einmal zu hören bekommen, bei Basketballspielen, beim Baseball und auf dem Footballfeld. Als kleiner Junge war er einmal des Ladendiebstahls bezichtigt worden, nur weil sich der Ladenbesitzer sicher war, dass alle Schwarzen klauen.

Ernie und ich hatten im Laufe der Zeit durchaus begriffen, dass wir auch deswegen so viel Zeit miteinander verbrachten, weil wir in unserer Klasse die am häufigsten diskriminierten Schüler waren. Ernies Sporterfolge schützten ihn auf der Highschool zwar vor blankem Rassismus, aber auch nur bis zu einem gewissen Punkt. Bei Tanzveranstaltungen und Partys gab es immer genügend Mädchen, die mit dem großen Ernie Cantwell tanzen und flirten wollten, wobei sich da ein Muster herauskristallisierte, das mir vielleicht nur deshalb auffiel, weil ich es so gut kannte: Wenn die Mädchen weiß waren, und das waren sie in Burlingame meistens, blieb es beim Flirt. Mehr wurde fast nie daraus. Klar konnte man zu einem schwarzen Jungen auch mal nett sein, aber eine ganz andere Sache war es, wenn dieser schwarze Junge bei dir zu Hause auftauchte, um deine Eltern kennenzulernen und dich zu einem Date mitzunehmen. Den Mädchen fielen alle möglichen Entschuldigungen ein, warum sie Ernie ihre Telefonnummer nicht geben konnten, und wenn sie sie ihm gaben, durfte er sie deswegen noch lange nicht von zu Hause abholen. Sie trafen sich lieber woanders mit ihm. Die, die wirklich zu einem richtigen Date bereit waren, ließen es meistens bei diesem einen bleiben und hatten auch dafür Entschuldigungen parat.

»Lass es gut sein«, sagte ich an jenem Abend zu Ernie, aber da hatte ich meine Rechnung ohne Mickie gemacht. Mickie ließ nie etwas gut sein.

»Was? Wie kannst du sagen, er soll es gut sein lassen? Der Typ ist ein rassistisches Arschloch und seine Tochter eine blöde Schlampe, wenn sie es nicht besser weiß.«

»Er ist ignorant«, sagte ich. »Er ist ein ignoranter, rassistischer Schwanzlutscher von einem Arschloch, wie du gerade gesagt hast. Was bedeutet, er ist zu blöd zu kapieren, warum wir sein Haus mit Eiern bewerfen, falls wir das wirklich tun sollten. Für ihn würde das nur bestätigen, was er sowieso schon fest glaubt.«

»Da scheiß ich doch drauf!«

»Gegen die irrationalen Überzeugungen von Leuten kommst du nicht an, Mickie. Glaub mir, ich kenne mich da aus.« Ich sah Ernie an. »Und Ernie auch.« Ernie nickte. »Und der Typ ist keiner, über den man sich Gedanken zu machen braucht. Schlimm sind die, die Rechtfertigungen für ihre Diskriminierung erfinden, damit man ihnen nichts nachsagen kann.«

Mit der Haltung genau solcher Leute sollten Ernie und ich am Ende unserer Zeit an der Highschool leider noch einmal konfrontiert werden.

7

An unserer Schule war es Tradition, den Redner für die Abschlussfeier vom Schulbeirat, einer aus Eltern, Ehemaligen und prominenten Gemeindemitgliedern bestehenden Kommission, auswählen zu lassen, und zwar aus einer Gruppe von zehn Kandidaten, die die Schule vorschlug. Seit es die Schule gab – oder doch zumindest so lange, wie irgendwer sich erinnern konnte –, war die Abschlussrede immer vom Jahrgangsbesten gehalten worden. 1975 war ich das. Das sah nicht nur ich so, sondern unter anderem auch Ernie, obwohl er der beste Sportler war, den unsere Schule je gesehen hatte, und der deshalb auch auf der engeren Auswahlliste stand. Er hatte sich und anderen seine Niederlage bereits eingestanden und tat in der Woche vor der offiziellen Verkündung des Kommissionsbeschlusses alles, um mich für die Stunde des Triumphs in die richtige Stimmung zu bringen.

Ich dagegen hatte versucht, mir nicht allzu große Hoffnungen zu machen, musste mir aber eingestehen, dass auch ich diese für einen Freitagnachmittag angesetzte feierliche Verkündung als reine Formsache betrachtete. Und ich hatte sogar schon angefangen, an meiner Rede zu arbeiten, die die beste Abschlussrede werden sollte, die die Welt je gehört hatte. Sie musste so gut werden, weil ich mich hier endlich wieder einmal beweisen konnte. Wie damals, als ich als Lektor bei der Messe für die ganze Schule allen hatte zeigen wollen, wie normal ich war. Hoffentlich würde mein Auftritt als Abschlussredner ein besseres Ende finden.

Der Entwurf für meine Rede klebt im Einklebebuch meiner Mutter für das Jahr 1975.

Eine endgültige Version habe ich nie geschrieben.

Am entscheidenden Freitagnachmittag hatte ich eine Freistunde und befand mich im Redaktionsbüro, um die letzte Nummer des *Friar* zusammenzustellen. Das Redaktionsbüro war in einer Art Wohnwagen untergebracht, der hinter dem Parkplatz der Junior Class stand und nicht ans Lautsprechersystem der Schule angeschlossen war. Als es klingelte, eilte ich rüber ins Hauptgebäude, wo sich in der großen Pausenhalle ziemlich viele Schüler versammelt hatten, die alle laut jubelten und klatschten. Da hatte ich wohl etwas Wichtiges verpasst. »Was ist denn los?«, fragte ich den Ersten, dem ich mich bei dem Lärm verständlich machen konnte.

»Sie haben den Abschlussredner bekannt gegeben. Hast du es nicht gehört?«

Nein, das hatte ich ganz offensichtlich nicht. Wollte der Junge mir denn nicht gratulieren? Er wusste doch bestimmt, wer ich war. In dieser Schule wusste jeder, wer ich war. Auch sonst schien mir niemand gratulieren zu wollen.

In diesem Moment quoll weiter unten im Flur eine Meute johlender Schüler aus einem Klassenzimmer in den Flur, die Ernie in ihre Mitte genommen hatten und ihm von allen Seiten auf den Rücken klopften. Wie gern würde ich jetzt erzählen, dies sei der Moment gewesen, in dem Ernie und ich uns über die Köpfe der anderen hinweg verständnisinnig ansahen, oder dass ich tapfer zu ihm hinging und ihm gratulierte. Aber ich tat weder das eine noch das andere. Ich ließ mich zurück in die Menge fallen und verschwand in meine Physikstunde, die fünfundfünfzig Minuten dauerte, in meiner Erinnerung jedoch kein Ende nehmen wollte. Nach dem Unterricht lief ich sofort zu meinem Auto, ohne noch einmal an meinem Spind vorbeizugehen, und fuhr nach Hause. Ich wollte niemanden sehen und mit niemandem reden müssen. Schon gar nicht mit Ernie. Drei Jahre lang hatte ich die Leistungen meines Freundes als Sportler gerühmt, wo es nur ging, bis er in unserer Schule so was wie ein Halbgott geworden war und man ihn im Rest des Countys wenigstens dem Namen nach kannte. Selbst nationale Zeitungen berichteten über ihn und spekulierten darüber, welches der drei Dutzend Stipendien, mit denen einige der besten Hochschulen des Landes ihn locken wollten, er wohl annehmen würde. So weit wäre Ernie nie gekommen, hätte ich ihn nicht an den Haaren durch die Grundschule geschleift.

Musste er denn jetzt auch noch Abschlussredner werden? Der einzige Ruhm, auf den ich hatte zählen dürfen?

Zu Hause erzählte ich meiner Mutter nicht sofort von dieser jüngsten Kränkung. Sie fragte auch nicht nach. Mom verhielt sich mir gegenüber seit dem Besäufnis etwas kühl. Die Akzeptanz, die mein Vater aufbrachte, ging ihr gegen den Strich und sie mochte sich nicht eingestehen, dass ich erwachsen und ein Mann geworden war, der eigene Entscheidungen treffen konnte und musste. Seit es mich gab, hatte sich meine Mutter unermüdlich dafür eingesetzt, dass ich dieselben Chancen erhielt wie andere Kinder auch, und sie würde mich aus dem feinen, im Laufe der Jahre noch geschärften mütterlichen Instinkt heraus bestimmt immer zu beschützen versuchen. Aber seit dem Besäufnis fragte sie sich besorgt, ob sie mich auch vor mir selbst beschützen konnte. Natürlich verstand ich das, ihr Verhalten stimmte mich aber auch ein bisschen bitter. Wieder einmal hatte sich ihr fester Glaube an das vom Willen Gottes für mich vorbestimmte außergewöhnliche Leben als hohler Traum erwiesen.

In einem bewussten Verstoß gegen die Regel, am Abendbrottisch der Verdauung abträgliche Themen zu meiden, wartete ich, bis wir alle saßen und meine Mutter das Brathähnchen herumreichte. Erst dann verkündete ich: »Es gibt Neuigkeiten.«

Mein Vater legte sich ein Stück Hähnchenbrust auf den Teller und sah meine Mutter fragend an. Die mischte gerade die Salatsoße. »Hat jemand etwas gegen Essig und Öl?« Ohne die Antwort abzuwarten oder mich auch nur zur Kenntnis zu nehmen, goss sie die Mischung in die Salatschüssel.

»Maddy«, mahnte mein Vater sanft. »Sam sagt, er hat Neuigkeiten.«

Da endlich ließ sie die Finger vom Salat und sah mich an, erst fragend, dann voll freudiger Erwartung. »Die Abschlussrede? Oh Sam, ich wusste, du kriegst sie. Ich wusste es. Ich bin so stolz auf dich.«

»Ich habe sie nicht bekommen.«

Ganz langsam ließ meine Mutter das hölzerne Salatbesteck sinken und sackte auf ihren Stuhl. »Was soll das heißen?«

»Dass sie Ernie ausgewählt haben.«

In unbehaglichem Schweigen lauschten wir dem Summen des Kühlschranks und dem Ticken der Wanduhr, bis sich mein Vater schließlich räusperte. »Eine große Ehre für Ernie. Wir sollten die Cantwells anrufen und gratulieren. Das tun wir doch, Maddy, oder?«

Aber meine Mutter antwortete nicht. Mit fest zusammengepressten Lippen und gerunzelter Stirn wandte sie den Kopf ab, damit ich ihre Tränen nicht sah.

Ich stand auf und ging zu ihr, legte ihr die Hand auf die Schulter. »Es ist okay, Mom.«

»Nein.« Jetzt weinte Mom ganz offen Tränen des Zorns. »Es ist nicht okay, Samuel.« Und dann tat sie etwas, was sie in meiner Gegenwart noch nie getan hatte und auch nie wieder tun würde: Sie fluchte. »Verdammt! Es ist nicht okay. Eine Bande von Feiglingen, dieser Schulbeirat. Feige, jeder Einzelne! Und alle zusammen. Ein Haufen Feiglinge!«

»Maddy!«, sagte mein Vater. »Wir wollen doch nicht unhöflich werden!«

»Wieso nicht?« Mom schäumte. »Alle anderen sind es doch auch.«

»Ernie hat es auch nicht immer einfach gehabt«, warf ich ein und versuchte, das wirklich so zu empfinden, den Rassismus zu spüren, den Ernie hatte ertragen müssen. Aber eigentlich war ich dazu viel zu wütend und traurig. Würde ich Ernie je wieder ohne ein Gefühl der Bitterkeit begegnen können?

»Du hast diese Rede verdient, Sam«, sagte meine Mutter. »Du hast sie dir verdient und sie werden sie dir nicht wegnehmen. Ich werde gleich morgen früh ein paar Leute anrufen und sie wissen lassen, dass sie nicht einfach …«

»Nein!«, unterbrach ich sie. »Keine Anrufe, Mom.«

»Das ist nicht richtig. Es ist einfach nicht richtig.«

»Du rufst niemanden an«, wiederholte ich mit einer

Entschiedenheit, die beide Eltern aufhorchen ließ. »Vielleicht ist die Entscheidung nicht richtig, aber sie ist, wie sie ist. Und je eher wir das begreifen, desto besser sind wir dran. Dann hoffen wir nicht mehr auf Dinge, die nicht erreichbar sind.« Ich setzte mich wieder. »Weißt du noch, wie du gesagt hast, je eher ich lernte, mein Anderssein zu akzeptieren, desto früher könnte ich lernen, damit umzugehen?«

»So etwas soll ich zu dir gesagt haben?«

»Nicht zu mir, zu Dad. Als sie mich an der OLM nicht aufnehmen wollten und du zu deinem Reporterfreund gegangen bist und die Sache überall in den Nachrichten kam. Dad sagte, es wäre besser gewesen, keinen Aufstand zu machen und mir die Chance zu geben, mich auf der öffentlichen Schule einfach anzupassen, ins Gesamtbild einzufügen. Und du hast gesagt, ich könnte mich nie einfach so einfügen, und je eher ich lernte, das zu akzeptieren, desto besser.«

»Sam, so habe ich das bestimmt nicht ...«

»Ich habe es akzeptiert, Mom. Okay? Ich habe akzeptiert, wer ich bin. Mich wählt man nicht ins Kickball-Team und ich kriege auch bestimmt bei keiner Schulaufführung die Hauptrolle. Ich werde nicht zu Partys eingeladen und sie erklären mich nicht zum Redner für die Abschlussfeier. Und das ist okay für mich.« Das klang überzeugend, auch wenn das alles für mich überhaupt nicht okay war. Zurückweisung tat weh, jedes Mal, höllisch. Und der Schmerz blieb wie bei einer Wunde, die immer wieder aufgerissen wird, wenn sie gerade angefangen hat zu heilen.

»Für mich nicht«, erklärte meine Mutter leise.

»Es ist aber nicht dein Leben«, sagte ich und wieder kam alles zu einem plötzlichen Stillstand. »Es ist meins. Ich muss es leben. Ich muss damit fertigwerden.«

Wieder traten meiner Mutter Tränen in die Augen. Ich wusste, es tat weh, aber was sollte ich dagegen tun? Die Realität anzunehmen kann sehr schmerzhaft sein, es kommt jedoch bei jedem von uns ein Moment im Leben, wo uns einige Dinge klar werden. Wir werden nicht zum Mond fliegen. Wir werden in keinem Hollywood-Drama mitspielen und auch nicht Präsident der Vereinigten Staaten werden. Wir werden unser Leben lang die sein, die wir nun einmal sind, und wir können uns entweder mit dieser Tatsache abfinden und den Menschen lieben, zu dem wir herangewachsen sind, oder aber nicht. Wenn wir es nicht akzeptieren, erwartet uns ein Leben voller Enttäuschungen und Bedauern. Meine Realität war zu akzeptieren, dass mir kein außergewöhnliches Leben vorherbestimmt war, obwohl meine Mutter so fest daran geglaubt und so inbrünstig darum gebetet hatte.

So ist es nun mal. Im Leben kriegt man nicht immer alles, was man will.

Meine Mutter drehte sich um, als wollte sie etwas vom Tresen nehmen, während sie sich das Gesicht mit dem Geschirrtuch abwischte. Mein Vater nickte mir kaum merklich zu, was keine Zustimmung bedeutete, aber doch wenigstens Verständnis. Es war noch einer von diesen Momenten des Initiationsritus. »Dann werden wir deine Wünsche respektieren, Sam. Maddy? Lass uns essen und dann rufen wir die Cantwells an und gratulieren Ernie.«

Auch das sollte sich erübrigen. Wir wuschen gerade das Geschirr ab, als es klingelte und Ernie mit seinen Eltern vor der Tür stand. Ernies Mutter hatte eine Schachtel dabei und keiner der drei wirkte besonders vergnügt.

»Hey, Sam«, sagte Ernie betreten.

»Hey, Ernie.«

Meine Eltern kamen in den Flur und nach einer etwas steifen Begrüßung war das Schweigen fast körperlich greifbar. Endlich bat meine Mutter uns alle ins Wohnzimmer. Sie bot an, Kaffee oder Tee zu machen, was von allen höflich abgelehnt wurde.

»Ernie möchte etwas sagen«, sagte Mr Cantwell.

Ernie sah mich an. »Ich werde ablehnen.«

»Was?«

»Abschlusssprecher zu sein. Ich werde es ablehnen.«

»Ernie, das kannst du nicht machen!« Mein Vater war entsetzt. »Es ist eine große Ehre.«

Mrs Cantwell schüttelte den Kopf. »Es ist nicht richtig. Sam ist Jahrgangsbester. Ihm gebührt die Ehre, niemandem sonst.«

»Sie lassen mich die Abschlussrede nicht halten. Das ist einfach so und daran lässt sich nichts ändern. Sie wollen nicht, dass die Schule vor dem Erzbischof und sämtlichen Eltern von einem Jungen mit roten Augen vertreten wird. Wenn ich die Rede schon nicht halten kann, soll wenigstens Ernie sie halten.«

»Aber wenn du sie nicht halten darfst, halte ich sie auch nicht.« Ernie blieb stur.

»Du solltest es tun, Ernie«, sagte meine Mutter, wobei ihr allerdings eine gewisse Missbilligung anzuhören war.

»Sie haben mich ausgesucht, weil ich schwarz bin.«

»Was?« Ich horchte auf.

»Sie hatten noch nie einen schwarzen Abschlussredner. Ich wäre der erste. Sie glauben, das macht sich gut für die Schule und hilft ihnen, Leute anderer Hautfarbe zu rekrutieren.«

»Leute, die gute Sportler sind«, ergänzte Mr Cantwell.

In all meinem Selbstmitleid hatte ich mich nur gefragt, warum sich der Schulbeirat gegen mich als Abschlussredner entschieden hatte, und keinen Gedanken an die Frage verschwendet, wieso er stattdessen ausgerechnet auf Ernie gekommen war. Schließlich gab es außer uns beiden noch acht weitere Kandidaten. Natürlich war Ernie bekannter als die anderen, was er unter anderem meiner Berichterstattung über seine sportlichen Leistungen zu verdanken hatte. Er lag aber von seiner Durchschnittsnote her nicht einmal annähernd im Spitzenfeld unseres Jahrgangs.

»Das haben sie so zu dir gesagt?«, wollte ich wissen.

»Natürlich nicht! Das können sie wohl schlecht offen zugeben. Genauso wenig, wie sie laut sagen können, warum du nicht reden sollst.« Ich hörte die kaum unterdrückte Wut in seiner Stimme.

»So was braucht uns niemand zu erklären«, meinte Mr Cantwell. »Bei jedem schwarzen Sportler, der die Schule besucht, holen sie Ernie dazu. Und ich habe einen Freund im Schulbeirat. Er hat mir gesagt, dass es nicht direkt so zum Ausdruck kam, aber jedem klar war, was läuft und warum. Diskriminierung ist kompliziert, weil sie in ihrer schlimmsten Form nicht offen, sondern verdeckt läuft. Jedenfalls sehen wir die Sache genauso wie Ernie. Die Ehre gebührt Sam, und wenn die Schule ihn nicht ehren will, dann wird Ernie nicht an seine Stelle treten.«

Eine Weile sagte niemand mehr etwas. »Wen sie dann wohl nehmen?«, brach ich endlich das Schweigen.

Ernie zuckte die Achseln. »Das ist mir völlig egal, weil es nämlich nichts bedeutet. Wenn ich ablehne, werden alle wissen, was los war, was sie versuchen wollten. Schon heute in der Schule haben welche darüber gesprochen, dass du die besten Noten hast und sie dich nicht genommen haben.«

»Ach ja?«

»Natürlich wurde darüber geredet. Wenn du nicht reden darfst, wird niemand reden wollen.«

»Bist du auch ganz sicher, dass du das so durchziehen willst?«, hakte ich noch einmal nach. »Du könntest es doch auch anders sehen. Du könntest damit vielleicht die Tür für andere schwarze Schüler aufstoßen.«

»Diese Kinder werden die Tür ganz allein öffnen. Im Klassenzimmer«, sagte Mr Cantwell. »Genau wie ihr das getan habt.«

8

Ernies Ablehnung sorgte für einigen Wirbel, der allerdings nicht so weit ging, dass man sich bei mir entschuldigt oder mich gebeten hätte, die Abschlussrede zu halten. Das hätten die Verantwortlichen, nachdem sie mich so ostentativ übergangen hatten, wohl auch kaum tun können, ohne damit stillschweigend einzugestehen, dass sie bei Ernies Berufung Hintergedanken gehabt hatten und möglicherweise von nicht ganz ehrenhaften Motiven geleitet worden waren.

Trotz meiner jüngsten Niederlage hatte meine Mutter für mich nach wie vor ein außergewöhnliches Leben im Sinn und war weiterhin bereit, sich mit allen Mitteln dafür einzusetzen. Rückschläge motivierten sie dabei höchstens zu noch größerer Anstrengung.

Als meine Mutter also an einem Abend kurz vor den Abschlussprüfungen mit einem Stapel frisch gewaschener und gebügelter T-Shirts in mein Zimmer kam, wo ich gerade lernte, ahnte ich gleich, dass es ihr um mehr ging als um das Verteilen von Wäsche. Mom hatte etwas auf dem Herzen.

»Mrs Cantwell hat angerufen.« Sie räumte die T-Shirts in die dritte Kommodenschublade von oben. »Ernie freut sich schon sehr auf den Abschlussball am Samstag.«

»Sollte ich meinen Essay für Englisch mit einer Parabel

anfangen?« Der Abschlussball war kein Thema, auf das ich weiter eingehen mochte.

»Du weißt, dass der Ball an diesem Samstag stattfindet?«

»Pater Peter wäre überglücklich, aber vielleicht komme ich dann als Arschkriecher rüber.«

»Lass diese widerlichen Ausdrücke und weich mir nicht aus. Hast du daran gedacht, auf den Ball zu gehen?«

»Ich glaube, Ernie hat schon ein Date.«

»Samuel …«

»Die Leute würden sich das Maul zerfetzen, Mom! Wo wir doch eine reine Jungenschule sind.«

Mit Humor kam man bei meiner Mutter nicht weit, wenn sie auf dem Kriegspfad war. »Fein, wenn du es unbedingt so haben willst!«, fauchte sie, ohne allerdings das Feld zu räumen. Und die Unterhaltung war damit auch noch lange nicht beendet.

Seufzend legte ich Stift und Brille ab. »Ich weiche dir nicht aus, Mom. Ja, ich habe daran gedacht, hinzugehen. Wenn du es genau wissen willst, habe ich drei Mädchen gefragt, ob sie mit mir hingehen wollen, und jede Einzelne hat mir einen Korb gegeben. Ernie wollte etwas mit einer von Alicias Freundinnen für mich arrangieren, aber die bleibt lieber zu Hause, als mit mir zu gehen.« Kurz hatte ich die Vision von mir auf einer Veranda, wo ich mein Date abholen will und von ihrem Vater weggeschickt werde: »Meine Tochter geht nicht mit rotäugigen Söhnen des Teufels aus.«

Meine Mutter wischte mit einem weichen Lappen nicht vorhandenen Staub von meiner Kommode und arrangierte den Nippes darauf neu, zu dem auch mein unbezahlbarer Baseball mit dem Autogramm von Willy May gehörte. »Mickie hat vielleicht am Samstag Zeit.«

Die gute alte Mickie, immer für mich da, wenn ich sie brauchte. Aber das konnte ich ihr nicht antun. Ich konnte sie wirklich nicht bitten, mein Date für den Abschlussball zu sein. Sie wusste bestimmt, dass ich schon andere Mädchen gefragt hatte und sie lediglich die zuverlässige Ersatzfrau war, wie eine zweite Brille, die man achtlos in die Schublade stopft, bis die eigentliche Brille verloren geht und man sie plötzlich dringend braucht. »Vielleicht mag sie ja rüberkommen und wir hängen im Keller rum.«

Meine Mutter warf mit dem Staubtuch nach mir. »Samuel, es gibt in deinem Leben nur einen Schulabschlussball, und während der stattfindet, wirst du dich nicht im Keller verkriechen und Billard spielen.«

»Da hast du völlig recht. Ich gehe ins Kino.«

»Du gehst auf den Ball, junger Mann. Und zwar geht ihr zu viert, mit Ernie und seinem Date.«

»Warum tust du das immer?«, wollte ich wissen.

»Was? Dafür sorgen, dass mein Sohn etwas erlebt, an das er sich später erinnern kann?«

»Einen eckigen Keil in ein rundes Loch zwingen, Mom.«

»Du bist nur ein eckiger Keil, wenn du zulässt, dass sie dich wie einen behandeln. Du gehst auf diesen Ball und du gehst mit Mickie, oder, so wahr mir Gott helfe, ich hole eins von meinen alten Ballkleidern aus dem Schrank und du gehst mit mir.«

Bei Mom gab es keine leeren Drohungen. So weit kannte ich sie inzwischen. Die Aussicht, mit meiner Mutter am Arm einen Ballsaal zu betreten, reichte, um mich aus dem Zimmer und ans Telefon zu scheuchen. »Na schön!«, zischte ich, den Hörer schon in der Hand.

Meine Mutter war mir gefolgt und riss ihn mir wieder

aus der Hand. »Von wegen, junger Mann. Man bittet eine junge Dame nicht am Telefon um ein Date für den Schulball. Du fährst bei Mickie vorbei und fragst sie in aller Form, wie sich das gehört.«

Inzwischen wollte ich nur noch weg, also lief ich die Treppe hinunter. Meine Mutter rief irgendetwas von Blumen auf dem Küchentisch hinter mir her, was ich ignorierte. Ich schnappte mir die Autoschlüssel vom Haken und verließ türenknallend das Haus.

9

Mickies Mutter schien ein spöttisches Lächeln auf den Lippen zu haben, als sie mir die Tür öffnete, meiner Meinung nach ein weiterer Beweis für die Verschwörung, die hier im Gange war. Einen Augenblick später hüpfte Mickie die Treppe hinunter, in Jeans und einem taubenblauen Kapuzenshirt der UCLA. »Hi, Hill, was liegt an?«

Joanna, ihre jüngere Schwester und oft ihr Schatten, trottete mit zwei Treppenstufen Abstand hinter ihr her. »Hi, Hill, was liegt an?«, zwitscherte sie.

Da meine Paranoia gerade hohe Wellen schlug, unterstellte ich auch Mickie und Joanna ein spöttisches Grinsen und somit die Teilnahme an dem konspirativen Vorhaben meiner Mutter. »Hast du Lust auf einen Joghurt?«, fragte ich Mickie. Frozen Joghurt war seit Kurzem groß in Mode und am Broadway hatte gerade ein neuer Laden eröffnet.

»Gibst du einen aus?«

»Gibst du einen aus?«, wiederholte Joanna.

»Ja.«

»Dann sage ich nicht Nein.«

»Dann sage ich nicht Nein.«

Mickie zog Sandalen an und überzeugte Joanna davon, dass sie diesmal nicht mitkommen konnte. Die Kleine war immer gern dabei, saß dann auf dem Rücksitz und steckte den Kopf zwischen uns wie ein Hund, der einfach nur glücklich ist, mal rauszukommen und Auto fahren zu dürfen. Zum Trost versprachen wir, ihr einen Joghurt mitzubringen, dann stürmte ich aus der Tür und den Gehweg hinunter, ohne mich noch einmal umzudrehen oder Mickie die Wagentür aufzuhalten. Im Falcon rückte sie mir dichter auf die Pelle als sonst, was mich nur noch wütender werden ließ.

»Alles okay?«, wollte sie wissen.

»Wunderbar.«

»Sind wir etwa schlechter Laune?«

»Nur müde.«

Im Eisladen wartete Mickie an einem der Tische, während ich mich am Tresen anstellte, wo die nicht gerade kurze Schlange mich bestimmt nicht fröhlicher stimmte. Inzwischen gab es nur noch wenig, was mich nicht nervte. Nach ungefähr zwanzig Minuten konnte ich Mickie einen Frozen Joghurt mit Erdbeeren bringen.

»Und was isst du?«, fragte sie.

»Ich habe keinen Hunger. Gehst du jetzt mit mir auf den Abschlussball oder nicht?«

Mickie steckte den winzigen Plastiklöffel in ihren Eisbecher. »Netter kannst du mich das nicht fragen?«

»Nett und ›ganz wie es sich gehört‹ hat dich bestimmt schon meine Mutter gefragt.« Ich sorgte dafür, dass man die Anführungsstriche auch hörte.

»Nein, hat sie nicht.«

»Komm schon – als wärst du nicht bestens im Bilde!«

»Ich bin über gar nichts im Bilde! Und weißt du, was? Wenn ich im Bilde gewesen wäre, dann hätte ich dir ganz direkt gesagt, dass du dir die Mühe sparen kannst, und du hättest nicht extra vorbeikommen müssen. Arschloch!« Sie sprang auf und rannte hinaus, kam aber noch einmal zurück, um sich ihren Becher zu holen. »Herzlichen Dank für den Joghurt, Arschloch!« Diesmal stürmte sie endgültig davon.

Sämtliche Anwesenden starrten mich an, die beiden Angestellten hinter dem Tresen genauso wie ihre in der Schlange wartenden Kunden. Und das lag nicht an meinen roten Augen, die in meinem knallroten Gesicht womöglich gar nicht mehr auffielen. Trotzdem – ich war immer noch wütend und auf keinen Fall scharf auf Gaffer. »Habt ihr noch nie jemanden mit roten Augen gesehen?«, fauchte ich die Umstehenden an, woraufhin sich alle betreten abwandten. Ich sprang auf und verließ das Lokal.

Draußen lehnte Mickie an der Beifahrertür des Falcon und aß ihren Joghurt.

»Es tut mir leid«, sagte ich. »Ich bin wütend auf meine Mutter und lasse das an dir aus.«

»Warum bist du wütend auf deine Mutter?«

»Weil sie so was ständig macht.«

»Was macht sie denn?«

»Ich hatte nichts dagegen, zu Hause zu bleiben.«

»Ich auch nicht.«

»Sag Nein und dann können wir beide zu Hause bleiben.«

»Du hast mich noch gar nicht gefragt.«

»Ich hab dich da drin gefragt!«

»Zählt nicht.«

»Okay. Möchtest du mit mir auf den Schulball gehen?«

»Ja.«

»Was? Gerade hast du gesagt …«

»Ich sagte, ich hätte nichts dagegen gehabt, zu Hause zu bleiben. Aber jetzt möchte ich hin.«

»Das machst du nur, um mich zu nerven und meine Mutter zu besänftigen.«

Mickie stellte ihren Joghurt auf das Autodach, um die Arme vor der Brust verschränken zu können. »Hast du je erlebt, dass ich irgendetwas mache, um irgendwen zu besänftigen?«

Hatte ich nicht. Mickie war so leicht nicht einzuschüchtern, das musste man ihr lassen.

»Warum tust du es dann?«

»Weil ich glaube, es könnte eine Menge Spaß machen, deswegen. Weil es bedeutet, einen Abend mit meinen beiden besten Freunden verbringen zu dürfen. Weil es bedeutet, mit dir zusammen zu sein.«

Ich fühlte mich so klein mit Hut. »Ich zahle für alles. Wenn du ein Kleid brauchst …«

»Du zahlst nicht für mein Kleid, Hill.« Sie holte sich ihren Joghurt vom Dach und aß weiter.

»Ich möchte bloß nicht … ich weiß, das ist …«

»Könntest du vielleicht mal die Klappe halten?«

»Wie ich dich eben gefragt habe, tut mir leid.«

»Sollte es auch.«

»Ich weiß, du tust mir einen Gefallen, und …«

Sie stöhnte laut und theatralisch. »Hör doch mal auf, so was zu sagen, Hill. Ich tu dir keinen Gefallen. Wieso geht das nicht in deinen Quadratschädel?«

»Du brauchst so was nicht zu sagen.«

»Hallo! Seit wann sage ich Sachen, die ich nicht meine? Hast du das schon mal erlebt?«

Hier galt dasselbe wie eben: Nein, das hatte ich noch nie erlebt. »Normalerweise sagst du nichts, was du nicht sagen willst.« Sie lächelte und steckte sich verspielt den Löffel in den Mund und in diesem Moment – als hätte mich der Blitz getroffen, wie es immer so heißt – war mir, als sähe ich Mickie eigentlich zum ersten Mal. Warum hatte ich nie erkannt, wie schön sie war? Sie hielt den Kopf zur Seite geneigt und in den Haaren, die ihren Nacken liebkosten, glitzerten goldene Lichter, die mit ihren lebhaften blauen Augen um die Wette strahlten.

»Was?« Sie wischte sich mit der Serviette über das Kinn. »Hab ich Joghurt im Gesicht?«

»Nein.«

»Mit dir alles okay?«

Ich nickte, kurz davor, ihr zu gestehen, was mir eben durch den Kopf geschossen war. Nur würde Mickie mich bestimmt nicht ernst nehmen. Sie würde verächtlich schnauben und mir raten, mir mal wieder die Augen untersuchen zu lassen.

»Okay«, sagte ich. »Dann also Samstagabend.«

Ich ging zur Fahrerseite und stieg ein, während Mickie an der Beifahrertür wartete. Der Schlüssel steckte schon im Zündschloss, als sie immer noch nicht eingestiegen war. Hatte ich ihre Tür aus Versehen verriegelt? Nein, der Knopf war oben. »Was ist?«

»Ich warte darauf, dass du mir die Tür aufhältst wie ein Gentleman, Hill. Kleine Übung für Samstag!«

10

Am entscheidenden Tag stand ich in weinrotem Smoking zu Rüschenhemd und weinroter Krawatte bei Mickie zu Hause im Marmorfoyer. Ein Foto von mir in all meiner Pracht steckt selbstverständlich im Einklebebuch für das Jahr 1975.

»Hast du jetzt einen Kellnerjob?«, fragte mich einer von Mickies Brüdern, die leider Gottes genau an diesem Wochenende aus dem College zu Besuch gekommen waren.

»Einen Kellnerjob!«, freute sich die am Treppengeländer hin und her schwingende Joanna.

»Ist das Samt, Hill? Ich glaube, wir haben Vorhänge aus dem Stoff«, sagte der andere Bruder.

»Wir haben Vorhänge aus dem Stoff!«, plapperte Joanna kichernd nach.

Wenigstens war Mickies Vater da schon ausgezogen.

Joanna hörte auf zu schaukeln und brüllte: »Mickie! Sam ist hier! Und er hat Blumen!« Sie kletterte die Treppe hoch. »Ich hole Mickie, Sam. Meine Mutter klebt ihr gerade Tesa auf die Titten.«

Ich hatte keine Ahnung, was das heißen sollte, und wurde so rot wie mein Smoking.

Mickies Brüder und ich saßen im Wohnzimmer, wo laut plärrend der Fernseher lief. Nach den ersten dummen

Sprüchen plauderten wir ganz unverfänglich über die Giants und die Forty-Niner, wobei ich es im Zimmer ungefähr so heiß fand wie in einem Gewächshaus. Endlich hörte ich auf dem Marmor des Foyers das Klappern hochhackiger Schuhe, stand erleichtert auf, drehte mich um und hätte um ein Haar das mitgebrachte Ansteckssträußchen fallen lassen. Ich kannte Fotos von meinen Freunden im Ausgehstaat für den Abschlussball und immer hatten die Mädchen an ihrer Seite ausnehmend hässliche lange Kleider getragen, noch hässlicher als die, die man gemeinhin Brautjungfern zumutet. Mickies Kleid war zauberhaft, weinrot und schien der Schwerkraft zu trotzen, da es lediglich von zwei superdünnen Trägern gehalten wurde. Der Ausschnitt ließ einen Hauch Dekolleté erahnen, das Kleid lag an der Hüfte eng an und endete kurz über dem Knie. Mickie trug keine Nylons, ihre wohlgeformten Waden ragten nackt aus den weißen Stöckelschuhen. Ich hätte nicht sagen können, aus welchem Material das Kleid war. Es sah aus wie Seide, aber im Grunde war mir das völlig egal, denn so hinreißend das Kleid auch sein mochte, das eigentlich Faszinierende war Mickies Gesicht. Meine Freundin sah aus wie das Werk eines großen Künstlers, mit hochgesteckten Locken und diamantenen Ohrringen.

»Mach den Mund zu«, befahl sie mir. »Du fängst sonst noch eine Fliege.«

»Oh, Michaela!« Mrs Kennedy seufzte.

»Du fängst eine Fliege!« Joanna verdrehte entzückt die Augen. »Du fängst eine Fliege!«

»Das ist für dich!« Ich hielt Mickie das Ansteckssträußchen hin.

»Willst du es mir nicht anstecken?«, fragte sie.

Entsetzt musterte ich die dünnen Träger.

»Lass mich das für dich machen.« Mickies Mutter warf ihrer Tochter einen vorwurfsvollen Blick zu.

Sobald der Strauß angesteckt war, scheuchte uns Mrs Kennedy hierhin und dorthin, um möglichst viele schöne Fotos zustande zu kriegen. Abzüge davon gingen später wie versprochen an meine Mutter, die sie mit Datum und Beschriftung versehen ins Fotoalbum neben mein Einzelporträt im Smoking steckte.

Auf dem Weg die Treppe hinunter und zum Falcon ließ Mickie die Hand auf meinem Arm ruhen, um in den hohen Schuhen nicht das Gleichgewicht zu verlieren. Ich öffnete die Beifahrertür und wartete, bis sie die zum Kleid passende Stola zusammengerafft hatte und über den Sitz rutschen konnte. Als ich ins Auto stieg, saß Mickie schon auf ihrem angestammten Platz.

»Alles in Ordnung?«, fragte sie. »Du warst da drin irgendwie ziemlich still.«

Diesmal zögerte ich nicht. »Du siehst so schön aus«, sagte ich ohne auch nur einen Anflug von Schüchternheit, denn immerhin stellte ich hier nichts als eine Tatsache fest. Genauso gut hätte ich von einem Wasserfall sagen können, er sei atemberaubend. Beides stimmte einfach. »Unglaublich schön.«

Mickie strahlte und wurde rot. Dann beugte sie sich vor und küsste mich auf die Wange.

Moms Vorschlag, Mickie einzuladen, erwies sich als Geniestreich. Wir trafen Ernie und sein Date Alicia in einem Restaurant, wo unsere gemeinsame Mahlzeit nichts von der steifen, förmlichen Angelegenheit hatte, als die viele meiner Freunde ihre ersten Dates anlässlich des Schulballs erlebten.

Bei uns wurde lebhaft geredet und so viel gelacht wie auch sonst, wenn Ernie, Mickie und ich zusammen waren. Besser konnte es gar nicht werden, dachte ich, aber es wurde noch besser. Mickie und ich betraten unter jeder Menge neugieriger Blicke Hand in Hand den Ballsaal des Hotels, und während andere Paare noch herumstanden oder mit gelangweilten Mienen an den Tischen saßen, wurde ich von Mickie sofort auf die Tanzfläche geschleppt. Die blitzenden Lichter unter der sich drehenden Discokugel brachten Mickie richtig zum Leuchten und jahrelanges Tanztraining gepaart mit Gymnastik hatten ihren Körper geschmeidig werden lassen. Sie tanzte mit Schwung und Stil, halb burlesk, halb Ginger Rogers, und ich gab mir wirklich Mühe, mitzuhalten und ihr gerecht zu werden, war aber dankbar für jeden langsamen Song, bei dem ich zu Atem kommen und Mickie eng an mich drücken durfte. Anders als auf der Grundschule ließen wir keine zehn Zentimeter Platz für den Heiligen Geist. Diesmal legte Mickie ihren Kopf an meine Brust, ich spürte ihren Atem an meinem Hals und roch ihr Parfüm. Der Duft schickte mir Schauder den Rücken hinunter.

Irgendwann im Laufe des Abends, als die Band mal eine Pause einlegte, gingen Mickie und Alicia auf die Toilette und Ernie und ich an die Bar, um für alle Limonade zu besorgen.

»Mickie ist ein dufter Kumpel, was?«, erkundigte sich Ernie.

»Der beste.« Ich nickte.

»Ihr zwei seht so aus, als wärt ihr schon ewig zusammen.«

»Ich kenne sie ja auch schon ewig.«

»Ich auch, aber so wie ihr beide sind Mickie und ich nicht.«

Ich sah Ernie an und fragte mich plötzlich, ob das Ganze ein Fehler gewesen sein könnte. Mickie und ich waren so eng befreundet wie Ernie und ich, wenn auch anders. Über manche Dinge konnte ich mit ihr sprechen, mit ihm aber nicht, und umgekehrt. Wenn ich das hier in den Sand setzte, verlor ich Mickie womöglich. »Glaubst du, es könnte ein Fehler gewesen sein, mit ihr auf den Ball zu gehen?«, wollte ich von Ernie wissen.

Ernie kam nicht dazu, mir zu antworten, da gerade die völlig aufgelöste Alicia auf uns zustürzte. »Ihr müsst mit rauskommen, schnell!«

Ich rannte aus dem Ballsaal. Vor der Tür standen Mickie und Michael Lark, der Linebacker, den ich beim Trinken besiegt hatte, um dann später im Farn meiner Mutter zu landen. An Mickies Kleid hatte sich ein Träger gelöst und sie fuchtelte mit der einen Hand wütend vor Larks Gesicht herum, während sie die andere zur Faust geballte hatte. Hinter Lark standen mehrere unserer Klassenkameraden, die versuchten, ihn zurückzuhalten.

»Fass mich bloß nicht noch mal an!«, fauchte Mickie.

»Was ist hier los?«, fragte ich.

»Ich hab doch bloß Spaß gemacht«, lallte Lark. Ich konnte sehen, dass Mickie ihn geschlagen hatte. Seine rechte Wange war kirschrot.

»Hast du sie angefasst?«, wollte ich wissen.

Einer von Larks Freunden trat mit besorgter Miene vor. »Er ist sturzbetrunken, Mann. Wir müssen ihn hier rausschaffen, ehe er auffliegt.«

Lark strahlte mich selig an. »Wer hat sie denn nicht angefasst?«, wollte er wissen und in dem Moment sah ich nicht mehr Lark vor mir, ich sah David Bateman. »Wir alle wissen doch, dass es nicht das erste Mal ist, Hell. Dich hat sie doch bestimmt auch rangelassen.«

»Lass gut sein, Lark«, sagte ich.

»Hey Mann, du und ich, wir sind doch Kumpel.«

»Heute Abend nicht.«

»Komm schon, Hell, jeder weiß doch, dass das Mädchen mehr Schwänze zwischen den Beinen hatte als eine Footballmannschaft.«

Ich wollte mich auf Lark stürzen, aber Ernie trat schnell dazwischen und hielt mich zurück, was gut war, denn Lark hätte mich wahrscheinlich umgebracht. Ich wandte mich Mickie zu, während hinter mir Ernie auf Lark einredete, wobei Worte wie »uncool« und »geht gar nicht, Mann« fielen. Mickies Wimperntusche war verlaufen und ihre Augen waren rot vom Weinen. Mehr war nicht nötig – sofort wollte ich mich wieder auf Lark stürzen. »Ist schon okay!« Wieder stoppte mich Ernies Hand auf meiner Brust. »Er ist besoffen. Sie schaffen ihn weg.«

»Es ist nicht cool«, brüllte ich so laut, dass alle erstarrten. Ich schlug Ernies Hand beiseite und drängte mich an ihm vorbei. »Lark!«

Lark drehte sich um, starrte mich aus glasigen Augen an und warf mir das schiefe Lächeln eines Betrunkenen zu. Obwohl er schwankte und nicht mehr gerade stehen konnte, musste ich zu ihm aufsehen, und er wog bestimmt zwanzig Kilo mehr als ich. Aber ich wusste auch, dass er nur mit einem Footballstipendium an die Brown gekommen war und ich vierzig Mal schlauer war als er. »Du musst dich entschuldigen«, sagte ich.

Er taumelte. »Wir sind cool, Mann. Ich hab's nicht so gemeint.«

»Nicht bei mir, bei Mickie.«

Lark runzelte angestrengt die Stirn.

»Sam!« Ernie stand wieder dicht neben mir.

Ich hob die Hand. Meine Konzentration war ganz auf Lark gerichtet. »Halt dich da raus, Ernie.«

Larks verwirrter Blick huschte zwischen Ernie und mir hin und her. »Ich hab mich doch schon entschuldigt.«

»Nicht bei ihr.«

Er beugte sich vor, bis ich seinen sauren, alkoholgeschwängerten Atem riechen musste. Der erinnerte mich an Schwester Beatrice und stieß mich genauso ab wie damals. Bis auf die kurze Episode auf David Batemans Rücken damals in der ersten Klasse war ich nie in eine Prügelei verwickelt gewesen. »Letzte Gelegenheit«, sagte ich.

»Oder?«

»Oder wir klären das gleich hier und jetzt.«

Lark grinste. »Ich bring dich verdammt noch mal um, Hell«, sagte er mit leisem Lachen in der Stimme, ohne eine Spur Feindseligkeit.

»Das wirst du auch müssen«, sagte ich, ohne die Stimme zu heben. »Denn wenn wir erst mal anfangen, höre ich nicht wieder auf. Dann werfen sie uns beide von der Schule und wir können uns von unserer Zukunft verabschieden, und die Abschlussklasse vom nächsten Jahr kann uns bei McDonald's besichtigen, wo wir zusammen Burger braten, statt dass du für Brown Football spielst. Erklär das deiner Mutter und deinem Vater.«

Einen Moment lang sah Lark so aus, als versuche er eine komplexe mathematische Gleichung zu lösen, die ihn komplett überforderte. Dann grinste er und ich spürte, wie alle im Raum einen kollektiven Seufzer der Erleichterung von sich gaben. »Du bist ein rotäugiger Hurensohn, Sam Hell, aber ich mag dich.« Er schob sich an mir vorbei, dorthin, wo Mickie mit Alicia und Ernie stand. »Hey, Mickie.« Sie warf ihm einen zornigen, verächtlichen Blick zu. »Es tut mir leid, ich hätte das nicht tun sollen. Auch diese ganzen Sachen hätte ich nicht sagen dürfen. Wenn Hell dich mag, musst du in Ordnung sein.«

Mickie wischte sich die Wangen trocken, antwortete aber nicht. Lark sah mich an und nickte. Dann ging er.

II

Ich holte Mickies Stola und eskortierte meine Freundin durch die Hotellobby hinaus zum Parkplatz. Sie hielt die ganze Zeit über den Kopf gesenkt und hatte sich die Stola eng um die Schultern geschlungen. Ich hielt ihr die Autotür auf, half ihr beim Einsteigen und sorgte dafür, dass beim Schließen der Tür weder Kleid noch Stola eingeklemmt wurden. Auf dem Weg zur Fahrertür nahm ich mir einen Moment Zeit, um tief Luft zu holen.

Wir waren Außenseiter, Ernie, Mickie und ich. Wir passten einfach nicht ganz dazu. Ernie blieb trotz seiner sportlichen Erfolge der schwarze Junge, ich war und blieb der Teufelsjunge oder doch wenigstens der mit den roten Augen, egal, was ich im Klassenzimmer und in der Redaktion leistete, und Mickie war ein Mädchen mit einem bestimmten Ruf. Über uns redeten die Leute, über uns machten sie sich lustig. Wie oft war Mickie für mich eingetreten, hatte sich für mich geradegemacht. Heute Abend war sie so glücklich gewesen, wie ich sie eigentlich noch nie erlebt hatte. Das durfte ihr dieser Lark nicht nehmen. Mir gefiel nicht, wie sie da so still ganz dicht an der Beifahrertür hockte und sich auch dann nicht rührte, als ich mich hinter das Steuer setzte.

»Ich habe ein Problem«, sagte ich. Mickie sah auf. Noch immer war ihr Make-up verschmiert. »Ich kann nicht fahren, wenn du so weit weg sitzt.«

»Es tut mir leid«, sagte sie leise.

»Was? Dass Lark ein Säufer und Volltrottel ist?«

»Es tut mir leid, dass du mit mir auf den Ball musstest. Ich habe dich blamiert.«

»Ich *musste* mit dir gehen? Bist du verrückt? Ohne dich wäre ich gar nicht hingegangen.«

»Wäre vielleicht besser gewesen.«

So kleinlaut und niedergeschlagen kannte ich Mickie überhaupt nicht. Vielleicht hatte ich nie richtig begriffen, wie schlecht es ihr oft ging und wie tief ihr Schmerz saß. Das Leben bei ihr zu Hause blieb auch nach der Scheidung ihrer Eltern schwierig, da ihre Mutter sich abends in der Regel betrank und dann entweder aus den Latschen kippte oder streitsüchtig wurde und Mickie kleinmachte. Ihr Vater hatte sich ziemlich bald nach seinem Auszug eine heiße junge Freundin zugelegt und zeigte wenig Interesse am Vatersein. Es war ein Zuhause ohne Liebe. Vielleicht war Mickie deswegen promiskuitiv. Vielleicht ging es ihr gar nicht um Sex, sondern darum, wenigstens für kurze Zeit geliebt zu werden.

»Hast du die Blicke gesehen, als wir in den Ballsaal kamen?«, fragte ich.

»Ich weiß, warum die alle geglotzt haben!«

»Ach ja? Weil sie mich im weinroten Smoking mit Rüschenhemd so umwerfend fanden? Ich sehe aus wie ein rotäugiger Kellner in Las Vegas!«

Mickie grinste.

»Die Blicke galten dir, Mickie. Die Leute haben dich angesehen, weil du so schön aussahst. Weil du so schön bist.

Lark hat doch bloß zu tun gewagt, wovon sämtliche Typen da im Saal geträumt haben. Und ich kam mir vor wie der Begleiter eines Filmstars. Und ich sage dir jetzt noch was …«

Dazu kam ich dann nicht mehr, weil Mickie mit einem Satz zu mir rübergerutscht war und mich küsste. Anders als bei Donna Ashbys Küssen erforschte keine Zunge meinen Mund, ich spürte nur die Wärme von Mickies Lippen. Viel zu bald schon löste sie sich von mir, rollte sich neben mir zusammen und schmiegte sich an mich. »Ich hab dich lieb, Sam Hill«, sagte sie.

»Ich dich auch, Michaela Kennedy.« Diesmal schaffte ich es, die Worte zu sagen, und sie ließ mir sogar ihren richtigen Namen durchgehen.

12

Unser letztes Schuljahr näherte sich dem Ende. Ernie hatte aus dem ganzen Land Angebote für Stipendien erhalten und musste sich entscheiden, ich schwankte zwischen ein paar Colleges und musste darüber nachdenken, welches sich meine Eltern wohl am ehesten leisten konnten. Einer meiner Artikel über Ernie hatte mir ein Stipendium von zweitausend Dollar eingebracht und die Organisation, die den Preis ausgesetzt hatte, lud mir zu Ehren zu einem Mittagessen, zu dem meine Mutter und ich nach Monterey fuhren. Dad konnte nicht mit, er arbeitete einfach unglaublich viel. Beim Essen saß ich neben dem Leiter der Organisation, einem Mann namens Howard Rice, Stanford-Absolvent des Jahrgangs 1944 und engagierter Förderer junger Talente. Er zeigte sich ziemlich beeindruckt von meinen Leistungen, wahrscheinlich, weil ich es trotz meines »Zustands« so weit gebracht hatte. Nach dem Essen meinte er zu meiner Mutter, er hoffe, ich würde auch Stanford als Uni in Betracht ziehen.

Stanford kostete vierzehntausend Dollar im Jahr plus Unterkunft und Verpflegung. Das war trotz meiner Stipendien und der Summe, die ich mir im Laden erarbeitet hatte, mehr, als ich fairerweise von meinen Eltern erbitten mochte.

»Er denkt über verschiedene Colleges nach«, antwortete meine Mutter diplomatisch.

»Sam«, wandte sich Mr Rice an mich, »ich möchte, dass du dich bewirbst und mich als Referenz angibst. Ich lasse dir morgen die Bewerbungsunterlagen zuschicken und werde ein Empfehlungsschreiben für dich verfassen.«

Er hielt Wort und wenige Tage nach diesem denkwürdigen Mittagessen trafen die Bewerbungsunterlagen für Stanford bei uns ein. Ich wollte sie gar nicht erst ausfüllen, aber meine Mutter bestand darauf. »Wir wissen nicht, was Gottes Wille ist, Sam. Du musst nur fest glauben. Außerdem wäre es Mr Rice gegenüber unhöflich, sie nicht auszufüllen, wo er sich die Mühe gemacht hat, sie dir persönlich zuzuschicken.«

Also füllte ich die Bewerbung aus, damit meine Mutter Ruhe gab und weil Mr Rice es ja wirklich nett gemeint hatte. Meinen Essay, einen Aufsatz über das Leben mit okulärem Albinismus, schrieb ich am Abend, bevor die Bewerbungsfrist ablief. Am nächsten Tag schickte ich mein Päckchen auf die Reise und dachte nicht mehr daran.

Ungefähr zur selben Zeit erschien in der letzten unter meiner Regie herausgegebenen Nummer unserer Schulzeitung ein Artikel von mir über Ernies Erfahrungen mit den Rekrutierungsteams diverser Unis. Bei der *Times* mochten sie den Artikel so sehr, dass sie ihn auf der Titelseite des Sportteils brachten, und nur einen Tag später erhielt ich im Redaktionsbüro einen Anruf des zuständigen Redakteurs.

»Halt dich fest, Hill, du bist berühmt. Associated Press hat deinen Artikel aufgegriffen und über ihre Dienste zugänglich gemacht. Er steht jetzt in Hunderten von Zeitungen, dein Name immer dick und fett darüber.«

Am Tag darauf wartete ich gerade in der Umkleide auf Ernie, der nach dem Leichtathletiktraining geduscht hatte und sich gerade abtrocknete, als Coach Moran hereingestürmt kam. Er leitete inzwischen zusätzlich zu seinen Aufgaben als Trainer des Basketballteams das gesamte Sportprogramm der Schule und schien kurz vor dem Herzinfarkt. »Cantwell, in mein Büro!«

»Okay, Coach, ich zieh mich schnell fertig …«

»Sofort!«

»Coach! Darf ich nicht wenigstens …«

»Stanford ist am Telefon, Cantwell. Coach Christiansen will dich fragen, ob du nächsten Herbst für die Stanford University Football spielen möchtest. Soll ich ihm sagen, du musst dir erst mal den Arsch abtrocknen?« Als Ernie mit hastig um die Taille geschlungenem Handtuch an ihm vorbeirannte, entdeckte Moran mich. »Sie auch, Hill. In mein Büro!«

»Ich? Wieso?«

»Weil Sie das Ganze angezettelt haben. Er kennt Ihren Artikel und hat vielleicht noch ein paar Fragen, die ich nicht beantworten kann.«

Coach Christiansen hatte nur eine Frage, und die nicht an mich. Er wollte von Ernie wissen, ob der wohl gern für Stanford Football spielen wollte. Ernie sagte sofort Ja. Als er auflegte, hatte Moran kreisrunde Augen und einen glasigen Blick. »Du hast gleich zugesagt? Du hast dich festgelegt? Und die anderen Unis, die auf eine Antwort warten? Was soll ich denen sagen, wenn sie anrufen?«

»Dass ich nach Stanford gehe, Coach. Es ist nicht weit weg von zu Hause. Meine Eltern können zu meinen Spielen kommen und mein Vater möchte, dass ich einen Abschluss in BWL und Computerwissenschaften mache.«

13

An diesem Abend veranstalteten die Cantwells zur Feier des Tages in ihrem Garten ein spontanes Grillfest, an dem ich in Doppelfunktion teilnahm: als Ernies Freund und als Journalist. Die *Times* wollte von mir eine Geschichte über Ernies Entscheidung nach dem Motto »Der Junge bleibt der Heimat treu«, und ich interviewte für die Story Ernies Eltern, seine Großeltern mütterlicherseits und die Trainer an unserer Schule. So verbrachte ich einen großen Teil der Party damit, meine Geschichte an den zuständigen Redakteur durchzugeben. Als das endlich erledigt war, waren die anderen mit dem Essen fertig, aber Mrs Cantwell hatte mir einen Teller mit zwei Hamburgern und Kartoffelsalat zurückgestellt.

Damit setzte ich mich nach draußen ans Feuer, während sich die übrigen Partygäste im Haus Kaffee und Kuchen schmecken ließen. Die Werber der anderen Unis wussten von Ernies Entscheidung, er hatte sie telefonisch informiert. Irgendwann setzte sich Mickie zu mir. Die Flammen warfen flackernde Schatten auf ihr Gesicht. »Tolle Sache, das mit Ernie, nicht?«

»Klasse.« Ich blies den Rauch weg, der mich einzunebeln drohte.

Wir sahen den Flammen zu, die eine ganze Farbpalette auszuspucken schienen. Mickie hatte sich für den Ableger der Universität von Kalifornien in Davis entschieden, was in der Nähe von Sacramento lag. Ihre Noten waren nicht weltbewegend, dafür war ihr beim allgemeinen Hochschulzulassungstest ein fast perfektes Ergebnis gelungen und auch meine Hilfe bei ihrem Bewerbungsaufsatz über das Aufwachsen im Haus einer Alkoholikerin dürfte nicht geschadet haben.

»Sei nicht sauer auf Ernie«, sagte Mickie. »Er hat die Regeln nicht gemacht.«

»Das weiß ich doch.«

Meine Mutter hätte es »Gottes Willen« zugeschrieben, dass Ernie nach Stanford ging, aber wenn es so war, warum hatte ich dann all die vielen Stunden für meine perfekten Noten gepaukt und wartete nun vergeblich auf meine Zulassung dort? Ich hatte mich wie damals bei der Nominierung als Redner für die Abschlussfeier auf meine Leistung verlassen und mir allzu große Hoffnungen gemacht, ein Fehler, der mir ganz bestimmt nicht noch einmal passieren würde. Natürlich stand ich nicht ohne Zusagen da, nur war eben keine aus Stanford dabei. Ich hatte mich an den Colleges der Universität von Kalifornien beworben, die den Einwohnern von Kalifornien bezahlbare Studiengebühren abverlangten und von daher besser als alle anderen ins Budget meiner Familie passten. Bisher hatte ich Zusagen aus Davis, Berkeley und Los Angeles erhalten, alles gute Unis, und wenn ich nach Davis ging, konnte ich mit Mickie abhängen und auch öfter mal nach Hause fahren.

Nach dem Fest bei den Cantwells fuhr ich Mickie nach Hause und blieb noch, um mir mit ihr und Joanna einen

Spätfilm anzusehen. Beide Mädchen schliefen auf der Couch ein, und als der Film zu Ende war, trug ich Joanna nach oben in ihr Bett. Sie wachte kurz auf, als ich sie zudeckte, legte mir beide Arme um den Hals, zog meinen Kopf zu sich herunter und küsste mich auf die Wange. »Ich hab dich lieb, Sam.«

Das war einfach nur süß, das Süßeste, was je ein Mensch zu mir gesagt hatte, denn Joannas Zuneigung war an keinerlei Bedingungen geknüpft. Sie musste mich nicht lieben, sie war weder meine Mutter noch meine Freundin, und sie wollte auch nichts – außer vielleicht ein stabiles Zuhause und jemanden, den sie lieben konnte. Ich lächelte. »Ich hab dich auch lieb, Jo-Jo.«

Mickie lehnte am Türrahmen, als ich das Zimmer verlassen wollte, und sah mich mit einem verschmitzten Grinsen an. Leise schlossen wir hinter uns die Tür. »Du musst mich nicht an die Haustür bringen«, flüsterte ich. »Du schläfst doch schon im Stehen. Geh ins Bett.«

»Willst du mich nicht auch zudecken?«, fragte sie ebenso leise.

Ich lächelte. Mickie zu Bett bringen? Daran dachte ich seit dem Abend des Schulballs. Aber ich wollte unsere Freundschaft gerade jetzt nicht gefährden, wo Mickie im Herbst weggehen würde. Sollten wir uns beide auf der Uni in Davis wiederfinden, wäre das etwas anderes, und vielleicht erhielte ich dort sogar die Chance zu einer Beziehung mit Mickie. Aber was, wenn ich mich für ein anderes College entschied? Das mochte ich mir nicht antun. Ich wollte nicht immer an die Jungs denken müssen, mit denen sie vielleicht gerade zusammen war.

»Du wirst mal ein guter Dad«, stellte Mickie fest.

»Na, da bin ich mir nicht so sicher.«

»Nicht so sicher, ob du ein guter Dad wirst?«

»Nicht sicher, ob ich überhaupt Dad werde.«

»Wieso denn nicht? Du hattest ein prima Vorbild und du bist ein so liebevoller Mensch.«

»Vielleicht. Vielleicht adoptiere ich irgendwann mal.«

Mickie trat zurück und musterte mich mit zusammengekniffenen Augen. »Wieso sagst du so was?«

»Das weißt du ganz genau. Ich hätte sonst Angst, dass meine Kinder wie ich werden. Mit meinen Augen.«

»Dann könnten sie sich glücklich schätzen.«

»Glücklich?«

»Ja. Deine Augen haben dich zu dem Menschen gemacht, der du bist, und ich für meinen Teil halte dich für einen sehr guten Menschen, Sam Hill. Und ich weiß, dass Joanna da genauso empfindet.«

Dann umarmte Mickie mich liebevoll, eine Umarmung, die genauso süß war wie eben die ihrer kleinen Schwester. Und mir schoss durch den Kopf, dass ich vielleicht doch eines Tages Vater sein könnte. Und Mickie Mutter. Vielleicht könnten die Kinder, von denen sie gesprochen hatte, sogar unsere gemeinsamen sein.

14

Meine Eltern lagen längst im Bett, als ich nach Hause kam. In der Küche hatte Mom wie immer das Licht für mich angelassen und ich konnte oben in ihrem Zimmer den Fernseher hören. Ich holte mir die Milch aus dem Kühlschrank und goss mir ein Glas ein. Dabei entdeckte ich auf dem Küchentresen einen weißen, an mich adressierten Umschlag, darauf in dicken roten Lettern der Absender:

UNIVERSITÄT STANFORD
ZULASSUNGSSTELLE

Keine vierundzwanzig Stunden zuvor hätte ich diesen Umschlag aufgerissen wie der Moderator bei der Oscar-Verleihung, aber jetzt hielt ich ihn einfach so in der Hand und fand ihn viel zu dünn für alle Unterlagen, die zu einer Zulassung gehörten. Mir war gerade nicht nach einer weiteren Zurückweisung und der Umschlag erinnerte mich fatal an einen anderen, den meine Mutter an einem hellen, sonnigen Morgen aus unserem Briefkasten gefischt hatte. Wie aufgeregt sie gewesen war, wie hocherfreut über den Brief der OLM. Anders als ich. Ich wusste noch genau, dass ich schon damals meine Begeisterung zurückgehalten hatte. Vielleicht weil ich noch so klein gewesen war und Angst vor der Schule gehabt hatte, oder weil mir die Grausamkeiten und Gemeinheiten durch den Kopf gingen, von denen mein Vater gesprochen hatte. Obwohl – die waren da ja noch gar nicht zur Sprache gekommen. Warum auch immer, ich hatte meine Zweifel gehabt. Jetzt hielt ich den Umschlag aus Stanford ans Licht, konnte aber natürlich nicht hindurchsehen. Irgendwann schaltete ich die Küchenlampe aus und nahm den Brief mit nach oben.

»Sam?«, rief meine Mutter, kaum war ich auf der obersten Treppenstufe angekommen. Selbst wenn ich mich unter Vermeidung sämtlicher knarrender Stufen auf Socken angeschlichen hätte wie ein Dieb, meine Mutter hätte mich trotzdem kommen gehört und zu sich gerufen.

Ich ging in ihr Schlafzimmer, wo das blaugraue Licht des Fernsehers flackernde Schatten auf ihre Bettdecke malte. Mein Vater lag auf zwei Kissen gestützt und sah sich irgendeine Sendung an. Es ging ihm in letzter Zeit nicht so gut. Er war oft müde, noch müder als sonst, und hatte angefangen, früh zu Bett zu gehen. Meine Mutter saß aufrecht neben ihm, den Rosenkranz zwischen den Fingern.

»Du hast einen Umschlag aus Stanford«, sagte sie mit stoischer Gelassenheit.

Wortlos hielt ich ihn hoch.

Mein Vater wandte den Kopf. »Was steht drin?«

Ich zuckte die Achseln. »Keine Ahnung, ich habe ihn noch nicht aufgemacht.«

Dad rappelte sich auf, bis er saß, und knipste die an der Wand neben seinem Bett befestigte Lampe an. Das harsche Licht betonte seine eingefallenen Gesichtszüge und die dunklen Ränder unter seinen Augen noch zusätzlich. »Nicht die Uni macht den Studenten«, sagte er leise. »Das weißt du hoffentlich, mein Sohn.«

Nicht gerade das, was ich hören wollte, also antwortete ich nicht.

»Mach ihn auf, Sam«, sagte meine Mutter. »Was immer auch drinsteht, es ist Gottes Wille.«

Das wollte ich nun ganz bestimmt nicht hören.

Ich riss den Umschlag auf und entnahm ihm ein einzelnes Blatt Papier.

> HIERMIT INFORMIEREN WIR SIE DARÜBER, DASS IHRE BEWERBUNG ANGENOMMEN IST.

Ich zuckte die Achseln. Irgendwie kam ich mir vor wie in einem Kinofilm, wo mit Trara ein Höhepunkt aufgebaut wird, um dann im Nichts zu verpuffen. »Sie haben meine Bewerbung erhalten. Über die, die nicht Football spielen, entscheiden sie wohl erst später.«

Ich ließ den Brief auf das Bett fallen und steuerte mein Zimmer an, kam aber gerade nur bis zu Tür. »Sam!«, rief meine Mutter mir nach. »Sam!«

Ich rannte zurück. »Was ist?«

Mom saß weinend im Bett. »Du bist angenommen, Sam.«

»Was?«

»Hier steht, deine Bewerbung ist angenommen, Sam. Angenommen. Du bist drin.«

15

Ich würde also nach Stanford gehen und dort mit Ernie ein Zimmer teilen. Seit das klar war, schwebte ich wie auf Wolken und mein Hochgefühl hielt auch am Tag unserer Abschlussfeier noch an und wog sogar die Enttäuschung darüber auf, dass jemand anderes die Abschlussrede halten würde. Für meine Mutter war hier natürlich Gottes Wille am Werk und ich auf dem Weg in das mir vorbestimmte außergewöhnliche Leben.

Nun sollte es losgehen! Ich stand vor meiner Kommode und versuchte vergeblich, mir den Schlips zu binden, als ich draußen auf dem Flur die hochhackigen Schuhe meiner Mutter hörte. Mein Vater beherrschte den Windsor-Knoten, so fest und unverrückbar wie vom englischen König persönlich gebunden, aber mein Knoten sah eher nach Selbstmordversuch aus und ließ die Kragenspitzen meines Hemdes wie Flugzeugflügel hochstehen.

»Finger weg, lass mich das machen.« Meine Mutter kam ins Zimmer und gab mir einen leichten Klaps auf die Finger.

Ich reckte das Kinn, damit sie die Scheußlichkeit aufknoten und den Schlips geschickt richtig binden konnte. Ich überragte sie inzwischen um einiges, aber der Spiegel über meiner Kommode dokumentierte an diesem letzten

Tag meiner Schulzeit mehr als nur den Größenunterschied zwischen uns. Meine Mutter war älter geworden. Wir hatten in diesem Jahr ihren dreiundvierzigsten Geburtstag gefeiert; und wenn ich so dicht vor ihr stand wie jetzt, sah ich, wie tief die von ihr »Sorgenfalten« genannten Falten in ihren Augenwinkeln geworden waren und wie ihre einst so makellose Haut jetzt doch langsam die Folgen des unausweichlichen Voranschreitens der Zeit zeigte.

Ich hatte mich nie danach gesehnt, die Uhr anzuhalten oder zurückzudrehen. Meine Grundschulzeit hatte mir trotz der Freundschaft mit Mickie und Ernie nur wenige schöne Erinnerungen beschert und ich war froh gewesen, David Bateman und Schwester Beatrice hinter mir lassen zu können. Auf der Highschool war es mir ein bisschen besser ergangen und ich hatte allerhand erreicht. Trotzdem wäre ich ohne Ernie wohl nur selten zu Partys eingeladen worden, kein einziges Mädchen hatte mich zu seinem Abschlussball eingeladen und ohne Mickie hätte ich auch meinen eigenen Ball verpasst. Ja, ich schloss in allen Fächern mit der Bestnote ab, aber so etwas fällt ja auch nicht weiter schwer, wenn man abends und an den Wochenenden fast immer am Schreibtisch hockt. Mir tat es nicht leid um die vergangenen Jahre, nur auf die Idee, dass ja auch meine Mutter älter wurde, war ich irgendwie nie gekommen. »Die Zeit ist gemein!«, hatte meine Grandma O'Malley mir einmal erklärt. Sie war gekommen, um an meiner Abschlussfeier teilzunehmen, und wartete jetzt unten im Wohnzimmer. »Sie kommt und geht wie ein Dieb in der Nacht und stiehlt einem die Jugend, die Schönheit, den Körper.« Grandma O'Malley, eine stolze, aufrechte Frau, hatte ich mit den Jahren immer kleiner und faltiger werden sehen und hatte mitbekommen, wie sich ihr Haar schlohweiß färbte. Bei Großeltern rechnet man mit so etwas, aber doch nicht bei den eigenen Eltern. Wir glauben doch irgendwie, dass unsere Eltern nie alt werden, denn wenn sie älter werden können, dann können auch wir altern, und das anzuerkennen bedeutet, sich mit der eigenen Sterblichkeit zu konfrontieren.

Der Friseur meines Vaters, der jetzt auch mein Haar schneidet, brachte es einfacher auf den Punkt als meine Großmutter: »Hier kommt keiner lebend raus.«

Meine Mutter zog den Knoten fest und schob ihn hoch. Als sie mich ansah, erkannte ich Tränen in ihren Augen.

»Fertig!« Sie wandte den Kopf ab.

Ich umarmte sie fest und drückte sie an mich. Und die Tränen, die wir an diesem Morgen vergossen, waren unser stillschweigendes Eingeständnis, dass die zurückliegenden Jahre uns gehört hatten, selbst wenn sie vielleicht nicht so außergewöhnlich gewesen waren, wie Mom erhofft und worum sie so inbrünstig gebetet hatte. Wenn ich im Herbst aufs College ging, verlor Mom ihren kleinen Jungen und ich den Menschen, der immer für mich da gewesen war, der sich seit dem Tag meiner Geburt mit Hingabe und Leidenschaft für mich eingesetzt hatte.

»Ich liebe dich, Mom.«

»Ich dich auch.« Mom löste sich aus meiner Umarmung und ich konnte sehen, wie sie sich zusammenriss. »Nun aber genug! Sonst ist dein schönes weißes Hemd gleich voller Make-up.«

»Du brauchst doch kein Make-up, Mom.«

»Das finde ich auch.« Mein Vater trat zu uns ins Zimmer. Obwohl er behauptete, sich besser zu fühlen, sah er immer noch sehr mager und erschöpft aus, aber von der Teilnahme an meiner Abschlussfeier hätten ihn keine zehn Pferde abhalten können. Wie lange er wohl schon im Flur gestanden und wie viel er dort mitbekommen hatte? Mein Vater wusste um die enge Beziehung zwischen meiner Mutter und mir, die er uns nicht eine Sekunde lang missgönnte. Mein Verhältnis zu ihm war anders als das zu meiner Mutter. Dad hatte mir beigebracht, ein Mann zu sein, und war stolz auf mich, aber für meine Mutter würde ich immer ein kleiner Junge bleiben. Ich glaube, so geht es allen Müttern mit ihren Söhnen.

Ich holte mein dunkelblaues Barett mit der goldenen Quaste und nahm den Kleiderbügel, auf dem das dazu passende Gewand hing. Meine Mutter hatte den Talar gebügelt, bis man sich an den Bügelfalten hätte schneiden können. Meine Eltern verließen Arm in Arm mein Zimmer, wobei meine Mutter sich verstohlen die letzten Tränen abwischte. Wie froh ich war, dass die beiden einander hatten und nicht allein sein würden, wenn ich im Herbst das Haus verließ. Und wie sehr sie mir fehlen würden.

16

Im Anschluss an die feierliche Zeremonie in der Schule feierten wir mit den Cantwells und Mickie, deren Abschlussfeier an der öffentlichen Schule erst in zwei Wochen stattfinden sollte, in einem Restaurant. Es gab ein Festessen, alle stießen auf unsere Zukunft an und danach brachten Ernie und ich unsere Eltern und Großeltern nach Hause, weil wir noch auf ein paar Abschlusspartys wollten.

»Gehst du nicht mit?«, fragte meine Mutter, als Mickie bei uns zu Hause hinter ihr aus dem Auto klettern wollte.

Mickie schüttelte den Kopf. »Lieber nicht, Mrs H. Ich als einziges Mädchen unter lauter Sportassen, die in Erinnerungen an ihre Erfolge auf der Highschool schwelgen? Viel zu viel Testosteron. Ich bleibe lieber hier und sehe mit Ihnen fern, wenn ich darf.«

So formuliert war Mickies Entscheidung natürlich nachvollziehbar. Aber ich wusste, sie wollte nicht allein des Übermaßes an männlichen Hormonen wegen bei meiner Mutter bleiben. Mom hatte sich wirklich angestrengt, die glückliche Mutter zu spielen, und sie freute sich ja auch ehrlich für mich, aber trotzdem gehört zu jedem Anfang unweigerlich ein Ende, das wir erst einmal akzeptieren müssen, und so ganz hatte meine Mutter noch nicht verinnerlicht, dass ihr kleiner Junge die Schule verlassen hatte und in wenigen Monaten zu Hause ausziehen würde. Mickie verzichtete auf die Partys, weil sie bei meiner Mutter sein und sie aufheitern wollte. Sie war in vielerlei Hinsicht zu der Tochter geworden, die meine Mutter nie gehabt hatte. Und umgekehrt verkörperte Mom bestimmt die Mutter, die Mickie nie gehabt hatte und nach der sie sich sehnte.

Ernie und ich tauchten an diesem Abend bei vier Partys auf. Auf allen wurde wirklich ziemlich viel in glorreichen Erinnerungen geschwelgt, wobei Ernie und ich uns damit zurückhielten. Wir sahen im Schulabschluss kein Ende, wie einige unserer Klassenkameraden, die kein College besuchen würden oder sich bei den Streitkräften dienstverpflichtet hatten. Trotz meiner Zurückhaltung in Bezug auf neue Menschen und Abenteuer freute ich mich auf Stanford und darauf, mit Ernie zusammenzuwohnen. Ich hatte mir sogar schon die Unizeitung *Stanford Daily* angeschaut und hoffte, für sie schreiben zu können.

Ich fuhr Ernie um kurz nach ein Uhr morgens nach Hause. Er verabschiedete sich wie immer mit unserem speziellen Handschlag, bei dem er mich bei den Daumen packte und kurz an sich zog. Diesmal legte er mir danach die Hand in den Nacken. »Sam, du warst wie ein Bruder für mich. Ohne dich hätte ich es nie so weit geschafft.«

»Aber du küsst mich jetzt nicht, oder?«, protestierte ich misstrauisch.

»Ich mein das ernst, Mann. Seit zwölf Jahren hänge ich jetzt an deinem Rockzipfel. Ich hoffe, ich darf noch mal vier dranhängen.«

»Du besorgst mir weiterhin Freikarten für die Sportereignisse und wir werden uns schon einig werden.«

Ernie kletterte aus dem Falcon. »Ernie?« Er drehte sich um und als ich die Worte nicht finden konnte, nach denen ich suchte, fand er sie für mich.

»Ich weiß.«

17

Meine Mutter hatte das Licht in der Küche angelassen. Ich schaltete es aus und wollte gerade die Treppe hochgehen, als jemand meinen Namen rief. Überrascht zuckte ich zusammen.

»Sam?«

Mickie trat aus dem Schatten des Wohnzimmers.

Himmel, hatte sie mich erschreckt. Ich schnappte nach Luft, die Hand auf dem Herzen. Mickie stand im Türrahmen, die Arme um den Körper geschlungen, obwohl es gar nicht kalt war. War etwas mit ihrer Mutter? Alle möglichen Sachen schossen mir durch den Kopf. War ihr Vater gestorben? Joanna verunglückt? Aber Mickie war ja gar nicht bei sich zu Hause gewesen. Sie war hier gewesen, bei meiner Mutter.

»Wieso bist du noch hier?« Als ich sah, dass sie geweint hatte, wurde aus meiner Besorgnis Angst. »Mickie? Was ist los?«

»Dein Vater, Sam …« Sie schüttelte laut schluchzend den Kopf.

»Was?«

Aber mehr bekam sie nicht heraus.

Ich rannte die Treppe hinauf, immer zwei Stufen auf einmal. »Dad? Dad?« Das Schlafzimmer war leer, vom Bett meiner Eltern hingen zerwühlte Decken und Laken bis zum Boden. Meine Angst war jetzt so groß, dass sie mich fast übermannt hätte.

18

Als Mickie und ich das Wartezimmer im Our Lady of Mercy Hospital betraten, sah meine Mutter mit rot geweinten, verquollenen Augen auf. Auf ihren Wangen sah man Tränenspuren und ihre Finger umklammerten wie immer den Rosenkranz. Ich war mir sicher, dass mein Vater tot war.

»Wo ist er, Mom?« Ich erinnere mich an diesen Augenblick als den Moment, in dem ich zum Mann wurde. Nicht beim ersten Bier, nicht beim ersten Kater, noch nicht einmal, wie ich doch eigentlich angenommen hatte, beim ersten Sex. Auch nicht, als ich an diesem Morgen das blaue Barett in die Luft geworfen hatte. Als Mann fühlte ich mich zum ersten Mal, als meine Mutter mich brauchte und ich für sie da war.

Mom deutete kurz auf eine Tür mit der Aufschrift INTENSIVSTATION, um sich danach gleich wieder leise betend auf ihren Rosenkranz zu konzentrieren.

Ich bat Mickie, bei ihr zu bleiben, und ging zum Schwesterntresen. Die junge Frau dort sah Papiere durch, blickte aber auf, als sie mich näher kommen hörte. Ich stellte mich als Sohn von Max Hill vor. »Können Sie mir sagen, was passiert ist?«

Die Krankenschwester hatte bei meinem Anblick kurz gestutzt, wie alle stutzten, die zum ersten Mal meine Augen sahen. »Der Arzt ist gerade bei ihm. Sie machen einige Tests.«

»Dann lebt er?«

»Ja, er lebt.«

»Was für Tests? Wozu?«

»Das werden die Untersuchungen zeigen. Der Arzt erklärt Ihnen dann alles.«

»Ein Herzinfarkt? War es ein Herzinfarkt?«

»Ich sage Bescheid, dass Sie hier sind. Der Doktor meldet sich dann bei Ihnen.«

Im Wartebereich hatte Mickie den Arm um meine Mutter gelegt. »Sie untersuchen ihn und machen Tests«, erklärte ich. »Die Schwester meinte, es dauert nicht mehr lange.«

Danach saß auch ich neben meiner Mutter und sah zu, wie ihre Finger den Rosenkranz bearbeiteten wie nie zuvor. Eine Stunde nach meinem Eintreffen kam ein Arzt im blauen Krankenhauskittel zu uns und stellte sich als Dr. Laurence vor.

»Wie geht es ihm?«, wollte ich wissen.

Dr. Laurence hatte sandfarbene Locken mit nicht einer einzigen Spur Grau darin. Der Mann war viel zu jung, um schon Arzt zu sein, und lediglich sein selbstbewusstes, sicheres Auftreten ließ auf Erfahrung schließen. »Ihr Mann lebt«, versicherte er meiner Mutter. »Er hatte einen Schlaganfall.«

Dr. Laurence erklärte uns ausführlich, wie sich im Innern meines Vaters ein Blutgerinnsel gelöst hatte, nicht größer als ein kleines Steinchen. Dieses Gerinnsel hatte sich vom pulsierenden Blut davontragen lassen und war durch die Arterien in seinem Hals zur rechten Seite seines Kopfes gereist, um dann in einer Abzweigung stecken zu bleiben, die zu eng war, um es durchzulassen. »Im Hirngewebe hinter dem Verschluss kam es zu einem Sauerstoffmangel. Wenn das geschieht, stirbt dieser Teil in weniger als zehn Minuten ab.«

»Was bedeutet das?«, fragte ich.

Dr. Laurence verzog das Gesicht. »Im Wesentlichen bedeutet es, dass die rechte Gesichtshälfte Ihres Vaters kraftlos ist und er die linken Gliedmaßen nicht bewegen kann.«

»Können Sie dieses Gerinnsel nicht entfernen?«, fragte ich.

Dr. Laurence schüttelte den Kopf. »Das MRT zeigt, dass sich im betroffenen Bereich bereits Blut gesammelt hat. Wenn wir ihm Thrombolytika geben – wodurch sich solche Gerinnsel auflösen lassen –, könnten wir eine massive Hirnblutung auslösen und alles nur noch schlimmer machen.«

»Was können Sie denn dann für ihn tun?«

Dr. Laurence zuckte die Achseln. »Abwarten und beobachten.«

»Wird er sich erholen? Wird es besser?«, fragte meine Mutter mit flüsternder Stimme.

Der Arzt runzelte die Stirn. Er hatte leuchtend blaue Augen, deren Blick jetzt weicher zu werden schien. »Es ist noch zu früh, um irgendwelche Vorhersagen zu wagen«, antwortete er, wobei ich sehen konnte, dass er durchaus schon zu einem Schluss gekommen war. »Ihr Mann bleibt jetzt erst einmal eine Woche im Krankenhaus. Dann schlage ich vor, ihn so schnell wie möglich in eine Reha-Klinik zu überweisen. Wir haben bei Schlaganfallpatienten mit intensiver Physiotherapie schon gute Erfolge erzielen können. Ich werde veranlassen, dass in ein, zwei Tagen ein Reha-Spezialist vorbeikommt.« Ehe er ging, bat Dr. Laurence, kurz mit mir allein sprechen zu dürfen.

Wir gingen nach draußen auf den Flur. Nach weitaus kürzerem Zögern beim Blickkontakt, als ich gewohnt war, kam Dr. Laurence zur Sache. »Ich wollte im Beisein Ihrer Mutter nicht in die Einzelheiten gehen.«

»Ich weiß. Wie schlecht steht es?«

»Der Aufenthalt in der Reha-Klinik wird Ihnen und Ihrer Mutter Zeit verschaffen, sich über die langfristige Unterbringung Ihres Vaters in einer Pflegeeinrichtung zu informieren.«

»Was meinen Sie mit langfristig? Wollen Sie damit sagen, er kommt nie mehr nach Hause?«

Ich konnte Dr. Laurence ansehen, wie gern er ehrlich sein wollte, ohne gleich Panik zu verbreiten. »Das hängt davon ab, welche Fortschritte er macht. Das alles muss nicht heute Abend entschieden werden.«

Vielleicht war es besser, ihn nicht weiter zu bedrängen. »Wann können wir zu ihm?«

»Jetzt gleich. Er liegt im Aufwachraum. Wir haben ihm ein Beruhigungsmittel gegeben. Er wird manchmal bei Bewusstsein sein und manchmal nicht, aber Sie können gern bei ihm sitzen.«

»Kann er sprechen?«

»Im Moment nicht. Aber er wird Sie erkennen und er wird wissen, dass Sie da sind. Ich glaube, es wäre sehr beruhigend für ihn. Ihr Vater hat es geschafft, nach Ihnen zu fragen.«

»Nach mir? Sind Sie ganz sicher?«

»Wie heißt Ihre Mutter mit Vornamen?«

»Madeline, aber er nennt sie Maddy.«

»Dann bin ich sicher, dass er ›Sam‹ sagte.« Damit verabschiedete er sich und ging.

Ich starrte noch ein wenig seinem entschwindenden Rücken nach, und auch als nichts mehr zu sehen war, ging ich noch nicht in den Wartebereich zurück. Erst in diesem Moment wurde mir vollends klar, was hier geschehen war. So passiert es einem wohl oft bei der Erkenntnis, kein Kind mehr zu sein, und meine Gefühle in diesem Krankenhausflur lassen sich vielleicht mit denen eines jungen Mannes vergleichen, der sich zum Militärdienst verpflichtet hat und nach der Ausbildung in ein Kriegsgebiet gelangt, wo klar ist, hier putzt ihm niemand mehr die Nase oder tröstet ihn. Mein Vater hatte nach mir gerufen, weil er mich brauchte. Er brauchte mich, nicht anders herum. Er brauchte mich als Mann im Haus. Ich war gerade erst achtzehn Jahre alt, aber so jung waren auch viele der Männer, die in jenen Jahren in Vietnam auf Bahren aus dem Dschungel getragen wurden.

Als ich zurück in den Wartebereich kam, meinte Mickie, sie würde sich ein Telefon suchen und die Cantwells anrufen. Sie wollte Mom und mich einen Moment allein lassen.

Ich erkannte meinen Vater kaum wieder, als wir dann an seinem Bett standen. Er sah älter aus als am Morgen, grauer, die Wangen eingefallener, die Haut ein kränkliches Gelb. Als die Schwester die Maske entfernte, die er über Mund und Nase trug, sahen wir, dass die eine Gesichtshälfte eingesackt war wie an der Sonne geschmolzenes Wachs. Ich hielt mich ein wenig im Hintergrund, während meine Mutter sich zu ihm hinunterbeugte, ihn auf den Mund küsste und ihm Worte ins Ohr flüsterte, die ich nicht hören konnte, während sie ihm zärtlich über das Haar strich. Nach ein oder zwei Minuten winkte sie mich zu sich, nur konnte ich meine Beine nicht dazu bringen, sich zu bewegen. Mein Vater war mein Held, ich kannte außer ihm keinen Mann mit einem so starken Willen. Nichts hatte ihm je etwas anhaben können – nicht die Konkurrenz der Kettenläden, nicht das monatliche Ringen um den Erfolg seines Betriebs. Lag er deswegen jetzt hier, in diesem Krankenhausbett, das so schonungslos verkündete, wie es um ihn stand? Weil er nie aufgeben mochte? Weil er lieber unendlich lange Arbeitsstunden im Laden verbrachte? Hatten Stress und Sorgen zu diesem Schlaganfall geführt?

Meine Mutter nahm meine Hand und zog mich nach vorn, damit mein Vater mich sehen konnte.

»Hey, Dad.« Er erkannte mich, das sah ich in seinen Augen, auch wenn sich sein Gesicht nicht bewegte. Ich berührte seinen Arm, der sich kalt und weich anfühlte, und beugte mich vor, um ihn auf die Wange zu küssen. Ob im Guten oder im Schlechten – und für viele von uns ist es eher im Schlechten –, ich war jetzt erwachsen, ob ich nun wollte oder nicht.

»Ich bin hier, Dad«, flüsterte ich in sein Ohr. »Alles wird gut, dafür sorge ich jetzt. Du konzentrierst dich darauf, wieder zu Kräften zu kommen.«

19

Die Schwester stellte meiner Mutter ein Bett in Dads Zimmer, nachdem Mom weinend erklärt hatte, sie schlafe seit zwanzig Jahren mit diesem Mann in einem Raum und habe nicht vor, ausgerechnet jetzt damit aufzuhören.

Es dämmerte schon fast, als Mickie und ich das Krankenhaus verließen. Auf dem El Camino fuhr ich an der Abfahrt zu unserem Haus vorbei und weiter Richtung Süden. »Ich will nicht nach Hause«, protestierte Mickie. »Ich schlafe bei euch.«

»Okay«, antwortete ich, ohne ihre Entscheidung zu kommentieren. »Aber ich muss erst noch woanders hin.«

Am Hillside Drive parkte ich direkt vor der Kirche Our Lady of Mercy.

»Sam?«, fragte Mickie.

»Du kannst hier warten.« Mickie ging schon seit Jahren nicht mehr in die Kirche, da sie, wie sie sagte, schon noch an ein höheres Wesen, aber nicht mehr an die Religion glaubte. Ich nahm meiner Mutter zuliebe und um mir Diskussionen zu ersparen weiter an der Sonntagsmesse teil. Jeder Versuch, mich zu sträuben, hatte zu Hause zu erheblichen Spannungen geführt und so war es für uns alle besser, wenn ich in dieser Frage zähneknirschend klein beigab, auch wenn ich meinen Glauben, oder vielmehr den meiner Mutter, schon lange hinterfragte. Wann hatte Gott denn je eingegriffen, um mir zu helfen? Kein einziges Mal! Dabei hatte ich mehrfach sämtliche Gebete aus meiner Sparbüchse dafür geopfert. Aber wenn es je für Gott einen richtigen Zeitpunkt gegeben hatte, sich zu zeigen, dann doch ganz bestimmt jetzt.

»Ich komme mit«, sagte Mickie.

Der Haupteingang der Kirche war verschlossen, die Seitentür nicht.

Drinnen waren die Buntglasfenster dunkel und die Lampen hoch über unseren Köpfen sorgten nur sparsam für Licht. Die Flammen der blutroten Kerzen warfen flackernde, tanzende Schatten an die Wände und auf die Heiligenstatuen. Mickie und ich gingen den Mittelgang entlang nach vorn zum Altar. Sie setzte sich in eine der ersten Reihen, ich ging weiter bis zum Altargeländer, wo ich mich bekreuzigte, ohne jedoch zu knien. Das hier war keine Sache zwischen mir und dem Mann an dem Kreuz da oben, in dieser Angelegenheit musste ich mich nach rechts wenden, zum Alkoven mit der weißen Statue der barfüßigen Maria, die unter ihrem Fuß eine Schlange zertritt. Ich kniete nieder und sah zu ihren braunen Porzellanaugen auf, wie ich es auch schon als Kind getan hatte, zum Beispiel vor jenem verunglückten ersten Schultag an der OLM. Wieder überkam mich das seltsame Gefühl von damals, wieder meinte ich, den auf mir ruhenden Blick der Muttergottes zu spüren. Sie sah mich mit den Augen der Statue an. Wo sollte ich anfangen, was sollte ich sagen? Ich war wütend und erregt, aber das dürfte Gott mitbekommen haben. Wenn er alles wusste, dann das auf jeden Fall.

»Warum?«, fragte ich schließlich. »Sie tut doch nichts anderes, als zu dir zu beten. Sie tut nichts anderes, als dich um Hilfe zu bitten. Und was bekommt sie für ihren Glauben und ihre Hingabe? Ich bitte nicht für mich selbst, das tue ich schon lange nicht mehr. Ich bitte nicht mehr darum, normal sein zu dürfen, ich bitte nicht mehr um eine andere Augenfarbe. Aber sie hat doch wirklich mehr verdient, mein Vater hat Besseres verdient. Wenn hier und heute Gottes Wille geschieht, dann bitte ich dich jetzt, dich einzumischen und mir ein einziges Mal zu zeigen, warum ich glauben soll, dass alles auf der Welt aus gutem Grund passiert. Ich möchte doch glauben.« Inzwischen hielt ich nur noch mit Mühe die Tränen zurück. »Ich will glauben, okay? Aber du musst mir auch einen Grund dafür geben. Bitte sag mir, dass ich glauben kann, was sie mir beigebracht hat. Dass es wirklich stimmt und dass dein Sohn sie nicht verlassen hat. Ich bitte nicht für mich. Ich bitte für sie, tue es für sie. Heile ihren Mann. Lass meinen Vater gesund werden.«

Und dann dachte ich an meine Sparbüchse für Gebete und zerschlug sie. Diesmal so, dass man sie nicht wieder zusammensetzen konnte. Jedes einzelne Gebet darin legte ich der Muttergottes vor die nackten Füße.

Ich weiß nicht, wie lange ich vor ihr kniete. Irgendwann spürte ich Mickies Hand auf meiner Schulter. »Komm, Sam, lass uns nach Hause gehen.«

Auf dem Weg nach draußen blieb ich vor den flackernden Kerzen stehen und suchte in meiner Hosentasche nach Kleingeld. »Ich habe kein Geld.«

Mickie nahm eines der langen Streichhölzer, zündete es an und reichte es mir. »Gott dürfte sich in diesem Moment nicht für Geld interessieren.« Ich zündete eine der Kerzen an, sprach ein stilles Gebet für meinen Vater und für meine Mutter und wir gingen.

Mickie fuhr uns nach Hause und führte mich nach oben in mein Zimmer. Ich fühlte mich abgrundtief erschöpft und unfähig, auch nur die einfachsten Dinge zu tun. Meine Abschlussfeier schien Lichtjahre entfernt. Mickie verschwand im Badezimmer und als sie wiederkam, trug sie eins meiner T-Shirts.

»Was soll ich tun?«, fragte ich sie. »Was werden wir ohne ihn machen?«

Mickie band mir die Schnürsenkel auf und zog mir die Schuhe aus. Ich stand auf und sie half mir, den Gürtel abzulegen und die Jeans aufzuknöpfen. Als ich mich setzte, zog sie mir die Hose aus und ich ließ mich in die Kissen zurückfallen. Sie deckte mich zu, glitt zu mir unter die Bettdecke und zog meinen Kopf an ihre Brust.

»Ohne ihn ist sie doch völlig verloren.«

»Schsch.« Mickie strich mir sanft über die Haare. »Schlaf jetzt erst mal, Sam.«

20

Dr. Laurence hatte mit seiner Einschätzung ganz richtiggelegen. Mein Vater blieb vier Tage lang im Krankenhaus, dann verlegten sie ihn in eine Reha-Klinik, um mit der Physiotherapie zu beginnen. Meine Mutter nahm an jeder einzelnen Behandlung teil. Sie fuhr sofort nach der Frühmesse um sechs in die Klinik, wo sie bis zum späten Abend blieb. Genau wie ich hoffte auch sie, mein Vater werde sich weit genug erholen, um nach Hause entlassen werden zu können. So vergingen Wochen und ich ahnte langsam, dass meine Gebete nicht erhört worden waren. Bei einem meiner Besuche bei Dad wurde mir das von Dr. Laurence bestätigt.

»Ihre Mutter muss eine Einrichtung zur Dauerpflege in Betracht ziehen«, sagte er.

»Sie möchte ihn mit nach Hause nehmen und dort pflegen«, erklärte ich, wobei mir das angesichts der derzeitigen Verfassung meines Vaters eher utopisch erschien.

Der Arzt schüttelte den Kopf. »Ihr Vater wird ständige Pflege brauchen, Sam. Man kann ihn nicht einmal kurz allein zu Hause lassen, um etwas zu erledigen oder einkaufen zu gehen. Selbst wenn Ihre Mutter sich zusätzliche Hilfe holt … die Versicherung würde das gar nicht mittragen, bis er …«

»Bis er stirbt«, ergänzte ich, denn langsam begriff ich wirklich. »Es wird ihm nicht wieder besser gehen, nicht wahr?«

»Doch, sein Zustand wird sich schon noch verbessern, allerdings reden wir hier von winzigen Schritten, nicht von großen Sprüngen.«

»Er wird nie wieder so, wie er mal war.«

»Nie wieder so, wie er war.« Dr. Laurence nickte.

Ähnliche Unterhaltungen hatte ich auch schon zu Hause mit Mickie oder Ernie geführt, wenn Mom nicht da war, aber das waren eher Spekulationen zum Thema »Was wäre, wenn?« gewesen. Meistens endeten diese Gespräche mit Mickies Rat, nicht zu weit im Voraus zu planen und abzuwarten, bis die Ärzte Genaueres wussten. Doch das war bereits der Fall: Dr. Laurence hatte in seinem Gespräch mit mir keine Spekulationen angestellt, er hatte die Realität benannt.

Noch war Dads Laden geschlossen, aber so konnte es nicht bleiben, wenn Mom überleben wollte. Meine Mutter war jedoch gar nicht in der Verfassung, für eine Wiedereröffnung des Ladens zu sorgen, den Haushalt zu führen, die Rechnungen zu bezahlen und sich auch noch um alles andere zu kümmern. Langsam wurde mir klar, dass ich im Herbst nicht nach Stanford gehen würde, auch wenn Mom bestimmt alles daransetzen würde, mich vom Gegenteil zu überzeugen. Es ging einfach nicht, allein schon der Finanzen wegen. Mein Vater brauchte mich und meine Mutter brauchte mich auch, selbst wenn sie es nicht zugeben mochte. Mit der Zulassung in Stanford hatte ich mir wieder einmal falsche Hoffnungen erlaubt.

An diesem Abend ging ich noch einmal aus dem Haus, nachdem ich meine Mutter aus der Klinik abgeholt und nach

Hause gebracht hatte. Mom erklärte ich, ich hätte etwas zu erledigen. Wie schon in der Nacht nach Dads Schlaganfall steuerte ich unsere Kirche an, parkte vor den Betonstufen, die zum Haupteingang führten, und fand diesen nicht verschlossen vor. Ich wandte mich dorthin, wo die Kerzen brannten, und suchte mir irgendeine aus, denn welche ich für meinen Vater angezündet hatte, ließ sich jetzt nicht mehr erkennen und wahrscheinlich war sie sowieso heruntergebrannt. Das war auch egal, sagte ich mir. Keins der Gebete, die hier flackerten, würde erhört werden. Ich befeuchtete Daumen und Zeigefinger, langte in eins der blutroten Glasgefäße und löschte die darin brennende Flamme.

21

In der folgenden Woche waren meine Mutter und ich in den nördlichen Santa Cruz Mountains unterwegs, wo wir einer sich durch eine braune, trockene Landschaft schlängelnden Asphaltstraße folgten. Obwohl nur eine halbe Stunde von unserem Zuhause in Burlingame entfernt, dachte man hier inmitten der niedrigen Büsche und der wie Pockennarben die offenen Hügel zierenden uralten Eichen überhaupt nicht mehr an die Stadt.

»Im Prospekt sah es sehr nett aus«, sagte ich, als wir uns dem Pflegeheim näherten.

»Im Prospekt sehen sie alle nett aus.« Meine Mutter schwitzte auf dem Beifahrersitz vor sich hin, um den Kopf ein unter dem Kinn verknotetes rot-weißes Tuch, auf der Nase eine Sonnenbrille, die ihr Gesicht in großen Teilen unkenntlich machte. Sie sah so aus wie damals, als ich ein kleiner Junge gewesen war und sie den Falcon gefahren hatte. Nur fühlte ich mich überhaupt nicht mehr wie ein kleiner Junge und sie fuhr den Falcon schon seit zwei Jahren nicht mehr. »Deswegen *haben* sie Prospekte«, knurrte sie. »Damit ihre Einrichtungen nett aussehen.«

Ganz wie ich geahnt hatte, weigerte sich meine Mutter strikt, den Gedanken an eine dauerhafte Pflegeeinrichtung überhaupt zuzulassen, und ließ sich auch nur zur Besichtigung solcher Einrichtungen bewegen, indem ich ihr einredete, es müsse ja nicht für immer sein und Dad könne nach Hause kommen, sobald er die nötigen Fortschritte gemacht hatte. Momentan sprach er noch nicht wieder, aber die Laute, die er von sich gab, klangen zunehmend wie Wörter und die gelähmte Körperhälfte hatte an Beweglichkeit dazugewonnen. Meine Mutter, der noch nie etwas misslungen war, was sie sich fest vorgenommen hatte, hatte sich fest vorgenommen, meinen Vater nach Hause zu holen. Gottes Willen mochte ich an dieser Stelle nicht anführen, das hätte ihr nur noch mehr wehgetan, und außerdem glaubte ich nicht mehr an diesen Willen. Dass es Gottes Wille sein konnte, einen guten, einen frommen Mann wie meinen Vater seine letzten Tage in einer Pflegeeinrichtung verbringen zu lassen, mochte ich nicht akzeptieren.

Mom hatte sich erst zu einer Besichtigungstour bei örtlichen Einrichtungen für die Langzeitpflege bereit erklärt, nachdem auch Dr. Laurence und das Physiotherapeuten-Team meines Vaters ihr gut zugeredet hatten. Anschauen hieß ja nicht gleich, Dad dort auch unterzubringen. Fünf der sechs Einrichtungen auf unserer Liste hatten wir jetzt besucht, doch meine Mutter fand sie alle zu steril oder zu sehr wie ein Krankenhaus, die Betreuer zu lässig oder zu roboterhaft. Mir hatte auch keins der Häuser gefallen, ich teilte Moms Kritik im Großen und Ganzen.

»Wenn dein Vater wirklich dazu verurteilt ist, sein Leben in einer Einrichtung zu beenden, dann aber nicht in einem Gefängnis!«, hatte sie das letzte Heim kommentiert. »Das Haus da eben strahlt ungefähr so viel Wärme aus wie eine Leichenhalle.«

Das Pflegeheim, das wir jetzt ansteuerten, hieß Crystal Springs und lag oben auf einem Hügel. Ich hatte gleich von Anfang an das Gefühl, mich hier wohler zu fühlen als in den anderen Einrichtungen. Die zweistöckigen rau verputzten Häuser waren durch überdachte Gänge miteinander verbunden und in einem Beige gehalten, das an das vertrocknete Gras der Umgebung erinnerte. So passten sie sich perfekt in die Hügellandschaft ein. Im Übrigen machte Crystal Springs mit den roten Dachziegeln, Bogentüren und einem Springbrunnen in der Mitte der Einrichtung den Eindruck einer spanischen Mission.

»Das sieht wirklich nett aus.« Sollte es auch, dachte ich, ohne es laut auszusprechen. Das Heim war das teuerste auf der Liste.

»Beurteile ein Buch nie nach seinem Cover!«, mahnte Mom.

Ich parkte auf einem der Besucherparkplätze. Es war angenehm kühl hier oben, bei einer leichten Brise, die die Blätter der umstehenden Palmen rascheln ließ und kleine Wellen über die Oberfläche des unten im Tal liegenden Crystal Springs Stausees schickte, dem die Einrichtung ihren Namen verdankte.

Wir folgten einem rot gestrichenen Betonpfad zum Haupteingang. Mehrere Patienten saßen auf Bänken oder in Rollstühlen und genossen die Sonne, während sich Angestellte in dunkelbraunen Hemden in der Nähe aufhielten. In der Einrichtung bat ich, mit der Leiterin Shirley Farley sprechen zu dürfen, mit der ich Anfang der Woche einen Termin ausgemacht hatte. Irgendwie erwartete ich eine stämmige Fünfzigjährige im weißen Kittel und strenger Miene, wie Schwester Ratched aus *Einer flog übers*

Kuckucksnest, aber die Frau, die herauskam, um uns zu begrüßen, trug eine dunkelblaue lange Hose, eine weiße Bluse und ein Lächeln auf den Lippen. Sie wirkte viel zu jung, um schon ein Pflegeheim zu leiten, und klang auch so.

»Mrs Hill!« Sie wandte sich an meine Mutter. »Wie schön, dass Sie an einem so wundervollen Nachmittag zu uns kommen konnten! Ist Ihnen auf der Herfahrt die Aussicht aufgefallen?«

»Ja.« Meine Mutter klang nicht gerade begeistert.

»Sie ist spektakulär!«, fand ich.

»Ich wünschte, jeder Tag wäre so.« Farley seufzte. »Leider haben wir hier im Herbst oft Nebel und im Sommer kann es recht heiß werden. Deswegen genießen wir Tage wie diese gern in vollen Zügen.«

»Bei Nebel möchte ich die Straße eben nicht fahren«, sagte meine Mutter zu mir. »Und ich hoffe doch sehr, die armen Patienten holen sich keinen Sonnenbrand.«

Farley warf mir einen Blick zu. Ich lächelte. »Darf ich Sie auf dem Campus herumführen?«, wandte sie sich dann wieder an meine Mutter.

»Campus!« Meine Mutter schnaubte.

»Ja, bitte«, sagte ich hastig. Wobei wir wahrscheinlich alle nur unsere Zeit verschwendeten, solange Mom sich weiterhin stur stellte.

Shirley Farley führte uns an den Springbrunnen und Blumenbeeten entlang. »Wir versuchen, unsere Bewohner so oft wie möglich nach draußen zu bringen. Frische Luft ist so wichtig.«

»Mein Mann braucht ständige Überwachung«, sagte meine Mutter. »Ich hoffe doch, Sie lassen die Patienten nicht allein.«

»Dr. Laurence hat den Zustand Ihres Mannes beschrieben«, sagte Farley. »Ein Mitarbeiter oder eine Mitarbeiterin wäre die ganze Zeit bei ihm, wenn er sich draußen aufhält.«

Wir gingen weiter in einen Speisesaal. »Manche unserer Bewohner essen lieber auf ihren Zimmern, das ist durchaus möglich«, erklärte Farley. »Aber wir haben auch festgestellt, dass gemeinsame Aktivitäten wie Mahlzeiten eine therapeutische Wirkung haben. Wir veranstalten außerdem Filmabende, es gibt einen Buchclub, einen Schachclub und Sportaktivitäten unter Anleitung.«

Meine Mutter schaute zur Seite.

»Was für Auswirkungen all dieser Maßnahmen konnten Sie beobachten?«, wollte ich wissen.

»Unsere Bewohner sind weniger oft depressiv und haben mehr Energie, was ihre Rehabilitierung fördert.«

»Kommt es vor, dass jemand nach Hause entlassen wird?«, fragte meine Mutter.

»Einige ja. Aber ich will ehrlich sein, Mrs Hill. Die meisten sind auf Dauer hier, weswegen wir auch unser Bestes geben, es ihnen so angenehm wie möglich zu machen. Darf ich Ihnen eins unserer Zimmer zeigen?«

Das Zimmer, in das Farley uns führte, ähnelte eher einem Apartment als einem Krankenzimmer. Die Wände waren lachsfarben gestrichen, die Möbel beige und braun. Eine halbhohe Wand trennte das eigentliche Zimmer von einer kleinen Küche mit zweiflammigem Herd, Backofen, Kühlschrank und Einbauschränken. Schlafzimmer und Badezimmer gingen vom Wohnzimmer ab.

»Das ist wirklich sehr schön«, sagte ich, als ich in der Küche stand. »Mom?«

»Dein Vater wird sich wohl kaum etwas kochen wollen.«

»Aber Sie kochen doch gern, Mrs Hill, habe ich mir sagen lassen«, warf Farley ein. Das wusste sie aus unserem Telefongespräch.

»Wieso ich? Versorgen Sie die Patienten nicht auch mit Essen?«

Farley lächelte. »Natürlich. Aber ich war davon ausgegangen, dass Sie viel Zeit hier bei Ihrem Mann verbringen und auch mit ihm zusammen essen werden.«

»Das wäre möglich?«, fragte ich.

»Viele der Ehegatten unserer Bewohner essen mit ihren Liebsten.«

Endlich schien Mom aufzuhorchen. »Könnte sie auch über Nacht bleiben?«, fragte ich.

»Leider nicht, wir haben jedoch sehr ausgedehnte Besuchszeiten.« Farley sah meine Mutter an, aber die war an eine zu einer kleinen Terrasse führenden Glasschiebetür getreten, von der aus man einen Blick auf die Berge und den Stausee hatte. Als Farley mich ansah, zuckte ich die Achseln. »Ich lasse Sie dann mal ein bisschen allein, damit Sie in Ruhe nachdenken können«, schlug sie vor. »Wenn Sie noch Fragen haben, ich bin in meinem Büro. Ich habe auch einen Packen Infomaterial für Sie zusammengestellt. Er liegt vorn am Empfangstresen.«

Ich stellte mich neben meine Mutter. So sahen wir hinunter auf den Stausee, Seite an Seite, schweigend. Bestimmt fragte sie sich gerade dasselbe wie ich: Wo waren wir hier eigentlich und wie waren wir hierhergeraten? Wie hatte sich unser Leben in einem einzigen Augenblick so grundlegend verändern können?

»Was meinst du, Mom?« Das war eine rhetorische Frage, wussten wir doch beide, dass dieses Heim das Beste auf der

Liste war. Weder sie noch ich wollten das Gefühl haben, meinen Vater irgendwohin abzuschieben, doch was wir fühlten, spielte keine Rolle. Das hier war die Realität und die war manchmal schlicht zum Kotzen.

»Ich finde, es ist einfach nur mies und gemein.«

»Ich weiß. Aber dieses Haus ist besser als die anderen und die Leute, die hier arbeiten, scheinen freundlich zu sein.«

»Von der Einrichtung spreche ich nicht«, sagte sie.

»Das weiß ich.« Auch ich wollte mir meinen Vater nicht in einem Heim vorstellen müssen. Auch ich wollte mich nicht darum sorgen müssen, wer sich um ihn kümmerte und wie gut sie das taten. Aber darum ging es ja nicht. Die Heimunterbringung blieb unsere einzige Option, war uns gesagt worden, und diese Einrichtung war die beste, die wir gesehen hatten.

»Ich meine die ganze Situation«, sagte meine Mutter. »Es ist doch wirklich das Letzte, oder?«

Ich nickte. »Das Allerletzte.«

»Dein Vater hat sein Leben lang hart gearbeitet, und wofür? Damit er hier sein Leben beschließt? Da fragt man sich doch, oder?«

Ja, da fragte man sich wirklich. Meine Mutter war derart kurz davor, ihren Glauben zu hinterfragen – so sollte ich sie nie wieder erleben.

22

Wir fuhren nicht nach Hause, um noch einmal nachzudenken. Meine Mutter und ich füllten die Unterlagen noch am selben Nachmittag im Büro von Shirley Farley aus. Mom entschied sich für ein Zimmer mit Blick nach Westen. »Dein Vater liebt Sonnenuntergänge«, sagte sie.

Die Krankenversicherung meiner Eltern deckte einen Großteil der Kosten, aber nicht alle. Ich konnte mir wirklich nicht vorstellen, wie meine Mutter den Rest aufbringen wollte, aber als ich sie darauf ansprach, winkte sie ab. »Das Geld wird nicht darüber bestimmen, ob dein Vater es gut hat.«

Am nächsten Tag zogen wir meinen Vater um und anschließend erklärte ich meiner Mutter, ich müsste noch etwas erledigen und würde dabei auch gleich ein paar Sachen für den Kühlschrank besorgen. Zu Hause warteten Ernie und Mickie auf mich und den Kleintransporter, den ich gemietet hatte, und so machten wir uns an die Arbeit. Ernie und ich luden Dads geliebten Sessel, den Beistelltisch dazu und eine Lampe ein, während Mickie einige der gerahmten Fotos vom Kaminsims verpackte. Wir rollten den Wohnzimmerteppich zusammen und nahmen ein paar Bilder von der Wand. Ich hatte das alles am Nachmittag zuvor mit Shirley Farley geklärt, Mom aber nichts von meinen Plänen verraten.

Von daher guckte meine Mutter nicht schlecht, als sie auf mein Klopfen hin Dads Zimmertür öffnete und davor Ernie und mich entdeckte, wie wir unter der Last des schweren Lehnsessels stöhnten.

»Was macht ihr denn hier?«, wollte sie wissen.

»Wenn Dad nicht nach Hause kommen kann, bringen wir unser Zuhause zu Dad.«

Ernie und ich schleppten auch noch den Teppich an und schufen zusammen mit dem Sessel, dem Beistelltisch und der Lampe eine Sitzecke. Sobald meine Mutter sich gefangen hatte, suchten Mickie und sie im Zimmer nach Plätzen für die Fotos, hängten die Bilder auf und räumten diverse Küchenutensilien, Töpfe und Pfannen ein. Als Mickie fertig war, waren auch Kühlschrank und die Küchenschränke bestückt. Natürlich war das nicht unser Zuhause, aber es kam dem schon etwas näher.

»Fehlt nur noch eins«, stellte ich fest.

Meine Mutter sah mich fragend an.

»Ich finde, heute Abend wäre eine prima Gelegenheit für deine Lasagne!« Ich zog eine von Moms eingefrorenen hinter dem Rücken hervor.

Obwohl meine Mutter versuchte, darauf zu bestehen, aßen Mickie und Ernie an diesem Abend nicht mit uns zusammen, weil sie uns ein wenig Zeit für uns allein geben wollten. Wir drei saßen um den Tisch, mein Vater etwas schief in seinem Rollstuhl, meine Mutter nahm seine Hand und meine, und so bildeten wir unseren kleinen, vertrauten Kreis.

»Lieber Gott«, sagte Mom, »auch wenn wir deine Wege nicht kennen, nehmen wir sie hin, denn alles, was geschieht,

geschieht nach deinem Willen. Hilf uns zu akzeptieren, was wir nicht ändern können, gib uns den Mut zu ändern, was zu ändern ist, und die Weisheit, den Unterschied zwischen beidem zu erkennen.«

Weil ich nett sein wollte, stimmte ich in ihr »Amen« mit ein.

Meine Mutter legte mir ein Stück Lasagne auf den Teller. »Wir drei haben unsere ersten gemeinsamen Momente als Familie in einem Krankenhaus verbracht.« Und sie erzählte mir noch einmal von dem Tag, an dem ich auf die Welt gekommen war. Ich hörte zu und stellte dieselben Fragen wie immer, weil diese Geschichte für sie etwas Reinigendes zu haben schien. Nach dem Essen halfen wir meinem Vater in seinen Sessel und meine Mutter las ihm die Zeitung vor. Dann schalteten wir für ihn den Fernseher an, während sich meine Mutter auf die Couch setzte und den Rosenkranz betete. Es erstaunte mich sehr, wie sie nach allem, was passiert war, immer noch so fromm sein konnte. Ich persönlich mochte ihren Glauben an einen Gott nicht mehr teilen, der das Universum kontrollierte wie ein Puppenspieler, der an den Fäden zog und uns alle tanzen ließ. Unsere Leben, glaubte ich, glichen eher den Kugeln auf einem Billardtisch, von der weißen Kugel willkürlich hierhin und dorthin gestoßen. Etwas anderes zu glauben hieße ja, dem Gott, dem meine Mutter ihr Leben lang treu ergeben gewesen war, zu unterstellen, er vergelte ihr ihre Hingabe, indem er ihren Mann niederstreckte und ihr unglaublichen Kummer bereitete. Das konnte ich nicht akzeptieren.

Kurz nach neun klopfte es an der Tür. Zwei Pfleger kamen, um meinen Vater zu Bett zu bringen. Es war Zeit zu gehen, der Moment, vor dem ich die allergrößte Angst gehabt hatte. Meine Mutter beugte sich über das Bett meines Vaters, legte ihre Wange an sein Gesicht, kämmte mit den Fingern sein Haar. Zum ersten Mal seit ihrer Hochzeit sollten sie nicht im selben Bett, im selben Zimmer schlafen. Leise weinend klammerte sie sich an ihn. Aus dem Gesicht meines Vaters hatte der Schlaganfall eine ausdruckslose Maske werden lassen, trotzdem konnte ich beobachten, wie sich Wasser in seinen Augen sammelte, bis ihm eine einsame Träne die Wange hinunterrollte. Es war unerträglich und wurde noch schlimmer, als ich vortreten und die beiden trennen musste.

23

In der folgenden Woche berief ich im Hinterzimmer der Drogerie ein Treffen mit Betty, der langjährigen pharmazeutisch-technischen Assistentin meines Vaters, und dem jungen Mädchen ein, das mein Vater für den vorderen Verkaufstresen eingestellt hatte. Beide machten sich verständlicherweise Sorgen, nicht nur um meinen Vater, sondern auch um ihre Jobs. Seit Dads Schlaganfall waren drei Wochen vergangen.

»Der Laden wird weiterlaufen«, versicherte ich ihnen.

»Wie?«, fragten beide fast wie aus einem Mund.

»Wir werden einen Apotheker einstellen«, verkündete ich. »Wir suchen ihn gemeinsam aus. Der erste Kandidat stellt sich heute Nachmittag vor.« Damit wollte ich ihre Bedenken ein wenig zerstreuen und ihnen das Gefühl der Teilhabe geben.

»Jemand von Longs war hier«, sagte Betty. Longs war eine Drogeriekette. »Er möchte die Unterlagen und den Kundenstamm deines Vaters kaufen und behauptet, er macht dir ein gutes Angebot und stellt uns alle ein.«

»Ich kann euch nicht daran hindern, den Job anzunehmen«, sagte ich. »Aber ich werde die Unterlagen meines Vaters nicht an eine Drogeriekette verkaufen. Das kann ich nicht machen. Gebt mir einen Monat. Um mehr bitte ich euch nicht.«

Betty wirkte skeptisch, erklärte sich jedoch einverstanden. »Dein Vater hat zu hart gearbeitet, als dass wir jetzt einfach so aufgeben können. Aber weißt du auch, worauf du dich da einlässt, Sam?«

Vielleicht war ich naiv. Vielleicht wusste ich nicht, worauf ich mich da einließ, aber ich wusste auch, es gab nur eine Möglichkeit, das herauszufinden. »Mit eurer Hilfe könnte ich es schaffen«, sagte ich. »Gebt mir einfach eine Chance.«

In den nächsten beiden Tagen stellten sich vier Pharmazeuten vor. Danach trafen wir uns wieder hinten im Laden.

»Ich mag Frank«, meinte Betty, wobei sie aussprach, was wir alle empfanden. »Er erinnert von der Persönlichkeit her am ehesten an deinen Vater, das wird unsere Kunden dazu bringen, uns die Treue zu halten.«

»Dazu haben ich mir etwas einfallen lassen.« Ich reichte Betty und Barb den von Mickie und mir entworfenen Vorschlag für ein Flugblatt, das zu einer kleinen Feier in unserem Laden einlud. Motto: Lernen Sie den Apotheker von nebenan kennen! »Die Flyer stecken wir jedem Auto am Broadway unter den Scheibenwischer und verschicken sie an sämtliche Kunden aus unserer Datei. Dann haken wir mit einem persönlichen Anruf nach.«

Meine Mutter hatte mit all dem nichts zu tun. Sie traf jeden Morgen um sieben auf dem Campus von Crystal Springs ein, oft mit Donuts, Bagels oder frischem Obst für die Angestellten im Gepäck, auch wenn es uns finanziell gerade nicht besonders gut ging. Sie fütterte meinen

Vater beim Frühstück und half ihm beim Anziehen, um ihn dann tagsüber zu sämtlichen Reha-Maßnahmen zu begleiten. Abends behielt sie die von zu Hause gewohnte Routine bei, las ihm die Zeitung vor und betete ihren Rosenkranz, während Dad bis zum Ende der Besuchszeit fernsah.

Und ich? Ich ging Freitagabend zu Bett und träumte von einer Party, bei der außer David Bateman niemand auftauchte.

24

Unser kleiner Empfang sollte um zehn Uhr losgehen. Mickie, Ernie und ich kamen schon um neun, um ein paar Tische aufzubauen, die jämmerlich kahl aussahen, bis Mr und Mrs Cantwell auftauchten. Sie hatten kleine Sandwichs dabei, klein geschnittenes Gemüse und passende Dips, Käse und Kräcker, selbst gebackene Kekse und Brownies, Wein und alle möglichen Limonaden. Ich wusste nicht, was ich sagen sollte.

»Wenn die Massen kommen sollen, muss man ihnen was zu essen hinstellen«, erklärte Mrs Cantwell.

Mickie schmückte die Parkuhren vor dem Laden und die Regale drinnen mit heliumgefüllten Luftballons, was allem einen festlichen Anstrich verlieh. Dann konnten wir nur noch warten.

Ich tigerte auf und ab wie ein werdender Vater. »Und wenn jetzt keiner kommt?«, wollte ich von Mickie wissen. Es war ja schön und gut, dass Betty und Barb Frank mochten, aber ohne Kunden gab es keinen Laden.

»Sie werden schon kommen«, versprach Mickie. »Verliere bloß nicht den Glauben.«

»Himmel, sag doch so was nicht! Du hörst dich an wie meine Mutter.«

»Nicht an Gott sollst du glauben.« Mickie nannte sich selbst inzwischen Agnostikerin. »An deinen Vater! Seine Kunden haben ihn geliebt.«

Und das bewahrheitete sich dann auch.

Die treuesten Kunden warteten schon, als wir um zehn die Tür aufmachten. Einige hatten Essen dabei, um zu ergänzen, was wir auf den Tischen bereits aufgefahren hatten, aber auch, damit ich es für Moms Kühltruhe mit nach Hause nahm. Jeder einzelne dieser Kunden schüttelte mir die Hand und versicherte mir, wie leid ihm oder ihr das mit meinem Vater tue. Noch wichtiger: Sie alle wollten unsere Kunden bleiben. Sie hatten nicht vor, woanders hinzugehen.

Barb und Betty schenkten Mimosas aus und Mickie und Ernie reichten Häppchen herum, während Frank und ich jeden einzelnen Gast begrüßten. Frank war besser, als ich erwartet hatte, sympathisch und professionell. Wenn er nicht gerade Rezepte entgegennahm oder Fragen beantwortete, bewegte er sich in der Menge wie ein Politiker auf Stimmenfang. Ich weiß nicht, ob es ein Beweis für die Tüchtigkeit und Beliebtheit meines Vaters war oder der Dank für unsere Bemühungen, aber an diesem Tag kamen fast alle Kunden vorbei, deren Namen und Adressen wir in der Kartei meines Vaters gefunden hatten.

Hinterher, als Mickie, Ernie und ich aufräumten, sagte Mickie: »Du hast es geschafft, Hill. Du hast den Laden deines Vaters gerettet.«

So einfach war das leider nicht. »Das heute war nur der erste Schritt. Montag kommt dann der nächste.«

»Was passiert Montag?«, wollte Ernie wissen.

»Montag gehe ich zur Arbeit.«

»Was?«

»Meine Mutter kann sich das Heim nicht leisten, was sie aber nicht zugibt. Die Versicherung deckt nicht alle Kosten und die Ersparnisse der beiden dürften in einem Jahr aufgebraucht sein. Ich habe mich selbst als Geschäftsführer eingestellt. Betty sagt, sie arbeitet mich ein und erklärt mir alles über Einkauf und Verkauf.«

»Was ist mit Stanford?«

»Das stelle ich ein Jahr zurück, bis meine Mutter wieder auf den Beinen ist.«

Ernie wandte sich verärgert ab.

»Darauf lässt sie sich nicht ein, nicht in einer Million Jahren«, sagte Mickie.

»Sie wird es nicht erfahren.«

»Wie soll das denn gehen? Hallo? Ihr wohnt im selben Haus.«

Aber das taten wir nicht. Nicht mehr. Meine Mutter blieb bis zum Ende der Besuchszeit bei Dad und war daher selten vor neun Uhr zu Hause, viel zu müde, um sich noch groß mit mir zu befassen. Meistens gab sie mir einen raschen Kuss und verzog sich nach oben ins Bett.

25

In diesem Sommer stand ich jeden Morgen um sechs auf und ging in die Apotheke, um sie aufzumachen. Ich blieb bis Ladenschluss, machte die Auslieferungen, besuchte für eine Stunde oder so meinen Vater und ging dann nach Möglichkeit noch im Auftrag der *Times* zu irgendeinem Sportereignis, um zusätzlich Geld zu verdienen. Der Herbst rückte näher und ich sah Ernie und Mickie immer seltener. Sie bereiteten ihren Aufbruch zum College vor und ich plante für den Vorabend ihrer Abreise etwas, das ich frivol unser letztes Abendmahl nannte.

Es sollte ein Festmahl werden und ich kochte selbst: gegrillte Steaks, Kartoffelbrei, Erbsen und eine Kürbissuppe. Ich brachte sogar einen Kuchen zustande, den ich mit Guss überzog, mit Kerzen schmückte und mit einer Aufschrift verzierte: »Viel Glück und Erfolg, Ernie und Mickie!«

»Mach weiter so und ich heirate dich«, lobte Ernie, als ich die Köstlichkeiten auftischte.

»Stell dich hinten an!«, mahnte Mickie.

Wir langten zu. »Hast du es ihr schon gesagt?«, fragte Ernie irgendwann.

»Nein.«

»Bald musst du aber mal.«

»Vielleicht nicht. Wir sehen uns ja kaum noch und wenn wir mal zusammen im Haus sind, könnte ich genauso gut unsichtbar sein. Vielleicht kriegt sie gar nicht mit, dass ich nicht ausgezogen bin.«

»Und ob sie das mitkriegt, da kannst du Gift drauf nehmen«, widersprach Mickie. »Und wenn es so weit ist, wird sie nicht gerade begeistert sein.«

»Sie hat in der Frage gar keine andere Wahl. Sie kommt ohne mich nicht zurecht, sie kann nicht alles allein schaffen.«

»Du auch nicht«, fand Mickie. »Du wirkst erschöpft, Sam.«

»Es ist ja nicht für immer.«

»Nein? Für wie lange denn dann?«

»Das habe ich doch schon gesagt: bis sich im Laden alles eingespielt hat und gut läuft.«

Ernie lachte.

»Was ist daran so witzig?«

»Du. Ich habe heute mit Betty gesprochen. Sie ist total begeistert von allem, was du geleistet hast. So glatt ist der Laden noch nie gelaufen, sagt sie.«

Ich kannte die Zahlen und wusste, dass wir den Umsatz um fünfzehn Prozent hatten steigern können und Frank pro Tag mehr als hundert Rezepte bearbeitete. Wir hatten so viel zu tun, dass wir bereits darüber gesprochen hatten, für die Stoßzeiten einen weiteren Apotheker einzustellen. Und ich bekam ein Jahresgehalt, das meiner Mutter bei der Begleichung aller Rechnungen helfen und noch genug Geld für vier Jahre Studiengebühren in Stanford übrig lassen würde.

»Du hast Geschäftstalent«, lobte Ernie.

»Ich treffe mich morgen mit einem Steuerberater, um ein passendes Kooperationsmodell auszuarbeiten. Frank möchte sich nach seiner sechsmonatigen Probezeit bei uns einkaufen.«

Mickie fiel fast die Gabel aus der Hand. »Probezeit? Ach du Scheiße, Hill, du bist echt stahlhart geworden!«

»Ich musste sicher sein, dass er der Richtige für uns ist«, verteidigte ich mich. »Wenn es funktioniert, kommt Mom mit Franks monatlichen Zahlungen insgesamt klar, selbst wenn das Geld wegfällt, das ich aus dem Laden beziehe. Ich werde ihr vorschlagen, meinen Job zu übernehmen, weiß aber nicht, ob sie das tut. Sie hätte dann weniger Zeit für Dad.«

Ernie schlang seinen Kuchen herunter und schob seinen Stuhl zurück. »Ich muss noch bei Alicia vorbei.«

»Jesus, könnt ihr es nicht mal einen Abend gut sein lassen?«, fragte Mickie.

»Wäre schön, geht aber nicht. Sie ruft mich die ganze Zeit an, weil sie Angst hat, ich finde eine andere und vergesse sie.«

»Wirst du auch«, verkündete Mickie weise.

»Herzlichen Dank, Mick.« Ernie zog sich den Mantel an. »Ich sag ihr, sie soll mal mit dir reden, das beruhigt so schön.«

»Länger als drei Monate geht das nicht mehr gut mit denen«, sagte Mickie, als Ernie gegangen war und wir abräumten.

»Wahrscheinlich nicht, aber musstest du das unbedingt sagen?«

»Wieso? Er hat doch damit angefangen!«

»Hat er nicht.«

»Natürlich nicht so direkt. Brauchte er auch gar nicht, mir reichten sein Ton und die Körpersprache. Er liebt sie nicht.«

»Woher weißt du das?«

»Weil ich mehr oder weniger in diesem Haus groß geworden bin und deine Eltern erlebt habe. Was die beiden haben, das ist Liebe.«

Ich widersprach ihr nicht. Meine Eltern liebten sich wirklich, wobei ihre Art der Liebe immer seltener zu werden schien. »Die beiden hätten Besseres verdient.«

»Das Leben ist nun mal nicht fair, Sam.«

Ich warf den Lappen, mit dem ich eben den Tisch abgewischt hatte, in die Spüle. »Ach ja? Vielen Dank, das baut mich echt auf. Warum sagst du nicht gleich wie meine Mutter, dass alles Gottes Wille ist?«

»Weil ich nicht deine Mutter bin.«

»Das kannst du laut sagen. Meine Mutter hat wesentlich mehr Mitgefühl als du.«

»Dann willst du Mitleid?«

»Wäre das wirklich zu viel verlangt? Von dem da oben kann ich keins erwarten. Auch keine Antworten.« Ich deutete zur Decke. Ich hatte es so satt, wie Mickie immer die Gefühle anderer Leute missachtete. Klar, sie hatte es zu Hause schlecht, das wusste ich ja, aber sie schien damit fertigwerden zu wollen, indem sie ihr Herz verhärtete. »Könnte er mir nicht ein einziges Mal zeigen, dass er wirklich einen Plan für mich hat? Nur so, zur Abwechslung? Ich habe es nämlich satt, das selbst herausfinden zu müssen. Mein Vater lebt in einem gottverdammten Pflegeheim, wo die Reha-Leute vor Freude total aus dem Häuschen geraten, wenn er ein halbwegs verständliches Wort rausbringt, und meine Mutter weiß nicht einmal mehr, dass es mich gibt! Gerade eben war ich noch ...«

»Gerade eben warst du noch ein wohlbehütetes Kind und jetzt bist du erwachsen. Willkommen in der wirklichen

Welt, Sam. Das Leben ist scheiße, die Alternative ist bloß noch beschissener. Finde dich damit ab.«

»Warum machst du das immer?«, fragte ich verzweifelt.

»Was?«

»Alles so klein machen. Als wäre es weiter keine große Sache. Dinge sagen wie eben das über Alicia.«

»Weil das hier die reale Welt ist, und die ist nichts für Weicheier.«

»Wenn das so ist, dann habe ich es satt. Und was weißt du überhaupt von der wirklichen Welt?«

»Eine Menge mehr als du. Ich bin auf mich selbst angewiesen, seit ich vierzehn bin.«

»Was redest du denn da? Ich kann mich nicht daran erinnern, dass du ein Geschäft geführt hast, die Klos geputzt, die Rechnungen bezahlt, eingekauft.«

»Das liegt daran, dass du nicht da warst«, feuerte sie zurück. »Und weil ich nicht darüber jammere. Meine Mutter war oft so betrunken, dass sie nicht von der Couch hochkam. Wer, glaubst du denn, hat bei uns das alles erledigt, was du eben aufgezählt hast? Die Heinzelmännchen? Meine faulen, nichtsnutzigen älteren Brüder? Ich wasche bei uns die Wäsche, seit ich zwölf bin, ich kaufe ein und mache die Pausenbrote für die Schule, während meine Mutter ihren Kater ausschläft. Als ich meinen Führerschein hatte, hat Joanna vor Freude geweint, weil wir nicht mehr mit meiner betrunkenen Mutter im Auto sitzen mussten. Dann zieht mein Vater aus, lacht sich ein Flittchen an und glaubt, er ist ein Vater, wenn er uns an zwei Abenden die Woche zu Gesicht bekommt. Oder hast du das alles schon vergessen? Erzähl mir nichts davon, wie schwer dein Leben ist. Deine Mutter hat mal zwei Monate lang nicht mitgekriegt, ob du noch lebst? Echt der Hammer, Hill. Meine Mutter hat nie gewusst, dass ich existiere.«

Wir starrten uns an, schweigend, finster, keiner bereit zurückzustecken. Ich hatte die Arme vor der Brust verschränkt und stand mit dem Rücken zum Küchentresen, als es mich überkam: Ich griff mir eine übrig gebliebene Erbse von einem der Teller in der Spüle und warf sie Mickie an den Kopf. Unter normalen Umständen hätte ich weit danebengeworfen, aber das hier waren keine normalen Umstände und ich warf nicht daneben. Ich traf sozusagen mitten ins Schwarze, direkt zwischen Mickies Augen, und weil ich sie zu lange gekocht hatte, blieb die Erbse dort einen Moment lang kleben, bevor sie herunterfiel.

Mickie sackte die Kinnlade runter. »Hast du mich gerade mit Erbsen beworfen?«

»Das Leben ist nun mal nicht fair, Michaela.«

Sie kniff die Augen zusammen. »Hast du mich eben echt Michaela genannt?«

»Ich weiß nicht mehr, Michaela. Habe ich?«

Mickie sprang wie eine Katze. Sie langte mit der Hand in die Erbsenschüssel und als Nächstes tropfte mir Erbsenbrei am Gesicht herunter. Der Krieg hatte angefangen, die Erbsen flogen. Nachdem wir die Schüssel geleert hatten, langten wir nach den Erbsen, die auf dem Tresen und an den Schränken zerdrückt worden waren, und kämpften weiter. Ich wirbelte herum, spürte, wie mein Fuß ausrutschte, streckte die Hand aus und packte das Erste, was mir unter die Finger kam, Mickies mit Erbsenbrei vollgekleckerte Bluse. Sie riss fast entzwei, als wir beide zu Boden gingen, wobei Mickie auf mir landete. Der Riss enthüllte einen schwarzen Spitzen-BH. Ich fing an zu lachen und nach einem Moment stimmte sie ein. Wir lachten so lange, bis mir der Bauch wehtat.

»Okay, hoch mit dir!«, befahl ich, als wir beide aufgehört hatten.

Aber Mickie rollte sich nicht von mir herunter. Sie sah auf mich herab, als lese sie in meinen roten Augen tausend verschiedene Dinge. Dann sagte sie »Scheiß drauf!« und legte ihre Lippen auf meine.

Anders als am Abend des Abschlussballs zog sich Mickie diesmal nicht zurück und sie stoppte auch nicht nach diesem ersten Kuss. Während ein Teil von mir schrie, ich müsse dringend die Bremse ziehen, weil das, was sich da abzeichnete, nichts Gutes sein konnte und hier vielleicht gerade die schönste Freundschaft ruiniert wurde, die ich je erlebt hatte, aber dieser Teil von mir verlor schnell die Schlacht gegen die Sehnsucht, geliebt zu werden. So ließ ich mich von dem tiefen Verlangen leiten, das schon so lange in mir brannte: die Sehnsucht danach, Mickie berühren zu dürfen. Die ganze Debatte über Für und Wider hatte sowieso nur in meinem Kopf getobt, für Mickie war alles klar und sie hatte keineswegs vor, aufzuhören. Zurückhaltung und Selbstbeherrschung gehörten nicht zu ihren zahlreichen Talenten. Sie überschüttete mich mit Küssen, während ihre Finger meine Haare zerzausten und dann ziemlich schnell unter meinem Hemd die Gürtelschnalle ertasteten. Danach verbannte ich sämtliche Zweifel aus meinem Kopf und gestattete es meinem Körper, sich in der Wärme und Schönheit von Michaela Kennedy zu verlieren.

26

Hinterher wäre ich am liebsten einfach so liegen geblieben, auf und unter zerquetschten Erbsen und mit Mickie im Arm. Ich wollte hier liegen – und die Welt der Rechnungen, schmutzigen Wäsche und betrunkenen Eltern sollte draußen bleiben. Genau das hier hatte ich nämlich trotz aller Bedenken seit Jahren gewollt. Ich liebte Mickie, und zwar nicht nur als gute Freundin. In ihr sah ich meine Chance auf das, was meine Eltern hatten, meine Chance auf Liebe. Echte, wahre Liebe. Aber die Angst, die mich bestimmt hatte, bis das Verlangen nach Mickie alles andere überlagerte, mischte sich auch jetzt wieder in all meine schönen Träume und wischte sie fort wie der Schlaganfall meines Vaters die idyllische Existenz unserer Familie.

Mickie stand auf, sammelte ihre Kleidung zusammen und zog sich an.

»Möchtest du nicht duschen?«, fragte ich.

»Ich muss los.«

Ich rappelte mich ebenfalls auf. »Nein. Musst du nicht. Du musst jetzt nicht gehen.«

»Ich muss packen.«

»Wir wollten uns einen Film ansehen.«

Aber Mickie hatte sich schon die Schuhe angezogen, ihre

Handtasche gesucht und gefunden und ihre Autoschlüssel herausgefischt. Ihre Bluse stand offen, der Riss war nicht mehr zu reparieren.

»Deine Bluse! Lass mich wenigstens …«

Sie küsste mich. Kein leidenschaftlicher Kuss wie die, die wir eben getauscht hatten, nur ein zartes Küsschen auf die Wange. »Bis dann, Hill.«

Und weg war sie, Mickie, der Tornado.

27

Ich stand da, lauschte den immer leiser werdenden Motorengeräuschen ihres Wagens und verlor mich schon bald in finsteren Gedanken und Bedauern. Ich hätte gleich von Anfang an Nein sagen müssen, Mickie klarmachen, dass wir das auf keinen Fall tun durften, aber verdammt! Ich hatte es einfach nicht fertiggebracht. Uns verband eine seltsame, komplizierte Freundschaft, das war mir vollkommen klar. Wir gingen nicht miteinander, verbrachten aber jede Menge Zeit miteinander, hingen rum, gingen essen und ins Kino. Und wir hatten bis zu diesem Abend noch nie miteinander geschlafen, obgleich ich durchaus darüber nachgedacht hatte, wie das wohl sein würde und ob wir nicht vielleicht doch mehr als beste Freunde sein könnten. Ein Paar, genauer gesagt. Das alles ging mir noch durch den Kopf, als ich unsere Garagentür hörte und einen Moment lang glaubte, Mickie sei zurückgekommen. Aber warum sollte sie unsere Garagentür öffnen? Konnte sie auch gar nicht, sie hatte keine Fernbedienung. Ich warf einen Blick auf die Uhr. Meine Mutter war viel früher als sonst nach Hause gekommen! Hastig raffte ich meine Kleider zusammen und schaffte es gerade noch nach oben und ins Bad, bevor unten die von der Garage in die Küche führende Tür mit einem Knall zuging.

Himmel, die Erbsenschlacht! Ich konnte mir lebhaft vorstellen, was meine Mutter beim Anblick ihrer sonst so makellosen Küche empfand. Ehe Mom die Treppe hochstürmen und Rechenschaft verlangen konnte, sprang ich unter die Dusche, immer noch halb damit rechnend, dass gleich die Badezimmertür aufgehen und meine Mutter mich darüber ausquetschen würde, was um alles in der Welt in ihrer Küche los gewesen war.

Aber die Tür ging nicht auf. Meine Dusche dauerte länger als geplant, weil diese vertrackten Erbsen wirklich überall klebten, aber endlich war ich sauber genug, um in Trainingshose und T-Shirt schlüpfen zu können. Meine Mutter war nicht in ihrem Zimmer, als ich das Bad verließ. Also ging ich nach unten. Bestimmt machte sie gerade die Küche sauber und ich konnte so tun, als hätte ich sie gar nicht kommen hören, und würde ihr den Wischmopp aus der Hand nehmen. Aber sie war nicht in der Küche und sie putzte auch nicht.

»Mom?«

»Hier bin ich.«

Sie saß im Wohnzimmer, im Dunkeln, auf ihrem angestammten Platz auf dem Sofa. Erst dachte ich, sie würde eine Novene beten, aber sie hielt keinen Rosenkranz in der Hand.

»Warum sitzt du im Dunkeln?«

»Ich war bei deinem Vater.« Ihr Blick glitt durchs Wohnzimmer, ohne wirklich etwas zu sehen. »Ich habe ihn gefüttert und ich dachte an die Dinge, die ich für ihn tun muss, jetzt, wo er selbst es nicht mehr kann.« Ich setzte mich ihr gegenüber auf die Ottomane und sah sie an. Es war klar, sie redete ebenso mit sich selbst wie mit mir. »Und da ist es mir plötzlich klar geworden.«

»Was?«

Sie sah mich an. »Dass ich schon lange nichts mehr gewaschen oder eingekauft habe. Ich habe nicht einen einzigen Teller mehr gespült und keine einzige Mahlzeit gekocht. Nichts habe ich getan. Du hast das alles erledigt, nicht wahr, Sam?«

»Es ist keine große Sache, Mom.«

»Und der Laden? Wer führt den Laden?«

»Ich habe einen Apotheker eingestellt. Er heißt Frank.«

»Du hast …«

»Du wirst ihn mögen, Mom, er hat viel von Dad.«

»Aber was ist mit den Bestellungen? Wer bezahlt die Rechnungen, wer kümmert sich um den Warenbestand, wer liefert aus?«

Ich schwieg.

Sie seufzte. »Oh, Sam. Es tut mir so leid.«

»Dir muss gar nichts leidtun.«

»Das sollte doch dein Sommer werden. Dein Schulabschluss. Du hast alles verpasst, nicht wahr?«

»Da war nicht viel zu verpassen. Ernie sagte, die meisten Partys waren lahm. Er und Mickie waren abends oft hier bei mir.«

»Mickie«, sagte Mom nachdenklich. »Sie braucht dich, Sam.«

Da war ich mir nicht mehr so sicher. »Ich kann jetzt kochen und die Wäsche machen, das ist doch gut, oder?«

Sie schloss die Augen und holte vielleicht zum ersten Mal seit dem Schlaganfall meines Vaters tief Luft. »Wir sorgen dafür, dass alles möglichst schnell wieder in die richtigen Bahnen kommt, Sam. Jetzt, wo du aufs College gehst.«

Ich blickte zur Seite.

»Sam?«

»Ich gehe nicht, Mom.«

Sie hob warnend die Hand. »Und ob du gehst!«

»Nicht dieses Jahr.«

»Sam, ich weiß, du glaubst, du musst dich deinem Vater und mir zuliebe um alles kümmern, aber ab jetzt bin ich zuständig. Ich kann das alles allein machen. Dein Vater wird gut versorgt, mir bleiben ein paar freie Stunden am Tag.«

»Ich habe die Zulassungsstelle bereits um ein Jahr Rückstellung gebeten.«

»Dann zieh diesen Antrag zurück.«

Ich schüttelte den Kopf. »Es ist alles geregelt. Sie haben die finanzielle Unterstützung anderweitig vergeben und Ernie einen neuen Zimmergenossen zugewiesen.«

Weinend presste sie sich die Hände an die Ohren. Ich kniete mich vor sie und berührte ihre Unterarme. »Mom, es ist alles okay. Es war meine Entscheidung und ich finde sie in Ordnung. In diesem einen Jahr lerne ich, ein Geschäft zu führen, die beste Ausbildung, die man sich vorstellen kann. Mit meinem Gehalt als Geschäftsführer kann ich mein Studium finanzieren, wenn ich die Finanzhilfe und meine Stipendien dazurechne. Du übernimmst, wenn du dir ganz sicher bist, dass Dad gut versorgt ist und sich wohlfühlt. Du wirst das Einkommen brauchen und dann hättest du tagsüber auch etwas zu tun.«

Sie ließ ihre Hände sinken. »Versprich mir, Sam, dass du im nächsten Herbst gehst!« Sie packte meine Hände. »Egal, was ist!«

»Das verspreche ich dir. Absolut.«

Sie atmete tief durch.

»Ich putz dann mal die Erbsen weg«, sagte ich nach einer kurzen Pause.

Mom stand auf. »Nein, du hast genug getan. Was ist mit dem Video da auf dem Tisch?«

»Mickie und ich wollten uns einen Film ansehen, aber dann musste sie doch nach Hause.«

»Wenn du nichts gegen meine Gesellschaft hast – ich könnte ein bisschen Ablenkung gebrauchen.«

»Ich lass die Erbsen verschwinden und mache uns Popcorn.«

»Vergiss die verdammten Erbsen!«, sagte meine Mutter.

28

Obwohl ich am folgenden Morgen früh aufstand, hatte meine Mutter da schon den Dreck in der Küche beseitigt und das Haus verlassen, um bei meinem Vater zu sein. Ich holte einen Strauß Blumen und machte mich auf, den El Camino entlang. Ich wollte zu Mickie und ihr sagen, wie sehr ich hoffte, sie würde den vergangenen Abend nicht bereuen. Weil ich ihn nämlich überhaupt nicht bereute, auch das wollte ich ihr sagen. Ich würde ihr sagen, unsere Freundschaft könne gar nicht darunter leiden, wenn wir miteinander schliefen, weil ich nämlich mehr als Freundschaft wollte. Ich liebte Mickie. Das war mir inzwischen klar geworden und auch, dass ich dieselbe Liebe für sie empfand wie meine Eltern füreinander. Was konnte besser sein, als die beste Freundin zu lieben?

Auf dem Weg zu ihrer Haustür spürte ich Schmetterlinge im Bauch und musste mir zur Beruhigung vor Augen halten, dass es hier nach wie vor um den Menschen ging, mit dem ich noch vor zwölf Stunden problemlos die geheimsten Geheimnisse geteilt hatte. Joanna kam an die Tür, musterte mich unter ihrem Pony hervor mit großen, braunen Augen und strahlte mich an. »Hi, Sam!«

»Hi, Jo-Jo.« Sie lehnte sich zurück und schwang lächelnd am Türgriff. »Ist Mickie da?«

Sie schüttelte den Kopf. »Nein. Die ist nicht zu Hause.«

»Weißt du, wohin sie ist?«

»Sie ist zum College«, sagte Joanna, immer noch lächelnd.

Das Herz sackte mir in die Hose. »Sie ist schon los?«

»Für wen sind denn die Blumen?«

Verdattert starrte ich den Strauß eine ganze Weile lang schweigend an, ehe ich die Karte aus den Blumen zupfte. »Für dich.«

Sie nahm den Strauß schweigend entgegen, entweder zu überrascht, um sprechen zu können, oder zu besorgt, ich könnte es nicht ernst meinen. Ich drehte mich um und ging die Stufen hinunter.

»Sam!«

Als ich mich umdrehte, stand Joanna oben an der Treppe und hielt die Blumen mit beiden Händen direkt unter ihrem Kinn. Sie sah aus wie ein kleiner Engel. »Danke für die Blumen, Sam.«

29

Ich hörte nichts von Mickie, dachte aber jeden Tag an sie und manchmal auch daran, ihre Mutter anzurufen und mir ihre Telefonnummer geben zu lassen oder nach Davis zu fahren und sie zu überraschen. Nur fiel mir jedes Mal eine Ausrede ein, weswegen ich das lieber lassen sollte. Mom und ich frühstückten morgens zusammen, danach fuhr sie los, um bei meinem Dad sein und an seinem Reha-Programm teilhaben zu können. Später kam sie in den Laden, wo ich sie langsam in meinen Job einarbeitete. Ich bin mir sicher, das tat sie nur, weil sie mich unbedingt auf dem College sehen wollte. Sonst hätte sie Dad nicht allein gelassen.

Im November dekorierten wir den Laden für Thanksgiving. Ernie und Mickie würden um den Feiertag herum ein paar Tage freihaben und ich fragte mich, ob Mickie wohl nach Hause kommen wollte. Ernie hatte an dem Wochenende ein Footballspiel und er und seine Eltern wollten wohl danach zusammen zu einem Spiel gegen Notre Dame fahren, gefolgt von der Thanksgiving-Feier mit dem Rest des Teams.

Am Tag vor Thanksgiving klopfte es an der Tür und Mickie stand vor mir. Sie sah dünner aus als bei ihrer Abreise und trug das Haar länger, fast bis auf die Schultern.

»Hi, Hill, was geht ab?« Sie drängte an mir vorbei ins Wohnzimmer, wo sie sich auf das Sofa fallen ließ.

»Prima. Und selbst? Wie ist das College?«

»Das Mensaessen stinkt zum Himmel, die meisten Kids sind Neurotiker und mein Chemiedozent ist ein Lustmolch, dem ich demnächst mal in die Eier treten werde. Kann ich ein Glas Wasser haben?«

Ohne meine Antwort abzuwarten, ging sie in die Küche und schenkte sich an der Spüle ein Glas Leitungswasser ein, nicht weit von der Stelle, wo unsere Erbsenschlacht den Anfang genommen hatte und wir uns später auf dem Fußboden geliebt hatten.

»Ich habe auch Limo«, sagte ich.

»Schmeiß die weg. Wir haben dieses Experiment gemacht, wo man ein Stück Fleisch in Limo legt und hinterher ist das Fleisch weg. Die Limo frisst es praktisch.«

»Dann trinkst du also keine Limo mehr?«

»Und ich esse kein rotes Fleisch. Meine Mitbewohnerin lebt vegan, aber so weit gehe ich nicht. Sie rasiert sich weder die Beine noch unter den Achseln.«

»So weit gehst du bitte wirklich nicht!«

»Ist deine Mom zu Hause?«

»Nein, im Laden.«

»Sie arbeitet da?«

»Einen Nachmittag die Woche, damit ich freinehmen kann. Wie lange bist du zu Hause?«

»Bis Sonntag. Du kriegst mich für vier Tage, Hill. Lass uns ins Kino gehen, irgendeine nette Matinee. Du lädst mich ein, weil ich eine arme Studentin bin und du ein reicher Geschäftsmogul.«

»Wohl kaum.«

Sie kam auf mich zu, umarmte mich und einen Moment lang glaubte ich, sie würde mich küssen. Dann zog sie sich zurück und war schon wieder so gut wie unterwegs. »Auf geht's, Hill, noch ist es hell und ich will beim Laden halten und deiner Mom guten Tag sagen. Und meine Süßigkeiten mit Rabatt kaufen. Ich krieg doch noch Familienrabatt, oder?«

»Ich bin mir nicht sicher. Der Laden steht jetzt unter neuer Leitung und der Geschäftsführer soll ein eiskalter Hund sein.«

Lachend zog sie mich an der Hand aus der Tür.

Wir redeten nicht über das, was nach dem Abendmahl passiert war. Trotzdem kam ich mir anders als bei Donna nicht einfach wie ein Strich auf Mickies Abschussliste vor. Der Herbst verging und ich hatte ziemlich viel Zeit, über Mickie nachzudenken und mir zu überlegen, was genau an diesem Abend passiert war. Mickie liebte mich – das wusste ich oder redete es mir zumindest ein. Außerdem redete ich mir ein, sie wäre an dem Abend nur geflüchtet, weil sie im Zusammensein mit mir etwas gespürt hatte, das sie von anderen Männern her nicht kannte. Etwas, das ihr Angst machte. Belastet vom schrecklichen Vorbild ihrer Eltern wollte Mickie nicht lieben. Sie wollte den Schmerz nicht. An diesem Thanksgiving an unsere Tür zu klopfen war Mickies Art, mir zu sagen, dass sie mich liebte. Das reichte mir zwar nicht, aber mehr würde ich nicht von ihr bekommen.

30

Im Herbst darauf, kurz vor Beginn meines ersten Jahres in Stanford, fuhr ich in die Palo-Alto-Klinik zu einem Besuch bei Dr. Pridemore. »Was kann ich für dich tun?«, fragte der. Mein nächster Besuch war eigentlich erst in ein paar Monaten geplant.

Ich hatte Gott viele Chancen gegeben, mir seinen Weg zu zeigen. So viele, dass ich mich inzwischen von ihm betrogen fühlte. Keine Antwort auf die flehentlichen Gebete nach dem Schlaganfall meines Vaters erhalten zu haben, besiegelte meine Einstellung in dieser Frage endgültig. Wenn Gott nicht bereit war, meinem Vater die lähmenden, kräftezehrenden Auswirkungen eines Schlaganfalls zu ersparen, dann würde er auch nicht bei meiner Augenfarbe intervenieren, obwohl ich als kleiner Junge so oft und so leidenschaftlich darum gebetet hatte. Jetzt konnte mir nur noch die Wissenschaft helfen.

»Gottes Wille ist nicht mit unserem zu vergleichen, er wirkt anders«, hatte meine Mutter oft und gern erklärt. Da konnte ich ihr inzwischen nur beipflichten. Ich hatte mich entschlossen, dass das Warten auf Gottes Wille nicht die Art sein würde, wie ich an mein Leben heranging. »Ich bin bereit«, sagte ich zu Dr. Pridemore. »Ich würde diese braunen Kontaktlinsen gern ausprobieren.«

TEIL SECHS

Hello Darkness, My Old Friend

I

1989

Burlingame

Während Ernies Fernseher laufend weitere durch das Erdbeben verursachte Schäden meldete, kam ich endlich zu meiner Mutter durch. Sie war erleichtert, meine Stimme zu hören und zu wissen, dass mir nichts passiert war.

»Bei mir ist alles in Ordnung«, versicherte sie mir. »Das Haus hat nichts abbekommen. Ein paar Stücke von Grandma O'Malleys Spode-Porzellan sind vom Regal gefallen und zerbrochen. Nichts, was sich nicht ersetzen ließe.«

Ich ratterte eine Reihe von Fragen herunter: »Riechst du Gas? Hast du nachgesehen, ob das Licht am Boiler brennt? Hast du Wasser in Flaschen da?«

»Ich habe alles und mir geht es bestens, Sam. Hör auf, dir Sorgen zu machen.«

»Hast du in der Einrichtung anrufen können? Wie geht es Dad?«

Mein Vater hatte sich nie von seinem Schlaganfall erholt, der, wie wir jetzt wussten, auch das frühe Einsetzen einer Demenzerkrankung verursacht hatte. Jede Veränderung seiner täglichen Routine brachte ihn durcheinander. »Es geht ihm gut«, versicherte Mom. »Die Einrichtung hat nichts abbekommen.«

»Soll ich vorbeikommen und dir beim Saubermachen helfen?«

»Vergiss es! Es ist wirklich nicht viel. Außerdem bin ich schon halb aus der Tür, ich will deinen Vater besuchen. Ich möchte bei ihm sein.« Mein Vater konnte in seinem Rollstuhl nicht viel unternehmen, aber Mom machte das nichts aus, wie ich von ihr wusste. Sie saßen beisammen und hielten Händchen. Manchmal legte sie ihm einen Rosenkranz in die Hand und half ihm, die Finger von einer Perle zur anderen zu bewegen, während sie betete. »Ich bin nirgendwo lieber als dort bei ihm«, sagte sie oft.

»Ich ruf dich später noch mal an. Wahrscheinlich morgen«, verabschiedete ich mich.

In Gedanken wieder einmal bei der Nacht, in der ich vom Schlaganfall meines Vaters erfahren hatte, legte ich auf. Wie kostbar das Leben doch war und wie zerbrechlich. Gerade noch feiert man seinen Schulabschluss und im nächsten Moment hätte man um ein Haar den Vater verloren. Gerade noch steht man in der Schlange für das erste Bier und freut sich auf ein Spiel in der World Series, und im nächsten Moment war man knapp dem Tod unter Betonmassen entronnen. Zu kurz. Das Leben war zu kurz, um sich mit weniger als einer Liebe zufriedenzugeben, wie ich sie eben bei Ernies Nachhausekommen hatte erleben dürfen, oder wie die, deren Zeuge ich mein Leben lang gewesen war. So eine Liebe hatten auch Mickie und ich verdient.

Diese verdammte Mickie! Dass sie doch immer recht haben musste.

Das Leben war zu kurz, um sich mit jemandem wie Eva zufriedenzugeben. Ein Teil von mir hatte das immer gewusst. Ich war länger in der Beziehung geblieben, als mir guttat, weil es mir an Selbstbewusstsein mangelte, auch das hatte ich gewusst. Ich glaubte einfach nicht, dass ich je in meinem Leben jemanden treffen würde, der mich und meinen Zustand einfach so akzeptierte. Wobei andere mich natürlich auch erst dann so nehmen konnten, wie ich war, wenn ich mich selbst voll und ganz akzeptierte. Auch das war mir klar, so schlau war ich schon. Mit den Kontaktlinsen hatte ich mir einen unauffälligen, braunen Schleier der Normalität zugelegt, und so präsentierte ich mich inzwischen nicht nur dem Rest der Welt, sondern auch dem Menschen, der mich jeden Morgen aus dem Spiegel heraus ansah. Mit den Kontaktlinsen ersparte ich mir das Stutzen, die ein wenig zu langen Blicke, die neugierigen Fragen. Ich musste mich nicht länger mit meinem Zustand beschäftigen. Ich musste mich nicht mit dem abfinden, was ich war, und dabei war das doch so wichtig, wie es meine Mutter ihrem kleinen Sohn damals vor seinem ersten Schultag so eindringlich erklärt hatte. Ich hatte mich nicht mit mir und meinem »Zustand« auseinandergesetzt, ich hatte das Thema einfach nur übertüncht, wörtlich und bildlich. Wenn Mickie fand, ich sollte Eva sagen, ich hätte eine bessere Behandlung verdient und sie sei nicht gut genug für mich, dann hatte das eigentlich mit Eva nicht viel zu tun. Es ging um mich. Mickie hatte hier eine Gelegenheit gesehen, mir beizubringen, dass ich mich als Mensch nicht nur akzeptieren, sondern auch lernen musste, mich zu lieben.

Die Nachrichten wurden mit jeder verstreichenden Minute ernüchternder. In den ersten Berichten schon war von den Autos die Rede gewesen, die von der Brücke in die Bucht von San Francisco gestürzt waren, und von anderen, die gefährlich dicht über dem Abgrund hingen. Die Berichte von der East Bay waren genauso erschütternd. Dort war die 880 Interchange, ein Doppeldecker-Freeway aus Beton, eingestürzt, und zwar zu einem denkbar schlechten Zeitpunkt, mitten im dichten Nachmittagsverkehr. Man sprach von Dutzenden, die unter dem Schutt gefangen waren, man sprach von Toten. Der Embarcadero Freeway entlang der Küste von San Francisco hatte ebenfalls schwere Schäden nicht nur in der Fahrbahndecke abbekommen. Im Marina District hatten die Leute in ihren Vorgärten Zelte aufgeschlagen, weil sie nicht in ihre Häuser und Apartments zurückkehren mochten.

Michelle kochte Pasta und stellte einen Salat zusammen, aber niemand aß viel. Ich rief bei mir zu Hause an. Eva ging nicht an den Apparat. Laut Flugplan hätte sie um sechzehn Uhr in Oakland landen müssen, als der Verkehr am dichtesten war. Wahrscheinlich würde ich beim Nachhausekommen eine Nachricht auf dem AB vorfinden, sie hätte beschlossen, in einem Hotel auf der East Bay zu bleiben, um die Staus zu umgehen. Na wunderbar. Konnten sie und Mr Verschlafen sich doch während der traumatischen Ereignisse in den Armen halten.

Um neun rief ich noch einmal an und bekam wieder nur den Anrufbeantworter an die Strippe. Ich legte auf und sagte zu Ernie: »Ich fahre nach Hause.«

»Hast du sie erreichen können?«

Ich schüttelte den Kopf. »Sie ist wahrscheinlich in einem Hotel in Oakland geblieben, um nicht durch den ganzen Verkehr zu müssen.«

2

Als ich vor meinem zweistöckigen, mit Zedernschindeln verkleideten Haus vorfuhr, brannte auf der Veranda und im Wohnzimmer Licht. Eva schien zu Hause zu sein. Ich hatte lange überlegt, wie ich ihr gegenübertreten sollte, und beschlossen, zu warten und Eva reden zu lassen. Sollte sie die Chance haben, ehrlich zu sein. Wenn sie die ergriff, wollte ich mich für die gemeinsame Zeit bedanken und sie bitten, auszuziehen. War sie nicht ehrlich zu mir, dann kannte ich wenigstens endlich ihren wahren Charakter.

Natürlich würde ich sie auch in dem Fall um ihren Auszug bitten.

Im ersten Stock, im Schlafzimmer, brannte kein Licht und auch Evas Wagen stand nicht in der Einfahrt. Seltsam. Dafür hörte ich ein vertrautes Bellen, als ich die Stufen zur überdachten Veranda hinaufstieg, und kaum versuchte ich, die Tür zu öffnen, da zwängte sich auch schon ein vor Aufregung winselnder und jammernder Bandit zwischen Tür und Rahmen. »Schon gut, Kumpel«, rief ich ihm zu. »Zurück!« Im Flur sah ich mich kurz um, bevor ich mich zu Bandit hockte, um ihn zu kraulen. Einen Koffer konnte ich nirgendwo entdecken. »Eva?« Bandits Schwanz wirbelte Luft auf. »Mickie?«

Niemand meldete sich. Dann sah ich den Zettel auf dem gefliesten Tresen neben dem Anrufbeantworter.

Ich dachte, du brauchst ein bisschen Gesellschaft.

M

Mickie war vorbeigekommen, um nach mir zu sehen.

Am Anrufbeantworter mahnte der blinkende rote Knopf, aber ich ging erst einmal in die Küche. »Hast du Hunger, Bandit?« Sein Schwanz ging begeistert hin und her. Wenn Mickie auf Reisen war und ihre Jungs, wie sie sie nannte, nicht mitnehmen konnte, passte ich auf die Hunde auf. Also stand bei mir ein Sack Hundefutter in der Speisekammer. Eva mochte keine Haustiere und konnte sich über jedes einzelne Hundehaar auf ihrer Kleidung so aufregen, als wäre es radioaktiv. War sie vielleicht nach Hause gekommen und gleich wieder umgekehrt, als sie Bandit antraf? Darauf deutete allerdings nichts hin.

Bandit winselte beim Anblick des Hundefutters noch sehnsüchtiger, sodass ich es kaum schaffte, seine Metallschüssel zu füllen und sie ihm halbwegs gesittet hinzustellen. Sofort versenkte er die riesige Schnauze darin und man hörte es nur noch begeistert knirschen. Ich füllte einen zweiten Napf mit Wasser und stellte ihn sicherheitshalber in einigem Abstand zum ersten auf den Boden, denn Bandit jagte seinen Futternapf gern einmal quer durch die Küche, um ja auch den letzten Brocken zu erwischen. Dann sah ich dem großen Hund beim Fressen zu, im Rücken das Drängen der blinkenden roten Lampe. Als seine Schüssel leer war, sah mich Bandit mit großen, erwartungsvollen Augen an. »Sorry, Kumpel, Mickie sagt, ein Napf und mehr nicht. Du wirst sonst zu fett.«

Die Haut über seinen Augen kräuselte sich.

»Ich weiß. Frauen, was?« Ich öffnete ihm die in den Garten führende Hintertür. »Okay, kümmern wir zwei uns mal um unsere Geschäfte.«

Bandit sprang nach draußen. Ich ließ die Tür für ihn offen und nahm mir den Anrufbeantworter vor. Dessen Computerstimme erklärte mir erst einmal, es habe einen Stromausfall gegeben. Dann kamen die Nachrichten. Die erste, von sechzehn Uhr zwölf, vor dem Erdbeben, stammte von Eva.

»Hey, Sam, wollte nur sagen, dass mein Flug gelandet ist und ich auf dem Weg nach Hause bin. Freue mich auf dich.«

Ehe ich reagieren und die Nachricht analysieren konnte, kam gleich die zweite Nachricht, diesmal von Mickie:

»Hey, ich bin es. Ich weiß, du willst mit Ernie zu dem Spiel, aber ich habe gesehen, dass es ausfällt, und wollte jetzt nur wissen, wie es dir geht. Ich habe Bandit vorbeigebracht, damit du nicht so allein bist, und hoffe, es geht dir gut. Bei mir ist alles in Ordnung. Im Wohnzimmer sind ein paar Risse im Putz, aber sonst nichts. Okay, das wird hier zu ausführlich. Ruf mich an, damit ich beruhigt bin. Hab dich lieb.«

Die Maschine piepte ein drittes Mal. Ich wartete auf die nächste Nachricht, darauf, dass Eva mir sagte, der Verkehr sei eine Zumutung und sie habe beschlossen, die Nacht auf der anderen Seite der Bucht in einem Hotel zu verbringen. Es meldete sich jedoch niemand, ich hörte lediglich, wie aufgelegt wurde. Die Computerstimme erklärte, jetzt gäbe es keine Nachrichten mehr. Ich wollte gerade gehen, da klingelte das Telefon. War das nicht immer so? *Dir müssen die Ohren geklingelt haben. Ich dachte gerade an dich.* Ich holte tief Luft, räusperte mich und ging dran. »Hallo?«

»Sam?«

»Eva?«

»Nein, Sam, es tut mir leid. Hier ist Meredith.«

Evas Mutter. »Meredith?« Natürlich, Evas in Südkalifornien lebende Eltern hatten in den Nachrichten vom Erdbeben gehört und machten sich Sorgen. »Es tut mir leid, ich war nicht … Eva hat angerufen und Bescheid gesagt, dass ihr Flug gelandet ist. Sie ist bestimmt irgendwo in einem Hotel, weil die Straßen verstopft sind. Es gab auch eine Weile kein Telefon.«

»Eva ist nicht in einem Hotel, Sam.«

»Hat sie dich angerufen?«

Meredith konnte nicht weitersprechen, sie weinte. Ich hörte, wie ihr jemand den Hörer aus der Hand nahm.

»Sam?« Das war Evas Vater, Gary Pryor. »Wir haben einen Anruf erhalten, Sam.« Er sprach nicht weiter und ich konnte hören, dass auch er nur mühsam die Tränen unterdrückte. »Sie haben Evas Auto gefunden, Sam. Sie fanden es unter dem Freeway.«

3

Gary Pryor hatte für den kommenden Morgen einen Flug nach San Francisco gebucht und bat mich, ihn vom Flughafen abzuholen. Jemand müsse Evas Leiche identifizieren, sagte er. Ich notierte mir die Fluginformationen auf die Rückseite von Mickies Nachricht, weil ich ziemlich sicher war, von dieser Unterhaltung schon bald keine Details mehr im Kopf zu haben, legte auf und stolperte zur Couch. Bandit kam von der Veranda herein. Klackend trottete er über den gefliesten Boden zu mir, sprang aber weder auf die Couch noch stupste er mich an, damit ich ihn streichelte. Er hatte meinen Stimmungswandel gespürt, senkte den Kopf, ließ den Schwanz hängen und wartete ab. Brauchte ich ihn? Wollte ich getröstet werden?

Als ich ihm meine Handfläche zeigte, trat er vor und legte mir den Kopf in den Schoß, sah mich mit traurig gerunzelter Stirn an. Ich senkte den Kopf und legte meine Stirn auf den knochigen Knubbel oben auf seinem Kopf. Ich wollte weinen, kam aber nicht gegen den einen Gedanken an, der sich in meinem Kopf eingenistet hatte. Als ich aufsprang, tat Bandit einen Satz nach hinten und beobachtete mich, wie ich im Wohnzimmer auf und ab tigerte und vergeblich versuchte, an etwas anderes zu denken. Evas Vater kam. Er würde ihre Leiche identifizieren und sie für die Trauerfeier und Beerdigung mit nach Los Angeles nehmen. Ihr Vater kam. Ihr Vater.

Ich blieb stehen, weil ich gerade Ernies zwei kleine Jungen vor mir gesehen hatte, wie sie aus der Tür gerannt kamen, um ihren Daddy zu begrüßen, wie sie sich an seine Beine geklammert hatten.

Eva – das war Gary Pryors kleines Mädchen.

So etwas sollte ein Vater nicht tun müssen.

»Nein!«, erklärte ich laut. »Nein.«

Ich fand den Zettel, auf den ich mir die Information notiert hatte, und rief Garys Nummer an. Er nahm gleich nach dem ersten Klingeln ab. »Ich gehe heute noch in die Leichenhalle«, sagte ich. »Ich werde Eva identifizieren. Ich werde ein Bestattungsinstitut hier in Burlingame beauftragen, alles Notwendige für eine Überführung zu veranlassen. Wir bringen sie gemeinsam nach Hause.«

Gary konnte nicht sofort antworten. Er weinte, laut, keuchend, unkontrolliert. Ich verstand ihn nur zu gut. Er hatte sich zusammengerissen, für seine Frau, für Evas Schwestern, für die ganze Familie. Wenn sich jemand anderes um die Einzelheiten mit den sterblichen Überresten kümmerte, durfte er um seine Tochter trauern.

»Danke«, sagte er schließlich. »Danke, Sam.«

Ich verabschiedete mich von ihm und rief Mickie an.

»Hi«, meldete sie sich, »ich habe versucht, dich zu erreichen. Alles in Ordnung? Ich dachte, du bist vielleicht bei deiner Mom, aber da geht niemand ans Telefon.«

»Ich bring dir Bandit heute Abend zurück«, sagte ich.

»Behalte ihn ruhig da. Bandit ist gern bei dir. Er kriegt da viel mehr Aufmerksamkeit, und ihr zwei Junggesellen versteht euch doch gut.«

»Eva ist tot, Mickie.« Ich sprach die Worte laut aus, weil ein Teil von mir sie einfach hören musste, um sie zu glauben.

»Was?«

»Ich habe gerade mit ihrem Vater telefoniert. Der Freeway hat ihren Wagen zerschmettert. Sie ist tot.«

»Ich bin schon unterwegs.«

4

Morgens um eins kamen wir wieder zurück in mein Haus. Mickie nahm mir den Schlüssel aus der Hand und steckte ihn ins Schloss, nachdem ich bei dieser Aufgabe zweimal versagt hatte. Ich saß auf dem Sofa und streichelte Bandit, während sie den Schrank mit den alkoholischen Getränken öffnete.

»Es wird Bourbon sein müssen«, sagte sie. Den Scotch von Eva hatte ich ausgetrunken. »Hast du irgendwas zum Mixen?«

»Eis.« Ich hörte, wie sie den Gefrierschrank öffnete, wie Eiswürfel in ein Glas fielen.

Evas Leiche zu identifizieren war schlimmer gewesen, als ich mir vorgestellt hatte, dabei war mir schon beim Betreten der provisorischen Leichenhalle klar gewesen, dass ich wohl nie in meinem Leben je wieder etwas so Schlimmes würde tun müssen. Trotzdem war ich froh, diese Aufgabe übernommen zu haben, weil Evas Vater es dann nicht tun musste. Ich war auch froh, dass die Rettungskräfte Evas Auto und die Leiche darin überhaupt hatten finden können. Den ganzen Abend und die Nacht war in den Nachrichten immer wieder von Fahrzeugen die Rede gewesen, die immer noch unter Tonnen Beton lagen, die Leute darin teilweise lebend gefangen.

Evas wunderschönes Gesicht war von Schäden verschont geblieben, mehr zeigte mir die Mitarbeiterin auch nicht. Aber ich als Arzt konnte anhand der Art, wie das Laken über ihren Körper drapiert war, darauf schließen, dass ihr Oberkörper zerquetscht und sämtliche Knochen darin gebrochen waren. Höchstwahrscheinlich war sie auf der Stelle tot gewesen.

Die Mitarbeiterin deckte Evas Gesicht wieder zu und ging weiter zur nächsten Leiche. »Sollen Sie auch den Mann identifizieren, der neben ihr im Wagen saß?«

Die Frage traf mich wie ein Stich mitten ins Herz.

Mickie warf mir einen Blick zu.

»Nein«, sagte ich.

Jetzt brachte mir Mickie aus der Küche meinen Bourbon und setzte sich dicht neben mich, so, wie sie im Falcon immer gesessen hatte. Lange Zeit sagte keiner von uns etwas. Ich trank meinen Whiskey, bis nur noch Eis übrig war, dann schenkte Mickie mir nach. Der Alkohol machte sich in meinem geschwächten Körper und ohnehin angeschlagenen Geist sofort bemerkbar, weswegen ich jetzt erst einmal nur einen kleinen Schluck trank. »Danke, dass du da eben mitgekommen bist.«

»So etwas sollte niemand allein machen müssen.« Mickie trank einen Schluck Wasser. »Das war sehr mutig von dir, es dem Vater abzunehmen.«

Ich atmete laut aus. »Ich kann nicht weinen. Warum kann ich nicht weinen? Was zum Teufel stimmt mit mir nicht?«

»Nichts stimmt mit dir nicht.«

»Weißt du, was ich als Erstes gespürt habe, als ich es erfuhr? Als ihr Vater mich anrief?«

»Nicht …«

»Erleichterung.«

»Sam, lass das.«

»Ich spürte Erleichterung, weil es jetzt keine Konfrontation mehr geben wird. Weil ich ihr nicht zu sagen brauche, dass es mit uns vorbei ist und dass sie ausziehen muss. Was für ein Mensch bin ich denn, dass ich so denke?«

»Ein guter Mensch.«

»Netter Versuch.«

»Ich meine das ernst. Ein schlechter Mensch wäre nicht so ehrlich wie du. Ein schlechter Mensch würde überhaupt keine Schuldgefühle empfinden. Ein schlechter Mensch hätte nie getan, was du eben getan hast. Ein schlechter Mensch hätte die Verantwortung von sich gewiesen und der Familie gesagt, er wolle mit der ganzen Sache nichts zu tun haben. Aber ich kenne dich und ich weiß, dass du bis an dein Lebensende niemandem erzählen wirst, dass sie dich betrogen hat, und ich werde es auch nicht tun. Ihre Eltern werden die Tochter beerdigen, die sie geliebt haben, und dürfen all ihre Erinnerungen behalten.«

Damit waren sämtliche Dämme gebrochen. Ich schluchzte wie ein Kind, keuchend, verzweifelt. Mickie zog mich an sich, barg meinen Kopf an ihrer Brust und ließ mich weinen, zog das Kissen hinter ihrem Rücken vor und lehnte sich zurück, hielt mich, bis mein Atem wieder gleichmäßig ging und ich einschlief.

5

Auf Evas Beerdigung schien jeder seinen Part spielen zu wollen, um der Tragödie von shakespeareschen Ausmaßen gerecht zu werden. Ich war der trauernde Bräutigam, der verlassene Teil eines jungen Paares, das gerade zur gemeinsamen Reise ins Leben hatte aufbrechen wollen. Die Kräfte der Natur hatten uns grausam auseinandergerissen, weswegen mir jetzt nichts anderes blieb, als irgendwie die Scherben meiner Existenz wieder zusammenzufügen.

Ernie und Michelle begleiteten Mickie, meine Mutter und mich nach Südkalifornien, um bei der Beerdigung in Redondo Beach an meiner Seite sein zu können. Ich war ihnen sehr dankbar. Ihre Anwesenheit gab mir meine Identität zurück und bestätigte mir ein Dasein über die Rolle des trauernden Lebensgefährten hinaus, den hier unten eigentlich niemand kannte.

Nach dem Gottesdienst folgte ich zusammen mit Evas Familie dem Sarg aus der Kirche hinaus und sah zu, wie der Leichenwagen in der Ferne verschwand. Für die Familie stand eine Limousine bereit, aber Ernie rettete mich. »Willst du mit mir zum Empfang fahren?«

Fast hätte ich ihn vor allen Leuten umarmt.

Der Empfang fand im Garten hinter dem Haus der

Pryors statt, ein wunderschöner Ort mit Blick auf den Pazifik. Eine leichte Brise trug uns den Geruch des Meeres zu. Ein Catering-Unternehmen hatte das Essen geliefert. Ich besorgte einen Teller davon und eine Diät-Cola für meine Mutter, suchte ihr einen Schattenplatz an einem der Tische mit Sonnenschirm und ließ sie in der Gesellschaft von Michelle und Mickie zurück, während Ernie und ich uns auf die Suche nach den alkoholischen Getränken machten. Als sich uns ein paar Leute näherten, die ich schon in der Kirche gesehen hatte, richtete ich mich im Geiste auf Beileidsbekundungen ein.

»Entschuldigen Sie bitte«, sagte einer der Männer. »Sind Sie nicht Ernie Cantwell?«

»Ja«, sagte Ernie.

»Das habe ich mir doch gedacht! Wir sahen Sie in der Kirche. Dürften wir Sie wohl um ein Autogramm bitten?«

Während Ernie dem Wunsch nachkam, stellten sich die Männer vor. »Woher kannten Sie Eva?«, wollte einer von ihnen von mir wissen.

»Wir waren befreundet«, antwortete ich.

Dann holten wir uns jeder ein Bier, Ernie und ich, und suchten uns eine stille Ecke weiter hinten im Garten.

»Wie kommst du klar?«, wollte Ernie wissen.

»Ich komme mir vor wie ein Schauspieler, der hinter der Bühne auf seinen nächsten Auftritt wartet.« Auch wenn das ein bisschen seltsam klang und mir auch Beklemmungen verursachte: Genauso fühlte ich mich. Was von den anderen entweder niemand mitzubekommen schien oder niemand anzusprechen wagte, war die Tatsache, dass ich hier kaum jemanden kannte und umgekehrt. Mit Evas Eltern hatte ich einmal zu Abend gegessen, als sie zu Besuch in San Francisco waren, mehr nicht. Ich hatte keinen einzigen Feiertag im Kreise dieser Familie verbracht, war nie auf ein Wochenende bei ihnen zu Besuch gewesen, kannte niemanden von Familienfeiern her. Evas Schwestern sah ich heute zum ersten Mal.

»Wir haben ja schon einiges an verrücktem Scheiß hinter uns, aber das hier dürfte wohl den Vogel abschießen.« Ernie nippte an seinem Bier und ließ den Blick über die versammelte Menge schweifen. Was ihn betraf, mochte er recht haben, aber für mich, das hatte ich gerade kapiert, stand eine verrückte Sache noch offen.

6

Eine Woche später saß Trina Crouch in meinem Behandlungszimmer. Mickie hatte Daniela zu einem Eis eingeladen, damit ich ihrer Mutter ungestört von meinem Zusammenstoß mit David Bateman erzählen konnte, damals, als ich noch ein kleiner Junge gewesen war und behauptet hatte, ein Sturz vom Fahrrad hätte mich so übel zugerichtet. Ich erzählte ihr auch von dem Treffen mit Pater Brogan im Refektorium, das zu Davids Schulverweis geführt hatte.

»Sie haben sich gegen ihn behauptet«, fasste Crouch zusammen. »Sie haben dafür gesorgt, dass er die Schule verlassen musste.«

Als Zeichen meiner guten Absichten hatte ich vor diesem Treffen die Kontaktlinsen herausgenommen. »Er hat selbst dafür gesorgt, dass er der Schule verwiesen wurde.«

»Mir hat er erzählt, Sie hätten ihn beim Pfarrer verpfiffen und der Pfarrer hätte ihn daraufhin rausgeschmissen. Für seine Eltern war das eine unglaubliche Demütigung, hat er gesagt, und sein Vater wäre kein … kein guter Mensch gewesen.«

»Ich habe dem Pfarrer gar nichts verraten, Trina.«

»Nicht?« Sie warf mir einen verwirrten, zweifelnden Blick zu.

»David hatte zwei sehr enge Freunde, die haben ihn verpfiffen. Ich hatte nicht den Mut, es irgendwem zu erzählen. Nicht dem Pfarrer und auch nicht meinen Eltern. Ich glaubte nicht, dass irgendwer mir helfen oder mich beschützen könnte. Ich hatte Angst. Hätte die beiden anderen Jungen nicht ihr Gewissen geplagt, hätte mich David weiterhin ungestraft brutal schikanieren dürfen.«

»Ich habe so jemanden nicht«, sagte Trina leise.

»Doch, haben Sie. Sie haben mich und Mickie.«

Sie wischte sich die Tränen ab. »Warum?«

»Weil wir alle manchmal jemanden brauchen.«

»Können Sie Daniela helfen?«

»Ihre Augen kann ich wieder in Ordnung bringen. Mehr nicht.«

Trina hatte verstanden, wie ich das meinte. Tränen strömten ihr über das Gesicht. Ich ließ meinen Stuhl rüber zum Couchtisch rollen und reichte ihr eine Schachtel Kleenex.

»Die Netzhaut, oder auch Retina, ist das neurosensorische Gewebe, mit dem die Rückwand des Auges ausgekleidet ist«, erklärte ich anhand des Modells eines Augapfels, das ich mir aus dem Regal geholt hatte. »Stellen Sie sich das vor wie eine Tapete auf einer Rigipsplatte oder wie den Film in einer Kamera. Die Retina verwandelt das in unser Auge fallende Licht in Sehkraft. Ihr Zentrum wird Makula genannt und nur diese Makula ermöglicht uns feines, detailliertes Sehen. Dank ihrer können wir zum Beispiel lesen. Der Rest der Netzhaut, die periphere …«

»Daniela kann keine Bücher mehr lesen. Sie sagt, alles verschwimmt.«

»Wenn sich die Retina ablöst, trennt sie sich von der Rückwand des Auges und damit auch von der Blutzufuhr und somit von der Quelle, aus der sie genährt wird. So degeneriert sie und kann nicht mehr funktionieren. Daniela würde ihre zentrale Sehkraft verlieren.«

»Sie würde blind werden.«

Ich setzte mich zurück. »Ja, letztendlich würde sie auf dem Auge erblinden. Glücklicherweise können neunzig Prozent aller Netzhautablösungen mit einer einzigen Maßnahme repariert werden. Es gibt drei verschiedene chirurgische Ansätze, die wir wählen können …«

»Ich bin nicht versichert«, sagte Trina. »Ich habe vor drei Monaten meine Arbeit verloren.«

Ich stellte das Modell auf den Tisch. »Und Ihr Ex-Mann?«

»Nein.« Sie schüttelte den Kopf.

»Er ist Polizeibeamter. Er wird doch krankenversichert sein.«

»Nein!«, sagte sie, noch entschiedener.

»Trina …«

»Ich schaffe es nicht, mich mit ihm auseinanderzusetzen.« Ihre Stimme klang hoch und schrill wie die eines verängstigten Kindes. Ich ließ ihr einen Moment Zeit. Sie holte tief Luft. »Er hat uns nach der Scheidung aus seiner Krankenversicherung streichen lassen und ich habe nicht widersprochen, weil ich damals Arbeit hatte und weil ich ihn einfach so endgültig wie irgend möglich los sein wollte.«

»Er trägt nach wie vor Verantwortung für seine Tochter«, sagte ich, leise und sanft.

»Er hasst mich, weil ich ihn verlassen habe. Er hasst mich so sehr, dass er alles tun würde, um mich zu verletzen. Selbst wenn das bedeutet, Daniela wehzutun.«

»Sie könnten ihn vor Gericht zur Zahlung zwingen.«

Sie schüttelte mit einem verbitterten Lächeln den Kopf.

»Das macht ihn nur noch wütender und die Wut lässt er dann an Daniela aus. Außerdem kosten Anwälte Geld. Krankenhäuser und Beerdigungsinstitute auch. Ich möchte meine Tochter nicht begraben müssen und sie soll auch nicht zusehen müssen, wie ich beerdigt werde. Ich möchte sie nicht bei ihm zurücklassen. Er ist ein Monster.«

7

Sobald ich die Maschinerie in Gang gesetzt hatte, würde ich sie nicht mehr stoppen können und konnte mich selbst auch nicht mehr aus der Sache herausziehen. Vorher wollte ich David Bateman noch eine Chance geben und zum Schluss war auch Trina Crouch einverstanden damit, dass ich mit ihm sprach. Ich hatte nach wie vor Probleme damit, mir einen Menschen ohne einen einzigen Funken Anstand im Leib vorzustellen. Der Junge, der mich terrorisiert hatte, war selbst von seinem Vater terrorisiert worden, sein Verhalten war nicht allein seine Schuld.

Ich wollte mich mit ihm in Moon McShanes Bar treffen, weil ich mich da fast wie zu Hause fühlte und auf jeden Fall mit Leuten rechnen konnte, die mich kannten. Trotzdem spielten meine Nerven ziemlich verrückt, als ich an einem Tisch neben dem Fenster mit Blick auf das friedliche Zentrum von Burlingame auf David Bateman wartete.

Der stellte seinen Streifenwagen in einer absoluten Halteverbotszone ab, was meine Nervosität nur noch steigerte. Als ich ihn aus dem Auto steigen und den Schlagstock am Gürtel befestigen sah, musste ich ein paarmal tief Luft holen. Er trug eine kugelsichere Weste unter dem Hemd, was ihn noch massiger aussehen ließ, und füllte beim Aufstoßen der Tür deren Rahmen fast ganz aus. Beide Hände auf dem schwarzen Gürtel mit Pistole, Schlagstock und Handschellen sah er sich um. Die Pistole kam dabei besonders gut zur Geltung. An dem Abend auf dem Parkplatz der presbyterianischen Kirche war ich nach der Misshandlung zu verdattert und eingeschüchtert gewesen, um Größe und Wucht dieses Mannes richtig einzuschätzen. Er stellte jemanden dar, mit dem kurz geschorenen Haar war er zu seinem Vater geworden.

Ich stand auf, als er sich gefolgt von den Blicken fast aller Anwesender meinem Tisch näherte, ein breites, verächtliches Grinsen auf den Lippen.

»Danke, dass du gekommen bist«, sagte ich über den Lärm eines Footballspiels hinweg und streckte ihm zur Begrüßung die Hand hin.

Er setzte sich, ohne auf meine Geste einzugehen. »Du trägst ja immer noch Kontaktlinsen.«

»Darf ich dir einen Kaffee spendieren?« Da Bateman auch dieses Angebot ignorierte und beiläufig aus dem Fenster sah, kam ich lieber gleich zur Sache. »Deine Tochter muss operiert werden.«

Er funkelte mich wütend an. »Und?«

»Im linken Auge hat sich die Netzhaut abgelöst und wird absterben, wenn nicht bald etwas unternommen wird. Sie könnte auf diesem Auge blind werden.«

Er zuckte die Achseln. »Und wieso ist das mein Problem?«

»Sie ist deine Tochter!«

»Sie wohnt bei meiner Ex-Frau. Besprich das mit ihr.«

»Das habe ich schon.«

Bateman kniff die Augen zusammen. »Ach ja? Und was hat sie dir erzählt?«

»Sie hat ihre Arbeit verloren und keine Krankenversicherung.« Bateman grinste verächtlich. »Deine Versicherung würde für die Kosten der OP aufkommen.«

»Sie will, dass ich zahle?«

»Es wäre das Geld der Versicherungsgesellschaft.«

»Ich habe mir diese Versicherungsleistungen verdient. Was, wenn hinterher meine Beiträge hochgehen oder die Selbstbeteiligung steigt?«

Das konnte doch echt nicht wahr sein! Ungläubig schüttelte ich den Kopf. Es war genau wie damals, als Pater Brogan Bateman mit seinen Taten konfrontiert, Bateman jedoch keinerlei Schuldgefühle zum Ausdruck gebracht hatte. Vor mir saß nicht einfach nur ein Mann, der als Kind gelitten hatte. Vor mir saß ein Soziopath, wahrscheinlich Psychopath. »Das meinst du jetzt aber nicht ernst!«

Bateman beugte sich bedrohlich über den Tisch. »Ich kann dir sagen, wie ich das meine.«

»Werd erwachsen!«, fuhr ich ihn an, was ihn einen Moment lang zum Schweigen brachte. »Du bist nicht mehr neun Jahre alt und ich auch nicht. Den Scheiß mit dem bösen, bösen Wolf kannst du dir also gleich sparen. Deine Tochter wird blind und wir beide wissen, dass sie das dir zu verdanken hat. Und eh du dich aufregst: Das habe ich nicht von deiner Ex-Frau, das habe ich mir ganz allein zusammengereimt. Die Ärztin in der Notaufnahme übrigens auch. Aber ich bin bereit, das auf sich beruhen zu lassen. Ich bin bereit, Nachsicht walten zu lassen, damit du das Richtige tun kannst. Damit du dich anständig verhalten kannst.«

Bateman stand auf, beide Hände flach auf dem Tisch. »Du willst, dass ich etwas Anständiges tue? Sag ihr, *sie* soll etwas Anständiges tun. Sag ihr, wenn sie wieder nach Hause kommt, überlege ich mir, ob ich die Rechnung bezahle. Wenn nicht, soll sie doch sehen, wie sie allein klarkommt. Sie hat es schließlich so gewollt.«

8

Drei Wochen nach meinem Gespräch mit Trina Crouch fand ich mich an einem Donnerstagmorgen im Operationssaal ein, um Daniela zu operieren. Ich war nervös, nervöser als sonst vor einer Operation, wusste ich doch, dass ich Danielas Pater Brogan war. Ich war der Mensch, den das Schicksal dazu auserkoren hatte, sie vor dem brutalen Schläger zu bewahren. Die Ironie des Ganzen lag darin, dass wir uns diesen brutalen Schläger sozusagen teilten. Irgendwie erkannte ich mich selbst in Daniela wieder und diese OP war meine Art, mich gegen David Bateman zu wehren, ihm Paroli zu bieten.

»Wie geht es ihr?«, erkundigte ich mich beim Anästhesisten.

»Es geht ihr prima, alles sieht gut aus.«

»Bereit?«, fragte ich meine chirurgische Assistentin für diesen Tag.

»Lass uns ihren Augapfel retten«, antwortete Mickie.

Wir hatten Glück, wir mussten die Linse nicht entfernen und es gab nur minimales Narbengewebe. Wir beendeten die Operation in knapp über einer Stunde. Als wir unsere OP-Kittel auszogen, zwinkerte Mickie mir zu. »Gute Arbeit, Dr. Hill.«

Im Wartezimmer saß Trina Crouch. Sie wirkte erschöpft und ausgelaugt. »Es ist sehr gut verlaufen«, versicherte ich ihr. »Ich rechne fest damit, dass sie ihre volle Sehkraft wiedererlangen kann.«

Crouch brach in Tränen aus und griff nach meiner Hand. »Danke«, schluchzte sie. »Ich weiß nicht, was ich sagen soll. Ich wünschte, Sie würden mich etwas bezahlen lassen.«

»Das ist nicht notwendig.« Mickie und ich hatten unsere Arbeit gespendet und die Krankenhausverwaltung im Mercy hatte die Kosten für den Operationssaal und die Instrumente so weit zusammengestrichen, wie es irgend ging.

Trina zog einen Umschlag aus ihrer Handtasche. »Eine Karte für die Person, die für die Krankenhauskosten aufkommt, als kleiner Dank.«

Ich hatte Trina gesagt, Danielas Wohltäter wolle anonym bleiben. »Ich sorge dafür, dass er sie bekommt.«

Ernie hatte darauf bestanden, diese Kosten beizusteuern. Dank seiner Hilfe war die Firma seines Vaters, Cantwell Computers, sehr schnell gewachsen und mein Freund dabei zu einem wohlhabenden Mann geworden. Ständig sah er weitere Möglichkeiten am Horizont, erzählte mir was von neuen Plattformen, die es Leuten ermöglichen würden, in einem Computer zu blättern wie in einem Buch, immer eine Seite nach der anderen. Und wir würden Informationen von unseren Schreibtischcomputern an Computer in der ganzen Welt senden können, auch da war er sich sicher. Für mich klang das alles immer noch ziemlich nach Star Trek, aber hatte ich denn damit gerechnet, eines Tages im Auto telefonieren zu können?

»Möchten Sie zu ihr?«, fragte ich Trina. »Sie wacht gerade erst aus der Narkose auf und ist deshalb noch ziemlich groggy, aber es geht ihr bestimmt besser, wenn ihre Mom bei ihr ist.«

Daniela trug einen Kopfverband und ihr linkes Auge war mit schützender Gaze und einer Augenklappe abgedeckt. Kein schöner Anblick für Trina, aber genau das Bild, das ich ihr zeigen wollte. Es sollte sich in ihre Netzhaut einbrennen, bis sie wünschte, so etwas nie wieder mitansehen zu müssen. Trina setzte sich neben ihre Tochter, hielt Danielas Hand und küsste die Verbände um ihre Stirn. Im ganzen Zimmer blieb kein Auge ohne Tränen.

Später, als Daniela schlief, saß Trina wieder neben ihr, nippte an einer Diät-Cola und wir redeten. »Ich bin bereit, dem ein Ende zu machen«, sagte sie, genau die Worte, die ich hören wollte. »So möchte ich meine Tochter nie wieder sehen.«

9

Weil ich mir Sorgen machte, David Bateman könne seine Ex-Frau stalken, arrangierte ich das Treffen in meinem Büro wie eine ganz normale Nachuntersuchung, bei der außer Mickie und mir auch noch Dr. Pat LeBaron, die Ärztin aus der Notaufnahme, die Daniela ursprünglich behandelt hatte, sowie Merilee Montoya anwesend waren. Montoya arbeitete in der Justizverwaltung des San Mateo County, und zwar in der Abteilung, die sich mit häuslicher Gewalt befasste. Montoya war eine zierliche, grauhaarige hispanoamerikanische Frau mit der rauen Stimme einer Raucherin, die Kompetenz und Sachlichkeit ausstrahlte.

Wir trafen uns in meinem Besprechungszimmer, wo ich als Erster das Wort ergriff und meinen Verdacht schilderte und begründete. »Die medizinischen Befunde passen meiner Meinung nach nicht zu einem Schlag gegen den Kopf, wie man ihn bei einem Fahrradunfall erleiden kann. Vorfälle, die bei so jungen Kindern zur Netzhautablösung führen, sind sehr selten.«

»Kommen aber vor?«, fragte Montoya.

»In seltenen Fällen ja, aber die in der Notaufnahme festgestellten Verletzungen lassen ebenfalls nicht auf einen Sturz vom Fahrrad schließen.«

»Und was sind das für Verletzungen?«, wollte Montoya wissen.

LeBaron reichte ihren Unfallbericht herum. »Unbedeutende Kratzer, einige davon bereits verheilt. Bei einem so heftigen Schlag an den Kopf würde ich, sollte er wirklich bei einem Unfall passiert sein, weitere schwere Verletzungen erwarten.«

»Aber Sie können nicht eindeutig sagen, dass er sie geschlagen hat«, sagte Montoya.

»Nein«, antwortete LeBaron und ich wie aus einem Mund.

Montoya runzelte die Stirn.

Trina, die bis jetzt eigentlich nur die Tischplatte meines Konferenztisches angeschaut hatte, hob den Kopf. »Daniela kann es bestätigen.«

Alle horchten auf.

Aus Trinas Augenwinkel löste sich eine einsame Träne. Fast fürchtete ich einen Rückzieher, aber nein. Jetzt, wo das Flutgatter offen stand, sprudelten die Worte nur so aus ihr heraus. »Sie sagt, ihr Daddy schlägt sie.«

Wir ließen Trina einen Moment Zeit, wieder ganz zu sich zu kommen. »Aber Sie haben bisher noch nie einen Vorfall zur Anzeige gebracht«, sagte Montoya dann. »Ist das korrekt?«

»Hätten Sie das denn getan?«, wollte Mickie wissen.

Montoya hob die Hand. »Ich will hier nichts und niemanden bewerten, ich sage nur …«

»Ich weiß, was Sie sagen und was Sie nicht sagen«, unterbrach Mickie sie. »Das wissen wir alle. Ihr Mann ist Psychopath und Bulle. Bei wem sollte sie die Vorfälle melden?«

»Er wird es abstreiten«, sagte Montoya.

»Tun sie das nicht alle?« Mickie ließ nicht locker.

»Das macht den Fall schwieriger, wobei diese Fälle auch so schon kompliziert genug sind. Ohne unterstützendes Beweismaterial, womit ich aktuelles Beweismaterial meine, steht sein Wort gegen ihres«, sagte Montoya. Langsam verstand ich, weswegen die strafrechtliche Verfolgung von Kindesmisshandlung sich so schwierig gestaltete.

»Ich führe Tagebuch«, sagte Trina.

Montoya setzte sich auf. »Was für eine Art Tagebuch?«

»Einen Kalender. Ich habe die Tage notiert, an denen Daniela bei ihrem Vater war, und die Verletzungen, mit denen sie nach Hause kam. Einmal hatte sie den Arm gebrochen. Er sagte, sie wäre auf dem Spielplatz von der Schaukel gefallen, aber laut Daniela waren sie gar nicht auf einem Spielplatz. Ich habe sie ins Krankenhaus gebracht.«

»Es gibt einen Bericht«, sagte LeBaron. »Ich habe ihn in Danielas Akte gesehen.«

»Wo ist dieser Kalender?«, fragte Montoya.

Trina zog zwei schwarze Tagesplaner aus der Tasche, die sie sich neben ihren Stuhl gestellt hatte. Sie schien oft darin gelesen zu haben.

»Wie weit reicht das zurück?« Montoya blätterte durch die Seiten.

»Vierzehn Monate«, sagte Trina. »Seit die Scheidung amtlich ist. Er verlor zusehends die Fassung. Er war vorher schon gewalttätig gewesen, doch nach der Scheidung wurde es viel schlimmer. Er fing an zu trinken und danach ging alles den Bach runter.«

Montoya blickte von den Seiten auf, die sie sich gerade ansah. »Warum haben Sie nicht schon früher etwas gesagt?«

Trina tupfte sich mit dem Taschentuch die Augen trocken. »Weil Dr. Kennedy recht hat: Wem hätte ich es sagen sollen? David hat uns ständig bedroht und Daniela wollte nie erzählen, was passierte, wenn sie bei ihm war. Sie wollte nicht darüber reden. Ich weiß nicht, was er zu ihr gesagt hat, aber er hat ihr damit Angst gemacht. Einmal habe ich ihm gegenüber eine Quetschung angesprochen, die Daniela nach einem Besuch bei ihm am Arm gehabt hatte. David sagte, er hätte bereits einen Bericht verfasst und angegeben, Daniela sei mit dieser Verletzung bei ihm eingetroffen, und wenn ich den Mund aufmachte, würde er sie mir wegnehmen. Und wem die Polizei meiner Meinung nach wohl eher glauben würde, mir oder ihm. Ich hatte Angst um meine Tochter. Angst, ihn wütend zu machen.«

»Können wir ein paar von denen hier durchgehen?« Montoya zeigte auf die Eintragungen. »Ich würde gern hören, was die Ärzte dazu zu sagen haben.«

Trina ging ihren Kalender durch. Die meisten Kommentare zur Art der Verletzungen und dazu, ob sie mit dem übereinstimmten, wie sie Daniels Berichten nach entstanden waren, kamen von Dr. LeBaron. Während monatelange Kindesmisshandlung enthüllt wurde, saßen Mickie und ich schweigend dabei.

»Er hat Sie gestalkt«, stellte Montoya an einem Punkt fest.

»Auf jeden Fall«, meldete ich mich zu Wort und erzählte von meiner nächtlichen Konfrontation mit Bateman auf dem Parkplatz der presbyterianischen Kirche.

»Wie verhält er sich momentan? Will er Daniela sehen?«, wollte Montoya wissen.

»Nein«, sagte Trina.

»Ich habe Trina vorgeschlagen, David zu sagen, ich hätte empfohlen, Daniela in ihrer vertrauten Umgebung zu belassen, da jeder Sturz jetzt, ganz gleich welcher Art, dazu führen könnte, dass sich die Retina erneut ablöst«, erklärte ich.

»Und er hat Ihnen da nicht widersprochen?«, fragte Montoya.

Trina schüttelte den Kopf. »Noch nicht. Aber das ist nur eine Frage der Zeit. Er benutzt Daniela, um mir wehzutun.«

»Ich habe ihn bei unserem Treffen in der Bar direkt auf die Misshandlung angesprochen«, sagte ich. »Vielleicht hat ihm das erst einmal ein bisschen Angst eingejagt, weswegen er sich zurückhält. Aber lange geht das nicht gut. Trina meint, sein Anwalt ist der reinste Bluthund.«

»Alexander Cherkov.« Montoya nickte. Ich kannte den Namen aus der Radiowerbung des Mannes und von Reklametafeln entlang des Freeways. »Ihrem Mann stehen laut Gerichtsbeschluss Besuchsrechte zu«, wandte sich Montoya an Trina. »Die will er bestimmt wahrnehmen. Wir müssen eine einstweilige Verfügung gegen ihn erwirken und einen permanenten Unterlassungsbeschluss beantragen, um ihn von Ihnen und Ihrer Tochter fernzuhalten, bis wir Ihnen das alleinige Sorgerecht verschafft haben.« Montoya sah erst mich, dann Le Baron an. »Ich brauche eidesstattliche Erklärungen.«

Danach richtete sich das Gespräch auf die Frage, wie die Sicherheit von Mutter und Tochter am besten gewährleistet werden konnte, solange vor Gericht verhandelt wurde. »Könnten Sie irgendwohin gehen?«, fragte Montoya.

»Ich habe eine Schwester in Tucson.«

»Wie lange brauchen Sie?«, fragte ich Montoya.

»Das kann man mit Bestimmtheit nicht sagen.«

»Was, wenn ich eine Empfehlung schreibe und dazu rate, Daniela irgendwo hinzubringen, wo trockene Wärme den Heilungsprozess unterstützen und beschleunigen kann? Diesen Schrieb könnte Trinas Anwalt Davids Anwalt vorlegen, wenn der sich aufregt.«

»Damit könnten wir uns Zeit verschaffen«, fand Montoya. »Ihnen eine Chance geben, die Stadt zu verlassen, bevor wir ihm die Gerichtsvorladung überreichen.«

Trina nickte.

»Was ist mit Ihnen?« Montoya sah mich an.

»Was soll mit mir sein?«

»Er hat Sie schon einmal angegriffen. Er könnte es noch einmal tun.«

»Wenn er das tut, dann tut er es eben.« Ich hatte es satt, vor David Bateman Angst zu haben.

Nach dem Treffen fühlte ich mich besser. Wir hatten einen Plan und das war gut. Trotzdem musste ich ständig an eine Bemerkung des damals noch jungen Boxers Mike Tyson denken, der durch seinen wütenden, unbeherrschten Stil zu Ruhm gelangt war. Gefragt, warum er nie seine Taktik ändere und immer auf Angriff setze, ganz gleich, welchem Gegner gegenüber, hatte Tyson erklärt: »Einen Plan haben alle – bis sie auf die Fresse kriegen.«

10

Zwei Wochen vergingen ohne Zwischenfall, obwohl ich das Gefühl hatte, barfuß über Glasscherben zu gehen. Trina Crouch brachte ihre Tochter zu den Nachuntersuchungen, Termine, die Montoya für weitere Treffen nutzte. Es galt, die entsprechenden Papiere für eine einstweilige Verfügung vorzubereiten und langfristig gegen David Bateman ein Verfahren wegen Kindesmisshandlung einzuleiten. Wir mussten abwarten, bis Daniela reisefertig war, dann belud Trina mitten in der Nacht ihr Auto und fuhr über Land nach Tucson. Eine Flugbuchung hätte nachvollziehbare Spuren hinterlassen. Bis zu ihrer Abreise hatte sich Davids Anwalt nicht einmal gemeldet, David selbst auch nicht.

Ein paar Tage nachdem Trina die Stadt verlassen hatte, rief mich Montoya an einem Mittwochnachmittag im Büro an. »Okay. Die Papiere sind fertig und zugestellt. Passen Sie auf sich auf.«

»Wann ist die Anhörung?«

»In sechs Tagen. Ich rechne allerdings damit, dass der Anwalt eine Vertagung beantragen wird, um seinerseits eidesstattliche Erklärungen einzuholen, die unseren widersprechen.«

»Kommt er damit durch?«

»Nein, außer er findet einen Arzt, der Ihre und Dr. LeBarons Erklärungen widerlegen kann. Die Beweislage ist stark.«

An diesem Abend blieb ich noch länger in der Praxis, um Papierkram zu erledigen, und verließ mein Büro erst, als die Sonne schon untergehen wollte und sich die erste Dämmerung über Burlingame senkte. Mickie war schon drei Stunden zuvor zu ihrem Yoga-Kurs aufgebrochen, Papierkram war noch nie so ihr Ding gewesen. Auf meinem Weg den Bürgersteig hinunter zum Parkplatz hinter dem Haus fuhr plötzlich ein Streifenwagen neben mir. Auf dem Beifahrersitz saß David Bateman. Er hatte das Fenster heruntergelassen. Ich blieb stehen, der Streifenwagen ebenfalls. Eine Sekunde lang dachte ich, Bateman würde aussteigen und sich auf mich stürzen, denn er sah so wütend aus wie damals, als er im Park auf mich eingedroschen hatte. Wie ein wütender Stier mit bebenden Nüstern und Augen, die vor Wut Funken sprühten. Er hob die Hand, formte aus Daumen und Zeigefinger eine Pistole, tat so, als würde er abdrücken – und der Wagen fuhr weiter.

Auf der Nachhausefahrt achtete ich peinlich genau auf die Geschwindigkeitsbegrenzung. Drei Blocks von meinem Haus entfernt tauchte derselbe Streifenwagen erneut auf, diesmal hinter mir. Ich bog rechts ein, er auch. Ich bog links ab, suchte mir dicht befahrene Straßen und achtete weiterhin auf meine Geschwindigkeit. Der Streifenwagen klebte mir an den Fersen. Weil ich so nicht nach Hause fahren wollte, streifte ich ziellos durch die Gegend, bis ich an der OLM vorbeikam. Dort standen bereits jede Menge Autos und immer noch trafen neue ein. Bingo-Abend! Kurz entschlossen steuerte auch ich den Parkplatz der Kirche an.

Diesmal folgte mir der Streifenwagen nicht, sondern fuhr weiter. Ich musste ein paarmal tief Luft holen, bevor ich mich halbwegs beruhigt hatte und mein Zuhause ansteuern konnte.

Dort goss ich mir erst einmal einen Whiskey ein und hatte den ersten Schluck gerade getrunken, als das Telefon klingelte. »Hallo?«

Niemand meldete sich.

»Hallo?«, wiederholte ich.

»Du wirst verlieren«, sagte Bateman. »Und sie auch.«

»Mit wem spreche ich?« Dabei wusste ich das genau.

»Du weißt genau, mit wem. Pass bloß auf, wenn du so spät noch allein durch die Gegend fährst. Du willst doch bestimmt nicht noch mal angehalten werden.«

»Dieses Gespräch wird aufgenommen«, sagte ich. »Mach ruhig weiter, David. Sprich einfach immer schön weiter.«

Bateman legte auf.

Als das Telefon gleich darauf wieder klingelte, wollte ich erst nicht drangehen. Einschüchtern lassen wollte ich mich aber auch nicht. »Werd endlich erwachsen, David!«, zischte ich in den Apparat. »Fass mich noch einmal an und ich sorge dafür, dass sie dich verhaften. Dann verklage ich dich bis auf dein letztes Hemd!«

»Sam?«, meldete sich Mickie.

»'tschuldigung.«

»Was war … Scheiße, er hat dich angerufen, was?«

Ich erzählte ihr auch von Davids Drohung aus dem fahrenden Streifenwagen heraus.

»Ich komme rüber.«

»Du brauchst nicht …«

Aber da hatte sie bereits aufgelegt und zehn Minuten

später stand sie, immer noch im Yoga-Dress, zusammen mit Bandit vor meinem Haus.

»Ich lasse ihn hier.«

»Du machst da eine viel zu große Sache draus. Wenn Bateman etwas hätte tun wollen, dann hätte er es gemacht. Er bläst sich einfach gern auf, um einen einzuschüchtern.« In Wahrheit wurde mir langsam klar, wie gefährlich gestört Bateman wirklich war, und ich war dankbar dafür, Bandit im Haus zu haben.

»Er hat bereits etwas getan, oder hast du das schon vergessen?«

Sie zog eine Pistole aus ihrer Handtasche. Ich wusste, dass sie eine besaß, seit sie mit Mitte zwanzig auf dem Campus der Uni in Davis, wo sie Medizin studierte, überfallen worden war. Sie hatte aus der Situation entkommen können, war aber nach dem Angriff lange verunsichert gewesen und hatte mir erzählt, sie wolle sich nie wieder so hilflos fühlen müssen. Also nahm sie Unterricht in Selbstverteidigung, lernte schießen und besorgte sich die Erlaubnis zum verdeckten Tragen einer Waffe.

»Mickie, ich werde nicht mit einer Pistole herumfuchteln.« Ich hatte zu viele Artikel gelesen, in denen Leute mit ihrer eigenen Waffe bedroht worden waren.

Mickie deponierte die Pistole zusammen mit einer Schachtel Munition auf meinem Küchentresen. »Die meisten Leute brauchen ihre Pistole nie zu benutzen, der Besitz allein ist Warnung genug. Behalte sie einfach hier im Haus. Dann fühle ich mich besser.«

»Gut, ich behalte sie hier, aber ich werde nichts damit machen.«

»Ich hoffe, das brauchst du auch nicht.«

II

In den folgenden Tagen hatte ich in der Praxis viel zu tun. Den Papierkram nahm ich mir mit nach Hause, um nicht noch spät unterwegs sein zu müssen. Mickie kam ein paarmal zum Essen zu mir und sie hatte auch Ernie alarmiert, der täglich anrief, um sich nach mir zu erkundigen.

»Das wirkt nicht gerade Wunder für meine Männlichkeit«, beschwerte ich mich eines Abends beim Essen bei ihr.

»Das ist mir egal.«

»Außerdem passt doch jetzt der große Junge hier auf mich auf.« Bandit war zu meinem treuen Begleiter geworden, wich nie von meiner Seite und schlief in seinem Hundekorb in meinem Schlafzimmer.

»Der verlässt dich nie mehr«, knurrte Mickie. »Du verwöhnst ihn.«

»Dann wirst du wohl hier einziehen müssen.«

Dazu sagte sie nichts.

Nach sechs Tagen rief Montoya an: Sie hatte richtiggelegen, Batemans Anwalt hatte eine Vertagung der Anhörung beantragt und auch bekommen, allerdings hatte Bateman im Gegenzug versichern müssen, dass er sich von Ex-Frau und Tochter fernhalten würde, bis die Angelegenheit in der Woche darauf verhandelt werden konnte. Leider passierte das nicht, denn die Anhörung musste noch einmal verschoben werden, diesmal, weil dem zuständigen Richter ein Mordprozess dazwischengekommen war, den er vorziehen wollte. All das war sowohl für Trina als auch für mich ungeheuer nervenaufreibend. Trina bereitete sich jedes Mal auf den Rückflug vor, nur um in letzter Minute gesagt zu bekommen, die Anhörung sei noch einmal verschoben und sie müsse sich eine weitere Woche Sorgen machen. Ich musste mir den Terminplan offenhalten, denn Batemans Anwalt hatte sowohl mich als auch Dr. LeBaron vorgeladen und wollte uns wohl ins Kreuzverhör nehmen. Ich zweifelte keine Sekunde daran, dass Bateman und sein Anwalt das Verfahren absichtlich in die Länge zogen, um Trina und vielleicht auch mich fertigzumachen.

Als der Termin für die Anhörung ein drittes Mal neu angesetzt worden war, sagte Montoya zu mir, sie werde mich nur noch anrufen, falls der Termin noch einmal ausfiel.

Eine weitere Woche verging. Am Abend vor der angesetzten Anhörung rief Trina Crouch mich an, um mir mitzuteilen, dass sie nach Hause geflogen war und in einem Hotel bleiben würde. Sie klang nervös, ihre Stimme zitterte. Offenbar hatte sie angerufen, um sich von mir beruhigen zu lassen.

»Ich werde da sein«, versicherte ich ihr. »Dr. LeBaron ebenfalls. Und Montoya ist zuversichtlich, dass David der Umgang mit Ihnen und Daniela verwehrt wird, und zwar dauerhaft. Die Gegenseite hat keine Ärzte als Zeugen benannt und keine eidesstattlichen Erklärungen vorgelegt, die unseren widersprechen. Davids Anwalt kann uns ins Kreuzverhör nehmen, so viel und so lange er möchte. Er kann nicht gewinnen. Diesmal kann David nicht gewinnen,

Trina. Er kann nicht.« Das sagte ich so nachdrücklich, um sie zu beruhigen. Aber auch weil ein Teil von mir fest daran glaubte, dass David Bateman ohne die Aussage eines Arztes, der unseren Einschätzungen widersprach, wirklich nicht gewinnen konnte.

Am nächsten Morgen war ich schon um sechs auf den Beinen, nachdem ich mich die ganze Nacht unruhig hin und her gewälzt hatte. Als ich vors Haus ging, um meine Zeitung zu holen, suchte ich die Straße nach Streifenwagen oder anderen verdächtigen Fahrzeugen ab. Die Anhörung war für zehn Uhr angesetzt. Die nächsten beiden Stunden verbrachte ich mit meiner Zeitung und meinem Kaffee, bemüht, mich irgendwie zu beschäftigen und abzulenken. Um acht stellte ich mich unter die Dusche und hatte das Wasser gerade wieder abgedreht, als das Telefon klingelte. Hastig wickelte ich mir ein Handtuch um die Taille und nahm beim Anschluss in meinem Schlafzimmer ab.

»Dr. Hill? Guten Morgen, hier ist Merilee Montoya.«

Mir wurde anders. »Bitte sagen Sie nicht, die Anhörung findet wieder nicht statt! Was ist eigentlich los mit unserem Rechtssystem? Er manipuliert hier alle, damit seine Frau weiterhin Stress hat. Wieso darf er das?«

»Die Anhörung findet nicht statt«, sagte Montoya.

Ich vermisste in ihrer Stimme die gewohnte Stärke und Zuversicht. Dafür klang da etwas anderes mit, etwas, das mich unruhig werden ließ: Montoya klang besiegt.

»Wie meinen Sie das?«

»Sie ist tot«, sagte Montoya leise.

Mir war, als würde mir der Boden unter den Füßen weggezogen. Meine Knie wurden mir weich, ich stolperte rückwärts zum Bett, um nicht umzufallen.

»Wir hatten für heute Morgen ein Treffen angesetzt, um noch mal alles durchzugehen. Als Trina nicht auftauchte und ich sie auch telefonisch nicht erreichen konnte, schickte ich einen Streifenwagen in ihr Hotel.« Montoya schwieg kurz, um sich zu fassen. Sie weinte – oder hatte doch wenigstens gerade geweint. »Er hat sie erschossen. Dann hat er sich erschossen.«

12

David Batemans Mord an seiner Ex-Frau mit anschließendem Selbstmord machte Schlagzeilen in San Mateo County. Ich schlief in dieser Nacht gar nicht, in der folgenden Woche wenig. Ich hatte Angst, zu Bett zu gehen und meine Augen zu schließen. David Bateman kam jede Nacht, verhöhnte mich, verfolgte mich. Trina und Daniela riefen nach mir, flehten mich an, sagten, ich hätte doch aber versprochen, ihnen würde nichts zustoßen.

Meine Schlaflosigkeit hielt an, aus den Tagen wurden Monate.

Wenn ich doch einmal schlief, dann nur mithilfe einer Pille, aber auch die verhinderte die Albträume nicht, in denen David Bateman Trina erschoss, silberne Blitze mich blendeten und Pistolenschüsse in meinen Ohren widerhallten, bis ich den Lärm auch nach dem Aufwachen nicht loswerden konnte. Das ständige Rauschen in den Ohren hinderte mich an der Arbeit, ich konnte mich nicht mehr richtig konzentrieren. Ich verpasste Termine. Mickie übernahm dann für mich. Manchmal wusste ich mitten in einem Satz nicht mehr, was ich eigentlich sagen wollte. Große Teile meiner Tage schienen einfach zu verschwinden und ich hätte nicht sagen können, wohin. Dass ich nicht schlafen konnte, zog eine unglaubliche Erschöpfung nach sich, die Lethargie und eine mir bis dahin nicht bekannte innere Düsternis zur Folge hatte.

Mickie schlug vor, ich solle Dr. Pridemore konsultieren, der mich an einen seiner Kollegen an der Stanford Medical School verwies. Die Diagnose lautete posttraumatisches Belastungssyndrom, die Krankheit, mit der so viele junge Männer aus dem Dschungel von Vietnam zurückgekommen waren. Der Arzt riet zu einer Therapie, die nur bestätigte, was ich bereits selbst daraus geschlossen hatte: Ich gab mir die Schuld am Tod von Trina Crouch. Ich hatte sie gedrängt, sich gegen ihren Mann zu wehren, und ich konnte den Gedanken nicht einfach von mir weisen, dass ich das nur getan hatte, weil ich selbst nicht in der Lage war, mich dem Monster zu stellen. Ich hatte Trina benutzt. Mein Therapeut erklärte mir, warum das nicht der Fall war. Auch ich sei ja bereit gewesen, mich vor Gericht gegen David Bateman zu behaupten. Auch wenn ich nichts unternommen hätte, führte er aus, könnte Trina Crouch jetzt tot sein. David Bateman sei ein Psychopath gewesen, schon als Kind so schwer geschädigt, dass man ihm nicht mehr hätte helfen können. Das war alles schön und gut, sehr rational und pragmatisch, änderte aber nichts an der Tatsache, dass Trina Crouch nicht mehr lebte und Daniela in Tucson bei einer Tante aufwuchs, ohne ihre Mutter und ohne ihren Vater. Die Worte meines Therapeuten heilten weder meine Schlaflosigkeit, noch halfen sie gegen die Albträume, noch sorgten sie dafür, dass ich mich weniger schuldig fühlte. Jetzt mehr denn je verfolgten mich David Batemans Gesicht und seine Stimme. Es war wie damals in der Grundschule, sein Geist war ständig anwesend.

Mickie schlug weitere therapeutische Hilfe vor, aber ich war es leid, gefragt zu werden, wie es mir ginge und was ich wolle. Was wollte ich denn? Ich wollte verstehen. Ich wollte glauben, was jeder Mensch auf der Welt glauben möchte: dass Gott einen Plan für mich hatte und dass »Gottes Wille« nicht nur Eltern zu bequemen Antworten verhalf, deren Kinder zu viele Fragen stellten. Ich wusste auch, dass ich die Antwort auf meine Frage nicht in Burlingame finden würde.

Ich kann nicht sagen, dass ich Burlingame verließ, weil ich nach Antworten suchte. Das wäre eine Lüge. Als ich ging, suchte ich nach gar nichts, ich lief weg. Ich lief vor Trinas Tod weg, lief vor der Erinnerung an David Bateman weg und lief weg von einem Glauben, der jedem Problem nicht mit einer Lösung, sondern mit einer Entschuldigung zu begegnen schien.

»Es ist Gottes Wille.«

TEIL SIEBEN

Abschiede

I

April 1999

Costa Rica

Neun Uhr morgens und ich schwitzte bereits unter einem locker sitzenden blauen Baumwollhemd. Mein Team aus Augenärzten war gerade in der Klinik eingetroffen, die man in einem Betongebäude mit Blechdach und ohne Klimaanlage untergebracht hatte. Unser Besuch hier, Teil des Programms, mit dem unsere Organisation *Orbis* die Versorgung auf dem Lande verbessern wollte, war eine Woche lang im Radio angekündigt worden und mehr als fünfhundert Menschen standen bereits für eine Augenuntersuchung Schlange.

Der Verbindungsmann von *Orbis* führte mein Team einen stickigen, in verblichenem Blau gestrichenen Flur hinunter, wobei er erklärte, dass zwei Augenärzte aus dem Team des nationalen Kinderkrankenhauses in San José die Sehschärfe der einzelnen Patienten testen würden. War eine weitere Behandlung nötig, würden die Ärzte die entsprechenden Patienten in einen der drei Untersuchungsräume schicken, die mir und meinen beiden Kollegen zugewiesen worden waren.

Es waren jetzt fast zehn Jahre vergangen, seit ich meine private Praxis an Mickie übergeben hatte und an Bord der umgebauten DC-10 geklettert war, die *Orbis* gehörte, einer Organisation, die sich die weltweite Rettung des Augenlichts auf die Fahnen geschrieben hatte. Eigentlich hatte ich nur eine Tour mitmachen wollen. Dann meldete ich mich für eine weitere an und für noch eine und noch eine, stieg einfach immer wieder in dieses Flugzeug. Mickie hatte sich geweigert, meinen Teil der Praxis zu erwerben oder mein Haus zu kaufen, obwohl sie sich bereit erklärt hatte, dort einzuziehen und sich darum zu kümmern. »Beides wird da sein, wenn du zurückkommst, egal, wo du hinwillst und weshalb.« Wo ich hinwollte, das war so ungefähr die ganze Welt. Ich arbeitete in afrikanischen Dörfern, wo man des Nachts im hohen Gras die Löwen brüllen hörte. Ich führte in übervölkerten Slums in Indien und anderen Teilen Asiens Augenuntersuchungen durch, bei Menschen, die unter Pappkartons und Wellblech hausten. Ich schickte Mickie aus jeder Stadt, die ich besuchte, eine Postkarte und einen Brief. Sie weigerte sich, mir zu antworten. »Ich unterhalte mich persönlich mit dir, wenn du nach Hause kommst.«

Im Laufe der Jahre, mit dem Auftauchen von Handys, Schreibtischcomputern, E-Mails und des von Mr Cantwell vorhergesagten Internets, knickte sie dann doch ein. Eigentlich kommunizierten wir mehr miteinander als während unserer gemeinsamen Zeit als Arbeitskollegen. An den Abenden schrieb ich lange Briefe und berichtete von meinem Tag. Ernie, der inzwischen den Titel CEO bei Cantwell Computers übernommen hatte, rief ich durchschnittlich einmal die Woche an und auch wir blieben über E-Mail in Verbindung.

Meine Arbeit und meine Reisen gaben außerdem meiner Mutter und mir etwas, worüber wir uns unterhalten konnten und das über ihre ständige Frage hinausging, wann ich denn endlich wieder nach Hause kommen würde. Ich hatte mir als Hobby die Fotografie zugelegt und wir sahen uns meine Fotos zusammen an, nahmen jedes einzelne im Detail auseinander. Ganz der Sohn meiner Mutter, klebte ich sie alle sauber mit Datum und Beschriftung versehen in Alben.

»Afrika sieht unglaublich aus«, sagte sie dann oft. »Dein Vater wollte doch immer so gern einmal eine Safari mitmachen.«

»Es gibt da wunderschöne Ecken«, bestätigte ich, »aber auch viel Armut. Wir sollten mal hinfahren. Und China würde dir sehr gut gefallen.«

Meine Mutter wollte meinen Vater nicht allein lassen. »Du behandelst Gottes Kinder«, sagte sie oft, wobei ihr Tränen in die Augen stiegen. Ohne den »Vorfall«, wie sie David Batemans Mord an seiner Ex-Frau und seinen anschließenden Selbstmord nannte, hätte ich mich ihrer festen Überzeugung nach nie *Orbis* angeschlossen und würde jetzt nicht so vielen Menschen helfen, die im Leben weniger Glück als ich gehabt hatten. Für meine Mutter war ich zu einem von Gottes Missionaren geworden und ich sah wohl auch ziemlich so aus, mit den schulterlangen Haaren, dem Bart, in den sich das erste Grau mischte, der runden Schildpattbrille und den schlabbrigen Kleidern. Sie sagte, so sähe ich aus wie einer der Jünger Jesu.

Mickies Urteil fiel weniger liebenswürdig aus. Sie fand, ich erinnere sie an die Franziskaner unserer Jugend. »Du siehst aus wie einer der verdammten Brüder, Hill.«

»Dann also bitte ›Bruder Hill‹.«

Ich betrachtete meine Arbeit nicht als »Gotteswerk«, zum größten Teil deswegen nicht, weil ich nicht mehr an den Gott meiner Mutter glaubte. Wenn überhaupt, hätte ich mich als Buddhisten gesehen. Ich glaubte daran, dass jedes lebende Ding aus der Erde kam und man ihm Respekt schuldete. Ich meditierte und psalmodierte und stellte fest, dass mir das ebenso wie die anstrengende Arbeit half zu schlafen. Vom Kopf her wusste ich schon, dass es mir bei meinem Engagement nicht nur darum ging, anderen zu helfen, sondern dass ich so in gewisser Weise für den Tod von Trina Crouch Abbitte leistete. Das war mein Fegefeuer, um mich von meinen Sünden zu reinigen.

In Burlingame Besucher zu sein erlaubte mir unter anderem, so viel Zeit, wie ich wollte, mit meinem Vater zu verbringen, der inzwischen wieder sprechen gelernt hatte, wenn auch mit sehr leiser, zögernder Stimme. Wir verbrachten viele Stunden zusammen im Schatten des knorrigen Eichenbaums beim Pflegeheim. Wenn ich mit ihm und meiner Mutter einen Ausflug machte, schloss Mickie sich uns an. Wir schoben Dads Rollstuhl über die Golden Gate Bridge, durch Sausalito und hinüber nach Alcatraz. Als wir genug von San Francisco gesehen hatten, fuhren wir gen Norden ins Nappa Valley, östlich in den Yosemite Park und nach Mendocino, im Süden nach Monterey. Meine Mutter hatte sehr viel Freude daran, diese Kurzurlaube so zu planen, dass sie mit meinen Besuchen zusammenfielen. Das waren die Kreuzfahrten und Ferien, die mein Vater und sie als ältere Menschen hatten machen wollen und zu denen sie nie die Chance bekommen hatten.

Zehn Stunden nachdem mein Dienst in der improvisierten

Klinik angefangen hatte, war ich fast am Ende meiner Schlange angekommen und träumte schon von einer kalten Dusche, einem noch kälteren Bier und etwas Soliderem zwischen den Zähnen als der kleinen Zwischenmahlzeit, die ich hastig heruntergeschlungen hatte. Alejandra, eine der Assistentinnen der Klinik, klopfte und öffnete meine Tür.

»Der Bus ist eingetroffen«, sagte sie. »Schaffst du das noch?«

Im Bus saßen dreißig Waisenkinder aus einem kleinen Dorf vor den Toren Atenas, eine Stunde westlich der Hauptstadt. Wir hatten den ganzen Tag über Updates bezüglich ihres Vorankommens erhalten. Der Bus hätte eigentlich gleich früh am Morgen eintreffen sollen, aber schwere Regenfälle im Frühling hatten eine Straße unterhöhlt und so hatte der Fahrer einen langen Umweg einlegen müssen. Dann hatte der Bus auch noch eine schwere Panne gehabt.

»Ich halte durch«, sagte ich. »Wenn du irgendeine Art von Zucker für mich auftreibst.«

Im Verlauf der nächsten beiden Stunden untersuchte ich acht Kinder und drei Erwachsene, während ich an einer warmen Limonade nippte und Mandelkekse aß. Ich untersuchte gerade ein junges Mädchen, dessen Name mir entfallen ist, dessen Schönheit sich jedoch auf immer in meine Erinnerung eingebrannt hat, als Alejandra mich erneut unterbrach.

»Dr. Hill? Entschuldigen Sie die Störung«, sagte sie, wobei sie ihren Kopf durch meine Tür steckte. »Dr. Rodriguez bittet Sie, dieses Kind noch zu untersuchen.«

Ich war müde und auf mich warteten noch mehrere Patienten, für die ich zuständig war. »Irgendetwas Besonderes?«

»Dr. Rodriguez findet, ja.«

Ich seufzte. »Gut, ich komme gleich.« Ich war inzwischen der Arzt mit der längsten Erfahrung im Team.

Kurz darauf hatte ich meinen Patienten fertig untersucht und ging den kurzen Flur hinunter zum Zimmer von Lynn Rodriguez, im Kopf bereits auf ein kompliziertes medizinisches Problem eingestellt. Lynn erwartete mich vor der Tür.

»Ich weiß, du bist müde«, begrüßte sie mich.

Ich winkte ab. »Das sind wir doch alle.«

Der Junge, den ich untersuchen sollte, saß mit dem Rücken zur Tür auf dem Arztstuhl, einem Schreibtischstuhl mit Rollen. Von der Größe her schätzte ich ihn auf sechs oder sieben. Eine ältere Frau, wahrscheinlich eine der Betreuerinnen aus dem Waisenhaus, war ebenfalls anwesend. Sie saß auf einem Stuhl in der Ecke und redete gerade auf Spanisch auf den Jungen ein. Nun hatte ich inzwischen ziemlich viel von dieser Sprache aufgeschnappt, aber diese Frau verstand ich nicht, da sie viel zu schnell sprach. Der Junge sollte sich wohl umdrehen und weigerte sich.

»Wie heißt das Kind?«, fragte ich Lynn.

»Fernando.«

Als der Junge seinen Namen hörte, drehte er sich nun doch um. Und mir stockte der Atem, als er mich ansah.

2

Meine Reaktion ließ Fernando sofort das Kinn senken und den Kopf zur Seite wenden, ein automatischer Selbstschutz gegen neugieriges Starren. Eine lockige braune Haarsträhne fiel ihm weit über die Stirn, viel zu dicht für das schmale Gesicht mit der hellbraunen Haut und auf jeden Fall lang genug, um die Augen zu verstecken.

Lynn flüsterte: »Die Kinder nennen ihn *el hijo del Diablo.*«

Sohn des Teufels.

Auch als ich näher kam, hielt Fernando den Kopf misstrauisch zur Seite gewandt, ein Kind, das herumgestoßen und abgelehnt worden war und gelernt hatte, sich vor der Welt und allem darin zu hüten.

»*Hola,* Fernando.« Ich versuchte, fröhlich zu klingen, setzte mich auf den Patientenstuhl und erlaubte ihm, weiterhin auf dem Stuhl des Arztes zu schaukeln und mit den Beinen zu wippen. »*¿Cuántos años tienes?*«

Meine Frage traf auf eisiges Schweigen. Ich sah Lynn Rodriguez an. »*Supongo veintitrés.*« *Ich tippe mal auf dreiundzwanzig.* Fernandos Mundwinkel zuckten, ein echtes Grinsen jedoch unterdrückte er eisern.

»*Seis*«, antwortete die ältere Frau in der Ecke.

»*¿Seis?*«, sagte ich. »*No es posible.*«

»*Sí!*« Die Frau nickte.

»Aber ich habe gehört, er ist so klug wie ein Dreiundzwanzigjähriger«, mischte sich Alejandra auf Spanisch ein.

»Das sehe ich«, sagte ich mit prüfendem Blick auf eine leere Seite in meinem Ordner. »Hier steht, der Junge ist besonders intelligent und … und auch sehr stark.« Fernando trug ein T-Shirt mit dem Bild des unglaublichen Hulk in Grün darauf. »Hier steht, ich soll ihm lieber nicht die Hand geben. Er ist so stark wie der unglaubliche Hulk, er könnte mir die Finger zerquetschen.«

Jetzt hatte ich Fernando an der Angel, er konnte sein Grinsen nicht mehr verbergen und dieses Grinsen war total ansteckend. Es ließ nicht nur das schmale Gesicht aufleuchten, sondern strahlte gleich durchs ganze Zimmer. Zögernd hielt ich ihm die Hand hin. Erst beäugte er sie misstrauisch, dann legte er seine Hand in meine, so zart, dass sie kaum meine Haut berührte. Ich drückte, er drückte, ich verzog schmerzhaft das Gesicht. »Es ist wahr, Alejandra!«, jammerte ich. »Er zerquetscht mir die Finger!«

Fernando kicherte, ein Laut so klar und rein wie der Klang der Glocken im Turm von Our Lady of Mercy.

»Bitte, nicht die Finger kaputt machen!«, bettelte ich. »Ich muss doch meine Patienten behandeln.«

Fernando ließ locker.

Mit einem erleichterten Seufzer bewegte ich vorsichtig die Finger. »Danke, Fernando. Danke. Ich bin Dr. Sam. Alejandra, ich wette, Fernando mag ein Eis. Meinst du, du könntest eins für ihn auftreiben, während ich mich mit ihm unterhalte?«

Alejandra ging, um ein Eis zu besorgen, und ich fragte Fernando, ob ich ihm ein Geheimnis anvertrauen dürfte.

Er runzelte die Stirn, seine Augen wurden schmal.

»Es muss wirklich unter uns bleiben, niemand sonst weiß davon. *Tus ojos son extraordinarios.*« Sofort ging das Kinn wieder runter. »*Muy especial.*« Er zog sich weiter in sein Schneckenhaus zurück. »Du glaubst mir nicht?«

Er schüttelte den Kopf. »*Ellos son los ojos del Diablo.*«

»Nein. Das sind nicht die Augen des Teufels. Du bist eins von Gottes Kindern.«

Wieder schüttelte er den Kopf.

»Aber ich kann das beweisen.« Fernando wirkte skeptisch, die Frau in der Ecke, die eine Kette mit einem goldenen Kreuz um den Hals trug, ebenfalls. »Ich bin schon überall auf der Welt gewesen, Fernando. Und immer habe ich nach einem Menschen mit so außergewöhnlichen Augen gesucht, aber du bist der Erste, den ich treffe. Nur du bist so gesegnet. Bist du bereit? Soll ich dir mein Geheimnis verraten?«

Neugierig geworden nickte er jetzt doch. Auch seine Begleiterin beugte sich vor.

Ich wusch mir am Waschbecken gründlich mit Wasser und Seife die Hände, um dann langsam die braunen Kontaktlinsen zu entfernen. Fernando beobachtete das alles gebannt. Wahrscheinlich sah er zum ersten Mal, wie jemand so etwas tat. Und ich? Ich trug Kontaktlinsen, seit ich achtzehn war, und an diesem Tag schämte ich mich zum ersten Mal dafür. Ich schämte mich meiner selbst. Statt die Linsen ordentlich in ihren Behälter zu legen, drehte ich den Wasserhahn auf und spülte sie im Abfluss hinunter. Fernando sah mich mit weit aufgerissenen Augen an, als ich zu meinem Stuhl zurückkehrte. Seine Begleiterin bekreuzigte sich hektisch, hob ihr Kreuz an die Lippen und küsste es.

»Mich haben sie den Teufelsjungen genannt«, sagte ich. »Aber weißt du, ich bin nicht der Sohn des Teufels und du auch nicht. Gott hat mir außergewöhnliche Augen geschenkt, damit ich ein außergewöhnliches Leben führe. Und das tue ich, Fernando. Hätte Gott mir nicht diese Augen gegeben, ich hätte dich nie kennengelernt.« Ich tippte ihn leicht auf die Brust. »Nicht die Farbe deiner Augen ist wichtig. Viel wichtiger ist das, was in dir steckt.« Sämtliche Lektionen meiner Mutter sprudelten nur so aus mir heraus, ich wollte so gern jemanden trösten, der wahrscheinlich noch nie getröstet worden war. »Jetzt weißt du, du bist nicht allein. Jetzt weißt du, es gibt noch jemanden wie dich. Und ich schlage dir jetzt einen Deal vor, Fernando. Ich werde nie wieder die Farbe meiner Augen verbergen oder mich ihrer schämen. Und du sollst dich auch nicht mehr schämen. Ich möchte, dass du mir das versprichst.« Ich streckte ihm die Hand hin. »Deal?«

Fernando sprang auf, ignorierte meine ausgestreckte Hand und fiel mir um den Hals. Ich drückte ihn fest an mich. »*Todo va a estar bien, Fernando*«, sagte ich. »*Ten fe. Todo sucede por una razón.*« Alles wird gut.

3

Ich glaube, es gibt Momente, da kommunizieren wir ganz ohne Worte mit unseren Lieben, ohne die Stimme zu benutzen. Wir denken an jemanden und prompt klingelt das Telefon, oder wir sprechen den Namen einer Person aus und plötzlich steht sie neben uns. Mit Mickie passierte mir so etwas oft. Als ich nach meiner Begegnung mit Fernando spät am Abend in mein Zimmer kam, verspürte ich das starke Bedürfnis, mit ihr zu sprechen. Sofort klingelte mein Telefon, einfach so.

»Ich muss dir etwas total Irres erzählen!«, sprudelte es aus mir heraus und ich plapperte ohne Punkt und Komma mehrere Minuten lang, bis ich in Mickies Reaktionen eine gewisse Zurückhaltung spürte, die ihr so gar nicht ähnlich sah.

»Du musst nach Hause kommen, Sam«, sagte sie. »Du musst deine Mutter besuchen.«

4

Die ganze Geschichte erzählte sie mir dann auf dem Weg vom Flughafen zum Krankenhaus Our Lady of Mercy. Vor zwei Monaten, als ich gerade durch Indien reiste, war bei meiner Mutter eine aggressive Form von Brustkrebs festgestellt worden. Sie hatte weder mir noch Mickie etwas davon erzählt. Wie ich meine Mutter kannte, hatte sie in der Erkrankung den Willen Gottes erkannt und keinen Sinn darin gesehen, uns zu alarmieren und zu belasten. Der Krebs steckte bereits in den Lymphknoten. Später fanden die Ärzte Tumore auch in anderen Organen, einschließlich der Leber, der Nieren und der Lunge. Sie gaben ihr noch drei Monate, wenn sie sich nicht behandeln ließe, maximal sechs mit einer aggressiven Behandlung aus Bestrahlung und Chemotherapie, bei der sie sich schwach und krank fühlen würde. Meine Mutter, durch und durch zähe, tapfere Irin, hatte sich gegen eine Behandlung entschieden und lag jetzt im Krankenhaus, weil langsam ihre Nieren versagten.

Sie hatte die Augen geschlossen, als ich ihr Zimmer betrat. Ich erkannte sie kaum. Unter dem dünnen Nachthemd zeichneten sich die vorstehenden Schlüsselbeine ab, und die Knochen ihrer Hände, die selbst jetzt noch den Rosenkranz umklammerten, traten viel zu deutlich hervor. Ihre Haut, die sie immer mit Cremes und Lotionen verwöhnt hatte, war voller Falten, bleich und wirkte durchsichtig. Wenn man selbst Arzt ist, können einem andere Ärzte nichts vormachen, das ist das Schlimmste an unserem Job. Sie können einem keine falschen Hoffnungen machen und dafür sorgen, dass man an ein Wunder glaubt. Ich hatte Kardiologen gekannt, die ihren eigenen Herzinfarkt, und Hautärzte, die ihre eigenen malignen Leberflecke diagnostiziert hatten. Niemand musste mir erzählen, was ich schon wusste. Meine Mutter lag im Sterben.

Ich nahm ihre Hand und beugte mich zu ihr hinunter. »Mom?«

Sofort schlug sie lächelnd die Augen auf, legte mir die Hand an die Wange und sah mich an. Ihre Augen weiteten sich. »Mein Junge«, flüsterte sie. »Mein kleiner Junge mit den außergewöhnlichen Augen.«

»Warum hast du es mir nicht erzählt, Mom?«

»Was gab es zu erzählen? Meine Zeit ist gekommen, Sam. Es ist Gottes Wille.«

»Du bist zu jung, Mom.«

»Ich hatte ein wunderbares Leben, Sam, viel schöner, als ich je zu hoffen gewagt hätte. Gott schenkte mir den gütigsten, sanftesten Ehemann und er gab mir den kostbarsten kleinen Jungen.«

Mühsam drängte ich die Tränen und meine Schuldgefühle zurück. Ich hätte sie nicht verlassen dürfen. Vielleicht hätte ich etwas bemerkt, Erschöpfung, Eintrübung der Augen, irgendetwas. »Es tut mir so leid, Mom. Ich hätte öfter hier sein müssen.«

»Es tut dir leid, den Armen und Kranken geholfen zu haben? Es tut dir leid, den Kindern Gottes geholfen zu haben?« Sie schüttelte den Kopf. »Das darfst du nicht einmal denken. Du hast mich so stolz gemacht. Du warst für mich alles und noch viel mehr. Ich hatte nicht das Recht, dich für mich zu behalten. Es war Gottes Wille, dass du sein Werk tust.«

Anfangs war mir das nicht so vorgekommen. Anfangs hatte ich meine Arbeit als Mischung aus Flucht und Buße empfunden, aber meine Begegnung mit Fernando hatte mich nachdenklich gestimmt. Ich erkannte inzwischen, wie viel Wahrheit in den Worten meiner Mutter steckte. Hoffentlich half das auch zukünftig gegen die enormen Schuldgefühle, die mich auf jeden Fall plagen würden, weil ich nicht bei ihr gewesen war.

»Du schuldest mir nichts, Sam. Du hast dich um mich gekümmert, als ich dich am meisten brauchte, als dein Vater krank wurde. Du hast mich gerettet, Sam. Du hast den Laden gerettet. Du hast das alles gerettet.«

Ich schüttelte den Kopf.

»Dein Vater …« Sie sprach nicht weiter. Brauchte sie auch nicht, ich wusste, was ihr Sorgen bereitete.

»Ich kümmere mich um ihn, Mom, Ich gehe nicht wieder weg, ich bleibe zu Hause.« Ich setzte mich auf ihre Bettkante. »Hast du Schmerzen?«

»Ich hoffe, eine Menge Seelen aus dem Fegefeuer zu befreien, bevor ich gehe.«

»Möchtest du irgendetwas?«, fragte ich. »Kann ich irgendetwas tun?«

»Ja. Ein Zimmer weiter liegt eine alte Freundin von mir. Sie stirbt, Sam, und sie hat große Schmerzen. Sie hat gebeten, dich sehen zu dürfen, falls du kommst.«

»Natürlich bin ich gekommen.« Ich hatte Mühe zu

atmen, riss mich gerade so eben zusammen. »Sie möchte mich sehen? Wer ist es denn?«

»Sie liegt gleich den Flur runter, nur zwei Türen weiter. Geh zu ihr, Sam, sie muss dich jetzt gleich sehen.« Meine Mutter schloss die Augen.

5

Zwei Türen weiter lief der Fernseher, als ich ins Zimmer kam. Die Frau, die auf Kissen gestützt im Bett lag, hatte dünnes weißes Haar und dieselbe gelbliche Haut wie meine Mutter, aber ich kannte sie nicht. Stand Mom bereits so weit unter Drogen, dass sie sich diese Freundin nur eingebildet hatte? Ich wollte schon wieder gehen, als die Frau im Bett die Augen aufschlug. Dann setzte sie sich eine schwarze Brille mit dicken Brillengläsern auf und ich wusste, wen ich da vor mir hatte.

»Wer sind Sie?«, fragte sie. Der Krebs hatte ihr die Stimme gestohlen. Die Laute, die sie hervorbrachte, klangen scharf und rau.

»Ich bin Sam, Schwester Beatrice«, sagte ich. »Ich bin Sam Hill, der Sohn von Maddy und Max.«

Sie lächelte und das sah seltsam aus, weil ich mich nicht erinnern konnte, sie je lächeln gesehen zu haben. »Deine Mutter sagte, du würdest kommen. Ich war mir da nicht so sicher.«

Ich sagte ihr nicht, dass meine Mutter mir nicht verraten hatte, welche »alte Freundin« mich da sehen wollte, und dass ich ihrer Bitte vielleicht nicht nachgekommen wäre, hätte ich Bescheid gewusst.

»Sie besucht mich jeden Tag«, fuhr Schwester Beatrice fort. »Obwohl sie krank ist, kommt sie, deine Mutter.«

»Sie ist ein guter Mensch.«

»Dass ich keiner war, tut mir sehr leid, Sam.« Ich wollte die Entschuldigung mit einer Geste abwehren, aber sie ließ es nicht zu. »Ich hatte ein Problem und du wusstest davon. Du hast niemandem etwas davon gesagt, richtig?«

»Ich habe nie etwas gesagt, Schwester.«

»Sie haben mich als Kind immer gehänselt, weil ich gelispelt habe und vorstehende Zähne hatte. Als ich älter wurde, suchte ich Trost in der Flasche. Das ist keine Entschuldigung dafür, wie ich dich behandelt habe, Sam. Es ist keine Entschuldigung für mein Verhalten.«

Ein Teil von mir wollte ihre Entschuldigung nicht annehmen. Ein Teil von mir fand, sie sollte wissen, welchen Schmerz sie mir zugefügt hatte. Aber darüber war ich hinaus. Das Drama mit David Bateman und Trina Crouch hatte mich gelehrt, dass es nur noch stärker schmerzt, wenn man an seinem Zorn auf jemanden festhält. »Wir alle tun in unserem Leben das Beste, Schwester. Mit dem, was uns gegeben ist. Sie waren krank. Ich mache Ihnen daraus keinen Vorwurf.«

Sie streckte die Hand aus, die ich nur zögernd ergriff. Selbst wenn die Frau, die für immer die böse Hexe des Westens verkörpert hatte, inzwischen eine gebrechliche alte Dame war, fürchtete sich ein Teil von mir immer noch vor ihr. Die Hand war wie die meiner Mutter kalt und ich spürte jeden Knochen darin.

»Ich bin Alkoholikerin, seit ich sechzehn bin«, sagte Schwester Beatrice. »Nachdem sie mich in Therapie schickten, habe ich aufgehört zu trinken. Erinnerst du dich?«

»Ich besitze die Bibel immer noch.«

Sie schien erstaunt. Tränen sammelten sich in ihren Augen. »Dann besitzt du wenigstens eine anständige Erinnerung an mich, das stimmt mich sehr froh. Es war ein lebenslanger Kampf, Sam. Ich habe aufgehört zu trinken, aber Alkoholikerin bin ich nach wie vor. Ich war bei deiner Mutter zu Hause, weil ich wissen wollte, wo du bist, um mich bei dir zu entschuldigen. Ich wollte dir sagen, dass kein Tag vergeht, an dem ich nicht daran denke, wie schlimm ich dich behandelt habe, wie falsch, wie unchristlich. Ich hoffe, du kannst mir vergeben, Sam. Ich hoffe, du siehst dich in deinem Herzen dazu in der Lage.«

»Es gibt nichts zu verzeihen, Schwester. Ich weiß, es war der Alkohol.«

Sie drückte lächelnd meine Hand. »Du bist der Sohn deiner Mutter«, sagte sie.

Daran konnte für mich kein Zweifel bestehen.

6

Zu Hause wurden Mickie und ich von ihren neuen Pitbulls begeistert begrüßt, als wir aus dem Krankenhaus zurückkamen. Bandit lebte schon lange nicht mehr. Mickie hatte ihn im Garten begraben, ein Rosenstrauch schmückte sein Grab. Mickies Kommentar zu meinem Bericht über den Besuch bei Schwester Beatrice fiel typisch aus: »Du bist auf jeden Fall ein besserer Mensch als ich. Ich hätte ihr vielleicht doch noch eine geknallt.«

»Wir sollten die Vergangenheit langsam ruhen lassen«, fand ich.

Mickie kochte das Abendessen, Hackbraten mit Kartoffeln und Erbsen, ich öffnete eine Flasche Wein und schob eine John-Coltrane-CD in den CD-Player. Obwohl wir inzwischen beide in den Vierzigern waren, sah Mickie immer noch so aus wie früher, schlank, mit feinen, wie aus Gold gesponnenen Haaren, durchtrainiert, kein Gramm Fett am Leib. Wir saßen am Küchentisch und redeten über meinen Vater und meine Mutter und meine Schuldgefühle, weil ich so viel gereist war. Dann brachte ich ein anderes Thema zur Sprache.

»Erinnerst du dich, dass du mich vor Jahren mal gefragt hast, ob ich gern Vater wäre?«

»Da hattest du vor, an dir rumschnippeln zu lassen.«

»Ich kann deine Frage jetzt beantworten. Ich möchte Fernando adoptieren.«

Mickie sah mich an. »Meinst du nicht, dass du vielleicht momentan ein bisschen sentimental bist? Nicht gerade die richtige Zeit für solche Entscheidungen.«

»Natürlich bin ich sentimental. Warum auch nicht? Es wäre doch nicht falsch, diesen Jungen als meinen Sohn großzuziehen. Ihm alles beizubringen, was meine Eltern mir beigebracht haben, und ihm ein Zuhause zu geben, wo er geliebt wird und sich sicher fühlen kann.«

»Das könnte ein langwieriger Prozess werden, Sam. Du kannst nicht einschätzen, was dieses Kind durchgemacht hat und wie tief sein Trauma sitzt.«

»Ich habe Zeit. Das rechtliche Verfahren habe ich mir schon angeschaut.«

»Ach ja?«

»Sie schicken mir den Antrag zu. Ich weiß, was ich alles zusammensuchen muss, Leumundszeugnisse und so weiter. Es gibt Organisationen, die einem dabei helfen.«

»Was ist mit Reisen?«

»Ich gehe nicht mehr weg von hier.«

Sie lächelte. »Das freut mich sehr.«

»Als verheirateter Mann habe ich bei einer Adoption größere Chancen.« Diesen Satz warf ich einfach so in den Raum wie ein Fischer seine Leine. Vielleicht hatte ich Glück und Mickie biss an, vielleicht jedoch knabberte sie auch nur am Köder. Selbst wenn ich den ganz unversehrt wieder einholen musste, stand ich nicht schlechter da als jetzt.

»Vielleicht sollten wir anfangen, indem wir uns erst mal kennenlernen«, konterte Mickie.

»Ich kenne dich mein ganzes Leben lang und ich erinnere mich an jeden einzelnen Tag.«

»Ach ja? Auch daran?« Sie warf mir eine Erbse an den Kopf. Wir mussten lachen.

»Dir ist hoffentlich klar, dass das auf Krieg hinausläuft!«, warnte ich.

Sie beugte sich vor, das Weinglas in der Hand und den Schalk in den Augen. »Und was sollen wir deiner Meinung nach jetzt unternehmen?«

Um ehrlich zu sein: Ich wusste es nicht. Es gab da nämlich ein Geheimnis, von dem nicht einmal Mickie etwas ahnte: Ich war seit Evas Tod mit niemandem mehr zusammen gewesen. Nicht aus Mangel an Gelegenheiten, die hatte es durchaus gegeben, sondern aufgrund einer bewussten Entscheidung für ein enthaltsames Leben. Mickie bedeutete der sexuelle Akt emotional nichts, wie sie mir einmal anvertraut hatte. Sie liebte den Spaß dabei, das Aufatmen, das Innehalten fern vom Schmerz dieser Welt. Ich sah das ähnlich, auch wenn ich aus dieser Erkenntnis einen ganz anderen Schluss gezogen hatte und den rein körperlichen Akt mied, den Sex ohne emotionale Bindung an den Menschen, mit dem man schlief, für mich darstellte. Allerdings sehnte ich mich inzwischen nach einer emotionalen Verbindung, nach dem Körper eines anderen Menschen neben mir, nach Mickies Körper.

Betont nachlässig zuckte ich mit den Achseln. »Ich war so lange fort. Und ich habe nicht … Es gab niemanden, Mickie. Ich habe einen Großteil meiner Tage damit verbracht, die Briefe zu formulieren, die ich dir abends in meinem Zimmer schreiben wollte.«

Mickie sah mir unverwandt in die Augen. »Niemanden?«

Ich schüttelte den Kopf.

Langsam stand sie auf, langsam kam sie, sich im Takt zu Coltranes Saxofon in den Hüften wiegend, um den Tisch herum auf mich zu. Ihre Jeans schmiegten sich perfekt an ihren zierlichen sexy Körper, das T-Shirt endete knapp oberhalb ihrer Taille und enthüllte ihren immer noch straffen Bauch. Sie neigte den Kopf mit dem schulterlangen, goldenen Haar zur Seite und strich mit den Fingerspitzen die Tischplatte entlang, über meine Hand, den Arm hinauf und über meine Schulter. Mir fuhr ein Blitz durch den Leib, mein ganzer Körper zitterte. Als sie sich zu mir herunterbeugte, als ihr Atem warm an meinem Hals entlangstrich, als sie mich küsste, da erinnerten mich ihre feuchten Lippen an meinen Schulball und einen Kuss, der für mich ruhig viel länger hätte dauern können und von dem ich wünschte, wir hätten ihn noch oft wiederholt. Mickie knabberte an meinen Ohrläppchen und ich hatte das Gefühl, in Flammen zu stehen und gleich hier, am Tisch meines Hauses, zu schmelzen.

»Ich habe unsere Nacht nie vergessen«, flüsterte sie.

Ich schob meinen Stuhl zurück, damit sie auf meinen Schoß rutschen und mir die Arme um den Hals schlingen konnte. Sie küsste mich sanft, ihre Lippen wie ein Hauch auf meinem Mund. »Erinnerst du dich noch an den Schulball?«

Ich nickte mit geschlossenen Augen und hatte das Gefühl zu schweben.

»Du hast mir gesagt, dass du mich liebst.«

Ein weiterer Kuss.

»Ich habe dich immer geliebt«, flüsterte ich. »Vom ersten Moment an, damals, in der sechsten Klasse.«

»Ach was, du warst nur scharf auf mich.«

»Bin ich immer noch.«

Sie küsste mich noch einmal. »Tanz mit mir, Sam.«

Sie zog mich hoch und legte ihr Gesicht auf meine Schulter und so wiegten wir uns zu den Klängen von *The Night Has a Thousand Eyes.* Ich spürte jede ihrer Rundungen, wir schienen zu einer Person geworden. Meine Hände fanden den Weg unter ihre Bluse, fanden ihre warme Haut. Leise stöhnend hob sie ihr Gesicht und küsste mich noch einmal. »Mach Liebe mit mir, Sam.«

Sie führte mich an der Hand nach oben ins Schlafzimmer, wo sie mich langsam entkleidete.

»Bist du immer noch scharf auf mich?«, flüsterte sie.

»Ich begehre dich.«

Mickie zog sich ihr Hemd über den Kopf und knöpfte den BH auf, ließ ihn auf den Boden fallen. Sie wiegte sich in den Hüften und ließ ihre Jeans fallen, dann das Höschen, bis sie nackt vor mir stand. Ich wanderte mit den Fingern an ihren Schultern entlang, die Arme hinunter, am straffen Bauch wieder hinauf, nahm ihre Brüste in beide Hände. Sie zog mich an sich und ich küsste ihre Brüste, während sie meinen Kopf streichelte, dann küsste ich ihre Schultern und den Hals, suchte nach ihrem Mund. Jeden Zentimeter von ihr wollte ich erkunden, wollte ihr immer wieder versichern, zeigen, wie sehr ich sie liebte. Sie nahm mich in die Hand, streichelte mich sanft, ließ sich langsam rückwärts auf das Bett sinken. Diesmal gab es keine warnenden Stimmen in meinem Kopf, niemand, der mir befahl aufzuhören, weil dies hier nur falsch sein konnte. In meinem ganzen Leben hatte sich nichts so richtig angefühlt. Hier gab es keine Bedenken mehr, sondern nur noch reine Lust und ungezügeltes Begehren – mein nie versiegendes Begehren für Mickie Kennedy.

7

Diesmal flüchtete Mickie nicht, nachdem wir uns geliebt hatten. Sie schlief mit ihrem Kopf auf meiner Brust, schwer atmend. Ich hatte Mickie noch nie beim Schlafen zugesehen, nie dem Rhythmus ihres Atems gelauscht oder beobachtet, wie ihr Körper im Schlaf zuckte und sich bewegte. Von daher wollte ich meine Augen gar nicht schließen, wollte keine Sekunde meiner Zeit mit ihr verpassen.

Irgendwann muss ich dann doch eingeschlafen sein und als ich am Morgen aufwachte, lag ich allein im Bett. Ehe ich melancholisch werden konnte, roch ich, dass unten in der Küche Speck gebraten wurde.

Mickie stand am Herd, der Kaffee lief auch schon durch die Maschine. Wortlos reichte sie mir die Zeitung und einen Becher. Ich deponierte beides auf dem Küchentresen, weil mir viel mehr danach war, Mickie zu umarmen und zu küssen. »Die Welt kann warten. Wie wäre es mit einer zweiten Runde?«

Sie grinste. »Erst frühstücken wir, du brauchst das für deine Kondition. Außerdem steht eine interessante Geschichte in der Zeitung. Könnte glatt die Woche werden, wo du sämtliche Leichen im Keller loswirst.«

»Schwester Beatrice?«

Mickie deutete mit dem Kinn auf die Zeitung und widmete sich dann wieder ihrer Pfanne, behielt mich aber sicherlich im Auge. Also blätterte ich brav und überflog die Schlagzeilen, bis eine Bildunterschrift mich stutzen ließ.

Richterin Donna Ashby Gage

Neben dem Foto der zwei Spalten umfassende Artikel der Associated Press, unter einer fett gedruckten Überschrift.

Bostoner Richterin legt Amt nieder
Sexuelle Beziehungen zu Minderjährigen?

Obwohl in der Überschrift schon alles gesagt war, las ich mir den ganzen Artikel durch. Donna Ashby, Absolventin der Burlingame Highschool und Richterin am Kammergericht, war von einem Mitarbeiter in ihrem Büro beim Geschlechtsverkehr mit einem zwanzig Jahre alten Jurastudenten überrascht worden. Der Student, der bei Gericht ein Praktikum absolvierte, hatte sofort zugegeben, seit drei Monaten mit Richterin Ashby zu schlafen, in ihrem Büro und auch in ihrem Auto. Weitere Ermittlungen förderten zutage, dass sie auch mit anderen ihrer Justizangestellten sexuelle Beziehungen unterhalten hatte, woraufhin Donna, verheiratet und Mutter von drei Kindern, von ihrem Amt zurückgetreten war. Laut Aussage ihres Anwalts befand sie sich inzwischen aufgrund einer Persönlichkeitsstörung in therapeutischer Behandlung.

»Die dicken Titten hat sie immer noch«, fand Mickie.

Das Foto sah der Donna, die ich gekannt hatte, immer noch ähnlich. Radierte man im Geiste ein paar Jahre weg, kam sofort die etwas untersetzte Neunzehnjährige zum Vorschein, die mir die Jungfräulichkeit gestohlen und mich, wie Mickie es damals so treffend formuliert hatte, als menschlichen Vibrator benutzt hatte.

Ich legte die Zeitung hin. »Manchmal hatte ich geglaubt, meine Zeit mit ihr, das sei der beste Sex, den ich je kriegen würde.«

Mickies Brauen zuckten hoch. »Herzlichen Dank.«

Ich nahm sie in den Arm. »So hatte ich es nicht gemeint. Als ich siebzehn war, kam der Sex noch ohne Gepäck, mehr wollte ich gar nicht damit sagen. Keine Erwartungen, kein Garnichts, nur Sex.«

»Und abgesehen davon?«

»Bin ich sauer auf sie.«

Mickie lehnte sich ein wenig zurück und warf mir einen neugierigen Blick zu.

»Sie hatte von Anfang an vor, mich zu entjungfern. Schon als sie mich zum ersten Mal sah, im Laden meines Vaters. Sie sah mich als leichte Beute und genoss die Vorstellung, die Erste zu sein.«

»Was immer diese Entjungferung für sie so erregend gemacht hat, scheint sich bei ihr gehalten zu haben.«

Donna hatte mir etwas genommen, das ich nie wiederbekommen würde. Etwas, das die Beziehung meiner Eltern auszeichnete und was ich im Laufe meiner mönchischen Jahre noch mehr zu schätzen gelernt hatte: das Wissen darum, dass Mom und Dad nur einander geliebt hatten. Unter anderem Donnas wegen hatte ich mich für die Enthaltsamkeit entschieden. Sie kam nicht als süße Erinnerung in meine Träume, sie stand für die Scham und Enttäuschung, die ich damals in der Küche ihrer Eltern empfunden hatte, als mir klar wurde, dass man auch Liebe vortäuschen und ihr von daher nie ganz trauen kann.

»Mein Verlangen nach dir ist nie verschwunden«, sagte ich leise zu Mickie.

Mickie stellte ihren Kaffeebecher ab. »Oh nein, so einfach kommst du mir nicht davon.«

»Wieso, was habe ich denn getan?«

»Du hast gesagt, es war der beste Sex deines Lebens. Das wollen wir doch noch mal sehen.« Und schon hatte sie den Gürtel meines Bademantels gelöst.

8

Später, nachdem wir geduscht hatten, standen Mickie und ich im Badezimmer, putzten uns die Zähne und kämmten uns. Wir wollten meinen Vater für einen Besuch bei meiner Mutter aus dem Pflegeheim holen. Ich sprach eine Idee an, die mir bei meiner Mutter am Krankenbett gekommen war.

»Ich möchte mit Mom nach Lourdes.«

Mickie spuckte Zahnpasta ins Waschbecken und betrachtete mich im Spiegel. In ihrer Unterwäsche wirkte sie vielleicht ein bisschen breiter in den Hüften, aber ansonsten nicht viel anders als damals das junge Mädchen im Bikini, das ich am Russian River bewundern durfte. »Nach Frankreich?«, fragte sie.

»Ja. Dort soll irgendwann Mitte des neunzehnten Jahrhunderts der heiligen Bernadette die Muttergottes erschienen sein und die Stelle ist seitdem zu einem katholischen Wallfahrtsort geworden. Meine Mutter hat die Muttergottes ihr Leben lang sehr verehrt. Es wird ihr viel bedeuten, dorthin zu fahren.«

Mickie spülte sich den Mund mit Mundwasser aus, spuckte noch einmal aus und tätschelte meine Schulter. »Ganz bestimmt. Aber dir ist schon klar, dass es kein Wunder geben wird?«

»Gestern Abend und heute Morgen waren Wunder genug für mich.«

Mickie lächelte mit geschlossenen Lippen. »Typisch Mann: Ein guter Fick und die Welt ist die reine Kirmes.«

Ich nahm ihre Hand. »Ich glaube schon lange nicht mehr an Wunder. Ich möchte einfach nur, dass sie glücklich ist.«

»Könnte sie die Reise denn überhaupt durchstehen? Rein körperlich, meine ich?«

»In einem normalen Flugzeug? Nein. Auf keinen Fall.«

»Wie willst du denn dann …«

»Ich rufe David Patton an.« Patton war der Gründer von *Orbis*. »Ich frage, ob ich eines von deren Flugzeugen mieten kann.«

Ich konnte mir so etwas leisten. Spätestens seit Ernies Anruf damals im Jahr 1997, als ich mich gerade in Santiago de Cuba aufhielt: »Erinnerst du dich noch, wie ich dich mal gezwungen habe, dreißigtausend bei Cantwell Computers zu investieren?«

Daran erinnerte ich mich ziemlich gut und ich wusste auch noch, welches Wachstum mir mein Freund damals prophezeit hatte. Inzwischen hatte es mehrere Aktienteilungen gegeben und ich wusste beim besten Willen nicht mehr, wie viele Anteile an der Firma mir gehörten und was sie wert waren. Das hatte mich in den Jahren meines Mönchsdaseins auch nicht wirklich interessiert.

»Wir haben gerade einen Deal mit einer Softwarefirma abgeschlossen«, sagte Ernie. »Unsere Aktien stehen so hoch wie noch nie. Ich hoffe, du hast nichts dagegen, aber ich habe deinen Broker angewiesen zu verkaufen. Ich kann das, du hast mir vor deinem Aufbruch zur Mission die entsprechenden Vollmachten erteilt. Lange Rede, kurzer Sinn, Hill, du bist reich. Als hättest du in der verdammten Lotterie gewonnen.«

Ich hatte also in der Lotterie gewonnen, meinen Lebensstil jedoch nicht groß verändert. Jetzt konnte ich das Geld für eine gute Sache einsetzen.

»Es ist ein fliegendes Krankenhaus«, erklärte ich Mickie. »Man kann sich dort gut um sie kümmern, falls etwas passiert. Und außerdem sind ja mindestens zwei Ärzte an Bord.« Mickie sah mich an. »Ich will nicht mehr ohne dich reisen, Mickie.« Eine Träne lief ihr die Wange hinunter. Ich wischte sie mit dem Daumen ab und hob ihr Kinn an. So verletzlich hatte ich Mickie Kennedy seit dem Abend meines Schulballs nicht mehr erlebt. »Und ich brauche Hilfe, weil ich mich ja auch um Dad kümmern muss«, fuhr ich fort.

Da boxte sie mich in den Arm.

9

Die Ärzte im Krankenhaus Our Lady of Mercy rieten dringend von der Reise ab, die für meine Mutter zu schwer und zu aufreibend wäre und die sie nicht überstehen würde. Der Flug sei ja nur die eine Sache, erklärten sie, danach müsse man noch irgendwie nach Lourdes und wieder zurückkommen. Schließlich überließ ich die Entscheidung meiner Mutter.

Sie sah ihre Ärzte an, als wären sie alle nicht ganz bei Verstand. »Das ist eine Wallfahrt!«, sagte sie. »Die darf nicht einfach sein.«

Wir stellten zwei Krankenhausbetten in den Medienraum des Flugzeugs, der sich gleich hinter dem Klassenzimmer befand, und schoben sie zusammen. Meine Mutter und mein Vater hielten Händchen, kicherten und plauderten wie Kinder auf einem Schulausflug. Ich hatte meinen Vater schon lange nicht mehr so wohl und zufrieden erlebt, obwohl ihm der Schlaganfall das Leuchten der kobaltblauen Augen geraubt und seine Mimik auf ein Minimum reduziert hatte. Er hing an jedem Wort meiner Mutter, als könnte es ihr letztes sein, und ich war mir sicher, ihn hinter seiner starren Maske lächeln zu sehen.

Irgendwo über dem Atlantik schliefen die zwei ein. Die beiden Krankenschwestern, die wir zu ihrer Begleitung eingestellt hatten, meinten, Mickie und ich sollten uns doch auch ein wenig hinlegen, und so zogen wir uns in den Aufwachraum ganz hinten im Flugzeug zurück. Wir wachten erst auf, als die Räder des Flugzeugs die Landebahn des außerhalb von Lourdes gelegenen Flughafens berührten.

Eine der Schwestern klopfte an die Tür. »Der Transporter ist da.«

Meine Mutter war bereits wach. Sie bat Mickie, ihr mit dem Make-up und dem Kleid zu helfen, das sie sich extra für die Reise angeschafft hatte. Ich wusste, sie würde mich bitten, sie darin zu begraben.

»Was soll das mit dem Make-up?«, fragte ich sie, während Mickie ihr den Spiegel hielt. »Es ist unhöflich, als Ausländerin die schönste Frau im Land zu sein, und wenn du dich schminkst, sieht man den Unterschied zu den anderen Frauen noch deutlicher.«

Mein Vater grinste.

Meine Mutter schlug mit ihrem Handtuch nach mir. »Wirst du wohl den Mund halten! Ich trete auf keinen Fall als Vogelscheuche vor die Muttergottes.«

So früh am Morgen war es kühl und ein bisschen neblig hier in den Pyrenäen. Wir verpackten Mom und Dad sorgsam in dicke Mäntel, Handschuhe und Wollmützen, luden sie in ihre Rollstühle und schoben sie aus dem Flugzeug. Erst kam der Zoll, dann durften wir in den von mir gemieteten Transporter steigen, in dem beide Rollstühle Platz fanden, und schon waren wir auf dem Weg nach Lourdes. Ich hatte mich vor der Reise gründlich informiert. Lourdes war ein kleines Städtchen in den Bergen, unweit der spanischen Grenze, ruhig und unauffällig, bis im Februar des Jahres 1858 die vierzehn Jahre alte Bernadette Soubirous beim Holzsammeln in einer unter anderem als Müllhalde genutzten Grotte eine wunderschöne Frau in blau-weißen Gewändern getroffen hatte. Die Frau hatte sich ihr als Jungfrau Maria zu erkennen gegeben, war Bernadette sechs Monate lang immer mal wieder erschienen und hatte das Mädchen schließlich angewiesen, den Bischof zu drängen, oberhalb der Grotte eine Kirche zu bauen. Der Bischof lehnte ab, sodass Bernadette, um dem Befehl der Muttergottes nachzukommen, selbst anfing zu graben und eine Quelle entdeckte, die jetzt seit hundertvierzig Jahren ununterbrochen sprudelt, obwohl man ihren Ursprung nie hat entdecken können. Jedes Jahr pilgern Millionen in die kleine Stadt, darunter viele Schwerkranke und Behinderte, um ins Wasser dieser Quelle zu tauchen, der heilende Kräfte nachgesagt werden. Die der Quelle nachgesagten Wunder veranlassten Papst Pius XI. schließlich zur Heiligsprechung der Bernadette.

Bis zur Grotte von Massabielle, wo man Müll verbrannt und Schweine gehütet hatte, bis Bernadette die Muttergottes erschien, fuhren wir etwa eine halbe Stunde durch eine Landschaft mit weiten, grünen Feldern und hübschen französischen Häuschen. Wir waren hier am Fuße der Pyrenäen, oben auf den Gipfeln lag noch Schnee. Meine Mutter interessierte sich wenig für ihre Umgebung, sie war nicht als Touristin hier. Für sie reichte die Fahrt gerade so eben, mit uns sämtliche wunderbaren Mysterien des Rosenkranzes zu beten. Ich saß neben meinem Vater, half ihm, seinen Rosenkranz durch die Finger gleiten zu lassen, und betete selbst nur mit, um Mom einen Gefallen zu tun. Auch wenn ich meinen Glauben noch nicht wiedergewonnen hatte, war ich doch im Alter milder geworden und wusste, was der Rosenkranz für meine Mutter bedeutete. Mickie ging das wohl ähnlich und ich war überrascht, wie gut sie nach all den Jahren die Gebete noch auswendig kannte.

»Was einem in einer katholischen Grundschule eingebläut wurde, vergisst man eben nie«, flüsterte sie mir zu.

So kamen wir nach Lourdes, ein wunderschönes Bergstädtchen mit engen Gassen und zweistöckigen Häusern, die die Straßen so dicht säumten, dass man sich über die Winzigkeit französischer Autos nur freuen konnte. Bis auf das eine oder andere Moped war noch kaum jemand unterwegs. Die Bürgersteige lagen verlassen, die Läden waren geschlossen. Ich ließ das Fenster neben mir herunter und atmete in vollen Zügen die klare, saubere Luft ein.

Der Fahrer hielt direkt vor dem Tor zur Grotte, weiter durften Autos nicht fahren. Wir luden meine Mutter und meinen Vater in ihre Rollstühle und ich vereinbarte mit unserem Fahrer, wie wir uns mit ihm in Verbindung setzen konnten, falls wir ihn früher als geplant brauchten. Wenn es ein Problem gab, hieß das im Klartext. Weiter ging es, die abschüssige Straße hinunter, vorbei an Statuen der Muttergottes und blumengeschmückten Mauern, bis wir an einen großen Platz kamen, an dessen Ende die drei weiß-goldenen Türme der Rosenkranz-Basilika die Pilger willkommen hießen. Auf dem Platz befanden sich schon einige Menschen und doch blieb es ruhig und friedlich, ein bisschen wie auf einem College-Campus während der Frühlingsferien.

Pater Pat Cavanaugh, der an Ernies und meiner Highschool Kaplan gewesen war, befand sich gerade zusammen mit einer Gruppe Malteserritter auf einer Pilgerfahrt nach Lourdes. Ich wusste, dass er diese Fahrt jedes Jahr unternahm, er hatte es mir damals nach dem Schlaganfall meines Vaters bei einem zufälligen Treffen im Flur vor Dads Krankenzimmer erzählt. Eigentlich verdankte ich die ganze Idee zu dieser Reise jetzt dieser Begegnung vor vielen Jahren und ich hatte bei der Planung unserer Reise auch den Rat des Priesters eingeholt. Er hatte vorgeschlagen, so zu reisen, dass wir gemeinsam mit den Rittern die Grotte besuchen konnten, um den langen Schlangen zu entgehen. Nur so ließe sich mein Plan in die Tat umsetzen, der vorsah, dass meine Mutter an einem einzigen Tag hier zur Beichte ging, bei der Messe das Abendmahl empfing und ins heilige Wasser tauchen konnte.

Ich hätte mir gar keine Sorgen zu machen brauchen. Zur großen Verwunderung von Mickie und mir teilte sich die Gruppe der Wartenden jedes Mal, wenn wir meine Mutter und meinen Vater zu einer Schlange schoben. Immer wurden wir vorgelassen, sei es, um eine Kerze zu entzünden, sei es auf dem Weg zur Messe in der großen, unterirdischen Kathedrale.

»Warum machen sie das?«, flüsterte Mickie.

»So steht es in der Bibel, Michaela«, antwortete Mom. »Im Himmel werden die Letzten die Ersten sein und die Ersten die Letzten. Dies hier ist der Himmel, Mickie. Wir befinden uns in der Gegenwart Gottes.«

Ich mochte ihr da nicht widersprechen. In einer Welt, wo sich Leute um einen Platz im Bus prügelten und rücksichtslos zu Boden stießen, kam es einem Wunder gleich, wie spontan hier den Kranken und Leidenden Platz gemacht wurde.

Dank Pater Cavanaugh und seiner Gruppe standen nach der Messe in der Basilika relativ viele Priester zur Verfügung und jeder, der beichten wollte, konnte das tun. Sie hatten ihre Stühle draußen aufgebaut, denn der Nebel war inzwischen der Sonne gewichen und es wurde langsam angenehm warm.

»Die reine Fließbandabfertigung«, kommentierte ich leise. »Ein Drive-in zur Sündenvergebung.« Die Bemerkung trug mir ein missbilligendes Stirnrunzeln meiner Mutter ein, während mein Vater grinste.

Wir rollten meine Eltern zum nächsten freien Priester und Mickie und ich sahen uns nach einer Stelle um, wo wir vielleicht ein kurzes Nickerchen machen konnten. Mom, die sich keine Gelegenheit entgehen ließ, meine Seele zu retten, packte mich am Arm. »Geh du für mich.«

»Wohin?«

»Werd bloß nicht frech. Du weißt genau, was ich meine. Geh beichten.«

»Jetzt treibst du es zu weit, Lady!« Natürlich tat ich als pflichtbewusster Sohn dann doch, worum sie mich bat.

Um wenigstens ein bisschen Protesthaltung beizubehalten, mied ich die amerikanischen Priester und suchte mir einen Spanisch sprechenden aus Mexiko, dessen Englisch sich dann leider als besser als meins erwies. Wahrscheinlich hätte ich stundenlang mit ihm plaudern können, begnügte mich jedoch mit einer verkürzten Version meiner Sünden. Sie wurden mir vergeben und ich durfte wieder zu Mickie und meinen Eltern zurückkehren.

»Na, war die Liste ordentlich lang?«, wollte Mickie wissen.

»Mir ist das verdammte Reuegebet nicht mehr eingefallen!«

Weiter ging es in die Grotte von Massabielle, einen unvorstellbar schönen Ort. Am Steilhang, dort, wo früher eine Burg gestanden hatte, erhob sich die Basilika der unbefleckten Empfängnis, eine in Weiß und Gold gehaltene Kathedrale im gotischen Stil, kunstvoll verziert und mit mehreren Türmen. Hunderte von Kerzen säumten die Ufer des grün und blau dahinfließenden Flusses Gave und den Weg zu einer natürlichen Höhle von etwa sechzehn Metern Breite, die an ihrer höchsten Stelle vielleicht drei Meter fünfzig hoch und nicht mehr als drei Meter tief war. Genau darüber und rechts von der Stelle, an der die Quelle entsprang, befand sich ein Spalt im Gestein, wo eine Statue der Muttergottes den Ort markierte, an dem Bernadette die Erscheinung gesehen hatte. Mir kam die Statue vertraut vor, ohne dass ich sagen konnte, wo ich sie schon einmal gesehen hatte.

Wir schoben die Rollstühle näher an den Steilhang heran. Der Boden, auf dem Bernadette gekniet hatte, war gepflastert und eine dicke Platte aus Plexiglas deckte das von ihr gegrabene Loch ab. Das unter dem Glas entlangfließende Wasser wurde beleuchtet. Meine Mutter schlug im Vorüberfahren mit dem Rosenkranz ein Kreuz und bat mich, direkt unter der Statue der Muttergottes stehen zu bleiben. Am Felsen des Steilhangs rann Wasser hinab.

»Gib mir deinen Arm«, bat Mom. Sie schaffte es, aufzustehen, den Felsen zu berühren und ihr eigenes sowie das Gesicht meines Vaters mit dem Wasser zu benetzen. Als sie sich dann auch noch nach vorn beugte, um den Stein zu küssen, fing ich Mickies fragenden Blick auf. Nein, ich wusste auch nicht, wie meine Mutter das schaffte. Eigentlich war sie viel zu schwach dafür und sie hatte auch keine

Schmerzmittel nehmen wollen. »Man nimmt keine Drogen, wenn man zur Muttergottes will!«

»Das sehen ein paar Leute bestimmt anders«, hatte ich gespottet, nur um mir anhören zu müssen, solch frevelhafte Sprüche seien nun wirklich nicht angebracht.

Jetzt legte Mom ihre Hand noch einmal an den nassen Stein und verrieb das Wasser in meinem Gesicht.

»Die Muttergottes hätte ruhig für warmes Wasser sorgen können!«, protestierte ich.

»Die Wärme kommt später«, sagte meine Mutter. Ich hatte nicht die geringste Ahnung, wie sie das meinte.

Zum Schluss waren die Bäder dran. Ein Teil von mir, muss ich gestehen, hoffte an dieser Stelle, trotz meines mangelnden Glaubens und obwohl Mickie mich gewarnt hatte, auf ein Wunder. Auch hier gab es lange Warteschlangen, auch hier machten die Gläubigen Kranken bereitwillig Platz. Mickie nahm meine Mutter mit in den den Frauen vorbehaltenen Teil der Grotte mit den kleinen, unterirdischen Pools. Ich ging mit Dad auf die Seite für die Männer und landete in einem kleinen, dämmrigen, höhlenartigen Raum, wo ein älterer italienischer Freiwilliger mir dabei half, meinem Vater die Kleider auszuziehen. Ich zog mich ebenfalls aus. Wir schlangen uns kalte, feuchte Handtücher um die Taille und der italienische Freiwillige und ich halfen meinem Vater aus dem Rollstuhl und die Stufen hinunter in die etwa drei Meter lange, gut zwei Meter breite und rund sechzig Zentimeter tiefe Wanne, wo wir meinen Vater stützten, während er vor der winzigen Statue der Muttergottes am Fußende des Bades betete. Als er fertig war, wies ihn der Freiwillige an, sich zu setzen. Dad setzte sich, und da er nie seinen Sinn für Humor verloren hatte, sah er mich an und sprach die deutlichsten Worte, die ich seit dem Schlaganfall von ihm gehört hatte: »Der Heilige Geist hätte ruhig für warmes Wasser sorgen können.«

Dann ließ er sich zurücksinken, wurde untergetaucht und kam mit dem fassungslos glücklichen Gesicht eines Kindes wieder hoch, das gerade in die eigene Überraschungsparty geplatzt ist. Mit einem verzückten Lachen sah er mich an und sagte: »Warm!«

Das musste ein Witz sein, dachte ich, als ich nun selbst in die Wanne stieg, wo mir Knöchel und Waden im eiskalten Wasser sofort abzusterben drohten. Unsicher, was ich sagen sollte, wandte ich mich der kleinen Statue zu. »Für mich selbst bitte ich um nichts.« Das war mir die ganze Reise über durch den Kopf gegangen. »Bitte schenke meiner Mutter und meinem Vater Frieden. Lass die Novenen meiner Mutter nicht umsonst gewesen sein. Gib ihr ein Zeichen, zeige ihr, dass ihre Gebete erhört wurden. Und segne Mickie.«

Ich hatte mich kaum hingesetzt, da hörte ich eine Stimme. Ich weiß, wie das klingt, aber glauben Sie mir, diese Stimme war so deutlich wie die Glocken im Turm der OLM.

Du musst glauben, Sam.

Fragend sah ich den italienischen Freiwilligen an. Er hatte die Stimme doch bestimmt auch gehört, deutlich genug war sie gewesen. Der Mann schien nichts mitbekommen zu haben. Geduldig wartete er darauf, auch mich untertauchen zu können. Ich bat ihn mit einem Handzeichen um einen Moment Geduld. »Hilf mir zu verstehen«, bat ich die kleine Statue. »Ich möchte glauben. Hilf mir dabei. Hilf mir, Glauben zu finden.«

Ich wurde untergetaucht. Und spürte beim Auftauchen wie mein Vater die Wärme, über die Dad sich so gefreut hatte. Vom Zentrum meiner Brust ausgehend strahlte sie bis in die Fingerspitzen, bis in jeden einzelnen Teil meines Körpers. Der italienische Freiwillige, der zweifellos schon Tausende ähnlich beglückte Gesichter gesehen hatte, lächelte verständnisvoll und flüsterte mir ins Ohr, als vertraue er mir ein wichtiges Geheimnis an: »*Spirito Santo. Spirito Santo.*«

10

Ich schob den Rollstuhl meines Vaters von den Bädern zurück zum Säulengang, wo ich in der Menge nach Mickie und meiner Mutter suchte. Ich weiß noch, wie leicht ich mich in diesem Augenblick fühlte. Als wäre eine Last von meinem Herzen gewichen und ich nun frei, die Welt mit ganz neuen Augen und einer Klarheit zu sehen, die mir bisher nicht vergönnt gewesen war. Ich empfand Sympathie und Mitgefühl für David Bateman und Schwester Beatrice und überhaupt für jeden, der mich je brutal herumgeschubst, ignoriert, angestarrt und sich über mich lustig gemacht hatte.

Ich konnte ihnen allen vergeben.

Wobei – nicht das war eigentlich denkwürdig. Denkwürdig war, in diesem Moment zu erkennen, dass ich mir selbst verzieh, indem ich allen anderen ihr Verhalten vergab.

Inzwischen hatte mein Vater meine Mutter entdeckt und deutete in ihre Richtung. Auch Mom hatte uns gesehen und winkte kurz. Dann stand sie auf und kam, auf Mickies Arm gestützt, auf uns zu. Sie strahlte genauso, wie ich mich fühlte. Und ich? Ich stand wie vom Donner gerührt einfach nur da, während ich gleichzeitig das ganz starke Gefühl hatte, meine Mutter und ich würden durch eine unsichtbare

Kraft zusammengehalten. Da war etwas, was sie zu mir hinzog. Als sie näher kam, wurden ihre Augen plötzlich ganz groß und ihr Blick glitt über mich hinweg zu einem Punkt links über mir. Instinktiv drehte ich mich um. Was hatte sie dort oben entdeckt? Aber da war nichts, nur eine Decke aus Stein. Ich drehte mich wieder um. Mickie zuckte mit den Achseln. Der Blick meiner Mutter war ihr nicht entgangen, sie wusste aber auch nicht, was er zu bedeuten hatte.

Gleich darauf senkte meine Mutter ihre Augen und kam weiter mit diesem strahlenden Ausdruck im Gesicht auf mich zu. Bei mir angekommen streckte sie mir die geschlossene Faust entgegen und reichte mir ihren Rosenkranz.

Dann brach sie in meinen Armen zusammen.

11

Im Flugzeug erholte sich meine Mutter ein wenig, verlor aber immer wieder das Bewusstsein. Eine der beiden auf die Betreuung von Krebspatienten spezialisierten Schwestern, die mit uns reisten, erklärte mir, meine Mutter sei erschöpft und habe keine Reserven mehr, um sich wieder zu erholen. Außerdem stellten ihre Nieren und die Leber langsam die Arbeit ein. Niemand musste mir erzählen, was los war. Dies war das Ende.

Mein Vater lag neben Mom in seinem Krankenhausbett, während sie schlief, und hielt ihre Hand. Nach wie vor saßen seine Gefühle in der Maske gefangen, zu der sein Gesicht erstarrt war, und nur die Tränen auf seinen Wangen zeugten von seinem tiefen Kummer.

Um zwei Uhr morgens, irgendwo über dem Atlantik, schlug ich Mickie vor, sie solle sich doch ein, zwei Stunden hinlegen und versuchen zu schlafen. Sie war kaum verschwunden, als meine Mutter leise meinen Namen rief. Ein prüfender Blick auf den Monitor, der ihre lebenswichtigen Funktionen überprüfte, zeigte mir, dass die Leberwerte schlechter geworden waren. Auch ihr Puls ging langsamer und sie atmete mit Anstrengung. Ich küsste sie auf die Stirn und streichelte ihre Haare, die seidenweich geblieben waren.

»Es ist in Ordnung, Mom«, flüsterte ich. »Du musst nicht so hart kämpfen. Wenn du zur Muttergottes gehen möchtest, dann geh. Ich werde mich um Dad kümmern, das verspreche ich dir. Ich werde mich gut um ihn kümmern.«

Da öffnete sie die Augen.

»Hast du Verstecken gespielt?«, fragte ich.

Sie lächelte. »Nicht weinen.«

Aber ich konnte nicht anders. In so vielem war ich immer Kind geblieben, hatte jemanden gebraucht, der sich um mich kümmerte. Hier lag meine Mutter, der Mensch, der mich zur Welt gebracht und mein Leben lang für mich gesorgt hatte. Ich hatte Angst davor, sie nicht mehr an meiner Seite zu wissen, als Teil meines Lebens und als Teil von Fernandos Leben, falls ich denn das Glück hatte, sein Vater werden zu dürfen. Am meisten jedoch würde ich sie einfach schrecklich vermissen.

»Du wirst mir so fehlen, Mom.«

Sie deutete auf meine Brust. »Ich werde genau dort sein. Du hast es doch gespürt, oder?«

Hatte ich. »Es wird nicht dasselbe sein.«

»Sie ist so wunderschön, nicht?«

Meinte sie Mickie? »Wer, Mom?«

»Die Muttergottes. Du hast sie doch auch gesehen, draußen, vor den Bädern.« Und mir wurde klar, warum der Blick meiner Mutter nach oben geglitten war, als sie in dieser Grotte auf mich zukam. Hatte sie wirklich die Muttergottes gesehen, die Mutter von Jesus Christus? Das kann ich nicht sagen, ich weiß es nicht. Aber etwas hat sie gesehen, das kann ich bestätigen. Ihr Blick war so klar gewesen, so auf einen Punkt konzentriert. Und sollte sie wirklich die

Muttergottes gesehen haben, dann wollte ich sie in diesem Glauben ebenso leidenschaftlich bestärken, wie sie all die Jahre an mich geglaubt hatte.

Meine Mutter holte tief Luft und ich war mir sicher, dieser Atemzug würde ihr letzter sein.

»Mom …«

Sie atmete aus und atmete noch einmal flach ein. »Weißt du, worum ich im Bad gebetet habe?«

Ich schüttelte den Kopf.

»Um ein Wunder.«

»Ich wünschte, es wäre so.« Ich nahm ihre Hand. »Ich wünschte so sehr, es wäre so.«

»Nicht für mich habe ich gebetet. Ich bat um ein Wunder für dich.«

»Für mich?«

»Das Wunder von Lourdes ist die Akzeptanz, Sam. Ich habe Gott gebeten, dir zu helfen, dich selbst zu verstehen und zu akzeptieren.« Ich dachte daran, wie ich nach meinem Bad diesen Moment der Vergebung verspürt hatte: Ich hatte allen verziehen, die mir Unrecht getan hatten, und indem ich ihnen verzieh, hatte ich mir selbst verziehen. Hatte ich diesen erhabenen Moment den Gebeten meiner Mutter zu verdanken? War dies ihre letzte Handlung als Mutter gewesen, hatte sie sich noch ein letztes Mal um mich gekümmert?

»Komm näher«, bat sie. »Ich möchte die Augen sehen, die im Moment deiner Geburt zu mir aufgeschaut haben.« Sie legte mir die Hand an die Wange. »Mein Baby«, flüsterte sie leise. »Als du geboren warst, dankte ich der Muttergottes dafür, dass sie mir ein außergewöhnliches Kind beschert hat.«

»Du warst immer da, du hast dich immer um mich gekümmert«, sagte ich.

»Nichts geschieht ohne Grund, Sam. Vergiss das nie. Habe Vertrauen, glaube an den Willen Gottes.«

Dann schloss sie die Augen.

Das sollten die letzten Worte sein, die sie je zu mir gesprochen hatte.

12

Meine Mutter erlangte das Bewusstsein nicht wieder, starb aber auch nicht im Flugzeug oder auf dem Transport zurück in ihr Zuhause. Dazu war sie viel zu dickköpfig. Sie hatte in ihrem eigenen Bett sterben wollen, neben dem Mann, den sie liebte. Dieser Wunsch wurde ihr erfüllt.

Ihre Trauerfeier und die Beerdigung fanden in Our Lady of Mercy statt. Es kamen so viele Freunde und alte Bekannte, dass man die Chorempore öffnen musste, was sonst nur an den hohen Feiertagen nötig war, wenn auch die von meinem Vater als Weihnachtskatholiken bezeichneten Menschen in die Kirche strömten.

Ich begrub meine Mutter auf dem katholischen Friedhof. Sechs Wochen später begrub ich meinen Vater neben ihr. Er konnte ohne sie einfach nicht leben.

13

Ende Januar, ein paar Monate nach dem Tod meiner Eltern, kam ich mit einem Sechserpack Bier und Margarita Mix nach Hause. Samstagabends kochten Mickie und ich entweder oder wir holten uns was vom Mexikaner. Heute Abend erwarteten wir Ernie und Michelle, die am Wochenende zuvor ihren Jüngsten nach ein paar Semestern am örtlichen Community College zur Fortführung seines Studiums in ein weiter entferntes College gebracht hatten. Jetzt waren sie stolze Bewohner eines leeren Nestes und wollten das feiern. Warum auch nicht? Laut Dr. Fukomara damals am Tag der in letzter Sekunde geplatzten Vasektomie konnten es solch frischgebackene Kinderlose schließlich jetzt in jedem Zimmer ihres Hauses miteinander treiben. Ernie hatte den Spruch nicht besonders witzig gefunden, als ich ihn ihm am Telefon erzählt hatte. »Macht ihr das denn?«, hatte er trocken gekontert.

Mickie stand am Küchentresen und verteilte Käse auf einem hübsch angerichteten Tablett mit Tacos. Douglas und Blue, ihre beiden aus dem Tierheim von Burlingame geretteten Pitbulls, hockten andächtig neben ihr und hofften darauf, dass etwas runterfiel.

Mickie und ich hatten uns schnell ans Zusammenleben gewöhnt und eine angenehme Routine entwickelt. Mit der Hausarbeit und dem Kochen wechselten wir uns ab, ansonsten verbrachte ich, um nach dem Tod meiner Eltern etwas um die Ohren zu haben, eine Menge Zeit damit, Fernandos Adoption zu betreiben. Das gestaltete sich umständlicher als erwartet, ich kam nicht richtig voran. Mickie verdankte ihren vielen Nachmittagen bei meiner Mom die Liebe zur Gartenarbeit und werkelte oft im Garten, den sie in ein wahres Schmuckstück verwandelt hatte.

Ein Teil von mir, der nach wie vor unsichere Teil, litt von Zeit zu Zeit immer noch unter leichten Panikattacken, wenn ich zum Beispiel in unsere Straße bog und plötzlich sicher war, Mickies blauen Honda mit den weißen Rallyestreifen gleich nicht mehr in unserer Einfahrt vorzufinden. Dabei war der Wagen immer da und Mickie auch, und ich hätte doch glücklich sein und den Status quo akzeptieren und einsehen müssen, dass Mickie mir einfach nicht mehr geben konnte, dass sie zu mehr nicht in der Lage war. Eine Heirat wollte sie nicht einmal in Betracht ziehen und winkte jedes Mal ab, wenn ich das Thema zur Sprache brachte. Brauchten wir wirklich ein Stück Papier, das uns sagte, was wir doch schon lange wussten? Das uns bestätigte, dass wir uns liebten und einander nie verlassen würden?

Aber ich konnte Mickies Haltung nicht hinnehmen, das hätte nicht zu mir gepasst. Ich war der Sohn meiner Mutter und Staub aufzuwirbeln war nun einmal unsere Art.

»Willst du mich heiraten?«, fragte ich also, während ich das Bier in den Kühlschrank stellte.

Hinter mir wurde es still.

Als Mickie weder antwortete noch mich ansah, machte

ich einen Witz – auch das typisch für mich. »Damit wäre es offiziell und wir müssten nicht mehr überlegen, unter welchem Nachnamen Douglas und Blue in der Schule laufen oder ob wir ihnen einen Doppelnamen zumuten. Außerdem wäre da ja auch noch Fernando. Die Bürokratie zieht sich endlos, aber ich bin nach wie vor optimistisch. Wir könnten haben, was meine Eltern hatten, Mickie. Eine Familie.«

Endlich sah Mickie mich an. »Ich liebe dich, Sam.«

»Ich liebe dich auch.«

»Aber du weißt, wie ich zur Ehe stehe.«

Ich versuchte zu lächeln. »Verstößt die Ehe mit mir gegen deine Religion? Ich könnte konvertieren.«

»Das ist nicht witzig.«

»Dann hilf mir, es zu verstehen. Ich will, was meine Eltern hatten. Ich dachte, wir beide wollten das.«

»Wir können nicht, Sam.«

»Ich glaube schon, dass wir können.«

»Nein.«

»Warum nicht?«

Sie nahm den Teller mit Tacos vom Tresen und wollte sich an mir vorbeidrängen. »Du verdienst jemand Besseren.«

»Jemand Besseren möchte ich aber nicht, ich möchte dich.«

»Vielen Dank.«

Wir lachten. Ich nahm ihr den Teller aus der Hand und stellte ihn auf den Tresen. »Ist das ein Ja?«

Sie legte die Arme um meinen Hals. »Du bist süß, Sam. Ich bedauere eine Menge der Dinge, die ich in meinem Leben getan habe. Aber ich kann sie nicht rückgängig machen.«

»Geht es darum? Deine Vergangenheit interessiert mich

nicht, auch nicht, mit wem du zusammen warst oder was du getan hast. Liebst du mich?«

»Ich habe dich immer geliebt, Sam, auch als du das noch nicht wusstest.«

»Warum ist das denn nicht genug?«

»Ich habe einen Teil von mir in meiner Jugend weggegeben, Sam. Unwiederbringlich. Einen Teil von mir, den du verdienst.«

»Was?« Erst war ich völlig perplex, aber dann erinnerte ich mich. Gehörte diese Geschichte zu den Dingen, über die sie damals mit meiner Mutter gesprochen hatte, aber nie mit mir? Die Nachmittage, an denen ich sie weinend in unserer Küche angetroffen hatte, Moms Spruch, hier ginge es um Mädchenangelegenheiten? Wieder beschlich mich Panik. Gleich würde Mickie mir sagen, dass auch sie mich verließ.

Aber ehe Mickie antworten konnte, hörte ich Ernies BMW in der Auffahrt. »Ich muss schon sagen«, seufzte ich, »dafür, dass er so ein super Sportass ist, stinkt sein Timing zum Himmel.«

»Können wir das Thema heute Abend lassen? Und weiterreden, wenn mein Kongress vorbei ist?«

Sie wollte am nächsten Morgen zu einer Tagung der Augenärztevereinigung in Puerto Vallarta fahren, wo es um Fortschritte bei der Behandlung der degenerativen Augenkrankheit Keratokonus gehen sollte. Ursprünglich hatte ich auch fahren wollen, aber seit wir unsere Praxis in eine freie Augenklinik für sozial Schwache umgewandelt hatten, musste einer von uns immer vor Ort sein.

»Okay.« Es brachte ja nichts, sie weiter zu drängen. »Dann genießen wir jetzt einfach unsere mexikanische Nacht.«

»*Gracias, Señor.*«

»*De nada, Señorita.*«

Wir aßen Tacos, tranken Margaritas und freuten uns an den Gitarrenriffs von Carlos Santana. »Ein Toast!«, rief Ernie irgendwann. »Auf gute Freunde.«

Wir hoben unsere Gläser. »Mehr fällt dir nicht ein?«, fragte ich. »Dem Himmel sei Dank, dass du damals nicht die Rede bei der Abschlussfeier gehalten hast.«

»Fang jetzt bloß nicht damit an, du rotäugiger Sohn des Teufels.«

»Ich trinke auf das Leben«, sagte ich. »Und auf die drei Menschen, die mir geholfen haben, meins außergewöhnlich werden zu lassen. Ich liebe euch alle.«

»Du willst mich doch jetzt aber nicht küssen, oder?«, erkundigte sich Ernie misstrauisch.

Michelle warf mit einem Stück Tomate nach ihm.

Kurz nach zehn deutete sie mit dem Kinn auf ihren Mann, der gerade auf meiner Couch einzuschlafen drohte. »Ich schaffe meinen Romeo lieber nach Hause, sonst kippt er mir noch ganz um. Unser erstes Wochenende ohne Kinder und er schnarcht, noch ehe sein Kopf auf dem Kissen gelandet ist.«

Ernie schreckte hoch, mit einem Mal putzmunter. »Hat da eben wer was von Sex gesagt?«

Michelle sah Mickie an. »Romantik pur, oder?«

Nachdem unsere Freunde gegangen waren, machten Mickie und ich es uns unter einer Decke gemütlich und sahen uns *The Green Mile* mit Tom Hanks an. Douglas und Blue rollten sich neben uns zusammen. Ich bereute nicht, Mickie um ihre Hand gebeten zu haben, aber es tat mir weh, mitzubekommen, wie klein sie sich machte und als wertlos abtat, was sie als Person darstellte. Das musste eine sehr alte, sehr tiefe Narbe sein, eine Verletzung aus ihrer Kindheit, eine Wunde, die vielleicht zu tief saß und an die ich nicht herankam. Vielleicht musste ich mich mit unserem derzeitigen Arrangement einfach abfinden? Auf jeden Fall würde ich ihr diese Frage nie wieder stellen.

In dieser Nacht liebten wir uns mit einer selbst für Mickies Verhältnisse wilden Leidenschaft und danach klammerte sie sich so fest wie nie zuvor an mich, als fürchte sie, mich zu verlieren, wenn sie losließe.

14

Am Mittwoch darauf ging ich nachmittags mit Blue und Douglas spazieren, als mir klar wurde, dass ich jetzt seit fast vierundzwanzig Stunden nichts von Mickie gehört hatte. Welcher Zeitunterschied bestand eigentlich zwischen uns hier und Puerto Vallarta? Sollte ich anrufen? Obwohl ich gerade ganz bewusst versuchte, ihr mehr Raum zu lassen und sie auf keinen Fall mehr mit Fragen zur Ehe und Ähnlichem zu bedrängen?

Mir wollte nicht aus dem Kopf, wie fest mich Mickie in der Nacht vor ihrer Abreise umarmt hatte. Es wäre nicht das erste Mal für sie, vor zu viel Intimität zurückzuscheuen und aus meinem Leben zu verschwinden.

Erst einmal ging ich nach Hause und gab den Hunden Wasser. Als ich dann die Nummer von Mickies Handy wählte, wurde der Anruf gleich an die Voice Mail weitergeleitet. Also versuchte ich, mich in aller Gelassenheit meinen Aufgaben zu widmen, hörte bei offenen Türen Jazz, genoss die sanfte, kühle Brise, die von draußen reinkam, und wartete doch angespannt auf das Klingeln oder Summen meines Handys. Drei Stunden später hatte sich Mickie immer noch nicht gemeldet.

Als auch mein zweiter Anrufversuch gleich weitergeleitet wurde, fing ich an, mir Sorgen zu machen. Am Kühlschrank hing der Zettel mit allen Details zur Konferenz, einschließlich der Nummer des Hotels, in dem Mickie wohnte. Ich rief dort an und bat, mich mit dem Zimmer von Mickie Kennedy zu verbinden.

Am anderen Ende klapperte eine Tastatur. »Tut mir leid, Sir«, meldete sich der Mann an der Rezeption. »Wir haben keinen Gast mit diesem Namen.«

Mir sackte das Herz in die Hose. »Michaela Kennedy?«

Diesmal musste der Empfangsmensch nicht so lange tippen. »Tut mir leid, Sir, wir haben hier überhaupt niemanden mit dem Namen Kennedy.«

»Könnte sie früher abgereist sein?«

»Diese Information darf ich Ihnen nicht geben, Sir.«

»Bitte! Ich bin ihr Mann, ich mache mir Sorgen um sie. Sie sollte Montagabend eintreffen und ich habe seit Dienstag nichts von ihr gehört. Das sieht ihr gar nicht ähnlich. Ich kann sie auf ihrem Handy nicht erreichen.«

Es entstand eine Pause, in der ich fast zu hören meinte, wie der Portier mit sich rang. »Moment«, sagte er schließlich. In meinem Kopf überschlugen sich verzweifelte Gedanken, ich schaffte es einfach nicht, sie abzustellen. Da meldete sich der Mann auch schon wieder. »Wir hatten einen Gast mit diesem Namen hier, aber nur für eine Nacht. Danach wurde die Buchung storniert und die Dame zog am Dienstagmorgen aus.«

Ein stechender Schmerz schoss mir durch die Brust. Ich schloss die Augen.

»Kann ich sonst noch etwas für Sie tun, Sir?«

»Nein.« Zunehmend besorgt legte ich auf.

Immer wieder ging ich unsere Unterhaltung nach meinem Heiratsantrag durch. Sie könne mich nicht heiraten, hatte Mickie gesagt, sie habe einen Teil von sich unwiederbringlich weggegeben und ich verdiene Besseres als sie. Danach hatte sie sich an mich geklammert, als würden wir uns nie wiedersehen. Hatte sie da schon vorgehabt, mich zu verlassen? Hatte sie es einfach nicht übers Herz gebracht, mir das zu sagen? Ja, sie war nach dem Tod meiner Eltern bei mir geblieben, hatte mir geholfen, mit meinem Kummer fertigzuwerden, aber Mickie blieb nun einmal Mickie, war manchmal einfach nicht berechenbar und handelte übereilt. Die Ehe machte ihr Angst. Wahrscheinlich hatte sie sich im Kopf irgendetwas zurechtgelegt, wonach es besser war, wenn sie mich verließ, und uns beiden damit einen Gefallen tat, weil sie mich sowieso nie richtig glücklich machen konnte.

Ich schloss die Türen und schaltete die Lichter aus. Jetzt hätte ich gern mit Ernie gesprochen, aber der feierte in Europa mit der ganzen Familie den siebzigsten Geburtstag seines Vaters. Meine Eltern lebten nicht mehr. Es gab niemanden für mich. Ich war allein.

Völlig verzweifelt sackte ich auf der Couch in mich zusammen. Douglas und Blue spürten, wie es um mich stand, und schmiegten sich an mich.

Da hörte ich sie. Meine Mutter.

Du musst glauben, Sam.

Ich hob den Kopf, erwartete halb, sie in meinem Wohnzimmer stehen zu sehen. »Woran soll ich glauben? Woran soll ich glauben, Mom?«

Die Stimme in meinem Kopf war noch nicht fertig.

Du musst glauben, Sam. Wir wissen nicht immer, was Gottes Wille ist.

»Will er denn, dass ich unglücklich bin?«

Ich bekam keine Antwort.

Ich ging nach oben und setzte mich aufs Bett, wusste nicht, was ich tun sollte, spürte meine Angst und innere Unruhe wachsen. Die oberste Schublade meiner Kommode schien meinen Blick immer wieder auf sich zu lenken, aber noch widerstand ich dem Drang, sie aufzuziehen. Nach Moms Tod hatte ich kurz daran gedacht, ihr den Rosenkranz mit ins Grab zu geben. Aber dann hatte ich wieder vor mir gesehen, wie sie in Lourdes aus dem Rollstuhl aufgestanden war, um zu mir zu kommen und ihn mir zu geben, ihre letzte Handlung in diesem Leben.

Ich legte mich hin. Sofort kamen Douglas und Blue ins Zimmer und sprangen schwanzwedelnd zu mir aufs Bett. Wieder fühlte sich mein Blick zu dieser obersten Schublade hingezogen und diesmal stand ich auf. Oben auf der Kommode lag die Bibel, die Schwester Beatrice mir zum Schulabschluss an der Grundschule geschenkt hatte, am Spiegel klemmte Pater Brogans Karte mit dem irischen Segensspruch, die er mir an dem denkwürdigen Abend von David Batemans Schulverweis überreicht hatte.

Langsam zog ich die oberste Schublade auf. Die Perlen wirkten nach all den Jahren abgenutzt und schäbig, das goldene Kreuz hatte seinen Glanz verloren. Da stand ich nun, den Rosenkranz meiner Mutter in der offenen Hand, rang mit mir und wusste doch bereits, dass ich noch nie als Sieger aus einer Diskussion mit meiner Mutter hervorgegangen war und es diesmal nicht anders sein würde.

Also nahm ich das Kreuz zwischen Daumen und Zeigefinger, wie ich es als kleiner Junge von ihr gelernt hatte, und betete.

»Ich glaube an Gott, den Vater, den Allmächtigen, den Schöpfer des Himmels und der Erde …«

Zwischen den einzelnen Gebeten bat ich Gott, mir Mickie nicht zu nehmen. Ich bat meine Mutter, sich einzumischen, die Muttergottes zu bitten, sie möge Mickie zu mir zurückbringen.

Glaube, Sam.

Ich begann das zweite Gesetz, dann das dritte. Ich hatte Mühe zu atmen, die Worte auszusprechen, aber ich gab nicht auf. Eine Perle nach der anderen glitt durch meine Finger, und ich dachte an meine Mutter, flehte sie an, sich einzumischen. Schlug ihr einen Handel vor.

»Ich werde nie wieder Gottes Willen infrage stellen«, versprach ich. »Mickie ist alles, was ich will und brauche, es wird nie etwas anderes geben, worum ich dich bitte. Ich werde deinen Weg weitergehen, deinen Glauben übernehmen, deine Hingabe. Ich opfere meinen Schmerz einer armen Seele im Fegefeuer. Ich kehre in den Schoß der Kirche zurück. Nur bitte, Mom, bitte lass nicht zu, dass Er mir Mickie nimmt. Was immer sie für Zweifel haben mag, weswegen sie auch glaubt, für mich nicht gut genug zu sein, bitte mach, dass sie erkennt, wie sehr ich sie liebe.«

Ich weiß nicht, wie viele Stanzen ich betete, bevor die Erschöpfung zu groß wurde und ich die Augen nicht mehr offen halten konnte.

Our Lady of Mercys Glocken weckten mich, zusammen mit hellem Sonnenschein, der durch mein Schlafzimmerfenster strömte. Douglas und Blue, die zusammengerollt neben mir lagen, setzten sich auf. Wann hatte ich diese Glocken eigentlich das letzte Mal mit Bewusstsein gehört? Genau, in der Praxis von Dr. Fukomara, kurz davor, eine Vasektomie vornehmen zu lassen. Aber damals hatte ich mir das Läuten doch nur eingebildet, oder?

Bildete ich es mir auch diesmal ein? Rasch stand ich auf und ging nach unten vor die Haustür, Douglas und Blue immer dicht neben mir. Nein, ich hatte es mir nicht eingebildet. Die Glocken läuteten so laut und klar wie die Glöckchen, die Ernie damals in der sechsten Klasse während der Schulmesse geläutet hatte. Und ich? Ich stand, von den Hunden flankiert, auf meiner Veranda und machte mir keine Sorgen mehr. Stattdessen spürte ich die tröstliche Wärme, die ich in Lourdes gespürt hatte, als von meiner Brust ein Leuchten auszugehen schien. Damals hatte ich dieses Gefühl nicht genau definieren können, jetzt konnte ich es: Es fühlte sich an wie die liebevolle Umarmung meiner Mutter. Es fühlte sich an wie damals, als ich ein kleiner Junge war und sie mich fest in die Arme nahm, wenn ich getröstet werden musste.

Spirito Santo, hatte der italienische Freiwillige geflüstert. *Spirito Santo.*

Plötzlich wurden Douglas und Blue unruhig. Mickie hatte ihnen beigebracht, die Veranda ohne Erlaubnis nicht zu verlassen, und so standen sie laut bellend mit wild wedelnden Schwänzen und klappernden Halsbändern auf der obersten Treppenstufe, während ich mit den Augen die Straße absuchte, aber weder einen näher kommenden Wagen noch irgendjemanden auf dem Hundespaziergang entdecken konnte. »Was ist?«, fragte ich laut.

Blue sah zu mir auf, aber Douglas hielt den Blick fest auf die Straße gerichtet. In dem Moment tauchte oben auf dem kleinen Hügel ein Taxi auf, wurde langsam und bog in unsere Einfahrt ein. Die Hunde waren kaum mehr zu halten. Sie jammerten und winselten, wirbelten in Höchstgeschwindigkeit mit ihren Schwänzen die Luft auf. Die hintere Wagentür ging auf.

Und Mickie Kennedy stieg aus.

15

Sie sah zu mir hoch und lächelte, nur hatte dieses Lächeln, fand ich, etwas Trauriges an sich, etwas, das sich wie »Tut mir leid!« anfühlte. Die Hunde sprangen an mir hoch und um mich herum, blieben aber, solange ich die Veranda nicht verließ, brav bei mir. Erst als ich losging, schossen auch sie auf Mickie zu. Die entschuldigte sich schon, da war ich noch gar nicht bei ihr angekommen, und dicke Tränen liefen ihr über das Gesicht.

»Ich habe deine Nachrichten erhalten, Sam. Es tut mir so leid, ich weiß, du hast dir Sorgen gemacht.«

»Warum hast du nicht angerufen?«

»Ich hatte keine Verbindung.«

»Ich habe doch Dienstag noch mit dir gesprochen!«

»Danach bin ich abgereist.«

»Wohin? Wohin bist du gefahren.«

»Es sollte eine Überraschung werden, die beste Überraschung aller Zeiten. Es tut mir wirklich so leid, Sam. Ich habe deine ganzen Anrufe erst nach der Landung mitbekommen. Ich weiß, was du gedacht hast, Sam. Du hast gedacht, ich hätte dich verlassen.«

Mir war egal, was ich gedacht hatte und warum, mir war

alles egal, solange ich Mickie in meinen Armen halten, sie fest an mich drücken und küssen konnte.

»Lass uns reingehen«, bat sie nach einer Weile.

Ich bezahlte das Taxi und trug ihre Tasche ins Haus. Mickie hatte sich schon an den Küchentisch gesetzt. »Wir haben unser Gespräch vom Vorabend meiner Reise nicht zu Ende geführt«, sagte sie.

»Das ist schon in Ordnung«, winkte ich ab.

»Nein, ist es nicht. Nicht, wenn wir heiraten wollen.«

Ich starrte sie völlig verdattert an.

»Ich kann keine Kinder bekommen, Sam. Ich musste eine Hysterektomie vornehmen lassen, als ich noch ziemlich jung war. Ich wollte dich nicht heiraten, ohne in der Lage zu sein, dir Kinder zu schenken. Du bist ein guter Mann und wirst einen wundervollen Vater abgeben.«

»Das ist mir ziemlich egal! Warum hast du es mir nie erzählt?«

»Ich habe es deiner Mutter erzählt. Ich hätte es auch dir sagen sollen, aber weißt du, wie schwer so was fällt, wenn man so viele Jahre nichts gesagt hat? Und dann warst du so lange fort, da habe ich mir eingeredet, dass wir sowieso nie zusammen sein werden und es von daher auch egal ist. Aber jetzt … ich hätte es dir sagen sollen. Ich hätte es dir sagen sollen.«

Ich verspürte eine ungeheure Erleichterung, dass es nichts anderes war, keine tödliche Krankheit zum Beispiel. »Du bist alles, was ich je gewollt habe.«

»Aber du willst doch Kinder. Ich kenne dich – du hast das mit der Vasektomie nicht durchgezogen. Du möchtest Vater sein, Sam. Seit dem Tag wusste ich, dass du Vater sein willst, ich wusste bloß nicht, wie das gehen sollte mit dir und mir. Und dann bist du zurückgekommen und hast von Fernando gesprochen. Ich wollte mit meiner Antwort warten, bis wir ganz sicher sein können.«

»Fernando?«

»Er ist für dich bestimmt, für uns beide. Das weiß ich genau.«

»Ich hoffe immer noch …«

Mickie hob die Hand. »Seit ich von Fernando weiß, sitze ich daran, das Adoptionsverfahren zu beschleunigen. Deine Mutter hat geholfen. Die zuständigen Stellen wissen, dass wir das für dich tun, und haben sich von daher bei dir nicht mehr gemeldet.«

»Meine Mutter?«

Mickie nickte. »Ich hatte so gehofft, sie könnte ihren Enkel noch kennenlernen. Sie hat sich so für dich gefreut, Sam, sie war so glücklich für uns beide.«

»Jetzt verstehe ich gar nichts mehr.«

»Du hast gesagt, du möchtest ihn adoptieren und es würde helfen, wenn wir verheiratet wären. Deine Mutter und ich haben die Adoptionspapiere gemeinsam ausgefüllt. Auf denen sind wir verheiratet, Sam. Deine Mutter hat das unterschrieben.«

»Meine Mutter hat gelogen?«

»Eine Notlüge! Wie dem auch sei, ich erhielt gleich nach meiner Landung in Mexiko den Anruf des Waisenhauses und flog sofort nach Costa Rica. All unsere Papiere sind beisammen und werden bearbeitet, Sam. Es fehlt nur noch das persönliche Gespräch, aber das ist eine reine Formalität. Eine Frau im Waisenhaus sagt, sie kennt dich bereits, sie sei bei deiner ersten Begegnung mit Fernando auch im Zimmer gewesen.«

»Ich erinnere mich an sie.«

»Sie hat sich für dich verbürgt.« Mickie stand auf und nahm meine Hand. »Sie hat ein wundervolles Empfehlungsschreiben für dich verfasst. Deine Kollegen bei *Orbis* ebenfalls, Fernando wird unser Sohn sein, Sam.«

»Unser Sohn?«

Mickie nickte lächelnd. »Wir werden eine Familie sein, Sam. Wenn du mich immer noch willst.«

Ich war sprachlos. Ich fühlte mich wie betäubt und einen Augenblick lang konnte ich mich nicht bewegen. Ich dachte an meine Mutter. »Rühr dich nicht vom Fleck.« Ich sprang auf und ging zur Treppe.

»Wo willst du hin?«

»Bleib, wo du bist. Komm keinen Schritt näher.«

Ich rannte ins Schlafzimmer und zog die Kommodenschublade auf, griff nach der schwarzen Schachtel, die neben dem Rosenkranz meiner Mutter lag. Dann eilte ich wieder nach unten. Mickie hatte gewartet. Sie war zur Abwechslung einmal wirklich einfach sitzen geblieben.

Mit heftig klopfendem Herzen ließ ich mich auf ein Knie nieder. Jetzt war ich dran.

»Mickie Kennedy, willst du mich heiraten?«

In der Schachtel befand sich der Ring mit dem Diamanten, den meine Mutter vierzig Jahre lang getragen hatte. Ich hatte ihn neu fassen lassen, umgeben von winzigen roten Rubinen.

Epilog

Wir durften Fernando nach Hause holen und am ersten Sonntag nach seiner Ankunft gingen wir alle in die Messe. Wir trafen früh bei Our Lady of Mercy ein, wo ich ganz automatisch die Sitzreihe ansteuerte, in der meine Familie immer gesessen hatte, als wir noch alle zusammen in die Kirche gingen. Mickie glaubte nach wie vor nicht, wollte aber Fernando die Chance geben, meinen Glauben kennenzulernen, um sich später entscheiden zu können. Sie blieb auf der Bank sitzen, während ich meinen Jungen bei der Hand nahm und mit ihm zum Alkoven vor dem Altar ging, wo wir beide vor der Muttergottes niederknieten.

»*Este es la madre bendita*«, sagte ich. *Das ist die Muttergottes.* »Bitte sie, dir zu helfen, und sie wird es tun. Gebete sind wie Münzen, die man in ein Sparschwein steckt. Du bewahrst sie auf, bis du sie am nötigsten brauchst.«

Fernando sah mich an und schüttelte den Kopf. »*¿Qué es una alcancía?*«, fragte er. *Was ist ein Sparschwein?*

Lachend zerzauste ich ihm das Haar.

Wir wollten unseren Sohn an der öffentlichen Grundschule anmelden, wo er in eine Klasse für Kinder kommen sollte, deren Muttersprache nicht Englisch war, aber Anfang des

Sommers rief mich die Rektorin der OLM an und bat Mickie und mich um einen Besuch. Wir sollten auch Fernando mitbringen.

Patricia Brannick saß im Büro, in dem meine Mutter und ich zum ersten Mal Schwester Beatrice gegenübergesessen hatten. Natürlich hatten die Bilder an der Wand gewechselt und zeigten jetzt Papst Johannes Paul II. und einen mir unbekannten Priester, bei dem es sich wohl um den Pfarrer der OLM handelte. Außerdem wirkte das ganze Zimmer wohnlicher, da es jetzt in einem weichen Gelbton gestrichen war und einige Blumentöpfe mit üppigen Grünpflanzen beherbergte.

»Mir liegt kein Aufnahmeantrag für Fernando vor«, begrüßte uns Mrs Brannick.

Mickie und ich erklärten, warum wir uns für die öffentliche Schule entschieden hatten.

Patricia Brannick hörte sich das alles höflich an. »Seien Sie nicht albern«, sagte sie dann. »Schicken Sie ihn hierher, gemeinsam kriegen wir das mit der Sprache geregelt.«

Ich lächelte. »Es geht nicht nur um die Sprache, Mrs Brannick. Ich mache mir Sorgen darum, wie es einem kleinen Jungen mit roten Augen in einer katholischen Schule ergehen könnte.«

Die Rektorin runzelte die Stirn. »Natürlich machen Sie sich darüber Gedanken. Deswegen habe ich Sie hergebeten, um Ihnen diese Bedenken zu nehmen. Fernandos Anwesenheit hier wird ein Segen sein, das kann ich Ihnen versichern. Wie könnten wir den anderen Kindern besser christliche Ideale näherbringen?« Sie lächelte. »Sie können sich nun so lange mit mir streiten, wie Sie wollen, Mr Hill, aber ich sage Ihnen gleich, dass kein Enkelkind von Mrs

Hill auf eine öffentliche Schule gehen wird. Dafür hat sie gesorgt.«

»Wie soll ich das verstehen?« Ich warf Mickie einen fragenden Blick zu. Gehörte das zu den Plänen, die meine Mutter und sie noch gemeinsam geschmiedet hatten? Mickie zuckte mit leichtem Kopfschütteln die Achseln.

»Bevor Ihre Mutter ins Krankenhaus ging, war sie hier, um mit mir zu sprechen«, fuhr Mrs Brannick fort. »Sie sagte, Sie würden einen Jungen aus Südamerika adoptieren, einen Jungen mit okularem Albinismus, den Sie höchstwahrscheinlich wegen Ihrer eigenen schlechten Erfahrungen nicht an unserer Schule anmelden würden. Ich kannte Ihre Mutter aus der Sechs-Uhr-Messe.«

»Und sie hat Ihnen gesagt, sie möchte, dass ich Fernando an der OLM anmelde?«

»Sie hat noch mehr getan, Mr Hill. Sie hat sein Schulgeld bezahlt. Alle acht Jahre, zu den Preisen von heute. Ihre Mutter war nicht dumm.«

Ich musste lachen. Meine Mutter hatte sich nie damit zufriedengegeben, ruhig im Boot zu sitzen und abzuwarten, was geschah. Sie hatte sich ihr Leben lang um mich gekümmert und jetzt kümmerte sie sich um ihren Enkel.

»Nein, dumm war sie ganz sicher nicht, Mrs Brannick. Meine Mutter war außergewöhnlich.«

»Dann wäre das also geregelt.« Die Rektorin schob ihren Stuhl zurück und reichte mir über den Schreibtisch hinweg die Hand. »Ich freue mich auf Sie und Ihren Sohn und werde Sie am ersten Schultag oben auf den rot gefliesten Stufen begrüßen. Wissen Sie noch, von welchen Stufen ich spreche?«

»Oh ja«, sagte ich. »Nur zu genau.«

Am Wochenende vor dem ersten Schultag unternahmen Mickie und ich mit Fernando eine Fahrt im Falcon, etwas, das wir uns nur selten gönnten. Ich fuhr das alte Auto nicht mehr oft. Es verlor Öl und der Keilriemen saß locker, aber ich würde den Falcon ebenso wenig je abschaffen wie den Rosenkranz meiner Mutter. Im Gegenteil, er sollte vollständig überholt werden. Fernando brauchte schließlich ein Auto, wenn er sechzehn wurde.

Wir wollten sozusagen einen Probeanlauf in der Schule unternehmen, weil wir spürten, wie nervös Fernando seinem ersten Schultag entgegensah. Wir parkten an der Cortez Avenue, am Fuß der Stufen aus roten Fliesen, die zum schmiedeeisernen Eingangstor führten. Ich dachte an die unzähligen Male, an denen meine Mutter mich diese Stufen hinaufgeführt hatte, und die vielen, vielen Male, wie ich sie hinuntergelaufen war, dorthin, wo Mom ganz sicher auf mich wartete.

»Ich werde da sein«, hatte sie mir jeden Morgen versichert. Und sie war da gewesen, immer. Das war ihr Versprechen an mich gewesen, ihre Zusicherung, dass ich nichts zu befürchten hatte, dass ich nie weit von ihrer Liebe entfernt war. An manchen Tagen hatte ich gar nicht schnell genug bei ihr sein können, war mit klappernder Brotbüchse die Treppe hinuntergestürzt. Und im Auto dann hatte ich ihr gern erlaubt, mich zu umarmen, mich ihre bedingungslose Liebe spüren zu lassen. Genau diese Umarmung, genau diese Wärme hatte ich auch beim Beten ihres Rosenkranzes gespürt, als ich Mom bat, Mickie zu mir zurückzubringen.

Glaube, Samuel.

Sie hatte mich nie enttäuscht, nie im Stich gelassen.

»*Papá, venga, venga quiero ir*«, sagte Fernando, womit er mich aus meinen Tagträumen riss. Er wollte weiter mit offenem Verdeck fahren.

»*Quiero mostrarte algo*«, sagte ich. *Ich möchte dir etwas zeigen.* »*Esto solo tardará un minuto. Ven conmigo.*« *Es dauert nicht lange. Komm mit mir.*

Ich öffnete die Autotür. Fernando nahm den Blumenstrauß, den wir vorher gekauft hatten, und gemeinsam kletterten wir alle die Stufen hoch. Sie schienen mir schmaler und nicht so steil, wie ich sie aus meiner Kindheit in Erinnerung hatte, und weil ich größer war, kam sie viel schneller in Sicht als damals, als ich ein kleiner Junge gewesen war. Ich sah ihren Schleier, dann ihr Gesicht, dann die Schönheit der blau-weißen Gewänder. Ich blieb stehen.

»Alles in Ordnung?«, fragte Mickie.

Da wurde mir klar, wo ich diese Statue, dieselbe Staue, gesehen hatte, und ich erinnerte mich daran, dass meine Mutter mir bei mehr als einer Gelegenheit erklärt hatte, die heilige Muttergottes wache immer über mich.

»*La Virgen de Lourdes*«, sagte ich zu Fernando.

An diesem Abend, während Mickie das Abendessen zubereitete und Fernando auf dem Teppich lag und fernsah, setzte ich mich auf die Couch, um die Zeitung zu lesen, und hörte die Glocken der OLM sechsmal schlagen. Ich hatte angefangen, öfter auf die Glocken zu achten, und immer, wenn ich es tat, schloss ich die Augen und gestattete dem Klang, mich zurückzutragen zu diesem sonnigen Nachmittag im Pflegeheim im Schatten der knorrigen Eichen, als mein Vater zu mir hochgesehen und in seinem geheimnisvollen Flüsterton zu mir gesagt hatte:

Im Leben eines jeden Menschen kommt der Tag, wo er aufhört, nach vorn zu sehen, und stattdessen zurückschaut.

Aufgrund der Umstände im Leben meines Vaters hatte ich das damals für einen traurigen Kommentar gehalten, aber jetzt wusste ich, dass er mir damals ein Geschenk machen wollte, eine Erkenntnis, die einem nur die Zeit zuteilwerden lässt. Mein Vater bot mir das Geschenk der Perspektive an. Wir tendieren alle dazu, die dramatischen Ereignisse in Erinnerung zu behalten, die die Geschichte bestimmen – Armstrongs Spaziergang auf dem Mond, Nixons Abdankung und das Erdbeben von Lorna Prieta –, aber wir leben eigentlich für die ruhigen, intimen Momente, die in keinem Kalender auftauchen, wohl aber in unseren Herzen Spuren hinterlassen. Unser Hochzeitstag, die Geburt unserer Kinder, ihre ersten Schritte, ihre ersten Worte, ihre ersten Schultage. Und wenn unsere Kinder dann groß sind, erinnern wir uns an die nächsten Momente mit einem Hauch Melancholie: der Tag, an dem sie ihren Führerschein machen, der Tag, an dem wir sie zum College fahren, der Tag, an dem sie heiraten, der Tag, an dem ihre Kinder geboren werden.

Und alles von vorn beginnt.

In diesen ruhigen Momenten erkennen wir, dass jeder von uns die Fähigkeit besitzt, sein Leben zu einem außergewöhnlichen zu machen.

Ich griff in die Schatulle, die auf dem Beistelltisch neben mir lag, spürte die Perlen, spürte, wo ihre Finger diese Perlen geknetet hatten, und fing an zu beten, wie sie es mich gelehrt hatte.

Denn ich bin der Sohn meiner Mutter.

Danksagung

Ich bin mir nicht ganz sicher, wo genau die ursprüngliche Idee zu diesem Roman herkommt. Wahrscheinlich brodelten mehrere Dinge in mir und wollten raus wie Wasser, das auch immer einen Weg findet, wie Sam Hell das so richtig bemerkt. Anders als er bin ich kein Einzelkind, sondern eins von zehn Geschwistern. Mit meiner eigenen Kindheit kann die Idee zu diesem Buch also nicht viel zu tun haben, könnte man meinen. Trotzdem ist genau das unter anderem der Fall.

Am 24. Juni 1973 bekam meine Mutter ihr zehntes Kind, Michael Sean Dugoni. Ich war zwölf Jahre alt und kann mich auch noch an die Geburt meiner beiden Brüder vor Michael erinnern, für uns Geschwister jedes Mal wie Weihnachten. Meine älteren Schwestern Aileen und Susie hatten das Sagen, wenn Mom im Krankenhaus war, und wir alle warteten gespannt auf die Rückkehr meiner Eltern mit dem neuen Baby. In Michaels Fall lief alles ein bisschen anders, seine Geburt war nicht das freudige Ereignis, das wir erwarteten. Mein Vater kam ohne meine Mutter nach Hause, und er hatte geweint. So sehr, dass seine Augen rot geworden waren. Er war gedrückter Stimmung und am nächsten Tag erfuhren wir, dass unser Bruder mit dem Downsyndrom zur Welt gekommen war.

Ich verstand nicht ganz, was die Diagnose bedeutete, erinnere mich aber daran, meinen Bruder Bill gefragt zu haben: »Ist er zurückgeblieben?«

Mein Bruder sah mich wütend an. »Sag das man lieber nicht, wenn Mom mithört.«

Meine Mutter war immer schon tief religiös gewesen und unterhielt eine besondere Beziehung zur Muttergottes. Ich erinnere mich an ihre vielen Gebete und Novenen zu allen möglichen Gelegenheiten und besonders auch nach der Geburt meines Bruders, aber Gott machte meinen Bruder nicht wieder »heil«. Im Krankenhaus sagten die Ärzte zu meinen Eltern, sie sollten Michael in eine Einrichtung geben, da er schwierig sein, einen störenden Einfluss auf unsere Familie haben und Schaden anrichten würde. Meine Mutter warf diese Ärzte aus ihrem Zimmer. Ihrer Meinung nach wussten sie nicht, wovon sie redeten, und sie würde meinen Bruder auf jeden Fall mit nach Hause nehmen.

Mom ließ selten etwas auf sich beruhen und mischte sich immer kräftig ein, wenn es notwendig war. Was meinen Bruder betraf, so wirbelte sie mächtig Staub auf. Ihr sind Gesetze zu verdanken, die den Staat zur schulischen Ausbildung auch geistig behinderter Kinder verpflichten, und bald klopften Mütter in einer ähnlichen Situation bei uns an die Tür, um sich von ihr beraten zu lassen. Mein Vater wirbelte ungern Staub auf. Er akzeptierte meinen Bruder so, wie er war. Genauso, wie er es mit seinen anderen Kindern auch tat.

Während all diese Gedanken noch ungeordnet in meinem Kopf herumpurzelten, entdeckte ich eines Nachmittags auf der Website unserer Lokalzeitung einen Artikel. Er war nur kurz und befasste sich mit einem kleinen Jungen in

Australien, dem der Zugang zu einer katholischen Schule verweigert worden war, weil er mit okulärem Albinismus auf die Welt gekommen war und die Nonnen glaubten, er könne die anderen Schüler irritieren. Wie sich herausstellte, hatten die anderen Schüler dem armen Kind den Spitznamen *Teufelsjunge* gegeben.

Mehr brauchte ich nicht und die erste Fassung meiner Geschichte floss mir in wenigen Wochen aus der Feder. Während ich noch an einer Szene saß, machte ich mir im Kopf parallel bereits Skizzen zu den nächsten vier und wachte um drei Uhr morgens auf, den Kopf voller Dialoge. Aus der Sicht des Ich-Erzählers zu schreiben, ließ alles sehr persönlich werden, und ich sah mich in ständigem Spagat zwischen diesem Persönlichen und dem Politischen. Dann beging ich den fatalen Fehler, gleich die erste Fassung des Buches meiner Agentin vorzulegen. Das soll man nie tun, wie ich inzwischen gelernt habe. Erste Fassungen sind für den Autor selbst und niemanden sonst. Meine Agentin mochte das Buch nicht – womit sie völlig recht hatte – und erklärte mir auch, warum. Ich nahm mir ihre konstruktive Kritik zu Herzen und holte die Geschichte im Laufe der nächsten Jahre immer mal wieder aus der Schublade, änderte den Plot an einigen Stellen von Grund auf, schnitt unnötige Szenen heraus und formte das Ganze so langsam zu einem Roman. Ich bin Meg Ruley, Rebecca Scherer und dem Team bei der Agentur Jane Rotrosen unendlich dankbar für ihren Rat und ihre Unterstützung. Unter anderem fanden sie das Buch zu episodisch aufgebaut, eine Kritik, die mir sofort einleuchtete. Sie vermissten den roten Faden, der alles zusammenhält und den Leser durch die Geschichte zieht. Diesen Faden fand ich dann erstaunlicherweise ausgerechnet auf dem Weg zur Messe. Ich fragte mich, was dieser Sam Hell eigentlich will, was ihn sein Leben lang umtreibt, und entdeckte, dass er sich in dieser Frage nicht sehr von mir unterschied. Er wollte genau das, was ich wollte und was wir, glaube ich, alle wollen.

Sam wollte glauben. Er wollte glauben, dass Gott wirklich einen Plan für ihn und sein Leben hatte, dass alle Härten, die er als Kind erleben musste, ihm helfen würden, ein außergewöhnliches Leben aufzubauen. Seine Gebete sollten einen Sinn haben, er wollte an einen gütigen Gott glauben, selbst in einer oft so grausamen Welt. Er wollte glauben, dass Gottes Wille wirklich etwas bedeutete und seine Mutter ihn nicht nur herbeizitierte, um sich den bohrenden Fragen ihres Sohnes zu entziehen.

Also bedanke ich mich wie immer bei Meg und Rebecca und der Agentur Jane Rotrosen für Geduld, guten Rat und Durchhaltevermögen. Mit eurer Hilfe schreibe ich die besten Romane, die mir möglich sind, das motiviert ungeheuer. Ich danke auch Gracie Doyle bei Thomas & Mercer, wo meine Krimis und Thriller herauskommen, die so freundlich war, auch Sam Hell zu lesen. Bei Danielle Marshall vom Verlag Lake Union bedanke ich mich für ihre Begeisterung für dieses Projekt, ihre gute Hilfestellung und feste Hand. Dank an die geniale Autorenbetreuerin Sarah Shaw, die immer wieder dafür sorgt, dass ich mich als etwas ganz Besonderes fühle. Dank an Sean Baker, Herstellungsleitung, und Nicole Pomeroy, Produktionsmanagerin. Ich sage das nicht zum ersten Mal: Ich liebe die Cover und Titel all meiner Romane. Was ich ihnen zu verdanken habe. Danke an Denelle Catlett, Amazon Publishing PR, für ihre unermüdlichen Anstrengungen, mich und meine Arbeit bekannt zu machen. Danke auch an Mikyla Bruder, Galen Maynard und Jeff Belle bei Amazon Publishing.

Mein besonderer Dank geht an meine Lektorin Charlotte Herscher. Dies ist unser siebtes gemeinsames Buch und wir sind zu einem richtig guten Team geworden. Charlottes Änderungsvorschläge haben mir eingeleuchtet und geholfen, mich als Person in den Hintergrund zu stellen, damit der Schriftsteller in mir die Geschichte immer wieder überarbeiten und neu schreiben konnte, wie bei noch keinem Buch zuvor, so lange, bis eine runde Sache daraus geworden war. Danke an Robin O'Dell, Lektorin, und Sara Brady, Korrektorin. Die eigenen Schwächen zu kennen ist wunderbar, weil man dann um Hilfe bitten kann. Grammatik und Zeichensetzung waren noch nie meine starken Seiten und es ist schön zu wissen, dass Experten auf mich aufpassen.

Danke an Tami Taylor, die meine Website betreut und meinen Newsletter herausgibt und auch einige von den Covern meiner fremdsprachigen Ausgaben entworfen hat. Jede Bitte, die ich an Tami habe, wird sofort und effektiv erledigt. Danke an Pam Binder und die Pacific Northwest Writers Association für die Unterstützung meiner Arbeit. Danke an die Seattle 7, ein Kollektiv aus Autoren im pazifischen Westen, die sich die Unterstützung des geschriebenen Wortes zur Sache gemacht haben.

Natürlich möchte ich auch meinen Lesern dafür danken, dass sie sich meine Bücher besorgen und meine Arbeit so wunderbar unterstützen. Danke für die Besprechungen, die ihr ins Netz stellt, danke für die E-Mails, in denen ihr mich wissen lasst, wie meine Bücher euch gefallen haben. Solche Zuschriften sind immer Höhepunkte im Leben eines Schriftstellers.

Danke an meine Mutter, Patty, und meinen Vater, Bill, den wir vor zehn Jahren verloren haben, an den ich aber jeden Tag denke. Danke an meine neun Schwestern und Brüder, besonders an Michael, dem so viele meiner Geschwister die Inspiration zu ihrer Berufswahl verdanken. In meiner Familie gibt es Ärzte und Anwälte, einen Apotheker, wie mein Vater einer war, einen Zahnhygieniker, einen Buchhalter und einen Lehrer, und wir alle leben auch außerhalb unserer Berufe unsere Potenziale aus. Ich liebe und respektiere meine Geschwister sehr. Besonderer Dank gilt meiner Frau Cristina und meinen beiden Kindern Joe und Catherine. Von euch habe ich gelernt, die wahre Bedeutung von Erfolg in den stillen Momenten des Lebens zu suchen, wenn mein Herz voller Liebe für euch ist. Danke, dass ihr mein Leben zu einem außerordentlichen macht.